कुन्ती

कुन्ती

नरेन्द्र कोहली

वाणी प्रकाशन

वाणी प्रकाशन
4695, 21-ए, दरियागंज, नयी दिल्ली 110 002
फ़ोन : +91 11 23273167 फ़ैक्स : +91 11 23275710
शाखाएँ
अशोक राजपथ, पटना 800 004, बिहार
कॉफ़ी हाउस कैम्पस, महात्मा गांधी मार्ग, इलाहाबाद 211 001, उत्तर प्रदेश
महात्मा गांधी अन्तरराष्ट्रीय हिन्दी विश्वविद्यालय, वर्धा 442 001, महाराष्ट्र
सुल्तानिया रोड, मोतिया पार्क, भोपाल 462 001, मध्य प्रदेश
www.vaniprakashan.in
marketing@vaniprakashan.in
sales@vaniprakashan.in

KUNTI
by Narendra Kohli

ISBN : 978-93-5072-350-0
Novel

संस्करण 2012, 2018
आवृत्ति 2020

मूल्य : ₹ 795

• *जयंत प्रिंटरी, एलएलपी, मुम्बई-02 में मुद्रित* •

वाणी प्रकाशन का लोगो मक़बूल फ़िदा हुसेन की कूची से

1

कुन्ती का मन आतंकित भी था और बुझा हुआ भी; जैसे एक भारी बोझ उसके मस्तक पर भी हो और वक्ष पर भी।

सखियाँ, शृंगार-परिचारिकाएँ, सैरन्ध्रियाँ—सब ही उल्लसित और प्रसन्न मुख-मुद्रा और हृदय लिए आस-पास डोल रही थीं। आती-जाती वे चुहल कर जातीं। कोई नया समाचार दे जातीं।

कुन्तिभोज का राजप्रासाद आज बहुत ही सक्रिय था। चारों ओर लोग-ही-लोग थे।...और कुन्ती सोच रही थी : यही प्रासाद था, जो इतना नीरव हुआ करता था। पिता और पुत्री—कुन्तिभोज और कुन्ती, किसी नये व्यक्ति से मिलने, बात करने को तरस जाया करते थे। परिवार में कोई और था नहीं। सम्बन्धी भी कम ही थे। जनक शूरसेन और भाई वसुदेव तो एक बार भी नहीं आये। शायद पृथा को एक बार राजा कुन्तिभोज को समर्पित करके, उसके मन में अपने प्रति मोह नहीं जगाना चाहते थे वे लोग। पर उससे क्या...मनुष्य की प्रकृति तो नहीं बदल सकती।...अतिथियों के प्रति ललक कुन्ती के मन में भी थी और कदाचित कुन्तिभोज के मन में भी।...और एक बार अतिथि के रूप में आये थे दुर्वासा...

कुन्ती याद करती है तो उसके मन का बोझ बढ़ने लगता है।...और जाने कैसा एक भय उसके मन में समा जाता है।...क्या इतना बड़ा अपराध किया है उसने कि वह किसी को मुख नहीं दिखा पायेगी?...पिता कुन्तिभोज ने यही कहा था...किसी को पता न चले, किसी को सूचना न हो। पिता ही नहीं, पूरे वंश के सम्मान का प्रश्न है...और कुन्ती के तो सारे जीवन का...

सखियाँ जब बताती थीं कि कोई और नया नरेश स्वयंवर में सम्मिलित होने के लिए आया है, कोई किरीटधारी, कोई अधिपति, कोई शूरवीर...तो कैसी प्रसन्नता होती थी उनके मुख पर! जैसे प्रत्येक आगन्तुक के साथ, स्वयंवर का महत्त्व बढ़ता जा रहा हो; और कुन्ती के लिए विकल्प का क्षेत्र विस्तृत होता जा रहा हो।...किन्तु कुन्ती थी कि प्रत्येक नये नाम के साथ वह और भी अधिक संकुचित हो जाती थी...जैसे प्रत्येक नये नाम के साथ उसका दायित्व बढ़ रहा हो, या उसके मन का बोझ कुछ और भारी हो गया हो...

कई बार उसके मन में आया कि यह प्रवंचना है, धोखा है। जिस किसी के कण्ठ में भी वह वरमाला डालेगी—वह उसका प्रिय होगा, मित्र होगा, पति होगा, जीवन भर का साथी होगा। उन दोनों का सम्बन्ध, परस्पर प्रेम और विश्वास का होगा।...उसके साथ इस प्रकार का धोखा...यह उचित नहीं है...धर्म नहीं है... यदि बात केवल उसके अपने व्यक्तित्व तक ही सीमित होती, तो कदाचित वह आत्म-स्वीकृति ही पसन्द करती—सत्य और धर्म के नाम पर न सही, अपने मन का बोझ कम करने के लिए, अपनी मानसिक शान्ति के लिए। एक बार कह सकती, स्वीकार कर सकती, तो कम-से कम निर्दोष और स्वच्छ नयनों से, किसी को निःशंक भाव से देख तो सकती। पर बात केवल उसके व्यक्तित्व तक ही सीमित नहीं है। वह एक वंश का अंग है, एक राजपरिवार की प्रतिनिधि...उसके साथ-साथ वे सब कलंकित होंगे, वे सब, जिस-जिसका उसके साथ सम्बन्ध है। जिसका उसके साथ जितना अधिक और जितना घनिष्ठ सम्बन्ध है, वह उतने ही अधिक अपयश का भागी होगा; और उतना ही अधिक अपमानित होगा।... स्वयं अपने-आपको तो कुन्ती डुबो भी सकती है, किन्तु अपने सारे परिवार और वंश को वह किस प्रकार पाप-पंक में धकेल दे?...किन्तु अपने इस गहराते हुए पाप-बोध का वह क्या करे?...

कुन्ती की पुकार हुई। उसे बाहर रंग-मण्डप में बुलाया जा रहा था।

कुन्ती भारी मन से उठी...यह सारा शृंगार, यह स्वर्ण की तारों से खचित उत्तरीय, ये आभूषण और पुष्प-सज्जा...कैसे बोझ हो रहे थे, कुन्ती के लिए...

"राजकुमारी! तुम प्रसन्न नहीं हो?" एक सखी ने कहा भी।

कुन्ती कुछ कहती, इससे पूर्व ही वृद्धा धात्री ने सखी को टाल दिया, "लज्जा और संकोच, कुलीन कन्याओं का शील है मूर्खे ! तू क्या चाहती है कि साधारण, कुल-शील-विहीन उच्छृंखल कन्याओं के समान, राजकुमारी भी अपने विवाह के अवसर पर इतराती फिरे।"

धात्री के उत्तर ने उस एक सखी के प्रश्न को ही नहीं अन्य सारी सखियों के सम्भावित प्रश्नों को एकदम निरस्त कर दिया था।

किसी और ने धात्री का समर्थन किया, "सचमुच यह उच्छृंखलता का अवसर नहीं है। जीवन का एक अत्यन्त गम्भीर सोपान है; और कन्या के सामने तो जैसे आशंकाओं और प्रश्नों का संसार ही जुट आता है।"

कुन्ती धीरे-धीरे चलती हुई स्वयंवर-मण्डप में आयी। यहाँ चारों ओर लोग-ही-लोग थे। उस भीड़ को क्या देखती कुन्ती। और देखती भी तो किसी पर दृष्टि टिकती क्या उसकी? इतनी भीड़ में तो सारे चेहरे जैसे गड्ड-मड्ड हो गये थे।... और फिर सहस्रों जोड़ी आँखें उसी पर टिकी हुई थीं। नहीं, शायद कुछ आँखें उस पर टिकी हुई थीं, कुछ उसे तौल रही थीं, कुछ उसे छील रही थीं।...नहीं! इतनी आँखों का

सामना कुन्ती नहीं कर सकती थी।...उसने मस्तक झुका लिया। उसकी आँखें धरती पर जा टिकीं। माँ धरती! तू ही सबका सहारा है...

चारण आये। उन्होंने कुन्तिभोज के कुल का परिचय दिया... कुल की प्रशंसा में जो कुछ कहा जा सकता था, कहा... और कुन्ती को लगा कि उसके कुल की प्रशंसा में कहा गया एक-एक शब्द या तो अश्व की टापों के समान, उसके कानों पर बज रहा है, या फिर कील के समान उसके वक्ष पर ठोका जा रहा है... उन शब्दों से उसका कुल जितना ऊँचा उठता जा रहा है, उसका अपना व्यक्तित्व उतना ही तुच्छ होता जा रहा है। ऐसा कुल, और ऐसी यह कुन्ती...

दोनों ओर से सखियों ने कुन्ती को थाम लिया और कुन्ती पग-पग धरती हुई आगे बढ़ी। सखियों ने जब उसे एक स्थान पर ला ठहराया, तो उसने देखा कि चारण उससे पहले वहाँ खड़े थे। और सामने, स्वयंवर में आये प्रत्याशी और अभिलाषी राजाओं की पंक्तियाँ थीं।...तो अब उसे एक-एक नृप के सामने ले जा कर खड़ा किया जायेगा। उस नृप का परिचय दिया जायेगा। वह राजा अपनी दृष्टि से उसे तौलता रहेगा; और उसी समय में उसे भी उस राजा या राजकुमार को देख-परख लेना है। वहीं खड़े-खड़े निर्णय कर लेना है।... उसे उस व्यक्ति को स्वीकार या अस्वीकार कर देना है...

कुन्ती को लगा, घबराहट से उसकी टाँगें काँप रही हैं।

क्यों किया पिता ने यह स्वयंवर?—उसने सोचा अपने-आप ही कोई निर्णय कर लेते। अपनी इच्छानुसार किसी राजा को चुन कर कुन्ती का उससे विवाह कर देते, तो क्या कुन्ती मना कर देती? क्यों डाला कुन्ती पर यह बोझ? कुन्ती ने तो पुत्री के रूप में कभी इतना अधिकार नहीं माँगा था, जो उसे इस प्रकार विक्षिप्त कर दे। वह तो पिता की आज्ञा मान कर ही सन्तुष्ट थी...पर पिता भी क्या करते...उनके पास राजाओं के सन्देश आ रहे थे। कुन्ती की चर्चा आर्यावर्त्त के अनेक राजप्रासादों में हो रही थी। उसके रूप की सुगन्ध कई राज्यों की सीमाओं का उल्लंघन कर गयी थी।...और ये आर्य योद्धा... ये तो थे ही ऐसे। जहाँ कहीं युद्ध, द्यूत या सुन्दरी स्त्री की सूचना मिली, व्याकुल हो कर तत्काल उसी दिशा में अश्व दौड़ा देते थे। जाने कैसे लोग थे ये... संसार के भोग में इतने अनुरक्त, इतने आसक्त... तनिक-से सुख के लिए प्राणों पर खेल जाने वाले...पिता भी क्या करते। किस राजा के अनुरोध को स्वीकार करते; और किसकी याचना को अस्वीकार कर, उसके रोष को आमन्त्रित करते।... नहीं! पिता किसी से भयभीत नहीं थे; किन्तु अकारण शत्रुता बढ़ाने का लाभ?... उन्होंने इसीलिए कुन्ती के स्वयंवर का मार्ग चुना। जिस-जिसको कुन्ती की आकांक्षा हो, वह भोजपुर में आ जाये और अपने भाग्य का परीक्षण कर ले... किन्तु पिता ने यह तो नहीं सोचा था कि इससे कुन्ती के मस्तक पर दायित्व का बोझ कितना बढ़ जायेगा...

राजा कुन्तिभोज के चारण एक प्रत्याशी का परिचय दे लेते, तो उस राजा के अपने चारण उसकी विरुदावली आरम्भ कर देते...और कुन्ती को लग रहा था कि

वह मूक और बधिर होती जा रही है। कुछ बोलने की तो उससे अपेक्षा ही नहीं थी। किन्तु, अब जैसे उसे कुछ सुनायी भी नहीं पड़ रहा था। शब्द उसके कानों से टकरा-टकरा कर वायु-मण्डल में विलीन होते जा रहे थे। उन शब्दों का कोई अर्थ नहीं था, कुन्ती के लिए...

"राजकुमारी। आप इतनी संकोची तो कभी नहीं थीं।"

कुन्ती सँभली। उसके पैर शायद डगमगा गये थे; और सखी को, उसे गिरने से बचाने के लिए पर्याप्त प्रयास करना पड़ा था।

पग सीधे पड़े और शरीर सँभल गया, तो कुन्ती का ध्यान सखी के शब्दों पर गया...वह कह रही थी कि कुन्ती इतनी संकोची तो नहीं थी...और कुन्ती बार-बार सोच रही थी कि वह इतनी संकोची क्यों हुई...वह ठीक समय पर दृढ़तापूर्वक 'न' कहना सीख जाती, तो संकोच में अपनी इच्छा के विरुद्ध कर्म करने को क्यों बाध्य होती—उसका असमंजस और संकोच ही तो खा गया उसको...

उसके कान चारणों के शब्दों पर अटके। वे परिचय दे रहे थे...हस्तिनापुर के सम्राट पाण्डु का...वे लोग उसके कुल का यशोगान कर रहे थे...भरत, पुरु, ययाति, शान्तनु, भीष्म...इस कुल के विषय में बहुत कुछ सुन रखा था उसने। अनेक असाधारण महापुरुषों का सम्बन्ध था इस वंश से। विस्तृत और शक्तिशाली साम्राज्य था। उनके अधीन अनेक माण्डलिक राजा थे। धर्म, धन तथा वीरता के लिए प्रसिद्ध था यह वंश।...कुन्ती ने दृष्टि उठायी...पाण्डु उसकी ओर देख कर मुस्कुराने का प्रयत्न कर रहा था...वय छोटा था अभी! चेहरे पर तरुणाई फूट रही थी। नयन-नक्श आकर्षक थे...पर वर्ण कैसा पीला था, जैसे स्वर्ण का रंग।...क्या हस्तिनापुर में इतना स्वर्ण है कि वहाँ के लोगों का रंग पीला पड़ जाता है...कुन्ती का मस्तिष्क बड़े वेग से काम कर रहा था...हस्तिनापुर के राजप्रासाद में ही कानीन पुत्र का सम्मान हुआ है। हस्तिनापुर में वेदव्यास उतने ही सम्मानित हैं, जितने कि स्वयं देवव्रत भीष्म।... हस्तिनापुर में किसी ने कानीन पुत्र के लिए सत्यवती का तिरस्कार नहीं किया...और अधिरथ भी हस्तिनापुर में ही हैं, अधिरथ...हस्तिनापुर...कानीन पुत्र...भरत-वंश...

कुन्ती का मस्तक फिर से चकराने लगा था।...अभी वह अवश हो जायेगी, और सखियाँ उसे भुजाओं से पकड़, आगे बढ़ा ले जायेंगी। चारण किसी अन्य राजा अथवा राजकुमार का गुणगान करने लगेंगे...

उसमें जैसे कोई आकस्मिक ऊर्जा जागी।...उसने एक ही क्षण में, झटके के साथ, वरमाला पाण्डु के गले में डाल दी!

कुन्ती के कानों में जैसे नगाड़े बजने लगे। उसे लगा, अभी चारों ओर से कोलाहल मच जायेगा, 'कुन्ती! तूने यह क्या किया?' 'कुन्ती! तूने सारे राजाओं का परिचय भी प्राप्त नहीं किया?' 'कुन्ती! तेरा निर्णय ठीक नहीं हुआ।' और शायद अनेक राजा अभी कवच पहन-पहन कर, धनुष-बाण हाथों में लिए, युद्ध के लिए

उद्यत दिखायी पड़ेंगे! स्वयंवरों में यही तो होता है...खड्ग चमकेंगे...स्वयंवर-मण्डप अभी रक्त में स्नान करेगा...

किन्तु अपने मस्तक के बवण्डर को थोड़ा नियन्त्रित कर, उसने देखा कि यह सब उसके मस्तिष्क के भीतर घटित हो रहा था।..स्वयंवर-मण्डप में कार्य सम्पन्न होने का उल्लास था...कुन्तिभोज हर्षित मुद्रा में, उसकी ओर बढ़ रहे थे...पिता उसके निर्णय से रुष्ट नहीं थे...तो क्या कुन्ती ने अपने उन्माद के एक क्षण में जो निर्णय लिया, वही सर्वोत्तम निर्णय था?...

कुन्तिभोज ने आ कर उसे कण्ठ से लगा लिया, "पुत्री! तूने मेरी समस्त आशाएँ पूरी कर दीं। हस्तिनापुर के सम्राट से श्रेष्ठ वर की कल्पना भी मेरे मन में नहीं थी।..."

कुन्ती का मन उल्लास-भरा नृत्य कर रहा था; किन्तु उसके मन का कोई अंश था, जो डरा-सहमा, किसी अन्धकारमय कोने में बैठा सोच रहा था : अभी इन राजाओं की भृकुटियाँ चढ़ जायेंगी। अभी इन सबके खड्ग कोश से बाहर आ जायेंगे...ऐसी तो क्षत्रियों की कोई सभा होती ही नहीं, जिसमें पूर्ण सहमति हो जाये और रक्तपात न हो। स्वयंवर में विधिवत जो कन्या को पा जाये, उस राजा का एक पक्ष होता है; और जो कन्या को बलात् पाने का प्रयत्न करते हैं, उनका दूसरा पक्ष।...जिसमें दो विरोधी पक्ष न हों, ऐसा स्वयंवर तो कोई होता ही नहीं।...और फिर रक्तपात न भी होता तो क्या...किसी के लिए भी क्या कठिन था यह कह देना, कि इस कुन्ती से इसके अतीत के विषय में पूछो। पूछो इससे कि...

और बस! इतने में ही यह पाण्डु अपने कण्ठ में पड़ी वरमाला को छिन्न-छिन्न कर देगा। कहेगा, 'मैं क्षत्रिय राजा हूँ! हस्तिनापुर का सम्राट। सनातन धर्म कुछ भी रहा हो। ऋषि कुछ भी मानते हों। राज-समाज उसका आदर करे ही, यह तनिक भी आवश्यक नहीं है...'

किन्तु कुन्ती के लिए यह सुखद आश्चर्य ही था कि ऐसा कुछ नहीं हुआ। राजाओं का वह समाज, जो किंकर्तव्यविमूढ़-सा अपने स्थान पर खड़ा था, सहसा लहर के समान आगे बढ़ा और उसने उसके पिता को स्वयंवर सम्पन्न होने पर बधाई दी।...और उसके पश्चात तो लहर-पर-लहर आती चली गयी...एक-से-एक ऊँची! जैसे राज-समाज न हो, कोई सागर हो जो पूर्ण चन्द्रमा को देख, उसके चरणों में लोटने को व्याकुल हो उठा हो...

चारों ओर बधाई और जय-जयकार की ध्वनियाँ थीं। वे ध्वनियाँ भी अधिक देर तक नहीं टिकीं...राजागण एक-एक कर विदा हो गये; और स्वयंवर-मण्डप में रह गये थे राजा कुन्तभोज के दास, सेवक और सैनिक; स्वयं राजा कुन्तिभोज, कुन्ती और उसके द्वारा वरण किया गया—हस्तिनापुर का सम्राट पाण्डु!...किसका प्रताप था यह—कुन्ती के वीर पिता कुन्तिभोज का या उसके 'वर' सम्राट पाण्डु का?...

कुन्ती चकित दृष्टि से बारी-बारी उन दोनों को देख रही थी।

2

हस्तिनापुर आने से पहले कुन्ती ने मथुरा और भोजपुर का वैभव देखा था। यादवों का वैभव कम नहीं था; किन्तु हस्तिनापुर को देखने के पश्चात ही उसे मालूम हुआ कि वैभव क्या होता है। ऊँट जब तक पर्वत के नीचे न आये, तब तक वह कैसे जान सकता है कि वास्तविक ऊँचाई क्या होती है। कुन्तिभोज कितने भी वीर क्यों न रहे हों—भोजपुर का राज्य हस्तिनापुर के साम्राज्य से बहुत छोटा था। वहाँ भी दास-दासियों का अभाव नहीं था। बाहर निकलने पर साथ शस्त्रधारी सैनिक भी चलते थे...किन्तु वे दास-दासियाँ, सेवक-चाकर, सैनिक-प्रतिहारी—सब जैसे उनके आत्मीय थे, परिवार के अंग।...अब अपनी धात्री को वह दासी मान सकती है क्या? राग के उस तन्तु को वह कैसे भूल सकती है, जिसने उन दोनों को बाँध रखा था।...कोई माता भी उससे अधिक क्या करती, जो कुछ धात्री ने किया...किन्तु हस्तिनापुर में 'दासी' को 'दासी' ही समझा जाता था...वैभव का मद राजपरिवार में स्पष्ट था...एक पितृव्य भीष्म थे, जिनके विषय में उसने आते ही सुना था कि वह राजप्रासाद में रहते हुए भी, राजपरिवार के संरक्षक और अभिभावक होते हुए भी, तपश्चर्या का जीवन व्यतीत कर रहे हैं—किसी तापस संन्यासी के समान...

कपाट कुछ खटके।

कुन्ती ने दृष्टि उठा कर देखा : पाण्डु ने कक्ष में प्रवेश किया। आस-पास बैठी दासियाँ प्रणाम कर कक्ष से बाहर चली गयीं। किसी ने बाहर से कपाट भिड़ा दिये। सम्भवतः बाहर भी दासियाँ बैठी थीं...

पाण्डु आ कर पलँग पर बैठ गया। थोड़ी देर चुपचाप टकटकी लगाये, कुन्ती को देखता रहा। कुन्ती की दृष्टि क्रमशः नीचे झुकती चली गयी; दृष्टि के साथ ग्रीवा भी झुक गयी; और जब कटि भी कमान के समान झुकने लगी तो पाण्डु ने तर्जनी से कुन्ती के चिबुक के नीचे टेक दी, "कितनी लजीली हो तुम!" वह बोला, "और कितनी सुन्दर!"

अवसर मिलते ही कुन्ती ने बलात् ऊपर उठाया हुआ चेहरा, फिर से झुका लिया। वह अपने रूप की प्रशंसा करने वाले इस कमनीय पुरुष की आँखों में निःसंकोच कैसे देख सकती थी...और कुन्ती की अपनी आँखों में तो उसका अतीत भी था...कहीं उसके पति की दृष्टि, उसके अतीत पर पड़ गयी तो...

पाण्डु ने उसे इस प्रकार संकुचित नहीं रहने दिया। उसने कोमल किन्तु दृढ़ पकड़ से उसका अवगुण्ठन ही नहीं, उत्तरीय ही उतार कर पृथक् कर दिया। अपनी दोनों हथेलियों में उसने कुन्ती का मुखड़ा थाम लिया, उसे निहारा और उसके हाथ मुखड़े से ग्रीवा से कन्धों पर आ गये...

"मैंने तुम्हारे रूप की बहुत प्रशंसा सुनी थी कुन्ती! किन्तु तुम उससे भी कहीं अधिक सुन्दर हो!...ऐसा रूप-वैभव और ऐसा शील!..."

पाण्डु के हाथ, कुन्ती के कन्धों से हटे और उसने कुन्ती को अपने अंक में बाँध लिया। अंक कसता जा रहा था...और कुन्ती का मन द्रवित होते-होते, इस स्थिति तक पहुँच गया कि उसकी भुजाएँ भी प्रत्यालिंगन के लिए हिलीं।

सहसा ही पाण्डु ने अपनी पकड़ ढीली कर दी...

कुन्ती को जैसे झटका लगा। उसकी मुँदी हुई आँखें खुल गयीं। उसने पाण्डु को देखा : उसका चेहरा उत्तेजना में रक्ताभ हो रहा था। नासिका के नीचे, पतली मूँछों के ऊपर छोटे-छोटे स्वेदकण चमक रहे थे, किन्तु आँखों में कैसी अवशता थी...

पाण्डु ने अपना सिर कुन्ती की गोद में डाल दिया, "मुझे अपने विषय में बताओ। मैंने तुम्हारे विषय में सुना भी बहुत कुछ है।...मुझे लगता है कि मैं तुम्हारी प्रशंसा सुन-सुन कर ही तुमसे प्रेम करने लगा था। बहुत भावुक हूँ मैं, कल्पनाशील भी। कोई बात मेरे मन में बैठ जाये तो अपनी तीव्र कल्पना से उसे ऐसा जीवन्त कर लेता हूँ कि चाहे संसार के लिए असत्य हो, पर मेरे लिए वह सत्य हो जाती है।...मैंने सुना है कि तुम्हारा एक नाम पृथा भी है।..."

पाण्डु उठ कर बैठ गया। इस समय कुन्ती और पाण्डु एकदम आमने-सामने थे। अब कुन्ती में उतना संकोच नहीं रह गया था। पहले आलिंगन और पहले सम्भाषण का संकोच दूर हो चुका था।...पाण्डु के चेहरे का आवेश शान्त हो गया था। वह कुछ सहज लग रहा था...पर कुन्ती को अपने शरीर का ताप कम करने में कठिनाई हो रही थी...किन्तु शायद पाण्डु का व्यवहार अधिक संगत था...पहले उन्हें एक-दूसरे का परिचय प्राप्त कर लेना चाहिए। परिचय से ही तो आत्मीयता का जन्म होगा। आत्मीयता से प्रेम का; और प्रेम के आधार पर कामासक्ति...

"मेरा वास्तविक नाम तो पृथा ही है; कुन्ती नाम तो मुझे राजा कुन्तिभोज की दत्तक पुत्री के रूप में मिला।" कुन्ती ने धीरे से कहा, "मैं नहीं जानती कि आपको ज्ञात है या नहीं कि मथुरा के वृष्णि प्रमुख शूरसेन मेरे जनक थे। उन्होंने मुझे अपनी बुआ के पुत्र राजा कुन्तिभोज को दे दिया था।"

"क्यों?"

"राजा कुन्तिभोज की कोई सन्तान नहीं थी।"

"पर हमारे विवाह में तो न तुम्हारे जनक शूरसेन उपस्थित थे और न तुम्हारे भाई वसुदेव!"

"मेरे जनक अपना नश्वर शरीर त्याग चुके हैं।" कुन्ती का स्वर उदास हो गया, "और आपने सुना होगा कि मेरे भाई वसुदेव और भाभी देवकी को कंस ने बन्दी बना रखा है।"

"ओह!" पाण्डु को लगा कि यह विषय आरम्भ कर, उसने भूल की है।

"राजा कुन्तिभोज ने कंस को समझाया नहीं?..."

"कंस को कौन समझायेगा। उसने अपने पिता को बन्दी कर लिया है। वह यादवों का सारा शासन-तन्त्र नष्ट कर रहा है। वह पूर्ण रूप से परम स्वतन्त्र आततायी राजा बन गया है। यादवों की सभा की भी वह एक नहीं सुनता।"

"मेरे अज्ञान को क्षमा करना कुन्ती!" पाण्डु बोला, "मैंने कभी इधर ध्यान नहीं दिया, इसलिए स्थिति से पूर्णतः अवगत नहीं हूँ। पर सोचता हूँ कि राजा कुन्तिभोज कंस से युद्ध क्यों नहीं करते?"

"कह नहीं सकती कि वास्तविक स्थिति क्या है। मैं मथुरा से दूर रही हूँ। सारा संघर्ष ब्रज-मण्डल के भीतर है।...वैसे भी कंस को मगधराज जरासन्ध का संरक्षण प्राप्त है। युद्ध हुआ, तो दोनों ओर से यादवों का ही नाश होगा...। भाई वसुदेव...।" कुन्ती की आँखों में अश्रु आ गये।

"रोओ नहीं प्रिये!"

कुन्ती के अश्रु देख कर पाण्डु स्वयं को रोक नहीं सका। उसने सान्त्वना देने के लिए, कुन्ती को अपनी बाँहों में समेट लिया।...कुन्ती का द्रवित मन जैसे कोई सहारा खोज रहा था। उसने अपना मस्तक पाण्डु के कन्धे के साथ टिका दिया।

"मैंने अनुपयुक्त अवसर पर यह विषय छेड़ दिया कुन्ती!" पाण्डु ने कुन्ती के माथे का चुम्बन किया। केशों में अँगुलियाँ फिरायीं; और उसकी हथेलियाँ कुन्ती की पीठ पर आ गयीं।

कुन्ती भी सजग हुई।...आज उसके विवाह की प्रथम रात्रि थी...अपने भाई-भाभी के कष्टों को याद कर रोने के लिए, यह कोई बहुत उपयुक्त अवसर नहीं था।... उसके लिए जीवन में और अनेक अवसर आयेंगे।

कुन्ती ने अपने अश्रु पोंछ लिए, "मुझे जीवन ने कई अवसरों पर बहुत रुलाया है आर्यपुत्र!..." और कुन्ती को लगा, अब उसने स्वयं ही एक अनुपयुक्त विषय छेड़ा है। कहीं पाण्डु इसी संदर्भ में प्रश्न पूछने लगे, तो कहाँ तक छिपायेगी वह अपना अतीत...घबरा कर कुन्ती ने अपना चेहरा पाण्डु के वक्ष में डुबो दिया...

पाण्डु का शरीर फिर से कसने लगा था। कुन्ती का यह देह-वैभव उसकी भुजाओं में था; और रक्त का संचार जैसे वेगवान ही नहीं हुआ था, तप्त भी हो गया था। पर यह सारा रक्त उसके मस्तक में ही क्यों चढ़ने लगता था। मस्तक जैसे फटने लगता था; और आँखें चक्षु-कोटरों को फाड़ कर बाहर निकलने लगती थीं...यह उत्तेजना...इसे नियन्त्रित करना होगा...

"सुना है, तुम्हारे पिता, राजा कुन्तिभोज अत्यन्त धर्मप्राण व्यक्ति हैं।" पाण्डु ने चर्चा का विषय एकदम बदल दिया। सम्भवतः ऋषियों-मुनियों और धर्म की चर्चा से, उसे इस प्राणघातक आवेश से मुक्ति मिले...

पति द्वारा विषय-परिवर्तन कुन्ती को भला लगा। समझ गयी कि उसे ही इस

अटपटी स्थिति से मुक्त करने के लिए उसके प्रिय ने बात को दूसरी ओर मोड़ दिया है...

कुन्ती मुस्कुरायी, "पिता की धर्म-वृत्ति के विषय में मैं अधिक नहीं जानती; किन्तु ऋषि-मुनियों की सेवा वह अवश्य करते थे। अनेक ऋषि भोजपुर में आया करते थे।"

पाण्डु की विचित्र स्थिति थी—उसका हृदय जैसे वक्ष फाड़ कर बाहर निकल आना चाहता था। कुन्ती!...सुन्दरी कुन्ती...युवती कुन्ती...देह का यह आकर्षण...कामदेव जैसे पाण्डु के रक्त के एक-एक बिन्दु में अपने पाँचों बाणों का विष एक साथ ही घोल रहा था...काम की उत्तेजना...उफान-ही-उफान...किन्तु रति कहीं निकट नहीं थी पाण्डु के,...रति के बिना तो काम अपने ताप में ही जल कर भस्म हो जायेगा...भगवान महादेव को अपना तीसरा नेत्र खोलने की आवश्यकता ही नहीं पड़ेगी...किन्तु अपने साथ-साथ, वह पाण्डु का शरीर भी भस्म कर जायेगा...

कुन्ती ने पाण्डु को देखा। काम से आविष्ट पाण्डु अन्यमनस्क-सा था। जाने कहाँ ध्यान था पाण्डु का...या सम्भव है कि इस प्रथम साक्षात्कार में, इस अल्प परिचय में काम का यह आवेग, उसके सुसंस्कृत मन को अशोभनीय लग रहा हो...सम्भवतः वह स्वयं को नियन्त्रित कर रहा हो...पति-पत्नी में कुछ घनिष्ठ परिचय हो ले, वे कुछ और आत्मीय बन जायें...प्रेम उपजे, भावों का तादात्म्य हो, तो काम प्रेम का एक अंग बन कर जीवन को सुखद बनाये...उस परिचय, आत्मीयता और प्रेम के अभाव में देह-सम्बन्ध...कामुकता तो कोई अच्छा गुण नहीं है...

कुन्ती का मन पाण्डु पर मुग्ध होता जा रहा था। देखो तो कितना कष्ट पा रहे हैं, आत्म-संयम में। जैसे अपने-आपसे युद्ध कर रहे हों...वह क्या नहीं जानते कि कुन्ती भी क्षत्रिय-पुत्री है...क्षत्रिय-समाज को जानती है।...कितना ताप है क्षत्रियों के रक्त में...युद्ध, सेज और क्रीड़ा-मण्डप...यही तो प्राण हैं उनके...

"सुना है कि दुर्वासा ऋषि भी एक बार आये थे, तुम्हारे राजप्रासाद में।" पाण्डु स्पष्टतः बात को आगे चलाने का प्रयत्न कर रहा था। उसका शरीर आवेश से काँप रहा था...

कुन्ती को जैसे सर्प-दंश लगा हो।...यह चर्चा को किस ओर ले जा रहे हैं...कहीं इन्हें ज्ञात तो नहीं...भोजपुर से चलते हुए, हस्तिनापुर के मार्ग में, या हस्तिनापुर में आने पर, किसी ने इन्हें बता तो नहीं दिया...क्यों इन्होंने दुर्वासा का ही नाम लिया?...

कुन्ती एक झटके से पाण्डु की भुजाओं में से मुक्त हो गयी।

पाण्डु के शरीर का ताप कुछ कम हुआ। उसे लगा, जैसे उसके तपते मस्तक को वायु का कोई शीतल झकोरा, कुछ शान्त कर गया हो...

"हाँ! आये थे।" कुन्ती ने कुछ साहस कर कहा, "मैंने कहा न कि भोजपुर के राजप्रासाद में ऋषि-मुनि, चिन्तक-विचारक, साधक-तपस्वी, सब आया ही करते थे। पिता उन सबका आदर करते थे। उनका स्वागत करते थे। उनकी सहायता करते थे।"

साहस कर कुन्ती कह तो गयी, किन्तु उसका विवेक उसे लगातार रोक रहा था: वह गलत दिशा में बढ़ रही है। ये निर्दोष बातें, उसके लिए यम-फाँस बन सकती हैं।

पाण्डु अपने भीतर के आवेश से लड़ रहा था; किन्तु कुन्ती पर तनिक भी प्रकट नहीं होने देना चाहता था। अनमना-सा, उसे बातों में लगाये रखना चाहता था। बात समाप्त होते ही मौन छा जाता था। मौन होते ही जैसे कुन्ती उससे रति की अपेक्षा करेगी...और पाण्डु पर फिर कामावेश छा जायेगा। उसका मस्तक फटने लगेगा, उसकी आँखें, कोटरों से बाहर निकलने-निकलने को हो जायेंगी...और उसकी रति-इच्छा फिर भी पूरी नहीं होगी...

"ऋषि क्या करने आते थे भोजपुर में?" उसने फिर एक प्रश्न उछाल दिया।

कुन्ती ने निरीक्षक दृष्टि से देखा : क्यों कुरेद रहा है इतना। क्या इसे सचमुच कुछ मालूम हो गया है?

"साधना करते थे ऋषि। कोई प्रयोग। ज्ञान के क्षेत्र में कोई नया शोध।..."

"पर दुर्वासा तो बहुत क्रोधी ऋषि माने जाते हैं।"

"क्रोधी तो वे हैं ही...वरन...एक प्रकार से विक्षिप्त-से हैं।" कुन्ती को लगा अब वह शायद और नहीं रोक पायेगी। उसके स्वर में शायद कोई थरथराहट आ गयी है। उसका कण्ठ सूख रहा था। यदि इस विषय पर बात और चलती रही, तो कहीं ऐसा न हो कि या तो वह चीत्कार कर उठे, या फिर उसे चक्कर आ जाये...

"उन्हें सन्तुष्ट करना तो बहुत कठिन होगा।" पाण्डु का अपने साथ लगातार युद्ध चल रहा था...वह अपने लोभ और संयम में, काम और विवेक में कोई संगति नहीं बैठा पा रहा था। एक ओर उसकी इच्छा होती थी कि वह यहाँ से भाग जाये... और दूसरी ओर कुन्ती का रूप, कुन्ती की देह का आकर्षण, उसे अनवरत अपनी ओर खींच रहा था...

"ऐसे व्यक्ति को सन्तुष्ट करना तो कठिन है ही।" कुन्ती ने कह तो दिया, किन्तु उसे लगा कि उसके स्वर का प्रवाह जैसे थम गया है, उसका कण्ठ सूख गया है।

"तुम लोगों ने उनकी बहुत सेवा की होगी।"

कुन्ती के लिए अब यह असह्य था...अब यह वार्तालाप यहाँ न रुका, तो फिर इसका कोई अन्त नहीं है...

उसने जैसे अपना सारा आत्मबल समेटा, अपने संकोच को बलात् परे धकेला और बड़ी कठिनाई से बोली, "आर्यपुत्र! आज की रात हमारे बीच यह ऋषि और उनकी तपस्या क्यों आ खड़ी हुई है...।"

और अपने अन्तिम शस्त्र के रूप में कुन्ती ने स्वयं को जैसे पाण्डु के अंक में उँड़ेल दिया...

कुन्ती के शरीर को पाण्डु ने अपनी भुजाओं में थाम लिया। उसका आलिंगन कसने लगा। लगा, उस पर काम का उन्माद छा गया है...और दूसरे ही क्षण उसके

चेहरे पर किसी भीतरी यातना के चिह्न उभरे।...उसकी भुजाएँ ढीली पड़ गयीं।...वह हाँफ रहा था। उसका चेहरा एकदम विकृत हो उठा था।

"मेरा मन ठीक नहीं है।" उसने कहा।

वह उठा और कक्ष से बाहर निकल गया।

कुन्ती अवाक् बैठी रह गयी।

उसके दुर्भाग्य ने उसका पीछा नहीं छोड़ा...वह सोच रही थी...किसी प्रकार उसके पति को सूचना मिल ही गयी...यही होना था। उसके साथ! मूर्खता का और क्या परिणाम हो सकता है।

और सहसा उसे लगा कि उसके मन में पाण्डु के प्रति अपार क्रोध भर आया है।...उसे क्या अधिकार है, कुन्ती को इस प्रकार पीड़ित करने का। अबोधावस्था में हुई कोई भूल क्या इतनी महत्त्वपूर्ण होती है कि उसके लिए किसी का सारा जीवन नष्ट कर दिया जाये।...ऐसा ही कुछ करना था, तो विवाह से पहले ही खोज-बीन कर ली होती। स्वयंवर में न आया होता...और इतनी ही घृणा थी उसे, इस तथ्य से, तो अपनी पितामही का सम्मान क्यों करता है...क्या इससे ऐसी कोई भूल नहीं हुई होगी। क्षत्रिय राजकुमार—जिसके आस-पास इतनी दासियाँ विद्यमान रहती हैं, क्या इसके पग एक बार भी नहीं डगमगाये होंगे...और फिर यह तो सम्राट है हस्तिनापुर का...कल यदि कुन्ती को उसके विषय में ऐसी ही कोई सूचना मिल जायेगी, तो क्या कुन्ती भी उसे इसी प्रकार छोड़ कर चल देगी?

कुन्ती बड़ी देर तक बैठी हुई मन-ही-मन फुँकती रही...पति के विरुद्ध मन-ही-मन आक्रोश संचित करती रही...और जब आक्रोश का वेग आकाश छूने लगा, तो कुन्ती को लगा कि वह और ऊपर न जा कर क्षितिज की ओर झुकने लगा है...पति से रुष्ट हो कर क्या होगा? वह गंगा तो है नहीं कि शान्तनु को छोड़ कर चली जाये; और फिर कहीं उसकी चर्चा भी न हो।...पाण्डु को छोड़ जायेगी, तो जायेगी कहाँ? ...पिता कुन्तिभोज के यश पर कालिमा पोतने भोजपुर जायेगी क्या? पिता ने अपनी कीर्ति की रक्षा के लिए उस नवजात शिशु को भोजपुर से इतनी दूर भिजवा दिया था।...कुन्ती लौट कर भोजपुर जायेगी, तो अपने पिता की निष्कलुष कीर्ति को नष्ट नहीं कर देगी?...तो क्या वह मथुरा जायेगी? पर अब मथुरा में कौन था? कंस के शासन में कौन-सा सुख मिलेगा उसे?

पुरुषों का समाज है, तो इसमें पुरुषों की ही इच्छा चलेगी। वह पति से रुष्ट हो कर न इस घर में रह सकेगी, न पितृ-गृह में। उसे पति से कोई-न-कोई समझौता करना ही पड़ेगा।...पति से समझौता तो पति की इच्छा के अनुकूल ही होगा...जो वह चाहेगा, जैसा वह चाहेगा...

कुन्ती सारी रात सोचती रही...उसका भविष्य कैसा होगा? जीवन का क्या स्वरूप होगा? उसके उन सारे स्वप्नों का क्या होगा, जो उसने कुन्तिभोज की पुत्री के रूप

में देखे थे : या पाण्डु की ग्रीवा में वरमाला डालने के पश्चात हस्तिनापुर की सम्राज्ञी के रूप में देखे थे। सम्राज्ञी के स्वप्न तो आठ प्रहर भी जीवित नहीं रहे; सम्राट ने एक झटके में ही सब कुछ ध्वस्त कर दिया!...

कुन्ती की निद्रा कुछ विलम्ब से ही टूटी। वह बहुत थोड़ी देर के लिए ही सो पायी थी शायद! सिर भारी और आँखें जल रही थीं। मन में अवसाद का धुआँ भी अभी तक था।...उसे अपनी स्थिति समझने और कल रात की बातें याद करने के लिए कुछ प्रयत्न करना पड़ा। जैसे-जैसे उसे बातें याद आती गयीं, उसका सिर कुछ और भारी होता गया...जो कुछ घटित हुआ था, वह कल के साथ ही समाप्त नहीं हो गया...वह तो अब प्रत्येक रात्रि को घटित होगा, या शायद उससे भी कुछ अधिक भयंकर...यदि कहीं उसने ये बातें परिवार के गुरुजनों को बता दीं...पता नहीं कैसे संक्रान्ति काल में से हो कर जा रहा है यह समाज!...ऋषि हैं कि परम्परा से चले आते हुए सनातन धर्म की पवित्रता, उपयोगिता और उच्चता को आज भी उतना ही महत्त्व देते हैं, और राज-समाज है कि निरन्तर बदलता जा रहा है, अपनी नयी मान्यताएँ स्थापित करता जा रहा है—मानअपमान के नये मानदण्ड! राजाओं का भी एक वर्ग, कन्यादान के समय, शुल्क स्वीकार करता है; और दूसरा वर्ग है, कि जब कन्या-दान करता है, उसके साथ यथासम्भव अधिक-से-अधिक यौतुक अपनी ओर से देता है।...ऋषि सन्तानोत्पत्ति को धर्म मानता है, प्रकृति की इच्छा के साथ सहयोग। कानीन सन्तान, औरस सन्तान, नियोग से सन्तान।...और राज-समाज कानीन पुत्र को तो त्याग ही चुका, नियोग द्वारा उत्पन्न सन्तान को भी औरस सन्तान के समान सम्मानित नहीं मानता।...कहीं बहुपतित्व है, कहीं बहुपत्नीत्व...और कहीं मात्र एकपत्नीत्व।...कुन्ती को लगता है कि ऋषियों ने जो नियम बनाये, वे समाज का हित ध्यान में रखकर बनाये हैं; और वे लोग आज भी उसी पर दृढ़ हैं।...उसमें उनका निजी स्वार्थ नहीं है...किन्तु राज-समाज जो नियम बना रहा है, वह अपने स्वार्थ और अहंकार के आधार पर बना रहा है। उसमें व्यक्तिगत दृष्टि ही है...समाज का हित उनके ध्यान में नहीं है...तभी तो समाज की दृष्टि संकीर्ण होती जा रही है...और कुन्ती जैसी अबोध किशोरी, पापिष्ठा घोषित की जा रही है...

दासी आयी, "महारानी को निद्रा आयी।"

"बहुत कम सो पायी हूँ।" कुन्ती ने सहज भाव से कहा और उबासी ली।

दासी मुस्कुरायी, "यही स्वाभाविक था स्वामिनी!"

कुन्ती ने उसका अर्थ ग्रहण किया : किन्तु न उसका प्रतिवाद कर सकी, न उसके साथ मिल कर मुस्कुरा सकी। क्या बताती वह दासी को, कि जो कुछ हुआ, वह स्वाभाविक ही था—किसी भी पुरुष के लिए स्वाभाविक! क्योंकि पुरुष का स्वभाव ही कठोर है—कठोर नहीं, शायद क्रूर! पिता कुन्तिभोज जैसा सहृदय व्यक्ति भी कितना

क्रूर हो उठा था, उस समय—वह भी एक नवजात शिशु के प्रति। दासी के हाथ भिजवा दिया...तनिक भी क्षमाशील नहीं है पुरुष! बिना पूछे, बिना दूसरे पक्ष को स्पष्टीकरण का तनिक भी अवसर दिये, वह उसे दण्डित करता है।...दुर्वासा ने तो कहा था कि यह पाप नहीं है...पर कुन्ती कहती है कि यदि समाज के बदलते मापदण्ड उसे पाप मानते भी हैं, तो वह पाप भी तो पुरुष का ही है। उसके लिए कुन्ती क्यों दण्डित हो...

पर दासी से यह सब कहना व्यर्थ था। वह बेचारी तो महारानी की काम-क्रीड़ा की कल्पना कर रही थी...

"सम्राट कहाँ हैं?"

दासी गम्भीर हो गयी, "ठीक-ठीक सूचना तो मुझे नहीं है महारानी! आपकी आज्ञा हो, तो पता लगा कर आऊँ!"

कुन्ती को यह कल्पना ही असंगत लगी कि उसकी दासी विभिन्न प्रासादों के एक-एक कक्ष में झाँकती फिरे कि सम्राट कहाँ हैं। जो सुनेगा, वह उसे कामदेव की लीला ही मानेगा और नव-वधू की इस व्यग्रता पर हँसेगा।...कुन्ती के लिए जगहँसायी के वैसे ही पर्याप्त कारण हैं, वह उनमें कुछ और जोड़ना नहीं चाहती...

"नहीं! रहने दो।" कुन्ती बोली, "मैं तो केवल यह जानना चाहती थी, कि यदि वह राजसभा में गये हों, तो मैं थोड़ा विश्राम और कर लूँ।"

दासी के चेहरे पर फिर मुस्कान आयी : जाने वह और क्या विचित्र कल्पना कर रही थी। किन्तु उसने मुस्कान दबा ली। बोली, "वैसे सुनने में आया है कि सम्राट ने दिग्विजय के लिए प्रस्थान की इच्छा प्रकट की है और हस्तिनापुर में सैनिक हलचल बहुत बढ़ गयी है।"

"ओह!" कुन्ती के मुख से निकला।

जाने क्या सोच कर दासी घबरा गयी, "यह बहुत विश्वसनीय समाचार नहीं है महारानी! बस सुनी-सुनायी बात ही समझें।"

"तू घबरा मत!" कुन्ती बोली, "समाचार विश्वसनीय हो या अविश्वसनीय, तेरे ऊपर उसका कोई प्रभाव पड़ने नहीं जा रहा।"

दासी चली गयी और कुन्ती लेट गयी।

...तो शायद उसने किसी को बताया नहीं है।...अपनी पत्नी के कलंक को उद्‌घाटित कर उसका भी तो गौरव नहीं बढ़ेगा। उस बात को तो शायद पचा गया है, किन्तु मुझसे दूर रहने की व्यवस्था कर रहा है। दिग्विजय के बहाने, एक लम्बे समय तक हस्तिनापुर से बाहर रहेगा।...इस बीच बहुत समय होगा। सम्भव है, उसका मस्तिष्क शान्त हो जाये...सम्भव है कि कुन्ती को ही कोई समाधान सूझ जाये...सम्भव है कि...

3

कुन्ती का मन रोने-रोने को हो रहा था।

कैसे पुरुष को पति के रूप में वरा उसने, जो रुष्ट भी होता है तो बताता नहीं कि उसके रोष का कारण क्या है।...क्या सचमुच किसी ने उसे कुन्ती के अतीत के विषय में बता दिया है?...पर कब? जब वह पहली रात, कुन्ती के पास आया था, तो कैसा मुग्ध था उस पर! तब तक उसके मन में कुन्ती का विरोध नहीं था, तो शयनकक्ष में एक-दूसरे के सान्निध्य में बैठ कर, एक-दूसरे पर आसक्त और मुग्ध होते हुए, कैसे उसके मन में कुन्ती का अतीत उद्घाटित हो उठा? या वह पहले से जानता था और केवल उसकी परीक्षा ले रहा था?...नहीं! यह सम्भव नहीं है। यदि उसके मन में पहले से ही यह बात होती, तो वह मुग्ध होने का अभिनय भी नहीं कर सकता था...

ओह पिता! क्यों तुमने यह स्वयंवर रचाया। अब किससे कहे कुन्ती कि उसका पति उस पर लुब्ध नहीं, उससे रुष्ट है।...कुन्ती ने ही तो वरा था उसे। यह उसका अपना निर्णय था। उसका दायित्व किसी और पर डाल कर, वह अपना भाग्य मान धैर्य भी तो धारण नहीं कर सकती थी...उसी ने तो बिना सोचे-विचारे, अपने अतीत से संचालित हो, पाण्डु के कण्ठ में वरमाला डाल दी थी...

तो क्या अब कुन्ती के लिए कोई आशा नहीं? पाण्डु उसके पास कभी नहीं लौटेगा? वह उस नव-निर्मित प्रासाद के समान खड़ी-खड़ी खँडहर हो जायेगी, जिसमें कभी किसी का आवास नहीं रहा?...नहीं! ऐसा नहीं हो सकता! शायद समय का अन्तराल पाण्डु के रोष की उग्रता को कम कर दे। वे एक-दूसरे के निकट आयें, विचार-विनिमय करें, किसी एक संधि तक पहुँचें।...तब वह पाण्डु को समझाएगी कि वह जैसी भी है, उसकी पत्नी है। वह उससे प्रसन्न रहे, या अप्रसन्न : किन्तु पत्नी को त्यागने का कोई सामाजिक-विधान नहीं है। गौतम ने अहल्या को त्यागा था, तो राम और विश्वामित्र के कहने पर पुनः उसे स्वीकार भी किया था। पति, पत्नी को त्याग दे तो पत्नी स्वयं को अपमानित-तिरस्कृत अनुभव करती है, समाज भी उसे आदर की दृष्टि से नहीं देखता। किन्तु पति को यह भूलना नहीं चाहिए कि उसकी मर्यादा और उसका गौरव उस समय उसी परित्यक्ता पत्नी के हाथ में होता है। वह अपने पति की मर्यादा और लाज को ढोती रहे, अपनी उपेक्षा और अवमानना को चुपचाप सहती रहे, तो पति की मर्यादा सुरक्षित रहती है।...कहीं परित्यक्ता पत्नी ही उच्छृंखलता पर उतर आये, तो पति की मर्यादा की रक्षा कौन करेगा...पर इन सब बातों का अवकाश कहाँ है कुन्ती के लिए? पाण्डु ने उसे त्यागा ही होता—दोनों पृथक हो गये होते, तो कदाचित यही माना जाता कि उनमें परस्पर मतभेद हैं। जाने दोषी कौन है! पर दूषित तो कोई नहीं होता।...पाण्डु के लिए दूसरी पत्नी आ गयी—माद्री!... कहते हैं,

अत्यन्त सुन्दर है। पाण्डु उसके साथ रहेगा। दोनों जीवन के सुखों का भोग करेंगे। तब अनकहे ही, कुन्ती दोषी ही नहीं, दूषित भी मान ली जायेगी...

कुन्ती को लगा, वह पाण्डु का मुँह नोच लेना चाहती है, 'पापी! त्यागना ही था, तो त्याग देता। इस प्रकार कलंकित करने का क्या अर्थ?'...सहसा उसका आक्रोश अजाने ही दूसरी दिशा में मुड़ गया...और एक यह खलनायक है; भीष्म! निस्पृह, त्यागी, महात्मा भीष्म! जो पति-पत्नी को किसी संधि तक पहुँचने का अवसर ही नहीं देना चाहता।...धर्मनिष्ठ पितृव्य भीष्म! लोग उसका नाम बहुत आदर और सम्मान के साथ लेते हैं।...स्वयं तो विवाह नहीं किया, किन्तु दूसरों के लिए पत्नियाँ खूब जुटाई हैं। जाने क्या सन्तोष मिलता है उनको...कहीं अपनी क्षति-पूर्ति ही तो नहीं करते। अपनी पत्नी का अभाव जब खलता होगा, तो अन्य किसी के लिए, एक पत्नी का प्रबन्ध कर देते हैं...पर कभी उन्होंने स्त्री की ओर से भी सोचा है?...कभी तो सोचा होता...सत्यवती, अम्बिका, अम्बालिका और माद्री क्या सोचती हैं? उन सबके मन में शुभकामनाएँ हैं भीष्म के लिए अथवा वे सब शापित करती हैं उनको? कौन आयी है, इनमें से अपनी इच्छा से?...

कहते हैं कि वह धर्मात्मा हैं। पर कैसे धर्मात्मा हैं भीष्म? केवल अपनी टेक पर अड़े रहना ही तो धर्म नहीं हो सकता। सृष्टि में इतने जीव हैं, सबको यहीं रहना है। उन सबकी सुविधाओं के बीच सामंजस्य खोजना ही तो धर्म है, न्याय है, नीति है।...पर भीष्म तो दूसरे पक्ष की सुनते ही नहीं...कैसे धर्मात्मा हैं वह?...एक बार भी कुन्ती से नहीं पूछा, 'पुत्रि! कल पाण्डु तुम्हें ब्याह कर लाया है और आज दिग्विजय के लिए जा रहा है। क्यों? क्या तुम दोनों में कोई कहा-सुनी हुई? कोई मतभेद? क्या तुम पाण्डु को नहीं भायीं? या पाण्डु तुम्हें प्रिय नहीं लगा?'...कुछ नहीं पूछा भीष्म ने; और उठ कर चल दिये माद्री को लाने। क्यों उन्होंने मान लिया कि पाण्डु को कुन्ती प्रिय नहीं लगी? और यदि ऐसा हुआ, तो उसमें कुन्ती का ही दोष क्यों है?...पाण्डु को तत्काल दूसरी पत्नी क्यों चाहिए?...उन्होंने, उनके दाम्पत्य-जीवन में स्थिरता लाने के लिए उन्हें समझना क्यों आवश्यक नहीं समझा? यदि आज कुन्ती कहे, कि उसे पाण्डु प्रिय नहीं तो क्या भीष्म उसके लिए दूसरे पति का प्रबन्ध करने चल देंगे?...

सहसा कुन्ती को लगा : उसका यह दर्प, कदाचित उसकी कोई सहायता नहीं करेगा! यह समाज, मात्र पुरुषों का है। यहाँ पुरुष का ही आधिपत्य है, उसके ही अहंकार की रक्षा होगी, उसकी सुविधाओं के लिए विकल्प जुटाए जायेंगे। वह चाहेगा तो निर्जीव पदार्थ के समान स्त्री को उठा कर कण्ठ से लगा लेगा; और चाहेगा तो उसे झटक कर दूर फेंक देगा तथा एक नये खिलौने के समान दूसरी स्त्री को चुन लेगा।...कितनी असहाय है कुन्ती! वह दुर्वासा के सम्मुख असहाय सिद्ध हुई, जनक शूरसेन और पिता कुन्तिभोज के सम्मुख भी...और अब वह पाण्डु के सम्मुख भी अपदार्थ सिद्ध हो रही है...

किन्तु पितामही, राजमाता सत्यवती कैसे इतनी समर्थ हो गयी हैं?...क्या वे भी पुत्री और पत्नी के रूप में कुन्ती के ही समान असमर्थ रही हैं; और आज समर्थ हैं, क्योंकि वह माता हैं, पितामही हैं। कदाचित स्त्री जननी बन कर ही, पुरुष पर, समर्थ पुरुष पर अपना पूर्ण अधिकार स्थापित कर सकती है...

पर कुन्ती ने जिसे जन्म दिया है, उसे वह बहुत पीछे छोड़ आयी है। वह अनाकांक्षित ही उसकी गोद में आया था; कैसा हृष्टपुष्ट था, कैसा स्वस्थ और तेजस्वी! पर कुन्ती ने उसे त्याग दिया। जननी का अधिकार-जाल समेट लिया। अब वह समर्थ हो भी जाये, तो क्या? उसके सामर्थ्य का क्या लाभ होगा कुन्ती को?...और ...और पाण्डु यदि उससे इसी प्रकार दूर भागता रहा, तो वह फिर कभी जननी बन भी पायेगी क्या? सामर्थ्यवान पुरुष की जननी?...

...भाग्य ने उसके लिए कोई विकल्प नहीं छोड़ा है। उसे पाण्डु के दर्प, अहंकार और उपेक्षा को ही नहीं, उसकी प्रताड़ना को भी मौन-मूक सहना होगा। यदि माद्री ही पाण्डु की प्रिया हो गयी, तो उसके इस अधिकार को भी मान्यता देनी होगी। ...उसे अपनी शक्ति को किसी प्रकार बनाये रखना है...उसे समर्थ बनाना होगा ...जननी...। वह पाण्डु को त्याग नहीं सकती, उसकी उपेक्षा नहीं कर सकती, उसके विरुद्ध नहीं जा सकती।...उसको पुत्र पाण्डु से ही प्राप्त होंगे, अतः उसे अधिकार भी पाण्डु से ही मिलेंगे...

4

कुन्ती को आश्चर्य हुआ : माद्री, और उससे मिलने के लिए आयी है। पर क्यों? ...उसने तो एक क्षण के लिए भी नहीं सोचा कि उसे माद्री से मिलना चाहिए। उसके मन में न तो माद्री को देखने की उत्सुकता थी, न उसे भय था कि माद्री उसका अधिकार, धन-सम्पत्ति या पति छीन लेगी—वह सब उसे मिला ही कब था।...न कुन्ती के मन में लोकाचार की ही बात उठी थी कि वह कुरु-कुल की नयी वधू के स्वागत का शिष्टाचार निभाये।

उसने मान लिया था कि उसके साथ जो दुर्घटना घटनी थी, वह घट चुकी। स्रष्टा को जो खिलवाड़ उसके जीवन के साथ करना था, वह कर चुका। अब कुन्ती एक अनावश्यक, अपदार्थ, व्यर्थ-सी वस्तु के रूप में इस राजप्रासाद में पड़ी रहेगी। जब तक माद्री नहीं आयी थी, तब तक फिर भी कुन्ती के मन में कहीं कोई आशा थी कि पाण्डु उसके पास लौट आयेगा, उसे स्वीकार कर लेगा; और वे एक सुखद दाम्पत्य जीवन व्यतीत कर पायेंगे।...किन्तु माद्री आ गयी थी। जिसने भी उसे देखा था, उसे असाधारण सुन्दरी बताया था—नारी-सौन्दर्य की पराकाष्ठा। वह आकर्षक थी,

मोहक थी, निर्मम-से-निर्मम पुरुष के मन को लुभा सकती थी।...तब कहाँ अवकाश था, पाण्डु के लौट आने का। यदि कभी उसका मन माद्री से ऊब भी गया, तो वह तीसरा विवाह करेगा; लौट कर कुन्ती के पास क्यों आयेगा। यदि दूसरा विवाह करते हुए, उससे किसी ने कुछ नहीं पूछा, तो तीसरा करने पर ही कौन पूछेगा।...

...कुन्ती को लगा, वह अपने भाग्य को कितना भी दोष दे, किन्तु वह पाण्डु को क्षमा नहीं कर सकती। यदि उसे कुन्ती के अतीत का कोई आभास हो ही गया था, कोई सूचना मिल ही गयी थी, तो वह कुन्ती से बात तो करता। उसे स्पष्टीकरण का अवसर तो देता। कुन्ती का तिरस्कार ही करना था तो कोई सम्मानजनक संधि तो करता...आधी रात को उठ कर चल दिये...दूसरे की भावनाओं का रत्ती-भर भी सम्मान नहीं। कुन्ती क्या बात करने के भी योग्य नहीं थी, लांछित करने योग्य भी नहीं...

पाण्डु तो पाण्डु! अब यह माद्री और आ गयी है। उसे भी तो मालूम होगा कि पाण्डु की एक पत्नी पहले भी है, जिसे वह पहली रात ही काम-क्रीड़ा के मध्य अतृप्त छोड़ आया है।...क्या बाध्यता थी उसकी, कि वह पाण्डु से ही विवाह करे। जब वह इतनी ही सुन्दर है, स्रष्टा ने उसे यौवन का वैभव भी भरपूर दिया है, तो संसार में पुरुषों का अभाव है क्या? क्या वह किसी और राजा, राजकुमार या सम्राट को नहीं चुन सकती थी। पाण्डु की दूसरी पत्नी बनना क्या इतना ही सम्मानजनक था कि वह किसी और राजा की पट्टमहिषी नहीं बनना चाहती थी?

कुन्ती का मन माद्री को पाण्डु से भी अधिक दोषी ठहरा रहा था। यदि नारी ही, दूसरी नारी पर अत्याचार न करना चाहे तो पुरुष क्या कर सकता है। जाने क्यों, स्त्रियाँ ही स्त्रियों की शत्रु हो जाती हैं...

परिचारिका ने माद्री के आने की सूचना दी तो कुन्ती के मन में पहली प्रतिक्रिया हुई कि वह कहलवा दे कि वह उससे मिलना नहीं चाहती। किन्तु उसके विवेक की काली बिल्ली, जैसे क्रोध के तीव्रगामी रथ का रास्ता काट गयी।...द्वार पर आये व्यक्ति के साथ अशिष्ट व्यवहार नहीं करना चाहिए...जाने क्या सोच कर आयी है माद्री...जाने क्या कहना चाहती है...

"उन्हें सादर लिवा लाओ।" कुन्ती बोली।

माद्री आयी और अनिश्चय में कुन्ती के सम्मुख, खड़ी-की-खड़ी रह गयी।

कुन्ती ने उसे देखा : सत्य ही अद्‌भुत सुन्दरी थी माद्री। देवकन्या-जैसी। उसने सुन रखा था, मद्रदेश के सौन्दर्य के विषय में; किन्तु यह तो मद्र-सौन्दर्य का भी जैसे चमत्कार थी।...पर कैसी अस्वस्थ सी लग रही थी, पूर्णतः ध्वस्त, जैसे उसका सर्वस्व हरण हो गया हो...और कहाँ कुन्ती ने सोचा था, कि पाण्डु को पा कर माद्री प्रसन्नता के ज्वार के भाल पर मयूर-सी नृत्य कर रही होगी, कुन्ती को वंचित कर, उसका अहंकार जैसे स्वयं अपने-आप पर ही मुग्ध हो रहा होगा...

"आओ माद्री!"

माद्री आगे बढ़ी अवश्य; किन्तु असमंजस में फिर खड़ी रह गयी कि वह आगे बढ़ कर कुन्ती के चरणों पर लोट जाये, या उसके कन्धे पर सिर रख कर रो पड़े।

कुन्ती ने उसके असमंजस को पहचाना। यह भी जाना कि उसके और माद्री के वय में कदाचित बहुत अन्तर नहीं था : फिर भी वह बड़ी थी, क्योंकि वह पाण्डु की पहली पत्नी थी।...उसकी और माद्री की काया में भी अन्तर था। माद्री कोमल थी, अधिक लम्बी भी नहीं थी। आकार-प्रकार को देखते हुए, समवयस्क होने पर भी, कुन्ती उससे बड़ी ही लग रही थी। वैसे भी कुन्ती को उससे बड़ी होना ही था—माद्री उसके द्वार पर आयी थी।

उसने आगे बढ़ कर माद्री को गले से लगा लिया।

माद्री का जाने कब का बँधा, धैर्य का बाँध टूट गया। उसे वह कन्धा, मिल गया था, जिस पर सिर रख कर वह रो सकती थी।

वह फफक पड़ी, "दीदी!"

उसके एक सम्बोधन मात्र से जैसे कुन्ती के हृदय की सारी दुश्शंकाएँ धुल गयीं। हृदय पिघल कर जैसे आतुर हो कर माद्री की ओर दौड़ा। उसे लगा, जाने कब की बिछुड़ी उसकी अपनी छोटी बहन आ मिली है। कुन्ती ने उसे अपने वक्ष में भींच लिया।...वह भी तो कब से प्रतीक्षा कर रही थी कि उसे कोई अपना मिले और उसके कन्धे पर सिर रख कर, अथवा उसे हृदय से लगा कर वह रो सके।

थोड़ी देर में शान्त हो कर दोनों अलग हुईं।

और अश्रु पोंछते हुए कुन्ती का ध्यान इस ओर गया कि वे दोनों तो अपने सहज आवेश में ही रोती रहीं; अभी कुन्ती ने उससे यह तो पूछा ही नहीं कि उसके रोने का कारण क्या है।

"माद्री!" कुन्ती ने बहुत कोमल स्वर में उसे पुकारा।

"दीदी! मुझे कोई बताता क्यों नहीं कि मेरा दोष क्या है?"

कुन्ती चुपचाप उसे देखती रही : तो क्या पाण्डु ने उसके साथ भी वैसा ही व्यवहार किया? पर क्यों?...अपने विषय में तो कुन्ती ने मान लिया था कि उसका अतीत...पर माद्री?...प्रत्येक स्त्री का अतीत होता है क्या? विवाह के पश्चात पत्नी बन कर, जब वह पाण्डु की सेज पर आ जाती है, पाण्डु को तभी उसका पता लगता है क्या?...

कुन्ती ने उसे बैठाया। उसके आँसू पोंछे। और तब अत्यन्त धैर्य से पूछा, "क्या बात है माद्री! मुझे विस्तार से बताओ।"

माद्री उसे हस्तिनापुर में अपने स्वागत, और फिर पाण्डु से अपने मिलन की कहानी सुनाती रही; और कुन्ती को लगता रहा कि वह माद्री की नहीं, कुन्ती की ही कहानी है। केवल एक नाम का अन्तर था, अन्यथा सब कुछ वैसे-का-वैसा ही था।...वह चकित थी : ऐसा क्यों हुआ और कैसे हुआ?

कुन्ती ने पूर्ण तन्मयता से सब कुछ सुना। जब माद्री चुप हुई तो कुन्ती बोली, "क्या तुम्हें अपने विवाह से पहले मेरे विषय में मालूम था?"

"मालूम था।"

"तो फिर तुमने विवाह की स्वीकृति क्यों दी?"

"स्वीकृति!" माद्री चकित हो कर बोली, "मुझसे किसने पूछा? मुझसे स्वीकृति माँगी ही किसने?...मैंने स्वयंवर में वरण नहीं किया है उनका। मुझे तो भैया ने सौंप दिया पितृव्य भीष्म को।"

"तुम्हारे भैया को मालूम नहीं था कि सम्राट विवाहित हैं?"

"मालूम होगा।...मैं नहीं जानती...मालूम होगा भी तो क्या। बहुपत्नीत्व तो सारे देश में प्रचलित है।"

"बहुपत्नीत्व तो प्रचलित है," कुन्ती बोली, "किन्तु यह तो पूछना ही चाहिए कि पहली पत्नी के विरुद्ध ऐसा कौन-सा आरोप है, जिसके कारण दूसरा विवाह किया जा रहा है।"

"आप ठीक कह रही हैं दीदी!" माद्री बोली, "पूछना तो चाहिए; किन्तु निश्चित रूप से भैया ने यह सब नहीं पूछा होगा। सम्बन्ध करने की दृष्टि से हस्तिनापुर का राजपरिवार उनके लिए पर्याप्त कुलीन है। सम्भव है कि उनके मन में कहीं रहा होगा कि भोजराज की पालित पुत्री हस्तिनापुर के सम्राट के लिए पर्याप्त कुलीन नहीं है।" माद्री अपने प्रवाह में कहती चली गयी। उसने एक बार भी देखने का प्रयत्न नहीं किया कि उसके कथन का कुन्ती पर क्या प्रभाव हुआ है, "मेरे लिए उन्हें उनकी अपेक्षा से अधिक शुल्क दिया गया है; और दीदी! यदि भैया ने स्वेच्छा से यह निर्णय न किया होता, तो उन्हें बाध्य हो कर यही निर्णय करना पड़ता।"

"क्यों?"

"पितृव्य भीष्म के साथ चतुरंगिणी सेना भी थी। वह मात्र शोभा के लिए तो नहीं थी न!"

"ओह!" कुन्ती के मुख से निकला।

माद्री कदाचित अपने प्रश्न के उत्तर की अपेक्षा में कुन्ती की ओर देखती रही, और कुन्ती जैसे अपने भीतर डूबती चली गयी। कुन्ती नहीं जानती कि पाण्डु ने उसके साथ ऐसा व्यवहार क्यों किया। माद्री भी नहीं जानती।...किन्तु इससे इतना तो स्पष्ट ही है कि कारण वह नहीं है, जो कुन्ती ने सोचा था। कारण शायद वह भी नहीं है, जो माद्री ने सोचा था। कुलीन राजकुमारियाँ पा कर राजा लोग उनसे विवाह के लिए लालायित हो उठते हैं, किन्तु अकुलीन कुमारियों को अपने अधिकार में पा कर वे उसकी उपेक्षा कर, सेज छोड़ कर भाग नहीं जाते; अन्यथा इतनी अधिक मात्रा में दासी-पुत्रों का जन्म न होता...कुलीनता-अकुलीनता का भाव पाण्डु के मन में है या नहीं, किन्तु माद्री के मन में है।...किन्तु पाण्डु की उपेक्षा का कारण? कारण तो

पाण्डु के मन में ही है। वही बतायेगा कि उसने ऐसा क्यों किया, अथवा वह ऐसा क्यों करता है...और माद्री! कुन्ती ने माद्री की कल्पना, दूसरों का अधिकार छीनने वाली एक दुष्ट स्त्री के रूप में की थी; किन्तु वह कुलीन राजकुमारी तो स्वयं ही इतनी दुखी है। उसकी कुलीनता के पास तो अपना ही कोई अधिकार नहीं है, वह दूसरों का अधिकार क्या छीनेगी। पोषिता राजकुमारी कुन्ती ने कम-से-कम आर्य राजकुमारियों के समान स्वयंवर में स्वेच्छा से पाण्डु का वरण किया था, और यह जन्म से कुलीन राजकुमारी माद्री तो एक वस्तु के समान शुल्क लेकर भीष्म को सौंप दी गयी, कि वे उसे किसी को भी प्रदान कर सकते हैं।...उस दुखी स्त्री से क्या विरोध!...वे दोनों ही परिस्थितियों की दुष्टता से पीड़ित हैं, दोनों ही असहाय हैं, दोनों को ही किसी की सहायता चाहिए।...उन दोनों में परस्पर विरोध न हो कर, सहयोग होना चाहिए। वंचित जन यदि परस्पर ही वैर-विरोध रखेंगे, तो उनकी सहायता कौन करेगा। कदाचित परस्पर सहयोग से वे कभी अपना अधिकार प्राप्त कर सकें...

"दीदी! वह ऐसा क्यों कर रहे हैं?" माद्री ने पुनः पूछा, "दासियों ने मुझे बताया, कि वे दिग्विजय के लिए जा रहे हैं।"

"सुनो माद्री!" इस बार कुन्ती का स्वर पर्याप्त स्थिर था, "मैं भी नहीं जानती कि हमें किस अपराध के लिए दण्डित किया जा रहा है। किन्तु अपने स्तर पर मैंने निश्चय किया है कि मैं अपने पति के इस व्यवहार के विरुद्ध गुहार करने पितृव्य अथवा पितामही के पास नहीं जाऊँगी। मैंने तो इसकी चर्चा माता अम्बालिका से भी नहीं की है; और न ही करूँगी। यह सारा व्यवहार पति-पत्नी के बीच की बात है। अतः उसकी चर्चा भी हमारे मध्य ही रहेगी। यदि तुम भी मुझसे सहमत हो, तो तुम भी यही करो। इन बातों की चर्चा किसी से मत करो। किसी से अपने पति की शिकायत मत करो। अवसर आने पर हम उससे ही पूछेंगी, कि इस व्यवहार का क्या अर्थ है। हमारा ऐसा कौन-सा दोष है, जिसके कारण हमें इस प्रकार तिरस्कृत और अपमानित किया जा रहा है!...मुझसे सहमत हो?"

"हाँ दीदी!" माद्री ने अपने अश्रु पोंछे।

"ऐसे नहीं! सोच-समझ कर, अच्छी प्रकार विचार कर कहो।"

"सोच लिया।" माद्री बोली, "मैं आपके साथ हूँ। जैसा आप कहेंगी, मैं वैसा ही करूँगी।"

कुन्ती मुस्कुरायी, "तुम तो बहुत भोली हो सखि! तत्काल सब कुछ मान जाती हो।...और जानती हो, क्या सोचा था मैंने तुम्हारे विषय में?"

"क्या?" माद्री ने पूरी आँखें खोल कर, कुन्ती को देखा।

कुन्ती उन आँखों को देखती रह गयी।

"क्या देख रही हो?" माद्री ने पलकें झपकायीं।

"तुम्हें कहीं मेरी ही डीठ न लग जाये बहना!" कुन्ती बोली, "सचमुच बहुत

सुन्दर हैं तुम्हारे नयन! वह तो अभागा है, जो इन नयनों की भी उपेक्षा करके चला गया। वह क्रोध का नहीं, दया का पात्र है।"

"तुमने मेरे विषय में क्या सोचा था दीदी?"

"सोचा था, तुम कोई दुष्ट कृत्या हो, जो मेरा सर्वस्व हरण करने आयी हो।"

"और मैंने सोचा था कि मुझसे मेरा पति छीनने वाली तुम हो। जब वे अर्द्धरात्रि में ही मेरी शैया से उठ कर चले गये, तो मैंने सोचा कि शायद वह सीधे तुम्हारे पास ही आये हैं। यह तो जब मुझे मालूम हुआ कि वह दिग्विजय के लिए जा रहे हैं और वे तुम्हारे कक्ष में भी नहीं आते, तब मैंने तुमसे मिलने का निर्णय लिया।"

"हम एक-दूसरी के विरुद्ध नहीं, एक-दूसरी के साथ हैं।" कुन्ती बोली, "जीवन में जो कुछ मिलेगा—दोनों को मिलेगा। एक-दूसरी को वंचित कर, हमें कुछ भी प्राप्त नहीं करना है।"

"ठीक है दीदी!" माद्री जैसे पूर्णकाम हो कर, कुन्ती के गले लग गयी।

5

अम्बालिका बैठ गयी तो कुन्ती ने जैसे प्रश्नवाचक दृष्टि से अपनी सास को देखा। कुन्ती को स्वयं अपने ऊपर आश्चर्य हुआ कि उसका व्यवहार ऐसा क्यों है। एक सास का अपनी पुत्रवधू से मिलने आना कोई असामान्य बात तो थी नहीं। फिर...?...और साथ-ही-साथ कुन्ती ने अनुभव किया कि उसके मन में आश्चर्य के साथ-साथ एक अजाना-सा भय भी समाता जा रहा है।...

"कुन्ती!" अम्बालिका बोली, "कैसी हो बहू?"

कुन्ती का मन हुआ कि शिष्टाचारवश ही कोई ऐसा वाक्य कह दे, जिसका अर्थ हो कि ठीक हूँ, या जिसका कोई अर्थ न हो।...पर उससे वह एक वाक्य भी न बोला गया। एक असहाय-सी मुस्कान उसके अधरों पर आ कर जैसे ठिठक गयी।

"अपने पति के युद्धों और विजयों के समाचार पा कर कैसा लगता है कुन्ती?" अम्बालिका ने फिर पूछा।

कुन्ती इस बार भी समझ नहीं पायी कि क्या उत्तर दे। क्या कह दे—कि जिस पुरुष के प्रति उसके मन में अभी पत्नी-भाव ही उत्पन्न नहीं हुआ है, जिसकी विजय और पराजय का समाचार उसके मन में कोई स्पन्दन ही उत्पन्न नहीं कर पाता—उसके युद्धों और विजयों के समाचार का वह क्या करे। उसे तो यह समाचार उतना भी नहीं छूते, जितना नगर में किसी नये व्यापारी के आगमन का समाचार।...उसे आज तक लगा ही नहीं कि उसका एक पति है, जो इस समय उससे दूर है। वह युद्ध कर रहा है। युद्ध में वह जीत रहा है।...और युद्ध में वह पराजित भी हो सकता है।

शत्रु के हाथों वीरगति भी पा सकता है।...ये सारे समाचार, प्रश्न, समस्याएँ, पुलक, आशंकाएँ...उसके लिए कुछ नहीं हैं। कोई अर्थ नहीं रखते उसके लिए।...

उसके मन में जो प्रश्न हैं, वे कुछ और हैं। वह कभी स्वयं अपने आपसे पूछती है, और कभी अपने विधाता से। प्रश्नों की यह शृंखला टूटती ही नहीं। अब तो जैसे वह न प्रश्नों से खीझती है, न उनके उत्तरों की अपेक्षा करती है। कभी-कभी जैसे वह अत्यन्त तटस्थ भाव से इन प्रश्नों पर मुस्कुराने लगती है...

"तुमने सुना होगा," कुन्ती से कोई उत्तर न पा कर अम्बालिका बोली, "पाण्डु ने अनेक राजाओं को पराजित किया है। पांचालों की भी कुछ क्षति की है उसने। दक्षिण मगध के एक राजा का तो वध ही कर दिया है। विदेहों को भी जीत लिया है उसने।"

"हाँ! सुनती रहती हूँ।" चाह कर भी कुन्ती अपने चेहरे पर प्रसन्नता का भाव नहीं ला सकी।

"तुम्हें इससे कोई प्रसन्नता नहीं होती?"

कुन्ती को लगा, उसकी चोरी पकड़ी गयी थी। उसका हृदय भय के मारे काँप उठा। किन्तु दूसरे ही क्षण उसके भीतर का सुरक्षा-भाव सशस्त्र उठ खड़ा हुआ : भयभीत होने की क्या बात है? पाण्डु को उसके साथ रह कर सुख नहीं मिला...और इस कारण उसे कोई अपराधी नहीं मानता...

"नहीं! ऐसी तो कोई बात नहीं।" प्रयत्न करने पर भी वह नहीं कह सकी कि उसे बहुत प्रसन्नता होती है।

अम्बालिका ने उसे एक परीक्षक की दृष्टि से देखा और फिर उसकी आँखों में स्नेह का भाव फूट पड़ा, "तुम मुझसे डरो नहीं पुत्री! और न ही मुझे पराया समझो। मैं पाण्डु की माँ अवश्य हूँ, पर तुम मुझे सास न मान, अपनी माँ ही समझो।" अम्बालिका ने रुक कर उसकी प्रतिक्रिया जाननी चाही, "मैं तो एक प्रकार से तुमसे क्षमा माँगने आयी थी, और देखने आयी थी कि तुम्हारी पीड़ा तुम्हारे लिए असह्य तो नहीं है...।"

कुछ उत्तर देना तो दूर, इस बार तो कुन्ती समझ ही नहीं पायी कि अम्बालिका क्या कह रही है...

"किस बात की क्षमा राजमाता!" अनायास ही कुन्ती के मुख से निकल गया।

"राजमाता नहीं, केवल माता कहो पुत्री!"

कुन्ती का मन जैसे द्रवित हो उठा। ऐसी लालसा से तो उसकी अपनी माता ने भी कभी आग्रह नहीं किया था।

"किस बात के लिए क्षमा, माता!"

"अपने पुत्र के दुर्व्यवहार के लिए बेटी!" अम्बालिका बोली, "वह तुम्हें और माद्री को ब्याह कर क्या लाया, बन्दिनी बना कर छोड़ गया। अपनी नवोढ़ाओं के

साथ कोई इस प्रकार का व्यवहार करता है।" और आगे कुछ कहने के लिए जैसे, अम्बालिका ने ऊर्जा संचित की, "मैं तो यह जानने आयी थी दुहिते! कि तुम लोगों में कोई मन-मुटाव हुआ है, अथवा मात्र इतिहास अपने-आपको दुहरा रहा है...।"

कुन्ती ने इस बार सहज विश्वास से अम्बालिका को देखा और उसके मन ने अपने-आपसे पूछा : क्या सचमुच इस स्त्री का मातृत्व इतना उदार है कि यह पुत्र के साथ पुत्रवधू को भी उसकी परिधि में ले ले?

"हममें मन-मुटाव तो कोई नहीं हुआ...।"

"क्या वह तुम्हारे निकट आया?"

"निकट आते-आते दूर चले गये।"

अम्बालिका चुपचाप कुन्ती को देखती रही। फिर जैसे अपने-आपसे ही बोली, "मैंने सुना है कि वह पराजित राजाओं से कर के रूप में उपलब्ध अपार धन-सम्पत्ति अपने साथ ला रहा है : गोधन, अश्वधन, हस्तिधन, रत्न, मणियाँ, मोती, मूँगे, स्वर्ण, रजत...। वह कुरु-वंश को लक्ष्मी से आकण्ठ पूरित करेगा। माता सत्यवती हर्ष से फूली न समायेंगी। पितृव्य भीष्म उस पर गर्व करेंगे। प्रजाजन उसका जय-जयकार करेंगे।...किन्तु...किन्तु..." लगा जैसे आगे कहने के लिए वह साहस नहीं बटोर पा रही हैं, "किन्तु पुत्री। तुम दोनों—उसकी रानियाँ—तुम और माद्री—दोनों ही कंगाल... रहोगी..." अम्बालिका की आँखों में जैसे विक्षिप्तता प्रकट हुई, "कुरुकुल की रानियों का भाग्य यही है। हस्तिनापुर में इतिहास इसी प्रकार अपने-आपको दुहराता है।"

कुन्ती के मन में अपनी सास के प्रति सहानुभूति भी जागी और एक भय भी अंकुरित हुआ—क्या हो गया है राजमाता को? कैसी बहकी-बहकी बातें कर रही हैं। ...पर न तो वह आगे बढ़ कर अपनी सास को स्नेह से अपनी बाँहों में समेट पायी और न भयभीत हो कर पीछे ही हट सकी। वह अपने स्थान पर कीलित-सी खड़ी रह गयी...

"मैं तो यह कहने आयी थी बेटी!" अम्बालिका ने स्वयं को सँभाल लिया था, "कि यदि कभी दुख असह्य हो जाये, तो मेरे पास चली आना। मेरे पास तुम्हें देने को कुछ नहीं है। तुम्हारा सुख भी शायद न बाँट सकूँ। किन्तु दुख बाँटने की मुझमें अपार क्षमता है...।"

अम्बालिका उठ खड़ी हुई। उसने अपनी आँखें पोंछीं और कक्ष से बाहर निकल गयी। उसने कुन्ती को इतना समय भी नहीं दिया कि वह उसके चरण-स्पर्श कर सकती।

अम्बालिका चली गयी और कुन्ती स्तम्भित-सी बैठी रही। उसकी समझ में नहीं आ रहा था कि राजमाता कुछ पूछने आयी थीं या बताने! वे कुन्ती का दुख बाँटने आयी थीं, या अपना दुख जताने...

पर इतना तो कुन्ती समझ ही गयी थी कि उसकी सास, राजमाता हो कर भी

सुखी नहीं हैं। भौतिक सुखों का अभाव तो उन्हें नहीं ही होगा, किन्तु भावनात्मक रूप में शायद करुणा ही उनमें स्थायित्व ग्रहण कर चुकी है...कुन्ती को अपनी सास का दुख, कहीं अपने दुख से भी बड़ा लग रहा था...या फिर कुन्ती अपनी सास के समान कोमल नहीं थी। यादवों की पुत्री थी कुन्ती! कुन्तिभोज के कठोर अनुशासन में पली। शरीर से भी कोई ऐसी दुर्बल नहीं थी। कुन्ती कभी इतनी निरीह नहीं होगी, इतनी दीन नहीं होगी। दुख, असुविधाएँ, अभाव, विपरीत परिस्थितियाँ...इन सबके लिए तैयार है कुन्ती? उसका भाई वसुदेव और भाभी देवकी...वे दोनों आज भी कंस के कारावास में हैं निगड़बद्ध!..किसी मित्र अथवा सम्बन्धी राजा या जन-प्रमुख का साहस नहीं है कि वह कंस के विरुद्ध एक शब्द भी कहे...और फिर एक के पश्चात एक सन्तान का वध...जीवन बहुत कठोर है कुन्ती!...

पर जीवन व्यतीत करने का कोई तो व्याज चाहिए...पति नहीं तो पुत्र!...एक सन्तान के जन्म के पश्चात यदि पाण्डु ने उसके साथ ऐसा व्यवहार किया होता, तो शायद कुन्ती के लिए जीवन व्यतीत करना इतना कठिन न होता। वह उसी के बहाने अपना जीवन व्यतीत कर लेती।

और सहसा उसके ध्यान में एक नवजात बालक का बिम्ब उभरा। कैसा गोल-सा आनन था उसका, और वर्ण कैसा अनुरागमय था, जैसे स्वयं बाल सूर्य हो, अरुण। स्वयं सूर्य न हो, सूर्यपुत्र हो...पिता कुन्तिभोज ने उसे धात्री को सौंप दिया था।...वह यहीं है...हस्तिनापुर में...किसी सूत अधिरथ के घर...उसका मन अपनी कल्पना में हस्तिनापुर की एक-एक वीथि में उस अधिरथ को खोजता फिरता है; किन्तु उसके मुख से यह नाम प्रस्फुटित ही नहीं होता।...किसी ने पूछ लिया कि वह अधिरथ को क्यों खोज रही है?...तो क्या उत्तर देगी वह!...कहीं उपलब्धि के लोभ में उसे वंचना ही हाथ लगी तो?

जाने क्या था कुन्ती के भाग्य में!

6

पाण्डु हस्तिनापुर लौट आया।

कुन्ती ने सुना कि सम्राट के हस्तिनापुर लौटने पर उनका अत्यन्त भव्य स्वागत हुआ है। उनके साथ अपार धन आया है; और वे पराजित राजाओं के सैनिकों का भी एक विशाल समूह अपने साथ लाये हैं। अब कौरवों की सेना और भी सशक्त और समर्थ हो गयी है।...नगर में अनेक उत्सव हो रहे थे। सम्राट पितृव्य भीष्म से मिलने गये। माता सत्यवती से मिलने गये। अपनी माता से मिलने गये। अपने भाइयों—धृतराष्ट्र और विदुर से भी मिलने गये। सबको उन्होंने अपार धन और अमित

प्रसन्नता दी।...किन्तु न उन्होंने कुन्ती को कहीं बुलाया और न कुन्ती कहीं गयी। ...जाने कुन्ती को क्या हो गया था। उसके मन में एक बार भी नहीं आया कि इतनी लम्बी अवधि के पश्चात लौट कर आये हुए अपने पति को कहीं किसी गवाक्ष से देख तो ले; कहीं अपनी एक झलक भर उसे दिखा तो दे। लगता था, जैसे वह संवेदन-शून्य हो गयी है। उसके साथ जैसा भी व्यवहार किया गया, उससे उसको कोई विरोध नहीं है, और भविष्य में जैसा भी व्यवहार किया जायेगा, उसका भी कोई प्रतिवाद वह नहीं करेगी। कुन्ती किसी भी स्थिति में जी सकती है; वह किसी भी स्थिति में जी लेगी। जो अपने माता-पिता से दूर, एक स्नेहशील किन्तु कठोर अनुशासनप्रिय व्यक्ति के घर में, उसकी प्रत्येक आज्ञा मान कर भी उल्लसित मन से रही, जिसने दुर्वासा जैसे औघड़ और विक्षिप्त ऋषि को अपनी प्रत्येक इच्छा का दमन करके भी प्रसन्न रखा, जिसने कुन्तिभोज की मर्यादा के लिए अपना समस्त वात्सल्य दान कर दिया और कष्ट की अभिव्यक्ति के रूप में एक लम्बा निःश्वास तक नहीं छोड़ा, वह कुन्ती पाण्डु-पत्नी के रूप में भी जी लेगी—उपेक्षिता पत्नी, परित्यक्ता पत्नी, अपमानिता पत्नी...शायद विधाता ने कुन्ती को कुछ ऐसे ही परीक्षणों के लिए जन्म दिया है। वह सरिता की सृष्टि करता है, जो स्वेच्छा से उन्मुक्त रूप में कहीं भी उल्लासपूर्वक बहती रहे, तो उन शिलाओं का भी निर्माण करता है; जो उस धारा के दबाव में अनवरत घिसती रहें, पिसती रहें और बालुकाकण बन कर भी लगातार धारा की इच्छा के अनुकूल इधर से उधर भटकती रहें...विधाता की मानव सृष्टि में कदाचित उस शिला का कार्य कुन्ती को ही सौंपा गया है...

और राजमाता अम्बालिका भी तो जाते-जाते यही कह गयी थीं कि उसका पति कितनी ही विजयों से अलंकृत क्यों न हो, कितना ही धन जीत कर क्यों न लाये, वह सदा कंगाल ही रहेगी...। वे अधिक जानती हैं, अपने पुत्र को। न जानती होतीं, तो ऐसी बात कहने के लिए, क्यों आतीं! कितनी दुखी थीं वे...अपने लिए? या कुन्ती के लिए?...

ऐसी बन्ध्या मनःस्थिति में भी कुन्ती का ध्यान माद्री की ओर गया : क्या पाण्डु उसके कक्ष में गये हैं? वह कुन्ती से अधिक कमनीय है; शुल्क चुका कर लायी गयी है; और वह मानती है कि वह कुलीन भी है—क्या इन बातों का प्रभाव पाण्डु पर भी है?—

पर यह प्रश्न उसने किसी से पूछा नहीं...और न ही दासियों, परिचारिकाओं तथा प्रतिहारिणियों के वार्तालाप में कहीं माद्री का नाम आया...

संध्या के अन्तिम चरण में, जब अभी पूर्ण अन्धकार नहीं हुआ था, कुछ दासियाँ दौड़ती हुई आयीं, "महारानी! महाराज पधार रहे हैं।"

कुन्ती को विश्वास नहीं हुआ! क्या पाण्डु के सारे कार्य समाप्त हो गये? क्या उसे कुन्ती का स्मरण हो आया? क्या सचमुच उसे कुन्ती से कोई लगाव है? वह उससे प्रेम करता है? अपनी दिग्विजय में भी कुन्ती का ध्यान उसे आया होगा?...

कुन्ती का मन कहीं द्रवित हो गया।...उसे लगा, इस सूचना मात्र से ही, पाण्डु के विरुद्ध उसके मन में जन्मा आक्रोश, विरोध, उपालम्भ, परिवाद...सब कुछ घुल गया है। वह कदाचित जिज्ञासावश भी उससे पूछना नहीं चाहती थी, कि उसने अब तक कुन्ती से ऐसा व्यवहार क्यों किया?...होगी उसकी कोई बाध्यता...कौन बाध्य नहीं है? कुन्ती ही क्या स्वतन्त्र रही है अब तक? अपने मन का कर पायी है? या जो कुछ किया है उसने, वह सब उसकी अपनी इच्छा थी?...

एक बार पाण्डु आ जाये। कुन्ती उसे अपनी खुली बाँहों में स्वीकार करेगी। कुन्ती के पास बहुत उदार हृदय है। वह बहुत कुछ क्षमा कर, नये सिरे से सम्बन्धों को आरम्भ कर सकती है...

दासियों ने ठीक सूचना दी थी। पाण्डु कुन्ती के प्रासाद में आ रहा था। जैसे-जैसे वह निकट आता जा रहा था, दास-दासियों का कोलाहल बढ़ता जा रहा था। उनका सम्राट बहुत दिनों के पश्चात राजधानी में लौटा था। वह विजयी हो कर आया था। धन-सम्पत्ति और ऐश्वर्य ही नहीं, नया क्षात्र-तेज भी अर्जित करके आया था।

अन्ततः पाण्डु ने कुन्ती के कक्ष में प्रवेश किया।

कुन्ती उसके स्वागत में उठ कर खड़ी हो गयी; किन्तु उसकी समझ में तब भी नहीं आया कि उसे शिष्टाचारवश, देश के राजा और अपने पति की वन्दना और अभ्यर्थना करनी थी, या पत्नी के रूप में, प्रेम, काम, आदर, सम्मान तथा आत्मीयता के साथ सहज रूप से अपनी वाणी, भंगिमा, और स्पर्श से अपना हर्ष प्रकट करना चाहिए था; या फिर विरहिणी प्रिया के रूप में परदेस से लौटे कान्त के कण्ठ में झूल जाना चाहिए था।...वह कुछ समझ नहीं पा रही थी। आज तक उसे न किसी ने बताया था, और न उसका अपना मन तय कर पाया था, कि इस घर में उसका स्थान क्या है? उसका अधिकार क्या है?

"कैसी हो कुन्ती?"

पाण्डु की दृष्टि झुकी हुई नहीं थी। पहली रात कुन्ती को छोड़ जाने का अपराध-बोध भी नहीं था...लज्जा, ग्लानि, पश्चात्ताप, संकोच...कुछ नहीं था उसकी आँखों में। उसकी आँखों से अखण्ड आत्मविश्वास झाँक रहा था; और आनन पर तेज और अधिकार दिपदिपा रहे थे..."

कुन्ती को लगा; पाण्डु सचमुच सुदर्शन है। साँचे में ढला-सा उसका पुष्ट शरीर, तेजस्वी आँखें, आकर्षक मुखमुद्रा, पीत होने तक की सीमा का गौर-वर्ण; और राजसी अधिकार तथा वैभव का झिलमिलाता प्रकाश...कुल मिला कर किसी भी युवती के लिए पाण्डु आकर्षक युवक था...

"पधारिए!" कुन्ती इतना ही कह पायी।

पाण्डु सहज रूप से बैठ गया, "बहुत दिनों के पश्चात लौटा हूँ न हस्तिनापुर में।

सब कुछ बड़ा अच्छा और आकर्षक लग रहा है। नये-नये क्षेत्रों, देशों और प्रदेशों में घूमने का अपना सुख तो होता है, किन्तु अपने देश जैसा आकर्षण कहीं नहीं हो सकता।..."

"मैं आपके भोजन की व्यवस्था करूँ?" कुन्ती को इन बातों में कोई रुचि नहीं थी। भूगोल की जिज्ञासाएँ नहीं थीं, उसके मन में। न वह देश-विदेश के यात्रा-विवरण ही सुनना चाहती थी। उसका मन तो जैसे अपना और पाण्डु का सम्बन्ध स्थिर करने के लिए तड़प रहा था। पाण्डु, उसके सामने अपना मन खोल कर रख दे। क्या सोचता है वह उसके विषय में? क्या अपेक्षाएँ हैं उसकी?...

"हाँ! भोजन यहीं करूँगा। तुम्हारे साथ!"

कुन्ती के ताप पर जैसे किसी ने चन्दन का लेप कर दिया। उसके इतने दिनों की प्रतीक्षा सार्थक हुई थी...

दासी को कुछ आदेश दे कर कुन्ती ने स्वयं अपने हाथों से चौकी पाण्डु के मंच के सम्मुख रखी। और एक छोटा मंच ले कर वह पाण्डु के सम्मुख बैठ गयी।

"कभी मुझे स्मरण कर आपका मन उदास हुआ? कभी मुझसे मिलने की इच्छा हुई या...?" कुन्ती की आँखों में एक चमक कौंध गयी।

"युद्ध में किसे अवकाश होता है, इन बातों का।" पाण्डु जैसे अपने युद्धावेश में उठ खड़ा हुआ, "कोई एक छोटा-मोटा युद्ध नहीं लड़ा है मैंने। युद्ध पर युद्ध! दिग्विजय इसी का नाम है। सैनिक लड़ते हैं, विश्राम करते हैं, थकते हैं, घायल अथवा अस्वस्थ होते हैं, किन्तु राजा केवल लड़ता-ही-लड़ता है। न वह थक सकता है न अस्वस्थ हो सकता है। एक बार राजा शिथिल पड़ जाये, तो सैनिक तो युद्ध करना ही नहीं चाहते।..." उसने रुक कर कुन्ती को देखा, जैसे अपनी बात और भी प्रभावशाली ढंग से कहना चाहता हो, "मैंने इन सारे राजाओं को दिखा दिया है कि क्षत्रिय किसे कहते हैं, और युद्ध क्या होता है। ये लोग तो समझते हैं कि सिर पर किरीट रख लेने और कटि में खड्ग बाँध लेने से ही कोई राजा हो जाता है।...राजा बाद में होता है, योद्धा पहले होता है। तुम समझ सकती हो कि भैया धृतराष्ट्र को राजा क्यों नहीं बनाया गया।..."

दासियाँ भोजन ले कर आ गयी थीं। पाण्डु को यह व्यवधान निश्चित रूप से अच्छा नहीं लगा था। भोजन से अधिक रुचि उसे अपनी बातों में थी।...कुन्ती समझ रही थी, इन बातों से पाण्डु का अहंकार स्फीत हो रहा था। कुछ लोग अपनी जिह्वा से स्वादेन्द्रियों का नहीं, वाकेन्द्रियों का ही काम लेते हैं। पाण्डु भी शायद उन्हीं में से था...पर कुन्ती को, उसकी इन बातों में तनिक भी रुचि नहीं थी। वह राजा के अहंकार को पुष्ट करने की नहीं, उससे तादात्म्य स्थापित करने की इच्छुक थी। यदि पाण्डु उससे अपने मन की बात करता, अपने राग-द्वेष को प्रकट करता, उसका सुख-दुख सुनना चाहता...तो शायद वह रात भर बातें ही करती रहती, एक बार भी उसे भोजन याद न आता...

कुन्ती ने अपनी ओर से कोई असुविधा नहीं जतायी, न ही उसने दासियों को वहाँ से शीघ्र हटाने की कोई आतुरता दिखायी। अत्यन्त धैर्य से उसने दासियों के हाथों से थाल ले कर, स्वयं एक-एक वस्तु पाण्डु की थाली में परोसी। साथ-ही-साथ वह कुछ-न-कुछ पूछती भी रही। पाण्डु 'हाँ' 'ना' में अपना उत्तर भी देता रहा, किन्तु स्पष्ट था कि उसकी उसमें तनिक भी रुचि नहीं थी, और वह चाहता था कि यह व्यवधान शीघ्र दूर हो, और वह अपनी बात कहे।

अन्ततः दासियाँ हटीं। कुन्ती ने पाण्डु से भोजन करने का अनुरोध किया।

पाण्डु ने अपना हाथ बढ़ाया अवश्य, किन्तु हाथ को कोई जल्दी नहीं थी।

वह बोला, "राजा तो भैया धृतराष्ट्र भी बन सकते थे; किन्तु वे योद्धा नहीं बन सकते थे। जन्मान्ध व्यक्ति कैसे तो युद्ध-क्षेत्र में जायेगा और कैसे युद्ध करेगा। एक तो वह शस्त्र चला ही नहीं पायेगा, और यदि चलायेगा भी तो अपनी ही सेना का संहार करेगा।" पाण्डु हँसा, "इसलिए वे हस्तिनापुर में बैठे हुए भी, राज्य की केवल देखभाल कर सकते हैं, राजा नहीं हो सकते; और मैं देश-विदेश में योद्धा के रूप में अपनी धाक जमाता हुआ, हस्तिनापुर का सम्राट हूँ।..."

"हाँ! बहुत वीर हैं आप!" कुन्ती ने थोड़ी खीर और परोस दी।

पर शायद पाण्डु की अभी इस चर्चा से सन्तुष्टि नहीं हुई थी। बोला, "पांचालों का तो अब साहस ही नहीं होगा, कभी हमारी ओर आँख उठाने का। द्रुपद बहुत समझता था अपने-आपको। कह दिया उससे, यह मत समझना कि पितृव्य भीष्म वृद्ध हो गये हैं, तो अब हस्तिनापुर में कोई योद्धा ही नहीं रहा। पांचाल का सारा गोधन हाँक लाया हूँ। मुझे किसी ने कहा कि वे समझते हैं कि इन सारे कार्यों के लिए मुझे पितृव्य उकसा रहे हैं, इसलिए वे उनसे अपनी शत्रुता बाँधे बैठे हैं। समझते हैं कि एक वृद्ध भीष्म का वध कर देंगे तो सारा कौरव बल समाप्त हो जायेगा।" पाण्डु उच्च स्वर में हँसा, "मूर्ख यह नहीं जानते कि कुरुओं की पीढ़ियाँ की पीढ़ियाँ योद्धाओं से बनी हैं। एक पीढ़ी के समाप्त हो जाने से...।"

"आपके पुत्र भी वीर ही होंगे।" कुन्ती ने उसकी बात बीच में ही काट दी, "उन्हें भी आप यही सिखायेंगे कि वे द्रुपद के पुत्रों से युद्ध करें...।"

"हाँ!" पाण्डु जैसे बिना सोचे-समझे बोल गया।

किन्तु कुन्ती स्पष्ट देख रही थी कि पाण्डु का उत्साह वैसे ही बुझ गया, जैसे एक फूँक से दीपक की लौ बुझ जाती है।

कुन्ती के मन में आवेश-सा उठा। बहुत कुछ था उसके मन में कहने को।... किन्तु जैसे उसने स्वयं को थाम लिया : कुछ कहने का अवसर नहीं था यह। रूठा पति एक लम्बी अवधि के पश्चात घर लौटा हो तो ऐसा कुछ कहना, फिर से रूठने का बहाना बन जाता है। आज वह पति को केवल रिझायेगी, मनायेगी, आमन्त्रित करेगी।...उपालम्भ फिर कभी सही...

पाण्डु ने थाली परे सरका दी। कुन्ती ने दासी को बुलाना आवश्यक नहीं समझा। स्वयं ही हाथ धुला दिये।

पाण्डु उठ कर पलँग पर आ बैठा।

कुन्ती ने द्वार पर खड़ी दासी को संकेत किया, "बर्तन उठा कर ले जा। और देख हमारे एकान्त में विघ्न न पड़े।"

"तुम नहीं खाओगी?" पाण्डु ने पूछा।

"आपके दर्शन ही मेरी भूख मिटाने के लिए पर्याप्त हैं।"

पाण्डु ने विशेष आग्रह नहीं किया। उसने कुन्ती की इस भावात्मक उक्ति को जैसे तथ्य के रूप में ही स्वीकार कर लिया था।

कुन्ती आ कर, पलँग पर पाण्डु के निकट बैठ गयी।

पाण्डु ने उसे देखा, "तुम्हारा वर्ण कुछ फीका पड़ गया है। क्या मेरी अनुपस्थिति में बहुत चिन्ता करती रही हो?"

कुन्ती को लगा, पाण्डु के आने के समय से वह इसी वाक्य की प्रतीक्षा करती रही थी। उसका मन कुछ रीझा। रीझी आँखों से बोली, "आप युद्ध करने जायेंगे, तो चिन्ता नहीं होगी मुझे?"

"योद्धाओं की पत्नियाँ चिन्ता करने लगीं, तो पति निश्चिन्त हो कर लड़ेगा कैसे?"

"तो योद्धा की पत्नी उससे प्रेम भी न करे?" कुन्ती के नयनों में निमन्त्रण था।

"वीर पुरुष का जीवन एक बड़ी विकट समस्या है," पाण्डु की आँखों में उत्तेजना का मद छलकने लगा, "एक ओर शत्रु खड्ग का वार करते हैं और दूसरी ओर सुन्दरियों के कटाक्षों के बाण। किस-किससे बचाये कोई अपने-आपको।"

"कवच पहन कर क्यों नहीं आये?" कुन्ती हँसी, "बाणों से रक्षा का तो वही एक साधन है।"

"कवच पहन कर आऊँ तो हृदय कवच को ही कोसेगा, कि इन बाणों को मुझ तक आने क्यों नहीं देते...।"

पाण्डु के शब्द जैसे आवेश में लड़खड़ाने लगे थे। उसका रक्त जैसे मस्तिष्क पर चढ़ने लगा था। चेहरा रक्तिम हो गया था, और आलिंगन इतना कस गया था कि कुन्ती की साँस रुकने लगी थी।

"ऐसे तो मेरा दम घुट जायेगा वीरवर!" उसने मुस्कुराने का प्रयत्न किया, "आप अपनी प्रिया से प्रेम-निवेदन कर रहे हैं या किसी शत्रु का अस्थि-भंजन कर रहे हैं।"

पाण्डु ने कोई उत्तर नहीं दिया। उसकी उत्तेजना की यह कौन-सी स्थिति थी, कुन्ती समझ नहीं पायी : उसकी आँखें जैसे अपने गोलकों से बाहर निकल पड़ रही थीं; और उनमें काम का मद नहीं था, यातना के स्पष्ट संकेत थे...और तभी उसका आलिंगन एकदम शिथिल पड़ गया।

"क्या हुआ?" कुन्ती के स्वर में चिन्ता थी।

पर पाण्डु कुछ बोला नहीं। उसकी उत्तेजना क्लान्ति में परिणत हो गयी थी और वह सर्वथा निःशक्त-सा पड़ा हाँफ रहा था।

"क्या हुआ?" कुन्ती ने फिर पूछा; और उसे अपनी भुजाओं में लेने का प्रयत्न किया।

पाण्डु ने उसके हाथ झटक दिये। कुछ बोला नहीं। अपने ही हाथों से उसने अपना वक्ष भींच लिया, जैसे हृदय में असह्य पीड़ा हो रही हो।

कुन्ती अवाक् बैठी रही। वह निश्चय ही बहुत पीड़ा में था। ऐसी ही पीड़ा, उसे तब भी हुई थी, जब वह पहली बार उसके पास आया था, और फिर आधी रात के समय, उत्तेजना के बीच ही उसे छोड़ भागा था।...तो क्या कामोत्तेजना से पाण्डु की यह दशा हो जाती है, क्या इसलिए वह अपनी दो-दो नवोढ़ाओं को छोड़ दूर-दूर के देशों में जा कर योद्धा बनने का प्रयत्न करता है। शैया पर अपनी पराजय को वह युद्ध-क्षेत्र की विजय से ढँकना चाहता है?...

पाण्डु की श्वास-प्रक्रिया कुछ सन्तुलित हुई। उसने जैसे अपने प्राणों को समेटा और उठ खड़ा हुआ।

"क्या हुआ? कहाँ जा रहे हैं?"

"विदुर का विवाह है।" वह जैसे-तैसे बोला, "मुझे एक काम याद आ गया है।"

कुन्ती देखती ही रह गयी; और पाण्डु कक्ष से निकल गया।

7

कुन्ती की दासियाँ दो दिन अनवरत दौड़ती रहीं, कि सम्राट कहाँ हैं।...

जब तक विदुर के विवाह की धूमधाम थी, हस्तिनापुर में उत्सव का-सा अवसर था। विवाह का इतना कोलाहल था कि कोई भी, कहीं भी व्यस्त हो सकता था, या छिप सकता था। बहुत पूछने पर कुछ कर्मचारियों ने यह तो बताया कि उन्होंने सम्राट को देखा है, किन्तु वे आपे में नहीं थे। विवाह के उत्सव में भी, वे न शान्त थे न प्रसन्न। वह आवेश में थे, क्रोध में थे, खीझे हुए थे...और निरन्तर आदेश पर आदेश देते जा रहे थे।

विवाह का कोलाहल थमा तो दासियाँ सूचना लायीं कि सम्राट आखेट के लिए वन की ओर जा रहे हैं। रथशाला और अश्वशाला में, जैसे युद्ध स्तर पर तैयारी हो रही है। सम्राट शीघ्रातिशीघ्र हस्तिनापुर से निकल जाना चाहते हैं। जाने कैसी त्वरा थी उनको।

कुन्ती का मन हुआ अपना सिर किसी दीवार से दे मारे; कैसा पति मिला है उसे। एक बार उसके पास आता है; उसे अपनी भुजाओं में घेरता है; और फिर

अकस्मात ही उसे छोड़ कर चल देता है, जैसे उससे रूठ गया हो। पर कुन्ती ने क्या किया है? कोई उसे, उसका दोष तो बताये...

जब पहली बार ऐसा हुआ तो कुन्ती अनेक अनुमान लगाती रही थी। जब माद्री आ गयी तो कुन्ती ने मान लिया कि पाण्डु को उसमें रुचि नहीं थी। किन्तु वह तो माद्री को भी छोड़ कर, दिग्विजय करने चला गया था। दिग्विजय से लौटा, तो कुन्ती के पास लौटा था।...और अब यह आखेट!

उसकी इच्छा हुई, पलँग पर औंधी जा पड़े और खूब रोये...किन्तु अगले ही क्षण उसने रोने का विचार स्थगित कर दिया...रोने से कोई लाभ नहीं था। वह पड़ी-पड़ी रोती रहेगी और कोई झाँकने तक नहीं आयेगा। पाण्डु अपना रथ सजा कर आखेट के लिए चल देगा, निरीह पशुओं पर अपने शस्त्रों की धार का परीक्षण करता रहेगा; और कुन्ती यहाँ कारागार में बन्द, बन्दिनी-सी पड़ी, असहाय रोती रहेगी...कुन्ती ने जीवन में यह तो नहीं सीखा है। वह भी क्षत्राणी है। जीवन जीने का अधिकार उसे भी है...और जीवन में ऐसा बहुत कुछ है, जो अपने-आप नहीं मिलता, माँगने पर भी नहीं मिलता, उसे उद्यम करके प्राप्त करना पड़ता है...

"महारानी माद्री पधारी हैं।"

उसका विचार-प्रवाह भंग हुआ। मस्तक उठा कर देखा; सामने दासी खड़ी थी।

"उन्हें ससम्मान लिवा लाओ।" कुन्ती ने अपनी डबडबायी आँखें पोंछीं और मन को साधा; जाने माद्री क्या कहने आयी है! माद्री बहुत स्वस्थ मनःस्थिति में नहीं थी। लगता था, वह भी बहुत रोयी है और बहुत भटकी है। इस समय वह अत्यन्त क्षुब्ध थी और तनिक-से स्पर्श से ही पुनः रोने को तैयार बैठी थी।

"आओ माद्री!"

"वे यहाँ नहीं हैं क्या?"

"कौन?" कुन्ती ने आश्चर्य से पूछा।

"आर्यपुत्र!"

कुन्ती की मुस्कान में कटुता थी, "तुम्हारा विचार है कि वह आखेट के व्याज से, मेरे पास छिपे बैठे रहते हैं। मैं उन्हें इतनी प्रिय तो नहीं हूँ माद्री!"

माद्री चुप रही, जैसे उसे कुन्ती का विश्वास न हो रहा हो; और फिर सहसा ही अपने क्षोभ में फट पड़ी, "दिग्विजय के एक लम्बे अन्तराल के पश्चात फिर परसों आये थे, वे मेरे पास। वैसे ही पिछली बार के समान, उत्तेजित कर, बीच में सब छोड़ कर भाग गये : 'विदुर का विवाह है।' विदुर के विवाह का ऐसा कौन-सा काम था, जो उन्हें आधी रात को करना था। मैं कहती हूँ, मुझे इस प्रकार अपमानित करने की क्या आवश्यकता थी?—नहीं भाती उन्हें मैं, तो न आते मेरे पास! मैं स्वीकार कर लेती कि मैं शुल्क क्रीता दासी हूँ...।"

"माद्री!" कुन्ती अपनी पीड़ा भूल गयी, "बैठ जाओ बहन! मन को तनिक शान्त करो। तुम जानती हो कि हम दोनों, समान रूप से वंचित हुई हैं...।"

माद्री ने कुछ कहा नहीं। चुपचाप बैठ गयी।

कुन्ती ने संकेत किया। दासी ने पानी ला कर उसका मुख धुलाया और पोंछने का वस्त्र दिया।

"माद्री! तुम जानती हो, जिस समाज में हमारा पालन-पोषण हुआ है, उसमें इस प्रकार नारी का अपमान पुरुष ही कर सकता है। वह हमारा तिरस्कार कर किसी अन्य स्त्री से सम्बन्ध स्थापित कर सकता है, विवाह कर सकता है।...पर हमने जब एक बार उसके कण्ठ में जयमाला डाल दी तो अब हमारे लिए और कोई विकल्प नहीं है। उसकी प्रिया बन कर रहें, तिरस्कृतघ्न कर रहें, परित्यक्ता बन कर रहें, विधवा बन कर रहें, उसके साथ सती हो जायें, पर हम रहेंगी उसी की। स्वामी, क्षेत्र को वन्ध्या छोड़ सकता है, उसे त्याग सकता है, और क्षेत्र अर्जित कर सकता है; किन्तु क्षेत्र को अधिकार ही नहीं है कि वह स्वामी से उसके व्यवहार का कारण पूछे या उसके व्यवहार का प्रतिकार करे।...हमें अपनी परिस्थितियों से तो समझौता करना सीखना ही पड़ेगा...।"

माद्री कुछ स्वस्थ हुई तो कुन्ती बोली, "सच मानोगी, तुम्हारे आने से ठीक पहले, मैं भी तुम्हारे ही समान विकल थी और सोच रही थी कि जो स्वतः न मिले, उसे प्रयत्न करके प्राप्त करना पड़ता है, उद्यमपूर्वक...।"

"कैसे?" माद्री के मन में कुछ आशा जागी।

"हम या तो स्वयं आर्यपुत्र के पास जायें, या माता अम्बालिका के पास, अथवा पितृव्य भीष्म के पास...।"

"रोयें? गिड़गिड़ायें? जा कर कहें कि हम असहाय नारियाँ हैं, हमें इस प्रकार अपमानित मत करो।" माद्री का क्षोभ जैसे पुनः प्रज्वलित हो उठा, "मेरे नारीत्व का इतना अपमान!"

आवेश के मारे उसका कण्ठ रुद्ध हो गया।

कुन्ती समझ रही थी, जिस रूप और यौवन की देवता भी कृतज्ञतापूर्वक याचना करेंगे, उसका पाण्डु ऐसा तिरस्कार कर रहा था...अपमान और तिरस्कार की जिस ज्वाला में वह स्वयं जल रही थी, माद्री को उसकी आँच कुछ और प्रखरता से जला रही थी।

"हम उनसे यह तो कह सकती हैं कि हम आखेट में अपने पति के साथ जाना चाहती हैं।"

"वह वहाँ भी हमसे भागा तो?"

"कहाँ जायेगा भाग कर...हस्तिनापुर?" कुन्ती किंचित मुस्कुरायी।

माद्री को कुन्ती से ईर्ष्या हुई; यह स्त्री इन परिस्थितियों में भी मुस्कुरा सकती

है।...उसने स्वयं को सँभाला, और बोली, "याचना ही करनी है, तो मैं और किसी के पास नहीं जाऊँगी...अपने पति के ही पास जाऊँगी।"

"वही सही!"

पाण्डु को खोज निकालने में उन्हें अधिक श्रम नहीं करना पड़ा। वह अश्वशाला में, आखेट के लिए जाने वाल अश्वों का चयन करता हुआ मिल गया। अश्वशाला में अपनी दोनों पत्नियों को इस प्रकार आकस्मिक रूप से देख कर वह चकित रह गया।

"क्या है?"

"आपसे एक अनुरोध है।" कुन्ती बोली।

"बोलो!"

"हम लोग चाहती हैं...।"

माद्री की बात कुन्ती ने बीच में ही काट दी, "क्या अच्छा नहीं है कि हम एकान्त में बात करें?"

पाण्डु को लगा, कुन्ती ने उसे सार्वजनिक रूप से अपमानित होने से बचा लिया। उनका इस प्रकार अन्य लोगों की उपस्थिति में दिया गया कोई भी उपालम्भ, उसकी अनेक दुर्बलताओं का भ्रम खोल देगा। वह तत्काल सहमत हो गया।

माद्री को भी लगा, अश्वशाला ऐसे अनुरोध के लिए उपयुक्त स्थान नहीं था, जहाँ न आग्रह किया जा सके, न अनुरोध और न विरोध...

पाण्डु स्वयं अपने रथ का सारथ्य कर, उन्हें प्रासाद के अपने खण्ड में ले आया।

"हमारे एकान्त में विघ्न न पड़े।" उसने दासी को आदेश दिया।

"बैठो!" उसने कुन्ती और माद्री से एक साथ कहा।

उसकी घबराहट उसके चेहरे पर परिलक्षित हो रही थी : यह पहला अवसर था कि वह अपनी दोनों पत्नियों का एक साथ सामना कर रहा था; और निश्चित रूप से वे बहुत शान्त मन से उसके पास नहीं आयी थीं।

"कहो।" उसने सयत्न कहा।

माद्री ने कुन्ती की ओर देखा।

कुन्ती ने अत्यन्त शान्त स्वर में कहा, "हमने सुना है कि कल आप आखेट हेतु, वनों की ओर जा रहे हैं।"

"हाँ!" पाण्डु उपेक्षा-भरे स्वर में कुछ कृत्रिम उग्रता से बोला, "आर्य सम्राट अपने विनोद के लिए आखेट करने जाया ही करते हैं। वे युद्ध में शत्रु और आखेट में हिंस्र पशुओं का वीरतापूर्वक सामना करते हैं...।"

"वह कभी अपनी पत्नी का सामना भी करते हैं या उसके सामने से सदा ही पीठ दिखा कर भाग जाते हैं?" माद्री कुछ इतने अकस्मात रूप में फट पड़ी थी कि कुन्ती उसे सँभालने का कोई प्रयत्न भी नहीं कर पायी, "बार-बार हमें अपने क्षत्रियत्व और वीरता का झाँसा मत दो। अपने पौरुष की बात करो।...कब तक इस प्रकार हस्तिनापुर से भागते रहोगे?"

क्रोध और आवेश से पाण्डु का आनन रक्तिम हो उठा। उसकी आँखें, जैसे उबल-उबल कर कोटरों से बाहर आने को हो गयीं...

"शान्त हो जायें आर्यपुत्र!" कुन्ती अत्यन्त नम्र स्वर में बोली, "किसी भी प्रकार आपका अनादर करना हमारा अभीष्ट नहीं है। पर हम चाहती हैं कि हम तीनों अपनी समस्या को समझें और उसके समाधान का शोध करें।"

"क्या समस्या है?" पाण्डु का आवेश पूर्णतः शान्त नहीं हुआ था। उसकी स्थिति ऐसे व्यक्ति की थी, जो जानता था कि सागर की आती हुई लहर से वह टकरायेगा, तो उसका अस्तित्व ही नहीं रह पायेगा, किन्तु फिर भी अपनी शारीरिक और मानसिक जड़ता के कारण, वह लहर के सामने से हट जाने का भी प्रयत्न नहीं कर पा रहा था।

"समस्या है...।"

किन्तु कुन्ती ने माद्री को फिर बोलने नहीं दिया, "समस्या तो एक ही है आर्यपुत्र!" वह बोली, "आप कभी दिग्विजय के लिए चले जाते हैं, कभी आखेट के लिए। हमें आपकी संगति-लाभ का अवसर ही नहीं मिलता।...और यह क्रम तो इसी प्रकार चलेगा। आप कुरुकुल के चक्रवर्ती सम्राट हैं। आपकी व्यस्तताएँ तो कम होंगी नहीं। ऐसे में हमारी तृष्णा कैसे शान्त होगी। युद्ध में तो हम आपके साथ जा नहीं सकतीं; किन्तु क्या यह सम्भव नहीं है कि हम आखेट में आपके साथ चलें?"

"आखेट में?" पाण्डु उसी प्रकार तुनक कर बोला, "वहाँ स्त्रियों का क्या काम है? तुम्हें न शस्त्र चलाना आता है, न तुममें हिंस्र पशुओं का सामना करने का साहस है। वहाँ क्या तुम लोग मेरा आखेट करोगी?"

"संकल्प तो यही है!" कुन्ती अत्यन्त मधुर ढंग से मुस्कुरायी।

माद्री का आवेश भी पर्याप्त रूप से दमित हो चुका था।

पाण्डु को लगा, वह कुन्ती के इस रूप का विरोध नहीं कर पायेगा। उससे झगड़ नहीं पायेगा...किन्तु आग से बचने के लिए सरोवर में कूदने वाला व्यक्ति अग्नि को साथ ले कर क्यों कूदेगा।

"नहीं! मुझे असुविधा होगी।" पाण्डु बोला, "मैं आखेट करूँगा, या तुम लोगों को बचाऊँगा। सुन्दरियों को साथ ले कर आखेट करने की रीति मेरी नहीं है—ऐसे अद्भुत कर्म, मैं नहीं करता।"

"सुन्दरियों को शयन-कक्ष में कामोत्तेजना में छोड़, भाग जाने का अद्भुत कर्म आप करते हैं...।"

"ठहरो माद्री!" कुन्ती शान्त स्वर में बोली, "वीरवर आर्यपुत्र! यदि आप और आपके वीर सैनिक कुछ हिंस्र पशुओं से दो युवतियों की रक्षा नहीं कर सकते तो आपका आखेट पाखण्ड है। अपने शस्त्रों को आग लगा दीजिए; सैनिकों को शस्त्र-धर्म से मुक्त कीजिए और स्वयं भी ब्राह्मणवेश धारण कीजिए।" उसने थम कर पाण्डु को

देखा, "मेरी उद्दण्डता क्षमा कीजियेगा। किन्तु मैंने आपसे कहा न कि हम अपनी समस्याओं का सामधान खोजेंगे। वह साथ रह कर ही सम्भव है। यदि आप प्रासाद में हमारे साथ नहीं रह सकते, तो हम वन में आपके साथ रहेंगी। यह हमारा अन्तिम निर्णय है। क्यों माद्री?"

"अन्तिम और दृढ़ निर्णय!" माद्री बोली, "और यदि आप सहमत नहीं हुए, तो हम इसी संदर्भ में पितृव्य भीष्म से प्रार्थना करने को बाध्य होंगी।"

भीष्म का नाम, पाण्डु के कानों से कशा के समान टकराया।...उसे लगा कि अब विकल्प उसके सामने भी नहीं है। कहीं ये दोनों पितृव्य के पास पहुँच गयीं तो...

"अच्छा! ठीक है। तुम लोग संग चलो।" उसने अपनी कृत्रिम उग्रता अभी तक छोड़ी नहीं थी, "किन्तु स्मरण रहे, मैं आखेट के लिए जा रहा हूँ, तुम्हारे आमोद-प्रमोद के लिए नहीं। वहाँ मेरे आखेट में बाधा न पड़े।"

"आर्यपुत्र के आदेश का पालन होगा।" कुन्ती धीरे से बोली।

8

पाण्डु, कुन्ती और माद्री के पहुँचने से पहले ही कर्मचारियों ने शिविर स्थापित कर दिया था और सब कुछ व्यवस्थित-सा ही लग रहा था।

अपने लिए नियत मण्डप में प्रवेश कर कुन्ती और माद्री अभी आसन पर बैठी ही थीं कि पाण्डु बोला, "तुम लोग थोड़ा विश्राम करो। मैं शेष व्यवस्था देख कर आता हूँ।"

"व्यवस्था तो हो ही चुकी है।" माद्री जैसे इस उन्मुक्त वातावरण में अधिक चपल हो गयी थी।

पाण्डु के भाल पर खीझ की रेखाएँ प्रकट हुईं, "रथ से उतर कर मंच पर आसीन हो जाने से व्यवस्था नहीं हो जाती महारानी! और यह राजप्रासाद भी नहीं है, जहाँ प्रबन्ध-पटु कर्मचारी और स्थापित प्रबन्ध-परम्पराएँ हों।"

माद्री शायद कुछ और भी कहती, किन्तु कुन्ती ने उसे मौन रहने का संकेत किया। माद्री ने जैसे बलात् स्वयं को रोका और अपने इस आत्मदमन को सह्य बनाने के लिए दूसरी ओर देखने लगी।

माद्री और कुन्ती की ओर से जब न कुछ कहा गया, न कोई प्रतिक्रिया प्रकट की गयी तो पाण्डु के लिए जैसे वहाँ खड़े रहने का कोई कारण नहीं रह गया। वह व्यस्त-सा मण्डप से निकल कर बाहर चला गया।

"जाने किस बात से खीझे रहते हैं?" माद्री ने अपने दमित क्रोध को वाणी दी, "विवाह को अभी समय ही कितना हुआ है कि यह इस प्रकार व्यवहार कर रहे हैं।

...यहाँ हम वन-विहार के लिए आये हैं, न कि किसी तपस्वी के आश्रम में मौन साधना करने...मुख से शब्द निकला नहीं कि हिंस्र व्याघ्र के समान झपट पड़ते हैं..."

"माद्री!" कुन्ती अत्यन्त शान्त स्वर में बोली, "मैं तुम्हारी पीड़ा समझती हूँ बहन!...मैं भी तो उसी स्थिति में जी रही हूँ : और उसी मनःस्थिति को झेल रही हूँ। मेरा परामर्श है कि कुछ धैर्य से काम लो। उन्हें समझने का प्रयत्न करो।"

"तुम्हें उन पर तनिक भी क्रोध नहीं आता? तुम्हारे मन में एकदम विरोध नहीं जागता?" माद्री बोली, "कैसी नारी हो तुम! मेरे भाई ने तो शुल्क ले कर मेरा दान कर दिया है। मैं स्वतन्त्र नहीं हूँ। किन्तु तुमने तो स्वयंवर में उसका वरण किया है। अपने साथ यौतुक ले कर आयी हो। तुम उनसे डरती क्यों हो?"

कुन्ती को स्मरण हो आया : अभी शायद पिछली ही भेंट में माद्री ने अपने कुलीन होने की बात की थी—राजपुत्री!...और वही माद्री अपनी पराधीनता, अपनी असमर्थता और बाध्यता की चर्चा कर रही है...

किन्तु यह सब कहने और सोचने का यह अवसर नहीं था।

"मुझे ऐसा लगता है माद्री! कि आर्यपुत्र हमसे नहीं, अपने-आपसे लड़ रहे हैं। ...दुख तो दूसरों से लड़ने वालों को भी होता है, किन्तु स्वयं अपने-आपसे लड़ने वाला व्यक्ति जिस प्रकार की यातना पा रहा होता है, हमें उसे भी समझना चाहिए...।"

"तुमको उनसे बहुत सहानुभूति है?" माद्री के स्वर में अब भी उग्रता और रोष का दंश था।

"बात सहानुभूति की नहीं है।" कुन्ती बोली, "समस्या तो अपना जीवन जीने के लिए एक मार्ग निकालने की है।"

"क्या अभिप्राय है दीदी! तुम्हारा?"

"माद्री!" कुन्ती बोली, "हमारा विवाह आर्यपुत्र के साथ हुआ है। हमें अपना जीवन उनके साथ ही व्यतीत करना है। अब यह हमारी अपनी बुद्धि पर निर्भर करता है कि हम उसे कितने सरल, सहज, सुचारु और सुव्यवस्थित ढंग से जी सकती हैं।...जैसे यह मण्डप मृगया-काल तक के लिए हमारा आवास है...यह हमारे अपने विवेक पर निर्भर है कि इसका उपयोग किस प्रकार अधिकतम सुविधाओं के लिए कर सकती हैं...।"

"मुझे तो न वह समझ में आता है, न तुम!" माद्री का मन अब भी शान्त नहीं था।

साँझ झुकने लगी थी, जब पाण्डु आया।

उसे देखते ही माद्री जैसे पुनः भड़क उठी, "यह वन-विहार है या कारागार! हमें ला कर यहाँ पटका और स्वयं विलीन हो गये।"

पाण्डु की भृकुटियाँ फिर से चढ़ गयीं, "यह मृगया है, वन-विहार नहीं। राज-परिवार के उस दल के लिए, जिसमें तुम जैसी सुकुमारी नारियाँ भी हों, शिविर

स्थापित करना साधारण कार्य नहीं होता। आस-पास का प्रदेश न समतल है, न सुविधाजनक। आस-पास सभ्यजनों का कोई नगर, ग्राम अथवा जनपद भी नहीं है। यहाँ इस असुविधाजनक सघन वन में, तुम लोगों के लिए राजसी सुविधाएँ जुटानी हैं मुझे... ।"

"राजसी सुविधाओं का अभाव नहीं था हस्तिनापुर में। उन्हें जुटाने के लिए यहाँ आने की क्या आवश्यकता थी?..."

पाण्डु कदाचित कुछ और उग्र हो कर उत्तर देता : किन्तु उससे पहले ही कुन्ती ने स्थिति सँभाल ली, "चुप रहो माद्री!" वह पाण्डु की ओर मुड़ी, "आर्यपुत्र! सचमुच आप सुविधाएँ जुटाने के लिए इस प्रकार उद्विग्न और व्याकुल न हों।" बात को और अधिक प्रभावकारी बनाने के लिए वह मुस्कुरायी, "माद्री भी कुछ अनुचित तो नहीं कह रही। सुविधाओं की तो सचमुच हस्तिनापुर में कमी नहीं थी। हम तो आपकी संगति के चाव में आपके साथ आयी हैं। यदि यहाँ भी हमें आपका सान्निध्य नहीं मिला, तो हमें यह मृगया रुचिकर कैसे लगेगी... ।"

कुन्ती की वाणी के माधुर्य और उसकी भंगिमा की कोमलता के सामने पाण्डु की उग्रता टिक नहीं पायी; किन्तु उसने व्यवहार की कठोरता नहीं छोड़ी, "तुम्हें मृगया रुचिकर न लगे तो हस्तिनापुर लौट जाओ।" वह रुका, "मैं यह कहने आया था कि मैं पुनः जा रहा हूँ। भोजन के लिए भी नहीं आऊँगा। तुम लोग भोजन कर लेना। न मेरी प्रतीक्षा करना और न मुझे बुलाने का आग्रह।"

माद्री और कुन्ती दोनों ही अवाक्-सी जाते हुए पाण्डु को देखती रहीं।

"यह हमारा अपमान करने के लिए हमें साथ लाया है।" माद्री न अपने क्रोध को रोक पा रही थी, न कष्ट को।

"नहीं! वह हमारा अपमान करने के लिए साथ नहीं लाया : हम साथ आयी हैं, इसलिए हमारा अपमान कर रहा है...या शायद स्वयं को अपमान से बचाने के लिए, हमसे भाग रहा है।" कुन्ती धीरे से बोली।

"अपनी पत्नियों के साथ मधुर व्यवहार करना, उनके साथ सुख से समय व्यतीत करना—क्या यह अपमानजनक होता है?"

"यह तो समय ही बताएगा।" कुन्ती ने कहा।

माद्री को लगा, पाण्डु के विरुद्ध उसके मन में एकत्रित आक्रोश का एक अंश कुन्ती के विरुद्ध स्थानान्तरित होता जा रहा है।

भोजन के समय तक पाण्डु नहीं लौटा। भोजन लाने वाली दासी तथा द्वार पर खड़े प्रहरियों को पता नहीं था सम्राट कहाँ हैं।...और न कुन्ती में इतना साहस था, न माद्री में कि वे इस सघन वन में, रात के इस अन्धकार में, पाण्डु को खोजने के लिए निकल पड़तीं।

"यह तो सरासर अपमान है दीदी!"

कुन्ती कुछ नहीं बोली।

"बोलती क्यों नही दीदी?"

"क्या बोलूँ! इस अपमान को आदर में परिवर्तित करने का कोई मार्ग दिखायी पड़े तो बोलूँ।"

"यदि ऐसा अपमानित जीवन ही व्यतीत करना है, यदि इस प्रकार की यातनाएँ ही सहनी हैं," माद्री बोली, "तो मैं आत्मघात कर लूँगी।"

कुन्ती इस स्थिति में भी मुस्कुरायी, "वह तो कोई भी, कभी भी कर सकता है।"

"इसे परिहास मत समझना दीदी!" माद्री की वाणी, किसी भी क्षण आक्रोश से विकृत हो सकती थी, अथवा पीड़ा से रुँध सकती थी, "मैं जीवित रहूँगी तो अपने ढंग से, अन्यथा जीवन को समाप्त कर दूँगी।"

"मैं तुम्हारी बात को परिहास नहीं समझती माद्री।" कुन्ती बोली, "किन्तु मैं जीवन को समाप्त करने से श्रेष्ठ, उसे अपने अनुकूल करना समझती हूँ। और जीवन को अपने अनुकूल करने के लिए बहुत कुछ सहन करना पड़ता है, साहस करना पड़ता है।"

"सह नहीं रही क्या मैं?"

"क्षमा करना।" कुन्ती का स्वर गम्भीर था, "यह सहना भी कोई सहना है। पति से मतभेद हो गया, कहा-सुनी हो गयी...।" उसने रुक कर माद्री को देखा, "मेरा अभिप्राय कुछ और मत समझना बहन! मैं तुम्हारी व्यथा को छोटा नहीं कर रही। उस पीड़ा को स्वयं भी सहन कर रही हूँ। किन्तु पूरी निष्ठा से एक बात कहना चाहती हूँ। सुनोगी?"

लगता था, कुन्ती की शान्ति का प्रभाव माद्री पर भी पड़ा था। उसकी मुद्रा भी शान्त हुई, "कहो। सुनूँगी।"

"मैं यादव कन्या हूँ। यादवों ने अनेक असह्य अत्याचार सहे हैं और अब भी सह रहे हैं। तुम्हें मालूम है, मेरे भाई वसुदेव और भाभी देवकी को बन्दी बना कर कंस ने कारागार में डाल रखा है।...उनकी सद्यःजात सन्तानों की वह एक-एक कर हत्या कर रहा है...तुम्हारे पति द्वारा किया गया अपमान क्या उस पीड़ा से भी बड़ी यातना है?" वह रुकी और फिर बोली, "हमने अपने सामाजिक और व्यक्तिगत अनुभवों से जाना है कि जीवन बहुत विराट है। उसके असंख्य पक्ष हैं। उसमें सब कुछ व्यक्ति के अनुकूल नहीं होता। उसका स्वाभिमान और सम्मान शाश्वत और अक्षत नहीं है। शाश्वत है उसका प्रयत्न, अनवरत उद्यम, अपराजेय आस्था, अविचलित बुद्धि और विवेक।" माद्री को लगा कि कुन्ती ने अपने अश्रु पोंछे हैं, "कई बार कोई तुम्हारा देय तुम्हें नहीं देता; अनेक बार तुम्हारा प्राप्य तुम्हें प्राप्त नहीं होता; किन्तु अनेक

बार तुम्हें प्राप्त हो चुकने के बाद तुम्हें उनसे वंचित कर दिया जाता है...तुम्हें सब कुछ सहना पड़ता है, मौन-मूक...।"

"तुमने क्या यह सब सहा है बहन?" माद्री ने अबोध शिशु के समान पूछा।

"मैं जननी-जनक से दूर, भोजपुर में अपने पिता राजा कुन्तिभोज की छत्रछाया में पली। और भाभी के विषय में बता चुकी हूँ। पति का व्यवहार तुम देख ही रही हो। और...और..."। कुन्ती की आँखें मुँद गयीं। उसकी बन्द आँखों के सम्मुख एक और कुन्ती थी, जो एक नन्हा-सा शिशु कुन्तिभोज की गोद में डालती हुई अपने नयनों से टपकते हुए अश्रुओं से उसे नहला रही थी...

"तुमने बहुत सहा है बहन।"

प्रायः लगभग आधी रात में पाण्डु लौटा।

माद्री और कुन्ती—दोनों ही जाग रही थीं।

"तुम लोग थक गयी होगी। मैं भी थक चुका हूँ।" पाण्डु बोला, "प्रातः जल्दी ही आखेट के लिए जाना है। सो जाओ।"

न माद्री ने कोई उत्तर दिया, न कुन्ती ने। पाण्डु को उत्तर की कोई अपेक्षा थी भी नहीं थी। वह अपने बिस्तर पर लेट गया।

वे सोयीं या नहीं, पाण्डु जान नहीं सका। वे अपने बिस्तरों पर इतनी निश्चल पड़ी हुई थीं कि कहना कठिन था कि वे निद्रा में अचेत हैं, या जाग रही हैं और सायास दम साधे पड़ी हैं। पाण्डु के लिए यह सब जानना आवश्यक भी नहीं था।

माद्री ने पाण्डु को देखते ही मुँह फेर लिया; किन्तु कुन्ती ने जैसे सहज स्वर में पूछा, "कहाँ गये थे आप?"

"सुख की खोज में!"

"मिला?"

"कह नहीं सकता; किन्तु ज्ञान मिला। सत्य का कुछ-कुछ आभास होने लगा है मुझे।"

"क्या?"

"सुख की कामना एक मृग-तृष्णा है। वह दुख का प्रवेश-द्वार है।"

कुन्ती का मन हुआ अट्टहास कर उठे : हस्तिनापुर का सम्राट पाण्डु आज कैसी बातें कर रहा है। नाटक तो नहीं कर रहा?...किन्तु पाण्डु के चेहरे के भावों को देखते हुए, न उसे हँसने का साहस हुआ, न कुछ कहने का...

"मैं गृहस्थ आश्रम का त्याग कर संन्यास की दीक्षा ले रहा हूँ।" कुछ देर के पश्चात पाण्डु ने स्वयं कहा।

कुन्ती को यह आभास तो हो गया था कि कोई महत्त्वपूर्ण बात है; किन्तु संन्यास?...अभी विवाह को दिन ही कितने हुए हैं? कितने दिन एक साथ रह पाये हैं वे लोग? पति-पत्नी के रूप में वस्तुतः वे एक साथ रहे भी हैं क्या?

किन्तु क्यों? क्या इसलिए कि पाण्डु ने जैसा कहा था कि उसे सत्य का आभास होने लगा है? सत्य का आभास...कहीं इसी कारण से ही तो वह विवाह के बाद से उन दोनों से नहीं भागता रहा? पर भागना ही था तो विवाह क्यों किया था? संन्यास ही लेना था, तो गृहस्थी क्यों बसायी?...

"अपनी पत्नियों के विषय में क्या सोचा है?"

"संन्यासी की पत्नियाँ नहीं होतीं।" पाण्डु ने कुछ रुक कर कुन्ती को देखा, "पिता ने मुझे छोड़ दिया था। माता और भाइयों को मैं छोड़ आया हूँ। सन्तान है नहीं। पत्नियों से भी मैं सम्बन्ध-विच्छेद करता हूँ। मैं संन्यासी हो कर रहूँगा। तपस्या करूँगा। जीवन में ग्रहण का सुख मुझे नहीं मिला...अब मैं त्याग का सुख खोजूँगा। न सही शरीर का सुख, आत्मा का सुख ही सही...।"

कुन्ती का बहुत मन हो रहा था कि पूछे कि यदि आत्मा का सुख नहीं मिला, तो क्या करोगे?...किन्तु उसने पूछा, "आप कहाँ जायेंगे? कहाँ रहेंगे?"

"पर्वतों पर। वनों में। कहीं भी। जहाँ मन रमे।"

"मैं...हम कहाँ जायें? मैं और माद्री?"

पाण्डु जैसे सोचने के लिए रुका और फिर बोला, "अपने पितृकुल में लौट जाओ।"

"विवाह के पश्चात कोई आर्य नारी अपने पितृकुल में लौटी है क्या?" कुन्ती बोली, "और पति से विलग हो कर तो कभी नहीं।"

"तो हस्तिनापुर लौटा जाओ।"

"हस्तिनापुर में हमारे सारे सम्बन्ध आपके माध्यम से हैं। बीच की कड़ी न हो तो, सारे सम्बन्ध, निर्बन्ध हो जाते हैं। आप समझते हैं कि आपकी अनुपस्थिति में हमें हस्तिनापुर में सम्मान मिलेगा?"

"तो क्या चाहती हो?"

"आपके साथ रहूँगी!"

"तुम नहीं चाहतीं कि मैं संन्यास लूँ?"

"आप संन्यास क्यों लेना चाहते हैं?" कुन्ती बोली, "ऋषियों ने तो पचहत्तर वर्ष के वयस में संन्यास का विधान किया है। अभी आपका वय ही क्या है। अभी तो पितृव्य ने भी संन्यास नहीं लिया।"

"मेरे जनक वेदव्यास तो अपने शैशव से ही संन्यासी हैं।"

"वह राजपुत्र नहीं, ऋषिपुत्र हैं।" कुन्ती बोली, "ऋषि-जीवन का लक्ष्य भोग नहीं है, किन्तु क्षत्रिय जीवन भोग को मान्यता देता है। आप भोगों से तृप्त हो चुके क्या?"

पाण्डु जैसे सायास एक कटु हास अपने मुख पर लाया, "भोग! भोग आरम्भ होगा, तो तृप्ति की स्थिति आयेगी।" वह रुक गया : "क्या तुम अब तक समझ नहीं पायीं देवि! कि मैं भोग से तृप्त होकर संन्यास नहीं ले रहा। गृहस्थ जीवन मेरे लिए कष्टप्रद हो रहा है।"

"किन्तु क्यों?" कुन्ती कुछ आवेश में बोली, "गृहस्थ जीवन अंकुरित भी नहीं हुआ, और वह आपके लिए कष्टप्रद हो रहा है। क्यों? ..."

"तुम दोनों में कोई दोष नहीं है।"

"तो?"

"दोष मुझ में है। मैं पिता नहीं बन सकता। मैं पूर्ण पति नहीं हूँ। रति-सुख का आकर्षण मुझे विक्षिप्त बना देता है; किन्तु वह मेरे लिए यम-पाश है। यह अभाव सर्प-दंश के समान मुझे सताता रहता है। मैं मुक्ति चाहता हूँ। इस कष्ट को मैं और नहीं सह सकता...मेरे सामने एक ही मार्ग है...संन्यास। संन्यासी के लिए न पिता होना आवश्यक है, न पति।..."

कुन्ती चुपचाप अपने पति को देखती रही : सचमुच उसने आज तक अपनी ही व्यथा समझी थी, पाण्डु की नहीं। कुन्ती यह मानती रही कि पाण्डु उसका अपमान कर रहा है, किन्तु जिस अपमान से वह स्वयं को बचाना चाह रहा था, उसका कुन्ती को तनिक भी आभास नहीं था।

"विवाह से पूर्व आपको ज्ञात नहीं था क्या?" कुन्ती स्वयं ही समझ नहीं पायी कि यह उसका आक्षेप था या मात्र जिज्ञासा।

"नहीं! इसकी कल्पना तक नहीं थी मेरे मन में।" पाण्डु का मस्तक ऊपर नहीं उठ रहा था।

कुन्ती के भीतर जैसे सागर-मन्थन हो रहा था। एक साथ ही अनेक विरोधी विचार जैसे पूर्ण शक्तिशाली ज्वार के समान एक-दूसरे से टकरा रहे थे। एक ओर कष्ट की भावना थी, एक ओर वंचित होने की, एक ओर आक्रोश का पर्वत था और दूसरी ओर करुणा का निर्झर...

एक लम्बे मौन के पश्चात कुन्ती बोली, "आर्यपुत्र! मैं आपकी वेदना समझती हूँ। किन्तु आपका निर्णय मुझे मान्य नहीं है।"

"क्यों?"

"दंपती में से एक रोगी हो जाये, तो दूसरा उसे त्याग तो नहीं देता।"

"मैं रोगी नहीं हूँ।" पाण्डु बोला, "मैं...मैं अपूर्ण हूँ...विकलांग हूँ।"

"युद्ध में वीर पतियों का अंग-भंग हो जाता है," कुन्ती बोली, "तो उनकी पत्नियाँ उन्हें त्याग तो नहीं देतीं। उन पर गर्व करती हैं।"

"पर मैं पति होने के ही योग्य नहीं हूँ।" पाण्डु का आनन लज्जा से रक्तिम हो उठा था।

"मुझे उससे कोई शिकायत नहीं है।" कुन्ती शान्त थी, "यौन-सुख का बहुत लोभ नहीं है मुझे। मेरे लिए वह जीवन का पर्याय नहीं है। आप यही मान लीजिए कि मैं आपकी पत्नी नहीं, आश्रिता हूँ। आपके द्वारा संरक्षित हूँ। मेरे पास और कहीं जाने का, रहने का कोई आश्रय नहीं है!...बाध्य हूँ। आपकी रक्षिता, आश्रिता होकर रहना चाहती हूँ।"

"कुन्ती!"

"हाँ आर्यपुत्र! मैं आपसे पृथक होकर हस्तिनापुर में नहीं रहना चाहती।" कुन्ती ने भावुक स्वर में कहा, "आश्रिता ही होना है, तो अपने पति की आश्रित होकर रहूँगी, जेठ-जेठानी की नहीं। अपने पति के साथ रति-सुख-विहीन जीवन जीना, किसी सम्बन्धी की दया और करुणा पर जीने से कहीं अधिक श्रेयस्कर और सम्मानजनक है।" कुन्ती ने थम कर, पाण्डु को देखा, "और..."

पाण्डु ने दृष्टि उठा कर कुन्ती को देखा। लगा, वह अपेक्षाकृत पर्याप्त सहज हो चुका था।

"संन्यासी वह होता है जो या तो तृप्त हो चुका हो, या विरक्त हो चुका हो।" वह समझाते हुए बोली, "आप न तृप्त हैं, न विरक्त। आप मात्र असफल हैं। आप क्षत्रिय हैं। आपकी आस्था पलायन में नहीं, उद्यम में होनी चाहिए। आपको सफलता के लिए पुरुषार्थ करना चाहिए।"

पाण्डु जैसे स्पष्ट समझ नहीं पा रहा था, "क्या कहना चाहती हो?"

"आपको संन्यासी नहीं, तपस्वी बनना चाहिए...अपने लक्ष्य को प्राप्त करने के लिए तपस्या करनी चाहिए...तब तक, जब तक फल-प्राप्ति न हो जाये..." कुन्ती जैसे अपने एक-एक शब्द को कील के समान पाण्डु के मस्तिष्क में ठोंकती जा रही थी, "आपने एक बार संन्यास ग्रहण किया, तो उसका अर्थ है कि आपने परिवार, अपने समाज, अपने राज्य, अपने अधिकार—सबसे अपना सम्बन्ध-विच्छेद कर लिया। सबको त्याग दिया।...तब हस्तिनापुर के राजा धृतराष्ट्र होंगे।...और यदि कभी आप लौट कर आना चाहें, अपना राज्य पुनः प्राप्त करना चाहें, तो वह आपको प्राप्त नहीं होगा। आप उसके अधिकारी नहीं होंगे।...यदि विधाता की कृपा से, किसी चमत्कार से, आप एक भी पुत्र के पिता बन सके, तो हस्तिनापुर का राज्य आपके पुत्र को नहीं मिलेगा, क्योंकि आप अपना राज्य त्याग चुके होंगे। आर्य धृतराष्ट्र जन्मान्ध हैं; किन्तु उन्होंने संन्यास ग्रहण नहीं किया। वह उस अन्धता में भी हस्तिनापुर के राज्य को सँभाले हुए हैं—चाहे आपके स्थान पर ही, आपके नाम पर ही। यदि उनका कोई पुत्र जन्म लेगा, तो हस्तिनापुर का सम्राट वही होगा, आपका पुत्र नहीं!...इसलिए कहती हूँ, सन्यास की बात मत कीजिए। अपने अधिकार का त्याग मत कीजिए। राम चौदह वर्षों तक वन में रहे, किन्तु अयोध्या के शासन का उनका अधिकार बना रहा। लौट कर उनका राज्याभिषेक हुआ।..."

पाण्डु टहलता रहा, सोचता रहा। सोचता रहा और टहलता रहा।

सहसा उसने रुक कर पूछा, "माद्री! क्या तुम भी ऐसा ही सोचती हो?"

कुन्ती मुस्कुराई : कहाँ यह व्यक्ति निराशा में सब कुछ छोड़ कर भाग रहा था, और अब तनिक-सी आशा बँधने पर कुछ भी छोड़ना नहीं चाहता। कुन्ती का साथ

रहना पर्याप्त नहीं है...माद्री भी रहे...कुन्ती भली-भाँति समझती है, भावनात्मक आवेश में पाण्डु कुछ भी कर ले किन्तु उसकी भोग की वृत्ति समूल नष्ट नहीं हो सकती। वह कितना भी प्रयत्न कर ले, वह जीवन से विरक्त नहीं हो सकता...

माद्री एक विचित्र दृष्टि से पाण्डु को देख रही थी।

कुन्ती ने माद्री को कुछ भी कहने का अवसर नहीं दिया, ''हम दोनों में कभी कोई ऐसी चर्चा नहीं हुई है; किन्तु मेरा विचार है कि वह मुझसे सहमत ही होगी। उसे समय दें; ताकि वह विचार कर सके...।"

पाण्डु पुनः टहलने लगा : वह जैसे अपने द्वन्द्व से युद्ध कर रहा था। कुन्ती का कहा वह टाल नहीं पा रहा था, और उसके भीतर का कोई मन, कुन्ती का कहा मान रहा था। टहलते-टहलते जैसे वह अपने-आपसे बातें करने लगा था, "अनेक वनवासी गृहस्थ होते हैं। ऋषियों के भी परिवार होते हैं। कुन्ती शायद ठीक ही कहती है। मुझे भी अपनी पत्नियों के साथ रह कर ही तपस्या करनी चाहिए। भोग का सुख मिले या त्याग का। कुछ तो मिलेगा ही।" वह मुड़ा, "अच्छा कुन्ती! मैं अपने तपस्वी जीवन की सूचना देने के लिए बाहर जा रहा हूँ। सारे सैनिक और कर्मचारियों को हस्तिनापुर लौट जाने की आज्ञा दे आता हूँ। कहलवा देता हूँ कि हम तीनों तपस्वी जीवन व्यतीत करने के लिए हिमालय की ओर जा रहे हैं। तपस्या पूरी होने तक हस्तिनापुर हमारी प्रतीक्षा करे।"

पाण्डु मण्डप से बाहर चला गया।

"यह तुमने क्या किया दीदी?" पाण्डु के बाहर निकलते ही माद्री ने कुन्ती से कहा, "कैसा निर्णय ले लिया तुमने। और साथ ही मेरी ओर से भी वचन दे दिया।"

"क्या मैंने ठीक नहीं किया?" कुन्ती ने शान्त स्वर में पूछा।

माद्री थोड़ी देर तक निःशब्द खड़ी रही; फिर बोली, "क्या हमने पाण्डु से विवाह इसलिए किया था कि हमें राज-भोग छोड़ कर, वनों-पर्वतों में, तपस्वियों का जीवन व्यतीत करना पड़े?"

"नहीं! विवाह तो इसलिए नहीं किया था।" कुन्ती बोली, "किन्तु अब विवाह हो चुका है।"

"यदि मैं कहूँ," माद्री आवेश में बोली, "कि हमारे विवाह की धर्म-सम्मत अपेक्षाओं पर पाण्डु पूरा नहीं उतरता, इसलिए मैं इस विवाह को धर्म-सम्मत नहीं मानती। मैं तपस्विनी का जीवन नहीं जीना चाहती। मैं रति-सुख-विहीन गृहस्थ जीवन की इच्छुक नहीं हूँ।..." उसने मुख दूसरी ओर फेर लिया, "मैं पुंसत्वहीन पति के साथ रहना नहीं चाहती।"

कुन्ती ने जैसे उसे अविश्वास से देखा, "तो क्या करना चाहती हो?"

"मैं ऐसे पति का त्याग करूँगी।" माद्री बोली।

"त्याग!" कुन्ती भौचक खड़ी उसे देख रही थी, "कभी पत्नी ने भी पति का त्याग किया है?"

"उसने अभी हमें खड़े-खड़े ही त्याग नहीं दिया था। पुरुष जो चाहे कर सकता है। स्त्री को एक पुंसत्वहीन पति को त्यागने का भी अधिकार नहीं है?"

कुन्ती पर माद्री के आवेश का प्रभाव पड़ा। माद्री सचमुच तेजस्विनी थी; और उसकी न्याय की इच्छा में औचित्य भी था।

"माद्री! मानव-प्रकृति की सहज प्रतिक्रिया तो कदाचित यही है।" कुन्ती बोली, "जब पहली भेंट में वह मेरा तिरस्कार कर चल दिये थे, तो मेरा मन भी यही कहता था कि उठ कर चल दूँ, या दूसरी बार जब वह मेरे पास आयें तो मैं भी दुत्कार दूँ।..."

"मन की पहली और सहज प्रतिक्रिया ही न्याय-संगत और सच्ची प्रतिक्रिया होती है। हमें वही करना चाहिए।" माद्री बोली, "नारी को सब कुछ वैसा ही स्वीकार करना होगा, जैसी पुरुष की इच्छा है। जैसे नारी का अपना कोई अस्तित्व ही न हो, इच्छा न हो, विचार न हो। नारी मनुष्य नहीं है क्या? जड़ पदार्थ है? पाषाण है?..."

"मैं तुमसे सहमत हूँ माद्री!" कुन्ती बोली, "तुम न्याय की बात कर रही हो। किन्तु सहज प्रतिक्रिया तो मात्र हमारी इच्छा है। हमारे अहम की प्रतिक्रिया। अधिक-से-अधिक वह भावनात्मक न्याय है; और मेरी बहना! भावनात्मक न्याय ही सामाजिक न्याय नहीं होता। वह उससे भिन्न होता है। भावानात्मक न्याय का सम्बन्ध मात्र मेरे व्यक्तित्व से, मन से, मेरी इच्छा और मेरे चिन्तन से है; किन्तु जिस समाज में हम रहते हैं, वह केवल मेरे मानसिक संसार का नाम नहीं है।..."

"क्या कहना चाहती हो?" माद्री ने कुन्ती को बीच में ही टोक दिया।

"तुम्हारे भाई ने शुल्क लेकर तुम्हें पितृव्य भीष्म को सौंपा था। पितृव्य भीष्म ने तुम्हें पाण्डु को उसकी पत्नी के रूप में सौंपा। अब तुम अपने पति को छोड़ कर जाना चाहो, तो कहाँ जा सकती हो?"

"मद्रदेश!"

"शुल्क स्वीकार कर लेने पर तुम्हारे भाई का तुम पर कोई अधिकार नहीं रहा। तुम मद्रदेश जाओगी तो तुम्हारे पीछे-पीछे हस्तिनापुर के सैनिक जायेंगे।"

"मैं किसी अन्य पुरुष से विवाह कर लूँगी।" माद्री बोली।

"आर्येतर जातियों में तो अस्थायी पतित्व की चर्चा सुनी है मैंने, किन्तु आर्यों में तो मुझे एक भी उदाहरण नहीं मिला।" कुन्ती बोली, "ऐसा सम्भव होता तो सम्राट विचित्रवीर्य के देहान्त के पश्चात हमारी सासें हस्तिनापुर में ही क्यों पड़ी रहतीं? वे क्यों न किसी अन्य राजकुमारों से विवाह कर लेतीं।"

"तो स्त्री का कोई अधिकार नहीं है?" माद्री जैसे हताश हो गयी।

"माता का अधिकार है, स्त्री का नहीं।" कुन्ती बोली, "पितामही सत्यवती का

पितृव्य भीष्म के माध्यम से सारे कुरुकुल पर एकछत्र साम्राज्य है; किन्तु उनकी इच्छा के विरुद्ध अम्बा उनसे कुछ भी नहीं करा पायीं।"

"किन्तु वह अन्याय है।" माद्री बोली, "नारी को पशु के समान बेचना, या बन्दी बनाना—कभी भी न्याय नहीं माना जा सकता। वह पुरुष की सम्पत्ति नहीं है।"

कुन्ती मुस्कुरायी, "मैं तो तुमसे सहमत हूँ। इसलिए मैंने सामाजिक न्याय की बात की थी। जिस समाज में हम रह रही हैं, उसका न्याय यही है। मेरी व्यावहारिक बुद्धि कहती है कि जब तक हम इस न्याय को बदल नहीं सकतीं, तब तक उसके अन्तर्गत, हमें अपना अधिकतम प्राप्य चुन लेना चाहिए। मैंने वही किया है। तुम भी विचार कर लो। भावात्मक न्याय पा सको, तो पा लो, नहीं तो सामाजिक न्याय को स्वीकार कर लो।"

माद्री चिन्तामग्न हो गयी। उसने कोई उत्तर नहीं दिया।

9

कुन्ती प्रातः ही उठ कर स्नान कर आयी थी। कदाचित वह आश्रम की सामूहिक प्रार्थना और यज्ञ में भी सम्मिलित हुई थी; और अब आश्रमवासिनी स्त्रियों के साथ मिल कर आश्रम के बालकों के भोजन इत्यादि का प्रबन्ध कर रही थी।...उसे देख कर ऐसा नहीं लगता था कि वह भोजराज कुन्तिभोज की पुत्री और हस्तिनापुर के सम्राट की पत्नी है। उसने इतने सहज रूप में आश्रम के जीवन को स्वीकार कर लिया था, जैसे वह सदा से यहीं रहती आयी हो।

पाण्डु देख रहा था : आश्रम का जीवन सामूहिक जीवन था, यहाँ जैसे कोई 'व्यक्ति' था ही नहीं। आश्रम में ब्रह्मचारी भी थे और गृहस्थ भी। स्त्रियाँ भी और पुरुष भी। बालक तो थे ही। किन्तु किसी का अपना, कुछ भी निजी नहीं था। यदि कोई वन से फल लाया था, कन्द-मूल लाया था, ईंधन के लिए लकड़ियाँ लाया था, पशुओं के चारे के लिए वृक्षों के हरे पत्ते लाया था—कुछ भी उसका अपना नहीं था, इसलिए कोई एकाकी और असहाय भी नहीं था। सब एक-दूसरे की सहायता के लिए तत्पर थे...

एक महिला, कुछ शिशुओं को नहला कर लायी; किन्तु वे शिशु उसकी अपनी सन्तान नहीं थे। आश्रम की प्रत्येक महिला, शिशुओं की ममतामयी माता थी। आश्रम का कोई भी पुरुष, उसके लिए वात्सल्यपूर्ण पिता था।...

किशु आश्रम की गौवों का प्रबन्ध कर रहा था। वह उस समय गोशाला में दूध दूह रहा था। उसकी पत्नी दया पशुओं को खिलाने के लिए हरे पत्तों का एक बोझ लायी थी। वह गर्भवती थी, और थकी हुई-सी लग रही थी। उसने पत्तों का बोझ बाहर फेंका और अपनी कुटिया के भीतर चली गयी। उसके साथ आश्रम

की एक महिला भी थी। थोड़ी देर में वह महिला बाहर निकली। दो-एक वृद्धाएँ कुटिया में गयीं। फिर दो-एक ब्रह्मचारी 'भाभी' 'भाभी' पुकारते हुए आये। अन्त में कुलपति स्वयं आये।...

पाण्डु को लगा वहाँ कुछ असाधारण घटा है। लोग चिन्तित नहीं थे, किन्तु गम्भीर थे। निश्चित रूप से वह किसी प्रबन्ध में लगे थे। किन्तु किशु क्यों नहीं आया? वह क्यों अपने काम में ही लगा है?

पाण्डु का मन हुआ कि उठ कर जाये, देखे : क्या हुआ है वहाँ? पर दूसरे ही क्षण जैसे उसकी इच्छा समाप्त हो गयी : जिसकी पत्नी है, वह देखे। पाण्डु को इस सब से क्या लेना-लेना...दूसरे के काम में टाँग अड़ाने का क्या लाभ...

कुन्ती आयी तो उससे पाण्डु ने पूछा।

"दया अचेत हो गयी थी।" कुन्ती ने बताया, "सब लोग उसके उपचार का प्रबन्ध कर रहे थे।"

"उसकी अस्वस्थता की सूचना उसके पति को क्यों नहीं दी गयी?" पाण्डु के स्वर में असन्तोष था।

"उसे सूचना थी।"

"फिर वह आया क्यों नहीं?"

"वह काम कर रहा था। आश्रम के बच्चों के लिए दूध की आवश्यकता थी। जब तक दूध दुहा नहीं जाता, गौवें चरने के लिए वन में नहीं जा सकती थीं।"

"ये सारे कार्य क्या उसकी पत्नी के प्राणों से अधिक महत्त्वपूर्ण थे?"

"नहीं!" कुन्ती बोली, "किन्तु उसकी पत्नी का उपचार हो रहा था।"

"यहाँ कोई परायी नहीं है। सब एक-दूसरे के समान रूप से आत्मीय हैं।"

पाण्डु चकित रह गया था; व्यक्ति की वैयक्तिकता का इतना दमन...यह सामूहिकता का प्रथम पाठ था...या यह व्यक्ति की निजता का विस्तार था...। अपने-पराये का भाव जैसे ये अंकुरित ही नहीं होने देते थे। तभी तो यहाँ ईर्ष्या-द्वेष नहीं था।...पर कैसी कठोर साधना थी यह—निजत्व का सम्पूर्ण विसर्जन! आत्मीयता का इतना विस्तार!

क्या पाण्डु के लिए यह सम्भव होगा? क्या वह कभी भूल पायेगा कि वह हस्तिनापुर का सम्राट है?...कुलपति ने कल उसे यही समझाया था कि जिसे वह त्याग समझ रहा था, वस्तुतः वह अधिक ग्रहण करने की क्षमता प्राप्त करने की इच्छा मात्र थी।...वैसे भी जब वह साधारण बनने का प्रयत्न करता था, तो एक प्रकार का अहंकार उसके भीतर स्फीत होने लगता था कि देखो मैं कितना महान हूँ कि असाधारण हो कर भी साधारण बनने का प्रयत्न कर रहा हूँ। वह अपने अहंकार को विगलित करने का प्रयत्न करता तो वह और भी स्फीत होता चला जाता।...और पाण्डु को लगता कि वह कभी भी साधारण व्यक्ति

नहीं हो पायेगा। कुन्ती ही थी, जो सहज भाव से सबकी सेवा कर लेती थी, सबको अपना मान लेती थी। क्षण में अत्यन्त साधारण और क्षणभर में अत्यन्त महिमामयी बन जाती थी...

सन्ध्या समय जब एकान्त मिला तो वह कुन्ती के पास जा बैठा। कुन्ती सहज रूप से बैठी हुई अपने पुराने वस्त्र सी रही थी।

"कुन्ती! मुझे लगता है कि हमने हस्तिानापुर त्याग कर भूल की है।" वह धीरे से बोला।

कुन्ती ने विस्मय से उसकी ओर देखा, "आज हस्तिानापुर का स्मरण कैसे हो आया?"

"धृतराष्ट्र को तुम नहीं जानतीं!" पाण्डु बोला, "उसे अपना जन्मान्ध होना याद नहीं है; केवल मुझसे बड़ा होना याद है। इसलिए वह मानता है कि राज्य उसका ही है।"

"किन्तु यह चर्चा ही आप क्यों कर रहे हैं?" कुन्ती ने पूछा।

"हमें हस्तिनापुर से सम्पर्क बनाये रखना चाहिए। हमारा समाचार वहाँ पहुँचना चाहिए। ऐसा न हो कि जब हम लौट कर हस्तिनापुर जायें, तो वहाँ हमें कोई पहचानने वाला ही न हो!"

"आप हस्तिनापुर वापस लौटने की बात सोचते हैं?"

"हाँ! क्यों नहीं! मैं हस्तिनापुर का राजा हूँ। हस्तिनापुर मेरा है।"

"कब लौटना चाहते हैं?"

"पुत्र-प्राप्ति के पश्चात!"

कुन्ती ने चकित हो कर पाण्डु की ओर देखा, "कब है उसकी सम्भावना?"

"यह तो तुम पर निर्भर करता है।"

"मुझ पर?" कुन्ती और भी चकित हो गयी।

"चकित मत होओ प्रिये!" पाण्डु धीरे से बोला, "औरस पुत्र उत्पन्न करने की क्षमता मुझमें नहीं है, अतः क्षेत्रज-पुत्र की सम्भावना को आपद्धर्म के रूप में स्वीकार करना पड़ेगा।..."

"तो?"

"तुम नियुक्त पुरुष से देव-प्रदत्त सन्तान प्राप्त करने का प्रयत्न करो।"

"मैं!" कुन्ती समझ नहीं पा रही थी कि वह क्या कहे : पाण्डु के इस प्रस्ताव को स्वीकार करे? उसका विरोध करे?

"इसमें कुछ भी अनुचित नहीं है देवि!" पाण्डु बोला, "ईश्वर ने तो केवल स्त्री और पुरुष को बनाया है और उसका लक्ष्य है सृष्टि! समाज और समाज-धर्म तो मनुष्य ने अपने अनुभव से, अपनी सुविधा के लिए बनाये हैं। तुम्हें शायद ज्ञात हो कि नारी-पुरुष

सम्बन्ध अनेक समाजों में, अनेक प्रकार से नियन्त्रित होते हैं। पहले कानीन पुत्र भी समाज में मान्य था। अनेक ऋषि उसे अब भी धर्म-सम्मत मानते हैं...।"

"मुझे मालूम है।" कुन्ती ने जैसे खीझ कर पाण्डु की बात बीच में ही काट दी।

इस बार चकित होने की बारी पाण्डु की थी, "तुम्हें मालूम है?"

"हाँ!" कुन्ती जैसे कुछ सँभल गयी थी, "दुर्वासा ऐसी मन्त्रणा मुझे दे चुके हैं।"

"क्या कहा था उन्होंने?"

"उन्होंने कहा था जब स्त्री ऋतुमती हो जाये तो सन्तान उत्पन्न करना उसका धर्म है। पुत्र, पुत्र है; चाहे वह कानीन पुत्र ही क्यों न हो। जब तक स्त्री स्वतन्त्र थी, तब तक रक्त-सम्बन्ध केवल माता के माध्यम से निर्धारित किये जाते थे; और तब कानीन पुत्र समाज में उतना ही सम्मानित था, जितना कि औरस पुत्र! जब से समाज में पुरुष का अधिकार बढ़ा है तब से रक्त-सम्बन्ध पुरुष के माध्यम से निर्धारित होने लगे हैं; और जैसे-जैसे सम्पति के उत्तराधिकार का महत्व बढ़ता जा रहा है, स्त्री के अधिकार उतने ही कम होते जा रहे हैं। यह सब पुरुष का षड्यन्त्र है...।"

"मन्त्रणा क्या थी ?" पाण्डु अधीर हो उठा।

"ऋतु स्नान के पश्चात यदि स्त्री पति-विहीन हो तो किसी देव-शक्ति का ध्यान कर, किसी श्रेष्ठ पुरुष को, उस देव-शक्ति का प्रतिनिधि मान, उससे देव-प्रदत्त सन्तान प्राप्त करनी चाहिए।..."

"यही तो मैं कह रहा हूँ।" पाण्डु के स्वर में उल्लास था।

"क्या कह रहे थे आप?" कुन्ती जैसे आवेश में बोली, "कानीन पुत्र मान्य है आपको?"

"नहीं देवि!" पाण्डु बोला, "वह ऋषियों की बात है। कानीन पुत्र अब राज-समाज में मान्य नहीं है; किन्तु यदि औरस पुत्र के अभाव में, पति की अनुमति से स्त्री नियुक्त पुरुष के माध्यम से देव-प्रदत्त पुत्र प्राप्त करे, तो वह राज-समाज को मान्य है। तुम्हारा पुत्र, मेरे क्षेत्र में उत्पन्न होने के कारण मेरा क्षेत्रज पुत्र होगा; अतः वह हस्तिनापुर के सिंहासन का अधिकारी होगा।"

कुन्ती के मन में इतना कुछ एक साथ ही घटित हो रहा था कि उसकी समझ में नहीं आ रहा था कि वह क्या कहे और क्या करे! मन में एक आवेग उठता था कि यदि पाण्डु को कुन्ती का पुत्र स्वीकार्य था तो...एक छोटा-सा शिशु, टुकुर-टुकुर ताकता हुआ... कुन्ती के मन में कैसी तो पीड़ा उठ रही थी...इच्छा होती थी कि सब कुछ बता दे... किन्तु दूसरे क्षण याद आ जाता था कि वह बार-बार कह रहा था कि अब राज-समाज में कानीन पुत्र मान्य नहीं था...और फिर भोज-कुल का सम्मान, कुन्तिभोज का यश...

"क्या कहती हो ?" पाण्डु ने अधीर हो कर पूछा।

"सोचूँगी!" कुन्ती बोली।

पाण्डु आश्वस्त हो गया : यह कुन्ती की सहमति ही थी।

10

पाण्डु कई दिनों से युधिष्ठिर को चलना सिखा रहा था। अँगुली पकड़ कर तो वह महीने भर से चल रहा था; पर अँगुली छोड़ते ही वह भूमि पर बैठ जाता था। किन्तु पाण्डु ने अपना प्रयत्न नहीं छोड़ा था। प्रयत्न छोड़ने-जैसी कोई बात भी नहीं थी। पाण्डु जानता था कि जो बच्चा बैठने लगता है, वह खड़ा भी होता है; जो खड़ा होता है, वह एक पग उठा कर चलने का प्रयत्न भी करता है; और जो पग उठाता है, वह चलना भी सीखता है।

पाण्डु और युधिष्ठिर आमने-सामने खड़े थे। पाण्डु के दोनों हाथ की तर्जनियाँ, युधिष्ठिर ने नन्ही-मुन्ही हथेलियों में थाम रखी थीं। पाण्डु एक पग पीछे हट जाता था और युधिष्ठिर एक पग आगे बढ़ आता था।...

पूर्ण विश्वस्त हो कर युधिष्ठिर जब आठ-दस डग भर चुका, तो पाण्डु ने अपने बायें हाथ की तर्जनी बलात् छुड़ा ली; किन्तु युधिष्ठिर न तो लड़खड़ाया, न उसने दूसरी अँगुली छोड़ी। पाण्डु की दाहिनी तर्जनी के ही सहारे, आगे बढ़ता गया।...और तभी पाण्डु ने दाहिनी तर्जनी भी छुड़ा ली और झपट कर युधिष्ठिर से पाँच-सात डग की दूरी पर जा खड़ा हुआ। युधिष्ठिर डगमगाया; किन्तु गिरा नहीं। वह बैठा भी नहीं। पिता के निकट जाने के लिए नन्हे-नन्हे डगमगाते पैरों से आगे बढ़ता ही गया; और गिरने से पूर्व ही उसने जा कर पिता को थाम लिया। पाण्डु ने उसे अपने साथ लिपटा लिया। उसके चेहरे को अपनी हथेलियों में थाम कर उसकी आँखों में देखा : कितना प्रसन्न था युधिष्ठिर और कितना आत्मविश्वास था उसकी आँखों में।

पाण्डु ने उसे गोद में उठा कर, उसका चुम्बन किया; और फिर उसे अपने वक्ष में भींच लिया : ठीक नाम रखा है इसका कुलपति ने...युधिष्ठिर—युद्ध में स्थिर! नहीं हटेगा वह अपने युद्ध से पीछे। कुन्ती ने उसे धर्मराज के पुत्र के रूप में गर्भ में धारण किया था। युधिष्ठिर का युद्ध न्याय के क्षेत्र में होगा। वह अन्याय के मार्ग पर नहीं चलेगा।...

तभी कुन्ती आयी। गर्भवती कुन्ती कैसी तेजस्विनी लगती थी। किन्तु पर्याप्त थकी हुई।

वह आते ही भूमि पर बैठ गयी।

"क्या लकड़ियाँ काटकर आयी हो?" पाण्डु ने पूछा।

"नहीं!" कुन्ती के थके हुए चेहरे पर भी एक सन्तुष्ट मुस्कान फैल गयी, "इतनी शक्ति अब कहाँ!...इस बार सन्तान की कामना करते समय नियोग से पहले मैंने वायुदेव का आह्वान किया था; और नियुक्त पुरुष को उन्हीं का प्रतिनिधि स्वीकार किया था। लगता है कि इस बार वायु के समान भारी-भरकम भीम शिशु गर्भ में आ बैठा है। अपना शरीर भी मुझसे उठाये नहीं उठता।...अब सोच लिया है...और

सन्तान नहीं। दो पर्याप्त हैं...अब और इतना कष्ट नहीं सहा जाता।..."

पाण्डु के चेहरे पर सहमति नहीं उभरी; किन्तु उसने असहमति जतायी नहीं। धैर्य बँधाता हुआ बोला, "साहस मत छोड़ो। प्रत्येक परीक्षा से पहले मन ऐसे ही घबराता है। सन्तान पाने में कष्ट तो...किन्तु फिर उसका सुख...।"

कुन्ती कुछ नहीं बोली!

पाण्डु ने भी इस विषय में कुछ कहना-सुनना उचित नहीं समझा। विषयान्तर करने के लिए बोला, "इस बार बहुत दिनों से हस्तिनापुर से कोई दूत नहीं आया।"

"वनवास में भी राजदूतों की प्रतीक्षा क्यों करते हैं आप?"

"तुम्हारे पास अच्छे वस्त्र नहीं हैं अब!...हस्तिनापुर से इस बार कुछ अच्छे वस्त्र आने चाहिए!"

"यहाँ लोगों का काम मृगचर्म से भी चल जाता है और वल्कल वस्त्रों से भी।"

"माद्री हस्तिनापुर लौटने के लिए कह रही थी।" पाण्डु ने वार्तालाप की दिशा पुनः मोड़ दी।

कुन्ती ने एक निःश्वास छोड़ा और उठ खड़ी हुई। उसने एक शब्द भी नहीं कहा।...

सन्ध्या ढले पाण्डु अपनी कुटिया में लौटा। कुन्ती वहाँ उसकी प्रतीक्षा कर रही थी।

"कहाँ चले गये थे आर्यपुत्र?"

"वन में भटक गया था।"

"भटक गये थे, या भटक रहे थे?"

"अब जो समझ लो।"

"उद्विग्न हैं क्या?"

पाण्डु कुछ नहीं बोला।

"आपको आयुर्वेदाचार्य ने स्पष्ट कहा है कि उद्विग्नता से स्वयं को बचायें।" कुन्ती स्नेह से बोली, "अब ऐसा क्या है जिसके लिए आप उद्विग्न होते हैं। दो सुन्दर स्वस्थ पुत्र हैं, तीसरा जन्म लेने को है।"

पाण्डु, कुन्ती के निकट आ गया : कुन्ती के चेहरे पर क्या था! क्या था उसकी आँखों में। उसे देख कर पाण्डु का मन द्रवित हो जाता था। हठात पाण्डु की इच्छा होती थी, उसके केश सहलाये, उसे अपनी भुजाओं मे भर ले, या...या...या फिर उसकी गोद में सिर रख कर बहुत-बहुत रोये...किन्तु इस सारे कार्य-व्यापार में कहीं कोई उत्तेजना नहीं थी, कोई स्नायविक तनाव नहीं था।...कैसी तो शान्ति थी, जो मन को विशद कर देती थी...

"कुन्ती!" वह बोला।

कुन्ती उसकी मुद्रा से ही समझ गयी : उसके मन में कोई विशेष बात थी।

"मैं युधिष्ठिर और भीम को ले कर चिन्तित हूँ।"

"इस सात्विक वातावरण में भी चिन्ता?" कुन्ती बोली, "क्या चिन्ता है आर्यपुत्र?"

"उन्हें सौतेली माँ का ताप न लगे।"

कुन्ती क्षण-भर तो भाव-शून्य दृष्टि से उसे देखती रही, फिर जैसे समझ कर बोली, "माद्री ने कुछ कहा क्या?"

"हाँ। उसे यह तथ्य साल रहा है कि तुम तीन पुत्रों की माता होने जा रही हो; और उसकी एक भी सन्तान नहीं है।"

कुन्ती कुछ नहीं बोली।

पाण्डु भी मौन बैठा रहा।

एक लम्बा समय चुपचाप निकल गया।

अन्ततः पाण्डु ही बोला, "अर्जुन के पश्चात चौथे पुत्र के लिए किस देव-शक्ति का ध्यान करोगी?"

"यह अर्जुन कौन है?"

"हमारा तीसरा पुत्र।"

"अभी जन्म उसका हुआ नहीं, और नामकरण पहले हो गया।"

"हाँ। तुम्हें अच्छा नहीं लगा?"

"नहीं। अच्छा है।" कुन्ती बोली, "किन्तु यदि इस बार कन्या हुई तो?"

"नहीं, कन्या नहीं होगी। मेरा मन कहता है कि पुत्र की याचना कर, इन्द्र का ध्यान करने पर, कन्या का जन्म नहीं होगा।"

"चलो ठीक है।" कुन्ती बोली, "पुत्र होगा; और उसका नाम अर्जुन होगा। किन्तु एक बात अभी से स्पष्ट कर दूँ; मैं चौथा नियोग नहीं करूँगी।"

"क्यों?"

"पुत्र की कामना से तीन नियोग ही धर्म-संगत हैं। इससे अधिक को धर्मतः व्यभिचार कहा गया है।"

"तो मेरी एक बात मानो।" पाण्डु ने धीरे-से कहा।

"क्या?"

"जो मन्त्रणा तुम्हें दुर्वासा ने दी थी, वही तुम माद्री को दो। तुम व्यभिचार से बच जाओगी; और माद्री पुत्रवती हो जायेगी। उसकी दृष्टि भी सौतेली माँ की न रह कर, 'माँ' की हो जायेगी।"

निर्णय तक पहुँचने में कुन्ती को समय नहीं लगा। बोली, "जैसी आपकी इच्छा।"

"तुम्हारा क्या विचार है, उसे किस देव-शक्ति का ध्यान करना चाहिए?" पाण्डु ने पूछा।

"अश्विनी कुमार कैसे रहेंगे," कुन्ती कुछ सोचती हुई बोली, "सम्भव है कि उनकी कृपा से आपके स्वास्थ्य में भी सुधार हो जाये; और हमें एक और सुन्दर तथा अरोग्यमूर्ति पुत्र मिल जाये।"

कुन्ती के आनन पर माद्री या उसकी सम्भावित सन्तान के लिए तनिक भी वैमनस्य नहीं था।

पाण्डु का मन प्रसन्न हो गया, "तुम्हारी इच्छा पूरी हो।"

11

पाण्डु माद्री की कुटिया में आया।

माद्री कुटिया में अकेली थी। नकुल तथा सहदेव वहाँ नहीं थे।

पाण्डु ने कुटिया के द्वार पर खड़े हो कर देखा : वह शायद स्नान करके आयी थी। केश-सज्जा कर चुकी थी; और अब पुष्प-सज्जा कर रही थी। कैसी आत्मलीन-सी थी। मद्रदेश के किसी गीत की कोई कड़ी गुनगुना रही थी।

पाण्डु उसके निकट आ गया।

उसने चौंक कर, जैसे सायास सलज्ज मुस्कान उसकी ओर उछाली, "क्यों आये आप? क्या आपको मालूम नहीं कि जब कोई स्त्री अपना शृंगार कर रही हो, तो पुरुष को उसके कक्ष में प्रवेश नहीं करना चाहिए?"

"चाहे वह स्त्री उस पुरुष की पत्नी ही हो?"

"हाँ! चाहे पत्नी ही हो।" माद्री के आनन पर मुस्कान थी, जिसमें आपत्ति कम, निमन्त्रण अधिक था, "अन्न जब तक पक न जाये, उसे खाना वर्जित है, चाहे वह अन्न आपका अपना ही हो।"

"विधाता ने तुम्हारा शृंगार करके ही पृथ्वी पर भेजा था प्रिये।" पाण्डु हँसा, "तुम्हें शृंगार की क्या आवश्यकता है? पुष्प भी कहीं अपना शृंगार करते हैं?"

माद्री ने कौतुक भरी आँखों से उसे देखा : आज तापस पाण्डु कहाँ है। यह तो कोई रसिक प्रेमी खड़ा है उसके सामने—कामदेव का उपासक!

किसी निर्णय पर पहुँचने से पहले माद्री ने उसकी परीक्षा कर लेनी उचित समझी, "आज की साधना कर ली? ध्यान हो गया?"

"माद्री!" पाण्डु आतुर स्वर में बोला, "बाहर निकल कर देखो, पवन में कितनी मादकता है। सृष्टि कैसा पुष्प-संभार किये बैठी है, जैसे सृष्टि न हो, सम्पूर्ण निमन्त्रण हो। ऐसे में साधना की बात मत करो।"

"पवन तो कई बार मादकता के सागर भर-भर लाया। सृष्टि ने प्रतिवर्ष पुष्प-संभार किया," माद्री बोली, "किन्तु मेरे कामदेव ने कभी आँखें खोल कर पुष्पों को निहारा ही नहीं, तो कोई क्या करे!"

"आओ सुमध्यमे! आज हम अपनी भूल सुधारें, प्रकृति का सौन्दर्य निहारें।"

"सत्य कह रहे हैं आर्यपुत्र!"

"हाँ प्रिये!" पाण्डु बोला, "पद्मासन लगा कर वसन्त ऋतु को नहीं निहारा जा सकता। उसके लिए प्रिया का सान्निध्य चाहिए।"

"कुन्ती कहाँ है?"

"वह ब्राह्मणों को भोजन करा रही है।"

"बच्चे?"

"सब उसी के साथ हैं।"

"तो?"

"आओ!" पाण्डु ने माद्री को हाथ पकड़ कर उठाया।

सिहरे रोमों वाले दो शरीर विद्युत-संचरित हो गये : चार नयनों में मदिरा का ज्वार उठा।

दो किशोर प्रेमियों के समान वे भागते हुए वन में निकल गये।

वन सचमुच बहुत ही सुन्दर हो रहा था। प्रकृति क्या थी, वासकसज्जा नायिका थी। चैत्र मास का वह पार्वत्य प्रदेश। सरोवरों में कमल खिल आये थे...

पाण्डु के मन में आवेग उठा, "यह सब हस्तिनापुर में कहाँ?..."

माद्री विस्मित थी : आज वस्तुतः पाण्डु का वह तपस्वी रूप कहीं खो गया था। वह संयम, वह साधना, वह ध्यान...पाण्डु सब कुछ विस्मृत कर चुका था। कामदेव उसके अंग-अंग में जाग रहे थे—उसे देख-देख कर माद्री का मन स्वतः द्रवित होता जा रहा था, आतप के स्पर्श से हिम-खण्ड विगलित होते जाते हैं...उसे लगा कि जैसे धरती के किसी खण्ड पर जब कोमल दूर्वा ने कामना भरी आँखों से आकाश की ओर ताका था, तो दैवात कहीं से एक बड़ी शिला आकर उस पर जम गयी थी। दूर्वा का अंग-भंग हुआ था। उसका श्वास लेना दूभर हो गया था। शरीर पीला पड़ गया था। बाहर से तो उसके अस्तित्व का कोई आभास भी नहीं मिलता था और उसने स्वयं भी मान लिया था कि अब उसमें प्राण शेष नहीं है...किन्तु, आज अकस्मात ही जैसे वायु के वेग ने शिला को पर्वत की ढाल पर धकेल दिया था।...दूर्वा ने पाया कि उसके अंग चाहे पीले पड़ चुके हैं, किन्तु उसमें जीवन अपनी सम्पूर्ण प्राणवत्ता के साथ विद्यमान है। मद भरे पवन ने उसे छेड़ा है, उसमें संजीवनी का संचार हुआ है, उसकी जिजीविषा जागी है...उसकी सम्पूर्ण कामनाएँ यौवन को प्राप्त हो गयी हैं...

और उस सम्मोहनावस्था में भी माद्री को पाण्डु के शारीरिक स्वास्थ्य का ध्यान हो आया।...कहीं ऐसा न हो कि पाण्डु किसी कठिनाई में पड़ जाये। आयुर्वेदाचार्य ने उसे नारी-संग की अनुमति नहीं दी है...किन्तु माद्री का चिरतृषित मन, विवेक की इस चेतावनी की अवज्ञा करना चाहता था। उसका रोम-रोम जैसे पाण्डु को पुकार रहा था। उसके भीतर चलने वाला आकांक्षा का बवण्डर इतना प्राणवान था

कि उसकी गति ने माद्री के श्रवण ऐसी सारी चेतावनियों और सावधानियों के लिए बधिर कर दिये थे। उसकी उन्मत्त वासना, दावाग्नि के समान प्रचण्ड होती जा रही थी।...मन ने कहा,...अनेक बार इच्छाओं की शक्ति ही संकल्प वन जाती है; और संकल्प शरीर और मन में क्षमताएँ उत्पन्न करता है...आयुर्वेदाचार्य की औषधियाँ तो क्षमता को पुष्ट करेंगी। क्षमताओं को जगाना तो संकल्प का ही काम है...सम्भव है कि उन्हें प्रेरित न किया जाये तो वे क्षमताएँ कभी भी स्पन्दित न हों...

पाण्डु ने माद्री का हाथ पकड़ा; और सरोवर में उतर गया।

किन्तु तैरने की रुचि न पाण्डु में थी, न माद्री में। जल में भीग जाने के कारण, माद्री के वस्त्र, शरीर से चिपक कर जैसे पारदर्शी हो गये थे। और पाण्डु का उन्माद अपनी भयंकर स्थिति में पहुँच गया। उसने माद्री को अपनी भुजाओं में उठाया और जल से बाहर निकल आया।

माद्री कोमल दूर्वा पर लेटी हुई थी।

पाण्डु की उत्तेजना जैसे उसके शरीर के रक्त में घुल गयी थी और सारा रक्त उसके मस्तक की ओर दौड़ रहा था।

माद्री ने सहास पाण्डु की चेष्टाओं को देखा, जैसे उन्हें प्रोत्साहित कर रही हो; किन्तु अगले ही क्षण पाण्डु के चेहरे और आँखों में जैसे यातना और विकार के चिह्न प्रकट हुए।

माद्री का विवेक सचेत हुआ, "आर्यपुत्र!..." किन्तु उसकी चेष्टाएँ और इच्छाएँ जैसे पाण्डु को और भी उत्तेजित करती जा रही थीं।

पाण्डु की आँखें उबलने-उबलने को हुईं। उसके वक्ष में असह्य पीड़ा हुई, उसका संकल्प पीड़ा से लड़ रहा था। वह कामान्ध होकर, अपने कष्ट को अनदेखा कर रहा था।...और अगले ही क्षण उसके हाथों ने माद्री को छोड़, अपने हृदय को थाम लिया। वह अपनी पीड़ा में ऐंठा और लुढ़कता हुआ, माद्री से दो पग दूर जा कर शान्त हो गया...

माद्री ने पहले तो आश्चर्य से देखा और दूसरे ही क्षण भयानक आशंका से पीड़ित हो कर उसने हृदय-द्रावक चीत्कार किया। वह झपट कर पाण्डु से लिपट गयी, "आर्यपुत्र!"

पाण्डु धरती पर सर्वथा मौन पड़ा था, निश्चेष्ट! उसके चेहरे पर यातना के भाव जैसे स्थायी हो कर जम गये थे। उसके शरीर में कहीं कोई स्पन्दन नहीं था।...और तब माद्री ने अपने मन की आशंका को समझा : आयुर्वेदाचार्य ऐसे ही तो नहीं कहते थे कि रति-सुख पाण्डु के लिए यम-पाश होगा...

रोती हुई माद्री अपनी कुटिया की ओर भागी।...संकट के इस क्षण में कुछ समझ नहीं आ रहा था,...वह भाग कर कुन्ती के पास पहुँच जाना चाहती थी। वह

उसे बताना चाहती थी कि पाण्डु अस्वस्थ हैं। कुन्ती चल कर देखे कि कहीं कुछ अघटनीय तो नहीं घट गया...

कुलपति के आदेशानुसार चिता तैयार की गयी।

आश्रमवासियों ने पाण्डु के शरीर को उठा कर सम्मानपूर्वक चिता पर रखा।

"पुत्र युधिष्ठिर!" कुलपति ने कहा, "तुम आ कर पिता को अग्नि दो।"

युधिष्ठिर आगे बढ़ता, उससे पहले ही कुन्ती बोली, "ठहरो पुत्र!" और वह माद्री की ओर मुड़ी, "माद्री! जो होना था, वह हो गया। उसके लिए मैं क्या कहूँ। तुम्हें शाप दूँ, तुम्हें कोसूँ कि तू मेरे पति को खा गयी, या बहन तुझे आशीष दूँ कि तूने मेरे कामाकांक्षी पति को कुछ तो सुख दिया!" उसने माद्री के कन्धे पर हाथ रखा, "अब जीवन के दायित्वों को समझ। इन पुत्रों को सँभाल। इनका पालन-पोषण कर..."

"और तुम दीदी?"

"मैं अपने पति के साथ चितारोहण करने जा रही हूँ।"

"नहीं!" माद्री के स्वर में जैसे चीत्कार था, "यह सम्भव नहीं है। आर्यपुत्र के साथ मैं चितारोहण करूँगी।"

"मैं ज्येष्ठा हूँ माद्री! यह अधिकार मेरा है।"

"तुम बड़ी उदार हो, उदार हो।" माद्री एकदम दीन हो गयी, "अपने अधिकार का दान मुझे दो। मैं उनकी मृत्यु का कारण हूँ, मुझे प्रायश्चित्त करने दो।"

"नहीं!" कुन्ती बोली, "कोई तुम्हें हत्या की अपराधिनी नहीं मान रहा। कोई तुम्हें दण्डित नहीं कर रहा। यह विधि का विधान है, इसके लिए तुम दोषी नहीं हो।"

"मैं अभुक्त काम हूँ, मैं तृषित हूँ। मैं अतृप्त वासना ले कर जी नहीं सकूँगी। मुझे उनके साथ, दूसरे लोक तक जाना होगा, ताकि मेरी कामना की पूर्ति हो सके। और दीदी!" माद्री ने जैसे अनुनय की, "मैं जीवित रही तो बहुत सम्भव है कि मैं जीवन की कठोरताओं का सामना न कर पाऊँ। सम्भव है, मैं अपनी दुर्बलताओं के आवेग को न झेल पाऊँ। सम्भव है मैं अपनी ममता को सन्तुलित न कर पाऊँ; तुम्हारे पुत्रों को अपने पुत्र न मान पाऊँ; कौन्तेयों और माद्रेयों में मेरी भेद-दृष्टि न मिटे। ...और दीदी! नकुल और सहदेव भी तुम्हारे ही पुत्र हैं। मैं तो उनकी जननी मात्र हूँ, माता तो तुम्हीं हो। मुझे पूरा विश्वास है, तुम इन पाँचों में कोई भेद नहीं करोगी। तुम इनका पालन-पोषण करो दीदी! मुझे आर्यपुत्र के साथ जाने दो।..."

कुन्ती चुप बैठी, सोचती रही।

"तुम बड़ी हो दीदी! महान हो। उदार हो। अपनी छोटी बहन को, यह छोटा-सा दान न दोगी?" माद्री बोली, "मैं तो स्वार्थिनी हूँ, अपने जन्म से। मुझे स्वार्थ के

सिवाय और कुछ नहीं सूझता। मेरा जीवन जीने योग्य नहीं होगा। आर्यपुत्र के साथ मुझे जाने दो दीदी!"

कुन्ती की आँखों में अश्रु आ गये। उसने पहले अपना दाहिना हाथ बढ़ा कर माद्री के सिर पर रखा और फिर जैसे स्वयं को सँभाल नहीं पायी। वह फफक कर रो पड़ी और माद्री से लिपट गयी।

12

कुन्ती ने उनके चरण स्पर्श किये तो फफक पड़ी।

भीष्म ने अपना संरक्षण का हाथ उसके सिर पर रखा। कुछ देर मौन रहे और फिर बोले, "मैं सचमुच बहुत अभागा हूँ पुत्रि! पिता का देहान्त हुआ था, तो मैंने मान लिया था कि अपनी आयु भोग कर सबको ही जाना है।...किन्तु उसके पश्चात चित्रांगद और विचित्रवीर्य गये, जो मुझसे बहुत छोटे थे।...और अब पाण्डु!...कभी-कभी सोचता हूँ विधाता ने मुझे इतनी आयु क्यों दी—इसलिए कि मैं जीवित रहूँ और यह कष्ट सहूँ।...जाने क्या लीला है उसकी।..." उन्होंने स्वयं को सँभाला, "तुमने अच्छा किया पुत्री! जो हस्तिनापुर लौट आयीं। अपने घर जैसा सुख कहीं नहीं होता।..." वे कुछ सोच कर रुक गये। फिर बोले तो उनका स्वर पर्याप्त सधाव पा चुका था, "मैं आते हुए धृतराष्ट्र को भी सूचना भिजवा आया हूँ। वह भी आ रहा होगा। महर्षि वेदव्यास को भी सूचना भिजवायी है। शोक के ऐसे अवसरों पर, माता सत्यवती को वह ही सँभाल पाते हैं।...कुलपति से भी चर्चा हुई है। वे लोग विश्राम कर, वापस शतशृंग लौट जायेंगे। पाण्डु और माद्री की अस्थियों के अन्तिम संस्कार के पश्चात हम शोक के बारह दिन, यहीं, गंगा के तट पर ही व्यतीत करेंगे। शोक-काल की समाप्ति पर ही हम हस्तिनापुर में प्रवेश करेंगे।" किसी और के रथ के आने के शब्द पर, उन्होंने दृष्टि उठायी, "लो धृतराष्ट्र और गान्धारी भी आ गये हैं। ये साथ में सुयोधन और सुशासन को क्यों ले आये...।" और भीष्म ने पलट कर पाण्डवों की ओर देखा, "आओ बच्चो! मेरे पास।" युधिष्ठिर को पहले उन्होंने अपनी बाँहों में भरा। उसके केशों पर हाथ फेरा, "तुम युधिष्ठिर हो?"

सहमे-से युधिष्ठिर ने सिर हिला दिया।

"मैं तुम्हारा पितामह हूँ।" भीष्म ने उसे दोनों भुजाओं से थाम कर, उसकी आँखों में देखा, "तुम हस्तिनापुर के युवराज हो। बड़े हो कर सम्राट बनोगे। तब यह मत भूल जाना कि सम्राट से उसका पितामह बड़ा होता है।" और सहसा उनका हास्य विलीन हो गया, "किन्तु पुत्र! जैसे-जैसे तुम समर्थ होते जाओगे, पितामह असमर्थ होते जायेंगे।"

उन्होंने भीम को अपनी भुजाओं में लिया, "तुम तो मल्ल युद्ध में प्रवीण होगे भीम! गदा-युद्ध भी सीखना। तुम्हारा कोई भाई तुम्हारे समान बलवान नहीं है।"

अर्जुन अभी उनके आलिंगन में ही था कि धृतराष्ट्र, गान्धारी, सुयोधन और सुशासन आ गये।

कुन्ती ने देखा : सुयोधन और सुशासन सचमुच राजकुमारों की वेश-भूषा में थे। इस शोक के अवसर पर भी धृतराष्ट्र और गान्धारी राजसी संभार के साथ आये थे।

धृतराष्ट्र बहुत दीन-सा हो कर रो रहा था। विलाप की-सी शैली में उसने कितनी ही बार कहा, "मेरे भाई! यम को प्राण ही चाहिए थे, तो मेरे प्राण ले जाता। तुम क्यों गये।..."

कुन्ती न फफक कर रो पायी, न कुछ कह पायी। स्तब्ध-सी मौन बैठी रही। सहसा भीष्म बोले, "सुयोधन! अपने भाइयों से गले मिलो।"

सुयोधन ने विरोध के-से भाव से पाण्डवों की ओर देखा : उसके मन की वितृष्णा उसके मन में फूटी, "इनसे?"

"क्यों!" भीष्म बोले, "ये तुम्हारे भाई हैं।"

"इतने गन्दे!"

"चुप!" गान्धारी ने उसे डाँटा, "वे यात्रा करके आये हैं।"

भीष्म किसी विवाद में नहीं पड़े। उन्होंने सुयोधन को पकड़ा और युधिष्ठिर को बुलाया। दोनों को बलात ठेल कर गले मिलाया, "ये तुम्हारे भाई हैं," वे बोले, "भाई जैसा भी हो, जिस स्थिति में हो, उससे प्रेम करना चाहिए। तुम लोगों को आजीवन स्नेहपूर्वक एक साथ रहना है।"

"पितामह! ये लोग हस्तिनापुर में ही रहेंगे क्या?" सुयोधन ने पूछा।

भीष्म ने उसे गहरी दृष्टि से देखा, "हस्तिनापुर इनका घर है। लोग भ्रमण अथवा प्रवास से लौट कर, अपने घर में ही रहते हैं।"

"पर इनके लिए प्रासाद कहाँ है?" उसने पूछा।

"नहीं है तो बन जायेगा।" भीष्म बोले।

"नया क्यों बनेगा!" गान्धारी के मुख से अनायास निकल गया, किन्तु तत्काल ही उसने अपनी भूल को सुधारा, "जहाँ हम रहते हैं, वहीं वे भी रह लेंगे। एक ही परिवार के लिए, दो प्रासादों की आवश्यकता नहीं होती।" और उसने पलट कर सुयोधन को डाँटा, "तू चुप रह। बड़ों की बात में तू अपनी टाँग मत अड़ा।"

कुन्ती के मन में जैसे प्रचण्ड झंझावात उठा : कोई यह नहीं कह रहा कि हस्तिनापुर का स्वामी घर लौट आया है। वह महाराज पाण्डु के प्रासाद में रहेगा; और उनके सिंहासन पर बैठेगा।...ऐसा कहाँ लग रहा है कि वे लोग अपने घर लौटे हैं। वे तो जैसे किसी विपत्ति में पड़ कर, अपने किसी धनी सम्बन्धी के द्वार पर आ पड़े हैं, उनके आश्रितों के समान...। निश्चित रूप से हस्तिनापुर में बहुत कुछ

बदल गया है...वे जिन्हें अपना घर देख-भाल के लिए सौंप कर, प्रवास के लिए गये थे, वे लोग न केवल उनके घर के स्वामी बन बैठे हैं, बल्कि यह भी भूल गये हैं, कि यह सम्पत्ति किसकी है?...

भीष्म को धृतराष्ट्र बहुत चिन्तित लगा। किस बात से चिन्तित है वह—पाण्डु के निधन से या कुन्ती और पाण्डवों के हस्तिनापुर लौट आने से?...

13

सन्ध्या समय भी युधिष्ठिर को अन्यमनस्क-सा कक्ष में बैठा देख कुन्ती को अच्छा नहीं लगा।

"तुम बाहर खेलने क्यों नहीं जाते युधिष्ठिर?" कुन्ती बोली, "दिन-भर गुरु-गम्भीर बने, कक्ष में घुसे बैठे रहते हो। तुम तो अभी से वृद्ध हो गये लगते हो।"

"जाता तो हूँ।" युधिष्ठिर ने जैसे अपना पक्ष प्रस्तुत किया, "आचार्य के पास जाता हूँ। वे जिन शस्त्रों का अभ्यास कराते हैं, करता हूँ। जो शस्त्र-शिक्षा देते हैं, उसे ग्रहण करता हूँ।"

"किन्तु इस समय सारे बालक उद्यान में खेल रहे हैं, तुम क्यों भीतर घुसे बैठे हो?"

युधिष्ठिर ने उत्तर में कुछ कहा नहीं, केवल एक बार माँ की ओर देखा-भर; और सिर झुका लिया।

कुन्ती युधिष्ठिर की उस दृष्टि को देख कर जैसे स्तम्भित रह गयी : क्या था उन आँखों में? वे तो किसी बालक की अबोध उल्लास से आकण्ठ निमज्जित आँखें नहीं थीं। उन आँखों में तो किसी प्रौढ़ की मूक पीड़ा थी। उनमें आक्रोश भी था, प्रतिरोध भी; और अपनी असहायता की एक निरीह स्वीकृति भी!

"क्या बात है पुत्र?" कुन्ती के मन की करुणा जागी। उसने अनेक बार देखा था कि उसे अपना बड़े-से-बड़ा दुःख भी इस प्रकार विचलित नहीं कर पाता था; किन्तु अपने इस अधिकार-विहीन अभिभावक पुत्र युधिष्ठिर की यह निरीह मूक पीड़ा उसे कहीं भीतर तक बहुत गहरे तड़पा जाती थी।

"कोई विशेष बात नहीं माँ!" युधिष्ठिर ने मुख फिरा लिया।

"बात कैसे नहीं है!" कुन्ती उसके निकट चली आयी। उसने युधिष्ठिर के मुख को अपनी हथेलियों में थाम, अपनी ओर फेरा। उसकी आँखों में सीधे देखते हुए बोली, "सदा सत्य बोलो पुत्र! अप्रिय भी हो तो सत्य ही बोलो। माँ को पीड़ा पहुँचती हो तो भी सत्य बोलो! झूठ से समस्या का समाधान नहीं होता, उसकी उपेक्षा होती है। कपोत अपनी आँखें बन्द कर ले तो मार्जार का अस्तित्व समाप्त नहीं हो जाता।"

युधिष्ठिर जैसे तड़प कर उठ बैठा, "मैं झूठ नहीं बोलता माँ!"

"मैं तुम्हारा विश्वास करती हूँ पुत्र! जिस क्षण कुन्ती को अपने पुत्रों पर विश्वास नहीं रह जायेगा, उसी क्षण उसके जीवन में कोई सार भी नहीं रह जायेगा।" कुन्ती ने रुक कर पुत्र को देखा, "तुमने कहा कि कोई बात नहीं। तुम मुझसे कुछ छिपा रहे हो।"

युधिष्ठिर ने निश्छल और विश्वस्त दृष्टि से माँ की ओर देखा, "मैंने कहा था, कोई विशेष बात नहीं है।" और अकस्मात ही जैसे उसके प्रतिरोध का बाँध ध्वस्त हो गया और उसका आक्रोश मार्ग पा कर प्रवाहित हो चला, "सुयोधन कहता है कि प्रासाद का उद्यान उसके तथा उसके भाइयों के खेलने के लिए है। उसके पिता ने यदि कृपापूर्वक हमें प्रासाद में ठहरने की अनुमति दे दी है, तो इसका अर्थ यह नहीं है कि हम सारे प्रासाद के स्वामी हो गये कि स्वेच्छा से जहाँ-कहीं घूमते फिरें...हमें अपनी मर्यादा पहचाननी चाहिए।" उसने रुक कर माँ को देखा, "अब बताओ! यह कोई ऐसी बात है, जिसे विशेष रूप से उल्लेखनीय मान कर मैं तुम्हें बताता।..."

कुन्ती स्तम्भित रह गयी। यह बालक इतने बड़े अपमान को इस प्रकार चुपचाप पी गया। माँ को बताना भी नहीं चाहता!...

और सहसा युधिष्ठिर ने आ कर कुन्ती का हाथ पकड़ लिया, "हम अपने घर कब जायेंगे माँ?"

कुन्ती को लगा, उसकी आँखों में अश्रु भर आये हैं और यदि उसने स्वयं को नियन्त्रित नहीं किया तो वे टपक पड़ेंगे।

"कौन-सा घर पुत्र?"

युधिष्ठिर ने हतप्रभ हो कर माँ की ओर देखा, "क्या हमारा कोई घर नहीं है?"

कुन्ती ने उसके प्रश्न का कोई उत्तर नहीं दिया। वह तो जैसे स्वयं ही अपने-आपसे युधिष्ठिर के प्रश्न का उत्तर माँग रही थी : कौन-सा घर है उसका अपना? उसके जनक का घर? उसके पिता का घर? उसके पति का घर?...क्या कोई घर उसका अपना नहीं है?

"इससे तो अच्छा है माँ!" युधिष्ठिर ने उसका हाथ पकड़ कर झकझोरा, "हम लोग ऋष्य श्रृंग के आश्रम में लौट जायें। वहाँ कभी किसी ने हमें यह तो नहीं कहा कि वह आश्रम हमारा नहीं है। कुटीर हमारा नहीं है, क्षेत्र हमारा नहीं है, या सरोवर हमारा नहीं है। तुम हमें हस्तिनापुर क्यों ले आयी माँ! जहाँ कुछ भी हमारा नहीं है?"

सहसा ही कुन्ती अपनी हताशा से उबरी।...उसके युधिष्ठिर में रजोगुण का आधिक्य नहीं है। वह झगड़ कर किसी वस्तु पर अपना अधिकार नहीं जतायेगा। अधिकार के विवाद में वह त्याग को ही अंगीकार करेगा।...यह स्थिति ठीक नहीं है। उसे अपने अधिकार के प्रति सचेत करना होगा।...

"यही हमारा घर है पुत्र! हमें और कहीं नहीं जाना है।" सहसा उसका स्वर

आदेशात्मक हो गया, "हस्तिनापुर तुम्हारा है। तुम कुरु साम्राज्य के युवराज हो। तुम कहाँ जाने की बात कर रहे हो?"

युधिष्ठिर को तत्काल, माँ की बात का कोई उत्तर नहीं सूझा। वह दृष्टि में एक शून्य लिए, माँ की ओर देखता रह गया। और फिर जैसे उसे कुछ सूझ गया, "यदि हस्तिनापुर हमारा है, तो हम अपने लिए एक नया प्रासाद क्यों नहीं बनवा लेते? हम सुयोधन के प्रासाद में क्यों रह रहे हैं? वे लोग हमारे यहाँ रहने से असन्तुष्ट हैं। उन्हें स्थान का अभाव लगता है। उन्हें असुविधा होती होगी माँ!"

कुन्ती के मन में आया कि युधिष्ठिर को वह अपनी भुजाओं में समेट ले। उसे अपने वक्ष से लगा ले। उसके मस्तक का चुम्बन कर कहे, 'चिरायु हो मेरे लाल! तुमने कितना उदार हृदय पाया है।'

किन्तु उसकी भुजाएँ अपने स्थान से हिली नहीं। मन को उसने दृढ़ किया और बोली, "यह हस्तिनापुर का राजप्रासाद है पुत्र। हस्तिनापुर का राजा इसी में रहता है। तपस्या के लिए जाने से पूर्व मैं और तुम्हारे पिता इसी प्रासाद में रहते थे। अपने पिता के उत्तराधिकारी के रूप में तुम्हें इसी प्रासाद में रहना है। हस्तिनापुर के युवराज को यहाँ से हट कर कहीं नहीं जाना है। भावी सम्राट यदि अपना प्रासाद भी छोड़ देगा तो राज्य त्यागने में उसे कितना समय लगेगा?"

"तुम ठीक कहती हो माँ! किन्तु अब यहाँ राजा धृतराष्ट्र रहते हैं। एक प्रासाद के लिए यह सब...।"

"बात प्रासाद की नहीं, अधिकार की है पुत्र!" कुन्ती बोली, "मैं तुम्हारे मन में प्रासाद का लोभ नहीं जगा रही! मैं तुम्हें अपने अधिकार के लिए संघर्ष करना सिखा रही हूँ।...तुम्हारे पितृव्य राजा नहीं हैं, मात्र राज्यपाल हैं। राजा तुम्हारे पिता थे और अब तुम होगे।"

युधिष्ठिर ने कोई उत्तर नहीं दिया। वह मन-ही-मन सोच रहा था कि यदि माँ यह कहती कि हमारे पास रहने के लिए दूसरा कोई स्थान नहीं है, तो संघर्ष की बात उसकी समझ में भी आती। पर...

"अच्छा! यह बताओ।" थोड़ी देर पश्चात कुन्ती स्वयं ही बोली, "शिक्षण के समय कृपाचार्य का व्यवहार तुम्हारे साथ कैसा है? कहीं वे भी तो यह नहीं कहते कि तुम अध्ययन के लिए यहाँ क्यों आये हो?"

"आचार्य का व्यवहार...।" युधिष्ठिर जैसे निर्णय नहीं कर पा रहा था, "उन्हें मुझसे कोई विरोध नहीं लगता।" वह फिर रुका, "किन्तु माँ! ऋष्य शृंग के आचार्य और ही प्रकार के थे। कृपाचार्य वैसे तो नहीं हैं।"

"मैं समझती हूँ पुत्र!" कुन्ती धीरे से बोली, "तुम जाओ। सन्ध्या समय बाहर खुली वायु में खेलना चाहिए। कक्ष के भीतर घुसे रहना, तुम्हारे स्वास्थ्य के लिए अच्छा नहीं है।"

युधिष्ठिर उठा और जैसे बलात स्वयं को घसीट कर बाहर ले गया।

कुन्ती उसे देखती रही और सोचती रही : कहीं वह इन नन्हे कोमल कन्धों पर उनके सामर्थ्य से भारी बोझ तो नहीं डाल रही? किन्तु यदि वह बोझ नहीं डालेगी, तो ये कन्धे बोझ उठाने के अभ्यस्त कैसे होंगे? वे दृढ़ कैसे होंगे?...युधिष्ठिर का स्वभाव वह जानती है। वह किसी से कुछ लेना नहीं चाहता, देना ही चाहता है। किन्तु देने के लिए भी तो स्वयं अपने पास बहुत कुछ होना चाहिए...

तभी कहीं से दौड़ता हुआ भीम आया। स्वेद से सारा शरीर गीला। वह हाँफ रहा था। निश्चय ही कहीं खेल रहा होगा। खेल से कभी उसका मन नहीं भरता। वह थकता भी तो नहीं है।...एक दिन कौतूहल में, मात्र परीक्षा लेने के लिए, खेलने के लिए जाते हुए भीम को रोक लिया था, "देखो! यह नकुल बहुत रो रहा है। इसे थोड़ी देर बाहर टहला लाओ।"

कुन्ती का विचार था कि वह उसका विरोध करेगा। हठ करेगा कि उसे खेलना है। ऐसे में वह नकुल को कहाँ ले जायेगा।...या कदाचित वह कहे कि ढाई वर्ष के नकुल को कैसे उठायेगा। वह भारी है...या कि उसे उठाने में उसे असुविधा होगी।...

किन्तु भीम ने उसके द्वारा कल्पित एक भी उत्तर नहीं दिया। उसने हँसते हुए दोनों हाथ बढ़ा दिये, "आ जा नकुल! बैठा-बैठा आलसी मत बन! चल, कुछ व्यायाम कर आयें।"

कुन्ती चकित रह गयी। एक बार तो मन में आया : भीम को रोक दे; बहुत हो चुकी परीक्षा। कहीं ऐसा न हो कि नकुल को गोद में उठाये-उठाये, भीम भी लुढ़क जाये। दोनों के नाक-मुँह और घुटने छिल जायें। भीम इतना चंचल है। नकुल को गोद में ले कर भी वह शान्ति से तो बैठेगा नहीं।...किन्तु दूसरे ही क्षण उसने अपने मन को दृढ़ किया। एक बार देखे तो सही कि भीम करता क्या है।...

भीम, नकुल को ले कर मुड़ा तो उसकी दृष्टि सहदेव पर पड़ी। बोला, "तू घर में बैठा क्या करेगा भाई! तू भी आ जा!..."

और जब तक कुन्ती आगे बढ़ कर उसे रोकती, उसने नकुल को उठाये-उठाये ही थोड़ा झुक कर दूसरे हाथ से सहदेव को उठा लिया। कुन्ती जहाँ की तहाँ रुक गयी। भीम को दोनों बालकों को उठाने में तनिक भी असुविधा नहीं हुई थी, वह सहज रूप से मुस्कुरा कर अर्जुन से कह रहा था, "अज्जू! तू मेरे कन्धों पर बैठ जा। मैं तुम तीनों को उठा कर उद्यान के दस चक्कर लगाऊँगा।"

कुन्ती को प्रसन्नता हुई। भीम, वस्तुतः भीम था। वह ढाई वर्ष बड़े युधिष्ठिर के बराबर लम्बा हो चुका था, और उससे अधिक शक्तिशाली दिखायी देता था। यदि कुन्ती उसे न रोके, तो निश्चय ही वह नकुल और सहदेव को ले कर बाहर उद्यान में चला जायेगा...

"रुको भीम!"

भीम ने रुक कर माँ की ओर देखा।

"बच्चों को गोद से उतार दो।"

"अभी तो तुम कह रही थीं माँ! कि इन्हें बाहर घुमा लाऊँ।"

"ठीक है। कह रही थी! पर अब तुमसे एक बात पूछनी है।"

"तो पूछो!"

"अरे, तो ऐसे ही खड़ा रहेगा क्या—दोनों बच्चों को उठाये हुए। थक जायेगा।"

"यह तो मेरा व्यायाम है।" भीम हँसा, "मैं तो पाठशाला में भी सबसे अधिक बोझ उठाता हूँ। बोझा उठा कर दौड़ सकता हूँ।"

"वह सब तो ठीक है।" कुन्ती बोली, "पर तू इनको उतार कर नीचे बैठा। तब ही तुझसे बात करूँगी।"

"अरे माँ!" भीम ने अपनी अनिच्छा जतायी और नकुल तथा सहदेव को उतार कर आसन पर बैठा दिया, "पूछो! क्या पूछ रही हो!"

उस दिन तो कुन्ती को उससे कुछ विशेष नहीं पूछना था, किन्तु आज उसके मन में कुछ चुभते हुए प्रश्न थे।

भीम जल पी कर उल्टे पाँव लौटने लगा तो कुन्ती ने टोका, "भीम!"

भीम ने माँ की ओर देखा।

"तुम उद्यान में खेलते हो तो क्या सुयोधन तुम्हें भी रोकता है?"

"हाँ!" भीम जैसे हुलस कर बोला, "उसने मुझसे कहा कि उद्यान उसके और उसके भाइयों के खेलने के लिए है। मैं वहाँ नहीं खेल सकता।"

"तो तुमने क्या कहा?"

"मैंने कहा मैं तो खेलूँगा। वह यदि रोक सके तो रोक ले। यह कह कर मैं दौड़ा—वेग से माँ! पवन वेग से!..."

कुन्ती कल्पना कर रही थी कि वह किस वेग से दौड़ा होगा। वह तो है ही वायु-पुत्र!

"फिर?"

"मैं दौड़ा माँ! उसने अपने भाइयों को संकेत किया। भाई भी तो उसके इतने सारे हैं, जैसे कोई सेना हो।...उसके भाइयों ने एक-दूसरे के हाथ पकड़ लिए और मेरा मार्ग रोक कर खड़े हो गये। मैंने उनके निकट पहुँचते ही अपनी भुजाएँ फैला दीं। मेरे वेग से उनका बन्धन ढीला पड़ गया। किन्तु मैंने अपनी एक-एक भुजा में एक-एक सुयोधन-भ्राता को थाम लिया था। वे थोड़ी देर तक तो मेरे साथ घिसटे। फिर मैंने उन दोनों के सिर एक-दूसरे के साथ बजाये और उन्हें वहीं लुढ़कता-पुढ़कता छोड़ कर भाग गया। जब पलट कर उनकी ओर पुनः आया तो सुयोधन ने उन्हें बहुत बुलाया, बहुत उकसाया; किन्तु कोई भी मेरे मार्ग में नहीं आया।" भीम मन खोल कर हँसा।

"सुयोधन ने भी नहीं रोका तुझे?"

"वह स्वयं तो साहस ही नहीं करता। बस अपने भाइयों को आदेश देता रहता है। वह मुझे रोकने का साहस नहीं कर सकता।"

कुन्ती भीम की बात से सन्तुष्ट हुई; किन्तु उसका आशंकित मन पूछे बिना नहीं रह सका, "कोई तेरे साथ खेलता भी है, या तू अकेला ही सारे उद्यान में डोलता फिरता है!"

"नहीं! मेरे मित्र है माँ! वह युयुत्सु है न! उसके कई साथी हैं। कई बार विकर्ण भी हमारे साथ खेलता हैं।...और माँ! कोई न भी खेले मेरे साथ, तो क्या! मैं अकेला भी बहुत सारे खेल खेल सकता हूँ।"

"अकेला क्या खेलेगा तू?"

"मैं पवन के साथ स्पर्धा करता हूँ।" भीम बोला, "देखता हूँ कि मैं बड़ा धावक हूँ या वह?"

"तो क्या सिद्ध हुआ?"

"वेग तो मेरा ही उससे अधिक है।" भीम बोला, "किन्तु जाने कैसे वह मुझ से पहले ही गन्तव्य पर पहुँच जाता है।"

"तू तो पगला है एकदम!" कुन्ती हँसी, "क्या तू नहीं जानता कि पवन तो प्रत्येक स्थान पर पहले से ही विद्यमान है।"

"ओह!" भीम का निश्छल अट्टहास गूँजा, "तो फिर पवन के साथ स्पर्धा ही व्यर्थ है।"

"और कौन-सी क्रीड़ाएँ हैं तेरी—अकेले की?"

"कुछ नहीं सूझता तो मैं वृक्षों को हिलाने का प्रयत्न करता हूँ। उन्हें हिला कर उनके फल गिराने का। उन्हें जड़ से उखाड़ने का।"

"क्या किसी पेड़ को उखाड़ने में तू सफल हुआ?"

"नहीं!" भीम फिर उच्च स्वर में हँसा, "किन्तु आज तक कोई वृक्ष भी मुझे जड़ से नहीं उखाड़ पाया माँ!"

"कैसा बुद्धू है तू!" कुन्ती हँसी, "तेरी जड़ें हैं ही कहाँ, जो कोई तुझे जड़ से उखाड़ सके।"

"बुद्धू! तुम मुझे बुद्धू कहती हो।" भीम हुमक कर बोला, "तुमने ध्यान नहीं दिया माँ! कैसा चतुर हूँ मैं कि ऐसा खेल चुना है, जिसमें कभी मैं पराजित हो ही नहीं सकता। जब कभी उखड़ा, पेड़ ही जड़ से उखड़ेगा, मैं तो उखड़ सकता ही नहीं।"

कुन्ती कुछ बोली नहीं, सम्मोहित-सी अपने इस चिन्ता शून्य उन्मुक्त पुत्र को देखती रही। ऐसा ही कहीं युधिष्ठिर भी हो पाता तो!....

"तेरे इन खेलों के नियम कौन बनाता है?" क्षण-भर रुक कर कुन्ती ने पूछा।

"मैं स्वयं बनाता हूँ!"

"सब लोग अपने-अपने नियम बनाने लगेंगे तो खेल सम्भव कैसे होंगे?" कुन्ती ने उसे उकसाया।

"धोती बाँधने के सब अपने-अपने नियम बना लेते हैं, तो भी सबके लिए धोती बाँधना सम्भव होता है न!"

कुन्ती चकित नेत्रों से उसे देखती रही, "धोती बाँधने का नियम?"

"हाँ!" भीम बोला, "मेरी धोती एड़ी से बीस अंगुल ऊँची होती है, और सुयोधन की चार अंगुल! वह मानता है कि नियमतः धोती एड़ी से चार अंगुल ही ऊँची होनी चाहिए। इसलिए वह मुझे गँवार कहता है और मैं उसे मूर्ख! वह इतना भी नहीं समझता कि एड़ी तक धोती बाँध कर, व्यक्ति न भाग सकता है, न दौड़ सकता है, न खेल सकता है!" सहसा भीम जैसे निद्रा से जागा, "अरे, मुझे तो खेलने जाना है। मैं तुम्हारी बातों में ही उलझ गया। तुम्हारी बातों की मोहिनी से बचना कठिन है माँ!"

वह भागता हुआ बाहर निकल गया।

भीम चला गया और उसे कदाचित स्मरण भी नहीं रहा कि वह माँ से क्या कह कर आया है; किन्तु कुन्ती को वह वैसे ही झकझोर गया, जैसे वह अपनी शक्ति को परखने के लिए वृक्षों को झकझोरा करता है...

हस्तिनापुर में प्रवेश से पहले, 'वर्धमान' द्वार के बाहर ही, यात्रा से थके आये, धूल-धूसरित उसके पुत्रों को देख कर, सुयोधन ने उन्हें 'गन्दा' कहा था, उनकी वेश-भूषा के प्रति अपनी वितृष्णा प्रकट की थी। वह आज भी भीम को गँवार कहता है। युधिष्ठिर और अर्जुन को क्या कहता होगा! नकुल और सहदेव तो अभी छोटे हैं...वह स्वयं को इन सबसे श्रेष्ठ मानता है, इसलिए कि वह हस्तिनापुर के राजसी वैभव में पला था और कुन्ती के पुत्र आश्रम के सात्विक वातावरण में वेश-भूषा अथवा आडम्बर के अन्य उपकरणों के प्रति निस्पृह रहे हैं...

कुछ दिन पूर्व सुयोधन अपने भाइयों, मित्रों और कुछ सेवकों के साथ इधर आ निकला था। जाने वह आगमन आकस्मिक था, वह किसी कार्यवश आया था, अथवा मात्र टीका-टिप्पणी करने की असभ्य इच्छा...

कुन्ती उस समय अपने बच्चों को भोजन करा रही थी। युधिष्ठिर, भीम और अर्जुन अपने-अपने आसनों पर बैठे, चौकियों पर अपने थाल रखे, स्वतन्त्र रूप से अपना भोजन कर रहे थे। नकुल और सहदेव को अपनी गोद में लिए, कुन्ती बारी-बारी कौर खिला रही थी।

"अरे! इनके पास कोई दास-दासी भी नहीं है, जो इनको भोजन परोस सके।" उस झुण्ड में से किसी ने कहा था।

"दास-दासी!" सुयोधन निर्द्वन्द्व भाव से बोला था, "पिताजी ने कृपा न की होती तो ये लोग पत्तलों में भोजन कर रहे होते। जिस समय हस्तिनापुर आये थे, क्या था इनके पास! वस्त्र भी तो वे ही पहन रखे थे, जो पिताजी ने हस्तिनापुर से भिजवाये थे। सर्वथा कंगले थे, ये वनवासी..."

वे लोग चले गये थे और कुन्ती को कई रातों तक नींद नहीं आयी थी।... कौन बोल रहा था वह सब, सुयोधन की जिह्वा से? स्वयं बालक सुयोधन? या उसकी जिह्वा से किसी और के शब्द उच्चरित होते हैं? इतने से बालक के मन में ये भाव कैसे आते होंगे? उसका तो युधिष्ठिर तक कभी इस प्रकार की बात न किसी के विषय में सोच सकता है, न कह सकता है। उन्होंने तो सदा ज्ञान, चरित्र और वय का सम्मान करना सीखा है। धन का होना, न होना—सुविधा और असुविधा का कारण हो सकता है, मान-अपमान का नहीं।...और सुयोधन यह कैसे मान बैठा है कि यह सब उसके पिता की सम्पत्ति है? उसे यह क्यों नहीं बताया गया कि यह कौरवों की सम्पत्ति है, जिसके सम्राट पाण्डु थे—और यह उसी पाण्डु का परिवार है।...क्यों उसे बताया नहीं गया कि सम्पत्ति का उत्तराधिकारी युधिष्ठिर है। वे लोग जिस सम्पत्ति का भोग कर रहे हैं, वह युधिष्ठिर की है; जिस अधिकार का प्रयोग कर रहे हैं, वह अधिकार युधिष्ठिर का है!...अपने राजप्रासाद में बैठे भावी सम्राट से कहा जा रहा है कि वह किसी की दया पर जीवनयापन कर रहा है...क्या धृतराष्ट्र और गान्धारी जानते हैं कि उनका सुपुत्र क्या कर रहा है, क्या कह रहा है?...

गान्धारी की एक दासी भीम को खोजती हुई आयी थी, "कहाँ है वह मोटा लड़का—भीम।"

कुन्ती को भीम के लिए यह विशेषण अच्छा नहीं लगा। पर कदाचित दासी को इसकी चिन्ता नहीं थी। उसने तो कुन्ती को भी किसी सम्मानजनक शब्द से सम्बोधित नहीं किया था। 'महारानी' अथवा राजपरिवार-सम्बन्धित किसी अन्य आदरपूर्ण सम्बोधन की आवश्यकता तो उसने समझी ही नहीं थी; उसने तो 'आर्ये' या 'भद्रे' जैसे सामान्य सम्बोधन भी अनावश्यक मान लिए थे।

कुन्ती स्तब्ध थी : राजप्रासाद की एक साधारण दासी को इतना साहस कैसे हुआ कि वह भूतपूर्व सम्राट की पत्नी तथा भावी सम्राट की माता की इस प्रकार अवज्ञा करे। यह न तो उसका अज्ञान हो सकता है, न अपना दुस्साहस।...वैसे उसे इसकी आवश्यकता भी क्या है? जिसकी जिह्वा दिन-भर 'स्वामी' 'अन्नदाता' आदि सम्बोधनों को रटती रहती हो, उसे कुन्ती को इस प्रकार अपमानित करके क्या मिलेगा?...यह अवश्य ही किसी और की इच्छा है; और दासी के पीछे उसी व्यक्ति का बल भी है। कौन है वह?

कुन्ती ने अपना आक्रोश प्रकट नहीं होने दिया। शान्त स्वर में बोली, "किसे ढूँढ़ रही हो तुम—किसी मोटे लड़के को अथवा भीम को?"

"क्यों? भीम मोटा नहीं है क्या?"

"नहीं!" कुन्ती स्थिर वाणी में बोली, "वह बलिष्ठ है और इस वय में भी तुम जैसी अशिष्ट दासियों की ग्रीवा मरोड़ देने में समर्थ है।"

दासी न भयभीत हुई, न लज्जित। वह मौन भी नहीं रही। तुनक कर बोली, "जानती हूँ! अब कोई भी सुरक्षित नहीं है यहाँ। किसी की ग्रीवा मोड़ी जायेगी और किसी का सिर फोड़ा जायेगा। तुम लोग आ जो गये हो।"

"अपनी मर्यादा के भीतर रह।" कुन्ती का स्वर कुछ प्रखर हुआ।

"मर्यादा! ऊँह!" दासी और भी ऐंठ कर बोली, "जाने क्या समझते हैं स्वयं को! कहाँ से आ कर गले पड़ गये; और स्वयं को स्वामी ही समझने लग गये! राजप्रासाद की सारी मर्यादाएँ ही नष्ट हो गयीं।" उसने घूर कर कुन्ती को देखा, "मैं कहे देती हूँ, अपने उस मोटे लड़के को समझा लो। अब यदि कभी उसने मेरे सुशासन पर हाथ उठाया, तो मैं भी उसका सिर फोड़ दूँगी। किसी की चिन्ता नहीं है मुझे!"

"तुम सुशासन की दासी हो?" कुन्ती का स्वर धीमा हो गया।

"मैं उसकी धात्री हूँ। दूध पिलाया है उसको मैंने अपना। उसका रक्त बहते नहीं देख सकती। हाँ! किसी गुमान में मत रहना।"

दासी बड़ी ठसक से मुड़ी और चली गयी।

दासी चली गयी और कुन्ती को दोहरी चिन्ता ने दबोच लिया : क्या सचमुच भीम ने सुशासन का सिर फोड़ दिया है? कुन्ती के मन में गान्धारी के पुत्रों के व्यवहार को ले कर चाहे कितना भी आक्रोश और विरोध हो; किन्तु यह उसने कभी नहीं चाहा कि उनमें इस प्रकार की शत्रुता पनपे कि वे एक-दूसरे के सिर फोड़ दें। इससे तो उनमें भाइयों का-सा स्नेह और सौहार्द कभी भी विकसित नहीं हो पायेगा। उल्टे दो पक्ष बन जायेंगे; वैर-विरोध बढ़ेगा। और यदि स्थिति मार-पीट की हो आयी तो भीम किस-किससे लड़ेगा? वे लोग तो अनेक हैं; फिर उनके दास-दासियाँ भी उनके साथ हैं। भीम के पक्ष से कौन लड़ेगा—युधिष्ठिर? उसकी तो वैर-विरोध, लड़ाई-झगड़े में वैसे भी कोई रुचि नहीं है...अर्जुन, नकुल और सहदेव अभी छोटे हैं।...बेचारा अकेला भीम किस-किससे लड़ेगा?...पर भीम इतना ऊधम मचाता ही क्यों है? इस प्रकार तो वह किसी-न-किसी झंझट में फँस ही जायेगा...

कुन्ती ऋष्य श्रृंग से अपने घर आयी थी। किन्तु यह उसका घर है क्या? उसे चारों ओर अपने विरोधी-ही-विरोधी दिखायी पड़ते हैं।...एक सम्राट पाण्डु के न रहने से संसार में उसका कोई नहीं रहा। यदि वे होते तो कुन्ती के पुत्र इतने असुरक्षित होते? इस दासी का इतना साहस होता कि आ कर वह महारानी कुन्ती को अपमानित कर ऐसे धमका जाती, जैसे कोई किसी चाण्डाल को भी नहीं धमकाता...आज एक दासी ने इस प्रकार का व्यवहार किया है, कल दूसरी भी करेगी। और फिर...

कुन्ती अपने ऊहापोह में बैठी रह गयी : वह भीम की सुरक्षा का प्रबन्ध करे या उसके लौटने पर उसको धमकाए कि वह गान्धारी के पुत्रों से न लड़ा करे? किन्तु क्या भीम सचमुच किसी से लड़ता है? वह तो इतना अबोध है कि जैसे शुद्ध शैशव ही हो—सशरीर! किसी से वैर नहीं, विरोध नहीं। सब कुछ क्रीड़ा-ही-क्रीड़ा

है। वह तो निश्छल पवन का एक झकोरा है, जो एक स्थान पर स्थिर नहीं रहता। सदा गतिमान है। मार्ग में कोई आ जाये, तो वह दुलरा भी सकता है, धकिया भी सकता है। कुन्ती नहीं चाहती कि उसके मन में वैमनस्य का अंकुर जड़ जमाये...

तभी अपनी सदा की मुद्रा में भीम भागता-दौड़ता आया : स्वेद से गीला और हाँफता हुआ, "माँ! माँ! जानती हो, आज सुशासन का सिर फट गया। उसे खेलना भी नहीं आता माँ! दौड़ता भी है तो न धरती देखता है न आकाश! वन्य-शूकर के समान सिर झुका कर भागता है और भागता ही चला जाता है। आज भी दौड़ा और वृक्ष की निचली शाखा से अपना सिर मार लिया। और फिर कितना रोया माँ!..."

कुन्ती मुग्ध भाव से चुपचाप उसे देखती रही : वह सचमुच ही निर्दोष है अथवा झूठी कहानियाँ गढ़ने में दक्ष हो गया है?

"ऐसे क्या देख रही हो माँ? क्या तुम्हें मेरा विश्वास नहीं है?"

"तूने नहीं मारा सुशासन को?"

"मैंने? अरे, मुझे पकड़ने के लिए ही तो वह भाग रहा था।"

"बातें मत बना। तूने नहीं मारा?"

"हाँ! यदि मैं भीम के रूप में आगे-आगे भाग सकूँ और उसी समय एक बड़ा वृक्ष बन उसके मार्ग में खड़ा हो सकूँ, तब तो मैंने ही मारा उसे!" भीम बोला, "तुम सुशासन को ही बुला कर क्यों नहीं पूछ लेती हो माँ! कि उसे मैंने मारा है या उसने अपना सिर वृक्ष की शाखा से दे मारा है।"

"तो उसकी दासी मुझसे यह कह कर लड़ने क्यों आयी थी कि तूने सुशासन का सिर फोड़ दिया है?"

"इसलिए माँ! क्योंकि वह उस वृक्ष की माता को कोई उपालम्भ नहीं दे सकती थी।" भीम के आनन पर क्रोध झलका, "सुशासन का तो नहीं, किन्तु किसी दिन मैं उसकी उस धात्री कलिका का सिर अवश्य फोड़ दूँगा। प्रतिदिन कुछ-न-कुछ कहती रहती है : कभी कहती है कि हमारे आ जाने से राजाप्रसाद में मक्खियाँ बढ़ गयी हैं, कभी कहती है कि हमारे आ जाने के कारण उसके राजकुमारों को पीने के लिए पूरा दूध नहीं मिलता। भगवान की दया है कि यह नहीं कहती कि हमारे आ जाने से वायु और आतप की भी कमी पड़ रही है, उसके राजकुमारों को।" उसने रुक कर कुन्ती को देखा, "उसे तो प्रतिदिन किसी-न-किसी से झगड़ना ही होता है। मुझसे झगड़ ले, भैया से झगड़ ले; आज तुमसे झगड़ गयी।"

कुन्ती कुछ शान्त हुई : भीम कदाचित झूठ नहीं बोल रहा था। सम्भवतः उस दासी का स्वभाव ही ऐसा हो। अन्यथा राजाप्रासाद इतने संकीर्ण नहीं होते कि उसमें छह प्राणियों के आ जाने से स्थान की कमी हो जाये, या खाद्य-सामग्री का अभाव हो जाये।...न ही राजाओं के मन इतने संकुचित होते हैं कि परिवार के छह प्राणियों का पालन-पोषण उन्हें भारी पड़ने लगे। राजा की पाकशाला में तो प्रतिदिन सहस्रों

ब्राह्मण भोजन कर जाते हैं, और राजा स्वयं को धन्य मानता है...किन्तु यदि उस दासी का स्वभाव ही ऐसा है, तो वह आज तक राजप्रासाद में टिकी कैसे हुई है? राजप्रासादों में दासियों की अशिष्टता नहीं सही जाती। कशाघातों से उनकी पीठ छलनी कर दी जाती है...

किन्तु भीम तो कहता है यह युधिष्ठिर से भी झगड़ती है। युधिष्ठिर ने तो कभी चर्चा नहीं की!...पर युधिष्ठिर कोई चर्चा कहाँ करता है। वह तो जैसे इसी वय में माँ और भाइयों के लिए ढाल बनने के प्रयत्न में है। उसे आभास-भर हो जाये कि कोई चर्चा माँ को विचलित या आहत कर देगी, तो वह उस चर्चा को अपनी जिह्वा पर ही नहीं आने देगा।

सहसा कुन्ती का ध्यान अर्जुन की ओर चला गया।...भीम तो फिर भी भागता-दौड़ता आ जाता है, या कोई किसी उपालम्भ के व्याज से उसकी सूचना दे जाता है कि वह कहाँ है और क्या कर रहा है, किन्तु इस अर्जुन का तो कुछ पता नहीं लगता, किसी भी कोने में बैठा, कुछ सोचता रहता है।...जाने क्या करता रहता है...

कुन्ती उसे ढूँढ़ने बाहर निकली तो देखा वह एक एकान्त वृक्ष के नीचे अकेला बैठा, ऊपर की ओर ताक रहा था।

कुन्ती के मन में जिज्ञासा हुई : क्या ताक रहा है, वह अकेला बैठा-बैठा?

"क्या ये लड़के तुम्हें अपने साथ नहीं खेलाते अर्जुन?"

वह कुछ अचकचा गया, जैसे उसका ध्यान भंग हो गया हो, "मैं स्वयं ही उनके साथ खेलने नहीं गया माँ।"

"पर क्यों?"

"उनमें से कोई मेरा मित्र नहीं है!"

"तो किसी को मित्र बना लो!"

"कोई इस योग्य नहीं लगा मुझे!" अर्जुन बोला, "उनमें से कोई ऐसा नहीं है माँ! जिस पर पूर्ण विश्वास किया जा सके। जिस पर पूर्णतः अवलम्बित रहा जा सके!"

"तो भीम कैसे खेलता है उनके साथ?"

"मध्यम का क्या है।...वह तो किसी के भी साथ खेल सकता है। किसी के साथ भी मित्रता कर सकता है, बिना यह विचार किये कि परिचय और मित्रता में भेद है।..."

"वह किसी के साथ भी घुल-मिल सकता है पुत्र!" कुन्ती ने समझाया, "मित्र तो ऐसे ही बनाये जाते हैं।"

"मुझे मध्यम के समान ढेर सारे मित्रों का करना ही क्या है!" अर्जुन बोला, "मुझे तो एक-आध अच्छा मित्र मिल जाये, तो वही बहुत है।"

जाने यह स्वयं को क्या समझता है—कुन्ती ने सोचा—बित्ते-भर का लड़का और मित्र के गुणों पर विचार कर रहा है।

"अच्छा! यहाँ बैठे क्या कर रहे हो?" कुन्ती ने पूछा।

"अभ्यास!"

"किस बात का?"

"एकाग्रता का!"

"एकाग्रता का?" कुन्ती को आश्चर्य हुआ, "वह क्यों?"

"लक्ष्य-वेध के लिए माँ!"

"एकाग्रता का लक्ष-वेध से क्या सम्बन्ध?" कुन्ती ने आश्चर्य से पूछा।

"गुरु जी कहते हैं," अर्जुन बोला, "कि जब बाण-सन्धान के लिए लक्ष्य पर ध्यान केन्द्रित करो, तो लक्ष्य के अतिरिक्त और कुछ भी दिखायी नहीं देना चाहिए।"

"तुम्हारा और कोई भाई इस प्रकार एकाग्रता का अभ्यास नहीं करता।" कुन्ती ने कहा, "क्या उन्हें गुरु जी कुछ नहीं कहते?"

"कहते तो हैं!" अर्जुन बोला, "किन्तु उन लोगों को धनुर्धर नहीं बनना है।"

"क्यों? धनुष का संचालन तो वे भी करते हैं। बाण-सन्धान भी और लक्ष्य-वेध भी!"

बालक अर्जुन का आनन सहसा प्रौढ़ हो उठा, "बाण फेंकना और बात है माँ! और धनुर्धर बनना और! मुझे धनुर्धर बनना है।"

"तुम्हें और कुछ नहीं बनना—राजा? सेनापति? मन्त्री? योद्धा? विद्वान?"

"नहीं, मुझे केवल धनुर्धर बनना है माँ!"

"उससे क्या युद्ध कर विजय प्राप्त करोगे?"

"वह सब मैंने कुछ नहीं सोचा है। धनुर्विद्या का और कोई प्रयोजन मेरे मन में नहीं है। मैं तो धनुर्धारी होने के लिए ही धनुर्धर होना चाहता हूँ।" अर्जुन ने कहा, "गुरु जी कहते हैं कि कोई भी विद्या अपने आप में अपना प्रयोजन होती है, उसे किसी और प्रयोजन का हेतु मत बनाओ।"

कुन्ती को लगा, अर्जुन अपने सारे भाइयों से भिन्न है। युधिष्ठिर भी बहुत सोचता है। अनेक विषयों और प्रश्नों के विषय में सोचता है, और सत्य को खोजता है। किन्तु यह अर्जुन तो जैसे अपने-आपको संसार से काट कर, अपने भीतर ही रम जाना चाहता है...गहरे-और-गहरे...उसे सारे जगत का सत्य नहीं चाहिए, किन्तु अपना सत्य उसे पूरा चाहिए...

"तुझे सुशासन की दासी तो कुछ नहीं कहती?" सहसा कुन्ती ने विषय बदल दिया।

"सुशासन की दासी!" अर्जुन बोला, "वह कलिका! वह तो हम सबको कुछ-न-कुछ कहती ही रहती है माँ! किन्तु वह मेरे लिए बहुत उपयोगी है।"

कुन्ती को आश्चर्य हुआ : वह पिशाची इसके लिए कैसे उपयोगी है?

"वह जब अपनी बकवाद आरम्भ करती है, तो मैं उस समय अभ्यास करने लगता हूँ कि कैसे अपने आस-पास की विभिन्न ध्वनियों की ओर से स्वयं को बधिर बना कर अपने लक्ष्य की ओर एकाग्र हो कर देखा जा सकता है। युद्ध में भी तो अनेक

ध्वनियाँ होती हैं, जो धनुर्धारी को विचलित कर सकती हैं। लक्ष्य-वेध के लिए, उन सबकी ओर से स्वयं को बधिर ही बनाना पड़ता है माँ! ऐसा गुरु जी कहते हैं।"

"तू तो कीचड़ में से कमल खिला रहा है रे!" कुन्ती को उस पर प्यार आ गया, "शेष लोग भी तेरे जैसे हो जायें तो फिर झगड़ा ही क्या!" कुन्ती ने रुक कर कहा, "अच्छा! इतने एकाग्र मत हो जाना कि फिर भोजन ही विस्मृत हो जाये। समय से भोजन के लिए आ जाना!"

"अच्छा माँ!"

सन्ध्या समय विदुर आया।

कुन्ती जानती थी कि आवश्यकता होने पर हस्तिनापुर में वह दो ही व्यक्तियों से अपने मन की कोई बात कह सकती थी : एक पितृव्य भीष्म और दूसरा देवर विदुर। पितृव्य बड़े थे : सम्बन्ध में श्वसुर और वय की दृष्टि से प्रायः पितामह! उनके पास दैनन्दिन की साधारण बातें ले कर नहीं जाया जा सकता था। किन्तु, विदुर देवर था। वय और विचारों से भी अनुकूल। उससे भी चर्चा नहीं करेगी, तो कदाचित कुन्ती का मस्तक फट जायेगा। जीवन में ऐसा बहुत कुछ है, जो कुन्ती चुपचाप पी जाती है; बहुत कुछ जो गोपनीय है, वह छिपाये भी रख सकती है; किन्तु अपमान का यह घूँट, कुन्ती के लिए हलाहल हो रहा था। इसे निगलने से अच्छा था कि वह उगल ही दे। कहीं ऐसा न हो कि इसे पचाने के प्रयत्न में वह नीलकण्ठ ही हो जाये...

विदुर ने सारी घटना सुनी और कुछ सोचता रह गया। कुन्ती उसकी ओर देखती रही : क्या सोच रहा है विदुर?

"भाभी!" अन्ततः वह बोला, "राजा धृतराष्ट्र या गान्धारी ने उसे आपका अपमान करने के लिए भेजा हो, अथवा उसे उकसाया हो—ऐसा तो मैं नहीं समझता। उन्हें इस घटना की सूचना हो ही, यह भी आवश्यक नहीं है। किन्तु..."

"किन्तु क्या विदुर?"

"मुझे ऐसा लगता है कि वे लोग अपने व्यवहार अथवा वार्तालाप से ऐसा आभास अवश्य देते होंगे कि उनके मन में आपके लिए कोई सम्मान नहीं है। आप लोग उन पर बलात आरोपित हैं।...तभी तो वह दासी ऐसा दुस्साहस कर पायी।...और मेरा तो यह भी अनुमान है कि यदि इसकी सूचना उन्हें हो भी जाये, तो वे लोग उस दासी को कोई दण्ड भी नहीं देंगे।"

"कारण?"

"वे नहीं चाहते कि हस्तिनापुर में आपका निवास सुविधापूर्ण और सम्मानजनक हो।"

"पर क्यों?"

कुछ देर तक विदुर जैसे किसी असमंजस में कुन्ती की ओर देखता रहा; और फिर बोला, "क्या आप सचमुच नहीं समझतीं?"

"कुछ समझती तो हूँ!" कुन्ती बोली, "किन्तु चाहती हूँ कि कोई और भी उसकी पुष्टि करे कि मेरा अनुमान सत्य है अथवा नहीं!"

"भाभी! पाण्डु के हस्तिनापुर में न रहने से धृतराष्ट्र को बहुत लाभ हुआ है।"

"देख ही रही हूँ!"

"यदि आप लोग भी हस्तिनापुर में न रहें तो धृतराष्ट्र की अगली पीढ़ी को भी उतना ही लाभ होगा।"

"तो फिर मेरा अनुमान सत्य है।"

विदुर कुछ नहीं बोला। बैठा, शून्य में देखता रहा, जैसे अभी कुछ कहना शेष हो। फिर बोला, "मुझे तो कुछ और गहरे षड्यन्त्रों का आभास मिल रहा है। मैं चाहता हूँ कि आप उन सबसे भी सावधान रहें।"

कुन्ती की आँखें, विदुर के चेहरे पर टँग गयीं।

"शकुनि अपने वार्तालाप में युधिष्ठिर, भीम तथा अर्जुन के लिए कौन्तेय शब्द का प्रयोग करता है। नकुल और सहदेव को वह माद्रेय कहता है; और इन पाँचों भाइयों की एक साथ चर्चा करनी हो, तो वह इन्हें पाण्डव कहता है।" विदुर ने थम कर कुन्ती को देखा।

"तो इसमें असत्य क्या है?" कुन्ती समझ नहीं पा रही थी कि विदुर किस षड्यन्त्र की चर्चा कर रहा है।

"इसकी तुलना में वह धृतराष्ट्र के पुत्रों का धृतराष्ट्र अथवा गान्धारी के नाम पर नामकरण नहीं करता। उन्हें वह कौरव कहता है।"

कुन्ती की आँखों के सम्मुख से जैसे कोई अन्धकार हट गया।

'समझ रही हैं भाभी?"

"समझ रही हूँ विदुर। वह दुष्ट मेरे पुत्रों को कौरव वंश के उत्तराधिकारी ही स्वीकार नहीं करना चाहता।"

"इतना ही नहीं," विदुर बोला, "वह कौन्तेयों और माद्रेयों में भी पृथकता की खाई खोदना चाहता है।"

कुन्ती सर्वथा निस्तेज-सी हो गयी : उसके ये अबोध बालक इन धूर्तों से कैसे पूरे पड़ेंगे। इससे तो अच्छा था कि वे लोग उन सात्विक ऋषियों के मध्य ऋष्य शृंग के आश्रम में ही रहते। न बनते उसके पुत्र राजकुमार, किन्तु इस प्रकार के नीच लोगों से अपनी सुरक्षा के लिए उन्हें निरन्तर चिन्तित तो नहीं रहना पड़ता।

"मैंने बहुत सूक्ष्मता से निरीक्षण किया है," विदुर पुनः बोला, "जब वह धृतराष्ट्र के सम्मुख इस प्रकार की चर्चा करता है, तो धृतराष्ट्र उसे कभी नहीं टोकता। मुझे लगता है कि उसे हतोत्साहित करना तो दूर, उल्टे वह उसे प्रोत्साहित करता है...।" विदुर, कुन्ती की चिन्ता देख कर कुछ संकुचित हुआ, "मैंने केवल आपको सावधान करने के लिए चर्चा कर दी है; आप चिन्ता न करें। अभी महाराज धृतराष्ट्र इतने

शक्तिशाली नहीं हुए हैं कि पितृव्य भीष्म की इच्छा के विरुद्ध वे हस्तिनापुर का राज्य हस्तगत कर लें।"

"पितृव्य क्या सोचते हैं?"

"पितृव्य जिस प्रकार धृतराष्ट्र को महाराज विचित्रवीर्य का क्षेत्रज पुत्र स्वीकार करते हैं, उसी प्रकार वे इन पाँचों भाइयों को महाराज पाण्डु के पुत्र मानते हैं।"

लगा, कुन्ती की चिन्ता कुछ कम हुई।

"अब तो पितृव्य का ही सहारा है।" वह बोली।

दासी ने आ कर कुन्ती को विधिवत प्रणाम किया।

कुन्ती को आश्चर्य हुआ। सुशासन की धात्री के उस व्यवहार के पश्चात कुन्ती ने कभी यह कल्पना भी नहीं की थी कि हस्तिनापुर के राजप्रासाद की कोई दासी उसके साथ इस प्रकार के शिष्टाचार का निर्वाह करेगी।

"क्या बात है?"

"देवी को महारानी गान्धारी ने स्मरण किया है।" दासी बोली, "यदि आपको असुविधा न हो, तो कृपया मेरे साथ चलें। महारानी प्रतीक्षा कर रही हैं।"

कुन्ती के मन में जैसे कोई वक्रता से मुस्कुराया : 'अब कुन्ती देवी हो गयी और गान्धारी महारानी।' किन्तु फिर उसने स्वयं को शान्त किया : कुन्ती 'देवी' तो हुई, नहीं तो सुशासन की धात्री ने तो 'आर्या' भी नहीं रहने दिया था।

"कोई विशेष प्रयोजन?"

"महारानी ने ऐसा कोई संकेत नहीं दिया है।"

"तुम बाहर प्रतीक्षा करो! मैं अभी आती हूँ।"

प्रसाधन की दृष्टि से कुन्ती को कोई विशेष तैयारी नहीं करनी थी; किन्तु उसके लिए मानसिक तैयारी बहुत आवश्यक थी : आज महारानी गान्धारी ने उसे कैसे स्मरण कर लिया।...गान्धारी के साथ कुन्ती का कभी कोई विशेष सम्पर्क नहीं रहा। विवाह के पश्चात जब कुन्ती हस्तिनापुर में आयी थी, तब, पहले विवाह के समारोहों और बाद में पाण्डु के व्यवहार ने कभी इतना अवसर ही नहीं दिया कि वह निर्बन्ध और सहज वातावरण में गान्धारी से मिलती और उसे जानने का प्रयत्न करती। उसके पश्चात पाण्डु की दिग्विजय और मृगया का चक्र आरम्भ हो गया; और कुन्ती हस्तिनापुर ही छोड़ गयी। पुनः हस्तिनापुर लौटने तक गान्धारी महारानी हो चुकी थी और स्वेच्छा से उसके निकट जाने का अधिकार कुन्ती के पास बचा ही नहीं था।

अब गान्धारी ने बुलाया है, तो कुन्ती को जाना ही चाहिए। समान धरातल पर नहीं तो छोटे-बड़े के धरातल पर ही सही; किन्तु पारिवारिक सम्बन्ध तो है...

"चलो!" कुन्ती बाहर निकल आयी।

कुन्ती ने गान्धारी को प्रणाम किया।

गान्धारी के चेहरे पर एक शिष्ट मुस्कान उभरी, "आओ कुन्ती! कितने दिन हो गये, मैं सोचती ही रही कि तुम आओगी, तुम आओगी; किन्तु तुम तो आयी ही नहीं। क्या मुझसे मिलने का मन नहीं होता?"

कुन्ती, स्नेह के प्रदर्शन की उपेक्षा न कर सकी। उसका तना मन कुछ ढीला हुआ, "आप इस प्रकार कैसे सोच सकती हैं दीदी!" वह मधुर भाव से बोली, "घर का काम है...।"

"तुम्हारे पास दासियाँ नहीं हैं?"

भौचक-सी कुन्ती, गान्धारी के चेहरे की ओर देखती रह गयी : क्या वह नहीं जानती कि कुन्ती के पास अपने लिए एक भी दासी नहीं है। प्रासाद की दासियाँ ही गान्धारी के आदेश पर कोई कार्य कर आयें, तो कर आयें...सम्भव है कि गान्धारी को कुछ ज्ञात ही न हो। वह बेचारी तो आँखों पर पट्टी बाँध कर अपने कक्ष में बैठी है। उसके आस-पास दास-दासियों के झुण्ड हैं। उसका कोई काम रुकता नहीं है। उसे कैसे ज्ञात होगा कि कुन्ती अपने उस दो कक्षों वाले खण्ड में कैसे निर्वाह कर रही है...कुन्ती को लगा, उसकी स्थिति उस निर्धन सम्बन्धी की-सी है, जो समानाधार पर मिलने के लिए अपने किसी ऐसे अत्यन्त धनी सम्बन्धी के घर चला आया हो, जो निर्धनता की समस्या को समझता ही न हो।

"बच्चे भी तो हैं।" कुन्ती जैसे अपना स्पष्टीकरण दे रही थी।

"मुझसे अधिक हैं क्या?" गान्धारी जैसे परिहासपूर्वक मुस्कुराई; किन्तु कुन्ती के देखते-देखते ही उसके चेहरे पर कटुता बिखरी और वह कटुता विषाद में परिणत हो गयी।

कुन्ती के मन में अनेक प्रश्न कुलबुला रहे थे : गान्धारी के मन का रहस्य क्या है?...और कुन्ती को पहली बार लगा कि किसी के माथे, कपोल और अधरों से कितना भी अभिव्यक्त क्यों न हो; आँखें बन्द हों तो सम्प्रेषण हो नहीं सकता। गान्धारी के सारे रहस्य तो उसकी बन्द आँखों के बन्दी थे। उसके अधर कुछ कहते भी थे, तो वे अर्धोन्मीलित भाव और भी रहस्यपूर्ण हो जाते थे।

"अधिक तो आपके ही हैं।" अन्ततः कुन्ती बोली, "किन्तु मुझे तो यहाँ आस-पास एक भी नहीं दिखता। मेरे बालक तो जैसे मेरे घुटनों से चिपके रहते हैं।"

"मैं उन्हें अपने निकट बहुत अधिक नहीं रहने देती।" गान्धारी बोली, "दासियाँ और धात्रियाँ ही देखभाल करती हैं उनकी। या फिर वे कृपाचार्य की देख-रेख में रहते हैं।..."

कुन्ती को सुशासन की धात्री स्मरण हो आयी, जैसे अनायास ही उसके मुख से निकल गया, "हाँ! कुछ दिन हुए, सुशासन की धात्री मुझसे भी झगड़ा करने आयी थी।"

किन्तु इस चर्चा से गान्धारी के चेहरे पर कुन्ती द्वारा अपेक्षित एक भी भाव नहीं उभरा।

"हाँ! वह है ही झगड़ालू!" गान्धारी ने झगड़े की चर्चा को ऐसे उड़ा दिया, जैसे कोई बिना सोचे-समझे, अनायास, भटक आयी किसी मक्खी को उड़ा देता है। उसे एक क्षण को भी नहीं लगा कि किसी दासी का कुन्ती से लड़ने जाना, उसके लिए अपमानजनक भी हो सकता है, "उसे सुशासन के सम्मुख और कोई सूझता ही नहीं। उसके लिए किसी से भी लड़ लेती है। सिर चढ़ी है और क्या!"

कुन्ती चुपचाप गान्धारी को देखती रही : इस वक्तव्य के पश्चात उसके पास कहने को रह ही क्या गया था।

"तुम्हारे तो तीन ही बालक...।"

"तीन नहीं पाँच!" कुन्ती ने गान्धारी को वाक्य पूरा नहीं करने दिया।

"किन्तु दो तो माद्री के हैं न!" गान्धारी धृष्टतापूर्वक बोली।

"नहीं देवि! अब वे भी मेरे ही हैं।" कुन्ती का स्वर जैसे प्रतिक्रिया में कठोर हो गया, "उनमें किसी प्रकार का भेद सम्भव नहीं है।"

"मैं तो समझ रही थी कि अब तुम हस्तिनापुर में आयी हो तो मेरा कुछ हाथ बँटाओगी। मैंने तुम्हारी प्रबन्ध-पटुता की बहुत प्रशंसा सुनी है कुन्ती।"...गान्धारी अपने प्रवाह में कहती चली गयी, "मेरे पति प्रज्ञाचक्षु हैं। मैंने स्वयं आँखों पर पट्टी बाँध ली है। बालक अभी इस योग्य हैं नहीं। सारी व्यवस्था दास-दासियों पर ही छोड़नी पड़ती है। परिवार का कोई व्यक्ति देखने वाला हो तो प्रासाद की व्यवस्था ही और ढंग की हो जाती है।"...

"मैं नहीं थी तो क्या," कुन्ती अत्यन्त शालीन स्वर में बोली, "विदुर और पारंसवी तो थे यहाँ! वे आपके सहायक हो सकते थे।"

लगा, कुन्ती ने जैसे कोई अभद्र बात कह दी हो। गान्धारी के चेहरे पर प्रकट हुए विकार को विलीन होने में कुछ समय लगा। इस बार गान्धारी बोली तो उसका स्वर कुछ अधिक ही आत्मीय था, "विदुर हमारे परिवार का व्यक्ति कैसे हुआ? पारंसवी मेरे लिए तुम्हारे तुल्य कैसे हो सकती है। दासी 'मर्यादा' को मैं अपनी सास मान लूँ क्या?"

कुन्ती हतप्रभ नहीं हुई। बोली, "मुझे तो यही बताया गया है कि माता अम्बिका ने विदुर-माता को सदा अपनी सहोदरा का-सा सम्मान दिया है। महामुनि तथा पितृव्य भीष्म ने भी कभी इन तीनों भाइयों में कोई भेद नहीं किया है।..."

"और कुन्ती!" गान्धारी ने कुन्ती को अपने पक्ष में और तर्क एकत्रित करने नहीं दिये, "माता अम्बिका पुरानी पीढ़ी की महिला थीं। उन लोगों को न तो अपने परिवार की उच्चता का ध्यान था, न अपने पद का। जाने क्यों दास-दासियों में इतनी रुचि होती थी उनको। हमारे गान्धार में तो दास-को-दास ही माना जाता है।"

गान्धारी बिना रुके बोलती चली गयी, "जहाँ तक पितृव्य का प्रश्न है, उनका अपना तो कोई है नहीं। उन्हें क्या पड़ी है कि अपने-पराये में कोई भेद करें। महामुनि तो वीतराग संन्यासी हैं, उन्हें तो सारी सृष्टि एकसमान दिखायी पड़ती है।"

"उनके तो तीनों ही औरस पुत्र हैं।" कुन्ती कहे बिना न रह सकी।

"किन्तु उसकी माता तो दासी ही थी न!" गान्धारी बोली, "पिता एक हो तो भी माता के भेद से पुत्रों में भेद करना ही पड़ता है। अब महाराज के लिए सुयोधन और युयुत्सु एक तो नहीं हो सकते। इतनी दासियाँ उनकी सेवा करती हैं; किन्तु वे उनकी रानियाँ तो नहीं हो सकतीं।"

कुन्ती की बुद्धि ने बहुत कहा कि वह इस तर्क-वितर्क में न पड़े; किन्तु वह अपनी आहत भावना का क्या करती। बोली, "आर्यपुत्र ने विदुर को सदा अपना भाई ही माना है। मैं भी उन्हें कुछ और नहीं मान पाती।"

"पाण्डु अपनी इस भूल के कारण इतना अशान्त और विचलित रहा।" गान्धारी निर्द्वंद्व भाव से बोली, "विदुर आध्यात्मिकता का बहुत चर्वण करता है न! स्वयं तो राजप्रासादों से तनिक भी दूर नहीं होना चाहता और पाण्डु को सदा ही संन्यास का मन्त्र दे कर कभी हस्तिनापुर में टिकने नहीं दिया। उसी के विकृत चिन्तन के कारण, पाण्डु कभी सुख से हस्तिनापुर में निवास नहीं कर सका।"

कुन्ती का मन हो रहा था कि वह चीत्कार कर कहे कि मैं जानती हूँ कि पाण्डु को किसने हस्तिनापुर में टिकने नहीं दिया; और स्वयं पाण्डु क्यों राजप्रासादों से भागता फिरा। किन्तु कहने का लाभ क्या था! गान्धारी यदि कुन्ती को बहकाने का प्रयत्न नहीं भी कर रही थी, तो भी यह उसकी अन्धी आँखों और संकीर्ण तथा स्वार्थी मन का सत्य था। वह कुन्ती के लिए सर्वथा अग्राह्य था। वह गान्धारी के सत्य को असत्य में नहीं बदल सकती थी; और कुन्ती उस असत्य को स्वीकार नहीं कर सकती थी...

सहसा कुन्ती ने विषय बदल दिया, "आप मुझे सहायता के लिए निर्देश दे रही थीं।"

विषय-परिवर्तन गान्धारी को रुचा नहीं; किन्तु बलात वह भी स्वयं को वहाँ से खींच लायी, "मैं देख तो नहीं सकती, किन्तु मुझे बताया गया है कि जिन परिचारिकाओं को प्रासाद के प्रसाधन और अलंकरण का दायित्व सौंपा गया है, या तो उनमें क्षमता ही नहीं है, या फिर उनकी रुचि प्रासाद से अधिक महाराज के प्रसाधन में है। इसलिए हमारे प्रासाद का अलंकरण कुरुकुल के गौरव के अनुकूल नहीं है। मैं चाहती हूँ कि यह कार्य स्वयं कुरुकुल की रानी की रुचि के अनुकूल, उसके निर्देशन में हो। सारी दासियाँ, परिचारिकाएँ तथा सज्जाकार तुम्हारी आज्ञा का पालन करेंगे।"

कुन्ती जैसे क्षण-भर में ही भोजपुर में पहुँचे गयी। राजा कुन्तीभोज का सारा प्रासाद न केवल कुन्ती के सौन्दर्य-बोध से सज्जित होता था; वहाँ की प्रत्येक गतिविधि कुन्ती के मनोनुकूल उसकी आज्ञाधीन होती थी। वहाँ का जीवन जैसे कुन्ती के

अपने व्यक्तित्व का प्रतिबिम्ब ही था। इसी सुरुचि, व्यवस्था-चातुर्य तथा प्रबन्ध-पटुता के ही कारण दुर्वासा के आतिथ्य का दायित्व भी अबोध कुन्ती के कन्धों पर डाल दिया गया था।...और कुन्ती आज भी अपने हृदय में एक घाव लिए जी रही है। इसी हस्तिनापुर में कहीं है वह। उसका देव-शिशु!...कैसा होगा वह? कितना बड़ा हो गया होगा?...

"क्या कहती हो कुन्ती?"

कुन्ती अपनी क्षणिक निद्रा से जागी, "जैसी आपकी इच्छा दीदी! जैसी आपकी आज्ञा।"

कुन्ती अपने आवास पर लौटी तो विचित्र प्रकार की मनःस्थिति में थी। जाने कैसे तो एक मदिर उल्लास का अनुभव कर रही थी, जिससे मन-ही-मन बहुत हल्का अनुभव कर रही थी; और दूसरी ओर उसका अपना ही मन उस उल्लास पर एक प्रश्नचिह्न लगा रहा था। ऐसा क्या मिल गया था उसे, जिसे वह उपलब्धि मान कर प्रसन्न हो?... बहुत टटोलने पर वह इतना ही समझ पायी थी कि वह प्रसन्न थी कि गान्धारी ने उसकी ओर आत्मीयता का हाथ बढ़ाया था। उसे परिवार के सदस्य के रूप में मान्यता दी थी। उसे हस्तिनापुर के राजप्रासाद में कुछ-कुछ वैसा अधिकार मिलने जा रहा था, जैसा उसे भोजपुर के राजप्रासाद में प्राप्त था। इतना अधिकार तो उसे सम्राट पाण्डु की पत्नी बन कर भी नहीं मिला था, जितना गान्धारी ने अकस्मात ही दे डाला था...

किन्तु मन का दूसरा स्वर कहता था : इसमें प्रसन्न होने की क्या बात थी। हस्तिनापुर के राजप्रासाद पर स्वामित्व तो उसका अपना अधिकार था ही। उसके लिए गान्धारी की मान्यता की क्या आवश्यकता थी? गान्धारी ने उसे अधिकार दिया नहीं है; वरन उसके अधिकांश अधिकारों से वह उसे वंचित किये बैठी है...

सन्ध्या समय कुन्ती ने विदुर और पारंसवी से मिलने जाने की तैयारी की। हस्तिनापुर में और ऐसा कौन था, जिससे वार्तालाप कर वह अपने मन के द्वन्द्व से मुक्त हो सके।...जाने क्यों आज सहसा उसे अपनी सास की याद आ रही थी। अम्बालिका ने कहा था कि वह उसे सुख तो नहीं दे सकती, पर उसका दुख अवश्य बाँट सकती है...आज कुन्ती को लग रहा था कि सत्यवती, अम्बिका और अम्बालिका का हस्तिनापुर छोड़ कर जाना कुन्ती के हित में नहीं था। वे इसी राजप्रासाद में होतीं, तो कदाचित कुन्ती न तो इतनी अकेली होती, न इतनी असहाय! उनके वर्तमान होने पर कदाचित उसे लगता कि वह अपने ससुराल में है—अपने पति के घर! किन्तु उन सबके चले जाने से जैसे अकस्मात ही सारा हस्तिनापुर धृतराष्ट्र और गान्धारी का हो गया था।...हाँ! पितृव्य भीष्म अभी हैं, किन्तु उन्हें कुन्ती क्या कहे।...

भीम और अर्जुन खेलने के लिए बाहर गये हुए थे। युधिष्ठिर बैठा, किसी पोथी के पृष्ठ उलट रहा था। कुन्ती को लगा, वह पढ़ नहीं रहा—कुछ खोज रहा है।

"क्या खोज रहा है तू युधिष्ठिर?" वह पूछे बिना नहीं रह सकी।

युधिष्ठिर ने पोथी पर से औचक ही सिर उठाया, जैसे माँ का प्रश्न वह समझ न पाया हो। क्रमशः उसकी आँखों के धुँधलके कुछ साफ हुए। धीरे से बोला, "माँ! मैं खोज रहा हूँ कि सत्य क्या है?"

कुन्ती के मन में थोड़ी खीझ जागी : यह इतना-सा लड़का, इतने बड़े-बड़े प्रश्नों से क्यों उलझा रहता है। संसार में इतने और लोग भी तो हैं—किसी को सत्य-सन्धान की आवश्यकता नहीं है। कोई राज्य को खोज रहा है, कोई अधिकार को; कोई धन को, कोई यश को; कोई सुख को; कोई भोग को; और यह बैठा सत्य को खोज रहा है...

"क्या आवश्यकता है तुझे सत्य की?" स्वर में हल्का-सा विरोध था।

"क्योंकि सत्य ही धर्म का मार्ग दिखाता है।" युधिष्ठिर पूरी निष्ठा से बोला।

"धर्म का क्या करेगा तू?" इस बार स्वर में विरोध नहीं, परिहास था।

"आचार्य कहते हैं, धर्म ही संसार को धारण करता है।" वह बोला, "अधर्म इसका क्षय करता है। मानव का जन्म सृष्टि के क्षय के लिए नहीं, उसे धारण करने के लिए हुआ है।"

कुन्ती का मन कुछ हल्का हो आया, "अच्छा है पुत्र! तू धर्म का सन्धान कर। तेरे पितामह भीष्म, महामुनि व्यास और तेरे काका विदुर भी इसी कार्य में लगे हैं। मैं व्यापक मानवीय धर्म तो नहीं खोजती, किन्तु अपने व्यक्तिगत धर्म का शोध मैं भी करती आयी हूँ।...अच्छा!" उसने एक बार पूछा, "मैं तेरे विदुर काका के घर जा रही हूँ। नकुल और सहदेव को साथ ले जाऊँ, या तेरे पास छोड़ जाऊँ?"

युधिष्ठिर एक क्षण के लिए मौन रहा, जैसे निर्णय न कर पा रहा हो; फिर बोला, "जैसी तुम्हारी इच्छा माँ! किन्तु काका से मिलने को मैं भी उत्सुक हूँ।"

"तो तू भी चल!"

विदुर अपने परिवार के साथ राजप्रासाद के परिसर में ही एक पृथक छोटे भवन में रहता था। उसके जन्म के समय उसकी माता को दासत्व से मुक्त करते हुए यह आवास दिया गया था।

भवन के सामने अनेक बालक खेल रहे थे। उनमें विदुर के बच्चे भी थे। नकुल और सहदेव जा कर उनमें ही मिल गये।

"आइये! आइये!" पारंसवी ने उनका स्वागत किया, "आज तो युवराज भी आये हैं।"

"युवराज!" अनायास ही कुन्ती के चेहरे पर कटुता उभरी।

उन्हें बैठा कर जब विदुर और पारंसवी भी बैठ गये तो कुन्ती बोली, "आज मुझे महारानी गान्धारी ने बुलाया था।"

"प्रासाद में बड़ी चर्चा है इस बात की!" पारंसवी मुस्कुरायी, "जाने कितनी ही दासियाँ यह समाचार मुझे दे गयी हैं।"

"अच्छा!" कुन्ती को आश्चर्य हुआ, "क्या यह इतनी महत्वपूर्ण घटना है?"

"राजप्रासादों में महत्व का गणित बहुत विचित्र है भाभी।" विदुर बोला, "यहाँ किसी दास-दासी अथवा सामान्य नागरिक की हत्या का कोई महत्व नहीं है; किन्तु अपने प्रकोष्ठ से निकल कर आपका महारानी के प्रकोष्ठ मे जाना अथवा यहाँ आना अधिक महत्वपूर्ण है। आपके यहाँ आने की सूचना अब तक सारे हस्तिनापुर में प्रचारित हो चुकी होगी!"

"इस प्रचार का तो मुझे पता नहीं, किन्तु महत्व का गणित यहाँ सचमुच विचित्र है।" पारंसवी मुस्कुरायी, "तुम बताओ भाभी! महारानी के वार्तालाप से तुम्हारे महत्व में वृद्धि हुई अथवा उसमें न्यूनता आयी?"

सहसा विदुर ने युधिष्ठिर की ओर देखा, "तुम मेरे ग्रन्थागार में जाओ पुत्र! सम्भव है कि तुम्हें अपनी रुचि का कोई अच्छा ग्रन्थ मिल जाये। यहाँ बैठ कर तुम्हें तनिक भी लाभ नहीं होगा! मैं अभी वहीं आ जाऊँगा।"

युधिष्ठिर उठ गया। कुन्ती को अच्छा लगा। विदुर ने उचित क्षण पर उसे भीतर भेज दिया था...

"मैं स्वयं यह निर्णय नहीं कर पायी हूँ।" कुन्ती ने पारंसवी के प्रश्न के उत्तर में कहा।

"महारानी ने तुम्हें राजप्रासाद की व्यवस्था सौंप कर तुम्हारा महत्व बढ़ाया; और दासियों को यह सूचना दे कर कि उन्होंने प्रासाद की व्यवस्था के लिए प्रबन्ध-पटु मुख्य दासी के स्थान पर कुन्ती की नियुक्ति कर दी है, तुम्हारा समस्त महत्व ध्वस्त कर दिया।" पारंसवी आक्रोश-शून्य नहीं थी, "इस गणित को क्या कहोगी भाभी?"

कुन्ती का मन जैसे एकदम बुझ गया : इस सारे परिवेश में कहीं कुछ ऐसा था जो कुन्ती के अधिकार का निषेध कर रहा था।

"इन बातों से मन दुखी न कीजिए भाभी!" विदुर बोला, "यह तो राजप्रासाद की राजनीति का प्रसाद है।...अच्छा!" वह उठ खड़ा हुआ, "मैं युधिष्ठिर को देख आऊँ!"

14

भीष्म उठ कर बाहर आ गये। रथ में बैठे और सारथि को चलने का संकेत किया।

सहसा उनका ध्यान मार्ग की ओर गया, "हम किधर जा रहे हैं?"

"अपने भवन की ओर आर्य!"

"नहीं! कुन्ती के नये आवास की ओर चलो!" वे बोले; और फिर उन्होंने मन-ही-मन दोहराया, "नया आवास!"

रथ रुका तो भीष्म ने पुनः ध्यान से निरीक्षण किया : इस भवन को किसी भी प्रकार प्रासाद नहीं कहा जा सकता था। अधिक-से-अधिक यह प्राचीन भवन का ध्वंसावशेष मात्र हो सकता था। भीष्म के अपने शैशव में एक वृद्ध मन्त्री इसमें रहा करते थे। उनके देहान्त के पश्चात से यह बन्द पड़ा था...बन्द पड़ा होने के कारण निश्चित रूप से स्वच्छ नहीं होगा; उसमें चमगादड़ों, मूषकों और सर्पों ने अपना आवास बना लिया होगा। मनुष्यों के रहने योग्य तो यह कदापि नहीं था। धृतराष्ट्र के भृत्यों तक के घर इससे अच्छी अवस्था में थे।...

कुन्ती ने द्वार पर आ कर उनको प्रणाम किया। अगवानी कर भीतर ले गयी और एक आसन पर बैठाया।

"कैसी हो पुत्रि?"

"आपकी कृपा है तात!"

"बालक कहाँ हैं?"

"यहीं कहीं खेल रहे होंगे!"

"स्वस्थ तो हैं न?"

"भगवान की दया है!"

भीष्म का मन हुआ कि कहें कि राजभवन से उनको हटा दिये जाने से वे प्रसन्न नहीं हैं; और वे चाहते हैं कि उन्हें कोई अच्छा स्थान दिया जाये...किन्तु क्या वे यह भी स्वीकार करें कि अब उनके पास कोई नैतिक अधिकार भी नहीं रह गया है—न शासन में और न परिवार में!...क्या वे एक असहाय वृद्ध के समान यह कहें कि धृतराष्ट्र उनका कहना नहीं मानता, अन्यथा वे तो उनके लिए बहुत अच्छा प्रबन्ध करना चाहते थे।...

सहसा उनका मन जैसे सजग हो गया : भीष्म! कुन्ती अपने बच्चों को ले कर हस्तिनापुर आयी है—यह मान कर कि यह उसका घर है, यहाँ उसके अपने लोग हैं।...अब यदि तुम यहाँ अपनी असहायता जताते-जताते, उसे यह आभास भी दे गये कि वह न केवल अपने परिवार के सुरक्षित परिवेश में नहीं है, वरन उन लोगों के मध्य है, जो या तो उनकी सुख-सुविधा का प्रबन्ध करना नहीं चाहते, अथवा कर नहीं सकते...क्या भीष्म, उसके मन में धृतराष्ट्र-विरोधी भावना जगाने के निमित्त बनना चाहते हैं? क्या वे इस परिवार में द्वेष का बीज बोना चाहते हैं?...उन्होंने धृतराष्ट्र और पाण्डु के पुत्रों को ही नहीं, स्वयं धृतराष्ट्र और पाण्डु को भी अपने पुत्रों के समान पाला है। तो क्या वे अपने पुत्रों को एक-दूसरे के विरुद्ध प्रेरित करेंगे? क्या वे उन्हें जतायेंगे कि वे स्वयं तो उन्हें बहुत सारी सुख-सुविधाएँ देना चाहते हैं; किन्तु दूसरा पक्ष उसका विरोध कर रहा है। वह क्या उन्हें दो पक्षों में विभाजित कर देना चाहते हैं।...

किन्तु उनसे कहे बिना भी तो रहा नहीं जाता, "यह भवन तो तुम लोगों के रहने के योग्य नहीं है कुन्ती!"

"और उपाय ही क्या है तात!" कुन्ती बोली, "वैसे आप चिन्ता न करें। मुझे और मेरे बच्चों को ऋषिकुल में रहने का पर्याप्त अभ्यास है। यह तो भवन है, हम तो बिना भवन के भी रह सकते हैं। मुझे अपने पुत्रों के लिए सुख-सुविधा की इतनी कामना नहीं है, जितनी उनकी शिक्षा-दीक्षा की। उनको उचित तथा उपयोगी शिक्षा मिले; उनका शारीरिक, मानसिक और नैतिक विकास हो। वे धर्म, नीति और न्याय के मार्ग पर चलें। उनका परस्पर सौहार्द बना रहे।..."

"कृप क्या उनकी ठीक से देख-भाल नहीं कर रहा?"

"नहीं ऐसा कुछ नहीं है।" कुन्ती बोली, "मैं तो मात्र अपनी कामना प्रकट कर रही हूँ।"

भीष्म कुछ देर तक चुपचाप सोचते रहे और फिर जैसे अपने किसी भीतरी दबाव से बाध्य हो कर बोले, "क्या तुम्हें इस भवन में सचमुच कोई कष्ट नहीं है?"

"कुछ असुविधाएँ अवश्य हैं।" कुन्ती धीरे से बोली, "किन्तु कष्ट की कोई बात नहीं है। मेरे पुत्र मेरे साथ हैं। थोड़े-से परिश्रम से हम इस भवन को सुव्यवस्थित कर लेंगे। मेरे पुत्रों में निर्माण की अपार क्षमता है तात!"

"वह क्षमता उन्होंने तुमसे ही पायी है पुत्रि!" वह मुस्कुराये, "तुम उनकी शिक्षा की चिन्ता मत करना। उसकी व्यवस्था मैं करूँगा।"

तभी प्रभंजन के समान भागते-दौड़ते भीम ने प्रवेश किया, "माँ! हस्तिनापुर किसका है?"

कुन्ती ने दृष्टि उठा कर देखा : अपनी कटि पर दोनों हाथ रखे, आँखों में जिज्ञासा नहीं, एक चुनौती लिए, भीम खड़ा था; जैसे अपनी जिज्ञासा की शान्ति के लिए माँ के सामने खड़ा न हो, किसी न्यायाधिकरण में खड़ा निर्णय की माँग कर रहा हो; और निर्णय भी ऐसा, जो उसके मनोनुकूल हो। उसकी मुद्रा ऐसी आक्रामक थी कि जैसे मनोनुकूल उत्तर न मिलने पर, वह सामने खड़े व्यक्ति पर प्रहार कर देगा।

"बताती क्यों नहीं माँ!" भीम जैसे धमकाता हुआ आगे बढ़ा; और कुन्ती जानती थी कि अब भी वह नहीं बोली, तो वह उससे लिपट जायेगा और उसे झकझोरने लगेगा, जैसे वह वृक्षों को झकझोरने का प्रयत्न करता है।

"पहले पितामह को प्रणाम करो!" कुन्ती बोली, "यह क्या सीख रहे हो—गुरुजनों के सम्मुख उद्दण्डता?"

भीम ने आगे बढ़ कर भीष्म के चरण छुए। भीष्म ने आशीर्वाद दिया, "चिरंजीवी हो वत्स! कुरुकुल की योग्य सन्तान बनो।"

"अब बताओ माँ!" भीम पुनः कुन्ती की ओर मुड़ा।

"क्या बताऊँ तुझे!" उसे बहलाने के लिए कुन्ती सायास हँसी, "हस्तिनापुर भी कोई खिलौना है कि कह दूँ कि तेरा है या अर्जुन का है।" भीम पर अपनी बात का प्रभाव देखने के लिए कुन्ती रुकी। भीम कदाचित उससे सहमत हो कर अपनी भूल समझ रहा था।

'जितना उग्र है, उतना भोला भी है...' कुन्ती ने मन-ही-मन सोचा...'जिस त्वरा से उत्तेजित होता है, उसी शीघ्रता से शान्त भी हो जाता है।'

"कल तू पूछेगा कि यह आकाश किसका है? गंगा किसकी है?" कुन्ती ने उसकी शान्ति को और भी दृढ़ करने के लिए कहा।

किन्तु इस बार भीम पर उसका उल्टा ही प्रभाव हुआ। वह जैसे माता के कथन के प्रतिकार में चिल्लाया, "तो फिर सुयोधन क्यों कहता है कि हस्तिनापुर उसका है? वह क्यों कहता है कि उसके पिता यहाँ के स्वामी हैं और हम उसके आश्रित हैं?"

कुन्ती सनाका खा गयी। आज फिर कोई बखेड़ा खड़ा हो गया क्या?

"बोलो! क्यों कहता है सुयोधन?" भीम फिर उत्तेजित हो कर बोला।

एक बार तो कुन्ती के मन में आया कि वह कह दे कि सुयोधन तो मूर्ख है। बकवाद करता है, करने दो।...किन्तु यह कहा नहीं उसने। पूछा, "और क्या-क्या कहता है सुयोधन?"

"सुयोधन कहता है कि जिस प्रकार उसने हमें हस्तिनापुर के राजप्रासाद से निकलवा कर, इस खँडहर में डलवा दिया है, उसी प्रकार... ।"

"यह खँडहर है?" कुन्ती बोली, "यह भी तो राजप्रासाद ही है। पुराना है, तो क्या हुआ?"

"सुयोधन कहता है।" भीम ने अत्यन्त सरलता से कहा।

कुन्ती का मन जैसे बहुत कुछ कहना चाह रहा था; किन्तु उसने स्वयं को रोका, "उसी प्रकार... ।"

"उसी प्रकार राजा बनते ही वह हमें इस प्रासाद से ही नहीं, हस्तिनापुर से ही निकलवा देगा।"

कुन्ती धक्क-सी रह गयी : सुयोधन ने अपनी भावी नीति घोषित कर दी थी। कोई सन्देह नहीं कि समय आने पर वह वही करेगा!

"पर क्यों कहता है यह सब सुयोधन?" कुन्ती ने आवेश में पूछा। उसे लगा कि उसका आक्रोश सुयोधन के सम्मुख असहाय हो कर भी भीम का दमन करने के लिए बढ़ रहा है, "तूने ही कुछ ऐसा किया या कहा होगा।"

"मैंने?" माँ के क्रोध के सम्मुख, भीम हतप्रभ-सा खड़ा रह गया, "मैंने क्या किया है माँ?"

"यदि तूने ऐसा कुछ नहीं किया तो सुयोधन ऐसी अनर्गल बातें क्यों करता है! वह उन्मत्त है क्या?"

"वह उन्मत्त नहीं प्रमत्त है माँ!" भीम बोला, "खेलता भी है; पराजित हो कर रोता भी है; और फिर निर्लज्ज हो कर धमकियाँ देने लगता है।"

"वह खेल में तुझसे पराजित हुआ है?" कुन्ती ने प्रायः शान्त हो कर पूछा।

"मैं उसे प्रतिदिन पराजित करता हूँ।" भीम गर्व से बोला, "उसमें है ही क्या! न वह मेरे समान धावक है, न मल्ल! मेरे समान वह तैर भी नहीं सकता।"

कुन्ती बिना कोई उत्तर दिये, सोचती रह गयी...यह बालकों की क्रीड़ा है या सुयोधन की, उसके समर्थ पुत्रों के प्रति ईर्ष्या?

"बताओ न माँ!" माँ को मौन देख कर, भीम पुनः अपने प्रश्न पर उतर आया था, "हस्तिनापुर किसका है?"

तभी कहीं से युधिष्ठिर उधर से आ निकला। उसने कदाचित भीम का प्रश्न सुन लिया था। अपने इस वयस में भी वह पर्याप्त गम्भीर और प्रौढ़ बन गया था; किन्तु इस समय भीम के इस प्रश्न को सुन कर, कदाचित उसे भी परिहास सूझा। बोला, "हस्तिनापुर पितामह का है। बोलो! अब क्या करोगे?" उसने आगे बढ़ कर भीष्म के चरण छुए।

युधिष्ठिर की अपेक्षा के प्रतिकूल भीम एकदम गम्भीर हो गया। बोला, "पितामह का है तो ठीक है। ऐसा कुछ नहीं है, जो पितामह का है, और हमारा नहीं है; किन्तु जो कुछ सुयोधन का है, वह हमारा नहीं है।"

युधिष्ठिर को लगा कि परिहास आगे नहीं चल पायेगा। भीम ने सर्वथा सत्य कहा था। उसे स्वीकार करना ही पड़ेगा।

भीष्म को संतोष हुआ : इन बच्चों के लिए सुयोधन चाहे पराया हो, भीष्म पराये नहीं हैं।

वे अत्यन्त शान्त स्वर में बोले, "पुत्र! हस्तिनापुर ही नहीं, कोई भी नगर, नगरवासियों का होता है। शासक का धर्म, प्रजा का न्यायपूर्वक पालन करना है। इसलिए उसे नगर अथवा राज्य का स्वामी कहा जाता है। जैसे माता-पिता अपनी सन्तान के स्वामी हैं, क्योंकि वे उसे जन्म दे कर उसका पालन-पोषण करते हैं। जिस क्षण अपने लाभ के लिए वे सन्तान का उपयोग करने लगते हैं, उसी क्षण से उनका स्वामित्व समाप्त हो जाता है।"

लगा, भीम को इन बातों में रुचि नहीं थी। वह तो मात्र इतने से ही सन्तुष्ट था कि हस्तिनापुर सुयोधन का नहीं है।

भीम और युधिष्ठिर चले गये।

"मैं भी जा रहा हूँ कुन्ती!" भीष्म बोले, "इधर से निकल रहा था, सोचा, तुम लोगों को देखता चलूँ!" वे उठे, "और पुत्रि! बच्चों की शिक्षा-दीक्षा की चिन्ता मत करना—वह मैं देखूँगा। कृप से भी चर्चा करूँगा। इन बालकों की क्षमता का पूर्ण विकास होना चाहिए।" वे रुके, "एक रथ और सारथि मैं अपनी ओर से भिजवा दूँगा।...अस्वीकार मत करना।"

भीष्म न रुके, न उन्होंने कुन्ती की ओर देखा, न उसके उत्तर की प्रतीक्षा की। कदाचित वे आशंकित थे कि कहीं कुन्ती उनका प्रस्ताव अस्वीकार न कर दे।... कुन्ती को एकान्त मिला!

जब तक भीम उसके सम्मुख खड़ा पूछ रहा था, और भीष्म वहाँ उपस्थित थे, तब तक कुन्ती ने उस प्रश्न को बार-बार टालने का प्रयत्न किया था; किन्तु उनके हटते ही जैसे उसका अपना मन, घाव पर जा कर बैठ जाने वाली किसी धृष्ट मक्खी के समान बार-बार पूछ रहा था : हस्तिनापुर किसका है?

ऋष्य शृंग से लौट कर अपने बच्चों के साथ कुन्ती हस्तिनापुर में प्रवेश पाने के लिए, जब वर्धमान-द्वार के बाहर बैठी थी, उसी क्षण से उसके मन में यह प्रश्न उठ रहा था, 'हस्तिनापुर किसका है?'... पुत्रों सहित कुन्ती को राजप्रासाद में ही टिकाया गया था, किन्तु स्वामी के रूप में नहीं; अकस्मात आ गये किसी अतिथि के समान। वे ऐसे आगन्तुक थे, जिसका तिरस्कार नहीं किया जा सकता था, अतः बाध्यता में उन्हें ठहरा लिया गया था।...किन्तु महारानी गान्धारी के सम्मुख कुन्ती एक निर्धन आश्रिता मात्र थी।...उसका मन बार-बार ऐंठ-ऐंठ कर पूछना चाहता था कि सम्राट पाण्डु की पत्नी क्यों महारानी नहीं है? युवराज युधिष्ठिर की माता, क्यों राजमाता नहीं है?...

कुन्ती का मन आये दिन किसी-न-किसी बात से आहत हो जाता था। उसकी इच्छा होती थी कि इसी क्षण हस्तिनापुर छोड़ कर, कहीं दूर निकल जाये, जहाँ न कौरव-वंश हो, न राजप्रासाद और न उसकी यह शरणागतों की-सी स्थिति!...किन्तु वह यहाँ से कैसे जा सकती थी? जिस उद्देश्य से वह ऋष्य शृंग का आश्रम छोड़ कर आयी थी, हस्तिनापुर त्याग कर वह सिद्ध होगा क्या?

...और कुन्ती को लगता कि उसके भीतर एक नयी कुन्ती जाग रही है। वह कुन्ती, जो इन छोटी-छोटी बातों से पीड़ित नहीं होती; जो अपने ऊपर किये गये छोटे-बड़े आघातों से और भी दृढ़ होती है; क्योंकि आघात का उत्तर पलायन नहीं होता!...कुन्ती आक्रमण के उत्तर में यदि प्रत्याक्रमण नहीं कर पायेगी, तो प्रति-रोध तो करेगी, अपनी सुरक्षा के लिए प्रयत्नशील तो होगी! कुन्ती या तो यह मान ले, कि ये बालकों की बातें हैं, जिनका कोई अर्थ नहीं होता, और उनकी उपेक्षा कर जाये; या फिर वह माने कि यह रणनीति है और रणनीति में उसे पीछे नहीं हटना है...राजनीति में अधिकार का प्रश्न उठेगा ही। उसके लिए बल प्रयोग भी होगा और शक्ति-परीक्षण भी! कुन्ती न स्वयं बल-प्रयोग कर सकती है न शक्ति-परीक्षण! उसे तो उस दिन की प्रतीक्षा करनी होगी, जिस दिन उसके पुत्र, समर्थ हो जायेंगे! अपना अधिकार माँगेंगे और अधिकार न मिलने पर, बल-प्रयोग कर उसे प्राप्त कर सकेंगे। उसने राजसमाज को बहुत निकट से देखा है; राजनीति हिंसा से शून्य नहीं हो सकती। जो राजनीति के क्षेत्र में प्रवेश करेगा, उसे विरोधी की हिंसा का सामना भी करना ही पड़ेगा, और कदाचित स्वयं भी हिंसा का अवलम्ब ग्रहण करना पड़ेगा।

15

कुन्ती ने द्वार पर ही उनका स्वागत किया, "आ गये मेरे बच्चो!" और दूसरे ही क्षण उसने प्रश्न किया, "भीम कहाँ है?"

"भीम आया नहीं क्या?" युधिष्ठिर ने पूछ तो लिया; किन्तु ग्लानि से उसका मुख स्वयं झुक गया।...उसने कैसे यह स्वीकार कर लिया कि उन सबको बिना बताये, बिना कुछ कहे, क्रीड़ा छोड़ कर भीम घर आ जायेगा—माँ से मिलने? भीम इतना छोटा बच्चा तो नहीं है कि माँ के बिना वह कहीं रह ही न सके।

"भीम कहाँ है?" कुन्ती ने पुनः पूछा, और तत्काल उसके स्वर में आशंका ध्वनित होने लगी, "कहाँ छोड़ आये हो उसे?"

"अन्दर चलो माँ!" युधिष्ठिर धीरे से बोला।

"मैं पूछती हूँ भीम कहाँ है?" कुन्ती ने कुछ आवेश के साथ कहा।

"भीतर चलो माँ! अभी बताते हैं।" युधिष्ठिर कुन्ती के कन्धों को थाम कर भीतर ले गया।

कुन्ती समझ गयी : कुछ-न-कुछ अघटनीय घट गया है। उसका मुख कुछ पीला हो गया था और टाँगें जैसे काँपने-सी लगी थीं।

युधिष्ठिर ने अत्यन्त सावधानीपूर्वक बहुत ही कोमल शब्दों में माँ को सारी स्थिति समझायी।

कुन्ती अवाक् बैठी रही। क्षण-भर को तो उसे ऐसे लगा, जैसे सब कुछ थम-सा गया है, जड़ हो गया है, कहीं कोई स्पन्दन शेष ही नहीं है। फिर जैसे बर्फ पिघली। उसकी आँखों में पानी झलमलाया, "मुझ अभागिन के साथ कुछ-न-कुछ तो ऐसा होना ही था। मेरा ऐसा भाग्य कहाँ कि मैं किसी भी अवस्था में कुछ दिन सुख और शान्ति के व्यतीत कर सकूँ।"

"निराश न हो माँ!" युधिष्ठिर ने माँ को अपनी बाँहों में समेट कर सांत्वना दी, "भीम कोई छोटा बच्चा तो नहीं है कि मार्ग भूल जायेगा। कहीं चला गया होगा। अब हम लोगों को वहाँ न देख कर, लौट कर घर ही तो आयेगा, और कहाँ जायेगा?"

युधिष्ठिर की जिह्वा जो कुछ कह रही थी, उसका अपना मन ही उसे स्वीकार नहीं कर रहा था।...प्रमाण-कोटि से चलते समय ही क्यों, भीम को उस प्रकार अस्वाभाविक और असहज ढंग से सोते देख कर ही उसका मन खटका था।...किन्तु फिर भीम चला कहाँ गया?...

कुन्ती कुछ देर तक चिन्तित-सी अपने पुत्रों को एक-एक कर देखती रही; फिर उसने धीरे से पूछा, "तुमने भीम को अन्तिम बार कब देखा था?"

"भोजन के समय!" युधिष्ठिर बोला।

"उसने ठीक से भोजन किया था?"

"नहीं माँ!" युधिष्ठिर बोला, "मुझे तब ही शंका हुई थी कि वह स्वस्थ नहीं है। बहुत शिथिल था। वह कह रहा था, बहुत थका हुआ है, और उसे नींद भी बहुत आ रही थी।...भोजन तो उसने नाममात्र का ही किया था।"

"मेरे मन में तो दुष्कल्पनाएँ-ही-दुष्कल्पनाएँ जाग रही हैं युधिष्ठिर।" कुन्ती बोली, "घर से तो एकदम स्वस्थ गया था, तो वहाँ ऐसा क्या हो गया, जो न उससे खाया गया, न खेला गया।...कहीं उसे सुयोधन ने तो कुछ कर-करा नहीं दिया?"

"शंका तो मुझे भी है माँ!" युधिष्ठिर ने बहुत धीरे से स्वीकार किया, "किन्तु मेरा मन मानना नहीं चाहता कि सुयोधन दुष्टता की इस सीमा तक भी जा सकता है।..."

"माँ!" अर्जुन ने कुन्ती के कन्धे को हथेली से दबाया, "यदि मध्यम का कोई अनिष्ट हुआ, तो सच कहता हूँ, मैं उसके शत्रुओं को इन बाणों से वेध डालूँगा।"

"जब तक किसी दुर्घटना का निश्चित प्रमाण न मिल जाये, हमें आशा त्यागनी नहीं चाहिए।" युधिष्ठिर ने जैसे अर्जुन की बात का तिरस्कार करते हुए कहा।

कुन्ती ने सिर उठा कर जैसे पहली बार अर्जुन के तेजस्वी मुख-मण्डल को देखा, उसका अज्जु अब बड़ा हो गया था। वह अब बालक नहीं था। वह योद्धा बनेगा, यशस्वी धनुर्धर! उसके चेहरे पर तो जैसे कोई चिन्ता और आशंका भी नहीं थी।

नकुल और सहदेव, माँ के सम्मुख भूमि पर बैठे मानो उसे सान्त्वना देने के लिए तड़प रहे थे; किन्तु शब्दों में कुछ कह नहीं पा रहे थे।

सहसा कुन्ती को लगा, उसके पुत्र अब बड़े हो गये हैं। वे माँ के संरक्षण में नहीं हैं, माँ उनके संरक्षण में है। माँ का दुख उन्हें पीड़ित करता है, अपने दुख से अधिक...

कुन्ती ने आँखें पोंछ लीं। वह एक संकल्प ले कर उठी, "उठो पुत्रो! हमें हताश हो कर नहीं बैठना है। हमें भीम को खोजना होगा। वह खिलंदरा अवश्य है, किन्तु नासमझ नहीं है। अपनी इच्छा से वह कहीं नहीं गया होगा, वह अवश्य ही किसी संकट में फँस गया है।"

"ठीक कहती हो माँ!" युधिष्ठिर बोला, "किन्तु खोजने की कोई दिशा तो होनी चाहिए। प्रमाण-कोटि में जितना ढूँढ़ना सम्भव था, उतना मैं ढूँढ़ आया हूँ। आने से पहले मैंने वहाँ पूरे दो चक्कर लगाए थे। इसलिए वहाँ कहीं उसके होने की सम्भावना नहीं है।" उसने रुक कर माँ की ओर देखा, "और उसे बलात कहीं ले जाना, दो-चार लोगों के लिए सम्भव नहीं है। अपनी इच्छा से वह कहीं गया नहीं होगा...।"

"अपनी इच्छा से वे कहाँ गये होंगे।" सहदेव बोला, "दोपहर को जो उनकी स्थिति थी, वह कहीं जाने की थी क्या? अपने पैरों चल कर अपने मण्डप तक जाना भी कठिन हो रहा था उनके लिए।"

सबने सहदेव को देखा : वह ठीक कह रहा था।

समग्र परिवेश पर एक तीक्ष्ण निःशब्दता छा गयी थी, जिसकी चुभन का बोध सबको हो रहा था।

"ऐसी स्थिति में तुम लोगों ने उसे मण्डप में अकेले छोड़ कर भूल की।" कुन्ती ने चिन्तित गम्भीरता से कहा, "युधिष्ठिर! तुम विदुर काका को बुला लाओ पुत्र! उन्हें सूचना दें और उनसे कुछ विचार-विमर्श करें। सम्भव है, वे कोई मार्ग सुझा सकें।" कुन्ती कुछ रुक कर बोली, "इस अन्धकार में तुम लोग भीम को खोजने कहाँ जाओगे। और पुत्र!" उसने युधिष्ठिर को साभिप्राय देखा, "निःशस्त्र बाहर मत जाओ। अकेले भी मत जाओ। अर्जुन को साथ ले जाओ! पुत्र अर्जुन! तुम अपना धनुष और कुछ बाण अवश्य ले जाना। संकट का आभास होते ही बाण चला देना।"

"माँ!" युधिष्ठिर बोला, "तुम समझती हो कि किन्हीं लोगों ने स्वेच्छा से भीम का कोई अनिष्ट किया है?"

"मैं कुछ नहीं समझती पुत्र! तुम जाओ। इस समय मेरा चित्त ठिकाने नहीं है।" और फिर उसने जोड़ा, "अधिक समय मत लगाना। एक क्षण भी अनावश्यक मत रुकना। जब तक तुम लोग नहीं आओगे, मेरे प्राण सूली पर टँगे रहेंगे।"

"चल अर्जुन!" युधिष्ठिर बाहर की ओर चल पड़ा।

"नकुल-सहदेव! जाओ पुत्र। बाहर का द्वार ठीक से बन्द कर लो, और फिर आ कर मेरे निकट बैठ जाओ।"

"हम भी ज्येष्ठ के साथ जायें माँ?" नकुल ने पूछा।

"नहीं पुत्र! मैं अपने सारे पुत्रों को एक साथ बाहर भेजने का जोखिम नहीं उठाना चाहती!"

विदुर ने आने में अधिक विलम्ब नहीं किया। लगता था, युधिष्ठिर और अर्जुन के पहुँचते ही वह चल पड़ा था।

रथ के रुकने का शब्द सुनने के पश्चात युधिष्ठिर और अर्जुन के स्वर पहचान कर कुन्ती ने द्वार खोल दिया।

भीतर प्रवेश करने के पश्चात द्वार बन्द हो जाने तक विदुर ने कुछ नहीं बोला। भीतर के कक्ष में आ जाने के पश्चात ही उसने मुख खोला, "यह तो बहुत बुरा हुआ भाभी!"

"तुम्हें क्या लगता है विदुर! क्या हुआ है भीम को?"

"अभी कुछ नहीं कहा जा सकता, भाभी!" विदुर बोला, "वैसे हमें अभी यही मानना चाहिए कि भीम स्वेच्छा से ही कहीं इधर-उधर चला गया होगा; और जिस कार्य से भी गया होगा, उसे पूर्ण कर लौट आयेगा।...या फिर यदि किसी संकट में फँस गया होगा, तो उससे उबर कर लौट आयेगा।"

"मैं तुमसे भेद की एक बात कह रही हूँ विदुर!" कुन्ती बोली, "मैं बहुत दिनों से देख रही हूँ; पर किसी से कहती कुछ नहीं।"

"क्या भाभी?"

"हमारा हस्तिनापुर आना जेठ-जेठानी को तनिक नहीं भाया है। सुयोधन और सुशासन इत्यादि निरन्तर हमारा अपमान करते रहे हैं। वे लोग हस्तिनापुर में हमें कोई अधिकार नहीं देना चाहते। सिवाय भीम के, हम में से किसी ने भी उनका कोई प्रतिरोध नहीं किया है। भीम ही सुयोधन की प्रत्येक अनुचित बात पर अड़ता था। वह सुयोधन और उसके भाइयों पर भारी भी पड़ता था।...मेरे मन में बार-बार एक ही शंका उठ रही है कि कहीं ऐसा तो नहीं कि सुयोधन ने उसका वध करवा दिया हो?..."

विदुर ने भरपूर दृष्टि कुन्ती पर डाली : किन्तु उसकी आँखों में न स्तब्धता थी, न विमूढ़ता और न ही किसी प्रकार की आकस्मिकता का भाव। वह बोला, "यह बहुत असम्भव नहीं है भाभी! मेरे मन में कुछ-कुछ आशंका उसी दिन से थी, जिस दिन से सुयोधन ने प्रमाण-कोटि में उदक-क्रीड़न की तैयारी आरम्भ करवायी थी।"

"क्यों काका?" सहसा युधिष्ठिर ने पूछा।

"पुत्र! तुम लोगों के प्रति सुयोधन का व्यवहार कभी भी सौहार्दपूर्ण नहीं रहा। जब और जैसे भी सम्भव हुआ है, उसने सदा तुम लोगों का अपमान और अवहेलना करने का प्रयत्न किया है।...फिर ऐसा क्या हो गया कि उसका तुम लोगों के लिए प्रेम उमड़ा और वह तुम लोगों को साथ ले कर उदक-क्रीड़न का उत्सव मनाने चल दिया। जब कभी शत्रु भाव रखने वाला कोई व्यक्ति बहुत आत्मीयता जताये तो उसे शंका की दृष्टि से ही देखना चाहिए पुत्र!"

युधिष्ठिर मन-ही-मन विदुर की बात पर विचार करता रहा; और फिर बोला, "उसने मुझसे कहा था काका! कि उसे समाचार मिला है कि गंगा के तट पर यह एक अत्यन्त मनोरम स्थल है। वहाँ एक सुन्दर उद्यान है, जो आधा जल में है और आधा स्थल पर। वहाँ क्रीड़ा और स्पर्धा का बहुत अच्छा अवसर है; और उसकी कोई भी स्पर्धा भीम से प्रतियोगिता किये बिना दक्षपूर्ण नहीं हो सकती।"

"सत्य यह है पुत्र! कि उसने कई मास के समय में यह स्थल अपने शिल्पी लगा कर इस रूप में बनवाया है, जिस रूप में तुमने उसे देखा है। पहले वह गंगा का साधारण तट मात्र था। इसमें सन्देह नहीं है कि वह अत्यन्त मनोरम था। कुछ ऐसा भी था कि कहीं भूमि दूर तक जल में चली गयी थी और कहीं जल कुछ दूर तक भूमि में प्रविष्ट हो गया था। जल और स्थल का संगम वह अवश्य था; किन्तु सुयोधन ने वहाँ उद्यान बनवाया। उद्यान में सेतु बनवाये। वह अत्यन्त रम्यस्थली बन तो गयी; किन्तु यह सारा निर्माण गोपन रूप में हुआ। और फिर उसने यह कार्यक्रम बना डाला। मेरा मन यह नहीं मानता कि उसने इतना उद्यम और व्यय केवल तुम लोगों के साथ मनोरंजन के लिए किया था।"

"तुम्हें इस प्रकार की आशंका थी तो तुमने इन लोगों को रोका क्यों नहीं विदुर?" कुन्ती ने कहा, "हमें तनिक सावधान तो कर देते।"

विदुर ने जैसे अपनी भूल स्वीकार की; सिर झुका कर बोला, "मेरे पास कोई प्रमाण नहीं था।"

"एक बात मेरी समझ में नहीं आयी काका!" सहसा बीच में सहदेव बोला, "सुयोधन न राजा है, न युवराज। किन्तु फिर भी उसकी प्रत्येक इच्छा, राज कर्मचारियों के लिए सम्राट के आदेश का-सा महत्व क्यों रखती है?"

"उसे राज्य का इतना धन मनमाने रूप में व्यय करने का अधिकार किसने दिया है?" अर्जुन ने सहदेव के ही प्रश्न को पुष्ट किया।

"यह है तो अनियमितता ही; किन्तु महाराज धृतराष्ट्र की इच्छा के कारण सबको मान्य हो रहा है।" विदुर बोला, "किन्तु मैं प्रमाण-कोटि की बात कह रहा था। वहाँ का निर्माण जिस गुप्त रीति से हुआ था, और जिस सौहार्द से आग्रहपूर्वक वह तुम लोगों को वहाँ ले कर गया था, उसी से मुझे सन्देह हुआ था, कि वह कोई षड्यन्त्र रच रहा है; और भीम के इस प्रकार विलुप्त हो जाने से मेरा सन्देह प्रमाणित हो रहा है।"

"हस्तिनापुर में यह कैसा राक्षसी राज्य है?" कुन्ती आवेशमय स्वर में बोली, "यहाँ क्या कोई भी उस सुयोधन...सुयोधन क्यों, उस दुर्योधन से यह नहीं पूछ सकता कि उसने भीम की हत्या क्यों की? क्या वह सारे विधि-विधान, नियमों, नीति और सारी दण्ड-संहिता से मुक्त है? क्या वह हस्तिनापुर का सर्वनियन्ता ईश्वर है?"

विदुर उसे शान्त दृष्टि से देखता रहा। कुन्ती कह चुकी तो वह बहुत धीरे से बोला, "तुम्हारे दुख, पीड़ा और कष्ट को मैं भली प्रकार समझ रहा हूँ भाभी! किन्तु मुझे सुयोधन...।"

"उसे दुर्योधन कहो।" कुन्ती बोली।

"उस दुर्योधन को दण्डित करवाने से अधिक मुझे तुम्हारे इन शेष चार पुत्रों की सुरक्षा की चिन्ता है। जो एक का वध कर सकते हैं, वे दूसरे और तीसरे का भी कर सकते हैं। जब देश में राक्षसी शासन होता है, तो विधि-विधान से सहायता की अधिक आशा नहीं करनी चाहिए। विधि-विधान तो राजा की नीति है; किन्तु जब स्वयं राजा ही अनीति पर उतर आये तो नीति का अपना क्या बल! समझ लो कि इस समय हस्तिनापुर पर चक्षुहीन धृतराष्ट्र का नहीं, दुर्योधन के गुण्डों का राज्य है। हमें अपनी रक्षा स्वयं करनी है। उसके लिए उचित है कि हम अपना दुख भुला कर भी यही प्रकट करें कि हमें दुर्योधन पर कोई सन्देह नहीं है।"

कुन्ती का चेहरा भय से एकदम श्वेत हो गया।...विदुर ठीक कह रहा था। यह समय आक्रामक होने का नहीं था। उन्हें अपनी सुरक्षा की अधिक चिन्ता करनी चाहिए।

"क्या पितृव्य भीष्म को भी सूचित नहीं करना चाहिए?" कुन्ती ने इतने धीमे स्वर में विदुर से पूछा, मानो वह स्वयं अपने-आपसे ही पूछ रही हो।

"पितृव्य भीष्म को यदि हमने यह सूचना दी, तो वे शान्त नहीं बैठेंगे।" विदुर

बोला, "वे सम्भवतः धृतराष्ट्र और दुर्योधन दोनों को ही ताड़ित करेंगे। बात खुल जायेगी और पाण्डव और भी असुरक्षित हो जायेंगे। धृतराष्ट्र के राजा होते हुए पितृव्य दुर्योधन को न मृत्यु-दण्ड दिलवा पायेंगे, न उसे निगड़बद्ध करवा पायेंगे और न राज्य से निष्कासित करवा पायेंगे। वह स्वतन्त्र और समर्थ रहेगा, तो क्या वह शान्त बैठा रहेगा? नहीं भाभी! अपने पुत्रों को पहले समर्थ हो लेने दो। तब तक हमें सहन करना ही होगा।"

दो क्षणों के लिए एक सर्वव्यापी मौन छा गया।

"पर इतना कुछ घटित हो जाये और पितृव्य को सूचना ही न हो, यह क्या उचित होगा विदुर?" कुन्ती धीरे से बोली, "भविष्य में जब उन्हें पता चलेगा तो क्या उन्हें दुख नहीं होगा कि हमने उनके साथ परायों का-सा व्यवहार किया...और पता तो उन्हें लगेगा ही। क्या वे यह नहीं पूछेंगे कि हम अपने-आपको उनसे अधिक समझदार और समर्थ समझते हैं? क्या मैं उनकी सहायता के बिना अपनी और अपने पुत्रों की रक्षा कर लूँगी?"

विदुर ने सिर झुकाये हुए कुन्ती की बात सुनी और वैसे ही सिर झुकाये बैठा रह गया। कुछ बोला नहीं, बस सोचता ही रहा।

"कुछ बोलते क्यों नहीं विदुर?" कुन्ती ने कहा।

विदुर ने जैसे उनींदी आँखों और अनमने भाव से ऊपर की ओर देखा, "आकाश बहुत समर्थ है भाभी! वह धरती को आच्छादित भी किये रहता है; किन्तु न तो वह सूर्य के ताप से धरती की रक्षा कर सकता है, न वर्षा की ताड़ना से..." उसने अपनी दृष्टि कुन्ती की ओर फेरी, "पितृव्य को भी आकाश ही समझो भाभी!" उसकी दृष्टि कुन्ती से हट कर युधिष्ठिर पर पड़ी। फिर जैसे उसने चारों भाइयों को अपनी दृष्टि में समेट लिया, "पुत्रो कुछ बातों का तुम लोग भी ध्यान रखो। एकाकी कहीं मत जाओ। निःशस्त्र बाहर मत निकलो। दुर्योधन तथा उसके मित्रों की दी हुई अथवा उसके दासों की पकायी हुई कोई वस्तु मत खाना। दुर्योधन के रचे हुए उत्सवों में बहुत सावधान हो कर सम्मिलित होना; तथा दुर्योधन के द्वारा निर्मित प्रत्येक भवन को सन्देह की दृष्टि से देखना। उसमें सजग हो कर रहना; और उसके कर्मचारियों पर कभी विश्वास मत करना।"

'मैं तो आज तक उपेक्षा, अपमान और अवहेलना का प्रतिवाद करने की ही तैयारी करती रही। मैं क्या जानती थी कि यहाँ हत्याओं का दौर आरम्भ हो जायेगा।' कुन्ती कदाचित अपने-आपसे ही कह रही थी।

कुन्ती ने सारी रात बड़ी बीहड़ व्याकुलता में काटी। एक ओर उसका मन जैसे पूर्णतः विश्वास कर चुका था कि दुर्योधन ने उसके भीम की हत्या करवा दी है; और दूसरी ओर उसका एक और मन था, जो इसे अनवरत नकारता जा रहा था। उसकी आस्था उसे बार-बार विश्वास दिलाती थी कि ऐसा सम्भव नहीं था...या

उसे कम-से-कम तब तक ऐसा विश्वास नहीं करना चाहिए, जब तक उसे वध का निश्चित प्रमाण न मिल जाये। भीम यदि जीवित है और किसी संकट में फँसा हुआ है, तो कुन्ती को उसकी सहायता करने का प्रयत्न करना चाहिए। हाथ-पर-हाथ धरे बैठे रहने का अर्थ था, भीम के विरुद्ध उस संकट की सहायता। भीम को मृत्यु की ओर धकेलना...और कुन्ती ऐसा कैसे कर सकती थी?...

किन्तु दूसरे ही क्षण उसका मन कुछ और चिन्तित हो जाता....भीम की खोज और सहायता के लिए वह किसे भेजेगी? अपने पुत्रों ही को तो। हस्तिनापुर की सेना तो जायेगी नहीं! यही युधिष्ठिर ही तो जायेगा उसे खोजने...या अर्जुन...या नकुल ...या सहदेव। या ये चारों। पर इनमें से कौन इतना समर्थ है कि वह दुर्योधन के षड्यन्त्रों का सामना कर सके?...कहीं ऐसा न हो कि भीम की सहायता करते-करते, ये स्वयं ही किसी संकट में जा फँसें...

सारी रात कुन्ती कोई निर्णय नहीं कर पायी : वह भीम के लिए दूसरे पुत्रों को संकट में डाले या इनकी सुरक्षा के लिए, भीम को त्याग दे। इनमें से कोई भी विचार अधिक देर तक टिक नहीं पाता था, जैसे दोनों में निरन्तर मल्ल-युद्ध हो रहा था। दोनों ही चतुर थे, स्फूर्तिपूर्ण थे, शक्तिशाली थे। कभी पहला, दूसरे को पटक कर, स्वयं ऊपर आ जाता था, कभी दूसरा पहले को चित कर उसके वक्ष पर आ बैठता था।

और फिर रात-भर न जाने कैसी-कैसी आहटें होती रही थीं, कैसे-कैसे शब्द और ध्वनियाँ। उसे बार-बार लगता था कि किसी की पद-चाप उनके द्वार की ओर आ रही है; जैसे कोई कपाट थपथपा रहा है; या जैसे भीम अपने भारी स्वर को दबा कर धीरे से पुकार रहा है, 'माँ!'...

वह कितनी ही बार अपनी शैया से उठी। द्वार तक गयी भी। बस कपाट-भर नहीं खोले। डरती थी, कपाट खोल दिये और सामने भीम के स्थान पर दुर्योधन हुआ तो? उसके पुत्र सोये हुए हैं; ऐसा न हो कि वह निद्रालीन पाण्डवों का वध कर जाये...

उसने कपाट से कान लगा कर सुना, बाहर कोई शब्द नहीं था। पता नहीं क्या बात थी कि शैया पर लेटते ही उसके कान इतने सजीव कैसे हो जाते थे, या फिर शैया के आस-पास स्वरों, शब्दों और ध्वनियों का इतना सजीव संसार कहाँ से उपस्थित हो जाता था : किन्तु कपाट के निकट आते ही सब कुछ पूर्ण निःस्तब्धता में विलीन हो जाता...और वह सोचती ही रह जाती कि सत्य क्या है...

प्रातः उसने अपने पुत्रों को देखा : वे सब शैया से उठ कर आये थे; किन्तु उनकी आँखों से स्पष्ट था कि उनमें से कोई भी रात-भर ठीक से सोया नहीं था।

"माँ! आज मैं पाठशाला नहीं जाऊँगा।" नकुल बोला।

"क्यों वत्स?"

"मध्यम को खोजने जाना है।"

"तुम कहाँ खोजोगे उसे?"

"प्रमाण-कोटि में माँ!" "वह बोला, "सम्भव है मध्यम मृगया के लिए वन में रह गये हों, सम्भव है कहीं सोये हुए छूट गये हों, सम्भव है..."

कुन्ती के मन में एक खीझ उठी : पहले भीम के कारण वह कम चिन्तित है कि अब यह एक नया झंझट खड़ा कर रहा है। किन्तु, दूसरे ही क्षण वह नकुल पर रीझ भी उठी– कितनी चिन्ता है उसे अपने मध्यम की! लगता है रात-भर इसी चिन्ता में व्याकुल रहा होगा...

कुन्ती ने बढ़ कर उसे वक्ष से लगा लिया, "मैं तेरी चिन्ता समझती हूँ मेरे लाल! किन्तु तू उसे कहाँ खोजेगा पुत्र?"

"भीम को खोजने हम जायेंगे माँ!" युधिष्ठिर बोला, "वह हमसे सदा के लिए विलग हो गया है, यह मान कर निष्क्रिय हो कर घर में पड़े रहना न हमारे लिए सम्भव है न ही उचित, माँ!"

"पर खोजेगा कहाँ? प्रमाण-कोटि में तो तुम उसे दो बार ढूँढ़ आये हो!" कुन्ती बोली।

युधिष्ठिर ने अपना चेहरा दूसरी ओर मोड़ लिया। लगा, माँ की आँखों में देख कर कदाचित वह ऐसी बात नहीं कह पायेगा, "सम्भव है गंगा में उतराया अथवा वन में पशुओं द्वारा घसीटा जाता उसका शव ही कहीं मिल जाये।"

बहुत रोकने पर भी कुन्ती के मुख से सिसकी निकल ही गयी, "युधिष्ठिर।"

"हाँ माँ। हमें सत्य का साक्षात्कार करने के लिए, स्वयं को तैयार करना ही होगा।" उसने आगे बढ़ कर एक अभिभावक के समान कुन्ती को ठीक वैसे ही कण्ठ से लगा लिया, जैसे थोड़ी देर पहले, कुन्ती ने नकुल को अपने वक्ष से लगा लिया था, "मैं कब चाहता हूँ कि ऐसा हो; किन्तु यदि ऐसा हो ही गया है तो हमें उसकी सद्गति के लिए भी तो...।" और फिर रुक कर जैसे स्वयं को भी विश्वास दिलाता हुआ बोला, "सत्य से मुँह मोड़ कर जीवित नहीं रहा जा सकता माँ!"

कुन्ती को लगा : युधिष्ठिर सचमुच बड़ा हो गया है। शायद बड़ा हुआ नहीं है, आवश्यकता देखते हुए, उसने बलात स्वयं को बड़ा कर लिया है। वह सत्य का अन्वेषक था। अपनी बाल्यावस्था से ही सत्य को खोजा करता था। अब सत्य का साक्षात्कार करना चाहता था...ठीक ही तो कह रहा था, यदि भीम विलग हो ही गया था, तो धैर्यपूर्वक इस सत्य को स्वीकार कर लेना ही चाहिए। क्या कुन्ती ने पहले सत्य को स्वीकार नहीं किया? पर वह तो नवजात बालक था। उसको देखा ही कितनी देर था। किन्तु भीम...पला-पलाया, तरुणाई की देहरी को छूता, इतना ऊधम मचाने वाला भीम...आज घर में कैसी निःस्तब्धता थी...श्मशान की-सी नीरवता!...घर में आज भीम ही तो नहीं था...

ठीक कह रहा है युधिष्ठिर! भीम को खोजना तो होगा। वह अपने हाथों में से भीम को इतनी सरलता से खिसक जाने नहीं देगी। वह अपनी हथेलियों में से फिसलते भीम को पकड़ने का प्रयत्न तो करेगी ही...

"जाओ पुत्र! किन्तु अकेले मत जाना! अर्जुन को भी साथ ले जाना, और चिरन्तन को भी।..."

"मैं भी साथ जाऊँगा माँ!" सहदेव बोला।

"मैं भी," नकुल ने कहा।

"नहीं! तुम दोनों मेरे साथ रहोगे घर पर।" और फिर उसका स्वर कोमल हो गया, "माँ की रक्षा के लिए भी तो किसी को घर पर रहना ही चाहिए।"

नकुल और सहदेव के चेहरों पर द्वन्द्व प्रकट हो गया : माँ की बात का प्रत्याख्यान वे नहीं कर सकते थे, किन्तु घर पर रुके रहना तो उनके मनोनुकूल हो ही नहीं सकता था।

युधिष्ठिर ने उन दोनों को अपनी भुजाओं में भर लिया, "माँ तुम्हें रोकने के लिए ही ऐसा कह रही हैं।" और वह कुन्ती की ओर मुड़ा, "इन्हें भी हमारे साथ जाने दो माँ!...वैसे तुम्हारी बात भी ठीक है, हमें तुम्हारी सुरक्षा के विषय में भी सावधान रहना चाहिए। यद्यपि मैं समझता हूँ कि दुर्योधन तुम्हारे साथ ऐसा व्यवहार नहीं करेगा; क्योंकि तुमसे उसकी कोई स्पर्धा नहीं है।"

इस सारे वातावरण में कुन्ती पहली बार मुस्कुरायी, "मेरी चिन्ता मत करो पुत्र। मैंने तो इन बालकों की रक्षा के लिए ही अपनी रक्षा की बात उठायी थी।"

तभी चिरन्तन ने आ कर कुन्ती को प्रणाम किया, "राजकुमार तैयार हैं क्या राजमाता?"

"हाँ! तैयार तो हैं।" कुन्ती बोली, "किन्तु वे पाठशाला नहीं जायेंगे। वे लोग भीम को खोजने के लिए जाना चाहते हैं।"

"वे ठीक ही सोचते हैं राजमाता! मैं भी रात-भर यही विचार करता रहा कि मध्यम को खोजने का एक बड़ा अभियान आरम्भ किया जाये। उन्हें खोजा तो जाये, चाहे वे किसी भी अवस्था में हों।..."

कुन्ती ने उसकी ओर देखा। चिरन्तन ने सिर झुका लिया। कदाचित उसे लगा था कि वह कुछ अनुचित कह गया था।...

"हाँ! खोजना तो उसे होगा ही।" कुन्ती बोली, "इन लड़कों को तुम्हारे भरोसे ही भेज रही हूँ चिरन्तन! सावधानी से ले जाना और सुरक्षित लौटा लाना। बीहड़ तथा जोखमपूर्ण स्थानों पर मत जाना। शत्रुओं से सावधान रहना।" और सहसा वह चौंक कर बोली, "तुम रात-भर विचार करते रहे—तो तुम भी हमारे समान सोये नहीं क्या?"

"सोना क्या था राजमाता! हमारी बस्ती में तो वैसे ही रात-भर हड़बोंग मचा रहा था। मैं ही क्या, वहाँ तो कोई बच्चा भी नहीं सो पाया होगा।"

"क्यों? क्या हुआ तुम्हारी बस्ती में?" युधिष्ठिर ने पूछा।

"युवराज! वह रसोइया था न सुयोधन का—वही चक्रवाल। वह हमारी ही बस्ती में रहता है न! वह भी प्रमाण-कोटि से नहीं लौटा। कुछ पता ही नहीं चला कि कहाँ

रह गया। उसकी पत्नी प्रतीक्षा करती रही, सबसे पूछती रही। जब काफ़ी रात बीत गयी और वह नहीं आया, तो वह सुयोधन से पूछने गयी। सुयोधन तो मिला नहीं, उसके भाइयों ने उसे डाँट-डपट कर उल्टे पाँव लौटा दिया। कुछ लोगों का कहना है कि उसे पीटा भी गया है। पता नहीं पीटा है या नहीं; किन्तु सारी रात बस्ती में कोई सो नहीं पाया।"

चिरन्तन चुप हो गया, तो भी कोई कुछ नहीं बोला। कुन्ती पर्याप्त विचलित-सी लग रही थी और युधिष्ठिर चिन्तित। अर्जुन अपेक्षाकृत कुछ अधिक गम्भीर हो गया लगता था।

"तो हम जायें माँ?" अन्ततः युधिष्ठिर ही बोला; किन्तु इस प्रश्न में भी जैसे अनुमति लेने का भाव नहीं था, सूचना मात्र थी।

उसने भाइयों को संकेत किया और स्वयं भी आगे बढ़ चला।

"ठहरो युधिष्ठिर!" कुन्ती जैसे कुछ असहज हो उठी थी।

"क्या बात है माँ?" चारों भाइयों ने आश्चर्य से अपनी माँ को देखा।

"मैंने अपना निश्चय बदल दिया है पुत्र।" कुन्ती शून्य में घूरती हुई बोली, "तुममें से कोई भी भीम को खोजने नहीं जायेगा।"

"क्यों?" युधिष्ठिर बोला, "इतनी-सी देर में क्या हो गया?"

"मेरा निश्चय बदल गया है।" कुन्ती का स्वर दृढ़ ही नहीं, पर्याप्त आदेशात्मक था, "मैं कह रही हूँ, तुममें से कोई भी बाहर नहीं जायेगा।...और चिरन्तन! तुम भी अपने घर जाओ। राजकुमार आज कहीं भी नहीं जायेंगे।"

प्रत्येक व्यक्ति की दृष्टि में अनेक जिज्ञासाएँ भी थीं, अनेक प्रतिक्रियाएँ भी; किन्तु बोला कोई भी कुछ नहीं।

आधे प्रहर के पश्चात युयुत्सु के रथ ने पाण्डवों के भवन के अहाते में प्रवेश किया। वहाँ चारों ओर नीरवता थी। द्वार बन्द था और बाहर कहीं कोई भी दिखायी नहीं दे रहा था।

उसने कपाट थपथपाये।

थोड़ी देर के पश्चात कुन्ती ने द्वार खोला। युयुत्सु ने प्रणाम किया।

"आओ पुत्र! कैसे आये?" कुन्ती ने स्वागत किया; किन्तु स्वर में संशय भी था, और कहीं हल्की-सी आपत्ति भी।

"काकी! कोई शंका न करें। मुझे अपने पुत्रों-सरीखा ही समझें।" युयुत्सु बोला, "आज आपमें से कोई बाहर नहीं गया क्या?"

"नहीं पुत्र! कोई विशेष बात है क्या?"

युयुत्सु भीतर आ कर एक आसन पर बैठ गया। पाण्डवों ने उसे घेर लिया।

"भीम का कोई समाचार मिला?"

"नहीं!" युधिष्ठिर बोला, "तुम्हें कुछ मालूम हुआ?"

"नहीं! भीम का तो कोई समाचार नहीं है।" वह बोला, "किन्तु कुछ सूचनाएँ हैं मेरे पास, जिन्हें जोड़ कर कुछ निष्कर्ष निकालने का प्रयत्न कर रहा हूँ।"

"क्या सूचनाएँ हैं?"

"भीम प्रमाण-कोटि में ही कहीं विलीन हो गया। प्रमाण-कोटि में भोजन पकाने वाला रसोइया चक्रवाल घर नहीं लौटा; और चक्रवाल की बस्ती में रहने वाला तुम्हारा सारथि चिरन्तन मार डाला गया।"

"चिरन्तन मार डाला गया?" कुन्ती और उसके चारों पुत्रों के चेहरे विकारग्रस्त हो उठे, "तुम्हें किसने बताया?"

"मैंने स्वयं उसका शव, मुख्य पथ पर देखा है! वहाँ तो मुझे किसी ने नहीं बताया था; किन्तु मैंने अपने कुछ विश्वस्त लोगों से पता लगाया है कि उसे सुयोधन ने सार्वजनिक स्थान पर स्वयं अपने हाथों, थप्पड़ों, घूसों तथा घुटनों से पीट-पीट कर मार डाला था। लोग इतने भयभीत हैं कि कोई अपने मुख से सुयोधन का नाम तक लेने का साहस नहीं करता।..."

"पर क्यों मार डाला दुर्योधन ने उसे?"

युयुत्सु ने रुक कर अर्जुन को देखा : वह 'सुयोधन' को 'दुर्योधन' कह रहा है। ठीक ही तो कह रहा था : वह सुयोधन है ही कहाँ। वह तो दुर्योधन ही है।

"क्योंकि वह जान गया था कि चक्रवाल रसोइए ने दुर्योधन के..." वह रुक कर मुस्कुराये बिना नहीं रह सका। कितने सहज रूप से उसने भी 'दुर्योधन' नाम स्वीकार कर लिया था, "क्योंकि चक्रवाल ने दुर्योधन के आदेश पर कुछ खाद्य पदार्थों में विष मिलाया था; और वे खाद्य पदार्थ स्वयं दुर्योधन ने भीम को खिलाये थे...।"

"सारी योजना स्पष्ट है।" अर्जुन बोला, "मध्यम को विष दिया गया। विष देने वाला रसोइया विलुप्त हो गया; और इस भेद को जानने वाला चिरन्तन मार डाला गया, ताकि किसी को भेद का पता न चले।..."

"भेद खुलने का भय नहीं है दुर्योधन को।" युयुत्सु बोला, "नहीं तो वह स्वयं अपने हाथों से सार्वजनिक स्थान पर चिरन्तन की हत्या न करता।"

"तो?"

"यह तुम लोगों के लिए चेतावनी है।" वह बोला।

"ओह! तो यह सत्य है कि मेरे भीम को दुर्योधन ने विष दिया?" कुन्ती ने पूछा, "या मात्र सन्देह अथवा अनुमान है तुम्हारा?"

"सत्य है काकी!"

कुन्ती ने एक भरपूर दृष्टि युयुत्सु पर डाली, "एक बात पूछती हूँ पुत्र! मेरी बात का बुरा न मानना और सच-सच उत्तर देना।"

"पूछें काकी!"

"तुम हमें ये सूचनाएँ क्यों दे रहे हो? तुम भी तो दुर्योधन के भाई हो!"

युयुत्सु उस स्थिति में भी मुस्कुराया, "भाई तो मैं दुर्योधन का हूँ; किन्तु महारानी गान्धारी का पुत्र नहीं हूँ। मेरी माँ क्षत्राणी नहीं, वेश्या है; और वह महाराज की रानी नहीं है।"

"तो?"

"तो मेरे लिए एकदम आवश्यक नहीं है कि मुझे दुर्योधन के दुष्कृत्यों से सहानुभूति हो। मैं किसी लोभ में, उसके पापों का सहगामी नहीं हो सकता। मुझे उससे कोई लाभ होने की सम्भावना भी नहीं है।"

"क्यों? वह राजा बनेगा, तो तुम युवराज नहीं बनोगे?" कुन्ती बोली, "दुर्योधन से छोटे तुम्हीं तो हो।"

"दुर्योधन से छोटा मैं ही हूँ; किन्तु दुर्योधन का युवराज महारानी गान्धारी का दूसरा पुत्र दुःशासन होगा, वेश्या-पुत्र युयुत्सु नहीं।"

कुन्ती चुप हो गयी—वह देख रही थी, युयुत्सु 'सुशासन' को भी दुःशासन कह रहा था। साथ ही एक संशय उसके मन में जागा : युयुत्सु का दुर्योधन-द्रोह ईर्ष्या-जनित तो नहीं है?

"और काकी!" युयुत्सु बोला, "यदि मुझे लाभ हो भी तो मैं पाप का समर्थन कभी नहीं करूँगा।"

"तुम्हें लोभ नहीं है," युधिष्ठिर बोला, "पर क्या तुम्हें उसका भय भी नहीं है?"

"मैं धृतराष्ट्र का पुत्र हूँ इसलिए भयभीत होने का कोई कारण नहीं है।" वह हँसा, "वैसे भी मैं इस हस्तिनापुर में स्वतन्त्रतापूर्वक सत्य के मार्ग पर चलने, न्याय-पक्ष का समर्थन करने का अधिकार माँगने की धृष्टता कर रहा हूँ।" वह उठ कर खड़ा हो गया, "अच्छा! मैं चलता हूँ। आप लोग सावधान रहें।..."

चिन्ता में डूबे-डूबे, भीष्म कुन्ती के आवास पर आये।

युधिष्ठिर ने द्वार खोल कर उन्हें प्रणाम किया।

"प्रसन्न रहो वत्स!" भीष्म ने आशीर्वाद दिया : किन्तु उनकी दृष्टि ने तत्काल भाँप लिया कि युधिष्ठिर आज सहज प्रसन्न नहीं है।

"स्वस्थ तो हो वत्स?" भीष्म ने पूछा, "आज प्रसन्न दिखायी नहीं देते।"

"स्वस्थ हूँ पितामह!" युधिष्ठिर ने धीरे से कहा, "भीम प्रमाण-कोटि से घर नहीं लौटा है।..."

भीष्म अवाक्-से खड़े युधिष्ठिर को देखते रहे।

'भीम प्रमाण-कोटि से घर नहीं लौटा है! 'उनका मन जैसे उन्हें चेतावनी दे रहा था, 'और दुर्योधन तथा उसके भाइयों ने इसकी चर्चा तक नहीं की।'

"लौटते हुए तुम लोगों ने देखा नहीं कि वह तुम्हारे साथ नहीं है?" उन्होंने पूछा।

"वह हमें प्रमाण-कोटि में मिला नहीं। हमने समझा कि सम्भवतः वह हम सबसे आगे-आगे घर चला आया है।"

"चलो, भीतर चलो!" पितामह कुछ क्षण मौन रह कर बोले, "कुन्ती कहाँ है?"

"सब लोग भीतर ही हैं।"

भीष्म भीतर की ओर चले तो उनकी दृष्टि यह देखने से न चूकी कि सदा उन्मुक्त रहने वाला बाहरी द्वार आज युधिष्ठिर ने बड़ी सावधानी से बन्द कर दिया था।

कुन्ती ने अर्जुन, नकुल और सहदेव के साथ आकर उनको प्रणाम किया।

"प्रसन्न रहो पुत्रि!" भीष्म बोले, "युधिष्ठिर कह रहा है कि भीम प्रमाण-कोटि से घर नहीं लौटा।"

"हाँ पितृव्य!"

"तुमने मुझे सूचित नहीं किया?"

"अभी तो हम उसके आने की प्रतीक्षा कर रहे हैं पितृव्य! उपद्रवी लड़का है; जाने कहाँ रह गया है।..."

भीष्म बैठ गये। वे मौन थे, जैसे मन-ही-मन सोच रहे हों, योजनाएँ बना रहे हों, या स्थिति का विश्लेषण कर रहे हों।

"ये लड़के अब स्वयं को बहुत स्वतन्त्र समझने लगे हैं।" अन्ततः वे बोले, "यह नहीं समझते कि इनके इस प्रकार के कार्यों से माता-पिता को कितनी चिन्ता होती है। बालकों का उपद्रव, बालकों जैसा ही रहे तो ठीक है; उसे वयस्कों जैसा नहीं होना चाहिए। प्रमाण-कोटि में छूट जाने का क्या अर्थ हुआ।" सहसा वे युधिष्ठिर की ओर मुड़े, "और युधिष्ठिर! तुम सबसे बड़े हो। तुम्हें चाहिए था कि जब तक भीम मिल न जाता, तुम वहाँ से किसी को भी न आने देते!"

युधिष्ठिर का मुख जैसे ग्लानि से म्लान हो गया, "भीम के न मिलने से मैं बहुत चिन्तित हो गया था पितामह! दुर्योधन की यह बात कहीं मेरे हृदय में चुभ गयी कि कहीं ऐसा न हो कि भीम किसी कारण से सचमुच हस्तिनापुर लौट आया हो और हम लोग वहीं बैठे प्रतीक्षा करते रहें।...फिर यह सारा आयोजन तो दुर्योधन का था। वह न मुझे बड़ा मानता है, न कोई अधिकार ही उसने मुझे दिया था। उसने जब प्रयाण का आदेश दे दिया, और सारे मण्डप समेट कर छकड़ों पर लाद दिये गये, तो मैं वहाँ अपने इन तीन छोटे भाइयों के साथ क्या करता? भीम की चिन्ता मुझे थी, पर इन तीनों की चिन्ता भी तो थी मुझे।"

भीष्म को लगा कि वे व्यर्थ ही इस लड़के पर झल्ला रहे हैं। युधिष्ठिर की अवस्था ही क्या है। ऐसी स्थिति में तो अच्छे-अच्छे वयस्क भी घबरा जायेंगे।...पर यह भीम! यह कोई-न-कोई उपद्रव करता ही रहता है। इस बार, उसके दुर्योधन के साथ किसी झगड़े का समाचार नहीं मिला तो यह बवण्डर उठ खड़ा हुआ।...और

सहसा वे कुन्ती की ओर मुड़े, "सुनो कुन्ती! भीम यदि स्वेच्छा से कहीं गया है, तो एक-आध दिन में स्वयं लौट भी आयेगा : किन्तु यदि न भी लौटा तो तुम इन लड़कों को उसके संधान के लिए मत भेज देना। उसे खोजने का कार्य मैं स्वयं करूँगा। ये भी बच्चे हैं। यह न हो कि तुम इन्हें भीम के पीछे भेज दो, और बाद में इन्हें खोजने के लिए हमें भटकना पड़े।"

"जैसी आपकी इच्छा पितृव्य!"

"और मैं देख रहा हूँ," वे उठते हुए बोले, "तुम मुझसे कुछ परायों जैसा व्यवहार कर रही हो। भीम नहीं लौटा था, तो उसकी सूचना सबसे पहले मुझे मिलनी चाहिए थी। ये लड़के तुम्हारे पुत्र अवश्य हैं; किन्तु मेरे भी पौत्र हैं। मुझे भी इनकी चिन्ता रहती है।"

"अभी तो मैं अपने ऊहापोह से ही उबर नहीं पायी पितृव्य!" कुन्ती बोली, "अन्यथा मैं आपको अवश्य सूचित करती।"

"मुझे सूचना पहले दिया करो और अपने ऊहापोह से बाद में निबटती रहा करो।" उन्होंने मुस्कुराने का प्रयत्न किया, "वार्धक्य का यही तो एक गुण है कि वह कर्म करे-न-करे, चिन्ता अवश्य करता है। मुझे सूचना नहीं दोगी, तो मैं स्वयं को उपेक्षित मानने लगूँगा। बुढ़ापे की सबसे बड़ी पीड़ा, अपने अंगों के शिथिल होने की नहीं है पुत्रि! अपने सम्बन्धों के शिथिल होने की होती है। अपने ही परिवार में अनावश्यक और उपेक्षित हो जाने की पीड़ा वृद्धावस्था को असह्य कटुता से भर देती है।"

अपने अवसाद को झटक कर कुन्ती सायास मुस्कुरायी, "मेरे और मेरे पुत्रों के लिए आप कभी भी अनावश्यक नहीं होंगे पितृव्य! और आपकी उपेक्षा करना तो हमारे लिए पाप होगा।"

"भीम की चिन्ता मुझ पर छोड़ दो।" वे द्वार से बाहर निकलते हुए बोले, "मैं स्वयं उसकी खोज में जाऊँगा।"

कुन्ती कुछ नहीं बोली।

कुन्ती और उसके पुत्रों का प्रणाम स्वीकार कर भीष्म अपने रथ में बैठ गये। वे सारथि को चलने का आदेश देने ही वाले थे कि कुन्ती बहुत धीरे से बोली, "तात! एक सूचना आपको और देनी है।"

भीष्म ने उत्सुकता से उसकी ओर देखा।

"हमें सूचना मिली है कि हमारे सारथि चिरन्तन का वध हो गया है।"

भीष्म चौंके, "चिरन्तन का वध?"

लगा, उनके भीतर जैसे कोई बवण्डर उठ खड़ा हुआ हो।

"मैं खोज करूँगा। प्रजा के प्रत्येक व्यक्ति की रक्षा, राज्य का दायित्व है। उसके हत्यारे का संधान, और उसको दण्डित करने का कर्तव्य राजा का है; और वह उसे करना होगा।"

उन्होंने सारथि को संकेत किया, "चलो! चिरन्तन के घर चलो।"

16

कर्ण के रंगशाला में प्रवेश करते ही कुन्ती चिन्तित हो गयी थी। अपने पुत्रों के प्रशिक्षण पूर्ण हो जाने और उनके समर्थ होने की प्रसन्नता, उसी समय धूमिल हो गयी थी, जिस समय कर्ण ने द्वन्द्व-युद्ध का आह्वान किया था और द्रोणाचार्य ने उसकी अनुमति दे दी थी। फिर दुर्योधन लगातार कर्ण का समर्थन करता रहा और धृतराष्ट्र प्रकारान्तर से दुर्योधन से अपनी सहमति जताता रहा। उसके निकट बैठी, आँखों पर पट्टी बाँधे दृश्य जगत की उपेक्षा-सी करती गान्धारी, अपने श्रवणों के माध्यम से जैसे एक-एक घटना को पी रही थी। दुर्योधन के कृत्यों को जान कर कैसे मन्द-मन्द मुस्कुरा रही थी; और कुन्ती की बाध्यता थी कि वह यह सब देखते-बूझते हुए भी उससे दूर नहीं जा सकती थी...सम्राट पाण्डु का पुत्र उपेक्षित हो रहा था और उसी सम्राट के राज्य पर बलात आधिपत्य स्थापित किये हुए, ये पिता-पुत्र, इस साधारण युवक को अर्जुन के विरुद्ध उकसा ही नहीं रहे थे, अर्जुन के साथ उसकी भिड़न्त का प्रबन्ध कर रहे थे। इतने लोग उपस्थित थे यहाँ—भीष्म, वृद्ध वाह्लीक, सोमदत्त, विदुर, आचार्य द्रोण, कृपाचार्य, कुरु-वृद्ध, मन्त्री, सेनापति...फिर भी तो सब कुछ दुर्योधन की इच्छानुसार ही हो रहा है। कोई भी तो उसे रोकने वाला नहीं है। उसके अधिकारों को चुनौती देने वाला नहीं है।...ऐसे में कुन्ती यह आशा कैसे कर सकती थी कि अब युधिष्ठिर को अपने पिता का राज्य सौंपने की तैयारी में, युवराज बना दिया जायेगा।...जिसे वह अपने पुत्रों के अभ्युत्थान का समारोह मान कर आयी थी, वह तो उसे उन लोगों को घेर कर उनकी हत्या करने का षड्यन्त्र दिखायी पड़ रहा था...

कर्ण ने न केवल अधिरथ के चरण छुए, उसने भक्तिवश अपने पिता के चरणों पर अपना मस्तक रख दिया।

और चारणों ने जयघोष किया, "महाराज अंगेश के पिता सारथि अधिरथ की जय।"

और उसी क्षण भीम ने खुले कण्ठ से उच्च स्वर में पुकार कर कहा, "सारथि! अपने पुत्र के हाथ में प्रतोद दो; राजदण्ड इस हाथ में शोभा नहीं पायेगा।"

कुन्ती चौंकी...यह नाम तो उसने बहुत पहले सुना था...अपनी पहली सन्तान को, पिता कुंतिभोज को सौंपते हुए...उसे ठीक स्मरण है...यही नाम था वह...हस्तिनापुर का सारथि अधिरथ...अपने स्वयंवर के समय पाण्डु के कण्ठ में जय-माला डालते हुए भी तो हस्तिनापुर के साथ उसके मन में दूसरा नाम यही गूँजा था—सारथि अधिरथ!...तो यह सारथि अधिरथ था और यह इसका पुत्र था...

कुन्ती की वर्षों की साध जैसे पूरी हुई।...इतने लम्बे अन्तराल के पश्चात वह अपने उस ज्येष्ठ पुत्र को देख रही थी...वह नवजात शिशु इतना बड़ा हो गया। वह पूर्ण युवक है। सुन्दर, स्वस्थ और बलिष्ठ! ऐसा ही होना चाहिए था उसे...

किन्तु सहसा उसका विचार-प्रवाह थम गया। उसके विवेक ने जैसे उसके वात्सल्य के भागते अश्वों को कशा मार कर रोक दिया था, उनकी वल्गा पूरी तरह खींच ली थी...इस गति से भागते अश्वों को, जिस आकस्मिकता में बलपूर्वक रुकना पड़ा था, उससे उनके मुख में झाग आ गयी थी; उनकी अगली दोनों टाँगें, हवा में उठ आयी थीं। वे अपने बन्धनों में बँधे, रुकने का प्रयत्न करते हुए भी जैसे, पिछले वेग के कारण आगे खिसकते जा रहे थे...

कुन्ती ने दासी की ओर देखा, "कौन है यह व्यक्ति?"

दासी निकट आ गयी। झुक कर धीरे से सम्मानपूर्वक बोली, "यह महाराज के सारथियों में से एक है देवि! अधिरथ।"

"कर्ण इसी का पुत्र है?" कुन्ती का विवेक अपने सारे सन्देह मिटा लेना चाहता था।

"हाँ देवि! यह ही कर्ण का पिता है।"

"कर्ण इसकी औरस सन्तान है क्या?"

"नहीं देवि! कर्ण का पालन-पोषण इनके घर पर हुआ है। इनके अपने पुत्र तो कर्ण से बहुत छोटे हैं।" दासी बोली।

'यह मेरा ही पुत्र है! मेरा!' कुन्ती की इच्छा हुई कि उठ कर खड़ी हो जाये और उच्च स्वर में घोषणा कर कहे, 'कर्ण, सारथि अधिरथ का पुत्र नहीं है, वह मेरा पुत्र है, मेरा। सम्राट पाण्डु की महारानी कुन्ती का ज्येष्ठ पुत्र। वह युधिष्ठिर का बड़ा भाई है। वह सारथि-पुत्र नहीं है।'...उसकी इच्छा हुई, वह जा कर भीम से कहे, 'क्या कर रहा है भीम! तू? अपने बड़े भाई का ऐसा अपमान!'

किन्तु कुन्ती के विवेक ने उसे पुनः रोक दिया : कुन्ती यह तेरा अतीत था। वर्तमान सदा अतीत से भिन्न होता है। अपने इस गोपनीय अतीत को अपने वर्तमान पर आरोपित मत कर।...यदि तू अपने इस अतीत को स्वीकार कर सकती थी, तो फिर उसे त्यागने की क्या आवश्यकता थी?...उसे त्यागा था, ताकि पिता कुन्तिभोज का यश धूमिल न हो, शूरसेन का कुल कलंकित न हो।...तब उसे त्याग दिया, वर्षों तक उससे दूर रही। अपने अपयश के भय से उसकी खोज नहीं की, उसके विषय में एक शब्द तक अपनी जिह्वा पर नहीं लायी...हस्तिनापुर में आ कर भी किसी से एक बार जिज्ञासा तक नहीं की...तब जिस भय से उसे त्याग दिया था, आज उसका वह कलुष धुल गया है क्या?...आज उसे अंगीकार कर लेगी तो कुन्तीभोज का यश धूमिल नहीं होगा क्या? शूरसेन का कुल कलंकित नहीं होगा?...और फिर उसका अपना क्या होगा? यदि आज वह कर्ण को अपने पुत्र के रूप में अंगीकार करती

है; तो उसकी विश्वसनीयता समाप्त नहीं हो जायेगी? उसका अपना चरित्र लांछित नहीं होगा? और तब उसके पाँच पाण्डु-पुत्रों के विषय में अनेक प्रश्न नहीं पूछे जायेंगे! उनके जन्म और वंश के सम्बन्ध में संदेहों, प्रश्नों, आरोपों और लांछनों ही नहीं, आपत्तियों का, उत्तर कौन देगा?...वह अपने एक पुत्र को सूत-पुत्र के कलंक से मुक्ति दिलाने के प्रयत्न में कहीं अपने इन पाँचों पुत्रों को अनेक असह्य और असाध्य कलंकों से आच्छादित न कर दे...

कुन्ती के मन में भीषण बवण्डर उठ रहा था...आज वर्षों के पश्चात उसे अपना खोया हुआ पुत्र मिला था; और वह पाषाण के समान यहाँ बैठी रहे; एक बार उसे अपनी भुजाओं में भर कर अपने वक्ष से भी न लगाए?...समाज के सामने उसे अंगीकार न करे; किन्तु उसके कान में चुपके से यह तो कह दे कि कुन्ती उसकी माँ है, पाण्डव उसके भाई हैं। वह क्यों अर्जुन से शत्रुतापूर्ण व्यवहार कर रहा है—वह उसका छोटा भाई है।...क्यों वह अपने जन्मजात शत्रु का मित्र बन रहा है।...उसे राज्य चाहिए तो अपनी माँ के पास आ जाये। पाण्डव उसे अपना बड़ा भाई मान कर सारा कुरु-साम्राज्य उसके चरणों पर धर देंगे।...

किन्तु कुन्ती का विवेक सजग प्रहरी के समान खड़ा था। यह तो मूर्ख ममता थी, जो उसके मन में बिलख रही थी। ममता को आश्वस्त कराने के लिए वह विवेक की हत्या नहीं कर सकती। किन्तु यदि उसने कर्ण को नहीं बताया तो वह अर्जुन से द्वन्द्व युद्ध करेगा...उसके अपने ही पुत्र एक-दूसरे के विरुद्ध, शस्त्र ले कर लड़ेंगे...सम्भव है कि दोनों में से एक का वध हो जाये...

बता दे कुन्ती!...चुप रह कुन्ती! कुन्ती बताती क्यों नहीं?...कुन्ती सँभल! अपने-आपको सँभाल! नहीं तो कोई-न-कोई मूर्खता कर ही बैठेगी...

कुन्ती को लगा, जैसे सारा ब्रह्माण्ड घूम रहा है।...

वैद्यों की देख-रेख में दासियाँ कुन्ती को उसके रथ की ओर ले जा रही थीं; और दुर्योधन कृपाचार्य से पूछ रहा था, "अब तो कर्ण, अर्जुन से द्वन्द्व युद्ध करने के योग्य हो गया न आचार्य?"

कृपाचार्य हँसे, "क्यों अब क्या अन्तर आ गया कर्ण में?"

"क्यों!" दुर्योधन कुछ उत्तेजित हो कर बोला, "अब वह राजा है—महाराज अंगेश। उसका राज्याभिषेक हुआ है।"

कृपाचार्य मुस्कुराए बिना नहीं रह सके, "कल यदि जरासन्ध, राजगृह में अपने किसी कर्मचारी का, हस्तिनापुर के सम्राट के रूप में राज्याभिषेक कर देगा, तो क्या वह कर्मचारी हस्तिनापुर का सम्राट हो जायेगा?" कृपाचार्य गम्भीर हो गये, "वत्स दुर्योधन! अंगराज का राज्याभिषेक चम्पा अथवा मालिनी नगरी के राजप्रासाद में रखे राजसिंहासन पर बैठ कर होगा।...आज जो कुछ भी हुआ है, वह कर्ण को तुम्हारा

वचन मात्र है कि समय आने पर तुम उसका यह अधिकार स्वीकार कर लोगे। यह तो निर्धारित हुआ ही नहीं कि सैन्याभियान तुम करोगे या स्वयं कर्ण करेगा।...और भी एक बात है राजकुमार!" कृपाचार्य ने कुछ रुक कर दुर्योधन को देखा, "दस्यु वृत्ति से प्राप्त राज्याधिकार से शायद ही किसी को राज-समाज में सम्मान मिला हो। जा कर पूछो अपने पितामह से, विदुर से, अपने आचार्य से—उनमें से कोई भी कर्ण को राजा की मान्यता देता है? कोई मानता है उसे, महाराज अंगेश?...अच्छा हो कि कर्ण स्वयं को अधिकार से पहले, सम्मान के योग्य सिद्ध करे। उसे तो ऋषि परशुराम ने अपने शिष्य के रूप में भी स्वीकार नहीं किया!"

दुर्योधन को लगा, राजसमाज से पहले तो कर्ण को कृपाचार्य से ही मान्यता प्राप्त करनी होगी।...और उसके क्रोध के लिए यह पर्याप्त था।...यह हमारा राजकर्मचारी...वेतन-भोगी कृपाचार्य...जिसका पालन-पोषण हस्तिनापुर के राजवंश ने ही किया।...आज वह इस प्रकार से बातें कर रहा है, जैसे वह सचमुच ही हस्तिनापुर का स्वामी हो।...उसे लगा, कहीं उसका आक्रोश फट ही न पड़े। उसका यहाँ से हट जाना ही उचित था...

"आओ मित्र!" वह कर्ण का हाथ पकड़े हुए रंगशाला से बाहर निकल गया।

17

अपने कक्ष में लेटी कुन्ती वैद्यों के निर्देशानुसार विश्राम कर रही थी; किन्तु उसका मन तनिक भी शान्त नहीं था।...पाण्डवों के साथ गान्धारी के पुत्रों के वैर-विरोध ने उसे कभी इतना विचलित नहीं किया था; किन्तु स्वयं उसका अपना पुत्र कर्ण, उनका वैरी हो जाये, और वह उसे बता भी न पाये, समझा भी न पाये, यह कैसी विवशता थी उसकी!...उसका मन जैसे सागर की अशान्त लहरों के समान उमड़-उमड़ कर, हाथ पसारे उसे अपनी गोद में खींच लेने के लिए बढ़ता था, किन्तु मर्यादा के कगार उसे बार-बार पीछे धकेल देते थे। यदि उसने कर्ण को अंगीकार किया तो वह अपने पिता और अपने पुत्रों—दोनों को कलंकित करेगी।...वह अपने ही पुत्रों के मार्ग की सबसे बड़ी बाधा बन जायेगी।...नहीं! उसे यह नहीं करना है। वह अपने लिए नहीं, उनके लिए जियेगी और अपने इस ममतामय हृदय को विवेक के अंकुश में रखेगी। ...किन्तु कर्ण के लिए उसका हृदय बिलखता है...उस दिन रंगशाला में कैसा पीड़ित और अपमानित अनुभव किया होगा उसने।...कृपाचार्य ने उससे उसका वंश पूछा था।...भीम ने ही उसे सूत-पुत्र कह कर पुकारा था।...वह उसका पक्ष ले कर अपने ही पुत्रों से कुछ नहीं कह सकती थी।...उन्हें किसी भी प्रकार का सन्देह नहीं होना चाहिए कि उसके मन में कर्ण के लिए कोमल भाव है।...कैसा विधान रचा है तुमने

विधाता...कितना बिलखता था उसका मन, अपने इस शिशु-पुत्र के लिये। किन्तु अब उसने देख लिया है कि वह शिशु नहीं है। वयस्क हो गया है। दुर्योधन ने उसे राजा मान लिया है। उसके पास उसकी आवश्यकताएँ पूरी करने के लिए राधा और अधिरथ हैं। सारथि है तो क्या! माता-पिता का दायित्व तो जाति और वंश नहीं देखता।...सम्भव है, उसका विवाह भी हो गया हो।...यदि कहीं कुन्ती ने उसे अंगीकार कर लिया और वह पाण्डवों में आ मिला, तो उसका अंगदेश का राज्य भी छिन जायेगा और उसका भी भविष्य पाण्डवों के ही समान अनिश्चित हो जायेगा।...वह उसे अपनी ओर से दे कम पायेगी—वंचित ही अधिक करेगी! पहले भी तो उसने यही किया था उसके साथ...

"कैसी हो माँ?" युधिष्ठिर ने कक्ष में प्रवेश करते हुए पूछा, "देखो! विदुर काका भी आये हैं।"

कुन्ती उठ कर बैठ गयी। उसने देखा, युधिष्ठिर के साथ विदुर ही नहीं—भीम, अर्जुन, नकुल तथा सहदेव भी थे। वे लोग संयोग से ही एक साथ नहीं आये थे; लगता था कि इससे पूर्व भी कहीं एक साथ बैठ कर वे लोग विचार-विमर्श करते रहे होंगे।...कुन्ती को लगा कि क्षण-भर के लिए उसके मन में अवसाद घिर आया है। ये लोग इकट्ठे बैठे होंगे तो धृतराष्ट्र, दुर्योधन तथा शकुनि की दुष्टताओं पर विचार करते हुए, इन्होंने साथ-साथ कर्ण को भी कोसा होगा।...

"कैसी हैं भाभी आप?" विदुर ने पास आ कर पूछा।

कुन्ती ने युधिष्ठिर को संकेत किया, 'काका को आसन दो।' और मुस्कुरा कर बोली, "ठीक हूँ। मेरी तो समझ में ही नहीं आया कि मुझे हुआ क्या था। एक चक्कर आया था और थोड़ी देर के लिए कुछ अवश-सी हो गयी थी; किन्तु तुम लोग मेरी ऐसी शुश्रूषा कर रहे हो, जैसे मैं वर्षों की रोगिणी हूँ।"

"भाभी! जिसके रोग का ज्ञान होता है, उसके विषय में इतनी चिन्ता नहीं होती; किन्तु किसी स्वस्थ व्यक्ति में अकारण ही रोगी के-से लक्षण दिखायी पड़ें, तो अधिक चिन्ता होती है।"

"वैद्य मेरा नाड़ी-परीक्षण कर तो चुके।" कुन्ती के अधरों पर एक लीलामयी मुस्कान उभरी, "उन्होंने मेरे रोग का निदान नहीं किया?"

विदुर अवाक् उसे देखता रहा : कैसी नारी है यह! कितनी सहनशीलता है इसमें? कितना आत्मदमन कर सकती है यह? कितना अभेद्य है इसका मन?...

"क्यों? ऐसे क्या देख रहे हो?" कुन्ती पुनः मुस्कुरायी, "क्या राजवैद्य ने कोई असाध्य रोग बता दिया है मुझे?"

"नहीं!" विदुर बोला, "असाध्य नहीं, अज्ञात रोग बताया है।"

कुन्ती गम्भीर हो गयी, "क्या बताया है राजवैद्य ने?"

"उसे शारीरिक रोग के कोई लक्षण नहीं मिले हैं।" विदुर ने बताया, "किन्तु शारीरिक रोग का कोई प्रत्यक्ष कारण न होने पर भी यदि शरीर रोगी लगे तो उसका अर्थ है कि मन पर कोई असह्य बोझ है।"

कुन्ती पुनः मुस्कुरायी, "मन पर जितना और जैसा बोझ है, वह तो तुम जानते ही हो विदुर!"

"जितना मैं जानता हूँ—उसके लिए कुछ नहीं कहता।" विदुर बोला, "और यह भी जानता हूँ कि रंगशाला में कर्ण और दुर्योधन ने मिल कर, अर्जुन के लिए जो विकट स्थिति उत्पन्न कर दी थी, उसके कारण भी आपका मन बहुत विचलित हुआ होगा। किन्तु यदि इनके अतिरिक्त कोई और बात हो तो?..." विदुर के चेहरे पर जैसे उसके मन की सम्पूर्ण आत्मीयता और स्नेह उमड़ आया, "आप जानती हैं भाभी! कि मुझसे आपको कुछ भी गोपनीय रखने की आवश्यकता नहीं है।..."

"बहुत अच्छी प्रकार जानती हूँ विदुर! तुम मेरे उतने ही आत्मीय और प्रिय हो, जितने मेरे ये पुत्र! तुम्हें मालूम है, मैं पितृव्य भीष्म से भी अधिक तुम पर निर्भर रहती हूँ।" कुन्ती बोली, " विश्वास करो, मैं मिथ्यावादिनी नहीं हूँ। सिवाय आत्मरक्षा और नीति-रक्षा के अवसरों के—दुराव भी मेरी प्रवृत्ति नहीं है।"

"आप मुझसे कुछ नहीं छिपा रहीं?"

"विदुर! स्त्री अपने पुत्र के सम्मुख अवगुण्ठन धारण नहीं करेगी; किन्तु वह स्वयं को अनावृत्त तो नहीं कर सकती।"

क्षण-भर के लिए विदुर की आँखों में एक आभा झलकी और वह सहज हो गया, "ठीक है भाभी! आप अपने मन को सँभालें; हम हस्तिनापुर की स्थितियों को सँभालेंगे। विधाता की कृपा रही, तो सब कुछ मंगलमय होगा।"

सहसा कुन्ती का ध्यान अपने पुत्रों की ओर गया : वे पाँचों-के-पाँचों ठगे-से खड़े थे, जैसे कुछ समझ ही न पा रहे हों। कुन्ती मुस्कुरायी, "तुम लोग इस प्रकार बौराए-से क्यों खड़े हो। माँ थोड़ी-सी अस्वस्थ हो गयी, तो सृष्टि का चक्र तो नहीं रुक गया। अब बालक नहीं हो तुम लोग! बड़े हो गये हो। कल तुम्हारी पत्नियाँ आयेंगी, तो हँसेंगी तुम पर!...वैसे भी किसी पत्नी को अपने पति का अपनी माता से इस प्रकार इतना प्रेम करना अच्छा नहीं लगता।"

पुत्रों ने हँस कर झेंप मिटायी और किसी-न-किसी प्रकार की व्यवस्था कर, माँ के निकट बैठ गये।

"आपके पास आने से पहले भाभी! हम लोग हस्तिनापुर की स्थिति पर विचार कर रहे थे।" विदुर ने बात आरम्भ की, "हमें लगता है कि महाराज धृतराष्ट्र के समान असमर्थ अन्धपुरुष के सम्मुख भी पितृव्य भीष्म दुर्बल पड़ते जा रहे हैं। उनका नियन्त्रण शिथिल ही नहीं हुआ है, प्रायः समाप्त ही हो गया है। मन्त्रि-परिषद का दबाव भी राजा पर तब तक ही रहता है, जब तक राजा न्याय-प्रिय होता है। मैं

अपनी बात राजसभा में कब तक मनवा सकूँगा—इसका स्वयं मुझे कोई अनुमान नहीं है।..."

"इन सारी समस्याओं का समाधान एक ही है विदुर! कि राजसभा युधिष्ठिर का युवराज्याभिषेक करे।" कुन्ती बोली, "तुम उसके लिए पितृव्य भीष्म तथा महाराज धृतराष्ट्र पर दबाव डालो। एक बार युधिष्ठिर युवराज-पद पर आसीन हो जाये तो, तुम्हारी सारी समस्याएँ समाप्त हो जायेंगी।..."

"यह हम सब जानते हैं भाभी!" विदुर बोला, "हम ही नहीं दुर्योधन और शकुनि भी जानते हैं। इसलिए वे युधिष्ठिर के युवराज्याभिषेक को रोकने अथवा यथासम्भव स्थगित करने के लिए पूरा-पूरा प्रयत्न कर रहे हैं।..."

"क्यों? अब क्या है?" कुन्ती के स्वर में आवेश था, "अब युधिष्ठिर वयस्क हो चुका है। शिक्षा प्राप्त कर चुका है। अब वह अपने पिता का राज्य सँभालने में पूर्णतः समर्थ तथा सक्षम है।...अब उसे टालने का कोई तर्क ही नहीं है।..."

"स्वार्थ अपना तर्क स्वयं ढूँढ़ लेता है भाभी!" विदुर मुस्कुराया, "जहाँ वास्तविक अधिकारी की हत्या कर, उसके अधिकार का अपहरण करने में भी तनिक संकोच न हो, वहाँ क्या स्वार्थ-सिद्धि के लिए कुतर्क नहीं जुटाये जा सकते?" विदुर ने कुन्ती और उसके पुत्रों को थोड़ी देर जैसे शून्य दृष्टि से देखा, "मुझे लगता है कि महाराज धृतराष्ट्र ने रंगशाला-उत्सव की अनुमति भी किसी विशेष प्रयोजन से ही दी थी।..."

"उसमें क्या प्रयोजन हो सकता है?" कुन्ती ने उसकी बात बीच में काट दी, "स्वयं आचार्य द्रोण अपने शिष्यों के माध्यम से अपनी उपलब्धि का प्रदर्शन करना चाहते थे..."

"वे अवश्य चाहते रहे होंगे कि उनकी उपलब्धि को सराहा जाये। सम्भव है कि वे अपनी उपलब्धि को विपुलाकार बना कर प्रस्तुत करना चाहते हों; किन्तु महाराज धृतराष्ट्र की रुचि आचार्य की उपलब्धियों की महत्ता की प्रतिष्ठा में नहीं हो सकती। वे कभी नहीं चाहेंगे कि हस्तिनापुर में द्रोण एक स्वतन्त्र शक्ति के रूप में प्रतिष्ठित हों। यदि केवल परीक्षण मात्र ही उनका लक्ष्य था, तो वे युद्धशाला में जा कर राजकुमारों का शस्त्र-कौशल देख सकते थे। रंगशाला के निर्माण तथा इस समारोह पर राज्य का धन इसलिए व्यय नहीं किया गया कि गुरु द्रोणाचार्य का गौरव बढ़े...।"

"तो?" कुन्ती ने पूछा।

"यह इसलिए किया गया कि हस्तिनापुर के कुरु-वृद्धों और प्रजा को यह दिखाया जा सके कि कुरु राजकुमारों में कौन व्यक्तिगत रूप से सर्वाधिक योग्य है तथा नेतृत्व की क्षमता किसमें सबसे अधिक है...।"

"क्या कहना चाहते हो विदुर?" कुन्ती जैसे सावधान हो कर बैठ गयी।

"हाँ भाभी! युधिष्ठिर सारे कुरु राजकुमारों में ज्येष्ठ है, इसे कोई झुठला नहीं सकता।" विदुर बोला, "ज्येष्ठता के आधार पर दुर्योधन को युवराज नहीं बनाया जा सकता; इसलिए वह योग्यता की कसौटी को युवराज-पद के साथ जोड़ना चाहते हैं। यही कारण है कि उन्होंने रंगशाला में इतने विराट प्रदर्शन की योजना बनायी थी। उन्होंने उसे कुरु राजकुमारों का अपनी व्यक्तिगत योग्यता का प्रदर्शन नहीं रहने दिया। उसे उन्होंने पाण्डवों तथा धार्तराष्ट्रों का शक्ति-परीक्षण बना दिया। यही कारण था कि गदा-युद्ध में दुर्योधन ने स्वयं भीम की हत्या का प्रयत्न किया और कर्ण के माध्यम से अर्जुन को पूर्णतः पराभूत करने का प्रयत्न किया गया। यह संयोग ही है कि भीम, दुर्योधन के आक्रमणों से बच ही नहीं गया, वह उस पर भारी भी पड़ने लगा और अर्जुन तथा कर्ण का द्वन्द्व-युद्ध कृपाचार्य ने होने नहीं दिया।...यदि कहीं उनका षड्यन्त्र सफल हो जाता तो रंगशाला में ही भीम अथवा अर्जुन में से किसी एक की हत्या अवश्य हो जाती।...और यदि धार्तराष्ट्रों तथा पाण्डवों में सीधे अथवा प्रकारान्तर से, उनके समर्थकों के माध्यम से टक्कर हो जाती, तो वे अवश्य ही यह सिद्ध करने में सफल हो जाते कि दुर्योधन युधिष्ठिर से कहीं अधिक सफल नेता तथा शक्तिशाली गुट का प्रमुख है; अतः वह हस्तिनापुर का युवराज होने के योग्य है।..."

"किन्तु अब तो वह सब हो चुका।" कुन्ती बोली, "अब युधिष्ठिर के युवराज बनने में क्या बाधा है?"

"वे इसे 'हो गया' नहीं मानते भाभी!" विदुर धीरे से बोला, "वे अभी इस विवाद को बढ़ाना चाहते हैं। दुर्योधन के साथ उसके अपने भाई तो हैं ही, उसने कर्ण को भी सदा के लिए अपने साथ जोड़ लिया है। यद्यपि द्रोण-पुत्र अश्वत्थामा अभी पाण्डवों तथा धार्तराष्ट्रों में तटस्थ-सा दिखता है, फिर भी जहाँ तक मैं समझता हूँ, वह दुर्योधन के ही अधिक निकट है। पुत्र के स्नेह में द्रोण भी उधर ही जायेंगे और अपने भागिनेय तथा भगिनी पति की पक्षधरता के कारण कृपाचार्य भी दुर्योधन के ही पक्ष में चले जायेंगे। उनके पीछे शकुनि तथा गन्धार राज्य का भी बल है भाभी! वे लोग युवराज का अभिषेक सहज ही नहीं होने देंगे।"

विदुर चुप हो गया और कुन्ती के मन में बार-बार आ रहा था कि वह तो बहुत पहले खो गये अपने एक पुत्र को प्राप्त करने के लिए इतनी व्याकुल थी, वह क्या जानती थी कि जो पुत्र अपने पास हैं, उन पर भी ऐसी विपत्ति आयी हुई है।...किन्तु कहीं ऐसे में ही वह कर्ण को बता सकती। उसे अपने पक्ष में ला सकती! दुर्योधन को कुछ दुर्बल बना सकती...

"अच्छा! अब मैं चलता हूँ!" विदुर उठ खड़ा हुआ; किन्तु उसने चलने का कोई उपक्रम नहीं किया। अपने चिन्तन में लीन चुपचान खड़ा रहा और फिर सहसा ही बोला, "युधिष्ठिर! एक बात का ध्यान रहे कि अब स्पर्धा आरम्भ हो चुकी है। अब कहीं भी हमसे प्रमाद न हो।...कहीं भी दुर्योधन कुरु राजकुमारों की सम्मिलित शक्ति

का नेता दिखायी न दे। सम्मिलित अभियान में तभी सम्मिलित होना, जब उसका नेतृत्व तुम्हारे हाथ में हो। ऐसा न हो कि कृत्य तुम लोगों का हो और उसका श्रेय दुर्योधन ले जाये। प्रयत्न करना कि सारे सामूहिक अभियान में भी धृतराष्ट्र के पुत्रों से पाण्डु के पुत्र पृथक भी दिखायी पड़ें और उनसे अधिक योग्य भी।..."

"ऐसा ही होगा काका!" युधिष्ठिर मन-ही-मन, शब्दों से अधिक उनका अर्थ समझ रहा था।

"पितृव्य क्या कहते हैं?" कुन्ती ने विदुर की ओर देखा, "क्या उन्होंने भी न्याय का पक्ष छोड़ दिया है?" उसके स्वर का आवेश कुछ मुखर हुआ, "क्या उन्हें अनुभव नहीं हो रहा कि मेरे पुत्रों के साथ न्याय नहीं हो रहा? उनके मन में तो किसी के लिए पक्षपात नहीं होना चाहिए।..."

विदुर ने तत्काल कोई उत्तर नहीं दिया। उसकी मूक दृष्टि एक बार पाँचों पाण्डवों पर घूम गयी। वे पाँचों अपनी माँ को घेरे बैठे थे और चुप थे। विदुर को लगता था, भीतर से वे सब ही स्वयं को वयस्क समझते थे और पारिवारिक तथा राजनीतिक विषयों में अपना निजी मत भी रखते थे, फिर भी कुन्ती और विदुर के वार्तालाप में उनका हस्तक्षेप कम-से-कम ही होता था। वे प्रायः मूक श्रोता ही थे; किन्तु चर्चा से निर्लिप्त नहीं थे।

"भाभी!" विदुर ने धीरे से कहा, "पितृव्य सब कुछ देख और समझ रहे हैं। ...उन्होंने राजसभा में युधिष्ठिर के युवराज्याभिषेक का प्रश्न उठाया था। मैंने सुना है कि उन्होंने निजी रूप में भी राजा धृतराष्ट्र से इसकी चर्चा की है।"

"तो राजा क्या कहते हैं?"

विदुर हँसा, "राजा राजनीति का चतुर खिलाड़ी है। पितृव्य की बात सुन कर, वह बहुत गम्भीरता से कहता है, 'हाँ! अब युवराज का अभिषेक हो ही जाना चाहिए।' वह एक बार भी नहीं कहता कि युवराज कौन होगा अथवा युधिष्ठिर को युवराज होना चाहिए। मेरे मन में एक बात आती है कि धृतराष्ट्र अपनी इच्छा से युवराज्याभिषेक कभी नहीं करेगा। वह इस कार्य को तब तक टालता रहेगा, जब तक कि कोई ऐसा अवसर अथवा व्याज उसके हाथ न लग जाये, जिससे वह दुर्योधन को युवराज घोषित कर सके।"

"अब ऐसा सम्भव नहीं है।" भीम ने धीरे से कहा।

"तुम्हें ऐसा क्यों लगता है?" कुन्ती ने पूछा।

"मुझे आज से नहीं, बहुत समय से ऐसा लग रहा है।" विदुर ने उत्तर दिया, "दुर्योधन ज्येष्ठ नहीं है; और अब वह स्वयं को सबसे अधिक योग्य सिद्ध नहीं कर सका। युधिष्ठिर के युवराज्याभिषेक के लिए दबाव पड़ने लगा है, तो उसका प्रतिकार करने के लिए पहले तो उन्होंने अपने घर में ही शस्त्र ढूँढ़ना आरम्भ किया।"

"शस्त्र मिला क्या?"

"हाँ!"

"कौन?"

"कुरु-वृद्ध बाह्लीक!" विदुर ने उत्तर दिया, "किन्तु लगता है कि बाह्लीक, सोमदत्त और उनके पुत्र भूरिश्रवा ने महाराज का विरोध तो नहीं किया है; किन्तु पितृव्य भीष्म के विरुद्ध व्यूह रचने में उनकी सहायता भी नहीं की है।"

"तो?"

"तो अब बाहर से किसी ऐसे विरोधी को लाने का प्रयत्न किया जा रहा है, जो अपने-आपमें समर्थ और शक्तिशाली भी हो और पितृव्य भीष्म से शत्रुता का निर्वाह करने के लिए व्यग्र भी हो।..."

कुन्ती के साथ ही उसके पाँचों पुत्रों ने भी प्रश्न-भरी दृष्टि से विदुर की ओर देखा।

"अभी उन्हें कोई मिला नहीं है; विचार-विमर्श ही चल रहा है।" विदुर ने तनिक मुस्कुरा कर, वातावरण के तनाव को कम करने का प्रयत्न किया, "किन्तु वे किसी-न-किसी को तैयार करने पर तुले ही हुए हैं। वे घर की समस्याओं का निर्णय सार्वजनिक मार्ग पर, पथिकों की सहायता से करना चाहते हैं।..."

"पर ऐसे पथिक कौन हो सकते हैं?" सहदेव अब और मौन नहीं रह सका।

"हमारे चारों ओर राजनीतिक उथल-पुथल का युग है पुत्र! सिद्धान्त के स्थान पर स्वार्थ से आपसी सम्बन्ध निर्धारित हो रहे हैं।" विदुर बोला, "विचित्र असहायता का परिवेश है, प्रत्येक राजा अपना पक्ष अथवा अपनी स्थिति दृढ़ करने के लिए, अपने सहायक खोज रहा है। जो अत्यन्त शक्तिशाली हैं—वे भी...।"

"दुर्योधन किसे खोज रहा है विदुर?" कुन्ती ने व्यग्रता से पूछा।

"मैं समझता हूँ कि सामान्य स्थितियों में तो उसने पंचालराज द्रुपद की सहायता की ही इच्छा की होती। उसमें उसे शायद सफलता भी मिलती। पंचालराज के मन में सम्राट पाण्डु तथा उसके पुत्र अर्जुन का विरोध जगाने में उसे कठिनाई भी न होती। पितृव्य भीष्म के प्रति भी पंचालराज के मन में मैत्री का भाव नहीं है।... किन्तु संयोग ही है कि पंचालराज और आचार्य द्रोण—दोनों एक साथ किसी के मित्र नहीं हो सकते...और दुर्योधन, अपने मित्र अश्वत्थामा के पिता आचार्य द्रोण के निश्चित समर्थन को छोड़ कर, पंचालराज के अनिश्चित समर्थन के लिए प्रयत्न नहीं करना चाहता...।"

सहसा कुन्ती को लगा कि इस अत्यन्त गम्भीर चर्चा के मध्य भी जैसे विदुर मुस्कुरा रहा है।

"तुम मुस्कुरा रहे हो...क्या यह विषय इतना अगम्भीर है?"

"नहीं भाभी!" विदुर बोला, "मुझे, इस दुर्योधन की मनःस्थिति की कल्पना कर कुछ विस्मय हो रहा था।"

कुन्ती कुछ नहीं बोली।

"उसकी विचित्र स्थिति है," विदुर ही बोला, "दुर्योधन के कानों में पंचालराज की पुत्री के सौन्दर्य की भी चर्चा पड़ चुकी है। वह उसके लिए भी लालायित है, और पांचालों के राजनीतिक समर्थन के लिए भी; किन्तु न वह द्रोण को छोड़ सकता है, और न ही वह जरासन्ध का विरोध मोल ले सकता है...।"

"जरासन्ध?" इस सारी चर्चा में यह नाम युधिष्ठिर को कुछ अटपटा लगा, "जरासन्ध का पंचालराज से क्या सम्बन्ध?"

"यही तो मैं कह रहा था पुत्र! कि आजकल की स्थिति बड़ी विचित्र है।" विदुर पुनः मुस्कुराया, "किसी का किसी से कोई सम्बन्ध नहीं है; और फिर भी सबका सबसे सम्बन्ध है।" उसने रुक कर युधिष्ठिर की ओर देखा, "जरासन्ध ने अपने चारों ओर राजाओं का एक शक्तिशाली मण्डल बनाया था। उसमें से सर्वाधिक शक्तिशाली कंस का, वासुदेव कृष्ण के हाथों वध हो गया है; इसलिए जरासन्ध और भी उग्र हो गया है। वह प्रायः सारे राजाओं को मित्रता का निमन्त्रण दे रहा है। किन्तु उसकी मित्रता का अर्थ है, उसकी अधीनता। और जरासन्ध का अधीनस्थ कौन ऐसा राजा होगा, जो यादवों का मित्र हो सकें। पंचालराज यज्ञसेन द्रुपद ने यादवों की शत्रुता अस्वीकार की है, इसलिए स्वतः ही जरासन्ध की शत्रुता उनके भाग में आयी है।... और पुत्र! जरासन्ध की शत्रुता का अर्थ है—भीष्मक, दामघोष, शाल्व, दन्तवक्त्र...इन सबकी शत्रुता।...इसलिए दुर्योधन यदि पंचालराज की मित्रता चाहता है; और यदि वह उसे मिल जाये जो उसे जरासन्ध, भीष्मक, दामघोष, शाल्व, दन्तवक्त्र, इत्यादि की शत्रुता भी मिलेगी। इसलिए..."

"इसलिये?" कुन्ती के प्राण जैसे उसके कण्ठ से अटके थे।

"इसलिये कदाचित वह जरासन्ध की मित्रता का प्रयत्न कर रहा है।"

"यादवों के शत्रु की मित्रता!" कुन्ती के स्वर में इस बार रोष के स्थान पर चीत्कार था, "कृष्ण के शत्रु की मित्रता?...अपने स्वार्थ के लिए—अपने पितामह के विरुद्ध?"

"हाँ भाभी! मेरी सूचनाएँ इसी ओर इंगित करती हैं।"

"क्या पितृव्य भीष्म को यह सब ज्ञात है?"

"शायद नहीं! कम-से-कम, उन्होंने यह सब जानने के लक्षण कभी नहीं दिखाये।"

"तो तुम उन्हें यह सब बताते क्यों नहीं?"

विदुर थोड़ी देर तक चुप बैठा रहा, जैसे वह या तो ऐसा करने का कारण खोज रहा हो, या सोच रहा हो कि वह कुन्ती के इस प्रश्न का उत्तर दे या नहीं?...

"कारण तो अनेक हैं भाभी! किन्तु सबसे बड़ा कारण यह है कि अपनी गुप्त सूचनाओं के विषय में मैं पितृव्य पर विश्वास नहीं करता।" विदुर बोला, "मेरी धारणा है कि गुप्त सूचनाएँ उनके पास पहुँच कर अपनी गोपनीयता की रक्षा नहीं कर पातीं!..."

"काका! आपको नहीं लगता कि आप पितामह पर बहुत बड़ा आरोप लगा रहे हैं?" युधिष्ठिर का स्वर अत्यन्त विनीत, किन्तु पर्याप्त दृढ़ था।

"यह आरोप नहीं है, यह उनके व्यक्तित्व का मेरा मूल्यांकन है।" विदुर स्नेह से मुस्कुराया, "और इसलिए तुम्हें भी यही परामर्श दे रहा हूँ कि जो कुछ गोपनीय समझते हो, उसे अपने पितामह तक मत पहुँचने दो। तुम्हें स्मरण है कि हमने दुर्योधन द्वारा भीम को विष दिये जाने की घटना की चर्चा उनसे नहीं की थी?"

"जी! वह सूचना हमने उन्हें नहीं दी थी; किन्तु मैं आज भी सोचता हूँ कि क्या वह उचित हुआ?" युधिष्ठिर बोला, "उनके व्यक्तित्व का आपके द्वारा किया गया यह मूल्यांकन क्या निष्पक्ष सत्य है? कहीं आप ही तो कोई भूल नहीं कर रहे?"

विदुर पूर्ण आत्मविश्वास के साथ मुस्कुराया, जैसे वह युधिष्ठिर की शंका को अपनी मुस्कान से ही निरस्त कर देना चाहता हो; फिर बोला, "पुत्र! मेरे इस मूल्यांकन का कारण है, तुम्हारे पितामह के व्यक्तित्व की विचित्र सिद्धान्तवादिता।"

"तो हम क्या करें काका?" युधिष्ठिर ने जैसे अपनी असहाय स्थिति प्रकट कर दी।

"करना क्या है पुत्र! यही मान कर चलो कि उनके मन में न कलुष है, न दुर्भावना। वह व्यक्ति बहुत ही सात्विक और निर्मल प्राणी होते हुए भी, अपने समय के चिन्तन और सिद्धान्तों का बन्दी है। वह परिवर्तित नहीं हो सकता। वह अपने समय की रूढ़ियों के बन्धन को काट नहीं सकता। हम उसकी सिद्धान्तवादिता के लिए उसका सम्मान करेंगे, किन्तु उसकी नीति को स्वीकार करना हमारे लिए सम्भव नहीं है। त्याग एक उच्च आदर्श है; किन्तु दुर्योधन जैसे व्यक्ति के लिए त्याग करना समाज के लिए हितकर नहीं है। हम भाई से प्रेम करेंगे, किन्तु दुर्योधन जैसे भाई से सावधान भी रहेंगे। हम हस्तिनापुर की रक्षा करेंगे, किन्तु धृतराष्ट्र और हस्तिनापुर को पृथक-पृथक ही रखेंगे...।"

विदुर मौन हो गया। शेष लोगों में भी कोई कुछ नहीं बोला। विदुर के पास कहने को और कुछ नहीं था; और शेष लोग उसकी कही हुई बातों के प्रकाश में जैसे आत्म-मन्थन कर रहे थे...

मौन का बोझ जब असह्य हो गया, तो कुन्ती ही बोली, "विदुर! मैं आज तक मानती थी कि हस्तिनापुर में मेरा और मेरे पुत्रों का कोई नहीं है, तो पितृव्य तो हैं, तुम तो हो; किन्तु आज तुम्हारी बातों से लगता है कि पितृव्य भी हमारे नहीं हैं। मैं तो अपने पुत्रों को अपने आँचल में छिपाये, सिर झुकाये, इसलिए चुपचाप बैठी थी कि दुर्दिन की यह लहर हमारे सिर के ऊपर से निकल जायेगी, तो हम समर्थ हो कर अपना सिर उठा सकेंगे और अपना अधिकार माँग सकेंगे...किन्तु मैं देख रही हूँ कि समय के इस अन्तराल के पश्चात हम समर्थ और शक्तिशाली होने के स्थान पर और भी असमर्थ और असहाय हो गये हैं।..."

"नहीं माँ! हम असहाय और असमर्थ कैसे हैं!" भीम जैसे अपने आवेश को रोक नहीं पाया, "अपने पुत्रों को तो देखो! हम चार गये थे तो पांचाल सेना को ध्वस्त कर आये थे; पाँचों एक साथ होंगे, तो क्या नहीं कर लेंगे।"

"मध्यम ठीक कहता है माँ!" सहदेव बोला, "दुर्योधन के सौ भाई हैं, फिर भी उसे कर्ण, गुरु द्रोण तथा अश्वत्थामा के बाहुबल को क्रय करने की आवश्यकता रहती है; और अब वह जरासन्ध की सहायता पाना चाहता है। हमें देखो! हम तो मात्र पाँच हैं; किन्तु हमें किसी कर्ण अथवा अश्वत्थामा की आवश्यकता नहीं है...।"

कुन्ती का मन हुआ कि सहदेव को रोक दे, 'नहीं, कर्ण के विषय में ऐसा मत कहो...।'

"आपके पुत्र ठीक कहते हैं भाभी!" विदुर बोला, "पहली बात तो यह है कि इन पाँचों तरुणों के सामर्थ्य के कारण, हम असमर्थ नहीं रह गये हैं।...और यह सबसे अधिक महत्वपूर्ण है कि यदि दुर्योधन अपने मित्र ढूँढ़ रहा है, तो युधिष्ठिर भी अपने मित्र ढूँढ़ सकता है।"

"आप चाहते हैं काका! कि मैं दुर्योधन की ही नीति स्वीकार कर लूँ?" युधिष्ठिर के स्वर में वेदना थी।

"नहीं पुत्र! यह मैं कभी नहीं चाहूँगा।" विदुर ने उत्तर दिया, "मैं तो मात्र कह रहा था कि यदि अधर्म संगठित हो रहा है, तो धर्म को भी संगठित होना चाहिए। ...सामान्यतः होता यही है कि अन्याय और स्वार्थ तो संगठित हो कर, न्याय तथा सर्वहित पर प्रहार करते हैं; किन्तु न्याय और सर्वहित न तो संगठित होते हैं, न प्रहार करते हैं, न प्रहार करने वालों को बल देते हैं...।" विदुर पुनः रुक कर बोला, "मुझे लगता है कि हम यह भूल जाते हैं कि जरासन्ध एक शक्ति है, तो कृष्ण भी तो एक शक्ति है।"

"मेरा कृष्ण!" कुन्ती बोली, "किन्तु वह तो मात्र एक बालक है।"

विदुर हँसा, "बालक अब तरुण हो चुके हैं भाभी! उन्हीं के कर्मक्षेत्र में उतरने का समय है अब! जरासन्ध के जामाता और सहयोगी का वध करने वाला, कृष्ण ही तो है।...और फिर अब वसुदेव कारागार में नहीं हैं। वे दुर्बल भी नहीं हैं। मथुरा पर इस समय कृष्ण के नेतृत्व में यादवों का अधिकार है। उग्रसेन, वसुदेव, अक्रूर, कृष्ण, बलराम—सब एक हैं। यदि गन्धार से आ कर अपनी बहन की सहायता के लिए शकुनि आजीवन हस्तिनापुर में बैठा रह सकता है, तो क्या कुन्ती का भाई मथुरा से एक बार हस्तिनापुर नहीं आ सकता?"

"मैंने आपसे पहले भी कहा है काका! कि मैं दुर्योधन बनना नहीं चाहता!" युधिष्ठिर ने अपना विरोध जताया, "न मैं चाहता हूँ कि मेरी माँ गान्धारी और मेरे मातुल शकुनि बनें। अपने कौटुम्बिक मतभेद में बाहरी लोगों को लाना...।"

"मैं भी यह नहीं चाहता पुत्र।" विदुर बोला, "किन्तु यह अवश्य चाहता हूँ कि

यदि कृष्ण ने कंस का वध कर अन्याय का विध्वंस आरम्भ किया है तो यह प्रक्रिया यहीं न रुके, आगे भी चले। इस समय जरासन्ध की सहायता से भीष्मक, दामघोष, शाल्व तथा अन्य राजाओं की राजसभाओं में कृष्ण के विरुद्ध यदि षड्यन्त्र रचे जा रहे हैं, तो तुम कम-से-कम, हस्तिनापुर में तो कृष्ण के विरुद्ध व्यूह मत रचा जाने दो। कृष्ण से सहायता नहीं चाहते, तो कृष्ण की सहायता करो तो...।"

"नहीं! किसने कहा कि हम कृष्ण अथवा मथुरा के यादवों की सहायता नहीं चाहते?" भीम तड़प कर बोला, "मैं ज्येष्ठ से एकदम सहमत नहीं हूँ! यह केवल दुर्योधन को अपना भाई समझते होंगे, मैं तो कृष्ण को भी अपना उतना ही भाई समझता हूँ...।"

"भाई तो वह तुम्हारा है ही," विदुर ने कहा, "किन्तु मैं केवल भाई के नाते कृष्ण से सहायता लेने अथवा कृष्ण की सहायता करने की बात नहीं कर रहा हूँ। तुम कृष्ण के फुफेरे भाई हो, तो शिशुपाल भी वही है; किन्तु कृष्ण, अन्याय के समर्थक शिशुपाल का न सहायक होगा, न उससे सहायता लेगा।...तुम धर्म का आचरण करने के लिए, कृष्ण की सहायता लो; और उसकी सहायता करो।...मैं समझता हूँ कि पांचाल भी अपनी नीति के कारण कृष्ण के ही पक्ष में जायेंगे।"

"तुम ठीक कहते हो विदुर!" सहसा कुन्ती बोली, "किन्तु मैं सोचती हूँ...।" और वह चुप हो गयी।

"क्या सोचती हैं भाभी?"

"हम तो यहाँ बैठे उनके विषय में इतनी चर्चा कर रहे हैं; किन्तु क्या उन्हें भी हमारा कुछ ध्यान है? क्या वे हमारी सहायता करने की स्थिति में हैं? क्या वे हमारी सहायता करना चाहते हैं? क्या उन्हें हमारी सहायता की आवश्यकता है? क्या वे हमारी सहायता लेना चाहते हैं?"

"यह सब तो उनसे सम्पर्क होने पर ही ज्ञात होगा भाभी।" विदुर बोला, "मथुरा यहाँ से है ही कितनी दूर। हममें से किसी को मथुरा जाना चाहिए।..."

"मैं जाऊँ?" अर्जुन ने पूछा।

"मैं भी जा सकता हूँ।" भीम बोला।

"जाने को तो कोई भी जा सकता है।" विदुर ने चिन्तनलीन स्वर में कहा, "किन्तु तुममें से किसी का भी हस्तिनापुर से जाना, अलक्षित नहीं रहेगा। तुम्हारे शत्रु घात लगाए बैठे हैं। तुममें से कोई भी अकेला मिल गया तो...नहीं! तुममें से कोई नहीं जायेगा।...मैं ही किसी संदेशवाहक अथवा अपने कार्य से मथुरा जाने वाले किसी व्यापारी के माध्यम से सन्देश भेजूँगा।" विदुर उठ खड़ा हुआ, "अच्छा! अब चलता हूँ!"

सब उठ खड़े हुए और बिना कहे हुए, विदुर के साथ-साथ बाहर तक आये।

विदुर का रथ खड़ा था; किन्तु सारथि नहीं था। विदुर स्वयं ही सारथ्य करता था।...'विदुर ऐसा क्यों करता है?' कुन्ती ने कई बार सोचा था, 'पता नहीं, धृतराष्ट्र

इसे यह सुविधा नहीं देता, अथवा अपना आवागमन गोपनीय रखने के लिए यह ऐसा करता है...'

विदुर ने रथारूढ़ हो कर वल्गा थाम ली और अपनी आँखों के संकेत से ही कहा, 'अच्छा! चलता हूँ।'

कुन्ती अपने पुत्रों के साथ खड़ी विदुर के रथ से उड़ती धूल को देखती रही। ...जीवन का पथ भी कैसा धूलि-धूसरित हो गया था। कुछ भी तो ठीक से सुझायी नहीं दे रहा था।...

विदुर का रथ आँखों से ओझल हो गया तो कुन्ती भीतर जाने के लिए मुड़ी; किन्तु मुड़ते-मुड़ते भी उसके पग थम गये।...यह क्या...विदुर के रथ से उड़ी हुई धूलि, जो अब क्षीण हो कर जैसे भूमि पर बैठ गयी थी, पुनः सघन हो कर उड़ने लगी थी और पथ पुनः वैसा ही धूमिल हो गया था।...क्या विदुर ने अपना रथ वापस लौटाया था...?

कुन्ती को रुकते देख, युधिष्ठिर भी रुका, उसके साथ अन्य भाई भी रुक गये। माँ की आँखों का अनुसरण कर, उन्होंने देखा, जिस मार्ग से अभी विदुर का रथ गया था, उसी मार्ग से एक रथ उनकी ओर आ रहा था; किन्तु निश्चित रूप से यह विदुर का रथ नहीं था...

रथ निकट आया। वह राजकीय लग रहा था, किन्तु उस पर हस्तिनापुर का नहीं, मथुरा के यादवों का ध्वज फहरा रहा था।...

कुन्ती ने अपनी आँखें मलीं, कहीं यह उसका भ्रम तो नहीं है?...नहीं! यह उसका भ्रम नहीं था। उस पर सचमुच ही मथुरा के यादवों का ध्वज था...

18

निकट आ कर रथ रुक गया। रथ पर से एक व्यक्ति उतरा। कुन्ती ने उसे देखा : अधेड़ वय का कोई सम्भ्रान्त पुरुष था। उसके वस्त्राभूषण साधारण नहीं थे। देख कर समझ पाना कठिन था कि वह राजपुरुष था, अथवा साधारण धनी व्यापारी। किन्तु रथ पर यादवों का राजकीय ध्वज था। निश्चय ही वह राजपुरुष होगा। किन्तु कौन है वह?

वह आ कर कुन्ती के सामने खड़ा हो गया, "तुम पृथा ही हो न?"

कुन्ती के साथ-साथ पाँचों पाण्डवों ने आश्चर्य से उसे देखा : कौन है वह, जो इस प्रकार पूछ रहा है, जैसे वह पद, सामर्थ्य में इनसे बहुत श्रेष्ठ हो, या फिर कोई अत्यन्त आत्मीय व्यक्ति हो?...

कुन्ती ने स्वयं ही स्वीकृति में सिर हिलाया, "आप?"

वह सहज रूप से मुस्कुराया, "नहीं पहचाना न? मैं जानता था। मैं हूँ अक्रूर!"

कुन्ती की मुद्रा सहसा ही परिवर्तित हो गयी : वह जैसे स्मृति-दर्पण पर से समय की धूलि को झाड़ रही थी। और क्रमशः उसकी आँखों के सम्मुख उस अधेड़ श्मश्रुमान चेहरे के भीतर से एक परिचित तरुण चेहरा झाँकने लगा। कुन्ती जैसे टूट कर, अक्रूर के कण्ठ से जा लगी, "हाय! मैं पहचान क्यों नहीं पायी!"

और फिर कुन्ती स्वयं नहीं समझ सकी कि उसके मन की क्या स्थिति हुई कि उसकी आँखों में अश्रु आ गये, उसका कण्ठ भर्रा गया। वह बिना एक भी शब्द बोले, चुपचाप अक्रूर के कण्ठ से लग कर अश्रु बहाती रही और उसे लगा कि उसने इतना बड़ा सुख सारे जीवन में कभी नहीं जाना!

अक्रूर का मुस्कुराता हुआ कौतुकी चेहरा भी जैसे गम्भीर हो गया और उसकी आँखें भर आयीं। वह किंकर्तव्यविमूढ़-सा कुन्ती को कण्ठ से लगाए, अपनी अश्रुपूरित धुँधली आँखों से, अवाक् खड़े पाण्डवों को देखता रहा...अन्ततः उसने स्वयं को सँभाला। अश्रु पोंछे। कुन्ती के कन्धों को स्नेहोन्मत्त कोमल हाथों से थपथपाया; और जैसे फुस-फुसा कर बोला, "तू तो अब भी वैसी ही बावली पृथा है। सम्राज्ञी और राजमाता की गरिमा और गम्भीरता तो तुममें आयी ही नहीं!"

कुन्ती के मन में जैसे कोई चपल बालिका किलक उठी, जो कहना चाहती थी, 'हाँ! मैं तो हूँ ही बावली! तुम तो बड़े सयाने हो न!' किन्तु उसके धैर्य ने जैसे उस किलक को दबा लिया। उसने स्वयं को स्मरण कराया : 'बावली ही तो हो रही थी वह! इतने वर्षों के अन्तराल के पश्चात उसका भाई घर आया था और वह उसके स्वागत में एक शब्द भी न कह कर, रोये जा रही थी।'...

कुन्ती को लगा : वह इस समय जैसे एक ही साथ दो-दो धरातलों पर जी रही थी। उसके मन में वर्षों पुरानी किलकती हुई चपल बालिका जाग उठी थी, और वह अपने पुराने ढंग से व्यवहार करना चाहती थी। वह कहना चाहती थी, 'अक्रूर भैया! यह किसकी श्मश्रु अपने चेहरे पर चिपका आये हो? उतारो इसको।' और वह दाढ़ी को पकड़ कर, उस चेहरे से खींच लेना चाहती थी, जैसे वह सचमुच ही, गोंद से चिपकी हुई हो।...या शायद उसके कण्ठ में अपनी बाँहें डाल, झूल जाना चाहती थी, भूमि पर अपने पैर पटक-पटक कर हठ करना चाहती थी कि वह ऐसे ही कण्ठ में लटके-लटके, उसे गोल-गोल घुमाये।...और दूसरी ओर वह एक प्रोढ़ महिला के समान मर्यादित व्यवहार करना चाहती थी। उसके विवाह के पश्चात, आज पहली बार, उसके मायके से कोई उसके घर आया था।...वह भी उसका एक ऐसा भाई, जिसके साथ अपना सारा शैशव उसने चपल क्रीड़ाओं में बिताया था; जो सदा उसे स्मरण कराता रहता था कि वह उससे अवस्था में बड़ा था, इसलिए कुन्ती को चाहिए कि उसे 'भैया' कहे और उसका सम्मान करे।...और कुन्ती सदा ही उसके बड़े होने

की गरिमा, मर्यादा और अधिकार का तिरस्कार करती रही थी।...आज वह सचमुच ही बड़ा और गम्भीर हो कर, उसके सम्मुख आया था—इतनी बड़ी श्वेत श्मश्रु ले कर, ताकि आज तो कुन्ती उसे बड़ा मान ही ले।

कुन्ती ने स्वयं को सायास पृथक किया और अपने अश्रु पोंछ, प्रयत्नपूर्वक स्वयं को संयत कर, अपने पुत्रों से बोली, "इन्हें प्रणाम करो पुत्र! यह श्वफल्कपुत्र अक्रूर हैं—तुम्हारे मातुल!"

पाण्डवों ने अक्रूर को प्रणाम किया और युधिष्ठिर ने आगे बढ़, हाथ जोड़ कर कहा, "भीतर पधारें मातुल! हमें क्षमा करें! आपको पहचान न पाने के कारण, इतनी देर तक आपको बाहर ही खड़े रखा। पधारें।"

अक्रूर ने भीतर जाते हुए, पीछे मुड़ कर सारथि से कहा, "अश्वों को खोल दो सारथि! तुम भी विश्राम करो।"

कुन्ती को लगा, वह अब तक अपने-आपको संयत नहीं कर पायी है; किन्तु अब उसे इसकी चिन्ता नहीं थी। जिस शालीनता और सम्मान से युधिष्ठिर, अपने मातुल को घर के भीतर ले आया था और पाँचों भाइयों ने यथा आवश्यकता, सब कुछ सँभाल लिया था, उससे कुन्ती को यह तो लग ही नहीं रहा था कि अब वह परिवार की प्रमुख है, और सब कुछ उसके किये ही होगा।...उसके पुत्र अब सचमुच बड़े हो गये थे; और जिस युधिष्ठिर से यह अपेक्षा की जा रही थी कि वह सारे कुरु-साम्राज्य को सँभालेगा, वह क्या अपने एक छोटे-से घर को नहीं सँभाल पायेगा...

कुन्ती आज अपने-आपको समझ नहीं पा रही थी। जाने आज उसके मन की कौन-सी पीड़ा जाग उठी थी और अश्रुओं का कौन-सा स्रोत खुल गया था। उसकी इच्छा हो रही थी कि यदि वह अक्रूर के कण्ठ से लग कर नहीं रो सकती, तो उसके सामने बैठ कर, जी भर कर रोये।...उसे स्वयं ही अपने ऊपर आश्चर्य हो रहा था कि उसे क्या हो गया था। इतनी विह्वल तो वह तब भी नहीं हुई थी, जब पाण्डु ने विवाह के तत्काल पश्चात उसकी उपेक्षा करनी आरम्भ कर दी थी। इतनी विह्वल तो वह तब भी नहीं हुई थी, जब उसके पति का देहान्त हो गया था और अपने इन छोटे-छोटे पुत्रों को हृदय से लगाए, हताशा और दुख के असह्य बोझ से दबी प्रश्नवाचक दृष्टि से आकाश की ओर देख रही थी—विधाता! मेरा और मेरे इन पुत्रों का क्या होगा?

आज तक न उसे रोने का अवकाश ही मिला था और न सुविधा ही। सबको रोने की सुविधा कहाँ होती है।...इतने वर्षों के पश्चात आज उसे अपने भाई का कन्धा दिखायी पड़ा था, जिस पर माथा टिका कर वह रो सकती थी। इतने वर्षों के पश्चात उसे कोई, अपना इतना आत्मीय मिला था, जिसके सम्मुख वह निःशंक भाव से अपने दुख कह सकती थी। यह व्यक्ति उन लोगों

के मध्य से आया था, जो उसके अपने थे, जो सामर्थ्यवान थे; और जो उसकी सहायता कर सकते थे...

"कैसे हो भैया?" अन्ततः उसने पूछा।

"विधाता का धन्यवाद! तुम कुछ बोलीं तो! मैं समझ नहीं पा रहा था कि तुम मूक हो या अवाक्!" अक्रूर मुस्कुराया, "तुम कैसी हो पृथा?"

कुन्ती का मन फिर भर आया : आज उसके घर, उसे 'पृथा' कहने वाला कोई आया था। वह तो जैसे भूल ही गयी थी कि वह कभी पृथा भी हुआ करती थी। उसका संयम जैसे चुक गया या शायद भावनाओं के आवेश ने उसके विवेक का अंकुश मानने से इनकार कर दिया, "मैं तो उस हरिणी के समान हूँ भैया! जो नृशंस भेड़ियों के मध्य घिर गयी हो। मेरे ये पितृहीन बालक आज तक अपना स्वत्व न पा सके। शत्रुओं के बीच घिरी ऐसी शोकाकुल हूँ; किन्तु किसी से कह भी नहीं सकती कि वे लोग मेरे बन्धु-परिजन नहीं, हत्यारे हैं।" कुन्ती का स्वर करुण होता गया, "तुम सब लोग अपने संकटों में घिरे थे। पिता कुन्तीभोज स्वयं को सर्वथा असहाय पा रहे थे। मैं किसके सम्मुख रोती? कहाँ जाती मैं सहायता के लिए?..."

अक्रूर अपने स्थान से उठ कर कुन्ती के निकट आ गया, "चिन्ता मत करो बहन! विपत्ति-काल समाप्त हुआ। कंस का वध हुआ। यादव अब स्वतन्त्र और समर्थ हैं। बहुत सहा है यादवों ने; और उनसे अधिक सहन किया है, वसुदेव तथा देवकी ने। किन्तु अब हमारे सम्मुख उज्ज्वल भविष्य है। कृष्ण और बलराम के नेतृत्व में हम जरासन्ध को पराजित कर चुके हैं।..."

"पर मैंने तो सुना है कि जरासन्ध यादवों के विरुद्ध, उनके शत्रुओं को संगठित करता फिर रहा है।" कुन्ती कुछ स्वस्थ स्वर में बोली।

"हाँ! किन्तु हम भी असमर्थ नहीं हैं। कृष्ण कहता है कि हम अपने मन में प्रतिहिंसा न रखें, किन्तु धर्म और न्याय के शत्रुओं के विरुद्ध हम भी संगठित हों। असहायों की रक्षा करें...।"

"क्या भैया वसुदेव मुझे स्मरण करते हैं?" सहसा कुन्ती ने पूछा।

इस बार अक्रूर का स्वर जैसे उल्लास से ऊँचा हो आया, "वसुदेव तो स्मरण करते ही हैं, मुझे तो वासुदेव कृष्ण ने कहा था..."

"क्या?" कुन्ती ने पूछा।

"कृष्ण ने कहा, 'काका! आप पाण्डवों का कुशल-मंगल जानने के लिए हस्तिनापुर जाइये। मैंने सुना है कि वहाँ वे सुखी नहीं हैं। सुखी होंगे भी कैसे। धृतराष्ट्र एक तो अन्धे हैं और दूसरे उनमें मनोबल की बहुत कमी है। उनका पुत्र दुर्योधन दुष्ट है और धृतराष्ट्र अपने पुत्र के अधीन हैं। आप बुआ और उनके पुत्रों की स्थिति देख आइये। फिर हम ऐसा कुछ करें, जिससे हमारे सुहृदों को सुख मिले।'"

"यह सब कहा कृष्ण ने?" कुन्ती चकित थी, "कहाँ से मालूम हो गया, कृष्ण को यह सब?"

"यह कहना तो कठिन है बहन!" अक्रूर ने कहा, "मैं तो इतना ही जानता हूँ कि मुझे सदा यही लगा है कि कृष्ण सब कुछ जानता है। उससे कुछ भी छिपा नहीं रहता।"

कुन्ती का मन अपने उस भतीजे के लिए स्नेह से आप्लावित हो उठा : कैसा है वह कृष्ण, जिसके विषय में अक्रूर भैया ऐसा कह रहे हैं।...

"मातुल!" सहसा युधिष्ठिर बोला, "मेरी अशिष्टता क्षमा करें, बड़ों के वार्तालाप में हस्तक्षेप कर रहा हूँ।"

"नहीं! ऐसी कोई बात नहीं ! तुम कहो पुत्र!" अक्रूर ने अपनी दृष्टि युधिष्ठिर पर डाली, "अब तुम बालक नहीं हो। वयस्क हो। तुम्हें हस्तिनापुर का राज्य सँभालना है।" अक्रूर के अधरों पर एक मधुर मुस्कान आयी, "और कृष्ण तो तुमसे भी छोटा है। हम उससे परामर्श लेते हैं। उसके नेतृत्व को स्वीकार करते हैं। उसके आदेशों का पालन करते हैं।..."

"आप तो कृष्ण के अभिभूत लगते हैं मातुल!" भीम को भी वार्तालाप की प्रेरणा मिली, "क्या सचमुच कृष्ण इतना अद्‌भुत है?"

"मैं क्या कहूँ पुत्र! उसे तो जिसने भी देखा, अद्‌भुत ही पाया है।" अक्रूर ने कहा, "तुम क्या कह रहे थे युधिष्ठिर?"

"मातुल! मैं सोचता हूँ कि यादव तो स्वयं ही इतनी कठिनाइयों में फँसे हुए हैं, वे क्या हमारी कोई सहायता कर पायेंगे?" युधिष्ठिर चिन्तनशील स्वर में बोला, "मथुरा के भीतर भी कंस के समर्थक होंगे, वे कृष्ण और उसके समर्थकों को शान्ति से नहीं बैठने देंगे। फिर जरासन्ध है—वह चाहे यादवों से पराजित हो चुका है, किन्तु वह अपनी हार नहीं मानेगा। वह यादवों के विरुद्ध अपने मित्र राजाओं की सेनाएँ एकत्रित कर रहा है। मैंने सुना है कि वह कालयवन से भी सम्पर्क कर रहा है। बहुत सम्भव है कि अनेक लोग अपने निजी कारणों से स्वयं जरासन्ध के सहायक हो जायें। दुर्योधन भी उनमें से एक हो सकता है। इतने शत्रुओं के होते हुए क्या कृष्ण के पास इतना समय होगा कि वह हमारी ओर ध्यान दे और हमारी सहायता कर अपने शत्रुओं में और वृद्धि करे। हमारी सहायता करने पर पंचाल तथा गन्धार भी यादवों के शत्रु हो जायेंगे...शायद सिन्धु-सौवीर भी...।"

युधिष्ठिर रुक गया। उसने दृष्टि उठा कर अक्रूर को देखा : क्या प्रतिक्रिया है अक्रूर की?...

किन्तु अक्रूर ने तत्काल न कोई उत्तर दिया, न प्रतिक्रिया व्यक्त की। वह आत्मलीन-सा, भाव-शून्य दृष्टि से युधिष्ठिर को देखता रहा।

थोड़ी देर के पश्चात अक्रूर ने स्वयं ही कहा, "मैं प्रसन्न हूँ पुत्र! कि तुमने यह

सब सोचा। मुझे लगता है कि तुमने मात्र एक प्रश्न नहीं पूछा है। तुम्हारी बातों में अनेक प्रश्न एक-दूसरे से उलझे हुए हैं। जैसे-जैसे हम उन्हें सुलझाएँगे, हमारे हाथ नये-से-नये प्रश्न लगेंगे और उनमें से प्रत्येक का उत्तर देते हुए, मुझे कृष्ण के विषय में बहुत कुछ बताना पड़ेगा। और मुझे लगता है कि मैं कृष्ण के विषय में तुम्हें जितना अधिक बताऊँगा, तुम उसे उतना ही अद्‌भुत पाओगे।"

अक्रूर की बात का किसी ने कोई उत्तर नहीं दिया, किन्तु उसने देखा कि पाँचों भाई सुनने की उत्सुकता में उसके कुछ और निकट खिसक आये हैं।

"जहाँ तक कृष्ण का प्रश्न है, वह उन सबकी सहायता कर सकता है, जिनको उसकी सहायता की आवश्यकता है।..."

"कृष्ण के संकल्प के विषय में मुझे कोई शंका नहीं है मातुल!" युधिष्ठिर बोला, "मैं तो समय और साधनों की बात कर रहा था।"

"मैं भी उसी अर्थ में कह रहा हूँ पुत्र! कि कृष्ण अक्षय है। उसके पास उन सबके लिए समय है, जिसको उसके समय की आवश्यकता है। और जहाँ तक साधनों की बात है, उन्हें एकत्रित, संचित अथवा उत्पन्न कर लेने में कृष्ण को कभी कोई कठिनाई नहीं होती।..."

"ऐसा कैसे सम्भव है?" अर्जुन समझ नहीं पाया कि यह उसकी जिज्ञासा मात्र थी अथवा आपत्ति!

"कैसे सम्भव है, यह मैं नहीं जानता, किन्तु ऐसा ही है।" अक्रूर ने बहुत सहज भाव से कहा, "कृष्ण मानता है कि संसार में कुछ भी असम्भव नहीं है। हमें केवल उसके अनुकूल, उसी अनुपात में कर्म करना होता है। और उस कर्म का फल अवश्य मिलता है।"

"कर्म का फल मिलता है?" भीम ने अत्यन्त आश्चर्य से कहा, "हमें तो कभी नहीं मिला। मुझे तो सदा ही लगता है कि कर्म हम करते हैं और फल कोई और ही खा जाता है।"

"तुम कृष्ण से मिलो तो अवश्य पूछना कि तुम्हारे कर्मों का फल कौन खा जाता है।" अक्रूर सहज ही मुस्कुरा पड़ा, "सम्भव है कि मैं तुम्हारी सारी शंकाओं का समाधान न कर पाऊँ; किन्तु कृष्ण की बातों से इतना मैं अवश्य समझ गया हूँ कि प्रकृति में अनियमितता नहीं है। प्रकृति के अपने नियम हैं। वह उन्हीं नियमों पर चलती है। उसकी ओर से हमारी क्रिया की प्रतिक्रिया अवश्य होती है। कृष्ण कहता है कि यदि हमें लगता है कि हमारे कर्म का फल हमें नहीं मिल रहा, तो इसका कहीं यह अर्थ नहीं है कि प्रकृति अन्याय कर रही है। इसका अर्थ मात्र इतना ही है कि या तो हम प्रकृति के नियमों से अनभिज्ञ हैं अथवा हमारी विश्लेषण दृष्टि में कहीं कोई भ्रम है।"

"ऐसा कहता है कृष्ण?" कुन्ती चकित थी, "अनास्था के इस युग में ऐसी आस्था?"

"हाँ पृथा! इसलिए कृष्ण कहता है कि हमारी अकर्म में प्रीति नहीं होनी चाहिए।" अक्रूर बोला, "यदि जरासन्ध हमारे शत्रुओं को संगठित कर रहा है, तो हम जरासन्ध के शत्रुओं को संगठित कर सकते हैं। जो मार्ग उसके लिए खुला है, वह मार्ग हमारे लिए भी खुला है।..."

"तो फिर जरासन्ध और कृष्ण में अन्तर ही क्या हुआ?" युधिष्ठिर बोला, "मैंने तो कभी नहीं सोचा था कि दुर्योधन के सारे मार्ग मेरे लिए भी खुले हैं।"

अक्रूर ने अचकचा कर युधिष्ठिर की ओर देखा; किन्तु उसकी दृष्टि में कोई विपरीत भाव नहीं था। उसमें कुछ विस्मय और कुछ प्रसन्नता थी, "मुझे प्रसन्नता है पुत्र! कि तुम किसी का नायकत्व आँखें मूँद कर स्वीकार नहीं कर रहे। मात्र परिजन होने के कारण, किसी को अपना सुहृद अथवा न्यायी नहीं मान रहे।..."

युधिष्ठिर ने ग्लानि से, सबसे आँखें चुरा कर, अपना मस्तक झुका लिया, जैसे उससे बड़ी भूल हो गयी हो।

"क्या हुआ वत्स?" कुन्ती ने चौंक कर पूछा, "ऐसे निढाल क्यों हो गये तुम?"

"कुछ नहीं माँ! मुझे लगा कि या तो मेरे चिन्तन में ही कोई भ्रम है या मेरे शब्दों का चयन ठीक नहीं है। मैं वह सब नहीं कह रहा था, जो अर्थ मातुल तक सम्प्रेषित हुआ। कृष्ण हमारा परिजन तो है ही, सुहृद भी है—नहीं तो वह मातुल को हमारे पास क्यों भेजता! उसके नेतृत्व को स्वीकार करने में मुझे क्या आपत्ति हो सकती है। श्रेष्ठतर व्यक्ति का नायकत्व करना ही चाहिए।...माँ! मैं तो केवल जानना चाह रहा था...।"

"निश्चिन्त रहो पुत्र! मैंने तुम्हें गष्लत नहीं समझा! तुम्हारे शब्दों का अन्य अर्थ करके भी मैंने तुम्हें प्रशंसा के योग्य पाया।" अक्रूर ने युधिष्ठिर का कन्धा थपथपाया, "मैं स्वयं तुम्हें जरासन्ध और कृष्ण का अन्तर समझाना चाह रहा था। इस विवाद में कृष्ण के गुण-ही-गुण प्रकट होते हैं; और हम यादवों को कृष्ण के गुणों का गान करने का रोग है। अभी नये-नये परिचित हुए हैं न उससे। इसलिए उसकी युक्तियाँ, कर्म तथा विचार अद्‍भुत लगते हैं हमें।" अक्रूर ने रुक कर उनकी ओर देखा, "देखो! जरासन्ध की ही नीति पर चलने वाला उसका प्रतिनिधि था, उसका जामाता—कंस! कंस के शासन में यादवों का कोई मित्र नहीं था—बस शत्रु-ही-शत्रु थे। जो कंस के मित्र थे, वे भी यादवों के शत्रु ही थे—क्योंकि स्वयं कंस भी तो यादवों का शत्रु ही था। हम सब यह अनुभव करते थे कि हम बन्दी हैं—दुष्ट नियमों के बन्दी, राजा के आतंक के बन्दी। न कोई खुल कर हँस सकता था, न रो सकता था। न प्यार प्रकट कर सकता था, न घृणा। जहाँ उग्रसेन बन्दी हो गये, वसुदेव बन्दी हो गये, वहाँ और कौन स्वतन्त्र रह सकता था।..."

"क्यों? आप तो स्वतन्त्र थे।" भीम उच्छृंखल स्वर में हँसा, "प्रासाद में रहते थे, राजसभा में आते-जाते थे। राजपुरुष की महत्ता प्राप्त थी आपको।... मैं तो आपके

भाग्य से ईर्ष्या कर रहा हूँ मातुल! तब आप कंस के प्रतिनिधि थे और अब कृष्ण के। राज्य-परिवर्तन के पश्चात अपने पद पर बने रहने वाले बहुत भाग्यशाली होते हैं।"

"भीम!" कुन्ती ने कहा।

"तुमने देर से टोका माँ!" भीम हँसा, "मैं तो आपनी बात कह भी चुका।"

"अच्छा किया पुत्र! तुमने अपनी बात कह डाली।" अक्रूर हँसा, "इससे मुझे यह भी मालूम हो जायेगा, कि लोग मेरे विषय में क्या सोचते हैं।...और...।" अक्रूर ने रुकते-रुकते कहा, "हमने यह भी कृष्ण से ही सीखा है कि अपने विरुद्ध कही गयी बात को पूरे ध्यान से ही नहीं, पूरे सम्मान के साथ सुनो! हो सकता है कि उससे तुम्हें अपनी भूल समझने में सहायता मिले।...इसलिए पुत्र! यदि तुमने सचमुच मेरे भाग्य को सराहा है, तो कोई बात नहीं; किन्तु यदि इसे मेरी धूर्त राजनीति मान कर मेरा उपहास किया है, तो अपने सम्मान की रक्षा के लिए कुछ कहना चाहूँगा।" उसने रुक कर जैसे उन पाँचों भाइयों को अपनी आँखों में तौला, "तुम्हारे काका विदुर आज धृतराष्ट्र की सभा में महामन्त्री हैं, सारे राजसी सुख-सम्मान उन्हें भी प्राप्त होंगे। कल जब युधिष्ठिर युवराज हो जायेगा, या राजा ही बन जायेगा, तो क्या तुम विदुर को अपदस्थ कर दोगे? या उनके महामन्त्री बने रहने पर उन्हें धूर्त मानोगे?"

"मुझे क्षमा करें मातुल! काका विदुर आपके रक्षक बन कर आ गये।" भीम ने अट्टहास किया; किन्तु सब समझ रहे थे कि इस बार वह अक्रूर पर नहीं, अपनी मूर्खता पर हँस रहा था।

"पृथा! तेरा यह पुत्र तो पूरा भोलेनाथ है।" अक्रूर ने कहा, "मैं जब कंस की सभा में था, तो तनिक भी प्रसन्न नहीं था। मुझे लगता था कि वसुदेव कंस के कारागार में बन्दी था और मैं कंस की राजसभा में।" "समझ रहा हूँ मातुल!" युधिष्ठिर की मुद्रा ज्ञान के प्रकाश से उल्लसित हो आयी थी।

"दूसरी बात सुनो," अक्रूर ने पुनः कहा, "जरासन्ध के तथाकथित मित्रों—दामघोष, भीष्मक, शाल्व, दन्तवक्त्र...इनमें से किसी से पूछो कि उन्हें जरासन्ध की इच्छा के विरुद्ध कोई भी कार्य करने की स्वतन्त्रता है? नहीं! जरासन्ध किसी को व्यक्तिगत स्वतन्त्रता का अधिकार नहीं देता! स्वतन्त्र चिन्तन का अवकाश नहीं है वहाँ। वे उसके मित्र नहीं, अधीनस्थ कर्मचारी हैं—वरन दास हैं, दास! कृष्ण यह मानता है कि कर्म स्वार्थ से नहीं, धर्म से प्रेरित होना चाहिए; और जब कर्म, धर्म से प्रेरित होगा, तो हमें उसके फल की चिन्ता नहीं करनी चाहिए। कर्म निष्काम होना चाहिए, सकाम नहीं!"

"निष्काम कर्म का क्या अर्थ हुआ?" सहदेव ने पूछा।

"क्या अर्थ हुआ, यह तो कृष्ण से पूछना; किन्तु जो मैं समझ पाया हूँ, वह इतना ही है कि जब कृष्ण ने कंस की रंगशाला में यह पाया कि कंस ने उसके वध

की व्यवस्था कर रखी है, तो उस समय उसका धर्मसंगत कर्म आत्म-रक्षा ही है। आत्मरक्षा के लिए आवश्यक है कि वह मृत्यु के सारे उपकरणों को नष्ट कर दे और उन उपकरणों के नियन्त्रक का वध कर दे। इसलिए उन दोनों भाइयों ने कुवलयापीड़ हाथी तथा मुष्टिक और चाणूक मल्लों को मार डाला; अन्ततः इस मृत्यु-यन्त्र के सर्जक कंस की भी उन्होंने हत्या कर दी।" अक्रूर ने उनकी ओर देखा, "तुमने देखा पुत्र! कृष्ण के कर्म का फल शुभ ही हुआ। यदि उस समय कृष्ण यह सोचता कि कंस का विरोध करने से, वह रुष्ट हो जायेगा, उसे तथा उसके सम्बन्धियों को कष्ट देगा—तो वह यह अद्भुत कर्म नहीं कर पाता।..." अक्रूर रुक गया।

"क्या सोचते हैं मातुल?" सहदेव ने धीरे से पूछा, "आप रुक क्यों गये?"

"सोचता हूँ पुत्र! कि अधर्म पर चलने वाले लोग, कृष्ण के मित्र नहीं हो सकते और धर्माचरण करने वाला कोई उसका शत्रु क्यों होगा?" अक्रूर हँसा, "कृष्ण कहता है कि जो सत्य है, वह नष्ट नहीं हो सकता; और जो असत्य है, उसका कोई अस्तित्व ही नहीं है। इसलिए चिन्ता छोड़ो, कर्म करो!"

कुछ क्षणों के लिए वहाँ मौन छा गया; और फिर सहसा कुन्ती बोली, "चलो अब बस करो। बहुत बातें हो लीं। मातुल लम्बी यात्रा से आये हैं। उन्हें कुछ विश्राम भी करने दोगे या नहीं!...हाँ, उनका कुछ सत्कार भी तो नहीं किया हमने..."

भीष्म राजसभा से लौट कर अभी थोड़ा विश्राम भी नहीं कर पाये थे कि द्वारपाल ने युवराज युधिष्ठिर के आने का समाचार दिया।

भीष्म को प्रसन्नता के साथ-साथ आश्चर्य भी हुआ। लगता है कि राजसभा से निकल कर युधिष्ठिर सीधा इधर ही आ गया है।

"आओ वत्स!" उन्होंने उसका स्वागत किया, "बैठो!"

"पितामह!" युधिष्ठिर ने उनके चरणों को स्पर्श किया, "मुझे आशीर्वाद दें, मैं धर्म से कभी पीछे न हटूँ!"

"इस पृथ्वी पर तुम्हें छोड़ कर धर्म का दूसरा निवास ही कहाँ मिलेगा पुत्र!" भीष्म बोले, "आशीर्वाद तो बड़ा साधारण शब्द है। आज मेरे रोम-रोम से जैसे कोई सूक्ष्म प्रेरणा निकल-निकल कर तुम्हारी ओर प्रवाहित हो रही है। मेरा हृदय, मेरी आत्मा, मेरा धर्म, मेरी कामनाएँ—सब तुम्हारी ही ओर प्रवृत्त हैं पुत्र! तुम्हें कैसे बताऊँ कि आज मैं कितना प्रसन्न हूँ।" भीष्म की आँखें सजल हो उठीं, "मेरी वर्षों की साध आज पूरी हुई। आज मैं पूर्णकाम हुआ हूँ!..."

पितामह कि गद्गद स्थिति को देख कर युधिष्ठिर कुछ कह नहीं पाया। बस अवाक् उन्हें देखता रह गया।

"संसार में अधिकार प्राप्त करना बहुत कठिन है पुत्र!" भीष्म ने स्वयं को सँभाल कर स्वतः ही कहा, "आधिपत्य जमाने वाली शक्तियाँ इतनी अधिक हैं इस संसार में कि चारों ओर केवल अधिग्रहण ही है, अधिकार नहीं!..."

युधिष्ठिर ने चौंक कर भीष्म की ओर देखा : क्या पितामह आज अपने अतीत पर दृष्टिपात कर रहे हैं?

किन्तु भीष्म ने उसे तनिक भी सोचने नहीं दिया। वे बोले, "तुम्हें आज अपना अधिकार मिला है, यह हस्तिनापुर की प्रजा का सौभाग्य है। किन्तु इसे बनाये रखना कठिन होता है पुत्र! बहुत कठिन!"

"अब क्या कठिनाई है पितामह?" युधिष्ठिर ने एक अत्यन्त अबोध बालक की मुद्रा में पूछा।

"कठिनाई!" एक शब्द कह कर भीष्म जैसे आत्मलीन हो गये; और फिर स्वयं ही सजग हो कर बोले, "आधिपत्य और अधिग्रहण के भाग बाँटने के लिए अनेक स्वार्थी सहायक मिल जाते हैं; किन्तु अधिकार तो सत्य पक्ष का नाम है पुत्र! वह तो धर्म का दूसरा रूप है। उसका प्रयोग अन्याय और अत्याचार के रूप में नहीं होता। इसलिए वह कर्तव्य बन जाता है। समझ रहे हो पुत्र!" उन्होंने युधिष्ठिर की ओर देखा, "तुम्हारा अधिकार असहाय, पीड़ित, दमित तथा शोषित प्रजा का कवच बन जायेगा। तुम्हारा कर्तव्य होगा कि तुम उनकी रक्षा करो, उनका पालन करो।..."

"तो इसमें आप संशय न करें पितामह!" युधिष्ठिर बोला, "आप आशीर्वाद दें कि मेरा अधिकार, मुझे अपने कर्तव्य के रूप में ही स्मरण रहे।"

"मुझे संशय तुम्हारी ओर से नहीं है पुत्र!" भीष्म बोले, "संशय मुझे उन लोगों की ओर से है, जो प्रजा को अपना ग्रास समझ, उसका भक्षण करना चाहते हैं। अधिकार और अधिग्रहण में भयंकर वैर है पुत्र! अधिग्रहण की शक्तियाँ क्यों चाहेंगी कि तुम्हारा अधिकार, उनका मार्ग रोके! वे सब तुम्हारे विरुद्ध संगठित होंगे।"

"तो कठिनाई क्या है पितामह!" युधिष्ठिर बोला, "हम भी संगठित हो सकते हैं।"

"हो सको तो अच्छा।" भीष्म बोले, "किन्तु आज तक देखा यही गया है कि अनधिकार ही संगठित होता है। अधिकार तो सदा ही एकाकी रह जाता है।"

"क्यों पितामह?"

"क्योंकि अधिकारी जानता है कि वह स्वामी नहीं, मात्र रक्षक है। मन के लोभ को नियन्त्रित कर रक्षक तथा पालक बनना बहुत कठिन होता है पुत्र! लोभी मन स्वामी बन जाना चाहता है, ताकि वह प्रजा का भोग कर सके।..."

"मैं प्रयत्न करूँगा पितामह! कि मैं 'अधिकार' का वास्तविक रूप ही ग्रहण करूँ। मैं प्रजा का रक्षक बनूँ। उसकी समृद्धि में अपनी समृद्धि को पहचान प्रजा के सर्वांगीण विकास का मार्ग चुनूँ! प्रजा को वंचित कर, अपनी समृद्धि की अट्टालिका का निर्माण न करूँ।"

"विधाता तुम्हारे शब्दों को कर्म में परिणत करे।" भीष्म ने अपना हाथ, युधिष्ठिर के मस्तक पर रख दिया।

कक्ष से निकल कर युधिष्ठिर बाहर चला गया और भीष्म जैसे आत्मलीन-से खड़े सोचते ही रह गये : क्या उनके शब्द, कृष्ण की बातों की ही प्रतिध्वनि मात्र नहीं थे?...

19

पाण्डवों को वारणावत ले जाने के लिए हस्तिनापुर का कदाचित् सबसे भव्य और सबसे अधिक सुसज्जित रथ आया था। किसी का इतना सम्मान तो महाराज की विशेष कृपा होने पर ही होता है। इतनी भव्य विदाई की कल्पना स्वयं पाण्डवों ने भी अपने लिए कभी नहीं की थी। दासियों ने मार्ग में पुष्प बिखेरे। राजकन्याओं ने अटारियों से पुष्प-वर्षा की। मार्ग के दोनों ओर सुसज्जित अश्वारोही खड़े थे। उनके पीछे हस्तिनापुर की अपार जनता थी। युवराज युधिष्ठिर, महावीर भीम, महान धनुर्धर अर्जुन, अश्व-विद्या के आचार्य नकुल, महान खड्गधर सहदेव तथा करुणामयी माता कुन्ती के जय-जयकार के उद्घोष हस्तिनापुर के आकाश को प्रकम्पित कर रहे थे।

कुन्ती अपने पुत्रों के साथ जा कर महाराज धृतराष्ट्र और महारानी गान्धारी से विदा ले आयी थी। उसने एक बार अश्रुभरी आँखों से हस्तिनापुर के राजप्रासाद को देखा था। वह आज दूसरी बार यहाँ से निष्कासित हो रही थी।... वह नहीं जानती थी कि अब पुनः यहाँ प्रवेश मिलेगा भी या नहीं। विचित्र बात थी जो स्वामी थे, वे अतिथि के समान विदा हो रहे थे; और जिन्होंने बलात् आधिपत्य जमा रखा था, वे स्वामी थे, वे स्वामी के समान, उन्हें विदा कर रहे थे।... और कितने प्रसन्न थे वे उन्हें विदा करते हुए!...

भीष्म ने उन्हें भारी मन से विदा किया था। युधिष्ठिर समझ नहीं पाया कि वे इतने उदास क्यों थे। यदि वे उन्हें वारणावत नहीं भेजना चाहते थे, तो पितामह ने उन्हें रोका क्यों नहीं? उन्होंने कोई विशेष बात भी नहीं की थी। आशीष के रूप में सिर पर हाथ रखा, उदास आँखों से उन्हें निहारा और कहा, "सुखी रहो पुत्रो।..." जैसे उन्हें यह सब अपनी इच्छा से विरुद्ध करना पड़ रहा हो। उन्हें अपनी इच्छा के विरुद्ध कार्य करने को कौन बाध्य कर सकता था? कौन बाध्य कर रहा था?...

दुर्योधन, दुःशासन और शकुनि भी उन्हें विदा करने आये थे। उनके मंत्री भी थे; किन्तु दुर्योधन का प्रिय पुरोचन दिखायी नहीं दे रहा था।

"आज पुरोचन तुम्हारे साथ नहीं है?" युधिष्ठिर ने दुर्योधन से पूछा।

"ओह! उसे मैंने तुम्हारी अगवानी के लिए वारणावत भेज दिया है।" वह बोला, "वहाँ भी तो कोई होना चाहिए युवराज का स्वागत करने वाला, युवराज की असुविधाओं को दूर करने वाला।"

विदा करने आये लोग, एक-एक कर चले गये। नगर-द्वार के बाहर निकल कर, युधिष्ठिर ने साथ चले आते पुरवासियों को भी कह-सुन कर वापस लौटा दिया। एक विदुर ही वापस नहीं गये।

जब सब लोग लौट गये, तो विदुर ने धीरे से युधिष्ठिर से कहा, "पुत्र युधिष्ठिर! मैं अब तक केवल यही सोच रहा था कि तुम लोगों को हस्तिनापुर से इसलिए हटाया जा रहा है, क्योंकि पीछे, यहाँ कुछ घटित होना है।...किन्तु अब मुझे यह आभास होने लगा है कि यहाँ कुछ घटित होने के स्थान पर, वारणावत में घटित होने की सम्भावना अधिक है।...और यदि वारणावत में कुछ घटित हुआ, तो तुम दर्शक नहीं होगे उसके। घटना तुम्हारे साथ घटित हो सकती है।"

"हमारे साथ क्या घटित हो सकता है काका?" युधिष्ठिर ने आश्चर्य से पूछा।

"अभी क्या कह सकता हूँ पुत्र!" विदुर बोला, "मुझे पूर्ण सूचना नहीं है। प्रयत्न कर रहा हूँ। अनुमान यही है कि कोई दुर्घटना ही होगी। इसलिए अपनी रक्षा के लिए सदा सावधान रहना।..."

"काका! अब हम छोटे बच्चे नहीं रहे।" युधिष्ठिर कुछ उत्साह के साथ बोला, "हम पाँचों भाई एक साथ रहें, तो बड़े से बड़ा योद्धा भी हमारा कुछ नहीं बिगाड़ सकता।"

"मैं जानता हूँ पुत्र!" विदुर बोला, "इसलिए मुझे आशंका है कि तुम्हारे शत्रु तुम पर प्रत्यक्ष आक्रमण नहीं करेंगे। अपने पितामह को देख रहे हो न—कितने वीर हैं वे। उन्हें शस्त्रों से कोई पराजित कर सकता है? किन्तु षड्यन्त्रों को समझने और तोड़ने की क्षमता विकसित नहीं की कभी उन्होंने, इसलिए आजीवन निष्क्रिय किये रखा गया उन्हें—जैसे पक्षाघात रोगी को कर देता है। तुम्हें भी षड्यन्त्रों के प्रति सावधान रहना होगा पुत्र!"

युधिष्ठिर ने विदुर की ओर कुछ इस दृष्टि से देखा, जैसे वह विदुर का मंतव्य, पूर्णरूपेण समझ न पाया हो; और पूछ रहा हो कि और ऐसे कौन-से शस्त्र हो सकते हैं, जिनसे उनके लिए संकट दूर हो सकता है?

"तुम्हें स्मरण होगा कि प्रमाणकोटि में दुर्योधन ने भीम को विष दिया था और बाँध कर गंगा में फेंक दिया था। उस समय दुर्योधन अल्पवयस्क था और उसके सहायक भी कम थे। अब यदि वह कोई षड्यन्त्र रचेगा, तो वह अधिक जटिल, सूक्ष्म और भयंकर होगा।" विदुर ने रुक कर युधिष्ठिर को देखा, "तब दुर्योधन ने भीम के प्रति बहुत प्रेम दर्शाया था और उसने भीम को मोदक खिलाये थे। प्रमाणकोटि का निर्माण भी उसी ने करवाया था। अब अपने पिता के साथ मिल कर वह तुम सबसे प्रेम जता रहा है। तुम्हें विदा करने भी आया था; और वारणावत में तुम्हारे रहने के लिए भवन का जीर्णोद्धार कराने के लिए उसी का प्रिय मंत्री पुरोचन गया है। इन सब तथ्यों को ध्यान में रखते हुए, मैं निश्चिन्त नहीं रह सकता पुत्र! इसलिए तुमको कह रहा हूँ कि अपने इस प्रवास को मनोरंजन अथवा विहार की दृष्टि से न देख

कर, अपने लिए संकट की घड़ी ही समझो।" विदुर जैसे साँस लेने के लिए रुका, "भोजन में विष के प्रति सावधान रहो। स्थानीय लोगों में अपने विरुद्ध किये गये प्रचार के कारण, उनकी सम्भावित शत्रुता से सावधान रहो—चाहे वे तुम्हारी सुरक्षा के व्याज से ही तुम्हें घेर कर क्यों न खड़े हों। सारी व्यवस्था करने वाले पुरोचन से भी सावधान रहो—कभी-कभी सेवा के छद्म में भी अनिष्ट किया जाता है। भवन के भीतर रहो तो अग्नि से सावधान रहो, सरोवर अथवा सरिता के निकट जाओ तो जल से सावधान रहो। भवन को अग्निसात् किया जा सकता है, नौका को जल में डुबोया जा सकता है।..." विदुर ने पुनः युधिष्ठिर को देखा, "जहाँ तक मेरी बुद्धि कार्य करती है, वे लोग तुम पर शस्त्रास्त्रों से आक्रमण करने का दुस्साहस नहीं करेंगे। उसमें वे पराजित भी हो सकते हैं; और विजयी होने पर भी, उन पर हत्या का आरोप प्रमाणित हो सकता है। इसलिए वे दूसरी प्रकार के उपकरणों का प्रयोग करेंगे। विष, अग्नि तथा जल उसमें प्रमुख हैं।..." विदुर ने युधिष्ठिर के चेहरे को पढ़ा, "क्यों? चिन्तित हो गये क्या?"

"नहीं! चिन्तित क्या होना है!" युधिष्ठिर बोला, "किन्तु यह सोच रहा हूँ कि जब सारे परिवेश में मृत्यु की गन्ध फैली हो; इतने समर्थ और शक्तिशाली लोग हमारी हत्या करने पर तुले हों, तो हम कब तक उनसे अपनी रक्षा कर पायेंगे?"

"हताश मत होओ पुत्र!" विदुर बोला, "प्रकृति की व्यवस्था पर भरोसा रखो। इस सृष्टि में प्रत्येक जीव को अन्ततः नष्ट होना ही है; किन्तु अपनी आयु भर उसे जीवित रहने का पूर्ण अधिकार है, और प्रकृति ने उसकी रक्षा की भरपूर व्यवस्था भी कर रखी है। वन में सिंह, कुंजर तथा अजगर जैसे विशाल, बलवान तथा घातक पशुओं के विद्यमान होते हुए भी मूषक, शशक तथा कपोत जैसे लघु तथा अल्पबल वाले जीव, अपने पूर्ण समाज के साथ जीवित रहते हैं। उसके लिए आवश्यक होता है कि हम अपनी इन्द्रियों को अपने वश में रखें, धैर्य बनाये रखें; और उद्यम करते रहें।...जब दावाग्नि का प्रकोप होता है तो बड़े-बड़े वृक्ष तथा बड़े-बड़े बलवान पशु जल कर क्षार हो जाते हैं; किन्तु अपने उद्यम से बनाये गये गह्वर में छिपा मूषक पूर्णतः सुरक्षित रहता है। सदा सचेत और सजग रह कर, वन में विभिन्न मार्गों से सजग भाग कर अपने आश्रय में सुरक्षित पहुँच जाते हैं।" विदुर रुक गया।

सहसा युधिष्ठिर का ध्यान अपने परिवेश की ओर लौटा : माता और भाई रथ में बैठे उनकी प्रतीक्षा कर रहे थे; और वे लोग उनसे दूर खड़े परस्पर बातें करते जा रहे थे।

"काका! अब आप चलिए!" युधिष्ठिर बोला, "आपका सारथि भी प्रतीक्षा कर रहा है।"

"चलता हूँ पुत्र!" विदुर बोला, "सावधान रहना और धैर्य बनाये रखना। मैं यहाँ हूँ। प्रयत्न करूँगा कि तुमसे सम्पर्क बना रहे और जो कुछ सम्भव हो, तुम्हारे लिए करता रहूँ।"

"काका!" युधिष्ठिर धीरे से बोला।

"क्या बात है पुत्र?"

"मुझे कभी-कभी आपके लिए भी भय लगता है। कहीं वे लोग आपका कोई अनिष्ट न करें।"

"मेरी चिन्ता मत करो पुत्र! महाराज धृतराष्ट्र से मुझे कोई भय नहीं है। दुर्योधन मेरी हत्या का साहस नहीं करेगा। वैसे मुझसे उसको यह आशंका भी नहीं है कि मैं उसका राज्य छीन लूँगा। यह भय उसे केवल तुमसे ही है। वह तुम्हें मार्ग से हटाना चाहेगा। शेष लोगों से तो मात्र अधीनता-स्वीकृति की अपेक्षा है।" विदुर बोला, "वैसे भी मैं असावधान नहीं हूँ। मेरा तंत्र भी दुर्योधन के तंत्र से दुर्बल नहीं है। महामंत्री के रूप में शासन के कुछ साधन मेरे पास भी हैं।"

"महादेव आपकी रक्षा करें काका!"

विदुर ने स्नेहपूर्ण बोझिल हाथ से उसका कन्धा थपथपाया, "तुम युधिष्ठिर हो पुत्र! युद्ध में स्थिर। युद्ध किसी भी प्रकार का हो, संघर्ष कितना भी लम्बा हो; और उस संघर्ष का मूल्य चाहे कितना ही अधिक क्यों न चुकाना पड़े—तुम युद्ध से भागोगे नहीं!"

विदुर लौट गया, तो कुन्ती ने पूछा, "क्या बातें हुई विदुर से?"

युधिष्ठिर ने माँ के प्रश्न का उत्तर नहीं दिया। उसने सारथि की ओर देखा।

"चलूँ युवराज?" सारथि ने पूछा।

"तुम्हारा परिवार कहाँ है सारथि?"

"हस्तिनापुर में युवराज!"

"और तुम हमारे साथ वारणावत जाओगे। परिवार से तुम्हारा मिलन कब होगा?"

"जब आप लौट कर हस्तिनापुर आयेंगे युवराज!"

"नहीं! यह अन्याय है। हम वहाँ वर्ष-दो-वर्ष रह गये तो?" युधिष्ठिर बोला, "नहीं सारथि! तुम अपने परिवार के पास लौट जाओ।"

"मुझे राजकुमार दुर्योधन जीवित नहीं रहने देंगे।" सारथि बोला, "उन्होंने कहा था, मैं आपका साथ कभी न छोड़ूँ।"

"मैं तुम्हारी स्थिति समझता हूँ सारथि!" युधिष्ठिर के स्वर में स्नेह बहुत स्पष्ट था "मैं तुम्हें ऐसा कुछ भी करने को नहीं कह रहा, जिससे तुम्हारी हानि हो। तुम इस समय सीधे अपने घर जाओ। अपनी पत्नी और बच्चों को ले कर वारणावत आ जाओ, और हमारा सारथ्य करो। चाहो तो स्वतः स्वतन्त्र रूप से आ जाओ, अथवा हमारा सामान ले कर आने वाले छकड़ों के साथ आ जाना। दुर्योधन को इसमें क्या आपत्ति हो सकती है! और फिर उसे सूचना भी कैसे होगी? तुम हमारे साथ अकेले वारणावत में रहोगे, तो तुम्हारा मन उदास होगा। पत्नी और बच्चों की स्मृति तुम्हें

व्याकुल करेगी। इधर तुम्हारी पत्नी और बच्चे, तुम्हारे बिना असुविधा में रहेंगे। तुम उन्हें भी ले कर वारणावत आ जाओ। फिर चाहे हम वहाँ वर्ष-दो वर्ष रह भी जायें, तुम्हें और तुम्हारे परिवार को असुविधा नहीं होगी।..."

युधिष्ठिर को लगा, सारथि सहमत तो हो गया है; किन्तु अपने मुख से स्पष्टतः कुछ कह नहीं पा रहा।

"नकुल!" युधिष्ठिर ने कहा, "तुम वल्गा थाम लो।"

सारथि ने वल्गा नकुल को दे दी। युधिष्ठिर ने स्पष्ट देखा कि कृतज्ञता से सारथि की आँखें गीली हो गयी थीं। रथ से उतरते हुए वह बहुत धीरे से बोला, "आप बहुत कृपालु हैं युवराज! आप जैसा प्रजा-पालक पा कर हस्तिनापुर धन्य हुआ।"

"चलो नकुल!"

नकुल ने रथ हाँक दिया।

"विदुर से क्या बातें हुईं?" कुन्ती ने पुनः पूछा।

"सम्भावित षड्यन्त्रों से सावधान रहने के लिए कह रहे थे काका!"

"इसलिए तुमने सारथि को विदा कर दिया?"

"हाँ, माँ! यदि वह साथ रहता, तो हम खुल कर वार्तालाप भी नहीं कर पाते।"

"उचित ही किया पुत्र!" कुन्ती बोली, "तो क्या विदुर को किसी षड्यन्त्र की सूचना है?"

"ऐसा तो उन्होंने नहीं कहा; किन्तु अनुमान यही है। उनका विचार है कि हमें अकारण ही वारणावत नहीं भेजा जा रहा।"

"मैं तो पहले ही कह रहा था कि हमें वारणावत जाना स्पष्ट अस्वीकार कर देना चाहिए।" भीम बोला, "पर मेरी कोई सुने, तब न!"

"किन्तु मध्यम! अस्वीकार करने के लिए हमारे पास कोई आधार भी तो होना चाहिए।" सहदेव बोला, "वे हमें विहार के लिए वारणावत जैसे सुन्दर नगर में भेजें, और हम उत्तर में कहें कि आप षड्यन्त्र कर रहे हैं! क्या कहेंगे लोग हमें?"

"कहेंगे तुम्हारा सिर!" भीम झल्ला कर बोला, "नहीं जानते हम! बस, हमारी इच्छा!"

"भीम!" युधिष्ठिर बोला, "यदि हम वारणावत नहीं जायेंगे, तो षड्यन्त्रकारी चुप तो बैठेंगे नहीं! वे हस्तिनापुर में भी षड्यन्त्र रचेंगे। हाँ! तब उन्हें मालूम हो जायेगा कि हमें उनसे षड्यन्त्रों की आशंका है, अथवा हमें उसकी सूचना है। ऐसे में उनका प्रहार और भी गोपनीय और तीव्र होगा। दूसरी बात यह है कि कुलवृद्धों की आज्ञा की अवज्ञा का कलंक हम पर लगेगा और राजाज्ञा के उल्लंघन का आरोप भी।... अब हम वारणावत जा रहे हैं। हम सावधान हैं। हमें मालूम है कि कुछ-न-कुछ तो हो ही रहा है। काका भी खोज में लगे हैं। हमें सूचनाएँ मिलती रहेंगी; और हमारे शत्रु समझेंगे कि हम सर्वथा असावधान हैं। ऐसे में हम उनके षड्यन्त्र से बच भी

जायेंगे, उनका षड्यन्त्रकारी रूप भी प्रकट हो जायेगा; और लोगों की सहानुभूति भी हमारे ही साथ रहेगी।..."

"इतना विराट चक्र!" भीम भन्ना कर बोला, "सरल-सी बात है कि दुर्योधन हमारी हत्या का प्रयत्न कर रहा है। जब हमें यह ज्ञात है तो हम और किस प्रमाण की प्रतीक्षा में हैं? एक गदा मार कर उस नीच को मृत्यु की गोद में सुला देना चाहिए।"

"मध्यम!" अर्जुन धीरे से बोला, "इसलिए संसार पर बलवानों ने नहीं, बुद्धिमानों ने शासन किया है।"

"तो, तुम्हीं लोग कर लो शासन!" भीम रोषपूर्ण स्वर में बोला, "हस्तिनापुर से तो निष्कासित हो ही चुके हैं, अब देखना है कि वारणावत में क्या होता है।..."

रथ ने गति पकड़ी तो वे सब लोग या तो आत्मलीन हो गये, या फिर सरपट पीछे भागती हुई दृश्यावली में खो गये; किन्तु युधिष्ठिर का मन जैसे लौट-लौट कर हस्तिनापुर की ओर ही जा रहा था : वह आज तक दुर्योधन के मन को समझ नहीं पाया था। जो व्यक्ति अपने भाइयों से प्रेम नहीं कर सकता, वह जीवन में किसी और से प्रेम कैसे करेगा? और यदि जीवन में प्रेम ही नहीं है, तो जीवन का करना ही क्या है? जीवन मात्र भोग ही तो नहीं है। भोग तो आत्मक्षय है। प्रकृति चाहती है कि मनुष्य अपना कुछ क्षय तो करे, इसलिए उसने भोग की प्रवृत्ति गहरे में छिपा दी है। पर प्रकृति यह भी तो चाहती है कि मनुष्य अपना कुछ विकास भी करे। वह विकास क्या इसी प्रकार होगा? दुर्योधन के पास किस वस्तु का अभाव है? क्यों यह समझ नहीं पाता कि उसके पास सहस्रों की संख्या में गोधन हो, तो भी वह उतना ही दूध पी सकेगा, जितना वह एक गाय होने पर पियेगा। उसके पास एक सहस्र प्रासाद हों, तो भी वह उतने ही स्थान पर सो पायेगा, जितने स्थान पर वह एक कोठरी मात्र होने पर सोता...कैसा मनुष्य है वह? कैसा अभागा, जो प्रेम को नहीं समझता?...युधिष्ठिर को दुर्योधन दयनीय लगने लगा...जिस मनुष्य के जीवन में प्रेम नहीं है, स्नेह नहीं है, उसके जीवन में सुख हो कैसे सकता है? और जो सुखी नहीं हो सकता, वह तो दया का ही पात्र है...

दुर्योधन को इस मार्ग पर चलने से क्या कोई नहीं रोक सकता? पितृव्य धृतराष्ट्र उसे रोकना चाहेंगे नहीं, क्योंकि शायद वे भी उसी को सुख मानते हैं, जिसे दुर्योधन सुख मानता है।...पितामह?...किन्तु दुर्योधन शायद पितामह के निषेध को भी नहीं मानेगा। तो क्या पितामह उसे सीधे मार्ग पर लाने के लिए बल-प्रयोग कर सकते हैं? पाण्डवों की रक्षा के लिए, दुर्योधन को उसके अपराधों के कारण बन्दी कर सकते हैं? उसका वध कर सकते हैं? नहीं! राजसत्ता उन्हें ऐसा नहीं करने देगी। वैसे भी पितामह मध्यस्थ हैं। उनके लिए धृतराष्ट्र और पाण्डव एक समान हैं। वे चाहेंगे तो दोनों की सुरक्षा चाहेंगे; एक की रक्षा के लिए दूसरे का वध नहीं करेंगे। हस्तिनापुर में दुर्योधन की प्रताड़ना तो सम्भव है; किन्तु उसे दण्डित करना सम्भव नहीं है—

पाण्डवों के वध से पहले भी नहीं; और पाण्डवों के वध के पश्चात् भी नहीं।...तो फिर हस्तिनापुर में पाण्डवों की सुरक्षा के लिए हो ही क्या सकता है?...तो कहीं इसलिए तो पितामह ने उन्हें चुपचाप हस्तिनापुर से निकल जाने नहीं दिया? उनकी सुरक्षा के लिए...वे चाहते हैं कि धार्तराष्ट्रों और पाण्डवों में से किसी का भी अहित न हो।...स्वयं युधिष्ठिर भी यही चाहता है; किन्तु दुर्योधन ऐसा क्यों नहीं चाहता? प्राप्ति का सुख तो युधिष्ठिर फिर भी थोड़ा-बहुत समझता है; किन्तु दूसरे को वंचित अथवा पीड़ित करने का सुख...? दुर्योधन के लिए कदाचित् वही बड़ा सुख है। दूसरे को वंचित किये बिना वह अपनी उपलब्धि का सुख अनुभव नहीं कर सकता।...हस्तिनापुर के पास इतना धन-धान्य है कि वह धार्तराष्ट्रों और पाण्डवों—दोनों के लिए ही पर्याप्त है।...और यदि कुछ और अर्जित करने की आवश्यकता हो, तो वे लोग उसमें भी सक्षम हैं। वे लोग एक ही वंश की सन्तान हैं—परस्पर भाई हैं। उनकी सम्मिलित शक्ति किसी भी अन्य राज्य पर भारी पड़ेगी। वे लोग विभक्त हो जायेंगे, तो कदाचित् ऐसा नहीं रहेगा। पाण्डवों को स्वयं से पृथक् कर अथवा उनका वध कर, धार्तराष्ट्र निश्चय ही दुर्बल होंगे।...फिर भी दुर्योधन ऐसा ही चाहता है। वह केवल अपनी प्राप्ति नहीं चाहता, दूसरों की हानि भी चाहता है।...उसे सब कुछ केवल अपने लिए चाहिए, मात्र अपने लिए। अपनी सुख-सुविधा के लिए ही नहीं; अपने भोग और वैभव के लिए ही नहीं, अपने अहंकार की तुष्टि के लिए भी। प्रजापालन की दृष्टि से तो उसने कभी सोचा ही नहीं है।...उसकी भोगेच्छा की तृप्ति तो शायद कभी हो भी जाये; किन्तु उसके अहंकार की तुष्टि कदाचित् सम्भव नहीं है। शरीर के भोग की तो अपनी सीमा है किन्तु अहंकार की कोई सीमा नहीं है...।

20

वारणावत के नगर-द्वार पर कुन्ती और उसके पुत्रों के स्वागत के लिए बड़ा जन-समूह एकत्रित था। आस-पास के उपनगरों और ग्रामों से भी लोग उनका स्वागत करने आये थे। उनके लिए बहुत प्रसन्नता का विषय था कि स्वर्गीय सम्राट् पाण्डु तथा वर्तमान युवराज का परिवार वारणावत में आया था।

पुरोचन ने अस्थायी शिविर में भी सारी सुविधाओं की व्यवस्था कर रखी थी। अतः उसमें भी लम्बे समय तक निवास किया जा सकता था। युधिष्ठिर को लगा कि पुरोचन चाहे मनुष्य कैसा भी हो, किन्तु वह कुशल व्यवस्थापक था।

पुरोचन विदा हो गया, तो कुन्ती ने पूछा, "कहो पुत्र! क्या विचार है तुम्हारा?"

"माँ! मेरे मन में एक बात बहुत देर से खटक रही है।" सहदेव बोला, "यदि हम यह मान लें कि हमें हस्तिनापुर से किसी षड्यन्त्र के अन्तर्गत हटाया गया है, तो

दुर्घटना के दो स्थान हो सकते हैं। यदि वह घटना हस्तिनापुर में घटित होनी है, तो हमारी उपस्थिति को बाधा मान कर हमें हस्तिनापुर से हटा मात्र दिया गया है। हमें कहाँ भेजा गया है, यह महत्त्वपूर्ण नहीं है। ऐसे में उस घटना से हमारे अधिकार तो छिन सकते हैं, हमें कोई शारीरिक क्षति नहीं हो सकती। किन्तु यदि वह घटना यहाँ वारणावत में घटित होनी है, तो निश्चित रूप से वह हमारे साथ घटित होगी; अर्थात् उससे हमारे प्राणों पर संकट आयेगा। तब प्रश्न यह भी है कि ऐसा करने के लिए वारणावत को ही क्यों चुना गया है? यहाँ ऐसे षड्यन्त्र के लिए उन्हें क्या सुविधा है?"

"मुझे तो वारणावत में दुर्योधन के प्रिय मंत्री पुरोचन की उपस्थिति खलती है।" अर्जुन बोला, "मैं यह मानने के लिए एकदम तैयार नहीं हूँ कि उसे मात्र सेवा के लिए यहाँ भेजा गया है।"

"मेरा भी यही विचार है।" भीम बोला, "उन्होंने हमें हस्तिनापुर से निष्कासित कर दिया है; और अब वे चाहते हैं कि हम हस्तिनापुर में कभी न लौटें। उसके लिए आवश्यक है कि वारणावत में हमारे प्राणों का हरण हो।..."

"इस बात में तो कोई सन्देह ही नहीं रह गया है कि उनका लक्ष्य क्या है," सहदेव बोला, "अतः हमें यही शोध करना पड़ेगा कि यहाँ हमारे प्राण लेने में उन्हें क्या सुविधा है।"

"उसके लिए आवश्यक है कि हम उनके 'शस्त्र' का पता लगाएँ।" अर्जुन बोला, "विदुर काका के मतानुसार तो वे साधारण शस्त्रों से हमारे प्राण लेने का साहस नहीं कर सकते।"

"एक बात तो मेरी समझ में आती है," युधिष्ठिर ने कहा, "कि जहाँ का प्रशासन अपराधी मनोवृत्ति का हो, अथवा अपराधियों को आश्रय देता हो, जहाँ प्रतिदिन अपराध होते हों, जहाँ की प्रजा अपनी अपराधी मनोवृत्ति के कारण अथवा प्रतिदिन अनिवार्य रूप से घटित होने वाले अपराधों के कारण, बाध्यता में ही सही, अपराधों को दैनंदिन की घटना के रूप में स्वीकार कर, उसके प्रति सहिष्णु हो चुकी हो—वहाँ बड़े-से-बड़े अपराध को भी सहज रूप से पचा लिया जाता है। उन अपराधों का विरोध नहीं होता...।"

"और यहाँ वैसा ही वातावरण है।" सहदेव बोला, "मेरा विचार है कि ज्येष्ठ का स्थिति का मूल्यांकन सर्वथा सत्य है।"

"हाँ! नगरपाल तथा सेनाप्रमुख का व्यवहार तो हम देख ही चुके हैं।" भीम ने भी सहमति प्रकट की, "कुलपति ने यह भी बताया है कि मदिरा और द्यूत का व्यवसाय भी यहाँ सर्वत्र व्याप्त है।"

"बहुत सम्भव है कि इन राजपुरुषों की नियुक्ति भी उसी षड्यन्त्र के अन्तर्गत की गयी हो, ताकि यदि हमारे साथ कोई अघटनीय घटित हो ही जाये तो ये राजपुरुष, सत्य पर आवरण डाल, उसे सदा के लिए छिपा दें।" युधिष्ठिर बोला, "यदि कोई

न्यायप्रिय, अथवा हमसे सहानुभूति रखने वाला नगरपाल होता तो कदाचित् हमारे विरुद्ध रचे गए षड्यन्त्र में विघ्न-स्वरूप होता; अथवा, दुर्घटना के पश्चात् वह सत्य को प्रजा तथा हस्तिनापुर की राजसभा तक पहुँचा देता।"

"इसका अर्थ यह है कि हमें इस नगरपाल, सेनाप्रमुख, राजपुरुषों तथा सैनिकों से सावधान रहना चाहिए।" भीम बोला, "वे हमारी रक्षा के व्याज से हमें घेरे रहेंगे, प्रजा को हमारे निकट नहीं आने देंगे; और अन्ततः उस अवरोध के भीतर, हमारे प्राण लेने में हमारे हत्यारों की सहायता करेंगे।"

"हाँ!" युधिष्ठिर ने उत्तर दिया, "यदि परिस्थितियों का हमारा विश्लेषण ठीक है तो।..."

"तो पुत्र! हम यहाँ से कहीं और क्यों नहीं चले जाते?" कुन्ती बोली, "जब हम जानते हैं कि हमारे साथ कुछ अघटनीय घटने ही वाला है तो हम उसकी प्रतीक्षा में क्यों बैठे रहें?"

"माँ!" युधिष्ठिर बहुत अनुरोधपूर्ण स्वर में बोला, "यदि हमारे कहीं और चले जाने से ही यह संकट टल जाता, तो मैं सबसे पहले यही प्रस्ताव करता। किन्तु प्राण रहते, दुर्योधन हस्तिनापुर का राज्य छोड़ नहीं सकता; और हमारे जीवित रहते, उसे यह राज्य मिल नहीं सकता। उसने अपने जीवन का तादात्म्य राज्य से कर लिया है। वह एक उन्माद की-सी स्थिति में है। वह तब तक हमारे प्राण लेने का प्रयत्न करता रहेगा, जब तक वह स्वयं मृत्यु की गोद में सो नहीं जाता। इसलिए हम कहीं भी जायें, उसके गुप्तचर, उसके क्रीत हत्यारे हमारे पीछे लगे ही रहेंगे।"

"यह सृष्टि बहुत बड़ी है पुत्र! और यह दुर्योधन की इच्छा से नहीं चलती। दुर्योधन की शक्ति इतनी नहीं है, जितनी तुम समझ रहे हो।"

"माँ! शक्ति दुर्योधन की नहीं है; उसे तो भीम और अर्जुन में से कोई भी तत्काल नष्ट कर देगा।" युधिष्ठिर बोला, "शक्ति तो है सत्ता तथा धन की। कहने को पितृव्य हस्तिनापुर के महाराज हैं; और मैं युवराज; किन्तु सारी सत्ता दुर्योधन के हाथों में संचित हो गयी है। सारा राजकोष उसके पास है; और इस सृष्टि में असंख्य ऐसे मनुष्य हैं, जो अपने छोटे-से लाभ के प्रलोभन में, किसी के भी प्राण ले सकते हैं। ...कर्ण को ही देखिए। नाम-मात्र का एक राज्य उसे दे कर, उसने कर्ण को खरीद लिया है। इस समय कर्ण के जीवन में न अपनी कोई इच्छा है, न आकांक्षा। वह दुर्योधन का दास है; और यदि मन में दुर्योधन की इच्छाओं से स्वतन्त्र कोई इच्छा है तो यही कि वह अपने प्राण दे कर भी, दुर्योधन को प्रसन्न कर सके। क्रीत दास भी इतना परतन्त्र नहीं होता, जितना कर्ण को, उसकी मानसिक दासता ने कर दिया है।..."

"यह हमारा दुर्भाग्य है पुत्र!"

"हमें तो माँ, इस प्रकार दुर्योधन की आँखों के सम्मुख पड़े रहना है कि उसे यह सन्देह न हो कि हम षड्यन्त्रों के विषय में कुछ जानते हैं। अवसर आने पर अपनी

रक्षा करनी है और सम्भव हो तो अवसर मिलते ही, तब तक के लिए विलुप्त हो जाना है, जब तक हम इतने समर्थ न हो जायें कि दुर्योधन से सीधे टकरा सकें।"

"युधिष्ठिर ठीक कहता है पुत्र!..."

कुन्ती की बात पूरी भी नहीं हुई थी कि द्वारपाल भीतर की ओर आता हुआ दिखायी दिया।

वह निकट आया, तो उसके कुछ कहने से पूर्व ही युधिष्ठिर बोला, "मैंने तुमसे कहा था कि हम विश्राम कर रहे हैं। जब तक तुम्हें पुकारा न जाये, तब तक न तुम भीतर आओगे और न किसी को आने दोगे।"

द्वारपाल कुछ हतप्रभ तो हुआ, किन्तु अधिक विचलित नहीं हुआ, "हाँ! आपने कहा तो था आर्य, पर मैंने सोचा कि आप विश्राम कर चुके होंगे। वैसे भी बाहर कुछ प्रजाजन आये हैं। वे अपने युवराज से मिलना चाहते हैं। क्या उनसे कह दूँ कि युवराज वारणावत में विश्राम करने आये हैं, वे किसी से मिलना नहीं चाहते?..."

इससे पहले कि भीम कुछ बोलता अथवा उठ कर उस द्वारपाल को उठा कर बाहर फेंक आता, अर्जुन ने उसका हाथ दबाया। भीम ने उसकी ओर प्रश्नवाचक दृष्टि से देखा। अर्जुन ने संकेत किया : धैर्यपूर्वक चुपचाप बैठे रहो।

"नहीं! यह कहने की आवश्यकता नहीं है।" युधिष्ठिर ने आदेश दिया, "तुम उन्हें भीतर आने दो।"

द्वारपाल के लौटने में कहीं यह भाव नहीं था कि वह युवराज के आदेश पर किसी को बुलाने जा रहा है। वह तो इस प्रकार टहलता हुआ जा रहा था, जैसे वह किसी वाटिका में मन बहला रहा हो; और उसकी पीठ की ओर बैठे लोग युवराज तथा अन्य राजकुमार न हो कर, वाटिका में अनधिकृत रूप से घुस आये लोग हों, जिन्हें वह अभी खरी-खोटी सुना कर ही आया हो।

"मेरा विचार है कि किसी के आदेशानुसार वह जान-बूझ कर इस प्रकार का व्यवहार कर रहा है, जिससे हम उत्तेजित हो कर उसे दण्डित करें और वह बाहर जा कर कह सके कि राजकुमार अत्यन्त अशिष्ट और कठोर हैं, राजकर्मचारियों के साथ दुर्व्यवहार करते हैं।" सहदेव बोला, "क्या यह सायास हमें कलंकित करने का प्रयत्न नहीं है ज्येष्ठ?"

"मुझे भी कुछ ऐसा ही लग रहा है। वे लोग प्रजा के सम्मुख बार-बार यह तथ्य रेखांकित करना चाहते हैं कि राजकुमारों के कारण प्रजा को असुविधा होती है; और उन्हें अपमानित होना पड़ता है। हमारे आने पर भी सेना-प्रमुख ने कदाचित् इसलिए प्रजा पर दण्ड-प्रहार करवाये थे।" युधिष्ठिर बोला, "या फिर यह सब—यहाँ के राजकर्मचारियों की अनुशासनहीनता तथा उद्दण्डता का प्रमाण है!"

द्वारपाल चार व्यक्तियों के साथ भीतर आया और उन्हें वहाँ छोड़ किसी से बिना कुछ कहे, वापस लौट गया।

युधिष्ठिर ने नकुल को संकेत किया, "कोई प्रवेश न करे।"

नकुल जा कर द्वार के निकट खड़ा हो गया; और उसने कोश में से निकाल कर, नग्न खड्ग हाथ में ले लिया।

युधिष्ठिर ने उन चारों की ओर देखा।

उन्होंने हाथ जोड़ कर प्रणाम किया, "युवराज! हम आपकी असहाय प्रजा हैं। कुछ निवेदन करने आये हैं।"

"कहिए!" युधिष्ठिर का स्वर कोमल ही नहीं, स्नेह-सिंचित भी था, "अपना कष्ट कहिए।"

"युवराज!" उनमें से एक अत्यन्त सम्मान के साथ बोला, "हम साधारण गोपाल हैं युवराज! हमारे पास अपनी गोशाला के सिवाय और कुछ भी नहीं है।...अब या तो आप हमारी गोशाला की सारी गायें ले लें, या फिर उनके पालन के साधन हमारे लिए जुटा दें।"

"स्पष्ट शब्दों में अपनी कठिनाई कहिए।" युधिष्ठिर ने मृदु स्वर में कहा।

"युवराज! पिछले कुछ दिनों से वारणावत में भूसा इतना महँगा हो गया है कि उसे खरीदना हमारे सामर्थ्य से बाहर है। ऐसे में हम अपने गोधन को क्या खिलाएँ?"

"भूसा महँगा क्यों हो गया है?"

"हाट में से बहुत सारा भूसा, राजपुरुष खरीद रहे हैं और व्यापारियों को मुँह-माँगा दाम दे रहे हैं। अब व्यापारी बचे हुए भूसे को कम दाम में बेचना ही नहीं चाहते।"

"राजपुरुष भूसा क्यों खरीद रहे हैं?"

"मुझे तो मालूम नहीं है युवराज! मुझे तो इतना ही ज्ञात हुआ है कि वे कहते हैं कि राजकुमारों के स्वागत के लिए हस्तिनापुर के मंत्री को इसकी आवश्यकता है।" वह व्यक्ति बोला, "आपकी क्या कोई राजकीय गोशाला है युवराज?"

युधिष्ठिर ने क्षण-भर सोचा और बोला, "हमारी आवश्यकता पूरी हो गयी है। अब यदि व्यापारी दाम कम न करें अथवा हाट में भूसा कम मिले, तो आ कर मुझे सूचित कीजिएगा कि राजपुरुषों ने किस व्यापारी से भूसा खरीदा है।"

"जो आज्ञा युवराज!" वे लोग प्रणाम कर चले गये।

उनके जाने के पश्चात् नकुल निकट आ गया। युधिष्ठिर ने अपने भाइयों की ओर देखा, "क्या समझे?"

"राजकुमारों के नाम पर भूसा खरीदने वाला हस्तिनापुर का मंत्री यह पुरोचन ही होगा।" भीम बोला, "हमें तो भूसे की आवश्यकता है नहीं। यह यहाँ से भूसा खरीद कर हस्तिनापुर भेजता है क्या?"

"पुरोचन गोशाला के लिए तो भूसा नहीं ही खरीद रहा है।" सहदेव बोला, "यदि हमारे निवास के लिए वह भवन-निर्माण करवा रहा है, तो उसे ईंटें बनाने के लिए, गारे

में थोड़े-बहुत भूसे की आवश्यकता अवश्य पड़ेगी...किन्तु भूसा अधिक हो गया तो ईंटों की प्रज्वलनशीलता बढ़ जाये...।"

"ठहरो सहदेव!" युधिष्ठिर बोला, "विदुर काका ने कहा था कि अग्नि भी दुर्योधन का एक शस्त्र हो सकती है। कहीं ऐसा तो नहीं कि पुरोचन जान-बूझ कर ऐसी ईंटें बनवा रहा हो, जो अत्यधिक प्रज्वलनशील हों?"

"ज्येष्ठ का विचार ठीक है।" अर्जुन बोला, "निश्चय ही वह कुछ ऐसी ही तैयारी कर रहा होगा।"

"मेरा विचार है कि हमें किसी-न-किसी प्रकार हाट से भी सम्पर्क बनाये रखना चाहिए कि पिछले दिनों किन-किन वस्तुओं के मूल्य चढ़े हैं और राजपुरुषों ने बड़ी मात्रा में क्या-क्या खरीदा है।" सहदेव बोला, "इस छोटी-सी नगरी का हाट कितना ही बड़ा क्यों न हो, ऐसी बातें छिप नहीं पायेंगी।"

"सहदेव ठीक कह रहा है।" कुन्ती बोली, "तुम लोग शिविर में कम-से-कम ठहरो। किसी-न-किसी व्याज से हाट के विषय मे सूचनाएँ प्राप्त करते रहो; और प्रजा में जितना अधिक घुल-मिल सको, वह तुम्हारे लिए उतना ही लाभदायक होगा।"

"और हम अग्नि से सावधान रहें तथा वारणावत के किसी राजपुरुष पर विश्वास न करें। वे सब-के-सब या तो दुर्योधन के गुप्तचर होंगे, अथवा उसके विश्वसनीय सेवक!" अर्जुन बोला।

21

वारणावत में पहुँचने के ठीक दसवें दिन युधिष्ठिर से मिलने के लिए पुरोचन आया।

"युवराज! मुझे अत्यन्त खेद है कि आपके पहुँचने से पूर्व ही मैं आपके लिए शिव-भवन का जीर्णोद्धार करा उसे आपके निवास-योग्य नहीं बना सका।" वह बोला, "किन्तु उसमें मेरा कोई दोष तो है नहीं। आपने देखा ही होगा कि यहाँ के लोग कितने आलसी हैं। काम तो कोई करना ही नहीं चाहता। यही कारण है कि एक मास में होने वाला काम, तीन मास में पूरा होता है। मैंने तो बहुत प्रयत्न किया कि श्रमिकों को कुछ अधिक पारिश्रमिक दे कर काम कुछ जल्दी करा लूँ; किन्तु वे लोग जैसे अपने ही राजा को लूट लेना चाहते हैं। तीन-तीन, चार-चार गुना पारिश्रमिक माँगते हैं। आप ही सोचिए, मैं राजकोष का धन इस प्रकार लुटा तो नहीं सकता न?"

"पर तुम आज मुझे यह सब क्यों बता रहे हो?" युधिष्ठिर ने पूछा।

"युवराज! बात यह है कि आज शिव-भवन को मैं आपके रहने के योग्य बना सका हूँ; इसलिए आपकी सेवा में उपस्थित हुआ हूँ।" वह बोला, "इससे

पूर्व आपसे यह सब कहने का मैं साहस ही नहीं कर सका कि कहीं आप यह न समझें कि मैं अपनी अक्षमता को दूसरों के सिर मढ़, स्वयं को दोष-मुक्त करना चाहता हूँ।"

शिव-भवन वस्तुतः अत्यन्त भव्य था। उसके कंगूरे दूर से ही दिखायी देते थे और मुख्य द्वार किसी नगर-द्वार के ही समान विशाल और विराट था। उस पर सुन्दर और सुसज्जित चित्रकारी की गयी थी।

पुरोचन घूम-घूमकर उन्हें भवन दिखाता रहा। सारे भवन में बड़े-बड़े आकार के मनोहर भित्तिचित्र बने हुए थे, जिसमें जीवन के विभिन्न भोगों का अत्यन्त आकर्षक चित्रण था। झरोखों और गवाक्षों पर पत्थर की बनी हुई मनोहर जालियाँ थीं। बाहर विस्तृत उद्यान था। भवन के ही परिसर में मुख्य भवन से कुछ हट कर दास-दासियों के लिए छोटे-बड़े घर बने हुए थे। मुख्य भवन के पीछे एक ऊँची प्राचीर थी; और उसके साथ लगता हुआ सैनिकों का शिविर था। निश्चय ही शिव-भवन अत्यन्त विस्तृत, आकर्षक, सुन्दर तथा अनेक प्रकार की सुविधाओं से सुसज्जित था।

"तुमने हमारे लिए सचमुच बहुत सुन्दर भवन की व्यवस्था की है पुरोचन!" विदा होते हुए पुरोचन से कुन्ती ने कहा, "मैं महादेव से प्रार्थना करती हूँ कि वे तुम्हें, तुम्हारे कार्यों का उचित फल दें। वे तुम्हें, तुम्हारी माता तथा भाइयों को भी निवास के लिए ऐसा ही भवन प्रदान करें।"

"आपकी कृपा बनी रहे राजमाता!" पुरोचन ने बहुत झुक कर कुन्ती को प्रणाम किया; किन्तु उसकी आँखों में झलकता निषेध किसी से छिपा नहीं रह सका।

पुरोचन चला गया तो युधिष्ठिर ने अपने भाइयों की ओर देखा, "कैसा है शिव-भवन?"

"आपका क्या विचार है ज्येष्ठ?" नकुल ने पूछा, "आपको यह सुरक्षित लगता है?"

"यह तो सर्वथा अशिव-भवन है।" युधिष्ठिर बोला, "मुख्य द्वार को सेवक और प्रहरी के कक्षों से इतना संकीर्ण कर दिया गया है कि उसमें से एक छोटा-सा रथ भी कठिनाई से पार हो सके। पीछे की ओर ऊँची प्राचीर है और उसमें कोई द्वार भी नहीं है। यह तो हमें इस भवन में बन्दी करने की योजना है। यदि कोई विपत्ति आ जाये, तो हम सरलता से इसमें से निकल भी नहीं पायेंगे।..."

"कहीं ऐसा तो नहीं कि वे हमें इसमें बन्द कर भवन को आग लगाना चाहते हों, ताकि हम बाहर निकल ही न पायें और अग्नि की भेंट हो जायें?" भीम बोला।

"कुछ ऐसा ही लगता है मुझे!" युधिष्ठिर बोला, "भित्ति-चित्रों को ध्यान से देखो, ये चित्र भित्तियों से काफी उठे हुए और बड़े-बड़े हैं; अर्थात् भित्तियों के ऊपर काफी मात्रा में दूसरे पदार्थ हैं, सम्भवतः वे सारे पदार्थ प्रज्वलनशील और अग्नि को उद्दीप्त करने वाले हैं। सम्भव है, दीवारों के निर्माण में भी कुछ ऐसे

ही पदार्थ का प्रयोग किया गया हो! इस भवन के निर्माण में तो मुझे लाक्षा का पर्याप्त प्रयोग दिखायी देता है।..."

"इसका अर्थ तो यह है कि दुर्योधन चाहता है कि हम लोग भवन के भीतर हों और पुरोचन मुख्य द्वार बन्द कर यदि इसे आग लगा दे तो इसमें से निकल भी न सकें। शिव-भवन नहीं, यह तो लाक्षागृह है, जो तत्काल भभक उठेगा। लोग इसे प्राकृतिक दुर्घटना मान लेंगे और किसी को पता भी नहीं चलेगा कि हमारी हत्या की गयी है।" भीम बोला।

"इतना ही नहीं!" अर्जुन ने समर्थन किया, "उस विपत्ति में दास-दासियाँ अथवा कर्मचारी हमारी सहायता के लिए भी नहीं आ सकेंगे। यदि बाहर से कोई हमारी सहायता के लिए आना चाहे, अथवा हम निकलना चाहें, तो प्राचीर के पीछे, हमारी सुरक्षा के व्याज से ठहराये गये, उसके सैनिक, भवन को घेर लेंगे और न हमें बाहर निकलने देंगे, न बाहर से किसी को हमारी सहायता के लिए आने देंगे।"

"तो जब यह निश्चित ही है कि यह लाक्षागृह विशेष रूप से हमें जला कर हमारी हत्या करने के लिए ही बनाया गया है, तो हम वापस उसी शिविर में क्यों नही चले जाते?" भीम ने पूछा।

"हाँ, पुत्र!" कुन्ती बोली, "जान-बूझ कर इस प्रकार स्वयं को अग्नि में झोंकना कहाँ की बुद्धिमत्ता है?"

युधिष्ठिर चुपचाप उनकी बातों पर विचार करता रहा और फिर धीरे से बोला, "अब मेरी समझ में आ रहा है कि विदुर काका ने क्यों कहा था कि अपनी इन्द्रियों को वश में रखना और धैर्य मत छोड़ना।"

"यह तो ठीक है कि यदि हम इस भवन में नहीं रहेंगे तो उन्हें ज्ञात हो जायेगा कि हमें उनके षड्यन्त्र का आभास हो गया है।" सहदेव ने कहा, "ऐसी स्थिति में वे कोई और षड्यन्त्र रचेंगे; और बहुत सम्भव है कि हम अपने अज्ञान में ही मारे जायें।"

"वह तो ठीक है।" कुन्ती पुनः बोली, "अज्ञान में मारे जाना एक बात है; यहाँ तो हम जान-बूझकर मरने के लिए बैठे हैं।"

"नहीं माँ!" युधिष्ठिर गम्भीर स्वर में बोला, "हम जान-बूझ कर यहाँ बैठे मृत्यु की प्रतीक्षा नहीं करेंगे; हम जानी-बूझी मृत्यु से बचने का प्रयत्न करेंगे।"

"किन्तु यहाँ बचने का उपाय ही क्या है?"

"उपाय तो करना पड़ता है माँ!" युधिष्ठिर बोला, "उपाय करने से ही कंस के कारागार में जन्मा कृष्ण बाहर आ गया था। हम उपाय करेंगे, तो क्या इस षड्यन्त्र से अपनी रक्षा नहीं कर पायेंगे?"

"क्या करोगे पुत्र?"

"उस पर विचार करते हैं।" युधिष्ठिर बोला, "विदुर काका ने कहा था, दावाग्नि में बड़े-बड़े वृक्ष और जीव-जन्तु जल जाते हैं; किन्तु अपने बिल में छिपा मूषक उससे सर्वथा सुरक्षित रहता है।...इसका अर्थ समझती हो माँ?"

"समझती हूँ!" कुन्ती बोली, "विदुर को इस षड्यन्त्र का आभास रहा होगा, इसलिए उसने तुम्हें अपनी रक्षा के लिए बिल खोदने का सुझाव दिया होगा।"

"हाँ, माँ!" युधिष्ठिर बोला, "मुझे मालूम नहीं है कि विदुर काका को इस षड्यन्त्र का निश्चित ज्ञान था अथवा यह उनका अनुमान मात्र था; किन्तु उनका अनुमान अब यथार्थ के रूप में हमारे सम्मुख है। अतः हमें इस लाक्षागृह के भीतर ही एक भूमिगत गुफा खोद लेनी चाहिए, ताकि यदि हम अग्नि में घिर जायें, तो उस गुफा में शरण ले सकें।"

"हाँ, पुत्र! इस कार्य में तनिक भी विलम्ब उचित नहीं है।" कुन्ती ने समर्थन किया।

दिन भर किसी-न-किसी व्याज से पुरोचन भवन में आता-जाता रहा। कभी वह कर्मचारियों को उनका कार्य समझाता था, कभी दासियों को उनके कार्य पर नियुक्त करता था। ताकि कभी उसे कोई भूली बात स्मरण हो आती थी, इसलिए वह लौट आता था; कभी युधिष्ठिर अथवा कुन्ती से किसी विषय में उनकी इच्छा जाननी आवश्यक हो जाती थी...युधिष्ठिर उसे देखता रहा : क्यों कर रहा था वह यह सब? क्या इसलिए कि वह उन लोगों पर दृष्टि रख सके? या फिर क्या वह भवन निरीक्षण कर रहा था किसी कारण, पाण्डवों को सन्देह न हो!...और युधिष्ठिर सोचता रहा कि यदि वह प्रतिदिन इसी प्रकार भवन के भीतर मँडराता रहा तो वे लोग अपने लिए भूमिगत आश्रय कैसे बनायेंगे?...ऐसे तो उसकी दृष्टि से कुछ भी नहीं छिप पायेगा...उसे किसी-न-किसी प्रकार से पुरोचन का प्रवेश नियन्त्रित करना होगा, उसके इन निर्बाध अधिकारों में कटौती करनी ही होगी।...और कोई तो ऐसा स्थान खोजना पड़ेगा जहाँ पुरोचन अथवा किसी भी अन्य राजपुरुष, कर्मचारी, दास-दासी का प्रवेश किसी भी प्रकार सम्भव न हो, तभी तो भूमिगत आश्रय का सुरक्षित निर्माण हो पायेगा।...

कुन्ती ने युधिष्ठिर को इतना गम्भीर देखा, तो स्वयं को रोक नहीं पायी, "क्या बात है पुत्र! तुम कुछ अधिक ही चिन्तित हो?"

युधिष्ठिर ने अपनी चिन्ता, माँ को कह सुनायी। कुन्ती अभी कोई उत्तर दे भी नहीं पायी थी कि पुरोचन पुनः उपस्थित हो गया, "महारानी! एक निवेदन के लिए उपस्थित हुआ हूँ।"

और युधिष्ठिर ने आश्चर्य से देखा : कुन्ती के चेहरे पर किसी प्रकार का कोई विरोध या रोष प्रकट नहीं हुआ। उसकी वाणी में पुरोचन के प्रति कोई अरुचि भी

नहीं थी। वह अत्यन्त मधुर स्वर में बोली, "कहो पुरोचन! मुझे भी तुमसे कुछ कार्य था। तुम स्वयं न आये होते, तो किसी दासी को भेज कर तुम्हें बुलाना पड़ता।"

"कहें महारानी! पहले आप अपनी आवश्यकता कहें। यह पुरोचन आपकी किसी भी इच्छा की पूर्ति कर स्वयं को धन्य मानेगा।" पुरोचन अत्यन्त शालीन स्वर में बोला।

"पुरोचन! भवन के पूर्व-खण्ड में कितने कक्ष हैं?"

"चार महारानी!"

"तो एक काम करो वत्स!" कुन्ती बोली, "उन चारों कक्षों का सारा सामान—आसन, मंच, चित्र, मूर्तियाँ, या जो कुछ भी उनमें हो, वह सब बाहर निकलवा लो। वे कक्ष सर्वथा खाली कर दो!"

पुरोचन कुछ चकित हुआ, "उन कक्षों का क्या होगा महारानी?"

"वैसे तो छह कक्ष होते तो अधिक अच्छा होता; किन्तु अब चार कक्षों से ही काम चला लेंगे।" कुन्ती बोली, "पिछला कक्ष मेरी पूजा और साधना का कक्ष होगा। आगे के तीनों कक्षों में ये पाँचों भाई अपनी पूजा, साधना, मंत्र-जाप, मनन तथा ध्यान का कार्य करेंगे। उन कक्षों में सिवाय हम छह व्यक्तियों के और कोई प्रवेश नहीं करेगा। उनकी सफाई भी हम स्वयं करेंगे..."

"अरे नहीं महारानी!" पुरोचन बात काट कर बोला, "कोई ब्राह्मण स्त्री नहा-धो कर उन कक्षों की सफाई का कार्य कर दिया करेगी।"

"नहीं!" कुन्ती का स्वर आदेशात्मक था, "अपने आराध्यदेव की सेवा दास-दासियों से नहीं करायी जाती। उनके तो हम स्वयं ही दास हैं। उन कक्षों को स्वच्छ रखना हमारा अपना कार्य है; उससे हमारे देव प्रसन्न होंगे।"

"जैसी आपकी इच्छा महारानी!" पुरोचन का स्वर हताश था। वह जाने के लिए मुड़ा। उसकी अस्त-व्यस्तता देख कुन्ती अपनी मुस्कान रोक नहीं पायी, "तुम कुछ कहने के लिए आये थे पुरोचन!"

"ओह! हाँ, महारानी!" वह झटपट-सा मुड़ा, "मैं यह सूचना देने आया था, कि हस्तिनापुर से आपके साथ आये रसोइये मैंने वापस हस्तिनापुर भेज दिये हैं। वे लोग अपने परिवारों के बिना यहाँ बहुत प्रसन्न नहीं थे। उनके स्थान पर मैंने यहीं के रसोइये नियुक्त कर दिये हैं। वे लोग यहीं के रहने वाले हैं और उनके परिवार भी यहीं हैं। न उन्हें आवास की असुविधा है और न उन्हें कहीं लौटने की जरूरत है।..."

युधिष्ठिर का माथा ठनका : वे लोग केवल अग्नि से अपनी रक्षा का प्रबन्ध कर रहे थे। यह पुरोचन कहीं कोई दूसरा षड्यन्त्र तो नहीं रच रहा? उसने उनके रसोइये हस्तिनापुर भेज दिये थे...पुरोचन के रसोइये...क्या दुर्योधन, भीम को विष दिये जाने की घटना की पुनरावृत्ति करना चाहता है?

किन्तु कुन्ती ने अत्यन्त सहज भाव से उत्तर दिया, "यह तुमने अच्छा ही किया पुरोचन! वस्तुतः मैं आज से ही संकल्प कर रही हूँ कि या तो भोजन स्वयं अपने हाथों से पका कर, अपने पुत्रों को खिला कर स्वयं खाऊँगी; अथवा केवल उन रसोइयों के हाथ का भोजन खाऊँगी, जिनके कम-से-कम दो-दो पुत्र हों। उनका बनाया हुआ भोजन, स्वयं अपने हाथों से परोस कर पहले उनके पुत्रों को खिलाऊँगी; और तब स्वयं खाऊँगी।"

पुरोचन के चेहरे की मलिनता कुछ सघन हुई, "ऐसा क्यों महारानी?"

"इसलिए वत्स, कि जिनका बनाया हुआ भोजन मेरे पुत्र खायेंगे, उनके पुत्रों को मैं खिलाऊँगी, तो यह ऋण इसी लोक में उतर जायेगा। उसके लिए पुनः एक जन्म नहीं लेना पड़ेगा।" कुन्ती ने रुक कर कहा, "अब ये रसोइये वारणावत के ही निवासी हैं, तो उनके परिवार भी यहीं होंगे। तुम जाओ और उनसे कह दो कि वे लोग भोजन के समय अपने दो-दो पुत्रों को ले कर आ जायें। ऐसा न हो कि उनको विलम्ब हो, और उनके कारण हमें भी भूखे बैठे रहना पड़े।"

"किन्तु महारानी!" पुरोचन कुछ अटपटाया-सा बोला, "यदि किसी के दो पुत्र न हुए तो?"

"तो उसे रसोइये के काम पर मत लगाना।" कुन्ती बोली, "तुम उनसे पूछ लो। जाओ, शीघ्र जाओ! ऐसा न हो कि उनमें कोई ऐसा व्यक्ति सम्मिलित हो जाये, जिसके दो पुत्र न हों।"

पुरोचन शिथिल पगों से मुड़ा, तभी कुन्ती ने कहा, "और सुनो पुरोचन, मैं कल से दोनों समय पचास-पचास ब्राह्मणों को भोजन कराऊँगी तथा दक्षिणा दूँगी। उसका भी प्रबन्ध हो जाना चाहिए।"

पुरोचन चला गया, किन्तु लग रहा था कि उसके पग उठ ही नहीं रहे थे।

युधिष्ठिर ने प्रशंसा-भरी दृष्टि से अपनी माँ को देखा, "तुम अद्भुत हो माँ! कहाँ मैं सोच रहा था कि इस संकट में तुम घबराओगी और कहाँ तुमने ऐसा चमत्कार किया है माँ कि भोजन में विष की समस्या तो अब हो ही नहीं सकती; और वे चार कक्ष भी पूर्णतः सुरक्षित हो गये हैं, जहाँ हम अपना भूमिगत आश्रय बना सकते हैं।...किन्तु माँ! ब्राह्मणों का भोजन?"

"ब्राह्मणों को भोजन कराना तो वैसे भी हमारा सामान्य कर्म होना चाहिए पुत्र!"

"वैसे तो ठीक है; किन्तु इस संकट के समय?"

"पहली बात तो यह है कि हम अपने सामान्य धर्म का पालन कर रहे हैं। दूसरे, विष का संकट और भी कम हो जायेगा, क्योंकि भोजन में विष मिलाने से पचास ब्रह्महत्याएँ हो जायेंगी। तीसरे, हमसे मिलने के लिए कौन आ रहा है, इस पर पुरोचन दृष्टि नहीं रख सकेगा। ब्राह्मण के वेश में तुम अपने गुप्तचरों को भी बुला सकते हो।"

22

कुन्ती ने पहले अपने चारों रसोइयों के आठ पुत्रों को भोजन कराया और उसके पश्चात् पचास ब्राह्मणों की पंक्ति बैठायी। उन्हें भोजन करा कर, वस्त्र तथा धन दे कर, एक-एक को विदा किया। अन्तिम ब्राह्मण की बारी आयी तो उसने वस्त्रों को थाम तो लिया; किन्तु आशीर्वाद दे कर चुपचाप आगे बढ़ जाने के स्थान पर धीरे से बोला, "मेरी आवश्यकता इससे कुछ अधिक है।"

"क्या चाहिए ब्राह्मण?" कुन्ती ने पूछा।

"अपनी याचना गुप्त रखना चाहता हूँ राजमाता! अतः एकान्त में ही प्रार्थना कर पाऊँगा।"

कुन्ती अपने पुत्रों तथा ब्राह्मण के साथ एक पृथक् कक्ष में चली गयी।

"अब कहिए ब्राह्मण देवता!" युधिष्ठिर बोला।

"मुझे पहचानते हैं युवराज?"

युधिष्ठिर ही नहीं, पाँचों भाइयों तथा कुन्ती ने उसे ध्यान से देखा। युधिष्ठिर को लगा, कि उसे कहीं देखा तो है—शायद विदुर काका के निकट! किन्तु यह ब्राह्मण!...

"मुझे हस्तिनापुर से महामंत्री विदुर ने भेजा है।" वह धीरे से बोला, "मैं खनक हूँ—परिखा और सुरंग खोदता हूँ।"

"खनक!!!" युधिष्ठिर ने उसे देखा, "तो क्या महामंत्री को निश्चित प्रमाण मिल गये हैं कि दुर्योधन हमें जला कर नष्ट कर देना चाहता है?"

"हाँ, युवराज! वह आततायी है।" खनक बोला, "आपका यह शिव-भवन घी, तेल, चर्बी, घास, लकड़ी तथा लाक्षा से बनाया गया है।..."

"हुँ!" युधिष्ठिर कुछ सोच रहा था, "अग्नि-दाह कब होगा?"

"सम्भवतः कृष्ण पक्ष की चतुर्दशी को।"

"तो हमें सावधान रहना चाहिए; पुरोचन पर दृष्टि रखनी चाहिए और भूमिगत आश्रय के निर्माण में शीघ्रता करनी चाहिए।" युधिष्ठिर जैसे अपने-आपको भी कह रहा था और अपने भाइयों को भी।

"उसी कार्य के लिए मुझे महामंत्री ने भेजा है युवराज!" खनक बोला, "मैं इस भवन के नीचे से एक सुरंग खोद दूँगा। महामंत्री चाहते हैं कि दुर्योधन द्वारा अग्नि प्रज्वलित किये जाने से पहले ही आप इस भवन को आग लगा, उस सुरंग की सहायता से, सुरक्षित स्थान पर, बाहर निकल जायें। शिव-भवन के जल जाने और आपके न मिलने से दुर्योधन यही समझेगा कि आप लोग अग्नि में नष्ट हो गये हैं। वह आप लोगों की ओर से निश्चिन्त हो जायेगा और असावधान भी। हरनन्दी पार कर, आप वन में से होते हुए, गंगा-तट पर पहुँच जायें। गंगा-तट पर सूर्यदेव का एक मन्दिर है। वहीं आपको महामंत्री का अनुचर, एक चतुर नाविक मिलेगा। वह

आपको गंगा पार करा देगा। गंगा के उस पार वन में गुप्त रूप से अनिश्चित काल तक सुरक्षित रूप से निवास कर सकेंगे। दुर्योधन निष्क्रिय हो गया होगा, अतः आप लोग उसके भावी षड्यन्त्रों से बचने की कोई दीर्घव्यापी सुरक्षित व्यवस्था कर पायेंगे।"

युधिष्ठिर स्तब्ध-सा खड़ा सब कुछ सुनता रहा; और फिर जैसे निःश्वास छोड़ता हुआ बोला, "हमारे प्राण बचाने वाले विदुर काका ही हैं।" वह सक्रिय हुआ, "हम उनके अत्यन्त आभारी हैं। अब आओ खनक! हम तुम्हें कुछ दिखाएँ।"

युधिष्ठिर उसे ले कर पूर्वी खण्ड के अन्तिम कक्ष में पहुँचा।

खनक चकित रह गया, "आप लोगों ने सुरंग खोदनी आरम्भ कर दी?"

"हाँ, खनक!" अर्जुन बोला, "कृष्ण वहाँ द्वारका का निर्माण कर रहा है, और हम यहाँ मूषक के समान, बिल खोद रहे हैं।"

"खनक! एक बात बताओ," भीम ने कहा, "हमने तो अभी बहुत थोड़ी-सी खुदाई की है; और समझ नहीं पा रहे हैं कि इसमें से खोदी गयी यह मिट्टी कहाँ डालें? तुम यदि यहाँ से बाहर तक की सुरंग खोदोगे, तो वह सारी मिट्टी कहाँ डालोगे? इस कक्ष में तो इतना स्थान है नहीं!"

"तो आपने क्या सोच कर सुरंग खोदनी आरम्भ की थी राजकुमार?" खनक ने पूछा।

किन्तु उत्तर भीम के स्थान पर युधिष्ठिर ने दिया, "हस्तिनापुर से विदा होते हुए विदुर काका ने अग्नि की सम्भावना की बात की थी। हमने उसी को ध्यान में रख कर मात्र एक भूमिगत आश्रय बनाने का कार्य आरम्भ किया है। सुरंग खोद कर बाहर निकल जाने की बात हमने नहीं सोची थी।"

"ठीक है युवराज!" खनक बोला, "यह तो ठीक है कि सुरंग-निर्माण में इतनी मिट्टी निकलेगी कि आप उसे एक कक्ष में क्या, सम्पूर्ण भवन में भी छिपा नहीं सकेंगे। उसके लिए आवश्यक है कि आप बड़ी संख्या में श्रमिक लगा कर, इस भवन के चारों ओर एक परिखा का निर्माण करें। उससे निकलने वाली मिट्टी को आप प्रत्यक्ष रूप से कहीं भी फिंकवाएँगे ही, मैं इस सुरंग की मिट्टी भी गुप्त रूप से उसी पर डाल दिया करूँगा।"

"यह ठीक है!" युधिष्ठिर बोला, "तुम सुरंग खोदने का कार्य प्रारम्भ करो, मैं परिखा का निर्माण करवाता हूँ। परिखा से निकली हुई मिट्टी कहीं फिंकवाने की क्या आवश्यकता है! उसी मिट्टी से परिखा के साथ-साथ ऊँची प्राचीर भी बनवाते चलते हैं।"

"यही ठीक रहेगा।" खनक सहमत हो गया।

"तुम अकेले सुरंग खोद लोगे?" भीम ने पूछा, "या हमारी सहायता की आवश्यकता पड़ेगी?"

"नहीं राजकुमार! आप निश्चिन्त रहें।" खनक बोला, "मेरा तो कार्य ही यही है।"

महादेव-स्थान के कुलपति के पाँच शिष्यों ने आ कर कुन्ती को प्रणाम किया, "हम उपस्थित हैं महारानी! क्या आज्ञा है?"

"क्या कुलपति ने नहीं बताया कि तुम्हें क्या करना है?" कुन्ती ने पूछा।

"नहीं महारानी! उन्होंने तो केवल यही कहा था कि आप जो भी आज्ञा देंगी, हमें वही करना है।"

"तो पहली आज्ञा तो यह है पुत्रो!" कुन्ती बोली, "कि तुम लोग मुझे महारानी मत कहो!"

"तो क्या कहें महा...?" वे रुक गये।

"अपनी गुरुपत्नी को क्या कहते हो?"

"उन्हें तो हम 'माता' ही कहते हैं।" वे बोले, "गुरुकुल में वास की अवधि के लिए तो वे हैं ही हमारी माता।"

"तो पुत्र! मुझे भी माता ही कहो।" कुन्ती ने कहा, "और मेरी इच्छा है कि तुम लोग मेरी सहायता करो।"

"आदेश करें माता!"

"इस भवन का यह पूर्व खण्ड, हमारी उपासना का खण्ड है। मैं यह चाहती हूँ कि भवन में हमारी अनुपस्थिति में भी उसकी पवित्रता बनी रहे। इसलिए हमारी अनुपस्थिति में, तुम लोग यहाँ, इस खण्ड को घेर कर, वेद-मंत्रों का पाठ करो। इसे तुम अपना अभ्यास ही समझो, क्योंकि यहाँ सुनने वाला और कोई नहीं होगा। किन्तु, उससे वातावरण पवित्र होगा, और हमारी अनुपस्थिति में कोई अन्य व्यक्ति इस ओर नहीं आयेगा। अन्यथा कोई दुष्ट हमारे उपासना-कक्षों की पवित्रता भंग करता रहेगा। मैंने सुना है कि वारणावत में मदिरा-पान का प्रचलन बहुत बढ़ गया है।"

"आपने ठीक ही सुना है माता!" उनमें से एक बोला, "यह वारणावत का अभिशाप है। हमारे गुरुदेव कहते हैं कि वारणावत पहले ऐसा नहीं था।"

"मैं जानती हूँ पुत्र!" कुन्ती बोली, "और आजकल तो महादेव का समारोह चल रहा है। सैकड़ों लोग बाहर से आये हैं...।" कुन्ती रुकी, "उन लोगों के इस शिव-भवन में आने की कोई सम्भावना नहीं है। मैं तो इसी भवन में अथवा इसके आस-पास काम करने वाले राजपुरुषों, कर्मचारियों तथा दास-दासियों की चर्चा कर रही हूँ।"

"ठीक है माता! हम प्रतिदिन प्रातः से सन्ध्या तक यहाँ वेद-मंत्रों का पाठ करेंगे।"

"सुखी रहो पुत्र!"

मन्दिर में पूजा करने के पश्चात् कुन्ती, गुरु-पत्नी से मिलने के लिए, उनके आवास पर गयी।

गुरुपत्नी ने स्वागत किया, "आइए देवि! आशा है, कुलपति ने आपकी इच्छानुसार पाँच ब्रह्मचारी शिव-भक्त भेज दिये होंगे!"

"हाँ, बहन! वे लोग पहुँच गये थे। उन्हें मंत्र-पाठ का कार्य सौंप कर ही आयी हूँ।..."

"महारानी!" गुरुपत्नी बोलीं।

कुन्ती ने उनकी ओर देखा : उसे लगा कि गुरुपत्नी के स्वर में स्नेह का विशेष आवेश था, "क्या बात है बहन?"

"महारानी!" गुरुपत्नी ने विह्वल कण्ठ से कहा, "मैं आपके शील-व्यवहार से प्रसन्न भी हूँ और चकित भी!"

"क्यों बहन!" कुन्ती मुस्करायी, "ऐसा क्या है मेरे व्यवहार में?"

"आप हस्तिनापुर के भूतपूर्व सम्राट् की पत्नी हैं। वर्तमान युवराज की माता हैं। कल राजमाता बनेंगी..."

"तो क्या हुआ?" कुन्ती ने आश्चर्य से पूछा।

"इस पर भी आप मुझे बहन कहती हैं; स्वयं मुझसे भेंट करने आती हैं। हमारे दिये हुए कुशासन पर हमारे निकट बैठ जाती हैं। हमारे साथ चर्चा करती हैं। हमारा सुख-दुख सुनती हैं..."

"तो इसमें आश्चर्य की क्या बात है बहन?" कुन्ती ने ममतामय उल्लास के साथ पूछा, "मैं किसी पर कोई कृपा नहीं करती; अपने ही लाभ के लिए आती हूँ। क्या मुझे भले लोगों का, सुन्दर विचारों का सामीप्य अच्छा नहीं लगता? आप लोगों के पास बैठती हूँ तो कुछ सीखती हूँ। उपयोगी विषयों पर चर्चा करती हूँ।..."

"यही तो आश्चर्य है!" गुरु-पत्नी बोलीं, "नगरपाल और सेना-प्रमुख की पत्नियाँ तो स्वयं को स्वामिनी समझती हैं...और आप तो महारानी हैं।"

"उन पर दया करो बहन! वे अभागी हैं, जो अच्छे चरित्र और अच्छे विचारों का महत्त्व नहीं समझतीं।" कुन्ती बोली, "जो लोग पद और अधिकार को ही सब कुछ मानते हैं, वे जीवन के सात्विक गुणों का महत्त्व समझ नहीं पाते।"

"तभी तो मुझे आश्चर्य होता है कि आप कैसी महारानी हैं।" गुरु-पत्नी बोलीं, "आप न अपने आभूषणों का प्रदर्शन करती हैं, न अपने वस्त्रों की चर्चा करती हैं। न आप अपना अधिकार जमाती हैं, न आदेश दे कर हमें यह जताना चाहती हैं कि हम आपसे बहुत तुच्छ हैं। हमें अपने यहाँ दासियों के समान आने का आदेश न दे कर, स्वयं हमारे यहाँ आती हैं।...आपमें अपने कुल का, पद का, महत्ता का तनिक भी अहंकार नहीं है... ।"

"जितना है, उतना ही बहुत है बहन! सारा जीवन इस अहंकार से ही तो लड़ते रहते हैं हम, फिर भी उससे मुक्त नहीं हो पाते।" कुन्ती बोली, "मैं शतशृंग के आश्रमों में भी रही हूँ और भोजपुर तथा हस्तिनापुर के राजप्रासादों में भी। मैंने पाया है कि आश्रमों का जीवन अधिक सात्विक, शान्त तथा सुखद था। राजप्रासादों में अहंकार, ईर्ष्या तथा संघर्ष है। उसमें सुख और शान्ति नहीं है।"

"ऐसा है तो लोग राजप्रासादों को छोड़ ही क्यों नहीं देते?" गुरु-पत्नी के साथ बैठी, एक अन्य ब्राह्मणी ने प्रश्न किया, "इच्छा करते ही कोई राजप्रासाद प्राप्त तो नहीं कर सकता; किन्तु अपनी इच्छा भर से उसे छोड़ तो सकता ही है।"

कुन्ती हँसी, "कहती तो ठीक हो बहन! किन्तु विधाता ने मानव-मन बनाया ही कुछ ऐसा है कि यह जानते हुए भी कि भोग उसके लिए हानिकारक है; वह भोग त्याग नहीं सकता। कहना बहुत सरल है कि अपनी वस्तु को व्यक्ति जब चाहे छोड़ दे; किन्तु छोड़ नहीं पाता। वस्तुतः मनुष्य पदार्थ को जितना ग्रहण करता है, पदार्थ उससे कहीं अधिक, उसे ग्रहण कर लेता है।...हम पदार्थ को त्याग भी दें, तो पदार्थ हमें नहीं त्यागता। पितृव्य भीष्म का इसलिए तो इतना महत्त्व है कि उन्होंने ग्रहण में समर्थ होते हुए भी जीवन के भोगों का त्याग कर दिया।" कुन्ती ने रुक कर गुरु-पत्नी को देखा, "इसलिए तो कहती हूँ कि आप लोगों की तपस्या का ही पुण्य है कि आप लोग कठिन कार्य, सहज ही कर पाते हैं। अर्जन की, भोग की लालसा नहीं है आप लोगों को। जीवन में सन्तोष है, इसलिए सुख भी है। अपने नगरपाल से कहिए तो कि यदि कहीं से धन-प्राप्त होने की सम्भावना दिखायी दे, और वह शान्त होकर बैठा रहे, उसे प्राप्त करने का प्रयत्न न करे—है उसमें ऐसा संयम?"

"आप कदाचित् ठीक कहती हैं देवि!" गुरु-पत्नी बोलीं, "आजकल आप जिस रूप में इस महादेव-स्थान को देख रही हैं, पहले हमारा सारा वाराणावत ही ऐसा था। यहाँ केवल तपस्वी तथा साधक ब्राह्मण परिवार बसे हुए थे। उनमें जीवन का ऐश्वर्य अर्जित करने की कोई लालसा नहीं थी। धन से किसी का महत्त्व नहीं आँका जाता था। सब लोग जीवन की न्यूनतम आवश्यकताओं की पूर्ति कर ही सन्तुष्ट थे। ईर्ष्या कहीं नाममात्र को भी नहीं थी, क्योंकि ईर्ष्या करने योग्य कुछ था ही नहीं। स्पर्धा थी तो मात्र साधना और ज्ञान की; किन्तु..."

"किन्तु क्या बहन?"

"फिर ये व्यापारी आ कर बसे। राजपुरुष आये। सुन्दर स्थान देख कर विहार करने के लिए धनी लोग आये। हरनन्दी का यह सारा तट, जहाँ केवल साधक लोग अपने परिवारों के साथ संयम का मर्यादित जीवन व्यतीत किया करते थे, जो सदा वेद-मंत्रों के पवित्र उच्चार से गुंजरित रहता था, अब विभिन्न प्रकार की विलास-सामग्रियों से सज्जित होने लगा। जिनके पास धन है, और जो आये ही विहार करने हैं—उनके लिए तो महादेव के स्थान की पवित्रता भी कोई अर्थ नहीं रखती। उनके लिए हमारा सरल और सादा जीवन, हमारे उच्च आदर्शों का फलीभूत परिणाम न हो कर, मात्र हमारी असमर्थता, मूर्खता और असहायता का परिणाम था। उनके लिए हमारा मार्ग आदरणीय नहीं, उपहास्य था। उन्होंने बड़ी-बड़ी अट्टालिकाएँ खड़ी कर लीं, प्रासाद बना लिए, दीर्घाकार रथ बनवाये...वारणावत में भी भड़कीले और

मूल्यवान वस्त्राभूषणों की दुकानें खुलीं। विलास की सामग्रियाँ दिखायी देने लगीं। मदिरालय, द्यूतालय, और जाने क्या-क्या...!"

"वे लोग इसे नगर की समृद्धि मानते होंगे; किन्तु वस्तुतः इससे नगर की पवित्रता नष्ट हुई है।" कुन्ती बोली, "ऐसा नहीं है कि ब्राह्मणेतर वर्ण, संयमित जीवन व्यतीत नहीं कर सकते, किन्तु तब ब्राह्मण की जीवन-पद्धति ही उनका आदर्श होनी चाहिए।..."

"देवी! आज तो हमारे अपने घरों में ब्राह्मण जीवन-पद्धति की रक्षा नहीं हो पा रही। दूसरे लोगों को हम क्या कहें!" गुरु-पत्नी बोलीं।

"क्यों? क्या हुआ?" कुन्ती ने पूछा।

"हमारे बच्चों के सामने तपोभूमि नहीं, व्यवसायियों की अट्टालिकाएँ हैं। उनके विलास और विहार हैं।" गुरु-पत्नी बोलीं, "अब वे भी हमसे पूछते हैं कि वेद-मंत्रों का पाठ करने के स्थान पर, वे भी कोई व्यवसाय ही क्यों न कर लें? राजसभा में चाकरी ही क्या बुरी है?..."

"क्यों? क्या वे यह नहीं देखते कि ज्ञान, साधना और सन्तोष में कितना सुख है? उसका कितना सम्मान है?" कुन्ती ने आश्चर्य से पूछा।

"एक तो, अब इन सब आदर्शों का सम्मान रह ही नहीं गया है। वे लोग नित्य-प्रति देख रहे हैं कि समाज में न ज्ञान का सम्मान है, न चरित्र का। सम्मान और बल—या तो धन में हैं, या राजसत्ता में। इसलिए उनसे सम्मान की बात करना व्यर्थ है।" गुरु-पत्नी बोलीं, "और यदि कहीं सम्मान दिखता भी हो तो उनका मानस अब बदल गया है। वे कहते हैं कि राजा उनके सामने सम्मान दिखाने के लिए झुके—इसके लिए वे आधा पेट खा कर, वस्त्राभूषण-विहीन, साधारण कुटीर में क्यों रहें? इससे तो अच्छा है कि वे सम्मान प्रदर्शित करते हुए, राजा के सम्मुख नत-मस्तक हों और परिणाम-स्वरूप अट्टालिकाओं में रहें, रथों पर यात्राएँ करें, दास-दासियों से सेवित हों, स्वादिष्ट भोजन करें, उनकी स्त्रियाँ भी वस्त्राभूषणों से सज्जित हों।...आप समझ रही हैं महारानी!" वे बोलीं, "आज के बच्चों के लिए धन और सत्ता अधिक महत्त्वपूर्ण है, सम्मान नहीं।"

"अब मैं क्या कहूँ देवि!" कुन्ती उदास स्वर में बोली, "मैं तो आज तक अपने पुत्रों को आदर्श जीवन के लिए ही प्रस्तुत करती आयी हूँ। वे क्षत्रिय-पुत्र हैं, अतः क्षत्रिय जीवन में जिएँगे। किन्तु क्षत्रिय का जीवन भी अपनी प्रकार की एक तपस्या है। उसे अधिक बलवान, सत्तावान और ऐश्वर्यवान हो कर भी निर्धन, निर्बल और ज्ञानी ब्राह्मण को अपने से उच्च समझना है; क्योंकि वह समाज का मूर्तिमान ज्ञान है। क्षत्रिय को अपने प्राण दे कर भी, समाज में न्याय की रक्षा करनी है। धन, सम्पत्ति तथा अधिकार के मध्य रह कर भी स्वयं को लोभ से बचाना है; और धन तथा ऐश्वर्य का उचित वितरण करना है। मेरे पुत्र मदिरापान नहीं करते; उनकी द्यूत

में रुचि नहीं है। उन्हें मैंने और उनके गुरुओं ने त्यागपूर्वक योग करना सिखाया है।...पर आप ठीक कहती हैं : समय बदल रहा है; लोगों की धारणाएँ परिवर्तित हो रही हैं। जब आचार्य द्रोण जैसे ब्राह्मण, अपना आश्रम छोड़, राजवंश के आश्रय में आ गये और राजकीय सेनाओं का अंग बन कर क्षत्रियों के समान युद्ध करने को प्रस्तुत हैं तो साधारण ब्राह्मण बालकों को क्या कहा जा सकता है। लगता है कि इस समाज में ज्ञान ने अपनी श्रद्धा ही खो दी है।..."

कुन्ती ने रुक कर गुरु-पत्नी तथा उनके साथ बैठी ब्राह्मणियों पर एक दृष्टि डाली और बोली, "अच्छा! अब चलती हूँ।" वह उठ कर खड़ी हो गयी, "ओह! बातों-ही-बातों में, यह तो मैं भूल ही गयी कि मैं आप लोगों को भोजन के लिए आमन्त्रित करने आयी थी।..."

गुरु-पत्नी हँसी, "कितनी बार भोजन के लिए आमन्त्रित करेंगी महारानी! आजकल तो हमारा भोजन, अपने घर पर कम, शिव-भवन में ही अधिक होता है।"

"तो क्या हुआ बहन!" कुन्ती बोली, "विद्वानों का हम इतना भी सम्मान नहीं करेंगे, तो यह कृतघ्न समाज नष्ट नहीं हो जायेगा क्या।" वह रुकी, "आप लोग कृष्ण-पक्ष की एकादशी को रात का भोजन हमारे यहाँ करें। सपरिवार सब लोग आयें। बच्चों को भी पीछे घर पर न छोड़ें। मैं सबको अलग-अलग निमन्त्रित नहीं कर पा रही; किन्तु मेरा निमन्त्रण कुलपति के परिवार के माध्यम से महादेव के सारे ब्राह्मण परिवारों को है। कृपा कर इसे अपनी अवज्ञा न मानें—मेरी असमर्थता ही समझें। सब लोग अवश्य आयें।"

"आपके वारणावत में आने से लगता है कि पुराना युग फिर से लौट आया है। हमें सत्य ही अपनी तपस्या और साधना का क्षेत्र और सम्मान मिल रहा है।" गुरु-पत्नी बोलीं, "महारानी! मैं आपको चक्रवर्ती सम्राट् की माता बनने का आशीर्वाद देती हूँ।"

सन्ध्या समय पुत्रों के लौटने पर कुन्ती ने उन्हें बताया कि वह कृष्ण पक्ष की एकादशी के भोजन के लिए ब्राह्मणों को आमन्त्रित कर आयी है।

"यह तो तुमने अच्छा किया माँ!" युधिष्ठिर बोला, "किन्तु मैं सोचता हूँ कि अब हमें बहुत अधिक समय तक यहाँ नहीं रहना है। सुरंग तैयार होते ही हमें यहाँ से निकल जाना है; अन्यथा कृष्ण-पक्ष की चतुर्दशी को पुरोचन इस लाक्षागृह को अग्निसात् कर हस्तिनापुर लौट जायेगा।..."

"तो?"

"तो एकादशी की रात को ब्राह्मणों के साथ ही हम जन-साधारण को भी भोजन के लिए बुला लें। जाने से पहले एक बार साधारण लोगों को भी भोजन करा देना चाहिए।" युधिष्ठिर बोला।

"हाँ।" भीम हँसा, "ताकि हमारे जाने के पश्चात् वे लोग हमें स्मरण कर, कुछ देर तो रोएँ।"

"ठीक है पुत्र! तुम लोग वारणावत के जन-सामान्य को भी भोजन का निमन्त्रण दे दो।" कुन्ती बोली, "अच्छा! आज दिन भर क्या किया?"

"माँ!" सहदेव बोला, "हरनन्दी नदी का सारा तट हमारा परिचित है। उसके पार के वन इतने परिचित हैं कि वृक्ष गिनवा लो। सारी पगडण्डियाँ ही हमारी पहचानी हुई नहीं हैं, उन पगडण्डियों ने भी हमारे पैरों की आहट को पहचान लिया है। वह मन्दिर भी हमने भली प्रकार देख लिया है, जहाँ विदुर काका का नाविक हमें मिलेगा।"

"वह नाविक तुम्हें मिला क्या?"

"नहीं! वह तो वहाँ नहीं था।"

"तो जब हम यहाँ अग्नि प्रज्वलित कर वहाँ पहुँचें; और तब तक वह नाविक वहाँ न पहुँचा तो?" कुन्ती ने शंका की।

"माँ! मेरा विचार है कि वह अब तक अवश्य ही वहाँ पहुँच गया होगा और कहीं छिप कर रह रहा होगा।" युधिष्ठिर बोला, "तुम ही सोचो माँ! वह प्रत्यक्ष रूप से उस मन्दिर के पास नौका ले कर हमारी प्रतीक्षा करेगा, तो कोई भी उसे देख कर पूछ सकता है कि वह वहाँ क्या कर रहा है। उससे गोपनीयता नष्ट होगी माँ!"

"ठीक है पुत्र।...तुम्हें विदुर पर इतना विश्वास है तो...।"

"विदुर काका हमें संकट में कभी असहाय नहीं छोड़ेंगे माँ!" युधिष्ठिर बोला।

23

शिव-भवन में प्रातः से ही बहुत सारी गतिविधियाँ एक साथ चल रही थीं। आज पाण्डव मृगया के लिए वन नहीं गये थे। भृत्यों और दासियों को भी प्रातः जल्दी उठना पड़ा था। काम ही इतना अधिक था। एक ओर यज्ञ की तैयारी हो रही थी, दूसरी ओर अतिथियों को बैठाने की व्यवस्था हो रही थी, तीसरी ओर भोजन का उपक्रम हो रहा था। भृत्यों और दासियों की भाग-दौड़ चल रही थी। महादेव-स्थान के ब्रह्मचारी अपनी ओर से सक्रिय थे, ताकि कुलपति के आगमन से पूर्व ही अपेक्षित तैयारी हो सके। रसोइये अपने लक्ष्य को समय से पूरा करने के लिए प्राणपण से जुटे हुए थे। एक विचित्र प्रकार की आपाधापी का वातावरण था।

अपने समय से कुलपति आये और उन्होंने यज्ञ आरम्भ करवाया। यज्ञ की पूर्ति पर उन्होंने आशीर्वाद दिया, "धर्म पर दृढ़ रहो युवराज!"

युधिष्ठिर ने हाथ जोड़, उन्हें प्रणाम किया, "धर्म क्या है कुलपति! ग्रहण अथवा त्याग?"

कुलपति ने ध्यान से युधिष्ठिर को देखा : यह धर्म सम्बन्धी मात्र एक जिज्ञासा

है अथवा इसका कोई विशेष प्रयोजन है? पर उससे क्या! प्रश्न का उत्तर तो दोनों ही स्थितियों में एक ही होगा।...

"धर्म न मात्र ग्रहण में है युवराज, न मात्र त्याग में! धर्म तो सात्विक त्याग तथा सात्विक ग्रहण—दोनों में है।" कुलपति बोले, "ग्रहण में न्याय की रक्षा है, अथवा त्याग में। ग्रहण जनहित में है अथवा त्याग। कर्तव्य की पूर्ति ग्रहण में होती है अथवा त्याग में। महत्त्वपूर्ण न ग्रहण है, न त्याग। महत्त्वपूर्ण तो उसका कारण और उसका परिणाम है।"

"अधिकार का निर्णय कौन करता है कुलपति?" युधिष्ठिर ने दूसरा प्रश्न किया।

कुन्ती ने आश्चर्य से युधिष्ठिर को देखा : वह मात्र जिज्ञासा नहीं कर रहा था—यह सब तो उसके मन का ऊहापोह था। क्या अब भी वह यह सोच रहा था कि हस्तिनापुर पर किसका अधिकार है? क्या अब भी उसके मन में द्वन्द्व था कि उसके लिए राज्य का ग्रहण उचित है अथवा त्याग? क्या अभी तक वह निर्णय ही नहीं कर पाया है कि उसे क्या करना है? दुर्योधन उन सबकी हत्या करने का प्रयत्न कर रहा है, और युधिष्ठिर अभी भी यही सोच रहा है कि हस्तिनापुर पर उसका अधिकार है भी या नहीं? कैसा मनुष्य है यह—दूसरा पक्ष उनके सर्वनाश पर तुला हुआ है; और वह अभी अपने आचरण का निरीक्षण ही कर रहा है कि वह धर्म-सम्मत है या नहीं!...

कुलपति बोले, "अधिकार का निर्णय, प्रचलित सामाजिक विधान करता है, मानव की धर्म-चेतना करती है; और अन्ततः स्वयं प्रकृति करती है।"

"कभी-कभी इनमें परस्पर विवाद भी तो हो सकता है।" युधिष्ठिर बोला, "सामाजिक विधान तथा प्राकृतिक विधान एक-दूसरे के प्रतिकूल भी तो हो सकते हैं आर्य कुलपति!"

"हाँ, युवराज!" कुलपति बोले, "ऐसे में प्राकृतिक विधान सदा विजयी होता है। वैसे प्राकृतिक विधान हमारे उन्हीं अधिकारों का समर्थन करता है, जो सृष्टि के हित में होते हैं।"

"सामाजिक विधान से मान्य हमारे अधिकार यदि कोई बलात छीन रहा हो तो धर्म, संघर्ष में है अथवा शान्ति बनाये रखने के लिए समर्पण में?"

"न्यायपूर्ण संघर्ष, अन्यायपूर्ण शान्ति से सदा महान है। यदि कोई अन्यायपूर्ण बल से हमारे अधिकार छीनता है, तो संघर्ष हमारा धर्म है!" कुलपति बोले, "युवराज! त्याग उसका होता है, जो हम अर्जित कर चुके हैं, जो हमारे अधिकार में है। जो हमसे छिन गया, जिसे हम प्राप्त नहीं कर सके, उसका हम त्याग नहीं करते।"

युधिष्ठिर कुछ क्षणों तक मनन करता रहा : और फिर बोला, "प्रतिशोध हमारा धर्म है अथवा क्षमा?"

"आततायी को दण्ड देना धर्म है और पश्चात्ताप करने वाले को क्षमा।"

"कोई हमारी हत्या का प्रयत्न करे, तो धर्म मात्र आत्मरक्षा में है अथवा उस भावी हत्यारे का वध भी अनिवार्य है?" युधिष्ठिर ने पूछा।

"धर्म तो आत्मरक्षा ही है युवराज! किन्तु यदि आत्मरक्षा में दूसरे का वध करना पड़े तो वह भी धर्म ही है।"

"यदि हम हत्यारे का वध करते हैं तो आनृशंसता की रक्षा कैसे होगी?"

"हत्यारे का वध नहीं किया जायेगा, तो वह और हत्याएँ करेगा—उससे नृशंसता की वृद्धि होगी। अतः आनृशंसता इसी में है कि हत्यारे का वध किया जाये।" कुलपति बोले, "आत्मरक्षा तो प्रत्येक स्थिति में धर्म है युवराज! आत्मरक्षा के मार्ग में आयी, किसी भी बाधा को हटाना नृशंसता नहीं है।"

"पुत्र!" सहसा कुन्ती ने वार्तालाप में हस्तक्षेप किया, "धर्म-चर्चा यदि लम्बी हो जाये और अतिथि ब्राह्मण भूखे बैठे रहें, तो यह भी नृशंसता है। कुछ लोगों की भूख धर्म-चर्चा से अवश्य मिट जाती है वत्स, किन्तु सामान्य जन को भूख मिटाने के लिए अन्न की ही आवश्यकता होती है।"

"क्षमा करें माता!" युधिष्ठिर जैसे स्वप्न में से जागा, "मैं अपने द्वन्द्व मिटाने के प्रयत्न में दूसरों की भूख को भूल ही गया था।"

"तुम्हारे द्वन्द्व मैं समझती हूँ पुत्र! परामर्श तो किसी का भी निषिद्ध नहीं है। किन्तु द्वन्द्व मिटाने के लिए माता का आदेश भी धर्मसंगत है।" कुन्ती बोली, "उठो! भूखे को अन्न दो। अपराधी को दण्ड दो। पीड़ित को न्याय दो।"

युधिष्ठिर ने माता के अधिकार के सम्मुख हाथ जोड़े और अपने आसन से उठ खड़ा हुआ।

भोजन रात को देर तक चलता रहा। पंक्ति पर पंक्ति बैठती रही और खा कर उठती रही। कुलपति और उनके साथ आये ब्राह्मण तथा उनके परिवार खा चुके तो वारणावत के जन-सामान्य के लिए भोजन परोसा गया। एक पृथक् मण्डप में नगरपाल तथा उसके सम्बन्धियों ने भोजन किया। नगर का व्यापारी वर्ग एक अलग मण्डप में भोजन कर रहा था।...

सबको भोजन करा विदा करते हुए पर्याप्त रात बीत गयी। अतिथि विदा हो चुके तो भृत्य, सेवक, दास-दासियाँ—भोजन कर अपने-अपने घर चले गये।

भीम ने युधिष्ठिर की ओर देखा, "ज्येष्ठ, अब?"

"सारे शिव-भवन का भली प्रकार निरीक्षण करो। कहीं पुरोचन का कोई गुप्तचर छिपा न हो।" युधिष्ठिर बोला, "किसी अतिथि की कोई वस्तु छूट न गयी हो; और कोई भूखा अभी तक भोजन की आशा में न बैठा हो...।"

"और पुरोचन भी अपने कक्ष में बेसुध पड़ा सो रहा हो।" सहदेव ने जोड़ा।

"चलो।" भीम ने अपने भाइयों को संकेत किया; और वह अपने हाथ में एक बड़ा दीपक लिए चल पड़ा।

उन चारों के जाने के पश्चात् कुन्ती ने युधिष्ठिर की ओर देखा, "तुम अब भी चिन्तित हो पुत्र?"

"हाँ, माँ!" युधिष्ठिर बोला, "मैं अब भी सोच रहा हूँ कि हम क्या चुपचाप यहाँ से निकल नहीं सकते? क्या शिव-भवन को जलाना आवश्यक है?"

"मैं तुम्हारा द्वन्द्व समझती हूँ," कुन्ती बोली, "किन्तु हमारे यहाँ से चले जाने मात्र से दुर्योधन के षड्यन्त्र समाप्त नहीं होंगे। हम चाहते हैं कि उसके षड्यन्त्रों का अन्त हो। वह भ्रम में रहे कि हमारी मृत्यु हो चुकी है; और हम एक नया जीवन पा सकें।...विदुर भी तो यही चाहता है पुत्र!"

"ठीक है माँ! किन्तु शिव-भवन को जलाने से पुरोचन भी इसमें जीवित जल जायेगा।"

कुन्ती की दृष्टि कठोर हो गयी, "तुमने धर्म का बहुत चिन्तन-मनन किया है। आज प्रातः भी तुम कुलपति से यही चर्चा कर रहे थे; किन्तु तुम्हारा द्वन्द्व मिटा नहीं? यदि शिव-भवन में आग नहीं लगेगी तो विदुर और उस खनक का सारा श्रम नष्ट हो जायेगा। सुरंग पकड़ी जायेगी और हमारे प्राणों की रक्षा का प्रयत्न करने वाले सभी लोग, दुर्योधन के द्वारा दण्डित होंगे। पुरोचन लौट कर दुर्योधन के पास जायेगा और तुम्हारी हत्या के लिए किये गये उद्यम का पुरस्कार पायेगा। तुम्हारे लिए दूसरे लाक्षागृह का निर्माण करवायेगा...क्या यह सब स्वीकार है तुम्हें?"

"वह सब ठीक है माँ! मेरा इससे कोई मतभेद नहीं है; किन्तु एक सोये हुए व्यक्ति की इस प्रकार हत्या...यह नृशंसता है माँ!"

"तो तुम चाहते हो कि तुम्हारा कोई एक भाई उसे जगा कर उसके साथ युद्ध करे?" कुन्ती बोली, "किन्तु ऐसे में भी वह युद्ध नहीं करेगा। चीत्कार करेगा। लोगों को बुलाएगा। दुहाई देगा। तुम्हें कलंकित करेगा कि तुम एक निष्ठावान सेवक का वध करवा रहे हो।"

"तो क्या करूँ माँ?" युधिष्ठिर जैसे हताश था।

"इस तथ्य को समझो पुत्र, कि इस सृष्टि में बहुत कोमल होना—तुम्हारा धर्म नहीं है। तुम क्षत्रिय हो। तुम्हें भूखे को अन्न, अपराधी को दण्ड तथा पीड़ित को न्याय देना ही होगा...।"

कुन्ती की बात समाप्त ही हुई थी कि चारों भाई लौट आये, "ज्येष्ठ!"

"क्या पुरोचन अभी सोया नहीं है?" युधिष्ठिर ने पूछा।

"पुरोचन तो बेसुध सोया पड़ा है।" भीम बोला, "किन्तु पश्चिम खण्ड के एक कक्ष में एक भीलनी और सम्भवतः उसके पाँच पुत्र भी सोये पड़े हैं।..."

"वे लोग इस स्थिति में नहीं हैं कि उनसे यह सब पूछा जा सके!" अर्जुन बोला, "वे लोग मदिरा पी कर अचेत हैं। उन्हें जगाने का हमारा कोई भी प्रयत्न सफल नहीं हुआ।"

"मदिरा! उन्हें यहाँ मदिरा किसने दी?" युधिष्ठिर ने जैसे अपने-आपसे पूछा, "क्या वे मदिरा पी कर आये थे? तो फिर वे उसे कक्ष तक पहुँचे कैसे?"

"इन बातों पर बाद में विचार करेंगे!" भीम बोला, "लगता है, उन्होंने अपनी क्षमता से बहुत अधिक खाया है, या उन्हें खिलाया गया है। उनके आस-पास अभी भी खाद्य-पदार्थ और मिष्ठान्न पड़े हैं। इसका अर्थ है कि उन्होंने पंक्ति में बैठ कर नहीं खाया। उन्हें किसी ने इस कक्ष में सयत्न पहुँचाया है। उनके मुख से मदिरा की दुर्गन्ध आ रही है। इसी से हमने अनुमान लगाया कि वे मदिरा पी कर अचेत हुए हैं। पंक्ति में बैठ कर खाते तो उन्हें मदिरा कौन देता, या वे मदिरा कैसे पीते! उन्हें किसी ने विशेष रूप से इस कक्ष में बैठा कर खूब मदिरा पिलायी है और जम कर भोजन कराया है।"

"तो उनका उन्माद उतारो। उनकी चेतना लौटाओ।" युधिष्ठिर बोला, "हम अधिक प्रतीक्षा भी नहीं कर सकते। विलम्ब होने से कोई विघ्न-बाधा उठ खड़ी हो सकती है।"

"उनकी चेतना लौट नहीं सकती।" सहदेव बोला, "जहाँ तक वैद्यक का मेरा ज्ञान है, वे लोग मृतप्राय हैं। वे अधिक देर तक जीवित नहीं रहेंगे।"

"मृत्यु का कारण?"

"सम्भवतः विषपान!"

"नहीं! भोजन में विष होता तो जाने कितने लोग इस समय मृत्यु से लड़ रहे होते। भोजन तो सबने वही किया है। मेरा विचार है कि उन्हें मदिरा में विष दिया गया है।"

युधिष्ठिर सहदेव को देखता रहा, "पर यह सब किसने किया? क्यों किया?"

"मेरा विचार है ज्येष्ठ, कि यह सब एक षड्यन्त्र है। यह या तो पुरोचन ने स्वयं किया है, या उसके संकेत पर, उसके किसी साथी ने।" अर्जुन बोला, "हम लोग, जब दूसरी ओर व्यस्त थे, तब कोई चुपके से उन्हें इस कक्ष में ले आया; और उन्हें भोजन के साथ, विषैली मदिरा पिलाता रहा!"

"किन्तु इस हत्या का प्रयोजन?" कुन्ती ने पूछा।

"यदि किसी ने उनसे अपनी व्यक्तिगत शत्रुता का प्रतिशोध लिया है, तो बात और है।" अर्जुन बोला, "अन्यथा उन्हें शिव-भवन में ला कर उनकी हत्या का अभिप्राय एक ही है कि यह कलंक हमारे माथे पर लगे कि हमने इस भील-परिवार की हत्या की है। इससे वारणावत के लोगों में हमारे विरुद्ध आक्रोश जागे। शिव-भवन में उनके शव मिलें और हम यह भी न बता सकें कि उनकी हत्या किसने की और क्यों की; तो जन-सामान्य हमें प्रजा-द्रोही मान, स्वतः हमारा शत्रु हो जायेगा। ऐसे में हम जन-सामान्य की सहानुभूति से वंचित होंगे। पुरोचन के लिए शिव-भवन को अग्निसात् करना सरल हो जायेगा। सम्भव है कि खुला विद्रोह होने पर, प्रजा अग्निदाह में उसकी सहायता करे, अथवा स्वयं ही अग्निदाह कर दे।"

इस बार युधिष्ठिर बोला, तो उसका स्वर पर्याप्त बदला हुआ था, "हमें शत्रु के इस षड्यन्त्र का एक लाभ भी हो सकता है। यदि वे जीवित नहीं हैं, अथवा जीवित नहीं रहेंगे, तो वे छह शव ही हैं। यदि हम शिव-भवन में आग लगा देते हैं, तो उनके शव भी जल जायेंगे। वे पहचाने नहीं जा सकेंगे। यही माना जायेगा कि वे हमारे ही शव हैं। दुर्योधन को हमारी निश्चित मृत्यु का प्रमाण मिल जायेगा; और निश्चिन्त हो जायेगा। किन्तु..." युधिष्ठिर रुक गया, "मुझे एक बात निश्चित रूप से बताओ सहदेव! क्या सचमुच उनके उपचार की, उनके जीवित रहने की कोई सम्भावना नहीं है?"

"नहीं ज्येष्ठ!" सहदेव बोला, "बहुत सम्भव है कि इस समय तक उनका प्राणान्त हो भी चुका हो।"

"तो ठीक है भीम! तुम अपना काम करो।" युधिष्ठिर बोला, "खनक से तुम्हारी चर्चा हो चुकी है न?"

"हाँ, ज्येष्ठ! उसे मैंने कह दिया है।" भीम बोला, "वैसे उसे कुछ कहने की आवश्यकता भी नहीं थी। वह बहुत चतुर है। विदुर काका ने उसे सब समझा रखा है। अग्नि की लपटें देखते ही वह भी जन-सामान्य की भीड़ में जा मिलेगा; और महादेव-स्थान के ब्राह्मणों की सहायता से हमारे शवों को खोजने के व्याज से वह सुरंग का मुख भस्म तथा मिट्टी इत्यादि से इस प्रकार भर देगा, कि किसी को सुरंग के मुख का पता ही नहीं चलेगा।"

"ठीक है, तो जाओ।"

"ज्येष्ठ!"

"हाँ, सहदेव!"

"अग्निदाह के पश्चात् उन्हें पाण्डवों के शव मिलें और शस्त्र न मिलें, तो क्या उन्हें सन्देह नहीं होगा?"

युधिष्ठिर चुपचाप खड़ा सोचता रहा।

"तो तुम चाहते हो कि हम अपने शस्त्र भी यहीं छोड़ जायें; और भविष्य में आने वाली कठिन परिस्थितियों का सामना निःशस्त्र हो कर करें?..."

"शस्त्र तो तुम वैसे भी अपने पास नहीं रख सकोगे अर्जुन!" युधिष्ठिर बोला, "वन में हम तपस्वी ब्राह्मणों का वेश धारण करेंगे तो शस्त्र क्या हमारा भेद नहीं खोल देंगे?"

"राम और लक्ष्मण तो वन में भी सशस्त्र ही रहे।" नकुल ने आपत्ति की।

"उन्होंने अपना परिचय कभी छिपाया नहीं था।..." सहदेव बोला, "हम तो..."

"छोड़ दो अपने शस्त्र! मैं जो हूँ तुम्हारे साथ—शस्त्रों का ब्रह्मास्त्र!" भीम अत्यन्त उल्लसित स्वर में बोला, "सारे शत्रुओं को अपनी भुजाओं में बाँध, पीस कर रख दूँगा।"

"ठीक है। तो जाओ भीम!" युधिष्ठिर बोला, "अपने कुछ शस्त्र उस भील परिवार के निकट रख दो; और कुछ शयन-कक्ष में छोड़ दो। उन्हें शिव-भवन की भस्म में तुम्हारी गदा, अर्जुन के बाणों के अग्रभाग और हम सबका खड्ग अवश्य मिलें।...जाओ।"

भीम ने सुरंग के कपाट खोल दिये, "पहले आप लोग प्रवेश करें। माता को ले कर आगे-आगे चलें। मैं अभी आता हूँ।"

24

कोलाहल से कुन्ती की आँखें भी खुल गयी थीं। उसने देखा कि उसके सारे पुत्र जाग गये थे। थोड़ी दूर दो व्यक्ति लड़ते दिखायी दे रहे थे, जिनमें से एक भीम था।...और सामने एक अत्यन्त स्वस्थ, हृष्ट-पुष्ट युवती खड़ी थी। कुन्ती को अपनी ओर देखते पा कर युवती ने हाथ जोड़ कर प्रणाम किया।

"तुम कौन हो?" कुन्ती के मुख से अनायास ही निकल गया, "हम तो इस वन में किसी मनुष्य की कल्पना भी नहीं कर रहे थे।"

"मैं सालकटंकटी हूँ आर्ये!" हिडिम्बा बोली, "इस हिडिम्ब-वन के स्वामी राक्षसराज हिडिम्ब की बहन!"

"यहाँ क्या कर रही हो?" कुन्ती ने पूछा।

"अपने नरभक्षी भाई के आदेश पर आप लोगों का वध करने आयी थी; किन्तु आपके पुत्र को देख कर, काम की प्रेरणा से उनकी वशवर्तिनी हो गयी हूँ। मैंने उन्हें अपना पति स्वीकार कर लिया है।..."

कुन्ती का हृदय धक् रह गया, "क्या उसने भी तुम्हें अपनी पत्नी स्वीकार कर लिया है?"

"नहीं! उन्होंने तो ऐसा कुछ नहीं कहा है।" हिडिम्बा बोली, "राक्षस समाज में तो किसी भी स्त्री को अधिकार है कि वह अपने मनोनीत पुरुष को स्थायी अथवा अस्थायी रूप से अपना पति स्वीकार कर ले। कोई भी पुरुष उसकी इच्छा का विरोध नहीं करता।..."

"क्या तुमने इसकी सूचना अपने भाई को दे दी है?" कुन्ती ने पूछा।

"नहीं। उसे मैंने सूचना नहीं दी है; किन्तु वह अपने-आप ही समझ गया है।" हिडिम्बा बोली, "इसलिए वह आपके पुत्र और मेरे प्राणवल्लभ से युद्ध कर रहा है।..."

"अर्थात् उसे सम्बन्ध स्वीकार नहीं है?"

"उसे इस सम्बन्ध से क्या लेना-देना!" हिडिम्बा बोली, "यह तो स्त्री-पुरुष का परस्पर सम्बन्ध है इसमें किसी और का तो कोई काम ही नहीं है।"

भीम की पकड़ से छूट कर हिडिम्ब पुनः उन लोगों की ओर भागा; किन्तु इस बार उसका लक्ष्य, कुन्ती नहीं, हिडिम्बा थी।...इस बात को हिडिम्बा भी समझ गयी थी और अन्य पाण्डव भी...। हिडिम्बा ने देखा कि उसके प्राणवल्लभ के ये साथी, उसे उसके भाई से बचाने के लिए सावधान खड़े हो गये थे...किन्तु तब तक भीम पुनः हिडिम्ब को घसीट कर परे ले गया था और हिडिम्बा खड़ी सोचती रह गयी कि ये अपरिचित लोग अकारण ही उसके भाई से उसकी रक्षा के लिए सन्नद्ध क्यों हो गये थे? वे बिना किसी लाभ के, लोभ के ही अपने प्राणों को जोखम में डालकर उसकी रक्षा करना चाहते थे?...या क्या वे सब लोग उसे प्राप्त करना चाहते थे? राक्षसों में तो किसी स्त्री की रक्षा का एक ही अर्थ था...यहाँ तो जिस पुरुष के सम्मुख उसने स्वयं आत्मसमर्पण की इच्छा प्रकट की थी, वह ही उसे अंगीकार करने का इच्छुक नहीं था...और ये सब लोग तो...और वैसे भी हिडिम्बा को उनमें से किसी का भी व्यवहार काम-प्रेरित नहीं लग रहा था। उनकी माता हिडिम्बा से वार्तालाप कर रही थी, तो उनमें से किसी ने भी हस्तक्षेप नहीं किया था। किसी ने उसे अपनी ओर आकृष्ट करने का प्रयत्न नहीं किया था।...

सहसा भीम ने हिडिम्ब को अपने हाथों में उठा लिया। हिडिम्ब एक निष्क्रिय लोथ-सा उसकी हथेलियों पर पड़ा रहा। भीम ने उसे कई बार घुमाया और फिर भूमि पर दे मारा। हिडिम्ब मरते हुए पशु के समान डकराया। उसने मुख से रक्त वमन किया और शान्त हो गया।

थोड़ी देर तक उसके शव के पास खड़ा भीम उसे देखता रहा। वह पुष्टि कर लेना चाहता था कि उसमें प्राण तो शेष नहीं है। हिडिम्ब के शरीर में कोई स्पन्दन नहीं जागा, तो भीम अपनी माता और भाइयों की ओर लौटा।

कुन्ती को लगा कि आज जैसे वह अपने इस बेटे को पहली बार देख रही है। यह तो वह जानती थी कि भीम पर्याप्त बलशाली है; किन्तु उसने आज तक उसे हृष्ट-पुष्ट बालक के रूप में ही देखा था। वह आज तक स्वयं को उसकी संरक्षिका मानती आयी थी।...उसकी देख-भाल करना, उसकी रक्षा करना, उसका पालन-पोषण करना—वह अपना दायित्व मानती थी। अपने पुत्रों में से यदि उसने किसी पर कोई दायित्व डाला था, अथवा दायित्व डालने योग्य समझा था, तो वह युधिष्ठिर ही था। और उसके पीछे भी उसके मन में सदा धारणा यही थी कि अभी उसका वय इस योग्य नहीं हुआ है; किन्तु पिता के न रहने पर, बाध्य हो कर इस छोटी अवस्था में ही उसे ये दायित्व सँभालने पड़ रहे हैं।...

किन्तु आज उसने भीम का एक नया ही रूप देखा था। सहसा ही भीम उसके संरक्षण से निकल कर उसका रक्षक हो गया था। उसका ही क्यों...आज उसने उन सबकी रक्षा की थी; और कितना आत्मविश्वास था उसमें! उसने उस नर-भक्षी हिडिम्ब से प्राणान्तक युद्ध करते हुए भी किसी भाई को सहायतार्थ नहीं पुकारा

था। अर्जुन ने स्वयं अपनी ओर से कहा, तो उसने उसे तटस्थ रहने का ही परामर्श दिया...तो इसका अर्थ है कि उसका यह पुत्र पूर्णतः समर्थ हो चुका है और युवा भी...हाँ! युवा भी। कुन्ती समझ नहीं पायी कि उसके मन में मात्र विस्मय ही था या प्रसन्नता भी...पुनः सोचने पर उसे लगा कि कदाचित! ये दोनों ही भाव हैं; किन्तु साथ ही थोड़ी आशंका का भी मिश्रण है...वह इस अर्थ में तो युवा हो ही गया था कि इस नर-भक्षी राक्षस को अकेले ही बिना किसी शस्त्र के उसने अपने भुजबल और मल्ल-कौशल से मार डाला था...किन्तु वह इस अर्थ में भी युवा हो गया था कि उसे देख कर युवतियों के मन मचलने लगे थे...उसकी दृष्टि हिडिम्बा पर पड़ी ...यह राक्षसी तो शुद्ध असंस्कारी, अनघड़ प्रकृति-पुत्री थी, वह भी पहचान गयी थी कि भीम अब युवा हो गया है, और उस पर अधिकार जमाने के लिए वह उपस्थित भी हो गयी।...विचित्र बात थी न...माँ को भी पुत्र की प्रेमिका से मालूम हुआ कि उसका पुत्र युवा हो गया है...जैसे माली को भी खिली हुई कलिका को देख कर ही ज्ञात होता है कि उसके उद्यान में वसन्त आ गया है...

भीम निकट आया तो सबसे पहले हिडिम्बा ही उसकी ओर लपकी, "आर्यपुत्र!" उसने आलिंगन के लिए अपनी दोनों भुजाएँ फैला दीं।

भीम ने उसकी बढ़ी हुई भुजाओं को अपनी अँगुलियों में थाम लिया, "राक्षसि! तेरे भाई का मैंने वध कर दिया है...।"

"मैंने देखा है प्रिय! और मैं अत्यन्त प्रसन्न हूँ।" उसके चेहरे पर सचमुच आह्लाद छाया हुआ था।

"तो तू सचमुच राक्षसी है, जो अपने भाई के हत्यारे के कण्ठ में भुजाएँ डालने के लिए व्यग्र हो रही है!" भीम बोला।

"हमारे समाज में तो प्रायः प्रत्येक पुरुष अपने बल से ही अपने लिए स्त्री प्राप्त करता है। स्त्री के पिता तथा भाइयों को पराजित कर, उनका वध कर स्त्री की इच्छा के विरुद्ध वह उसे बाँध कर बलपूर्वक उठा ले जाता है। मैं तो स्वेच्छा से, अपने पति के रूप में तुम्हारा वरण कर रही हूँ।..."

भीम के मन में द्वन्द्व जागा; वह हिडिम्बा की भुजाओं को अपनी मुट्ठी में बाँधे, उसके स्पर्श से अपने शरीर में जागे काम-जनित उद्वेग के रोमांच का भोग भी कर रहा था; और उसका विवेक उसके शरीर को, इस युवती को ग्रहण कर लेने की अनुमति भी नहीं दे रहा था...

"फिर तो तू और भी तिरस्करणीय है।" भीम बोला, "तेरा कामावेग किसी भी और सम्बन्ध तथा स्नेह को नहीं जानता।"

हिडिम्बा तनिक भी हतप्रभ नहीं हुई, "स्त्री जिससे प्रेम करती है, उसके मित्रों को अपना मित्र और उसके शत्रुओं को अपना शत्रु समझती है। पत्नी के सम्बन्ध, उसके पति के सम्बन्धों से ही तो निर्धारित होते हैं।"

"वह तेरा प्रेम नहीं, कामावेग है।" भीम बोला, "जब काम का ज्वार उतर जायेगा तो तुझे अपने सम्बन्ध स्मरण आने लगेंगे। फिर तुझे यह भी याद आयेगा कि मैंने तेरे भाई का वध किया है। उस समय तू उसका प्रतिशोध चाहेगी...।" भीम ने हिडिम्बा को झकझोर दिया।

हिडिम्बा ने जैसे अपने सुख के अतिरेक में आँखें मूँद लीं, "मुझे और झकझोरो। मुझे पीटो और कूटो! ऐसा शक्तिशाली पुरुष संसार में और कहाँ होगा!"

भीम के मन में संकोच का अंकुर फूटा; वह जिसे दण्ड समझ रहा था, वह जैसे हिडिम्बा का काम-सुख था। वह राक्षस-समाज में पली थी। उसकी मर्यादाएँ भी आर्यों से भिन्न थीं; किन्तु भीम की अपनी मर्यादा थी। उसकी माता और उसके भाई, उसके सम्मुख खड़े उसके व्यवहार को बड़े ध्यान से देख रहे थे।

भीम ने उसे मुक्त कर दिया, "जा! जहाँ चाहे चली जा!"

"क्या?" हिडिम्बा की आँखें खुल गयीं। उसकी आँखों में आश्चर्य भी था, पीड़ा भी और भीम के कथन के प्रति अविश्वास भी।

"मध्यम, चलो!" अर्जुन ने कहा, "दिन का प्रकाश हो रहा है, यहाँ से दूर चले जाना चाहिए।"

"चलो!" भीम न केवल उनके साथ आ मिला, वरन् वह उनसे भी आगे चल रहा था।

कुन्ती का असमंजस बढ़ता जा रहा था। वह देख रही थी कि वह युवती शुद्ध प्रकृति के समान निश्छल और सरल थी। वह अपनी प्राकृतिक आवश्यकताओं को सहज ही स्वीकार कर रही थी। न उसका दुराव से परिचय था, न परिष्कार से! वह निश्चित रूप से भीम की अनुरागिनी थी और निर्द्वन्द्व शब्दों में उसे स्वीकार कर रही थी।...वह कदाचित् विभिन्न समाजों के भेदों और विभाजनों को नहीं समझती थी। वह नहीं समझती थी कि भीम के साथ उसका विवाह क्यों नहीं हो सकता। उसने यह जानने का भी प्रयत्न नहीं किया था कि वे लोग कौन हैं और उसके तथा भीम के समाज में क्या अन्तर है...भीम की ओर से भी कुन्ती कम आशंकित नहीं थी। इस समय अपने क्रोध अथवा संकोच वह सालकटंकटी को चली जाने को कह रहा था; किन्तु इस वय के तरुण को नारी-शरीर का एक स्पर्श, उसका एक वचन अथवा एक मुस्कान कब नवनीत के समान पिघला दे—इस विषय में निश्चित रूप से क्या कहा जा सकता है! सालकटंकटी को क्रोध से झकझोरते हुए भी भीम की भुजाओं के रोमों का रोमांच कुन्ती ने देखा था...

किन्तु सालकटंकटी किसी पाण्डु-पुत्र की धर्मपत्नी होने योग्य संस्कारों से सम्पन्न नहीं थी। वह कुरुवंश की वधू नहीं हो सकती थी। वैसे भी वह अभी भीम को विवाह करने की अनुमति नहीं दे सकती थी। इस संकट-काल में वह अपने पुत्रों के विवाह की बात सोच भी नहीं सकती थी। अभी तो वे छह थे; यदि पुत्रों के

साथ वधुओं की रक्षा और भरण-पोषण की आवश्यकता भी जुड़ गयी तो समस्या और भी गम्भीर हो जायेगी।...वैसे भरण-पोषण की शायद उतनी समस्या न हो। पाँच पुत्र हैं कुन्ती के। इतना अन्न तो जुटा ही लेंगे कि अपना और उसका पेट भर सकें; किन्तु सुरक्षा?...उनकी संख्या जितनी अधिक होगी, सुरक्षा का कार्य उतना ही कठिन होता जायेगा।...वे अपने अस्तित्व को गुप्त रखना चाहते हैं। वे धृतराष्ट्र तथा दुर्योधन का यह भ्रम बनाये रखना चाहते हैं कि कुन्ती और उसके पुत्र वारणावत में जल कर यमलोक जा चुके हैं।...ऐसे में वह बहुएँ बटोरेगी तो इस भ्रम को बनाये रखना कठिन होता जायेगा...

और फिर निर्दोष युधिष्ठिर के अविवाहित रहते, भीम विवाह कर ही कैसे सकता है? अपने परिवार में, परिवेदन की अनुमति, वह दे ही कैसे सकती है?...क्या वह भीम को केवल इसलिए परिवेत्ता बन जाने दे, क्योंकि एक राक्षसी उसे देख कर काम-विह्वल हो गयी है? एक असंस्कारी नारी की प्राकृतिक भूख के कारण वह अपने परिवार तथा समाज की मर्यादाएँ तोड़ दे?...

कुन्ती समझ नहीं पा रही थी कि वह क्या करे! अपने पुत्रों को क्या परामर्श दे!...किन्तु अपने अनिर्णय में वे यहीं तो बैठे नहीं रह सकते। उन्हें तो हस्तिनापुर की सीमाओं से दूर निकल जाना है। वहाँ—जहाँ दुर्योधन, उनके होने की कल्पना भी न कर सके...

कुन्ती के पग आगे बढ़े तो आँखें पलट कर पीछे देखने लगीं।... हिडिम्बा भी उनके पीछे-पीछे आ रही थी। यह तो अच्छा ही था कि भीम का ध्यान उसकी ओर नहीं था। वह तो यह मान कर कि अब आगे चलना है, आगे-आगे चल पड़ा था। यदि कहीं उसका ध्यान हिडिम्बा की ओर चला जाता तो कदाचित् वह उसके प्रति और भी कठोर हो जाता।...कुन्ती को लगा कि एक ओर जहाँ वह एकदम नहीं चाहती कि यह सालकटंकटी उनके साथ आये अथवा भीम के साथ उसका कोई सम्बन्ध हो—वहीं उसके मन में इस अबोध तरुणी के प्रति ममत्व का भाव भी था। वह सरला तो इस प्रकार काम से अभिभूत थी कि कदाचित् वह यह जानती ही नहीं थी कि वह कर क्या रही है। वह वन में रहने वाली किसी मृगी के समान ही कामविह्वल हो कर, भीम के पीछे-पीछे चल रही थी। आर्यों के समाज की जटिल संरचना तथा ऋषियों द्वारा रचे गये कर्मशास्त्र के नियमों का उसे कोई ज्ञान नहीं था।

"पुत्री!" कुन्ती को स्वयं ही अपने मुख से अनायास फूटे इस सम्बोधन पर आश्चर्य हुआ, "तुम हमारे साथ कहाँ जाओगी?"

"मुझे न रोकें देवि!" सालकटंकटी की आँखों में अश्रु थे, "आपके पुत्र को न पा सकी तो मैं जीवित नहीं रह पाऊँगी। मैंने अपने मनोनीत पति को पाने के लिए अपने भाई की बलि दी है।..."

कुन्ती के पग रुक गये, "तुम अपनी ओर से ठीक ही कह रही हो पुत्री! किन्तु

तुम यह नहीं समझ रही हो कि विवाह एक स्त्री तथा पुरुष का मात्र देह-सम्बन्ध ही नहीं है...।"

हिडिम्बा ने कुन्ती की बात पूरी नहीं होने दी, "जानती हूँ माता! देह-सम्बन्ध की ही क्या बात है! मैं उनकी पूरी सेवा करूँगी। भोजन लाऊँगी। झाड़-बुहार करूँगी। वे लेटेंगे तो उनके पैर दबाऊँगी। पूरी सेवा करूँगी।"

कुन्ती हँसी, "तुम बहुत भोली हो सालकटंकटी! तुम सारा सम्बन्ध केवल मेरे पुत्र से ही रखना चाहती हो।..."

"माता! वह सम्बन्ध है ही स्त्री और पुरुष का।" वह बोली, "वैसे आपकी भी सेवा कर दिया करूँगी। जो आप कहेंगी, वे सारे काम करूँगी। अपने भाई की भी तो प्रत्येक आज्ञा का पालन करती ही थी मैं।"

कुन्ती को उस पर क्रोध नहीं आया। उसके मन में सहज ममत्व उपजा। वह उसकी पीड़ा देख रही थी...किस प्रकार वह इस सरला की मनोकामना पूरी करे? ...अपनी मर्यादा का वह उल्लंघन कर नहीं सकती।

"देखो! स्त्री-पुरुष के सम्बन्धों का धर्मसम्मत सामाजिक विधान है—विवाह!" कुन्ती बोली, "मैं तुम्हें यही समझाने का प्रयत्न कर रही हूँ कि विवाह, केवल एक स्त्री और एक पुरुष का मात्र देह-सम्बन्ध नहीं है। यह उनका अपना स्वतन्त्र सम्बन्ध नहीं है। यह तो पूरे परिवार में एक नये सदस्य का जुड़ना है। नये सदस्य द्वारा उस पूरे परिवार को अपना सदस्य स्वीकार करना है। उसके लिए आवश्यक है कि तुम्हारा पूरा परिवार इस सम्बन्ध की स्वीकृति दे। हमारा पूरा परिवार तुम्हें स्वीकार करने को तैयार हो।...तुम्हारे परिवार में कोई और भी है अथवा केवल तुम ही हो?"

"मेरे भाई हिडिम्ब का आर्यपुत्र ने वध कर दिया है।...और कोई है ही नहीं। अब तो अपना पूरा परिवार मैं ही हूँ। वैसे इसमें परिवार को करना ही क्या है! यदि मुझे एक पुरुष प्रिय है, और मैं उसकी संगति में ही प्रसन्न रह सकती हूँ, तो मेरे परिवार को उसमें क्या करना है?"...उसने कुन्ती को इस प्रकार देखा, जैसे कुन्ती जाने क्यों किसी निरर्थक विवाद के कारण उसे पीड़ित कर रही है।

"माँ! तुम क्यों व्यर्थ ही उसके साथ सिर खपा रही हो! यह नहीं समझेगी। चलो तुम!" भीम अपनी स्वाभाविक उग्रता के साथ बोला।

"तनिक धैर्य रखो पुत्र!" कुन्ती बोली, "तुम क्यों व्याकुल हो रहे हो?"

"मैं तुम्हारे लिए व्याकुल हूँ माँ!" भीम आकस्मिक रूप में शान्त हो गया, "कि यह सालकटंकटी नर-भक्षण की अभ्यस्त है। यह तुम्हारा भेजा खा जायेगी।"

"चुप रह दुष्ट!" कुन्ती को भीम के व्यवहार में सालकटंकटी के प्रति विरोध के स्थान पर एक दुर्ललित विनोद दिखायी पड़ा। वह हिडिम्बा से सम्बोधित हुई, "बात यह है पुत्री, कि कन्या के परिवार वाले, उससे प्रेम करते हैं। कन्या के सुख से उनको सुख, और उनके दुख से उनको दुख होता है। इसिलए यह

उनका दायित्व है कि विवाह से पहले वे उस परिवार को भली-भाँति परखें, जिसमें उनकी कन्या जा रही है। उन्हें देखना है कि उनकी कन्या का उचित भरण-पोषण हो, उसे जीवन की आवश्यक सुविधाएँ प्राप्त हों; उसका उचित मानसिक और शारीरिक विकास हो; और वहाँ उसके शरीर, उसके सम्मान तथा उसके हितों की रक्षा हो। यदि वे इन सब बातों का ध्यान नहीं रखते, तो वे कन्या के प्रति अपराधी हैं।..."

"मेरा तो परिवार है नहीं माता! इसलिए उसके अपराध, पाप, पुण्य इत्यादि की चर्चा ही व्यर्थ है।" सालकटंकटी बोली, "हाँ! आप अपने परिवार की सोचें। यदि आपके परिवार को किसी कारण से मैं स्वीकार्य नहीं हूँ, तो मैं अपने पति को ले कर आपसे कहीं दूर चली जाऊँगी..."

इस बार कुन्ती ने हिडिम्बा की बात पूरी नहीं होने दी, "मुझे इसी बात का भय है हिडिम्बे! तुम हमें इसलिए अस्वीकार हो; क्योंकि तुम हमारे परिवार में जुड़ कर उसकी बुद्धि तथा विकास करने के स्थान पर, उसे भंग करोगी। मेरे ये पाँच पुत्र, जो आज तक सर्वथा एक हैं, जिनमें किसी भी प्रकार का रंचमात्र भी भेद नहीं है, तुम उनको तिनके-तिनके के समान बिखेर दोगी..."

हिडिम्बा ने बिना हतप्रभ हुए, चकित दृष्टि से कुन्ती को देखा, "तो इसमें अनुचित क्या है, माता! प्रत्येक दम्पती का अपना एक घर होता है। वन के सारे पशु-पक्षी इसी प्रकार रहते हैं। यदि कोई दम्पती अपने माता-पिता तथा बन्धुओं से दूर एकान्त में वनों, पर्वतों और सरोवरों में विहार करें तो यह भी कोई पाप है? माता! आपके समाज में यौवन का सुख भी अपराध है क्या, काम-सुख अधर्म है क्या?"

कुन्ती पुनः सहज हो गयी थी : इस अबोध वन-कन्या के प्रति विरोध क्या और आक्रोश क्या! इसकी बुद्धि सीमित है, इसका ज्ञान सीमित है। इसका संसार वन के पशु-पक्षियों तक ही परिमित है। मानव-समाज की परिवार-परिकल्पना के साथ इसका कभी साक्षात्कार ही नहीं हुआ।

"सुनो हिडिम्बे! मनुष्य वन में बसने वाला पशु-पक्षी नहीं है। उसकी आवश्यकताएँ, बुद्धि तथा मर्यादा वन के पशु-पक्षियों से कहीं अधिक विस्तृत तथा उदात्त हैं। पशु-पक्षियों को प्रकृति ने बहुत सीमित बुद्धि दी है। उनका जीवन केवल दम्पती तक सीमित है और उसका लक्ष्य मात्र सन्तानोत्पत्ति है। मानव केवल दम्पती नहीं, परिवार बनाता है। समाज बनाता है। मनुष्य को प्रकृति ने पशु-पक्षियों की तुलना में कहीं अधिक विकसित बुद्धि दी है। अतः उसका दायित्व भी अधिक विस्तृत है। यहाँ हमारी आवश्यकता केवल पति अथवा पत्नी से पूर्ण नहीं होती। हमें परिवार के अन्य सदस्यों—माता, पिता, बहन तथा अन्य सम्बन्धियों की भी आवश्यकता होती है। अतः उनके प्रति हमारा दायित्व भी होता है। तुम मेरे इस पुत्र को लेकर विहार

करती फिरोगी, तो हमारे परिवार का विकास नहीं होगा, उसका ह्रास होगा। इसपर केवल सन्तान उत्पन्न करने का ही दायित्व नहीं है कि यह तुम्हारे साथ चला जाये। इसपर माता तथा भाइयों का भी दायित्व है, अन्य सम्बन्धियों का भी दायित्व है; इसे कुछ समाज और राज्य के विषय में सोचना है।..."

सालकटंकटी जैसे पहली बार हतप्रभ हुई, "यह सब तो मैंने कभी सोचा ही नहीं है। मैं तो केवल अपनी ही आवश्यकता जानती हूँ।" वह रुकी, "पर देवि! आप जो कुछ कह रही हैं, वह सब मुझे सिखायेंगी, तो क्या मैं नहीं सीखूँगी? मैं राक्षस-कन्या अवश्य हूँ; किन्तु न तो यातुधानी हूँ और न ही निशाचरी!"

"माँ!" युधिष्ठिर ने धीरे से कहा, "यदि यहाँ ही रुकना चाहो तो मैं कुछ जल तथा खाद्य-सामग्री की खोज में जाऊँ। तुम भूल रही हो, तुम्हें जल ग्रहण किये हुए दस प्रहर बीत चुके हैं। नकुल और सहदेव भी कष्ट में होंगे।"

कुन्ती को ध्यान आया, वारणावत से निकले हुए उन्हें सचमुच दस प्रहर हो चुके हैं। रात को भी तो वे लोग भूख, प्यास और थकान से निढाल हो कर रुके थे सो वहीं बैठे-बैठे ही सो गये थे।...

कुन्ती के कुछ कहने से पूर्व ही हिडिम्बा बोली, "यहाँ से आधा प्रहर की दूरी पर शालिहोत्र मुनि का आश्रम है माता! उसके निकट ठण्डे और स्वादिष्ट जल का सरोवर है। फलों के भी अनेक वृक्ष हैं। चलिए, मैं आपको वहीं ले चलती हूँ। वहाँ आप स्नान कर, हवन इत्यादि भी कर सकते हैं, जो मुनि लोग किया करते हैं। वह अग्नि, धुआँ...।"

"पर सालकटंकटी! हमने अभी यह निश्चय तो किया ही नहीं है कि हम तुम्हें साथ ले चलना भी चाहते हैं या नहीं!" कुन्ती ने अपने स्वर को मधुर बनाते हुए कहा।

"क्यों?" हिडिम्बा ने पुनः आश्चर्य से कहा, "माता! यदि आप मुझे साथ नहीं ले जायेंगी, तो वह सब सिखायेंगी कैसे, जो आप मुझे सिखाना चाहती हैं?"

कुन्ती को लगा, उसका मन इस सरला पर मुग्ध हो कर ही रहेगा। इतनी सरल है कि अपने मन के बाहर जैसे कुछ समझती ही नहीं। उसे यह कैसे समझाया जा सकता है कि उसे कुरुकुल की वधू के अनुकूल शिक्षा देने में इतना समय लग जायेगा कि भीम के धैर्य की सारी सीमाएँ टूट जायेंगी; भीम इतनी लम्बी प्रतीक्षा नहीं कर सकता।...

"माँ! शालिहोत्र मुनि का आश्रम ठीक रहेगा।" अर्जुन बोला, "क्योंकि...।" उसने अपनी बात अधूरी ही छोड़ दी। कुन्ती ने देखा, उसकी दृष्टि हिडिम्बा पर टँगी हुई थी। निश्चय ही, उसके सम्मुख अपनी बात कहते हुए उसे गोपनीयता भंग होती हुई लगी होगी।

"सुनो पुत्री!" इस बार कुन्ती ने अपने स्वर को असाधारण रूप में कोमल कर लिया, "मैं जानती हूँ कि तुम्हें यह जान कर दुख होगा; किन्तु अपने ज्येष्ठ पुत्र के

अविवाहित रहते, मैं अपने दूसरे पुत्र का विवाह नहीं कर सकती। हमारे समाज में इसे परिवेदन कहते हैं और उसे अधर्म माना जाता है।..."

हिडिम्बा की आँखों में हताशा उतर आयी, "किन्तु मैं आपके ज्येष्ठ पुत्र से विवाह नहीं करना चाहती माता!"

"मैं जानती हूँ पुत्री, कि तुम्हारा मनोनीत पति मेरा द्वितीय पुत्र है। मैं भी नहीं चाहती कि तुम मेरे किसी अन्य पुत्र की ओर इस दृष्टि से देखो। वे तुम्हें अनुकूल नहीं पड़ेंगे। अतः तुम इसे अपना भाग्य स्वीकार कर लो कि यह विवाह नहीं हो सकता।"

क्षण-भर के लिए सालकटंकटी जैसे स्तब्ध रह गयी; और फिर उस क्षोभ को जो उसके कण्ठ में फँस गया था, निगल कर बोली, "आप जानती हैं, यदि मेरे पति मुझे नहीं मिले, तो मैं जीवित नहीं रह पाऊँगी।" वह कुन्ती के सम्मुख भूमि पर बैठ गयी; और फिर उसने कुन्ती के चरण पकड़ लिए, "इतना तो मैं समझ गयी हूँ कि आर्य-नियमों से कदाचित् यह विवाह नहीं हो सकता; किन्तु राक्षस-नियमों में विधान है माता! मुझे आप पुत्रवधू स्वीकार करें या न करें; मुझे अपने साथ अपने परिवार में ले चलें, न ले चलें; किन्तु मुझे अपने प्रिय के साथ कुछ समय व्यतीत करने दें। ...और यदि यह भी नहीं," उसने रुक कर अपनी संकल्प-भरी आँखें ऊपर उठायीं, "तो अपने पुत्र को आदेश दें कि वह अपने हाथों से मेरा गला घोंट दे।..."

"वह ऐसी निरीह हत्या कैसे कर सकता है हिडिम्बे!" कुन्ती बोली, "वह नर-भक्षी नहीं है।"

"तो फिर मुझे अपने चरणों में मरने दें।"

इससे पहले कि कोई कुछ समझ पाता, हिडिम्बा ने कुन्ती के चरणों में धरती पर अपना सिर दे मारा...

"हिडिम्बे!" कुन्ती से पहले, भीम उस तक पहुँच गया; और उसने उसे भुजाओं से पकड़ कर उठा लिया।

कुन्ती ने देखा, भीम की आँखों में सालकटंकटी के लिए अपार ममता थी; और सालकटंकटी को तो जैसे अपना स्वर्ग ही मिल गया था।

कुन्ती के मन में संशय जागा : इन दोनों को पृथक् रखना धर्म है क्या?...किन्तु इतना तो उसके मन में स्पष्ट था कि आर्यों के अनुसार इन दोनों का संयोग धर्म नहीं है...पर वह, यह भी देख रही थी कि हिडिम्बा के मन में यह विचार उतना ही स्पष्ट था कि उन दोनों का मिलना ही धर्म था। उसके मन में भीम के दर्शन मात्र से काम जाग उठा था। अपने मन में तथा उन सबके सम्मुख वह उसे अपना पति स्वीकार कर चुकी थी। अतः उनका मिलन ही धर्म था...तो क्या कुन्ती भीम को राक्षस-विधि स्वीकार करने दे?...

"देखो हिडिम्बे!" कुन्ती अत्यन्त स्नेह से बोली और उसने जैसे हिडिम्बा को भीम से लेकर अपने पास बैठा लिया, "हमें तुमसे कोई विरोध नहीं है। हम तुम्हें

तनिक भी कष्ट देना नहीं चाहते! तुम्हारे सुख के लिए जो कुछ करना हमारे वश में है, वह हम करेंगे।"

"तो माता!" सालकटंकटी बोली, "मुझे आप जीवन-दान दीजिए।" उसकी आँखों में याचना का पारावार उमड़ रहा था, "मैं जानती हूँ, आप लोग मेरे समान वन के निवासी नहीं हैं। जाने किन कारणों से आप यात्रा करते हुए, वन में आ गये हैं; किन्तु हैं आप यात्री ही। मुझ पर कृपा कर कुछ दिन शालिहोत्र मुनि के आश्रम में टिक जाइए और मुझे राक्षस-विधि के अनुसार सन्तान-जन्म तक अपने कन्त के साथ रमण करने की अनुमति दें।...उसके पश्चात् मैं आपको नहीं रोकूँगी।"

कुन्ती ने युधिष्ठिर की ओर प्रश्न-भरी दृष्टि से देखा।

युधिष्ठिर के मन में भी पर्याप्त ऊहापोह था। वह इस सारी घटना को धर्म की दृष्टि से देख रहा था और सुरक्षा की दृष्टि से भी। उन्हें यहाँ अनिश्चित काल तक अपने-आपको छुपाए रखना था। इस दृष्टि से उन्हें किसी भी अपरिचित व्यक्ति को अपने निकट नहीं आने देना चाहिए था...वे लोग स्वयं तो ब्राह्मण तपस्वियों का रूप धारण कर, गोपनीय ढंग से रह सकते हैं। कोई भी उन पर सन्देह नहीं करेगा। उनका यह बताना भी आवश्यक नहीं है कि वे पाँचों परस्पर भाई ही हैं। कोई भी पाँच तपस्वी एक साथ रह सकते हैं। माँ भी एक वृद्धा ब्राह्मणी के रूप में उनके साथ रह सकती हैं। अपना परिचय गुप्त रखने के लिए, माँ को किसी एक की माता भी बताया जा सकता है; किन्तु सालकटंकटी अपनी अवस्था और अभ्यास के कारण तपस्विनी के रूप में नहीं रह पायेगी। जैसी काम-विह्वला वह है, उसका भीम से सम्बन्ध छिपाना वैसे भी कठिन होगा; और इस वन में सालकटंकटी के अनेक परिचित एवं सम्बन्धी भी होंगे। वे उसे देखते ही यह जानना चाहेंगे कि वह किन लोगों के साथ रह रही है।... हिडिम्ब की मृत्यु की सूचना उसके सम्बन्धियों और राक्षस समाज को मिलेगी। वे लोग हिडिम्ब का वध करने वाले को खोजेंगे। हिडिम्बा को देख, वे उससे इस विषय में जिज्ञासा न करें, यह सम्भव नहीं है।...किन्तु, इस अज्ञात क्षेत्र में हिडिम्बा का उनके साथ होना, उनके लिए लाभकारी भी हो सकता है। उससे अधिक इस वन-प्रदेश को और कौन जानता होगा—इसके दुरूह और सुरक्षित स्थल, इसके जोखम-भरे स्थल, वन्य-पशुओं की स्थिति और नर-भक्षी राक्षसों के स्थान...

25

"पुत्र युधिष्ठिर! क्या अब हमें यहाँ से चल नहीं देना चाहिए?" कुन्ती ने पूछा, "अब तो सालकटंकटी भी अपने पुत्र को ले कर चली गयी है।"

"हाँ माँ! अब यहाँ और रुकने का क्या प्रयोजन!" अर्जुन बोला, "हम यहाँ

किसकी प्रतीक्षा कर रहे हैं? फिर कहीं कोई हिडिम्बा आ गयी, तो हम फिर वर्ष भर के लिए रुक जायेंगे।..."

"अब कोई हिडिम्बा आयी तो उसे तेरे ही गले में बाँध दूँगी।" कुन्ती बोली, "वह राक्षसी थी और काम-मोहित थी; किन्तु मन की भली थी।"

"अर्जुन! तुम यहाँ से चलने को बहुत व्यग्र हो," युधिष्ठिर बोला, "और मैं तुम्हारी व्याकुलता समझता भी हूँ; क्या तुमने कभी सोचा भी है कि यहाँ से चल कर हम कहाँ जायेंगे?"

"कहीं भी! यहाँ से तो निकलें!"

"यदि लक्ष्य स्वयं को छिपाये रखना मात्र हो, अथवा हस्तिनापुर को भूल कर साधारण जन के रूप में एक नया जीवन आरम्भ करना हो, तो कोई विशेष कठिनाई नहीं है। हम हस्तिनापुर से कहीं दूर भी जा सकते हैं, आर्यावर्त से भी कहीं दूर घने वनों में अज्ञात जीवन व्यतीत कर सकते हैं; किन्तु यदि हमें हस्तिनापुर की राजनीति पर दृष्टि रखनी है और स्वयं को प्रकट करने का अवसर ढूँढ़ना है, तो हम न तो हस्तिनापुर राज्य के भीतर जा सकते हैं; और न उससे दूर! ऐसी स्थिति में हमें आर्यावर्त के विभिन्न राजनीतिक केन्द्रों के निकट भी रहना पड़ेगा और उनके लिए अदृश्य भी बने रहना होगा।"

"एक बात और... तुम यहाँ से निकलने को कितने ही व्याकुल क्यों न हो, किन्तु जब तक हम स्वयं को प्रकट करने का निश्चय नहीं करते, तब तक तुम धनुष-बाण का अभ्यास नहीं कर सकते। हाथ में धनुष लेते ही तुम्हें पहचानने में किसी को कोई कठिनाई नहीं होगी।"

"फिर भी पुत्र! तुम जा कर कुलपति से मिलो; और कहो कि हम आश्रम त्याग कर जाना चाहते हैं। देखो, वे क्या परामर्श देते हैं।" कुन्ती बोली।

"अच्छा, माँ!"

मुनि शालिहोत्र के कुटीर के पास आज अन्य दिनों के समान, न तो ज्ञान-पिपासु तपस्वी एकत्रित थे और न ही कुलपति उनकी शंकाओं का समाधान कर रहे थे। आज वातावरण पर्याप्त बदला हुआ था। मुनि के अनेक शिष्य वहाँ उपस्थित तो थे; किन्तु वे लोग अपने गुरु से ज्ञान-चर्चा करने के स्थान पर किसी बड़े आयोजन की व्यवस्था में लगे हुए थे।

"क्या बात है ब्रह्मचारी! कोई विशेष आयोजन?" युधिष्ठिर ने एक ब्रह्मचारी से पूछा, जो कदाचित् गुरु की किसी आज्ञा की प्रतीक्षा कर रहा था।

"महामुनि कृष्ण द्वैपायन पराशरनन्दन वेदव्यास आश्रम में पधार रहे हैं।" उसने इस प्रकार कहा, जैसे अपनी विकट व्यस्तता के मध्य से, बड़ी कठिनाई से युधिष्ठिर के प्रश्न का उत्तर देने का समय निकाल पाया हो।

युधिष्ठिर का हृदय क्षण-भर के लिए जैसे स्तब्ध रह गया...कृष्ण द्वैपायन व्यास ...अगले ही क्षण युधिष्ठिर पलट कर अपने कुटीर की ओर चल पड़ा। उसने न मुनि शालिहोत्र की प्रतीक्षा की और न ही उनसे मिलना आवश्यक समझा...

कुन्ती उसे देखते ही समझ गयी कि अपने सारे संयम तथा अचंचल प्रज्ञा के होते हुए भी इस समय युधिष्ठिर बहुत विचलित था।

"क्या बात है पुत्र?"

"माँ! आश्रम में महामुनि वेद व्यास पधार रहे हैं।..."

"तो इसमें इस प्रकार विचलित होने का क्या कारण है?" कुन्ती ने सहज भाव से कहा, "वे हमारे शत्रु नहीं हैं।"

युधिष्ठिर के चेहरे का भाव कुछ परिवर्तित हुआ : उसने इस रूप में तो सोचा ही नहीं था।

"हाँ, माँ! वे शत्रु नहीं हैं; किन्तु वे हमें पहचानते तो हैं।" युधिष्ठिर धीरे से बोला, "यदि हम यहाँ टिके रहे तो वारणावत से चलने के पश्चात् आज पहली बार किसी ऐसे व्यक्ति से साक्षात्कार होगा, जो जानता है कि हम कौन हैं।"

"तो तुम्हें आशंका किस बात की है?" कुन्ती का स्वर अब भी शान्त था।

"मुझे आशंका उनसे नहीं है; किन्तु उनके माध्यम से हमारे जीवित होने तथा यहाँ वर्तमान होने का समाचार कहीं भी पहुँच सकता है—दुर्योधन तक भी!" युधिष्ठिर बोला।

कुन्ती ने तत्काल उत्तर नहीं दिया : युधिष्ठिर की आशंका सर्वथा निर्मूल तो नहीं थी।

"किन्तु भैया! उनके माध्यम से हमें भी तो सारे आर्यावर्त का समाचार मिल सकता है।" सहदेव बोला, "हमें भी तो समाचारों की आवश्यकता है। हमें भी तो मालूम होना चाहिए कि हमारी तथाकथित मृत्यु के विषय में हस्तिनापुर तथा आर्यावर्त की अन्य राजधानियों में लोग क्या सोचते और समझते हैं। हमारी हत्या के विषय में लोगों की क्या धारणा है।...हमारे प्रकट होने के लिए उपयुक्त अवसर तथा स्थान कहाँ है?..."

"सहदेव ठीक कह रहा है भैया!" भीम बोला, "यदि हम सारे संसार से असम्पृक्त हो, इन सघन वनों में अज्ञातवास करते रहे, तो हमें यह ज्ञात कैसे होगा कि हमें नागरिक जीवन में कब लौटना है!"

"और यह भी तो सम्भव है भैया, कि वे हमारे रहस्य को रहस्य ही बनाये रखें!" अर्जुन ने कहा।

युधिष्ठिर ने सबके विचार धैर्यपूर्वक सुने और बोला, "इन सब दृष्टियों से तो न केवल हमें यहाँ टिके रहना चाहिए, वरन् उनसे मिलना भी चाहिए और स्वयं को उनके सम्मुख प्रकट भी कर देना चाहिए; किन्तु..." उसने रुक कर सबकी ओर देखा, "किन्तु मेरी एक ही आशंका है—यदि अपने वैराग्यपूर्ण दृष्टिकोण के कारण, वे हमारे प्रति तटस्थ ही हुए, अथवा हमारा रहस्य उनको उतना गोपनीय नहीं लगा

और उनके माध्यम से हमारा रहस्य इस वन के बाहर, नागरिक जीवन में प्रचारित हो कर, दुर्योधन के कानों तक जा पहुँचा तो?..."

"तुम्हारा ज्येष्ठ भी ठीक ही कह रहा है पुत्रो!" इस बार कुन्ती ने युधिष्ठिर का समर्थन किया, "हम ऐसी अवस्था में नहीं हैं कि किसी भी सम्भावना की उपेक्षा कर सकें। इसलिए यदि हम उनके यहाँ आने से लाभ उठाना चाहते हैं, तो हानि का जोखम मोल लेने के लिए भी तैयार रहना होगा।"

"वैसे भी माँ! अब हमारे पास यहाँ से अज्ञात रूप में निकल जाने का अवसर कहाँ है!" नकुल बोला, "यदि हम उनसे मिले बिना तत्काल निकल चलें, तो भी आश्रमवासियों का ध्यान हमारे इस प्रकार रहस्यपूर्ण ढंग से लुप्त हो जाने पर अवश्य जायेगा। सम्भवतः हमारे विषय में अनेक दुष्कल्पताएँ की जायें और गर्हित रूप में हमारी चर्चा की जाये तब हमारे रूप-रंग, आकृति-प्रकृति, स्वभाव-चिन्तन तथा परस्पर सम्बन्धों का संदिग्ध चरित्रों के रूप में वर्णन किया जायेगा। ऐसी स्थिति में हमें जानने वाले व्यक्ति के लिए उस वर्णन से हमें पहचान लेना तनिक भी कठिन नहीं होगा।"

युधिष्ठिर ने कोई उत्तर नहीं दिया; किन्तु उसकी मुद्रा कह रही थी कि वह नकुल से प्रायः सहमत ही है। चारों भाई युधिष्ठिर को देख रहे थे : क्या विचार है ज्येष्ठ का?...

अन्ततः युधिष्ठिर ही बोला, "मेरा विचार है कि यहाँ से चुपचाप सुरक्षित निकल जाने का अवसर बीत चुका है। अब हमें कम-से-कम महर्षि के आश्रम से प्रस्थान करने तक निष्क्रिय भाव से कहीं रुके रहना चाहिए। जो विधाता की इच्छा होगी, वह हो कर रहेगा।..."

"किन्तु इतना तो हमें ही निश्चय करना है भैया, कि हमें उनकी उपस्थिति में उनके सम्मुख जाना है या नहीं; और यदि जाना है तो स्वयं को प्रकट करना है या नहीं।" अर्जुन बोला।

"महर्षि आश्रम में आयें और हम उन्हें प्रणाम करने भी न जायें, यह उनकी अवज्ञा होगी। पूज्यपूजन न करना अधर्म है।" युधिष्ठिर बोला, "प्रणाम करने तो हमें जाना ही चाहिए।"

"प्रणाम तो हम अज्ञात वनवासियों के रूप में भी कर सकते हैं।" सहदेव बोला, "आवश्यक तो नहीं कि ऐसे अवसर पर हम अपना परिचय भी दें।"

"सहदेव ठीक कहता है।" कुन्ती ने कुछ आतुरता से कहा, "इस विधि से हम पूज्य की पूजा न करने के अपराधी भी नहीं होंगे और स्वयं के प्रकट होने के जोखम से भी बच जायेंगे।..."

महर्षि वेद व्यास उच्च स्थान पर मृगचर्म का आसन बिछाए, बैठे हुए थे। उनसे

कुछ हट कर मुनि शालिहोत्र अपने आसन पर विराजमान थे। आश्रम के अन्तेवासी एक-एक कर महर्षि को प्रणाम कर, अपना सम्मान प्रकट कर, उनके सम्मुख भूमि पर बैठते जा रहे थे।

युधिष्ठिर के मन में हल्की-सी उत्तेजना थी : ऋषि उन्हें पहचान जायेंगे तो उन्हें आश्चर्य नहीं होगा कि युधिष्ठिर और उसके भाई उनसे अपरिचितों का-सा व्यवहार कर रहे हैं। क्या उन्हें यह नहीं लगेगा कि वे लोग उनकी अवज्ञा कर रहे हैं।...और सहसा युधिष्ठिर के मन में आया कि यह सब होने से पहले तो उन्हें आश्चर्य इस बात का होगा कि वे लोग जीवित हैं...और जीवित होते हुए भी वे लोग हस्तिनापुर न जा कर यहाँ अज्ञातवास कर रहे हैं।...और इस आश्चर्य का परिणाम?...युधिष्ठिर का मन किसी भी प्रकार यह मानने को तैयार नहीं था कि महर्षि उनके जीवित और यहाँ वर्तमान होने की सूचना हस्तिनापुर पहुँचा कर, उनका अनिष्ट कर सकते हैं; किन्तु यह तो सम्भव था ही कि अजाने ही उनके माध्यम से पाण्डवों का रहस्य कहीं और पहुँच जाये और उनका संकट फिर से बढ़ जाये...

कुन्ती और पाँचों पाण्डव, प्रणाम करने वालों के उस समूह का अंग बनकर खड़े हो गये। कुन्ती सावधान थी कि यदि ऋषि उन्हें पहचान भी जायें, तो भी अन्य उपस्थित लोगों को यह आभास न हो पाये कि वे लोग छद्‌म वेश में यहाँ रह रहे हैं।...किन्तु यदि पहचान जाने के पश्चात् ऋषि ने ही पूछ लिया कि वह अपने पुत्रों को ले कर, उनके आश्रम में क्यों नहीं आ गयी?...तो क्या उत्तर देगी वह? क्या वह उनसे कह सकेगी कि वह उनका भी विश्वास नहीं कर पायी...

उनके आगे के ही नहीं, पीछे के भी अनेक लोग, महर्षि को प्रणाम कर बैठ चुके थे। लोगों में व्याकुल उत्साह था कि वे शीघ्रातिशीघ्र प्रणाम कर बैठ जायें और ऋषि के शब्दों का अमृतपान करें। किन्तु न केवल पाण्डवों में यह उत्साह नहीं था, वे सायास विलम्ब भी करते जा रहे थे।...

अन्ततः उनकी बारी आ गयी। अब उनके अतिरिक्त बहुत थोड़े लोग बचे थे; और वे भी किसी विशेष जल्दी में नहीं थे। कदाचित् उनमें भी इस कार्य के लिए विशेष उत्साह नहीं था; वे शिष्टाचारवश ही अभ्यागत ऋषि को प्रणाम करने आये थे। ऐसे में यदि पाण्डव सायास और विलम्ब करते तो वह अलक्षित नहीं रहता।

युधिष्ठिर आगे बढ़ा। उसने बिना मुख से कुछ कहे, महर्षि के चरण छुए। ऋषि ने आशीर्वाद की मुद्रा में अपना हाथ उठाया...किन्तु तभी युधिष्ठिर ने लक्ष्य किया कि ऋषि की दृष्टि उसके आनन पर तप रही थी। वे उसे ध्यान से देख रहे थे; किन्तु अगले ही क्षण जैसे वे सहज हो गये, "आश्रम में नये आये लगते हो पुत्र!"

युधिष्ठिर ने कुछ नहीं कहा। हाथ जोड़ कर स्वीकृति में सिर झुका दिया।

"जटाएँ भी पूर्णरूपेण जमी नहीं हैं।" ऋषि पुनः बोले, "ऐसे तो तुम नगर में वनवासी और आश्रम में नागरिक लगोगे।"

युधिष्ठिर मौन ही रहा। कदाचित् ऋषि ने उसे पहचान लिया था।...किन्तु यदि पहचान लिया था, तो वे इसका भेद प्रकट नहीं करना चाहते थे। सम्भवतः वे उसे संकेत दे रहे थे कि यदि उसे वनवासी के छद्म वेश में ही रहना था, तो उसे जटाएँ जमा लेना चाहिए।...क्या है ऋषि के मन में?...

भीम ने प्रणाम किया तो ऋषि बोले, "इस मांगलिक वेश में तुम गृहस्थ अधिक लगते हो पुत्र! वनवासी कम। वनवासी को अपने रूप का मोह त्याग देना चाहिए।"

अर्जुन, नकुल तथा सहदेव को उन्होंने कुछ कहा कहीं; अन्य आश्रमवासियों के ही समान केवल हाथ उठा कर आशीर्वाद दिया।

कुन्ती को आशीर्वाद देते हुए उन्होंने कहा, "तुम्हारे पुत्र धर्म में प्रवृत्त हों। धर्म तुम्हारी रक्षा करे।"

सब लोग प्रणाम कर बैठ गये तो मुनि शालिहोत्र ने कहा, "इस बार इस दिशा में आप दीर्घ अन्तराल के पश्चात् पधारे हैं ऋषिवर! कोई विशेष प्रयोजन?"

व्यास मुस्कराए, और उनके श्यामल वर्ण पर भी उनके श्वेत दाँतों की आभा व्याप गयी, "मेरा तो एक ही प्रयोजन है।"

"वह क्या है ऋषिवर?"

"मृत्यु के पश्चात् के जीवन की खोज!"

युधिष्ठिर की दृष्टि पहले महर्षि पर अटकी और फिर अपने भाइयों की ओर चली गयी। क्या सोच रहे हैं वे लोग? क्या वे भी सोच रहे हैं कि ऋषि का संकेत उन्हें ही खोजने की ओर है?...मृत्यु के पश्चात् का जीवन...

"क्या ऋषिवर को आत्मा की अमरता में सन्देह उपजा है?" मुनि शालिहोत्र ने पूछा।

"नहीं मुनिश्रेष्ठ! आत्मा की अमरता में सन्देह नहीं उपजा। इस बार मैं उसे साक्षात् देखने निकला हूँ।" व्यास बोले, "आत्मा देखी नहीं जा सकती; दिखता तो शरीर ही है। मैं देखने निकला हूँ कि मृत्यु के पश्चात् आत्मा ने कैसा शरीर धारण कर रखा है।..."

शालिहोत्र के चेहरे पर पहले आश्चर्य और फिर स्तब्धता के भाव आये; और अनायास ही उनके मुख से निकला, "यह तो कोई विचित्र ही प्रयोग है।..." उन्होंने स्वयं को संयत किया और बोले, "यदि ऐसी कोई आत्मा सामने आयी तो क्या उसे पहचान पायेंगे?"

"विश्वास तो यही है कि प्रयत्न करूँगा तो पहचान ही लूँगा।" ऋषि के चेहरे पर एक आकर्षक मुस्कान थी, "आत्मा को जो कलेवर मिलेगा, वह उसके अनुकूल ही तो मिलेगा। यदि मैं आत्मा को पहचानता हूँ तो कलेवर को भी पहचान लूँगा।"

"आप धन्य हैं मुनिवर!" मुनि शालिहोत्र बोले।

और युधिष्ठिर जैसे विदुर की बुद्धि पर मुग्ध हो उठा।... अकेले काका विदुर ही जानते थे कि वे लोग जीवित हैं। वे ही जानते थे कि वे किस दिशा में गये हैं। पाण्डवों

को खोजने और सम्पर्क करने का कार्य वे ही कर सकते थे।...किन्तु वे स्वयं आते कैसे? स्वयं आते, अथवा अपने किसी विश्वसनीय जन को भेजते तो हस्तिनापुर में वह बात गोपनीय नहीं रह सकती थी।...इसलिए उन्होंने चुना इस वयोवृद्ध, सर्वसम्मान्य, सदा के परिभ्रामी, यायावर ऋषि को, जिनके विषय में किसी को यह भी ज्ञात न हो कि वे आजकल कहाँ हैं! कहीं एकान्त में तपस्या कर रहे हैं, अथवा तीर्थ पर गये हैं!...उनके आश्रम से अनुपस्थित रहने को तनिक भी महत्व नहीं दिया जायेगा।... और...और...यही वह ऋषि, जिसका प्रभाव-क्षेत्र आर्यावर्त्त में ही नहीं, सारे जम्बूद्वीप में है। ऋषियों के आश्रमों तथा एकान्त में तपस्या करने वाले साधकों के रूप में कहीं भी सहायक मिल जाते हैं। उनका आवागमन कहीं भी अवरुद्ध नहीं होता; उन्हें कहीं आश्रय तथा सहायकों का अभाव नहीं होता...

इसका अर्थ है कि वह क्षण आ गया है, जब पाण्डवों को प्रकट होने का प्रयत्न करना है। वेद-व्यास उन मृतकों के लिए जीवन का सन्देश लाये हैं, कदाचित् उन्हें इस मृतक-लोक से बाहर निकालने के लिए आये हैं।...

"पूज्यपाद!" युधिष्ठिर के मन में एक विचित्र उत्साह भर आया, "आप सिद्ध ऋषि हैं। आप आत्मा को पहचानते हैं, अतः उसके कलेवर को भी पहचान लेंगे; किन्तु हम जैसे अज्ञानी साधक, यदि अपनी आत्मा का साक्षात्कार करना चाहें तो क्या करें?..."

"आत्म-साक्षात्कार, आश्रमों की सामूहिक साधना में नहीं, एकान्त तपस्या में होता है पुत्र!"

व्यास तत्काल बोले, "इसलिए यदि आत्म-साक्षात्कार करना चाहते हो, तो एकाकी भ्रमण करो, एकान्त-तपस्या करो। समाज में घिरे रहोगे तो दिव्य सन्देश तुम तक कैसे पहुँचेगा? शाश्वत जीवन का सुन्दरतम तो तुम तक तभी पहुँच सकेगा, जब तुम होगे और तुम्हारा ईश्वर होगा।..."

26

रात बहुत गहरी नहीं हुई थी; किन्तु सिन्दूरी सन्ध्या काली पड़ चुकी थी। वन में इस समय तक सारी गति-विधि समाप्त हो जाती थी; और केवल निशाचर कहलाने वाले जन्तु बाहर घूमा करते थे। पाण्डवों ने भी अब तक अपने घर का प्रवेश-द्वार बन्द कर लिया था।

किसी ने प्रवेश-द्वार को हिलाया। यह किसी वन्य-पशु द्वारा सींग मारने की-सी ध्वनि नहीं थी। यह तो किसी मनुष्य द्वारा उनका ध्यान आकृष्ट करने के लिए, द्वार को खटखटाने का-सा शब्द था।

पाण्डवों ने आश्चर्य से एक-दूसरे की ओर देखा; और तब सहदेव ने कहा, "मैं देखता हूँ।"

"तुम ठहरो!" उठते हुए सहदेव को भीम ने उसकी भुजा पकड़ कर बैठा दिया, "मैं देखता हूँ।"

सहदेव बैठ गया; किन्तु बोले बिना नहीं रह सका, "बाहर कोई अतिथि है भैया! कोई आक्रमणकारी नहीं।"

"अतिथि होगा तो सादर भीतर ले आऊँगा।" भीम बोला, "इस वन में भी छल-छद्म हो सकता है सहदेव!"

थोड़ी देर में भीम लौटकर आया तो उसके साथ स्वयं महर्षि वेदव्यास थे।...सारे भाइयों ने अपनी माता सहित उन्हें प्रणाम किया।

"मुझे इस प्रकार आया देखकर तुम्हें आश्चर्य हो रहा है?" महर्षि ने पूछा।

"हाँ पितामह!" युधिष्ठिर बोला, "आपके आगमन से पहले प्रायः आपके आने का समाचार आता है, आपके शिष्य आते हैं; और फिर अब वन में यात्रा करने को समय भी तो नहीं रहा। अन्धकार पर्याप्त सघन हो चुका है।..."

"यह सब मैंने सायास किया है पुत्र! अपने शिष्यों को अगले आश्रम की ओर भेज दिया है।" व्यास बोले, "वस्तुतः अभी मैं तुम्हारा रहस्य उद्‌घाटित करना नहीं चाहता।" उन्होंने एक-एक कर उन सबको देखा और बोले, "सावधानी आवश्यक है!"

"आपने हमें मुनि शालिहोत्र के आश्रम में पहचान लिया था तात्?" कुन्ती ने शिशु-सुलभ जिज्ञासा-भाव से पूछा, "हम लोग अन्त तक इस संशय में ही रहे। फिर भी हमने वह आश्रम त्यागना ही उचित समझा।"

"मुझे विदुर से यह सूचना मिल गयी थी पुत्री, कि तुम लोगों की प्राण-रक्षा हो गयी है।"

"मैंने कहा था न माँ, कि काका ने ही पितामह को बताया होगा।" नकुल उत्साह से बोला।

"तुमने ठीक कहा था पुत्र! हस्तिनापुर में बैठा विदुर ही तुम लोगों का हित साध रहा है।" व्यास शान्त स्वर में बोले, "मैं अपने भ्रमण की आड़ में तुम लोगों की खोज में ही निकला था।"

"हस्तिनापुर का क्या समाचार है पितामह?" युधिष्ठिर ने पूछा, "क्या दुर्योधन को विश्वास हो गया है कि हम लोगों की मृत्यु हो चुकी है?"

"आभास तो यही होता है।" व्यास बोले, "किन्तु उससे तुम लोगों को न तो निश्चिन्त हो जाना चाहिए, न असावधान!"

"क्या पितृव्य को पता है कि हम जीवित हैं?" कुन्ती ने जिज्ञासा की।

"भीष्म!" व्यास बोले, "लगता है कि उन्हें कुछ सन्देह तो है। सम्भव है कि उन्हें विदुर से कोई संकेत मिला हो। यदि उन्हें मालूम है भी तो वे इसे प्रकट नहीं

करते। उनका प्रकट व्यवहार ऐसा ही है, जैसे वे तुम लोगों की मृत्यु पर विश्वास करते हैं।" व्यास ने बारी-बारी से सबकी ओर देखा, "हस्तिनापुर में तुम्हारी मृत्यु का समाचार पहुँचा तो उसका बहुत शोक मनाया गया। सबसे अधिक शोक धृतराष्ट्र ने मनाया। कृष्ण और बलराम भी अपने सम्बन्धियों और मित्रों के साथ, हस्तिनापुर के शोक में सम्मिलित होने के लिए आये थे; किन्तु द्वारका में यादवों की अपनी कलह के कारण वे हस्तिनापुर में अधिक समय तक टिक नहीं पाये।"

"क्या कृष्ण जानता है कि हम जीवित हैं?" अर्जुन ने पूछा।

"वह विदुर से मिला था। कदाचित् उसे पहले से ही सन्देह था। उसने विदुर से यह सूचना तो प्राप्त कर ली थी कि तुम लोग सुरक्षित हो; किन्तु उसके पश्चात् उसे द्वारका लौट जाना पड़ा।"

"तो क्या हुआ!" अर्जुन बोला, "वह अवश्य आयेगा। वह अवश्य ही हमारी सहायता करेगा।"

"वह उसका प्रबन्ध कर रहा है पुत्र!"

"किस बात का प्रबन्ध कर रहा है कृष्ण?" कुन्ती के स्वर में उत्सुकता के स्थान पर व्यग्रता थी।

"तुम्हारा भतीजा तुम्हारे पुनर्जीवन का प्रबन्ध कर रहा है पुत्री!" व्यास बोले, "ताकि तुम लोगों का यह अज्ञातवास समाप्त हो सके।"

"उसके लिए प्रबन्ध क्या करना है," भीम कुछ उग्र स्वर में बोला, "हम जहाँ चाहें, घोषणा कर सकते हैं कि हम जीवित हैं, और दुर्योधन ने हमारी हत्या का षड्यन्त्र रचा था।"

"तो घोषणा करते क्यों नहीं?" व्यास मुस्कराए, "वन में अज्ञातवास करने का कारण?"

"हमारे ज्येष्ठ का विचार है कि प्रकट होने पर दुर्योधन की ओर से हमारे लिए संकट उत्पन्न हो सकता है।" भीम ने कुछ ऐसे स्वर में कहा, जैसे स्वयं उसका यह विश्वास न हो।

"युधिष्ठिर ठीक कह रहा है पुत्र! कृष्ण का भी यही विचार है। अतः हम चाहते हैं कि तुम लोग तब तक छद्मवेश धारण किये रहो, जब तक कि तुम्हारी सुरक्षा का पूर्ण प्रबन्ध न हो जाये।..."

"हमारे हाथ में शस्त्र दे दीजिए और फिर देखिए कि हम सुरक्षित ही सुरक्षित हैं।" भीम के स्वर में स्पष्ट उद्दण्डता थी।

"नहीं।" व्यास का स्वर पहली बार अपनी कोमलता छोड़, कुछ दृढ़ कठोर हुआ, "तुम्हारे हाथों में शस्त्र दे भी दें, तो तुम्हें दुर्योधन पर प्रहार नहीं करने दिया जायेगा; और उसे प्रहार करने से कोई रोक नहीं पायेगा। कृष्ण चाहता है कि इस बार ऐसा प्रबन्ध हो जाये कि या तो दुर्योधन प्रहार ही न कर पाये, अथवा तुम्हें भी उसका प्रहार रोकने की पूर्ण स्वतन्त्रता हो।"

"क्या यह सम्भव है तात्?" कुन्ती को जैसे विश्वास नहीं हो रहा था।

"यह अवश्यम्भावी है।" व्यास का स्वर निर्द्वन्द्व था, "तुम्हारा पुत्र भारतवर्ष का शक्तिशाली सम्राट् होगा। तुम चिन्ता न करो पुत्री!"

"और जिस दिन यह सब हो जायेगा!" भीम पुनः बोला, "उस दिन मैं उस नीच दुर्योधन और उसके उस चाण्डाल मामा से अपना पूर्ण प्रतिशोध लूँगा।"

"भीम!" युधिष्ठिर बोला, "तुम जानते हो, हम प्रतिशोध के समर्थक नहीं हैं। मैंने हस्तिनापुर की राजसभा में आचार्य द्रोण के प्रतिशोध का समर्थन नहीं किया था। प्रतिहिंसा मानव के लिए हितकर नहीं है।"

"प्रतिशोध तो एक ही स्थिति में नहीं लिया जाता भैया, जब राजा अपराधी को दण्डित कर दे।" भीम बोला, "और मैं जानता हूँ कि वर्तमान राजा के रहते हुए दुर्योधन को कोई दण्डित नहीं करेगा। इसलिए प्रतिशोध आवश्यक है।"

"युधिष्ठिर ठीक कह रहा है पुत्र! हमारी नीति प्रतिरोध की है, प्रतिशोध की नहीं!" व्यास बोले, "जैसे दण्ड देने का अधिकार केवल राजशक्ति को है, वैसे ही प्रतिशोध का अधिकार केवल ईश्वर को है। जैसे हिंसा नृशंसता है, वैसे ही प्रतिहिंसा भी नृशंसता है। युधिष्ठिर की नीति, आनृशंसता की है पुत्र!"

"इस समय कृष्ण क्या कर रहा है?" सहसा अर्जुन ने प्रश्न किया।

"कृष्ण!" व्यास थोड़ी देर तक कुछ सोचते रहे, "कृष्ण इस समय एक कठिनाई में फँस गया है। स्यमन्तक मणि के कारण, यादवों में अनेक मत-भेद और विरोध प्रकट हो गये हैं। कृष्ण का अपना भाई बलराम, कृष्ण पर विश्वास नहीं कर रहा और यह मान रहा है कि कृष्ण ने उसके साथ विश्वासघात किया है। अतः वह कृष्ण का शत्रु...नहीं; शत्रु कहना उचित नहीं होगा; उसका विरोधी बन गया है। इसलिए वह कृष्ण के मित्रों का भी विरोधी हो गया है। बलराम को इस समय दुर्योधन बहुत प्रिय है।...सम्भव है कि इस समस्या को सुलझाने में कृष्ण को कुछ समय लगे; किन्तु वह यह नहीं चाहता कि द्वारका में दुर्योधन के समर्थन का आधार बने।"

"तो आप हमें क्या करने का निर्देश करते हैं?" अन्ततः युधिष्ठिर ने पूछा।

"यहाँ निकट ही एक नगरी है—एकचक्रा! मैंने वहाँ तुम्हारे ठहरने की व्यवस्था की है। मेरा एक शिष्य है, देवप्रसाद! तुम लोग उसी के घर में निवास करोगे। वहाँ केवल तुम्हें आश्रय मिलेगा; अपने भोजन की व्यवस्था तुम लोग स्वयं करोगे। वह निवास भी तुम्हारा अज्ञातवास ही है। अपना वास्तविक परिचय किसी को भी नहीं दोगे—देवप्रसाद को भी नहीं..."

"तो?" युधिष्ठिर ने पूछा।

"इसलिए तुम लोगों के ठहरने की व्यवस्था एकचक्रा नगरी में की है।" व्यास बोले, "वह नगरी नाम-मात्र के लिए राजा के अधीन है; किन्तु न तो वहाँ राजा रहता है, न प्रभावी शासन है। प्रायः अराजकता की स्थिति है। इसलिए वहाँ रहने में

तुम्हें कठिनाई नहीं होगी। कोई तुम्हें खोजना भी चाहेगा, तो खोज नहीं पायेगा, क्योंकि वहाँ शासन के सूत्र ही नहीं हैं। प्रशासन का आडम्बर पूरा है; किन्तु शासन है नहीं। अतः सब लोग अपनी-अपनी क्षमता भर, स्वयं से दुर्बल को दबाते हैं और शक्तिशाली से बचते हैं।..." व्यास ने रुक कर उनको देखा, "उसी नगर में तुम लोगों को भेज रहा हूँ। देवप्रसाद के घर अज्ञातवास करना और मेरी अथवा मेरे अनुचर की प्रतीक्षा करना। सावधान रहना। किसी भी कारण, किन्हीं भी परिस्थितियों में स्वयं को प्रकट मत करना। तुम्हारा परिचय देने का अधिकार या तो मेरे पास रहेगा, या वासुदेव कृष्ण के पास।...मुझे विश्वास है कि शीघ्र ही युधिष्ठिर का राज्याभिषेक होगा।..."

कुन्ती और पाँचों पाण्डव आश्चर्य से महर्षि को देखते रहे।

27

युधिष्ठिर ने सबको रुकने का संकेत किया, "मेरा विचार है कि अब हम बिना सोचे-समझे आगे न बढ़ें।"

"किन्तु अन्धकार घिरता जा रहा है वत्स!" कुन्ती ने कहा, "इससे पहले कि पूर्ण अन्धकार हो जाये, हमें नगर में प्रवेश कर जाना चाहिए।"

"आप ठीक कहती हैं माता!" युधिष्ठिर बोला, "किन्तु बिना किसी पथ-प्रदर्शक अथवा सहायक के, एक ऐसे अपरिचित नगर में प्रवेश कर जाना उचित नहीं होगा। कई बार वन के पशुओं से नगर के मनुष्य अधिक भयंकर होते हैं। नगर के द्वारपालों और कोटपाल को यह पूर्ण अधिकार होता है कि वे आने-जाने वालों से अपना परितोष होने तक पूछताछ करें। और यदि ऐसा हुआ, तो हमारा पहचाना जाना कठिन नहीं होगा। इसलिए आवश्यक है कि मैं पहले व्यासदेव के उस शिष्य देवप्रसाद को देखूँ। वह मिल जाये तो हमें एक अवलम्ब हो जायेगा। नगर में टिकने की भी असुविधा नहीं होगी।...नगर में प्रवेश कर आश्रय के लिए वीथि-वीथि भटकेंगे तो अनावश्यक रूप से लोगों के मन में हम अनेक प्रकार के प्रश्न उठाएँगे।..."

"अच्छा! " कुन्ती ने धीरे से कहा, "जाओ। उस ब्राह्मण देवप्रसाद को देखो।"

"मेरे लौटने तक कोई कहीं न जाये माँ!" युधिष्ठिर ने कहा और वह वृक्षों के झुरमुट से निकल कर, खुले क्षेत्र में से होता हुआ, मुख्य पथ पर आ गया। जैसे-जैसे वह नगर-द्वार की ओर बढ़ता जा रहा था, उसका मन अधिक शंकित होता जा रहा था। अनेक लोग आ-जा रहे थे। पथ के दोनों ओर खाद्य-पदार्थ बेचने वाली छोटी-मोटी दुकानें भी थीं। कुछ एक दण्डधर भी दिखायी दिये; किन्तु वे तो जैसे प्रहरी-कर्म करने के लिए नहीं, मेले में सैर करने आये थे। कोई पथ की ओर पीठ

कर बैठा ताम्बूल-चर्वण कर रहा था। कोई किसी दुकान पर बैठा भक्षण-मग्न था। आने-जाने वालों पर किसी की दृष्टि नहीं थी।

"यहाँ तो राजा के चक्षु और श्रवण ही अन्धे और बधिर हैं।" युधिष्ठिर ने मन-ही-मन सोचा।

पथ से कुछ दूर हट कर एक वृक्ष के नीचे एक व्यक्ति आसन बिछाए बैठा था। युधिष्ठिर ने क्षण-भर उसे देखा और उसी ओर बढ़ गया।...कुछ निकट आ कर देखा: वह कदाचित् सामुद्रिक था।

'वही होगा।' युधिष्ठिर ने सोचा।

"आओ वत्स! अपना भविष्य जान लो।" उस व्यक्ति ने कहा।

"मैं तो अपना वर्तमान खोज रहा हूँ ब्राह्मण!" युधिष्ठिर ने उसे ध्यान से देखा।

सामुद्रिक चौंका। उसने अपने आस-पास देखा। निकट कोई नहीं था। उसने संकेत से युधिष्ठिर को पास बुलाया और अत्यन्त मन्द स्वर में बोला, "अग्निदेव को तुष्ट करके आये हो?"

"हाँ!" युधिष्ठिर ने भी धीरे से कहा, "देवप्रसाद मिलेगा?"

सामुद्रिक पूर्णतः सन्तुष्ट हो गया। वह अपने स्थान से उठ खड़ा हुआ। उसने आसन लपेट लिया और बोला, "मेरे पीछे-पीछे चले आओ। मैं ही व्यासदेव का शिष्य देवप्रसाद हूँ।"

"किन्तु आर्य! मैं अकेला नहीं हूँ।"

देवप्रसाद रुक गया, "कितने व्यक्ति हो?"

"माता और हम पाँच भाई!"

देवप्रसाद जैसे चिन्ता में पड़ गया, "इतने लोग अज्ञात कैसे रह सकेंगे? पर अज्ञात क्यों रहना चाहते हो तुम लोग?"

"कुछ व्यक्तिगत कारण हैं।"

"ओह!" देवप्रसाद बोला, "व्यासदेव ने जिज्ञासा का निषेध किया था। क्षमा करना भाई! मैं अपनी जिज्ञासा को रोक नहीं पाया। अच्छा!..." उसने रुक कर युधिष्ठिर को देखा, "मैं यहीं बैठा हूँ। तुम अपनी माता और भाइयों को ले आओ। मैं तुम्हें देख कर आगे-आगे चल पड़ूँगा। तुम लोग मेरे पीछे-पीछे चले आना। मेरे घर में भी थोड़े-थोड़े अन्तराल के पश्चात् एक-एक कर प्रवेश करना। यदि कहीं कोई रोके-टोके, कोई अड़चन आये, तो किसी से झगड़ा मत करना। एकचक्रा में किसी से झगड़ा करना तुम्हें महँगा पड़ सकता है। झगड़े की स्थिति मत आने देना; आ जाये तो मेरी प्रतीक्षा करना। अब जाओ!"

"अच्छा!" युधिष्ठिर लौट पड़ा।

कुन्ती और युधिष्ठिर साथ-साथ चल पड़े थे।

नगर के अनेक सघन मार्गों तथा वीथियों में से होता हुआ देवप्रसाद अब तनिक खुले क्षेत्र में आ गया था। यहाँ भवन एक-दूसरे से लगे हुए न हो कर, थोड़ी-थोड़ी दूरी पर थे। यद्यपि भवन बहुत बड़े नहीं थे; किन्तु उनके घेर में छोटे-छोटे उद्यान भी थे।...और सहसा देवप्रसाद रुक गया।

युधिष्ठिर भी रुक गया; क्या यही है देवप्रसाद का आवास? तो देवप्रसाद इतना निर्धन व्यक्ति नहीं है, जितना कि युधिष्ठिर ने सोचा था?

देवप्रसाद ने फाटक खोला और युधिष्ठिर की प्रतीक्षा में खड़ा हो गया।

युधिष्ठिर और कुन्ती ने अपनी गति बढ़ा दी। वे फाटक तक आये तो देवप्रसाद एक ओर हट गया। उन्होंने भीतर प्रवेश किया।

"यह भवन आपका ही है?" युधिष्ठिर ने पूछा।

"मेरा! हाँ, मेरा ही है।" देवप्रसाद कुछ अटपटा कर बोला, "वस्तुतः यह भवन मेरे श्वसुर का था। मैं एकचक्रा नगरी का निवासी नहीं हूँ। बाहर से आजीविका के लिए आया था। उनसे भेंट हो गयी। उन्होंने मुझे अपना जामाता बना लिया; और मैं उनके ही साथ रहने लगा। अब लोग मानते हैं कि भवन मेरा है; किन्तु मैं जानता हूँ कि भवन मेरी पत्नी का है। वह भी यही मानती है।"

"आपने धनोपार्जन के पश्चात् अपना भवन बनवाने का प्रयत्न नहीं किया?"

"धनोपार्जन!" वह हल्के से हँसे, "मैं धनोपार्जन कर ही कहाँ पाया!"

"क्यों?" युधिष्ठिर बोला, "आप तो विद्वान ब्राह्मण हैं।"

"इस राज्य में धन विद्वानों के लिए नहीं, धूर्तों के लिए है।" वह जैसे अपने संचित आक्रोश को, कृत्रिम हँसी में परिणत कर रहा था, "चारों ओर अधर्म और अराजकता है। धर्म और न्याय से कमाना चाहो तो एक कौड़ी न मिले। अधर्म के माध्यम से जितना चाहो, लूट लो।..."

वे लोग वाटिका पार कर भवन के मुख्य-द्वार पर आ कर रुके। देवप्रसाद ने कपाट थपथपाए, "खोलो भई! मैं हूँ।"

ब्राह्मणी ने द्वार तो खोल दिया।

''अनेक घटनाएँ इस प्रकार की हो गयी हैं, इसलिए सरस्वती अत्यन्त भयभीत है।"

"कैसी घटनाएँ?" युधिष्ठिर ने पूछा।

"यही बलात् आधिपत्य की।" देवप्रसाद बोला, "किसी भी व्याज से कोई किसी के भवन में घुस जाता है; और फिर उसका स्वामी बन जाता है। अधिवासी बन कर आने वाला यदि तनिक प्रबल हो, तो वही भवन का स्वामी बन जाता है। अनेक बार तो ऐसा भी हुआ है कि गृहस्वामी अपने भवन को ताला लगा कर कहीं बाहर गया; और प्रवास से लौट कर क्या देखता है कि ताला टूटा पड़ा है और घर में किसी दुष्ट का आधिपत्य हो गया है। अंततः वह दुष्ट उस सम्पत्ति का स्वामी हो जाता है।"

"ओह!" भीम कुछ विचलित हुआ, "और राजा क्या करता है?"

"राजा केवल अपनी और अपनी सम्पत्ति की रक्षा कर रहा है। उसे इस बात की चिन्ता ही नहीं है कि नगर में क्या हो रहा है।" देवप्रसाद बोला, "वैसे भी पता नहीं कि यह सब कुछ राजा की असहायता के कारण हो रहा है या उसकी सहमति से!"

"अच्छा आर्य!" युधिष्ठिर बोला, "आप अपनी पत्नी को आश्वस्त करें कि ऐसा कुछ नहीं होने जा रहा है। हम लोग इस समय स्वयं ही कठिनाई में हैं, आपके आश्रित हैं। और सबसे बड़ी बात है कि हम न अधर्मी हैं, न आततायी!"

"मैं समझता हूँ!" देवप्रसाद ने मुस्कराने का प्रयत्न किया, "आपको भगवान वेदव्यास ने भेजा है—यह क्या कम प्रमाण है! किन्तु न तो मैं एकचक्रा में धर्मराज्य की स्थापना कर सकता हूँ; और न ही अपनी पत्नी की आशंकाओं को निरस्त कर सकता हूँ।" उसके स्वर में असहायता झलकी।

"आप चिन्तित न हों आर्य!" भीम बोला, "आवश्यकता पड़ने पर हम आपकी कुछ सहायता भी कर सकते हैं।"

ब्राह्मण ने आश्वस्त हो कर सिर हिलाया और जाते हुए बोला, "आप लोग विश्राम करें। भोजन करें।" और सहसा वह पलटा, "आपके पास भोजन की व्यवस्था है?"

"पर्याप्त है आर्य!" कुन्ती बोली, "आप निश्चिन्त रहें।"

देवप्रसाद बाहर से लौटा तो उसने देखा, सरस्वती कक्ष के एक कोने में चिन्तित ही नहीं, भयभीत-सी बैठी थी। उससे सट कर उनकी पुत्री विद्या बैठी हुई थी; और उनका पुत्र शैशव, जैसे माँ की गोद में ही दुबका हुआ था। वे तीनों मिल कर जैसे सामूहिक रूप से उसे घूर रहे थे।

देवप्रसाद जानता था कि सरस्वती भरी बैठी होगी, उसे इस समय कुछ कहना ठीक नहीं होगा। किन्तु न कहने से भी तो शायद काम न चले! वह संशय और सन्देह-भरी दृष्टि से उसे घूरती रहेगी, जैसे वह कोई चोर हो, जो किसी पराये घर में घुस आया हो; और किसी भी क्षण कोई उत्पात करने वाला हो। इससे तो अच्छा है कि वह स्वयं ही बात आरम्भ कर उसे गरजने-बरसने का अवसर दे दे, ताकि वह भीतर-ही-भीतर घुमड़ती तो न रहे।

"क्या बात है सरस्वती?" उसने पूछा, "बच्चों को समेटे हुए, इस प्रकार क्यों बैठी हो?"

सरस्वती ने उसे देखा, जैसे सोच रही हो कि कुछ कहे या न कहे। फिर बहुत मंद स्वर में जैसे फुसफुसा कर बोली, "तुमने देखा भी है उनको। एक से एक बलिष्ठ युवक हैं वे—पूरे पाँच! मुझे तो पूर्ण मल्ल लगते हैं वे। तुमने क्या समझ कर उन्हें घर में ठहरा लिया है? वे दुष्टता पर आयेंगे, तो तुम लड़ लोगे उनसे? झींगुर से लगोगे तुम उनके सामने!"

"शान्त हो जा सरस्वती!" ब्राह्मण देवप्रसाद कोमल स्वर में बोला, "सन्देह मत

कर! सन्देह से कोई लाभ नहीं। हानि ही होगी। हमारे अतिथि भी असन्तुष्ट होंगे और उनको भेजने वाले भगवान वेदव्यास भी!"

"झूठ मत बोलो तुम!" सरस्वती पुनः बोली, "तुमने कहा कि वे माँ-बेटा, अतिथि हैं, प्रवासी हैं। तो फिर इतनी जल्दी ये कहाँ से आ गये, उनके मित्र-परिचित उन्हें तो कोई यहाँ जानता ही नहीं था न!"

"ये उनके मित्र-परिचित सहायक कुछ नहीं हैं। ये पाँचों उस प्रौढ़ा के पुत्र हैं।"

"तो फिर एक साथ क्यों नहीं आये वे?"

"वे अज्ञातवास कर रहे हैं मूर्खे! तू समझती क्यों नहीं?"

सरस्वती का स्वर शिथिल हो गया, जैसे टूटने-टूटने को हो, "मेरी तो समझ में ही नहीं आ रहा। कहीं कोई षड्यन्त्र ही न हो!" उसने देवप्रसाद का हाथ पकड़ कर झंझोड़ा, जैसे उसे जगा रही हो, "तुम्हें ठीक से मालूम है न! यह कोई षड्यन्त्र तो नहीं है? कहीं वे लोग तुम्हें मूर्ख तो नहीं बना रहे?"

देवप्रसाद ने मुस्कराने का प्रयत्न किया, "ऐसा कैसे हो सकता है! तुम स्वयं सोचो। स्वयं भगवान वेदव्यास ने उन्हें भेजा है।"

"यही सोच कर तो चुप हूँ। किन्तु समय कितना खराब जा रहा है! व्यक्ति किसका विश्वास करे, किसका न करे," वह बोली, "कैसे हृष्ट-पुष्ट हैं वे लोग–मल्लों जैसे; और एक उनमें एकदम ही दैत्य है। यदि वे हमसे हमारा भवन छीनना चाहेंगे, तो हमारी रक्षा कैसे होगी? उनसे कौन लड़ेगा–तुम या हमारा यह बालक पुत्र? राजकर्मचारी किसी की सुनते नहीं हैं। चारों ओर अंधेर मचा है। न हमारे पास धन है कि दण्डधर नायक को उत्कोच दे सकें, न हमारी पहुँच किसी ऊँचे अधिकारी तक है...।"

"तुम्हारा चिन्तन ही कुछ दूषित हो गया है।" देवप्रसाद ने अत्यन्त साहस करके कहा, "जिसे देखती हो, उसे चोर-उचक्का ही समझती हो। यह नहीं सोचतीं कि स्वयं भगवान वेदव्यास के भेजे हुए कुलीन नैष्ठिक ब्राह्मणों का एक परिवार हमारे घर आया है। उस प्रौढ़ा के पाँच-पाँच पुत्र हैं–हृष्ट-पुष्ट और एक से बढ़ कर एक सुन्दर! यह नहीं सोचती कि उनमें से किसी एक के साथ हमारी विद्या का सम्बन्ध हो गया, तो उसके लिए वर खोजने के लिए हमें नगर-नगर भटकना नहीं पड़ेगा...।"

देवप्रसाद ने दृष्टि उठा कर अपनी बात का प्रभाव देखा : सरस्वती की चिन्ता जैसे चिन्तन में बदल गयी थी...विद्या तो वहाँ से उठ कर दूसरे कक्ष में ही चली गयी थी।

"किन्तु वे लोग परदेसी हैं–अपरिचित!" सरस्वती बोली, "और फिर तुम कहते हो कि वे लोग अज्ञातवास कर रहे हैं। उनके विषय में जानकारी कैसे मिलेगी–वे कौन हैं? कैसे हैं? क्या करते हैं?"

"क्या इतना पर्याप्त नहीं है कि उन्हें भगवान वेदव्यास ने भेजा है?" वह धीरे

से बोला, "क्या महर्षि नहीं जानते होंगे कि वे लोग कौन हैं; और कैसे हैं! जिस व्यक्ति को त्रिकालज्ञ माना जाता है, वह इन लोगों के विषय में ही कुछ न जानता होगा? और जानते-बूझते तो वे किसी दुष्ट व्यक्ति को हमारे घर भेजने से रहे। और यदि वे भी हमारे साथ छल-प्रपंच करने लगे, तो फिर हमारा तो कोई आश्रय ही नहीं है इस संसार में..."

"नहीं! नहीं! उनके विषय में ऐसा कुछ मत कहो।" सरस्वती बोली, "मेरा विवेक तुम्हारी बात समझ रहा है; किन्तु मेरा भयभीत मन अपने संशय-सर्प को कुचल नहीं पा रहा...।" उसने रुक कर अपने पति को देखा, "तुम निश्चिन्त रहो। मैं अब उनसे कुछ नहीं कहूँगी।...मुझे तो अब यह सोच-सोच कर ग्लानि हो रही है कि मेरे व्यवहार को देख कर जाने उन्होंने अपने मन में क्या धारणा बनायी होगी। मुझे कैसी दुष्टा और चाण्डालिनी समझा होगा, जो घर आये अतिथि के साथ ऐसा व्यवहार करती है।..."

"अब अधिक चिन्ता मत करो।" देवप्रसाद ने उसे समझाने का प्रयत्न किया, "वे समझदार लोग हैं। एकचक्रा में रहेंगे तो तुम्हारी दुश्चिन्ताओं को समझ जायेंगे। ...और फिर हमारे अगले व्यवहार का सद्भाव, पिछले व्यवहार के कलुष को धो भी तो डालता है।"

लगा, सरस्वती उससे मन-ही-मन सहमत हो गयी है। अपने साथ लगे बैठे अपने पुत्र के केशों को सस्नेह अपनी अँगुलियों से सहलाते हुए बोली, "शैशव! जा बेटा! पिछले खण्ड में जा और जो लोग आये हैं न, उनके साथ जो भली-सी महिला हैं न, उनसे कह, 'मौसी! किसी वस्तु की आवश्यकता हो तो निस्संकोच बतायें।' और देख, 'मौसी' कह कर सम्बोधित अवश्य करना।"

"अच्छा माँ!" शैशव उठ कर खड़ा हो गया।

"इस समय रहने दो।" देवप्रसाद बोला, "थके हैं, विश्राम कर रहे होंगे। वैसे भी आते समय, मैं उनसे पूछ कर ही आया था।"

"अच्छा, रहने दो।" सरस्वती बोली, "प्रातः देखेंगे।"

कुछ अस्पष्ट-सी ध्वनियों और शब्दों से कुन्ती की नींद उचट गयी। कुन्ती ने आँखें खोलीं और अपने आस-पास देखा। उसके पाँचों पुत्र निश्चिन्त सो रहे थे। उसने ध्यान से सुना : शब्द कदाचित् बाहर, कूप के पास हो रहे थे। कोई जल भरने आया था क्या?...तो क्या सवेरा हो गया?

कुन्ती उठ बैठी। कक्ष में तो अभी अँधेरा ही था। गवाक्ष खोल कर देखा : पूर्व में उषा के आगमन का कुछ-कुछ पूर्वाभास था। वे लोग इतने थके हुए थे कि उन्हें पता ही नहीं चला कि रात कब बीत गयी। अब भी यदि बाहर यह शब्द न होता, और कुन्ती की नींद इतनी कच्ची न होती, तो शायद वह पड़ी सोती ही रहती।

कुन्ती ने द्वार खोला और बाहर आँगन में निकल आयी; किन्तु कूप के पास ब्राह्मणी को खड़ी देख, उसके पैर थम गये। कल भवन में प्रवेश करते हुए, ब्राह्मणी का वह रुष्ट व्यवहार, उसकी आँखों के सामने घूम गया।...उसके मन में असमंजस जागा : ब्राह्मणी से सम्बोधित हो या न हो! उसके भवन में आश्रय पाने के कारण, कुन्ती अपने पुत्रों सहित उसकी ऋणी थी। उसकी अपेक्षा आर्यजनोचित नहीं थी। ...किन्तु यदि कुन्ती का शिष्टाचार ब्राह्मणी के विरोध को उग्र कर गया तो?...उससे तो अच्छा है कि कुन्ती उसके सामने ही न पड़े...

कुन्ती मुड़ कर कक्ष में लौट जाने की बात सोच ही रही थी कि ब्राह्मणी आगे बढ़ आयी।

"आर्या!" वह बोली, "कल के व्यवहार के लिए क्षमा करें; अपनी छोटी बहन का प्रणाम स्वीकार करें।" उसने हाथ जोड़ दिये।

अपने विस्मय में कुन्ती उसे देखती ही रह गयी : यह कैसा चमत्कार हो गया! वह न केवल कुन्ती को प्रणाम कर रही थी, वरन् उसे अपनी बड़ी बहन भी स्वीकार कर रही थी...सद्भावना-वृद्धि के इस क्षण को कुन्ती खोना नहीं चाहती थी।

"आपने तो कोई भूल नहीं की देवि!"

"मुझे सरस्वती कहो दीदी!"

कुन्ती मुस्करायी, "अच्छा! ऐसा ही सही। तुमने तो कोई भूल नहीं की सरस्वती! फिर क्षमा किस बात की माँग रही हो! तुम्हारा घर है, तो तुम्हें पूर्ण अधिकार है कि तुम जानना चाहो कि तुम्हारे घर में कौन आश्रय पा रहा है।..."

"नहीं दीदी! घर आये अतिथि का ऐसा अपमान तो नहीं करना चाहिए। और अतिथि भी कैसा—इतना सम्माननीय और कुलीन!" सरस्वती बोली, "किन्तु मैं अपने संशय और आशंकाओं का भी क्या करूँ दीदी! इस नगरी में रहोगी, तो स्वयं ही जान जाओगी। न किसी प्रकार का शासन है, न अनुशासन! न कोई नियम है, न विधान! समझ लो दीदी, कि किसी दुष्ट को दण्ड देने वाला कोई है ही नहीं। इसलिए दुष्टता बहुत बढ़ गयी है इस नगर में। लगता है कि संसार के सारे अपराधकर्मी आकर इसी नगर में एकत्रित हो गये हैं। और क्यों न हों, जब उन्हें यहाँ हर प्रकार की सुविधा प्राप्त है तो?..."

"क्यों? यहाँ राजा नहीं है?" कुन्ती ने आश्चर्य से पूछा।

"है क्यों नहीं!" वह बोली, "किन्तु दुष्ट-दलन की न उसकी इच्छा है, न उसमें क्षमता है।" वह रुकी, "कहीं यह तो न समझोगी दीदी, कि तुम्हें डरा रही हूँ... कि तुम इस नगर में न रहो!"

"नहीं!" कुन्ती के चेहरे पर हल्का हास उभरा, "भयभीत क्या होना! तुम इस नगर के लिए कहती हो, मुझे तो प्रत्येक नगर के आकाश पर भय टँगा दिखायी देता है...।" कुन्ती ने स्वर को सँभाला, "अब तो सब कहीं ऐसा ही है सरस्वती!"

सरस्वती ने कुन्ती की बात पर ध्यान नहीं दिया। उसे एक सामान्य-सी बात समझ कर टाल दिया, "तुम्हारे लिए पानी खींच दूँ दीदी?"

"अरे नहीं!" कुन्ती ने उसे रोका, "मेरे पुत्र सुनेंगे, तो अप्रसन्न होंगे। वे पर्याप्त समर्थ हैं।"

"हाँ! वे समर्थ तो हैं।" सरस्वती ने बड़ी कठिनाई से अपने मन में पिछले दिन का भय जागने से रोका, "मैं कल ही से सोच रही थी दीदी, कि तुमसे पूछूँ कि तुम लोग कौन हो। कहाँ के निवासी हो। मेरे पति कह रहे थे कि तुम लोग अज्ञातवास कर रहे हो!"

कुन्ती मुस्कराते हुए भी अपनी कटुता रोक नहीं पायी, "यदि यह सब बताना ही होता बहन, तो फिर अज्ञातवास कैसा?..."

"ओह!" सरस्वती अपनी भूल समझ गयी।

कुन्ती ने स्वयं को सँभाला : कहीं उसकी बात में अनावश्यक कटुता तो नहीं आ गयी, "यही समझ लो कि संकट के मारे साधारण प्रवासी हैं। इस प्रतीक्षा में हैं कि कब काल हमारे अनुकूल हो।"

"अच्छा। यदि अन्यथा न मानो दीदी, तो यह बता दो कि भगवान वेदव्यास से क्या सम्बन्ध है तुम्हारा?"

कुन्ती ने क्षणभर सोचा और बोली, "वे हमारे संरक्षक हैं। वे हमें संकट से उबारने का प्रयत्न कर रहे हैं।" सहसा कुन्ती ने रुक कर उसकी ओर देखा, "और तुमसे क्या सम्बन्ध है उनका?"

"वे हम पर बहुत कृपालु हैं।" सरस्वती ने निस्संकोच कहा, "मेरे पति उनके अटल भक्तों में से हैं। तुम्हें शायद ज्ञात नहीं होगा दीदी, कि मैं अपने पिता की अकेली सन्तान हूँ...।"

"तुम्हारे पति ने बताया था हमें।"

"मेरा कोई भाई नहीं था। मेरे विवाह के पश्चात् मैंने भी पुत्री को ही जन्म दिया। यह मेरी विद्या है न—वही! और उसके पश्चात् बारह वर्ष व्यतीत हो गये, हमारी कोई सन्तान नहीं हुई। मैं बहुत दुखी थी। मैं ही क्यों, मेरे पति भी बहुत व्यथित थे। एक तो यही कष्ट था कि मेरे पति का वंश आगे नहीं चलेगा। दूसरे, लगता था, वृद्धावस्था में अपने जामाता पर आश्रित रहना होगा...।"

"तो क्या हो गया! तुम्हारे पिता भी तो तुम्हारे पति पर निर्भर रहे होंगे।" कुन्ती ने उसे टोक दिया।

"हाँ, दीदी! रहे थे। किन्तु मेरे पिता को कोई कष्ट नहीं हुआ। मेरे पति भले आदमी हैं—चरित्रवान, धार्मिक और करुणामय! किन्तु आवश्यक तो नहीं कि हमें भी वैसा ही जामाता मिल जाता, जो हमारी अपने माता-पिता के समान सेवा करता।" वह रुक कर बोली, "और उससे भी बड़ी चिन्ता यह थी कि हमारी विद्या बड़ी हो कर सारे संसार में अकेली होगी—न कोई भाई, न बहन!..."

"तो?"

"तब मेरे पति ने भगवान वेदव्यास से प्रार्थना की। वे तो त्रिकालदर्शी हैं। उन्होंने कहा, 'चिन्ता मत कर देवप्रसाद! तेरे भले दिन आने वाले हैं। तू अवश्य पुत्रवान होगा।' उनके वरदान के ठीक दो वर्ष पश्चात् मेरा यह पुत्र उत्पन्न हुआ है—शैशव! इसी से तो यह विद्या से चौदह वर्ष छोटा है।"

"सचमुच भगवान वेदव्यास तुम पर बहुत कृपालु हैं।" कुन्ती ने धीरे से कहा।

"अच्छा दीदी! मैं चलूँ। पहली ही भेंट में बहुत बातें कर लीं।" सरस्वती ने घड़ा उठा लिया, "तुम्हारे किसी पुत्र का विवाह तो अभी नहीं हुआ?"

"एक का हुआ है; किन्तु बहू साथ नहीं है।" कुन्ती बोली।

"अच्छा-अच्छा!" सरस्वती प्रसन्नवदन चल पड़ी, "किसी भी वस्तु की आवश्यकता हो तो कहना। तनिक भी संकोच मत करना।"

सरस्वती चली गयी और कुन्ती अपने कक्ष में लौट आयी। युधिष्ठिर, अर्जुन, नकुल और सहदेव उठ बैठे थे। भीम अभी सोया हुआ था। वह प्रायः ही सबके पश्चात् जागता था।

"आज तो ब्राह्मणी रुष्ट नहीं लग रही थी माँ?" युधिष्ठिर बोला।

"नहीं! आज तो वह प्रसन्न थी।" कुन्ती बोली, "अब तुम लोग भी उठो। स्नान-ध्यान कर लो तो मैं भोजन की भी व्यवस्था करूँ।"

"हाँ!" युधिष्ठिर का स्वर कुछ गम्भीर हो गया, "मैं सोचता हूँ कि हममें से एक, तुम्हारे साथ घर पर ही रहे; और चार भाई नगर में भिक्षाटन के व्याज से घूम आयें।"

भिक्षा...कुन्ती के वक्ष पर जैसे वज्र का-सा आघात हुआ...उसके पुत्र भिक्षा माँगेंगे...सम्राट् पाण्डु के पुत्र भिक्षा माँगेंगे...हस्तिनापुर का युवराज भिक्षा माँगेगा... और कितने सहज भाव से कह दिया युधिष्ठिर ने, जैसे उसका दैनंदिन का काम हो ...कैसे हाथ पसारेंगे उसके पुत्र? क्या उनका स्वाभिमान आड़े नहीं आयेगा? क्या वे दान देने और न देने वालों की वक्र दृष्टियाँ और तिरस्कार सह लेंगे...

"मध्यम को ही घर पर माँ के साथ रहने दीजिए भैया!" अर्जुन बोला, "उन्हें नींद भी चाहिए और माँ तथा अपनी रक्षा में भी वे अकेले ही पर्याप्त समर्थ हैं।"

थोड़ी देर में शैशव आ कर द्वार पर खड़ा हो गया। उसके हाथ में एक गेंद थी और आँखों में अपार जिज्ञासा। वह उन सबको बिटर-बिटर देख रहा था।

"तुम्हें माँ ने भेजा है?" कुन्ती ने पूछा।

"नहीं, दीदी ने!"

"किसलिए भेजा है?"

"खेलने!"

"गेंद!"

"किसके साथ खेलोगे?"

"जो मुझसे पराजित हो जाये।"

कुन्ती हँसी, "अपनी इच्छा से भी कभी कोई पराजित हुआ है?"

"हाँ! मुझसे तो सभी पराजित हो जाते हैं!"

"कौन-कौन?"

"दीदी, माँ और पिताजी! सभी!"

"वे लोग तुम्हें बहुत प्यार करते हैं न इसलिए!"

"आप लोग मुझसे प्यार नहीं करेंगे?" बालक ने बहुत अबोध भाव से पूछा।

कुन्ती की आँखों में अश्रु छलक आये। मन जैसे एकदम भीग गया। बहुत दिनों से उसका मन इस प्रकार उमड़ कर नहीं आया था। उसके पुत्र बड़े हो गये थे। उनका शैशव बहुत पीछे छूट गया था। अब वे ऐसी अबोध और प्यारी बातें नहीं करते थे। उनका जीवन तो जैसे अब क्रीड़ास्थल न रह कर युद्धभूमि हो गया था।...

कुन्ती ने दोनों हाथ बालक की ओर बढ़ा दिये। शैशव उसके पास आ गया।

"हम भी तुमसे बहुत प्रेम करेंगे वत्स!" कुन्ती बोली, "मेरे ये पुत्र बड़े हो गये हैं न! इनके पास संसार के बहुत सारे काम और बहुत सारी चिन्ताएँ हैं। ये लोग अपने काम पर चले जायें, तो फिर मैं तुम्हारे साथ खेलूँगी।"

"तो मैं जाऊँ क्या?" शैशव ने पूछा, "दीदी ने कहा था कि उन्हें काम हो तो तुम लौट आना।"

कुन्ती ने अनायास ही बच्चे का चुम्बन लिया, "नहीं मेरे लाल! ऐसा कोई काम नहीं है मेरे पास! तुम बैठो। मैं देखती हूँ, मेरे पास खाने के लिए कुछ है या नहीं।"

कुन्ती ने उसे गोद से उतार कर भूमि पर बैठा दिया और स्वयं रसोई की ओर चली।

थोड़ी देर में विद्या आयी, "मौसी! क्या शैशव यहाँ है?"

"आया तो था; किन्तु जाने फिर कहाँ चला गया!" कुन्ती ने कहा।

"किन्तु वह घर तो नहीं पहुँचा!"

कुन्ती को भी चिन्ता हुई। सहसा उसकी दृष्टि भीम पर टिक गयी : कहीं भीम ही तो अपनी कोई माया नहीं रच रहा?...

"मध्यम!" कुन्ती ने जा कर भीम को हिलाया, "मध्यम!"

भीम ने अपनी उनींदी आँखें खोलीं, "सोने दो न माँ!"

"शैशव कहाँ है?" कुन्ती ने पूछा।

भीम ने अपनी आँखें खोल दीं : चिन्तित माँ और पीछे खड़ी गम्भीर विद्या को देखा। सहसा उसने इस खेल को आगे न बढ़ाने का निर्णय कर लिया।

"खेल रहा है!" उसने कहा।

"कहाँ? किसके साथ?"

"मेरे साथ!"

और शैशव ने चादर उलट दी, "दीदी! हम निद्रा-निद्रा खेल रहे हैं।"

"ओह!" विद्या बोली, "चल! माँ बुला रही हैं।" वह कुन्ती की ओर मुड़ी, "मौसी! नगर में इतने प्रकार के अपराधों के समाचार उड़ते फिरते हैं कि शैशव कुछ क्षणों को भी दिखायी न पड़े तो हमें चिन्ता होने लगती है।"

"कैसा समाचार?" भीम भी उठ बैठा।

"लोग बच्चों का अपहरण कर लेते हैं।"

"क्यों?"

"जाने क्या-क्या करते हैं!" विद्या बोली, "कोई कहता है कि उन्हें पंगु बना कर उनसे भिक्षा मँगवाते हैं। कोई कहता है, उन्हें विदेशों में दासों के रूप में बेच देते हैं। उनको मार-मार कर काम करवाते हैं। उन्हें खाने को कुछ नहीं देते। कभी-कभी उपदेवताओं को बलि चढ़ाने के लिए उनकी हत्या कर देते हैं। और कोई-कोई तो यहाँ तक कहता है कि उनकी हत्या कर उनका मांस खा लिया जाता है।"

"नर-भक्षी भी हैं यहाँ? इस नगर में?"

"मुझे मालूम नहीं! मैं तो सुनी-सुनायी बातें कह रही हूँ।" विद्या ने शैशव का हाथ थाम लिया।

भीम पर जैसे इन सूचनाओं का विशेष प्रभाव नहीं हुआ। उसने शैशव का हाथ पकड़ कर कहा, "मित्र! इस समय तो हमारा खेल अधूरा ही रह गया। हम फिर खेलेंगे।"

"और वे जो बालकों का अपहरण करते हैं?" शैशव के चेहरे पर भय की छाया थी।

"हम उनका अपहरण करेंगे।" भीम हँसा।

"अपहरण करके क्या करेंगे?" शैशव ने पूछा।

"पीट-पीट कर उनकी दुष्टता छुड़ायेंगे।" भीम बच्चों के समान किलकारी मार कर हँसा, "उन्हें घोड़ा बना कर उन पर सवारी करेंगे। उन्हें गर्दभ बना कर उन पर सामान लादेंगे...।"

"और उनको मार कर उनको खा जायेंगे।" शैशव ने ताली बजायी।

"नहीं!" भीम बोला, "हम लोग राक्षस नहीं हैं। ऐसा काम हम नहीं करेंगे। हम केवल उनकी दुष्टता छुड़ायेंगे। हम स्वयं दुष्ट नहीं बनेंगे।"

कुन्ती को चिन्ता होने लगी थी : भीम अत्यन्त वाचाल है; और इस समय तो वह शैशव का मित्र बना हुआ है—स्वयं भी साक्षात् अबोध शैशव! अपनी असावधानी में कहीं कुछ ऐसा न कह जाये...

"मौसी! क्या सचमुच राक्षस होते हैं, जो नर-मांस खाते हैं?"

"सुना तो मैंने भी है पुत्री!" कुन्ती ने उसे टाला।

"कैसे होते हैं वे?" विद्या ने अपनी जिज्ञासा आगे बढ़ायी, "क्या उनके सिर पर सींग होते हैं? क्या उनका आकार बहुत बड़ा होता है? क्या उनकी दाढ़ें मुख से बाहर निकली हुई होती हैं?"

कुन्ती कुछ कहती, उससे पहले ही भीम बोला, "नहीं! यह आवश्यक नहीं है। राक्षस तो कई प्रकार के होते हैं। कहीं-कहीं तो वे राजाओं का-सा मोहक वेश बनाये, राजप्रासादों में रहते हैं; किन्तु अपने स्वार्थ के लिए, अपने ही जैसे दूसरे मनुष्यों की सुख-सुविधाएँ भी छीन सकते हैं, उन्हें विभिन्न प्रकार की यातनाएँ भी दे सकते हैं; उनकी हत्या भी कर सकते हैं, उन्हें जीवित जला भी सकते हैं।"

"मुझे तो लगता है कि हमारी नगरी का राजा भी राक्षस ही है।" विद्या बोली।

"माँ!"...नकुल भीतर आया; किन्तु विद्या को देख कर रुक गया।

विद्या ने पहली बार उसकी ओर देखा। उसके चेहरे पर बड़ी त्वरित गति से हार्दिक उल्लास, संकोच और फिर कुछ घबराहट के भाव क्रमशः उभरे; और जैसे वहाँ से तत्काल भाग जाने का निर्णय कर उसने शैशव का हाथ पकड़ लिया, "चलती हूँ मौसी!"

अपराह्न में कुन्ती ने कूप में से एक ही घट खींचा था कि सरस्वती कटि पर भाजन रखे हुए, जल भरने के लिए आ गयी।

"आज तुम आयी हो सरस्वती?" कुन्ती को कुछ आश्चर्य हुआ, "जल के लिए तो विद्या आया करती है न!"

"हाँ! वही आया करती है।" सरस्वती के अधरों पर बड़ी मीठी मुस्कान थी, "किन्तु आज वह कुछ अस्वस्थ है।"

"अस्वस्थ है?" कुन्ती चौंकी, "प्रातः तक तो पूर्णतः स्वस्थ थी। मेरे चौथे पुत्र के साथ ही तो बाहर गयी थी।"

"हाँ! गयी तो थी। और वहीं से तो अस्वस्थ हो कर लौटी है।" सरस्वती के चेहरे पर तनिक भी चिन्ता नहीं थी, पुत्री की अस्वस्थता की। वह तो जैसे बहुत उल्लसित हो कर सूचना दे रही थी, "पर तुम अपने पुत्रों को नामों के स्थान पर संख्या से क्यों पुकारती हो दीदी! नामकरण नहीं किया क्या उनका? चौथे का नाम क्या है?"

इस आकस्मिक प्रश्न से कुन्ती जैसे अचकचा गयी, "नाम क्यों नहीं रखे! उसका नाम...बकूल है उसका नाम!"

"नाम तो सुन्दर है। साक्षात् महादेव शिव का नाम। तो इस नाम से तुम लोग उसे सम्बोधित क्यों नहीं करते?"

"बस, यूँ ही! आरम्भ से ही कुछ ऐसा अभ्यास हो गया है।" कुन्ती ने इस विषय को टाला, "क्या हुआ है विद्या को?"

"बहुत चिन्ता है तुम्हें विद्या की!" सरस्वती पुनः मुस्करायी।

"क्यों नहीं! इतनी प्यारी बच्ची है। हर समय तो मौसी-मौसी कह कर मुझे घेरे रहती है। दिन भर में कितने ही तो काम कर देती है मेरे। उसकी चिन्ता किसे नहीं होगी?"

"दीदी! क्या तुम्हें अच्छा लगता है कि वह दिन भर तुम्हारे पास रहे? तुम्हारे काम कर दिया करे? तुमसे बातें करे?..." सरस्वती जैसे अपनी बात को उद्घाटित भी कर रही थी और उस पर आवरण भी डाल रही थी, "तुम्हें वह अच्छी तो लगती है न?"

"बहुत अच्छी लगती है।" कुन्ती बोली, "किसे अच्छी नहीं लगेगी! इतनी सुघड़ है और इतनी मधुर। तुम तो सौभाग्यशालिनी हो कि तुम्हें ऐसी पुत्री मिली। पुत्रियों की तो घर में शोभा ही कुछ और होती है।..."

कुन्ती जैसे अपने पिता कुन्तिभोज के आँगन में पहुँच गयी थी। वे प्रायः कहा करते थे : 'कुन्ती तेरे बोलते ही जैसे राजप्रासाद का आँगन उद्यान में बदल जाता है।...'

"हाँ! पुत्रियों से घर की शोभा तो होती है।" सरस्वती का स्वर अब जैसे कुछ बोझ उठाये हुए था, "किन्तु उनका दायित्व! और वह भी एकचक्रा जैसी इस नगरी में हर समय चिन्ता ही लगी रहती है। लड़की को अकेली न बाहर भेज सको, न घर में छोड़ सको। घर में छोड़ो तो लोग झाँकें; मार्ग पर चलती देखें तो आवाज़ें कसें। किसी दिन कोई ऊँच-नीच हो जाये तो जीवन-भर माता-पिता अलग रोएँ और लड़की अलग। पुत्री तो वह अग्नि है दीदी, जिसे न आँचल की ओट में रख सको, और न निकाल कर मार्ग पर फेंक सको। किस पर विश्वास करो। अच्छे-अच्छे भले मानस का चोला हटे तो पता चले कि लुच्चा-लम्पट ही है। धनी-धोरी, ज्ञानी-विद्वान, ऊँचे-ऊँचे पदों पर बैठे सत्ताधारी—सब एक से बढ़ कर एक हैं। जिसका आवरण न हटे, वही भला आदमी है। कुँवारी कन्या की तो रक्षा ही कठिन है। और विवाह की बात सोचो तो यौतुक का पिशाच मुँह बाये खड़ा है। हमसे तो वे ही अच्छे हैं, जो शुल्क लेकर कन्यादान करते हैं। क्षतिपूर्ति भी होती है और यौतुक की भी चिन्ता नहीं करनी पड़ती।..."

सरस्वती बोलते-बोलते वैसे ही चुप हो गयी, जैसे कोई दौड़ता-दौड़ता हाँफ कर सहसा ही खड़ा हो जाये।

"ठीक कहती हो बहन!" कुन्ती धीरे से बोली, "जीवन में सबकी अपनी-अपनी समस्याएँ हैं। राजा हो या रंक। कोई-न-कोई संकट सबके ही सामने खड़ा है।"

कुन्ती ने सरस्वती को देखा : वह बेचारी मार्ग भूल गयी मृगी के समान बौराई-सी खड़ी थी। कदाचित् समझ नहीं पा रही थी कि उसे क्या कहना था और वह क्या कह गयी। बात का सूत्र न केवल उसके हाथ से छूट गया था, वरन् कहीं उलझ भी गया था। न वह अपना पुराना सूत्र खोज पा रही थी; और न ही उसे कोई नया सिरा दिखायी पड़ रहा था...

कुन्ती के मन में दया उमड़ी। कैसी कठिनाई में है बेचारी! यदि कुन्ती उसकी सहायता कर पाती...

"विद्या को क्या हुआ है बहन?" कुन्ती ने जैसे मात्र बात आरम्भ करने के लिए पूछ लिया।

सरस्वती को सहारा मिला। बोली, "कोई विशेष बात नहीं है। प्रत्येक वय की अपनी असफलता और हताशा होती है। वह भी अपने वय की आशाओं-निराशाओं से जूझ रही है।..." और सहसा जैसे उसने अपनी सारी शक्ति को समेट कर कहा, "दीदी! तुमसे एक बात कहूँ, बुरा तो न मानोगी?"

"ऐसी कौन-सी बात कहने जा रही हो, जिसका मैं बुरा मानूँगी!" कुन्ती हँसी, "तुम्हारी कृपा से तो हम आकण्ठ निमज्जित हैं। हम आश्रित हैं तुम्हारे! तुमने आश्रय न दिया होता, तो जाने हम कहाँ-कहाँ भटक रहे होते!"

"ऐसा न कहो दीदी!" सरस्वती बोली, "हमारे मन में ऐसा कोई भाव नहीं है। तुम पर कृपा तो भगवान वेदव्यास की है। मैं चाहती हूँ कि हम पर तुम्हारी कृपा हो जाये।"

"कहो बहन! क्या कहती हो?"

सरस्वती ने जैसे अन्तिम बार अपना आत्मबल एकत्रित किया और बोली, "विद्या तुम्हें इतनी प्रिय है। उसे अपनी पुत्रवधू के रूप में स्वीकार करो। सदा तुम्हारे निकट रहेगी। तुम्हारी सेवा करेगी...।"

कुन्ती अवाक् खड़ी रह गयी। उसने तो कभी इस दिशा में सोचा ही नहीं था। वे लोग तो अपने संकटों में ही इतने उलझे हुए थे। अपने प्राणों की रक्षा और अपने अधिकारों को प्राप्त करने का संघर्ष ही इतना जुझारू था कि उसने कभी सोचा भी नहीं था, उसके पाँच-पाँच पुत्र हैं; सबके-सब अब विवाह योग्य वय को प्राप्त कर चुके हैं; और उनका विवाह कुन्ती को ही करना है।...

हिडिम्बा ने जब भीम से विवाह का प्रस्ताव रखा था, तब भी कुन्ती में एक बार यह चेतना जागी थी; किन्तु न कभी उसने उस विवाह को, भीम का विवाह माना था, न हिडिम्बा को अपनी पुत्रवधू! वह तो जैसे भीम ने पाण्डवों की सुरक्षा का मूल्य चुकाना था...

"देखो! बकुल और विद्या एक-दूसरे को प्रिय हैं।" सरस्वती बोली, "तुम्हारे संकोच के कारण चाहे बकुल ने विवाह का प्रस्ताव न रखा हो अथवा विवाह की स्वीकृति न दी हो; किन्तु अपने प्रेम की स्वीकृति वह दे चुका है। विवाह के इस प्रस्ताव से वह भी सहमत है।"

कुन्ती को जैसे झटका लगा : नकुल ने उसके सम्मुख कभी चर्चा भी नहीं की थी। कभी संकेत से भी कुछ नहीं कहा था।...बड़े तो अभी शान्त बैठे हैं, और यह छोटा इतना चतुर निकला है! कुन्ती ने स्वयं सोचा होता तो कदाचित् अभी केवल युधिष्ठिर के विवाह की बात सोची होती...किन्तु नकुल का विवाह...इस ब्राह्मण-कन्या

के साथ...सरस्वती उन्हें भी ब्राह्मण समझ रही है। उस अबोध को क्या पता कि यह उनका छद्म-वेश है...और नकुल...

"किस सोच में पड़ गयीं दीदी?" सरस्वती का स्वर कातर हो आया था, "मैंने कोई बहुत अनुचित बात कह दी क्या?"

"नहीं बहन! तुमने अनुचित कुछ नहीं कहा।" कुन्ती ने स्वयं को सँभाला, "जिसकी कन्या होगी, वह उसके लिए वर का शोध भी करेगा ही। पुत्र होंगे, तो उनके विवाह की चर्चा भी उठेगी ही।"

"फिर?" सरस्वती के प्राण जैसे उसके कण्ठ में अटके हुए थे, जाने कुन्ती क्या उत्तर दे!...

"बहन! मेरी बात से अपना मन छोटा न करना, न ही हमारे प्रति अपने स्नेह को कुण्ठित करना, न मेरा अविश्वास करना...।"

"क्या बात है दीदी? तुम्हें विद्या प्रिय नहीं है?"

"यह बात नहीं है सरस्वती!" कुन्ती ने अत्यन्त स्नेहपूर्वक उसके कन्धे पर हाथ रखा, "भगवान वेदव्यास ने तुम्हारे पति को बताया ही है हम परदेसी लोग हैं।... इसका अर्थ समझती हो न?..." कुन्ती ने उसकी ओर देखा।

सरस्वती ने स्वीकृति में सिर हिला दिया।

"इसका अर्थ है कि हम किसी संकट में हैं, किसी कठिन स्थिति में फँसे हैं। इस समय हमारे पास अपना कुछ भी नहीं है। न घर, न ठिकाना। न धन, न सम्पत्ति। ऐसे में अपने पुत्रों के विवाह की बात भी मैं कैसे सोच सकती हूँ। विवाह के लिए हमें कहीं अपना स्थान बनाना होगा। अपने सम्बन्धियों को सूचना देनी होगी, उन्हें आमन्त्रित करना होगा।...क्या ऐसा नहीं हो सकता बहन, कि अभी तुम इस बात को भूल ही जाओ; हमारे अच्छे दिन लौट आयें, फिर तुम चाहोगी तो हम इस सम्बन्ध के विषय में अवश्य सोचेंगे।..."

सरस्वती का असमंजस उसकी आँखों में भी था और चेहरे पर भी! किन्तु उसने तत्काल अपनी आँखें पोंछ लीं और स्वीकृति में सिर हिलाती हुई बोली, "वैसे तो तुमने ठीक ही कहा है दीदी, पर ठिकाना तो हमारे पास है ही। जहाँ हम रहते हैं, क्या हमारा जामाता वहीं नहीं रह सकता?"

"क्यों नहीं रह सकता।" कुन्ती मधुर ढंग से मुस्करायी, "तुम अपने जामाता को तो रख लोगी; किन्तु मेरे तो पाँच पुत्र हैं। मुझे तो उन सबके विषय में सोचना है। और फिर बकुल तो मेरा चौथा पुत्र है। तीन उससे बड़े हैं। उनके अविवाहित रहते हुए मैं बकुल के विवाह की बात कैसे सोच सकती हूँ!"

"ठीक कहती हो दीदी!" सरस्वती ने घट उठा लिया, "मुझे तो तुम्हारा कोई भी पुत्र जामाता के रूप में स्वीकार होता; किन्तु विद्या को बकुल ही पसन्द है। शेष के प्रति उसका स्नेह भगिनी-समान ही है।"

"तुम इसे अपनी अवहेलना मत समझना बहन!" कुन्ती ने विनती की।

"नहीं! मैं तुम्हारी बात समझती हूँ दीदी!"

सरस्वती चली गयी।

सन्ध्या समय नकुल घर लौटा तो जैसे कुन्ती उसकी प्रतीक्षा में ही बैठी थी।

"क्यों रे! यह मैं क्या सुन रही हूँ?" कुन्ती बोली, "अब मेरे पुत्र मुझे नहीं बतायेंगे कि उनके मन में क्या है; और वे क्या सोचते हैं; क्या चाहते हैं; क्या करते हैं—ये सारी सूचनाएँ भी मुझे घर के बाहर से मिलेंगी?"

"मुझसे कुछ कह रही हो माँ?" नकुल ने पूछा।

"तो और किससे कह रही हूँ!" कुन्ती बोली, "और इससे पहले कि मैं यह भूल जाऊँ, तुम्हें यह सूचना भी दे दूँ कि अपने आश्रयदाता ब्राह्मण परिवार को मैंने तेरा नाम बकुल बताया है। यह ना हो कि वे तुमसे भी पूछें और तुम अपना नाम कुछ और बता दो।"

नकुल को आश्चर्य हुआ। आज ही विद्या ने भी उससे उसके नाम की चर्चा चलायी थी; और आज ही माँ ने भी उन्हें एक नया नाम बता दिया। अच्छा ही हुआ कि उसने विद्या को अपना कोई नाम नहीं बताया था; नहीं तो कोई-न-कोई समस्या उठ खड़ी होती।

"मैंने ऐसा क्या किया माँ, जिसके कारण ऐसे उपालम्भ दे रही हो?"

कुन्ती का स्वर धीमा हो गया, "मेरे निकट आ!"

उसने युधिष्ठिर, भीम, अर्जुन और सहदेव को भी संकेत से निकट बुला लिया, "आज अपराह्न में सरस्वती ने मुझे बताया कि तुम और विद्या एक-दूसरे से प्रेम करते हो!"

"मैं और विद्या?" नकुल का श्वास जैसे उसके कण्ठ में ही रुक गया; और क्रमशः उसे लगा कि अब वह समझ पा रहा है कि प्रातः विद्या जो कुछ पूछ रही थी, इसका अर्थ क्या था..."पर माँ! मेरे मन में तो ऐसा कुछ नहीं है; और न ही मैंने ऐसा कुछ कहा है...मेरा विश्वास करो माँ!"

माँ द्वारा विश्वास न किये जाने की सम्भावना से ही नकुल इतना कातर हो उठा था।

"मुझे तुम पर पूर्ण विश्वास है मेरे लाल!" कुन्ती धीरे से बोली, "मेरे लिए यह जीवन उस क्षण से जीने योग्य नहीं रह जायेगा, जब मैं अपने पुत्रों पर ही सन्देह करने लगूँगी। फिर भी तुमसे पूछती हूँ पुत्र, कि यदि ऐसी कोई बात हो, जो तुम मुझे संकोचवश नहीं बता रहे हो, तो बता दो।"

"ऐसी कोई बात नहीं है माँ!"

"तो फिर पुत्र! तनिक सोचो कि तुम्हारे व्यवहार में ऐसा क्या था, जिससे उन्होंने

यह धारणा बनायी है; अथवा क्या यह उनकी अपनी इच्छा का ही साक्षात् प्रतिरूप है?"

"ऐसी कोई विशेष बात तो नहीं है माँ! हाँ! आते-जाते सामने पड़ने पर वह मुझसे कोई-न-कोई चुहल अवश्य करती थी; और मैं भी उसे चंचल-सी पगली लड़की मान, विनोद में कोई-न-कोई उत्तर अवश्य दिया करता था। किन्तु प्रेम...नहीं माँ! ऐसा कुछ नहीं है।"

कुन्ती समझ गयी : कुछ-न-कुछ असावधानी नकुल से भी हो गयी है। अवस्था ही ऐसी है इन लड़कों की! पर वह इस विषय में तनिक भी गम्भीर नहीं है।

"अच्छा, चल! भविष्य में सावधान रहना। मधुर व्यवहार को भी अनेक लोग प्रेम मान लेते हैं। तेरा रूप भी तो ऐसा मायावी है। किशोरियों के सम्मुख इसकी माया कम फैलाया कर!" कुन्ती के स्वर में माता का गर्व बोल रहा था, "पहले मेरा ध्यान इस ओर नहीं गया था; किन्तु अब मुझे भी सावधान रहना पड़ेगा। मेरे तो पाँच-पाँच पुत्र हैं—रूप और गुणों की खान, किशोरियों के मन भी तुम लोगों पर रीझेंगे; और उनके माता-पिता की दृष्टि भी तुम पर अटकेगी। पर मैं नहीं चाहती पुत्र, कि इस अज्ञातवास में तुम लोगों में से किसी का विवाह हो। जब तक हम अपने वास्तविक रूप में प्रकट नहीं हो सकते, तब तक तुममें से, किसी के भी विवाह का क्या अर्थ? और फिर ब्राह्मण-वेश में होने के कारण तुम्हारे लिए अधिकांश प्रस्ताव ब्राह्मण-कन्याओं की ओर से ही आयेंगे। उन्हें स्वीकार करना उनके साथ कपट करना होगा।"

28

प्रातः कुन्ती को कूप पर जल भरते हुए सरस्वती मिली; किन्तु आज उसके मिलने में तनिक भी उत्साह नहीं था। न उसके चेहरे पर उल्लास था, न वाणी में चुहल, न आँखों में ज्योति। बुझी-बुझी-सी थी सरस्वती। एक उदासीन-से नमस्कार से अधिक वह कुछ भी नहीं बोली।

"क्या बात है बहन?" कुन्ती ने छेड़ा भी।

"कुछ विशेष नहीं।" सरस्वती ने घट उठाया और चली गयी।

कुन्ती को अपनी यह उपेक्षा अच्छी तो नहीं लगी; किन्तु उसने अपने-आपको समझ लिया : यह तो होना ही था। कितने उत्साह से उसने विद्या के सम्बन्ध की बात कही होगी, और उसके मन में विश्वास भी रहा होगा कि यह सम्बन्ध हो ही जायेगा। कुन्ती की अस्वीकृति से उसकी आशाओं का सारा संसार ध्वस्त हो गया होगा। उसका अवसाद कुछ दिन तो चलेगा ही। यह भी सम्भव है कि वह कुन्ती की इस अस्वीकृति को स्वीकार न कर पाये और उन लोगों के विरुद्ध अपने मन में विरोध को पोषित कर ले। यह भी सम्भव है कि उन लोगों को यह आश्रम ही छोड़ना पड़े...

कुन्ती मन-ही-मन हँसी; जिसने राजसौध त्याग दिये, उसे इस ब्राह्मण का आश्रम त्यागने की चिन्ता हो रही है : कैसा होता है मनुष्य का मोह...!

अपने कक्ष में आ कर कुन्ती सब भूल गयी। उसके पुत्रों को बाहर जाना था; और जाने से पहले उनकी अनेक आवश्यकताएँ थीं।

यह तो अच्छा था कि आज भीम की आवास पर ही रहने की बारी थी, नहीं तो वही सबसे अधिक हड़बोंग मचाता था। उसकी कोई-न-कोई क्रीड़ा हर समय चलती ही रहती थी। उसकी अथाह ऊर्जा उसे शान्त बैठने नहीं देती थी।...कुन्ती ने उसकी वायु-पुत्र में आकांक्षा की थी, तो वायु के समान ही गतिमान था वह! टिक कर बैठ ही नहीं सकता।...किन्तु माँ की सहायता भी तो कितनी करता है! भोजन करने में उसकी जितनी रुचि थी, उतनी ही रुचि भोजन बनाने में भी थी। घर पर रहता तो कुन्ती को योजना बनाने ही नहीं देता था। कहता, 'तुम बैठ जाओ माँ! और बस, मुझे बताती चलो। शेष मैं सब कर लूँगा।' अब तो बताने की भी आवश्यकता नहीं रह गयी थी। वह स्वयं ही सब कुछ कर लेता था।...

चारों भाई विदा हो गये और भीम स्वाध्याय के लिए बैठ गया तो घर में कुछ शान्ति हुई। कुन्ती का मन भी कुछ स्थिर हुआ। अकस्मात् ही उसका ध्यान फिर से सरस्वती की ओर चला गया। बेचारी कितनी दुखी होगी। कन्या की माँ की चिन्ता...और वह भी, जिसके पास धन न हो...पर सरस्वती तो नहीं जानती कि कुन्ती के मन में उसके लिए कैसा भाव है। वह तो उससे रुष्ट ही हो सकती है कि कुन्ती ने उसका प्रस्ताव स्वीकार नहीं किया...हो सकता है, अब वह अपनी ओर से, कुन्ती से बात भी न करे। यदि कुन्ती भी उसे नहीं बुलायेगी, तो दोनों में अनबोला ही हो जायेगा। जितना समय बीतता जायेगा, दोनों के बीच अन्तराल बढ़ता ही जायेगा। फिर कुन्ती चाहेगी भी तो उस खाई को पाट नहीं सकेगी। अच्छा हो कि कुन्ती यह अन्तराल आने ही न दे। वह जा कर सरस्वती के पास बैठ जायेगी। उससे बातें करेगी। उसके बच्चों को बुलायेगी, तो सरस्वती कितनी देर तक उससे रुष्ट रह सकेगी!...

वह उठी।

"भीम!" उसने कहा, "पुत्र! मैं तनिक ब्राह्मणी के पास जा रही हूँ। प्रयत्न करूँगी कि उसके मन का अवसाद दूर कर सकूँ।"

"अच्छी बात है माँ!" भीम बोला, "उनका रोष तो किसी प्रकार दूर कर ही दो।"

ब्राह्मण के द्वार के निकट पहुँच कर कुन्ती के पग रुक गये। वह शान्त ब्राह्मण देवप्रसाद, अपनी पत्नी से दबने वाला पति इस समय अत्यन्त दुस्साहसी हो रहा था। उसका स्वर अनपेक्षित रूप से ऊँचा था।

"तुमको सहस्रों बार कहा मैंने।" वह कह रहा था, "पर तुम क्यों मानोगी! तब तक नहीं मानोगी! जब तक पानी सिर से ऊँचा न उठ जाये। हर बार यही करती हो कि जब तक कोई उपाय हो सकता हो, तब तक मुझे कुछ करने नहीं दोगी; और जब संकट सिर पर आ जाये, उपाय करना सम्भव न रह जाये, तब सिर डाल कर मेरे सामने बैठोगी। अब मैं भी क्या कर सकता हूँ : अपने प्राण ही तो दे सकता हूँ। दे दूँगा प्राण! तब अपने भवन को, अपने माता-पिता की भूमि को, अपने बन्धु-बान्धवों को ले कर बैठी रहना और जीवन का सुख भोगना।"

कुन्ती की समझ में नहीं आया कि यह कैसा झगड़ा था। यह ब्राह्मण तो कभी इस प्रकार नहीं बोलता था!...जाने किस संकट की बात कर रहा है। कल अपराह्न तक तो सरस्वती कितनी प्रसन्न थी! किसी संकट की कोई छाया पूरे परिवार पर नहीं दिखायी पड़ती थी। आज सहसा ही क्या हो गया? कहीं इसी संकट के कारण ही तो सरस्वती प्रातः से उदास नहीं है, जैसे रात भर सोयी न हो! चिन्ता-व्यालिनी के चंगुल में फँसे व्यक्ति को निद्रा आ भी कैसे सकती है!...

पता नहीं, पति-पत्नी के मध्य यह कैसा झगड़ा है...कुन्ती को बीच में पड़ना भी चाहिए...या चुपचाप लौट जाना चाहिए? पति-पत्नी के झगड़े में तीसरे व्यक्ति का पड़ना उचित है क्या?...किन्तु वह तो किसी संकट की बात कर रहा है। संकट में तो अधिवासी का ही सहारा होता है। और कुन्ती तो अपने पुत्रों के साथ उनकी आश्रित भी है। अपने उपकारी के संकट की ओर से वह कैसे मुँह मोड़ सकती है...

तभी ब्राह्मण ने पुनः अपना मौन भंग किया, "मैं तब भी कहता था कि धन की आसक्ति कभी हितकर नहीं होती। धन की इच्छा तो है ही अन्तक-रूपी दलदल! एक बार उसमें पग डाल दे तो व्यक्ति उसमें धँसता ही जायेगा। प्राप्त करने का दुख उठाओ और प्राप्त हो जाये तो उसकी आसक्ति में ऐसे निमज्जित हो जाओ कि उसका त्यागना सम्भव न हो—चाहे प्राण ही क्यों न चले जायें। भवन...माता-पिता की भूमि...अब सँभालो इनको और मुझे सौंप दो उस चाण्डाल राक्षस को।..."

कुन्ती को लगा कि ब्राह्मण अपने कष्ट से कदाचित् रो पड़ा है। कुन्ती निर्णय नहीं कर पा रही थी कि वह तत्काल प्रविष्ट हो या जाकर भीम को बुला लाये! पर भीम को बुलाने से भी क्या होगा?...

"क्या ऐसा सम्भव नहीं है कि सामग्री के साथ किसी और को भेज दो?" तभी सरस्वती का स्वर सुनायी दिया।

"और किसी को कैसे भेज दूँ?" देवप्रसाद बोला, "कोई मेरे स्थान पर अपने प्राण क्यों देगा? आज तक मैंने तो किसी और के स्थान पर अपने प्राण नहीं दिये।..." वह कुछ रुक कर बोला, "और मैं ऐसा चाण्डाल भी नहीं कि अपने स्थान पर किसी और को मृत्यु के मुख में धकेल दूँ।..." उसने एक दीर्घ निःश्वास छोड़ा।

"किसी व्यक्ति को क्रय कर लो। किसी निर्धन का पुत्र! कोई मृत्यु-दण्ड प्राप्त अपराधी। कोई..." सरस्वती कह रही थी।

"कहाँ से कर लूँ क्रय?" देवप्रसाद तीखे परन्तु रुँधे कण्ठ से बोला, "इतने धन का तो प्रबन्ध कर नहीं पा रहा कि जा कर उसके आदेश के अनुसार सामग्री क्रय कर लूँ। मुझे तो भय है कि कम सामग्री पाकर वह वैसे भी असन्तुष्ट होगा और मुझे खा कर भी तुम लोगों को क्षमा नहीं करेगा; और तुम कह रही हो कि कहीं से एक मनुष्य का क्रय कर लूँ..."

"हम अपना भवन बेच देते हैं।" सरस्वती बोली।

"क्या मिलेगा इस भवन का? इसके मूल्य में मनुष्य तो नहीं खरीदा जा सकता।" वह बोला, "और मेरा जीवन तो बचेगा नहीं। भवन बिक गया तो मेरे पश्चात् तुम लोग एकदम निराश्रित हो जाओगे।"

कुन्ती का मन जैसे लगातार उसे भीतर प्रवेश करने के लिए धक्के दे रहा था; और उसका विवेक था कि पग उठाने नहीं देता था...उसको ज्ञात तो हो कि ब्राह्मण का संकट क्या है। क्या उसे दूर करने में कुन्ती कोई सहायता कर सकती है?...

"तो क्या कोई उपाय नहीं है?"

"नहीं! कोई उपाय नहीं। मुझे जाना ही होगा।"

किसी ने सिसकी ली। यह कदाचित् विद्या का स्वर था।

भीतर मौन छा गया। लगा, अब कोई कुछ नहीं बोलेगा। कुन्ती निरन्तर अपने असमंजस को तोड़ने का प्रयत्न कर रही थी। उसने कपाट थपथपाने के लिए अपना हाथ उठाया...

"तो ऐसा करते हैं," सरस्वती का स्वर आया, "आप सामग्री का प्रबन्ध करें। सामग्री ले कर आपके स्थान पर मैं जाऊँगी।"

"उससे क्या होगा?" देवप्रसाद ने पूछा।

"कदाचित् उसके मन में दया आ जाये।" सरस्वती बोली; "स्त्री हूँ न! सम्भव है कि वह स्त्री का वध न करे।"

"कभी व्याघ्र ने भी स्त्री और पुरुष के मांस में भेद किया है? वह तुम्हें पा कर और भी प्रसन्न होगा। तुम्हें अपमानित करेगा। जब तक तुम्हारा मांस खाएगा नहीं, उसका भोग करेगा। वह अकेला ही नहीं, उसके संगी-साथी भी। जब तक जीवित रहोगी, तुम्हारे साथ अत्याचार होता ही रहेगा।" ब्राह्मण कुछ रुक कर बोला, "और फिर मैं तुम्हें इस प्रकार मृत्यु के मुख में कैसे धकेल सकता हूँ! मैं पति हूँ तुम्हारा, चाण्डाल नहीं हूँ। तुमसे विवाह किया है। तुम्हारी रक्षा और भरण-पोषण का वचन दिया है मैंने। अब अपने प्राण बचाने के लिए, तुम्हें यम को समर्पित कर दूँ?"

"ठीक है! आप मेरी रक्षा के लिए अपने प्राण दीजिए।" सरस्वती प्रकट रूप से रो रही थी, "और आपके पश्चात् मैं इन बच्चों की रक्षा कैसे करूँगी? हमारी आजीविका

का क्या होगा? जैसे आप जानते नहीं हैं कि इस समाज में अकेली असहाय स्त्री का सम्मानपूर्वक जीवित रहना कितना कठिन है। चारों ओर से ये गिद्ध मुझे नोच-नोच कर खायेंगे। विवाह-योग्य तरुणी पुत्री घर में बैठी है। उसकी रक्षा कैसे करूँगी? उसके योग्य वर कहाँ से खोजूँगी? किसी अयोग्य के हाथ पड़ जायेगी; कोई लम्पट इसे बहका कर ले जायेगा। कौन करेगा इसकी रक्षा?...और आपका पुत्र! न शिक्षा प्राप्त कर पायेगा, न ज्ञान, न संस्कार! जाने किस संगति में पड़ेगा! चोरी करेगा या भिक्षा माँगेगा; या फिर दास बन कर किसी हाट में बिकेगा।" उसने निःश्वास छोड़ा, "आप जीवित रहेंगे, तो सम्भव है, दोनों बच्चे सुखी और सुरक्षित जीवन व्यतीत कर सकें। आप नहीं रहे, तो हमें तो मरना ही है।"

कुन्ती का मन हुआ कि वह कपाट खोले और भीतर चली जाये। अब और प्रतीक्षा करने का क्या अर्थ?...ऐसा कौन-सा संकट आ खड़ा हुआ है कि किसी व्यक्ति की मृत्यु अनिवार्य ही है? कुन्ती ने अपना हाथ कपाट पर रखा...

तभी विद्या का स्वर सुनायी दिया, "आप दोनों में से किसी को भी जाने की आवश्यकता नहीं है। मैं जाऊँगी, उसके पास! शैशव के पालन-पोषण के लिए आप दोनों की आवश्यकता है। मेरा क्या है! मेरे जीवन की न कोई सार्थकता है, न उपयोगिता। पुत्री तो होती ही संकट है। मेरे योग्य वर खोजने के लिए, आप कहाँ-कहाँ भटकेंगे! पुत्री को कैसा वर मिले! उसकी क्या-क्या इच्छाएँ-आकांक्षाएँ हों! वह राक्षस भी तो सारा जीवन आप लोगों को नोच-नोच कर खाता रहेगा। उससे तो यही राक्षस अच्छा है, जो एक बार में मुझे इस जीवन से मुक्त कर देगा।..." विद्या खुल कर रो पड़ी।

"धैर्य रख पुत्री! धैर्य!" सरस्वती उसे सांत्वना देने का प्रयत्न कर रही थी, "मैं तेरा कष्ट समझती हूँ। तू मन छोटा मत कर। जामाता सदा राक्षस ही नहीं होता। तेरे पिता भी मेरे माता-पिता के जामाता हैं।...और फिर अभी तो वे लोग यहीं हैं। मैं फिर उनसे चर्चा करूँगी। सम्भव है, बकुल की माता के मन में दया जाग जाये। सम्भव है, बकुल का मन ही... ।"

कुन्ती के कान खड़े हो गये; यह तो उन्हीं की चर्चा थी! क्या यह लड़की केवल इसलिए प्राण दे देना चाहती है, क्योंकि नकुल से उसका विवाह नहीं हो रहा?... क्षण-भर के लिए कुन्ती का मन ऐसा द्रवित हुआ कि उसकी इच्छा हुई कि तत्काल उन्हें विद्या और नकुल के विवाह की सहमति की सूचना दे दे...

किन्तु तभी उसके विवेक ने उसे सँभाला; विवाह इत्यादि के सम्बन्ध में वह दानशील नहीं हो सकती। उसे अपनी स्थिति और आवश्यकताएँ देखनी होंगी।... कल सन्ध्या समय ही तो उसने अपने पुत्रों को इतना समझाया था; और अब वह स्वयं इस संकट-काल में बड़ों के अविवाहित रहते, नकुल का विवाह रच बैठे?...यह बात तो यूँही बीच में आ गयी...यह तो लड़की की तात्कालिक हताशा है। वे लोग यहाँ से चले जायेंगे। समय के व्यतीत होने के साथ-साथ विद्या भी नकुल को भूल

जायेगी। बहुत सम्भव है कि उसके जीवन में कोई और युवक आ जाये...किन्तु उनका मूल संकट क्या है?...

"मैं जाऊँ?" सहसा शैशव का स्वर सुनायी दिया, "उस राक्षस को मार आऊँ?"

"मेरे भैया!" विद्या की जैसे चीख निकल गयी।

"मेरे लाल!" यह सरस्वती का स्वर था।

अब कुन्ती से और रुका नहीं गया। उसने न केवल कपाट थपथपा दिया, वरन् उसे धकेल भी दिया। भीतर से साँकल लगा हुआ नहीं था। भिड़े हुए कपाट तत्काल खुल गये...

उन चारों की दृष्टि द्वार की ओर उठी। कुन्ती ने और प्रतीक्षा नहीं की। वह उनकी ओर बढ़ी।

किसी ने उठ कर उसका स्वागत नहीं किया। किसी ने उसे बैठने के लिए नहीं कहा। वे अश्रु-भरी आँखों से उसकी ओर देखते रहे। केवल शैशव अपने हाथ की लकड़ी फेंक कर उसकी ओर दौड़ा, "मौसी! मौसी! देखो न! माँ और दीदी रो रही हैं।"

कुन्ती ने बाँहें फैला कर, शैशव को अपनी गोद में ले लिया। निकट आ कर उसने विद्या के सिर पर स्नेह-भरा हाथ फेरा; और उनके निकट बैठ गयी। वे लोग अब भी आँखों में अश्रु भरे और चेहरों पर असमंजस लिए, उसकी ओर देख रहे थे। किन्तु किसी ने मुख से एक शब्द भी नहीं कहा।

"क्या बात है बहन!" कुन्ती ने धीमे स्वर में पूछा, "मैं द्वार के निकट खड़ी बहुत कुछ सुनती रही हूँ; किन्तु समझ नहीं पायी कि तुम्हारा संकट क्या है। मुझे बताओ। कदाचित् मैं तुम्हारी कोई सहायता कर पाऊँ...।"

"उसमें कोई क्या सहायता करेगा दीदी!" देवप्रसाद जैसे फूट पड़ा, "यह तो हमारा दुर्भाग्य है। हमें ही भुगतना है।"

"फिर भी जानना चाहती हूँ कि हमारे आश्रयदाता पर कौन-सा ऐसा भयंकर संकट आया है।" कुन्ती ने अपनी वाणी का उत्साह बनाये रखा, "कई बार भयंकर से भयंकर संकट से बचने का उपाय हम जैसे साधारण लोग भी कर सकते हैं।"

ब्राह्मण एक फीकी हँसी हँसा, "दीदी! इस संकट में कोई किसी की सहायता नहीं कर सकता।"

"फिर भी बताने में क्या हानि है?" सरस्वती ने अपने पति को देखा।

ब्राह्मण कुछ देर तक चुपचाप बैठा रहा, जैसे बताने की निष्फलता पर विचार कर रहा हो; फिर धीरे से बोला, "नगर से कुछ दूर, यमुना के तट पर एक आततायी राक्षस रहता है—बक! जन-साधारण को डरा-धमका कर उसे लूटते-पीटते रहना उसका व्यवसाय है। उसी ने कहलवाया है कि गाड़ी-भर भोजन-सामग्री, मूल्यवान वस्त्र तथा कुछ स्वर्णाभूषण दे कर किसी व्यक्ति को उसके पास भेज दूँ अन्यथा हमारे परिवार में से कोई भी जीवित नहीं बचेगा।"

"आपने राजकीय दण्डधरों अथवा सैनिक-प्रमुख को सूचना दी है कि कोई आततायी आपको इस प्रकार की धमकियाँ दे रहा है?"

"ये धमकियाँ नहीं हैं दीदी!" देवप्रसाद के अधरों पर बड़ी कड़वी मुस्कान थी, "यह तो एकचक्रा नगरी का दैनंदिन का जीवन है। यहाँ तो प्रतिदिन यही होता रहता है।"

"दण्डधर और सैनिक उन्हें दण्डित क्यों नहीं करते?" कुन्ती के स्वर में आवेश था, "किसलिए होते हैं, नगरपाल और कोटपाल?"

"वे कुछ नहीं करेंगे!" देवप्रसाद बोला, "लोभ ने उनके हाथ बाँध रखे हैं और भय ने मस्तिष्क को जकड़ दिया है।"

"उनके उच्चाधिकारियों के पास जाइए! राजा के पास जाइए।"

"राजा के पास जाने का भी कोई लाभ नहीं है।" देवप्रसाद हताश स्वर में बोला, "वह स्वयं तो वेत्रकीय गृह में सुरक्षित बैठा है और असुरक्षित प्रजा को इन निर्दयी राक्षसों की दया पर छोड़ दिया है!"

"पर वह इन पापियों को दण्डित क्यों नहीं करना चाहता?" कुन्ती का आवेश, क्रोध का रूप धारण करता जा रहा था, "क्यों नहीं वह अपनी प्रजा का पालन करता?"

"अब आपको क्या बताऊँ दीदी! यही तो उसकी राजनीति है...उसे प्रजा से नहीं, अपने अधिकार से मोह है; और अपना अधिकार वह इन आततायियों के बल पर ही बनाये हुए है। इन्हीं की सहायता से वह अपने विरोधियों को कुचलता है। इसीलिए वह अपनी प्रजा का नहीं; नृशंसता का पालन-पोषण करता है।"

कैसी लीला है विधाता की भी; ऐसे-ऐसे पापी लोग तो राजा बन कर सिंहासनों से चिपके हैं, और युधिष्ठिर जैसे प्रजापालक युवराज भिक्षाटन कर रहे हैं...कुन्ती ने सोचा...और फिर उसका ध्यान अपनी दशा की ओर चला गया...उन्हें भी तो पापी दुर्योधन ने इसी प्रकार नष्ट करने का प्रयत्न किया है। उनकी सुनी किसी ने? राजा ने? शासनाधिकारियों ने? कुलवृद्धों ने? वे लोग भी तो अपने प्राणों के भय से असहाय, निराश्रितों के समान स्वयं को छिपाए हुए यहाँ पड़े हैं...

"आप लोग यहाँ से भाग क्यों नहीं जाते?" कुन्ती ने पूछा।

"भागने कौन देगा दीदी?" देवप्रसाद बोला, "सब जानते हैं कि कल हमारी बारी है। हम निकल गये तो उसके लिए सारा नगर दण्डित होगा। इसलिए सारा नगर हमें नगर से निकलने से रोकेगा।" वह कुछ रुक कर बोला, "और यदि निकल भी गये, तो क्या पता कि परदेस में इससे भी अधिक दुर्दशा हो हमारी।"

कुछ देर चुप रह कर कुन्ती ने पूछा, "आपने अपने भाई-बन्धुओं तथा मित्रों-पड़ोसियों से इसकी चर्चा की है?"

"क्या लाभ है दीदी! क्या उन पर यही नहीं बीती! जिस पर पड़ती है, वह स्वयं ही निबट लेता है।" देवप्रसाद बोला, "यह तो एक प्रकार की मौन सहमति है और अपनी-अपनी बारी सब ही निबटते हैं।"

"तो क्या सुरक्षा का कोई मार्ग नहीं है?"

"नहीं!"

"उस राक्षस के पास सेना है क्या?" कुन्ती ने पूछा।

"नहीं! सेना तो नहीं है। कुछ साधारण आततायी गुण्डे हैं। कुशासन से बल पा कर सिंह बने घूमते हैं। शरीर का बल है—उसी का लाभ उठा रहे हैं। नियमित अपराधी हैं, हत्याएँ ही उनका व्यवसाय है। कोई उनसे लड़ने का साहस नहीं कर पाता!"

"यदि आप उसकी कही हुई सामग्री न पहुँचाएँ तो?"

"कल वह मेरे घर पर आ जायेगा और सचमुच ही हममें से किसी को भी जीवित नहीं छोड़ेगा।"

"सामग्री पहुँचाने वाला सुरक्षित लौट पाता है क्या?" कुन्ती ने पूछा।

"नहीं! वे लोग उसे भी पकड़ लेते हैं।"

"उसका क्या करते हैं?"

"जाने क्या करते हैं!" वह बोला, "कुछ लोग कहते हैं, उससे दासों के समान काम करवाते हैं। कुछ कहते हैं कि उसे कहीं बेच दिया जाता है। कुछ कहते हैं कि राक्षस उसका मांस खा जाते हैं।"

कुन्ती के मन में विकट उथल-पुथल मची हुई थी। उसका मन एक ओर इस परिवार के लिए द्रवित हो रहा था, दूसरी ओर अत्याचार का विरोध करने की उत्कट इच्छा जाग गयी थी, और तीसरी ओर अपना पुत्र-मोह भी उसे सता रहा था।...एक मन कहता था, 'थोड़ा साहस कर कुन्ती! थोड़ा संकट उठा और इस परिवार को बचा ले...।' दूसरा मन कहता था, 'दुस्साहस मत कर बैठना कुन्ती! तुम लोग अपने प्राणों की रक्षा के लिए यहाँ छिपे बैठे हो। यह न हो कि झगड़ा बढ़े और तुम लोगों का भेद खुल जाये। अपने पुत्रों के प्राणों की रक्षा कर! किसी झगड़े-टण्टे में मत पड़।'... और तीसरा मन कहता था, 'क्या प्रमाण है तेरे पास कि तेरे प्रयत्न से उस बकासुर से इनकी मुक्ति सम्भव है? यदि वह राक्षस बक तेरे पुत्रों पर भारी पड़ा तो? और यदि बकासुर पराजित हो भी गया तो क्या कुछ अन्य बक उत्पन्न नहीं हो जायेंगे?'...

कुन्ती ने अपनी गोद में बैठे शैशव को देखा। अश्रुभरी आँखों से अपनी ओर निहारती विद्या को देखा...मलिनमुख नतमस्तक बैठे देवप्रसाद और सरस्वती को देखा।...सहसा उसके मन में हस्तिनापुर की रंगशाला कौंध गयी, जहाँ वीरवर अर्जुन के बाण प्रलय मचा रहे थे।...पांचाल सेना को पराभूत कर, महाराज द्रुपद को बाँध लाया था अर्जुन!...फिर उसे राक्षस हिडिम्ब का स्मरण हो आया। भीम ने कैसे उसे उठा कर पटक दिया था; और उसके कण्ठ पर पैर रख, उसे कुचल कर मार डाला था!...और फिर युधिष्ठिर, नकुल और सहदेव भी असाधारण वीर और रण-कुशल योद्धा थे...इतनी समर्थ होते हुए भी, वह यहाँ बैठी, अपने इस आश्रयदाता परिवार को असहाय हो कर मृत्यु की प्रतीक्षा करते हुए देख रही है...

अकस्मात् ही जैसे उसने कोई निश्चय कर लिया। उसने शैशव को गोद से उतार कर, भूमि पर खड़ा कर दिया, "मैं अभी आती हूँ पुत्र! थोड़ी प्रतीक्षा कर।"

कुन्ती चली गयी।

देवप्रसाद, सरस्वती और विद्या—सबने कुन्ती के व्यवहार को बड़े आश्चर्य से देखा। शैशव तो चकित था ही।

और फिर देवप्रसाद ने दीर्घ निःश्वास छोड़ा, "वह बेचारी भी हमारे लिए क्या कर सकती है!"

सरस्वती ने कुछ नहीं कहा। वह जैसे फिर अपने भीतर ही कहीं डूब गयी थी।

"इससे तो अच्छा था कि हम समय रहते, यह भवन बेच, पांचालों अथवा कौरवों के राज्य में चले गये होते; और नहीं तो अहिछत्र में ही जा बसते।..."

सरस्वती ने फिर कुछ नहीं कहा। दीवार से पीठ लगाये वह शून्य को घूरती रही।

"मेरी बात मानें पिताजी!" विद्या बोली, "मेरे न रहने से भी आपको कोई हानि नहीं होगी। सम्भव है, आपकी अनेक समस्याओं का समाधान ही हो जाये।"

"विद्या...!" देवप्रसाद अधिक कुछ नहीं कह पाया।

"किन्तु वह उठ कर इस प्रकार बिना कुछ कहे क्यों चली गयी?" सहसा सरस्वती बोली, "कुछ करना तो शायद किसी के लिए भी सम्भव नहीं है; किन्तु सान्त्वना के दो शब्द भी न कहना...।"

तभी भिड़े किवाड़ खुले और भीम के साथ कुन्ती ने प्रवेश किया।

"आर्य! अब आप चिन्ता न करें।" कुन्ती ने देवप्रसाद के निकट आ कर कहा, "मैंने बात कर ली है। मेरा यह मध्यम पुत्र आपके द्वारा दी गयी सामग्री ले कर बकासुर के पास जायेगा।"

देवप्रसाद का मुख जैसे आश्चर्य से खुल गया, "किन्तु...किन्तु यह कैसे सम्भव है? यह कोई साधारण कर्म नहीं है, कि मेरे स्थान पर आपके पुत्र ने कर दिया। इसमें प्राणों का जोखिम है...जोखिम क्या...प्राण तो जायेंगे ही...नहीं! नहीं! दीदी, मैं एकचक्रा का राजा नहीं हूँ, जो अपने प्राण बचाने के लिए, दूसरों के प्राण हरण करता फिरूँ!...और फिर वह भी ब्राह्मण के प्राण, अतिथि ब्राह्मण के प्राण...नहीं दीदी! यह नहीं हो सकता।"

"आप चिन्ता न करें।" भीम बोला, "मुझे कुछ नहीं होगा।"

ब्राह्मण ने एक बार अपनी आँखें भीम के पूरे शरीर पर दौड़ायीं, "तुम हृष्ट-पुष्ट और बलवान तो लगते हो वत्स, पर ब्राह्मण हो। तुम्हें लड़ने-भिड़ने का अभ्यास नहीं है। उस नीच का तो व्यवसाय वही है।"

भीम ने क्षण भर चकित दृष्टि से ब्राह्मण को देखा और फिर तत्काल बोला, "मुझे लड़ने की आवश्यकता ही क्या है! मुझे एक बहुत ही बलवान यक्ष सिद्ध है। वही निबट लेगा उस असुर से।"

"आपको यक्ष सिद्ध है?" सहसा विद्या बीच में बोल पड़ी।

"हाँ!"

"वह बहुत शक्तिशाली है?"

"बहुत!"

"आपसे भी बढ़ कर?"

"हाँ! मुझसे भी बढ़ कर!"

"बकासुर से भी अधिक शक्तिशाली?"

"हाँ! बकासुर से भी अधिक शक्तिशाली। वह अकेला ही बड़े-बड़े राज्यों की सेनाओं को ध्वस्त कर सकता है।..."

सम्भव है कि भीम अपने उस यक्ष की शक्ति की प्रशंसा में कुछ और कहता कि सहसा देवप्रसाद ने पूछा, "इतने समर्थ होते हुए भी आप इस असहाय स्थिति में क्यों रहते हैं?"

"ये शक्तियाँ धर्म-कार्य के लिए होती हैं, स्वार्थ-सिद्धि के लिए नहीं।" भीम अत्यन्त सहज भाव से बोला। कुन्ती को तो लगा, जैसे वह युधिष्ठिर का अनुकरण करने का प्रयत्न कर रहा है, "ब्राह्मण तो सदा निस्पृह ही रहता है : भिक्षाटन करना सात्विक ब्राह्मण के लिए निन्दनीय तो नहीं है न आर्य!"

"नहीं! निन्दनीय तो नहीं है।" देवप्रसाद ने कह तो दिया; किन्तु वह सहमत नहीं हो पा रहा था।

"तो फिर आप अपनी सारी चिन्ता, मेरे कन्धों पर डाल दें। बस, उस राक्षस को दिखाने भर को थोड़ी-सी खाद्य-सामग्री और एक बैलगाड़ी का प्रबन्ध कर दें। भैंसों की आवश्यकता तो है ही नहीं; यह भी आवश्यक नहीं है कि सामग्री उस दुष्ट के आदेशानुसार ही हो। जो कुछ सुविधा से हो सके, वही भर दें।..."

भीम की दृष्टि ब्राह्मण पर पड़ी : वह भीम के कथन से तनिक भी सन्तुष्ट नहीं लग रहा था...न ही उसकी चिन्ता दूर होती लग रही थी। उसके चेहरे का रंग भय से पीला पड़ता जा रहा था...

"नहीं! यह उचित नहीं होगा।" अन्ततः देवप्रसाद बोला, "आप सामग्री ले जायेंगे तो आपके प्राणों पर तो संकट आयेगा ही; सामग्री कम होने पर हमारे प्राण भी सुरक्षित नहीं रहेंगे।...नहीं! इसका कोई लाभ नहीं। इससे तो अच्छा है कि स्वयं मैं ही चला जाऊँ। मेरे प्राण चले भी जायें, तो भी एक बार बात तो समाप्त हो जायेगी।"

"तो आप सामग्री अपनी इच्छानुसार एकत्रित कर दें, बस ले जाने का दायित्व मुझ पर छोड़ दें।" भीम ने उसकी ओर देखा, "ऐसा कुछ करने की इच्छा मेरे मन में उस दिन से है, जिस दिन मैंने हाट में कुछ दुष्टों को उन निरीह व्यवसायियों को लूटते ही नहीं; पीड़ित करते भी देखा था।"

सब अपने-अपने विचारों में कुछ इस प्रकार डूबे हुए थे कि किसी ने भीम से यह नहीं पूछा कि वह किन दुष्टों तथा किन व्यवसायियों की चर्चा कर रहा है।...

"तो आप समझ रहे हैं न कि आप कितना बड़ा जोखिम उठा रहे हैं?" देवप्रसाद ने जैसे उसे अन्तिम चेतावनी देते हुए पूछा।

"हाँ! हाँ! समझ रहा हूँ!" भीम क्रीड़ाशील स्वर में बोला, "किन्तु आप मुझे यक्ष सिद्ध होने की चर्चा किसी से न करें। यदि किसी को इसकी भनक भी पड़ गयी, तो वह न आपका पीछा छोड़ेगा, न मेरा।"

"नहीं! मैं किसी से नहीं कहूँगा।" देवप्रसाद अपनी पत्नी और पुत्री की ओर मुड़ा, "ध्यान रहे, इस सारी घटना की चर्चा किसी से भी नहीं होनी चाहिए—निकटतम सम्बन्धी और मित्र से भी नहीं; नहीं तो और कठिनाइयाँ तो जो होंगी सो होंगी, बकासुर के सम्बन्धी भी हमारे शत्रु हो जायेंगे।"

भीम ने देखा, ब्राह्मण की चिन्ता कुछ कम होने लगी थी।

सहसा सरस्वती अपने स्थान से उठी और उसने कुन्ती के दोनों पैर पकड़ लिए, "तुम देवी हो दीदी! महिमामयी, करुणामयी देवी!..."

"अरे, क्या कर रही हो बहन!" कुन्ती ने उसे अपनी भुजाओं में उठा कर, कण्ठ से लगा लिया।

सन्ध्या समय सबसे पहले अर्जुन लौटा।

"नगर में विविध प्रकार के समाचार हैं माँ!" वह धीरे से बोला, "मेरी तो कुछ समझ में ही नहीं आ रहा।"

"क्या सुन कर आये हो पुत्र?"

"सुना है कि पांचालों की राजधानी काम्पिल्य में कोई असाधारण गतिविधि हो रही है। उनके दूत अपने राजा के सन्देश विभिन्न राज्यों की राजधानियों में ऐसे पहुँचा रहा है, जैसे अन्धड़ दशों दिशाओं में धूल के कण पहुँचा देता है।"

कुन्ती शान्त मन से अर्जुन की ओर देखती रही, जैसे उसकी आँखों में से वह सब पढ़ना चाहती हो, जो उसने शब्दों में नहीं कहा; और फिर धीरे से बोली, "गतिविधि के केन्द्र में क्या है?"

"प्रयत्न तो मैंने बहुत किया; किन्तु कुछ ज्ञात हो नहीं पाया।" अर्जुन बोला, "यह भी सुना है कि राज्य के विभिन्न भागों से पांचाल सेनाएँ राजधानी में बुलायी जा रही हैं। सैनिक अभ्यास आरम्भ कर दिये गये हैं।"

"तो फिर क्या समझ नहीं पाया बुद्धू!" भीम बोला, "स्पष्ट तो है, वे लोग युद्ध की तैयारी कर रहे हैं। सेनाएँ एकत्रित कर रहे हैं। सैनिक अभ्यास कर रहे हैं। तो किसलिए कर रहे हैं यह सब? युद्ध होगा। सम्भवतः किसी बड़े आक्रमण की तैयारी

में होंगे, तभी तो विभिन्न राजधानियों से मैत्रि-सन्धि तथा सैनिक सहायता के लिए सम्पर्क कर रहे होंगे।"

"सम्भवतः भीम का अनुमान सत्य है।" कुन्ती बोली, "यह किसी बड़े युद्ध की भूमिका हो सकती है।"

"मेरे मन में भी यह बात आयी थी माँ!" अर्जुन बोला, "तभी मैंने यह भी सोचा था—कहीं वे लोग हस्तिनापुर पर आक्रमण की तैयारी तो नहीं कर रहे।..."

"बहुत सम्भव है कि ऐसा ही हो।" कुन्ती बोली, "कौरवों और पांचालों में किसी-न-किसी कारण से संघर्ष की भूमिका बनती ही रहती है। वारणावत जाने से पहले, तुम लोगों ने गुरु-दक्षिणा देने के लिए, द्रुपद को अपमानित किया था। पांचाल उसी के प्रतिशोध की तैयारी में तो नहीं हैं?..."

"यही तो मैं सोच रहा था माँ!" अर्जुन बोला, "कि यदि पांचाल प्रतिशोध के लिए युद्ध-भेरी बजा रहे हैं, तो उनका मुख्य अपराधी तो मैं हूँ।..."

"किन्तु यह समाचार तो उन्हें भी मिला ही होगा, कि हम वारणावत में भस्म कर दिये गये हैं।" भीम ने कहा।

"अवश्य मिला होगा।" कुन्ती बोली, "किन्तु सम्भवतः उनके मन में व्यक्ति के प्रति द्वेष न हो! वे कौरवों का राज्य ही ध्वस्त करना चाहते हों!"

"हस्तिनापुर को कौन बचायेगा—पितामह, गुरु द्रोण या दुर्योधन?" भीम जैसे अपने-आपसे पूछ रहा था।

"तुम हस्तिनापुर के लिए क्यों चिन्तित हो पुत्र? हस्तिनापुर ने तुम्हें क्या दिया?..."

"किन्तु हस्तिनापुर हमारा है माँ!" भीम आवेश में बोला।

"इसे मात्र स्मरण रखो!" कुन्ती धीरे से बोली, "उसके लिए चिन्तित होने का समय अभी नहीं आया है।"

"मैं तो सोच रहा था," अर्जुन बोला, "यदि उन्हें सूचना मिल जाये कि हम लोग यहाँ हैं; क्या तब भी वे हस्तिनापुर को ध्वस्त करना चाहेंगे?"

"उन्हें यह सूचना नहीं मिलेगी।" कुन्ती एक-एक शब्द पर बल दे कर बोली, "उनके लिए तुम लोग वारणावत में भस्म हो चुके हो।"

तभी सहदेव बाहर से आया, "आज नगर में बड़ी हलचल थी माँ!"

कुन्ती मुस्करायी, "आज तुम सब, कोई-न-कोई समाचार लेकर आ रहे हो।"

"बड़े-बड़े समाचार हैं माँ! काम्पिल्य में कोई बहुत बड़ा निर्माण-कार्य होने जा रहा है।" सहदेव बोला, "एकचक्रा में अकस्मात् ही शिल्पी, भवन-निर्माता, श्रमिक, काष्ठकर्मी—सब का ही अकाल पड़ गया है। जाने क्या हुआ कि वे सब उठ कर काम्पिल्य की ओर चल पड़े हैं; और जो नगर में बचे भी हैं, वे जाने की सोच रहे हैं।"

"तुम चिन्ता मत करो!" भीम बोला, "हमें वारणावत का जला हुआ शिव-भवन फिर से नहीं बनवाना है।"

"मध्यम!" सहदेव की समझ में नहीं आ रहा था कि इतनी गम्भीर सूचना को परिहास में उड़ा देने के लिए भीम का विरोध करे अथवा उसकी नासमझी पर हँस कर, उसे समझाए कि इस समाचार का महत्त्व क्या है।

"अर्जुन! देखो, सहदेव क्या समाचार लाया है।" कुन्ती ने कहा, "यदि इसे तुम्हारी सूचना से मिला कर देखा जाये, तो पांचाल युद्ध-सज्जित होते नहीं लगते। सम्भव है, वे किसी मांगलिक कार्य की तैयारी में हों!"

अर्जुन कुछ बोला नहीं, बस सोचता रह गया।

थोड़ी ही देर में प्रायः साथ-साथ ही युधिष्ठिर और नकुल भी आ गये। वे भी नगर से कुछ ऐसे ही समाचार लाये थे। युधिष्ठिर बहुत गम्भीर था, और उसका मत था कि उन्हें अब प्रस्थान की तैयारी कर लेनी चाहिए। एकचक्रा नगरी उन्हें किसी भी क्षण छोड़नी पड़ सकती है; किन्तु वह यह नहीं भूल सकता था कि उन्हें महर्षि व्यास ने तब तक एकचक्रा में रुकने का आदेश दिया था, जब तक वे उन्हें कहीं और जाने के लिए सन्देश न भेजें!...उसके माथे पर चिन्ता को रेखाएँ कुछ अधिक गहरी हो गयी थीं।...

"अच्छा! अब चिन्ता छोड़ो।" कुन्ती बोली, "भोजन परोस रही हूँ। पहले शान्ति से खा लो; इस पर फिर विचार करेंगे।"

भोजन के पश्चात् कुन्ती ने उन्हें इसी विषय पर लौटने नहीं दिया। उसने ब्राह्मण की समस्या और सामग्री के साथ भीम को भेजने के अपने निर्णय की सूचना दी।

"यह तुमने क्या किया माँ? मैं भीम को ही गुप्त रखने का सबसे अधिक प्रयत्न कर रहा हूँ; और तुमने स्वयं ही उसे ऐसे कार्य में नियुक्त कर दिया, जिससे उसकी गोपनीयता नष्ट हो जाये!" युधिष्ठिर की आँखों में कुन्ती ने आज पहली बार अपने लिए प्रतिवाद देखा, "यदि भीम के प्राण न बचे, तो सोचो, जिन पाँचों को तुम कभी विलग नहीं होने देना चाहतीं—उनमें से एक विलग हो जायेगा। तो हमारे दुख और कष्ट के विषय में भी तुमने सोचा है माँ! तुमने हमारे सबसे प्रिय भाई को ही दाँव पर लगा दिया...।"

"ज्येष्ठ!" भीम ठठा कर हँसा, "मुझे तो ज्ञात ही नहीं था कि तुम मुझसे इतना प्रेम करते हो। मेरा विचार था कि कदाचित् तुम मुझसे भी अधिक अर्जुन से प्रेम करते हो।"

"यह परिहास का अवसर नहीं है भीम!" युधिष्ठिर पूर्ण गम्भीरता से बोला, "...यदि तुम विजयी भी हुए, तो तुम्हारा शौर्य तुम्हें गुप्त नहीं रहने देगा। तुम्हारे साथ-साथ हम सब प्रकट हो जायेंगे; और दुर्योधन के वेतन-भोगी षड्यंत्रकारी हत्यारे हमारे पीछे लग जायेंगे।"

"मैंने भी यह सब सोचा था पुत्र!" कुन्ती बोली, "मुझे भी स्मरण है कि मैंने कैसे भयभीत रह कर, सदा मृत्यु की आशंका से पीड़ित, तुम लोगों के प्राणों की रक्षा की चिन्ता की है।...किन्तु अब तुम लोग बड़े हो गये हो। क्रमशः तुम्हारा सामर्थ्य बढ़ा है।"

"सामर्थ्य है, तो फिर हम दुर्योधन से क्यों नहीं लड़ लेते माँ! उससे भयभीत हो, हम क्यों अपना जीवन वनों और अज्ञात स्थानों में व्यर्थ नष्ट कर रहे हैं?" युधिष्ठिर बोला, "एक ओर हम इतने वीर हों कि स्वयं संकटों को आमन्त्रित करें, और दूसरी ओर इतने कायर हों कि न केवल अपने अधिकारों के लिए न लड़ें, वरन् अपने प्राणों के भय से भागते फिरें...।"

"संगठित राजशक्ति के षड्यंत्रों का सामना करना एक बात है पुत्र!" कुन्ती बोली, "और कुछ एक आततायी दुर्वृत्त गुण्डों से लड़ना दूसरी। जहाँ तक मैं समझती हूँ, इन आततायियों के अत्याचारों का विरोध करने में तुम लोग सक्षम हो, जो मात्र कुशासन की उपज हैं। किन्तु राजशक्ति से लड़ने के लिए तुम्हें भी संगठन की आवश्यकता है, जो तुम्हारे पास नहीं है।"

"माँ ठीक कह रही हैं।" अर्जुन धीरे से बोला, "मैं समझता हूँ कि एक बकासुर अथवा उसके कुछ सहयोगियों से निबटना हमारे लिए कठिन नहीं होना चाहिए। ...किन्तु यह सारी गतिविधि गोपन ही रहनी चाहिए।"

"यही बात मैं कह रही हूँ पुत्र!" कुन्ती बोली, "मेरे मन में दो बातें हैं—प्रथम, तुम्हारा सामर्थ्य और द्वितीय, इस निरीह ब्राह्मण परिवार का संकट। मेरे मन में बैठा आनृशंसता का भाव यह कहता है पुत्र, कि दुर्बल की रक्षा हमारा कर्तव्य है; और उसके लिए कभी-कभी भारी मूल्य भी चुकाना पड़ता है। तुम्हें तो राजा बनना है युधिष्ठिर!" उसने युधिष्ठिर पर एक भरपूर दृष्टि डाली, "तुम्हें अभी से प्रजा की पीड़ा समझने और प्रजा की रक्षा का अभ्यास होना चाहिए। निर्बल-न्याय की रक्षा ही क्षत्रिय का धर्म है पुत्र!"

युधिष्ठिर ने प्रशंसा भरी आँखों से अपनी माँ को देखा, "तुम महान् हो माँ! तुम्हारा पुत्र होकर भी न तो मैं तुम्हारी ममता की थाह जान पाया; न उदारता की; न धैर्य की और न वीरता की।" वह रुका, "तुमने जो कुछ कहा है माँ, हम पाँचों भाई उसका पालन करेंगे। हम भीम को अकेले नहीं जाने देंगे। निस्सन्देह हममें से भीम सबसे अधिक शक्तिशाली है; किन्तु उसे इस प्रकार भेजने का जोखिम मत उठाओ माँ!"

29

पुत्रों को विदा कर कुन्ती द्वार पर ही खड़ी रह गयी, जैसे उसके पैर किसी ने कीलित कर दिये हों। मन में कितने ही द्वन्द्व थे, कितने ही ऊहापोह! जैसे मन न हो, महासागर हो, जिसमें उठने वाली असंख्य तरंगों के रूपाकार और संख्या का उसे भी पता न हो।...एक ओर पुत्रों को इस भयंकर संकट में डालने की चिन्ता थी; और दूसरी ओर एक मानवीय दायित्व पूरा करने का सन्तोष! वह स्वयं समझ नहीं पा रही थी कि वह अपने इस कार्य से स्वयं ही प्रसन्न थी या अवसन्न!

सहसा उसका ध्यान ब्राह्मण की ओर गया। वे चारों ही, उसके पीछे कुछ हट कर खड़े थे। उनकी भंगिमा कुछ ऐसी थी, जैसे बहुत कुछ कहने को इच्छुक होने पर भी कुछ कह न पा रहे हों।

सन्ध्या समय तक तो शैशव हँस और खेल रहा था; किन्तु इस समय तक आते-आते, इतना तो वह भी जान गया था कि उसके आस-पास कुछ बहुत ही गम्भीर और भयानक घटित हो रहा है...विद्या ने अपने हावों-भावों से पर्याप्त मात्रा में कुन्ती के सम्मुख स्पष्ट कर दिया था कि उसने प्रातः की हताशा को झटक दिया था; और अब उसे किसी भी बात में कोई आसक्ति नहीं है। उसे जीवन से अब कोई अपेक्षा नहीं है। इसलिए तनिक-सी आवश्यकता पर वह अपने प्राण भी बड़ी सरलता से दे सकती है...किन्तु पाण्डवों के जाने के क्षण से ही उसके भाव कुछ परिवर्तित-से होते लग रहे थे...जब तक संकट उसके अपने परिवार पर था और वह समझती थी कि अपनी बलि दे कर वह उसे टाल सकती है, तब तक वह कैसी निर्द्वन्द्व लग रही थी; किन्तु संकट के पाण्डवों पर स्थानान्तरित होते ही, उसकी तटस्थता और असंगता कहीं विलीन हो गयी लगती थी।...क्या यह उसकी कृतज्ञता थी...या यह नकुल के प्रति उसकी आसक्ति थी?...

कुन्ती कुछ समझ नहीं पा रही थी। यदि ऐसा कुछ था तो कुन्ती विद्या को दोष नहीं दे सकती थी; किन्तु वह नहीं चाहती थी कि इस विषय में और लिप्त हो कर विद्या अधिक कष्ट पाये।...

कुन्ती को लगा, इस समय भी इस ब्राह्मण परिवार को सान्त्वना की अधिक आवश्यकता है। यदि अपनी चिन्ताओं में वह उनकी तनिक भी उपेक्षा कर गयी, अथवा उन्हें तनिक भी ऐसा आभास हुआ कि उसकी चिन्ता का कारण वे लोग हैं, तो कदाचित् उनके मन पर पड़ा ग्लानि का पर्वत और भी भारी होता जायेगा।

"चलें आर्य! घर के भीतर चलें।" कुन्ती ने देवप्रसाद से कहा; और शैशव को गोद में उठा लिया, "बहुत रात हो गयी है। तुम्हें अब सो जाना चाहिए वत्स!"

किसी ने कुछ नहीं कहा। वे सब चुपचाप कुन्ती के पीछे-पीछे चले आये।

उसका समय कैसे कटा, वह समझ नहीं पायी : वह चिन्ता भी कर रही थी और विश्राम भी...वह सो भी रही थी, पुत्रों के लिए प्रार्थना भी कर रही थी...समय कट भी रहा था और नहीं भी कट रहा था...

सहसा उसे लगा कि कपाट को किसी ने हल्के-से थपथपाया है। कुन्ती को निर्णय करने में क्षण-भर लगा कि वह स्वप्न में कुछ सुन रही है या सचमुच कोई उसका कपाट थपथपा रहा है।...

तत्काल उसकी आशा बावली हो कर उठी और उसने कपाट खोल दिये : सामने उसके पाँचों पुत्र प्रसन्न-मुख विजयिनी मुद्रा में खड़े थे। वे उसके चरणों में झुके; और एक-एक कर उसने उन सबको गले लगा कर स्वयं को विश्वास दिलाया कि वे सब सकुशल उसके पास लौट आये हैं।

वे लोग भीतर आ गये तो कुन्ती ने धीरे से कपाट बन्द कर पूछा, "क्या हुआ पुत्र?"

"सब कुछ शुभ हुआ माँ!" युधिष्ठिर बोला, "शत्रु समाप्त हो गया।"

"कुछ हुआ ही नहीं माँ!" भीम ने कहा, "वह तो पानी का बुलबुला था। बहुत फूला हुआ था। एक फूँक भर से फट गया। युद्ध का कोई आनन्द ही नहीं आया।"

"तुममें से कोई आहत तो नहीं हुआ?"

"किसी को कुछ नहीं हुआ माँ!" नकुल बोला, "हमें युद्ध करना ही नहीं पड़ा। मध्यम ने सब कुछ सँभाल लिया।"

"तुम्हें ब्राह्मण देवप्रसाद मिला क्या? उसने तुम्हें आते हुए देखा?"

"नहीं! कदाचित वे लोग सो रहे हैं।" युधिष्ठिर बोला, "हमें किसी ने नहीं देखा।"

"अच्छा! अब तुम लोग चुपचाप सो जाओ।" कुन्ती बोली, "शेष बातें प्रातः होंगी।"

वे लोग लेट गये। थोड़ी ही देर में भीम के श्वास-निःश्वास ने घोषणा कर दी कि वह पूर्णतः सो चुका है।

कुन्ती को आश्चर्य हुआ : इतनी बड़ी घटना की तनिक भी उत्तेजना नहीं थी भीम के मन में, जैसे कुछ हुआ ही न हो। वह तो ऐसे सो गया, जैसे दैनन्दिन का कार्य करके आया हो।...

और यह अर्जुन जाने कहाँ लीन रहता है...कुछ बोलता ही नहीं है! सब जा रहे थे, वह भी साथ चला गया। लौट कर सबके साथ शान्त खड़ा हो गया। सोने के लिए कहा, तो लेट गया। उसके मन में जैसे अपनी कोई प्रक्रिया निरन्तर चलती रहती है। बाहर के घात-प्रतिघात उसे बहुत प्रभावित नहीं करते।...

प्रातः अपने समय से कुन्ती की नींद खुल गयी। उसके शरीर की तन्द्रा बता रही थी कि उसकी पूरी नींद नहीं हुई थी; किन्तु प्रातः उठने का अभ्यास उसे और सोने

नहीं देगा—वह जानती थी। अब दिन भर चाहे वह उनींदी रहे, किन्तु इस समय और सो नहीं पायेगी।

उसने आँखें खोल कर गवाक्ष से बाहर की ओर देखा : प्रभात के लक्षण पर्याप्त स्पष्ट हो चुके थे।...फिर उसकी दृष्टि अपने आस-पास सोये हुए अपने पुत्रों पर गयी...वे लोग शायद अभी और सोयेंगे। वह जानती है, इनमें सबसे पहले युधिष्ठिर जागेगा, फिर अर्जुन, फिर सहदेव! सहदेव के पश्चात् नकुल; और सबके पश्चात् जगाये जाने पर भीम जागेगा। किन्तु आज कुन्ती को कोई जल्दी नहीं थी। आज यदि व्यतिक्रम भी हो जाये, तो कोई हानि नहीं।...

आहट किये बिना वह उठी और कक्ष से बाहर निकल गयी।

कुन्ती स्नान कर चुकी थी और ध्यान में बैठने की तैयारी में ही थी कि बाहर किसी के आने का आभास हुआ। वह बाहर निकल आयी। देखा : सामने देवप्रसाद खड़ा था। उसकी आँखों में एक विचित्र प्रकार की चमक थी और अधरों पर मुस्कान।

"तुम्हारे पुत्र कहाँ हैं दीदी?" उसने प्रणाम कर पूछा।

"सो रहे हैं।"

देवप्रसाद के चेहरे पर एक विजयिनी मुस्कान उभरी, "मैं अभी यमुना-तट से लौट रहा हूँ दीदी! सब कहीं एक ही चर्चा है—रात्रि के समय कोई बकासुर का वध कर, उसका शव नगर-द्वार पर फेंक गया है।"

"अच्छा!"

"हाँ, दीदी! लोगों का कहना है, किसी यक्ष ने वध किया है बकासुर का। उस यक्ष के पाँच मुख थे; और उसका एक-एक मुख, दूसरे मुख से बीस-बीस पग दूर था। उसका शरीर कितना बड़ा था, यह तो किसी ने देखा ही नहीं है।...और सुना है कि उस दुष्ट बकासुर के परिजन भय के मारे अपना घर-बार त्याग कर किसी सुरक्षित स्थान की खोज में कहीं भाग गये हैं।"

"कहाँ सुना तुमने यह सब?" कुन्ती ने पूछा।

"सब ओर यही चर्चा है दीदी! घाटों पर, पथों और वीथियों में।"

"और क्या चर्चा है?"

"लोग कह रहे हैं कि यदि शेष राक्षसों ने भी प्रजा को पीड़ित करना नहीं छोड़ा, तो वह पाँच मुखों वाला यक्ष, उनका भी इसी प्रकार वध कर देगा। नगर के लोगों के मन में अब राक्षस का भय नहीं रहा दीदी! लोग तो यहाँ तक कह रहे हैं—वह यक्ष अब इन राक्षसों का वध करे, न करे, साधारण लोग मिल कर ही इनका वध कर डालेंगे।"

"अच्छा!" कुन्ती को आश्चर्य हुआ, "लोग इतने साहसी हो गये हैं!"

"हाँ, दीदी!" देवप्रसाद बहुत ही प्रसन्न था, "अब तो लगता है कि मेरे मन

से भी राक्षसों का भय निकल गया है। कहीं हमारे राजा के मन से भी यह भय निकल जाता!"

"राजा के मन से केवल राक्षसों का भय ही निकल जाना पर्याप्त नहीं है ब्राह्मण!" कुन्ती बोली, "उसके मन में दायित्व-बोध भी जागना चाहिए; अन्यथा निर्भीक राजा स्वयं राक्षस हो जाता है।"

30

"मौसी!" विद्या बोली, "कल रात्रि एक अतिथि आया था। वह प्रातःक्रियाओं से अभी निबटा है। थोड़ी देर में वह यहाँ से प्रस्थान करेगा। देश-विदेश घूम कर आया है। अनेक कथाएँ सुनाता है और संसार-भर के समाचार देता है। पिताजी ने कहा है कि आप लोग उससे मिल लें।"

युधिष्ठिर चौंका; वह ब्राह्मण कहीं उन लोगों की ही खोज में तो नहीं आया? हस्तिनापुर से आया हुआ, दुर्योधन का कोई गुप्त पुरुष?...

"विद्या!" भीम ने लौटती हुई विद्या को पुकार लिया, "तुमने उससे यह तो नहीं पूछा होगा, कि वह देश-विदेश के समाचार ही क्यों लाया है, देश-विदेश के मिष्ठान्न क्यों नहीं लाया?"

विद्या न हतप्रभ हुई, न निरुत्तर। अब तक उसे भीम की ऐसी उक्तियों का पर्याप्त अभ्यास हो गया था। बोली, "मध्यम! मैंने उससे पूछा नहीं, क्योंकि उसने स्वयं ही बता दिया था कि वह देश-विदेश घूम-घूम कर सद्गृहस्थों को प्रेरित करता रहा है कि वे लोग उसे अपने घर पर आमन्त्रित कर भरपेट खीर खिलाया करें।"

"तो फिर उससे कह दो कि यहाँ ऐसा कोई सद्गृहस्थ नहीं है। वह चाहे तो अपने मन के लड्डू फोड़-फोड़ कर खाता रहे।" भीम बोला।

नकुल की इच्छा हुई कि वह भी कुछ कहे; किन्तु उसने स्वयं को तत्काल रोक लिया। क्या लाभ? उसके परिहास ने पहले ही विद्या के मन में भ्रान्ति को जन्म दिया था। कहीं...

"तुम चलो विद्या!" कुन्ती बोली, "इन लोगों को ले कर अभी आती हूँ।"

विद्या चली गयी तो सहदेव धीरे से बोला, "माँ! हमें थोड़ा सावधान रहना चाहिए। बकासुर के वध के पश्चात् किसी को भी हमारे यहाँ होने का सन्देह हो सकता है; और कोई हमारी खोज करता हुआ, यहाँ तक आ भी सकता है।"

"हाँ! सावधान अवश्य रहो पुत्र!" कुन्ती बोली, "किन्तु हम एक ऐसी स्थिति में हैं कि हमें गुप्त अवश्य रहना है, किन्तु असम्पृक्त नहीं। अन्यथा हमारे लिए सबसे अच्छा स्थान हिडिम्बवन ही था। असम्पृक्त रहने पर शत्रु हमें खोज नहीं पायेंगे,

किन्तु हमें अपने मित्रों के सन्देश भी नहीं मिल पायेंगे; और समाज में तुम्हारे लिए जो स्थान मैं चाहती हूँ, वह तुम्हें कभी नहीं मिल पायेगा।"

"माँ ठीक कह रही है।" अर्जुन सहज भाव से बोला, "हमें उस व्यक्ति से अवश्य मिलना चाहिए।"

कुन्ती ने अपने पुत्रों सहित ब्राह्मण को प्रणाम किया।

ब्राह्मण ने उन्हें आशीर्वाद दिया, "सुखी रहो। घूमो-फिरो, भ्रमण करो। संसार को देखो-समझो। एक स्थान पर टिक कर मत रहो।"

"आर्य! ऐसा न कहें।" देवप्रसाद बोला, "ये लोग चले गये तो मेरा घर सूना हो जायेगा।"

"मेरे पास तो सबके लिए एक ही आशीर्वाद है ब्राह्मण! इनके लिए नया और अनोखा आशीर्वाद कहाँ से लाऊँ!" आगन्तुक बोला।

"कहाँ से आगमन हुआ है आर्य?"

"काम्पिल्य से आ रहा हूँ माता!" वह बोला।

"वहाँ से क्यों चले आये आर्य? क्या वहाँ का वास आपके लिए सुखद नहीं था?" युधिष्ठिर ने धीरे से पूछा।

"नहीं पुत्र! ऐसी कोई बात नहीं थी। हम जैसे तपस्वियों के लिए क्या सुख और क्या दुख!" वह बोला, "बस, मन उखड़ गया। वहाँ भीड़ बहुत होती जा रही है।"

"क्यों?" कुन्ती ने पूछा, "वैसे सुना तो हमने भी है कि वहाँ कोई विराट् आयोजन होने जा रहा है।"

"आयोजन! आयोजन क्या, वहाँ तो महोत्सव होने जा रहा है।" ब्राह्मण बोला, "राजा द्रुपद ने अपनी पुत्री कृष्णा के स्वयंवर की घोषणा की है। कोई भी कुलीन, रूपवान और सद्चित्त युवक अपने भाग्य का परीक्षण कर सकता है। कौन जानता है कि भाग्यलक्ष्मी की कृपा किस पर हो जाये।" उसने रुक कर, पाँचों भाइयों को देखा और फिर कुन्ती से बोला, "तुम भी अपने पुत्रों को ले कर काम्पिल्य जाओ माता! तुम्हारे पाँच-पाँच रूपवान पुत्र हैं। कौन जानता है कि कृष्णा इन्हीं में से किसी के कण्ठ में जयमाला डाल दे।"

कुन्ती ने ध्यान से ब्राह्मण को देखा; उसका कोई प्रयोजन था, या वह एक सामान्य-सी बात कह रहा था?

"जाओ पुत्र! तुम लोग काम्पिल्य जाओ।" ब्राह्मण ने अब सीधे पाण्डवों से कहा, "द्रौपदी से बढ़ कर इस समय सारे संसार में कोई नारी-रत्न नहीं है।"

"उसके लिए क्षत्रिय राजकुमार होना आवश्यक नहीं है?" भीम ने पूछा।

"नहीं! घोषणा में यह कहीं नहीं कहा गया।" ब्राह्मण बोला, "तुम लोगों को

उसमें अवश्य सम्मिलित होना चाहिए।" और सहसा वह कुन्ती की ओर मुड़ा, "माता! यदि आपको किसी प्रकार का संकोच अथवा असुविधा हो, तो मैं आप लोगों के साथ चल सकता हूँ। मार्ग में अथवा काम्पिल्य पहुँच कर, आपको किसी प्रकार की असुविधा नहीं होने दूँगा।"

कुन्ती ने उसे गहरी दृष्टि से देखा : उन्हें काम्पिल्य ले जाने में उसकी इतनी रुचि क्यों है? कहीं यह भी उनके विरुद्ध किसी षड्यंत्र का ही तो अंग नहीं है?

"नहीं आर्य! आप कष्ट न करें!" अर्जुन बोला, "आप तो काम्पिल्य से उखड़ कर आये हैं; आपको पुनः वहाँ ले जाने का दोष हम अपने सिर नहीं लेंगे।..."

अब तक कुन्ती का संशय-सर्प अनेकमुखी हो गया था—यह व्यक्ति दुर्योधन का भेजा हुआ है या भगवान वेदव्यास का? या मात्र संयोग ही है?

अर्जुन के कुछ और कहने से पूर्व ही वह बोली, "भूदेव! हम कहीं भी आने-जाने के लिए स्वाधीन नहीं हैं। प्रतीक्षा कर रहे हैं। यदि भाग्य अनुकूल हुआ तो अवश्य अपने पुत्रों को ले कर काम्पिल्य पहुँचूँगी।"

ब्राह्मण ने पहली बार गम्भीर और स्थिर दृष्टि से कुन्ती की ओर देखा, "मैं समझता हूँ देवि। फिर भी यह सूचना दे रहा हूँ कि पौष मास में, शुक्ल पक्ष में, शुभ तिथि एकादशी को रोहिणी नक्षत्र में वह स्वयंवर होगा। अभी पचहत्तर दिन शेष हैं। समय रहते अपनी योजना बना लेना। यदि स्वाधीन होना है, तो यह अवसर मत खोना।..."

ब्राह्मण चला गया; और कुन्ती अपने पुत्रों को ले कर कक्ष में आ गयी।

"आप कब यात्रा आरम्भ कर रही हैं दीदी?..."

"क्या हमारे यहाँ रहने से ऊब गये हो ब्राह्मण?"

देवप्रसाद हतप्रभ खड़ा, कुन्ती को देखता रह गया, "आप क्या कह रही हैं दीदी!..." उसका कण्ठ अवरुद्ध हो गया और आँखें झुक गयीं; फिर वह धीरे से बोला, "दीदी! जब मैंने अपने घर में आप लोगों को आश्रय दिया था तो अपने मन में अनचाहे भी कहीं एक अहंकार पाल रहा था कि मैं गुरुदेव की इच्छानुसार यह कार्य कर, उनके ऋण से उऋण हो रहा हूँ। मैं क्या जानता था कि मैं उनका कार्य नहीं कर रहा था, वे ही मेरा कार्य कर रहे थे...।"

कुन्ती को अपने उस अनायास पूछे गये प्रश्न के लिए दुख हुआ। कदाचित् ब्राह्मण को उसकी बात अधिक ही चुभ गयी थी।

"वह कैसे?" उसने पूछा।

"यदि उन्होंने आपको तथा आपके पुत्रों को मेरे घर में न ठहराया होता, तो बकासुर से हमारी रक्षा कौन करता? वे आपको कहीं और भी ठहरा सकते थे।

उनके सामर्थ्य की कोई सीमा नहीं है।...” उसने रुक कर कुन्ती को देखा, “मैंने तो केवल इसलिए पूछ लिया था, क्योंकि गुरुदेव ने आपको काम्पिल्य आने का आदेश भिजवाया है... ।”

“भगवान वेदव्यास ने?” कुन्ती चौंकी, “कब? कैसे?”

“यह ब्राह्मण, जो प्रातः आपसे चर्चा करके गया है, यह गुरुदेव का ही शिष्य था... ।” देवप्रसाद बोला।

कुन्ती ने चकित दृष्टि से उसे देखा, “किन्तु उसने यह तो हमसे कहा ही नहीं। ...आप निश्चित रूप से उन्हें जानते हैं क्या?”

देवप्रसाद हँसा, “हाँ, दीदी! मैं निश्चित रूप से जानता हूँ। वह ब्राह्मण गुरुदेव का ही शिष्य है। वह उन्हीं का सन्देश लेकर आया था।...”

“विचित्र बात है।” कुन्ती बोली, “उसने हमें इस बात का रत्ती भर भी संकेत नहीं दिया। क्या कारण हो सकता है ब्राह्मण?”

“कह नहीं सकता,” देवप्रसाद बोला, “कि यह सब गुरुदेव की आज्ञा के ही अनुसार हुआ है, या उसने स्वयं ही यह विधि अपनायी थी...या फिर यह भी सम्भव है कि उसने समझा हो कि यह प्रस्ताव अपने-आप में ही इतना आकर्षक था कि और कुछ कहना आवश्यक नहीं था।”

“कारण कुछ भी हो!” कुन्ती जैसे अपने-आपसे बोली, “अब हमारा जाना तो निश्चित हुआ।”

“देवि!” देवप्रसाद कुछ कहते-कहते रुक गया।

कुन्ती ने उसकी ओर देखा : देवप्रसाद की आँखों में अश्रु थे और वह अपनी विह्वल अवस्था को जैसे नियंत्रित करने का प्रयत्न कर रहा था।

“क्या बात है ब्राह्मण?” कुन्ती ने आश्चर्य से पूछा।

देवप्रसाद ने कुछ कहने के लिए मुँह खोला : किन्तु उसके कण्ठ से स्वर नहीं फूटा।

कुन्ती ने कुछ कहना उचित नहीं समझा : जाने ब्राह्मण इतना विह्वल क्यों था!

देवप्रसाद ने अपने अश्रु पोंछे; स्वयं को सँभाला और बोला, “देवि! मैं आपको कैसे बताऊँ कि आपके साथ हमारा यह समय कितने सुख से बीता है; और आपके जाने के पश्चात् हमें यह घर कितना सूना लगेगा और हमारे बच्चे आपको कितना स्मरण करेंगे...!” वह रुक गया।

“मेरे पुत्रों को भी तुम्हारे बच्चों से बहुत स्नेह है ब्राह्मण! मुझे स्वयं यह स्थान एकदम अपने घर-सा लगा है। तुम लोग आत्मीय लगे, जैसे पिछले जन्म के सहोदर ही हों।...किन्तु मैं यह भी जानती हूँ कि यह हमारा स्थायी निवास नहीं है, हमें अपने घर लौटना ही है... ।”

“जानता हूँ देवि!” देवप्रसाद बोला, “और मैं यह भी नहीं चाहता कि हमारा स्नेह आपके पाँवों की बेड़ी बने। गुरुदेव ने आपको काम्पिल्य बुलाया है, तो इसमें

आप का कोई-न-कोई हित ही होगा। वैसे...” वह कुछ रुक कर बोला, “वैसे मेरा मन कहीं यह भी कहता है, कि आप और आपके ये पुत्र साधारण लोग नहीं हैं। ईश्वर आप को उचित स्थान प्रदान करे...”

देवप्रसाद को लगा कि अब उसका अवरुद्ध कण्ठ उसे और बोलने नहीं देगा। उसने हाथ जोड़ कर प्रणाम किया और अपने अश्रु छिपाने के लिए वहाँ से हट गया।

वह लौटकर आया तो सरस्वती उसकी प्रतीक्षा कर रही थी।

“ये लोग साधारण ब्राह्मण नहीं हैं।” वह बोली, “नहीं तो क्या भगवान वेदव्यास इन्हें द्रुपद-पुत्री पांचाली कृष्णा के स्वयंवर में सम्मिलित होने के लिए प्रेरित करते?”

“हाँ! मुझे भी लगता है कि वे साधारण लोग नहीं हैं।” देवप्रसाद बोला, “बहुत सम्भव है कि ब्राह्मण-पुत्रों के वेश में वे लोग क्षत्रिय राजकुमार ही हों!”

“सम्भव है।” सरस्वती लज्जित-से स्वर में बोली, “और मुझे देखो, मैं अपनी मूर्खता में विद्या का सम्बन्ध उनके बकुल से करना चाह रही थी।...”

“तुम?” देवप्रसाद ने उसे आश्चर्य से देखा।

“मैं तो प्रस्ताव लेकर दीदी से मिली भी थी।” सरस्वती बोली, “उनकी अस्वीकृति से मैं रुष्ट भी थी।”

“मूर्ख हो तुम!” देवप्रसाद बोला, “मुझसे चर्चा तो की होती।”

अपने कक्ष के एक कोने में स्तब्ध-सी बैठी विद्या सोच रही थी...बकुल ने राजकुमारी से विवाह करने की जो चर्चा की थी, वह सत्य थी क्या?...वह उसका परिहास नहीं था?...वह राजकुमार है क्या? कौन है वह? कौन??

31

वे लोग अभी गंगा-तट पर सोमाश्रयायण तीर्थ में ही थे कि अकस्मात् ही महर्षि वेदव्यास उनके निकट प्रकट हो गये थे। कुन्ती तो उसे प्रकट होना ही मानती है। ...कहीं कोई पूर्व-सूचना नहीं, कोई चर्चा नहीं, कोई संकेत और आभास नहीं; बस दृष्टि उठायी तो देखा, सामने महर्षि वेदव्यास खड़े हैं। चकित रह गयी कुन्ती... “तात्, आप?”

“आश्चर्य न करो पुत्रि!” महर्षि बोले, “असाधारण परिस्थितियों में हमारा व्यवहार भी असाधारण हो जाता है। मुझे प्रसन्नता है कि तुम लोग निर्विघ्न यहाँ तक पहुँच गये हो। अब काम्पिल्य बहुत दूर नहीं है। यहाँ से गंगा के तट के साथ चलते जाओ; किन्तु उत्कोचक तीर्थ में रुकना मत भूलना पुत्रो!”

“कोई विशेष प्रयोजन पितामह?” युधिष्ठिर ने पूछा।

"वह धौम्य मुनि का स्थान है युधिष्ठिर!" व्यास बोले, "तुम लोग इस क्षेत्र की यात्रा करो और धौम्य मुनि के दर्शनों से वंचित रहो, तो इससे बड़ा तुम्हारा दुर्भाग्य क्या होगा?"

"इतना महत्त्व है धौम्य का?"

"हाँ पुत्र! मेरी इच्छा है कि धौम्य से तुम लोगों का सम्पर्क बढ़े।" उन्होंने रुक कर जैसे शून्य में देखा, "मुझे लगता है कि तुम्हारे आगामी जीवन में धौम्य की महत्त्वपूर्ण तथा उपयोगी भूमिका होगी।"

युधिष्ठिर ने ध्यान से महर्षि के चेहरे को देखा : वे सामान्य-से अनुमान की बात कर रहे हैं या उनका विशेष प्रयोजन था?...किन्तु वह महर्षि वेदव्यास का चेहरा था। उनकी इच्छा के अभाव में उस पर से कुछ भी पढ़ा नहीं जा सकता था।...

कुन्ती के मन में बहुत देर से एक प्रश्न कुलबुला रहा था। अब वह उसे रोक नहीं सकी, "महर्षि! मेरी अबोधता क्षमा करें।" कुन्ती बोली, "मैं अभी तक समझ नहीं पायी कि पांचाली कृष्णा का स्वयंवर हमारे लिए इतना महत्त्वपूर्ण क्यों है? क्या हमारी यह संकटपूर्ण स्थिति ऐसी है, जिसमें मैं अपने पुत्रों के विवाह के विषय में सोचूँ?"

वेदव्यास मुस्कराए, "पुत्रि! मैं चाहता हूँ कि तुम लोग काम्पिल्य जाओ। इसलिए नहीं कि वहाँ कृष्णा का स्वयंवर है; और तुम अपने लिए एक पुत्रवधू खोज रही हो।..."

"तो फिर किसलिए तात्?"

वेदव्यास की मुस्कान लुप्त हो गयी। उनका आनन गम्भीर हो गया। आँखें जैसे अधमुँदी हो गयीं, "वह तो एक रंगशाला है पुत्रि! प्रतियोगियों को वहाँ जाना ही होगा।"

"मैं समझी नहीं देव!"

"आर्यावर्त्त ही नहीं, उसके बाहर की भी अनेक महत्वपूर्ण राजशक्तियाँ वहाँ एकत्रित हो रही हैं। वहाँ आर्यावर्त्त के भावी नेताओं का चयन होगा। राज्यलक्ष्मी अपने लिए अश्वमेध तथा राजसूय यज्ञों का विजेता वहीं निर्धारित करेगी। संधि-विग्रह होंगे, नयी मैत्रियाँ और शत्रुताएँ निश्चित होंगी। राजशक्तियों के नवीन समीकरण बनेंगे। तुम्हारे पुत्रों को भी वहीं अपने मित्र और शत्रु चुनने होंगे। दूसरे शब्दों में कहूँ कि मैं चाहता हूँ कि पाण्डव वहाँ उपस्थित रहें, ताकि उनके मित्र उनके निकट आ सकें।" व्यास ने रुककर पाण्डवों को देखा, "वहाँ इतिहास लिखा जायेगा पुत्र! देखना है कि तुम्हारे भाग्य में कौन-सा अद्भुत पराक्रम लिखा है।"

"स्पष्ट कहें पितामह!" युधिष्ठिर बोला, "मैं कुछ समझ नहीं पा रहा हूँ।"

"यह साधारण स्वयंवर नहीं है वत्स!" वे बोले, "कृष्णा वीर्यशुल्का घोषित हो चुकी है। स्वयंवर की प्रतिज्ञा की वहीं घोषणा की जायेगी। मैं कह नहीं सकता कि वह क्या होगी और उस पर कौन पूर्ण उतरेगा। किन्तु लगता है कि द्रुपद कोई कठिन परीक्षण करने वाला है। वह आर्यावर्त्त के सर्वश्रेष्ठ वीर का चयन कर, उसे

अपना जामाता बनाना चाहता है।...पुत्र!" व्यास का स्वर असाधारण रूप से गम्भीर था, "जो अद्भुत पराक्रम करता है, उसके शत्रु स्वतः अपने ही भय के हाथों ध्वस्त हो जाते हैं। मेरी इच्छा है कि तुम लोग वहाँ जाओ। देखो; और अवसर मिलते ही अद्भुत पराक्रम करो। अधैर्य मत दिखाना। प्रतीक्षा करना कि तुम्हारे मित्र तुम्हें स्वयं खोज लें...। अपने-आपको स्वयं उद्‌घाटित मत करना; कहीं ऐसा न हो कि तुम्हारे स्वयं प्रकट हो जाने से तुम्हारे अनुकूल होते हुए लोग, तुम्हारे प्रतिकूल हो जायें।"

"तात्!" कुन्ती जैसे कुछ कहती-कहती रुक गयी।

"क्या बात है पुत्रि!" व्यास बोले, "कोई शंका है तुम्हारे मन में? निस्संकोच कहो।"

"तात्! वहाँ दुर्योधन और उसके भाई भी आयेंगे?" कुन्ती ने पूछा।

"वह स्वयंवर है कुन्ती! वहाँ किसी के भी आने की सम्भावना हो सकती है। आहूत, अनाहूत, आमन्त्रित। न बुलाये जाने पर कोई हरण की इच्छा से भी आ सकता है। निश्चित रूप से यह कह पाना तो बहुत कठिन है कि कौन आयेगा; और कौन नहीं आयेगा।" व्यास ने रुक कर कुन्ती की ओर देखा, "किन्तु दुर्योधन के आने, न आने का तुम्हारे लिए क्या महत्त्व है?"

"वह हमारा चिर शत्रु है ऋषिवर!" कुन्ती आवेश-शून्य स्वर में बोली, "मेरे पुत्रों को देख कर, वह पुनः घात करेगा।" और सहसा उसने स्थिर दृष्टि से ऋषि को देखा, "और कहीं उसे सामने पाकर, मेरे ही पुत्र अपने आक्रोश को नियंत्रित न रख पायें; और आक्रमण इन्हीं की ओर से हो गया तो?"

व्यास ने बहुत ध्यान से कुन्ती को देखा और जब देख चुके तो आँखें बन्द कर कुछ सोचते रहे। जब आँखें खोलीं तो बोले, "पुत्रि! मैं न पाण्डवों का विनाश चाहता हूँ, न धार्तराष्ट्रों का। वस्तुतः मैं किसी का भी नाश नहीं चाहता। प्रभु की बनायी सृष्टि क्यों नष्ट हो! किन्तु तुम्हारे पुत्रों को दुर्योधन तथा उसके भाइयों से भिड़ना तो है ही; इसलिए मैं चाहूँगा कि यह भिड़न्त तब हो, जब दुर्योधन का राज्य-तेज तथा श्रेष्ठता का अहंकार मलिन हो चुका हो; और पाण्डवों का तेज सूर्य के प्रकाश के समान जाज्वल्यमान हो...पाण्डव उस क्षण तक धैर्य धारण कर सकें--इसी में उनका कल्याण है।"

"और मेरे पुत्रों की सुरक्षा?" कुन्ती समझ नहीं पा रही थी कि यदि उसके पुत्रों को प्रकट होने के लिए स्वयं ही संकट उठाना था, तो इतने दिनों तक अज्ञातवास करने का क्या लाभ था!

"तुम्हारे पुत्र अपनी रक्षा स्वयं करेंगे!" व्यास बोले, "यही तो देखना है कि उनमें कितना सामर्थ्य है...।"

व्यास को लगा, कुन्ती का चेहरा कुछ मलिन हो गया है। वे आश्वस्ति-भरी एक मुस्कान अपने अधरों पर लाये, "तुम्हारे पुत्रों पर कोई संकट नहीं आयेगा। इसे मेरा वचन मानो।"

कुन्ती सचमुच कुछ आश्वस्त हुई, "हमें कब चलना होगा महर्षि?"

"यथाशीघ्र! अब प्रतीक्षा के लिए समय नहीं है पुत्रि! मार्ग में तुम्हें सहयात्री मिलते जायेंगे। यदि कोई विघ्न-बाधा आये, तो उसे अनुकूल बनाना तुम्हारे पुत्रों की अपनी क्षमता पर निर्भर है—उसे चाहे अपनी विनम्रता से विजय करें अथवा अपने शौर्य से।" व्यास उठ खड़े हुए, "अब चलता हूँ। आशा है कि तुम लोग कल प्रातः ही प्रस्थान करोगे।" वे पुनः रुके, "काम्पिल्य नगर के बाहर कुम्भकारों के अनेक घर हैं। उन्हीं में से एक में तुम्हारे ठहरने की व्यवस्था मेरे शिष्य करेंगे। कुम्भकार का नाम है—धर्मरक्षित। वहाँ पहुँच जाना, तुम्हें कोई असुविधा नहीं होगी...।"

व्यास चले गये और वे लोग अपने-अपने प्रश्नों के साथ पीछे छूट गये। कुन्ती के मन में अनेक ऊहापोह थे; किन्तु वह न महर्षि के आदेश की अवहेलना कर सकती थी, न उनके परामर्श की!

"क्या सोच रहे हो युधिष्ठिर?" उसने पूछा।

"मैं इस सारी स्थिति को ठीक-ठीक समझ नहीं पा रहा माँ!...मेरे मन में किसी स्वयंवर में जाकर किसी राजकुमारी को जय कर लाने की कहीं कोई कल्पना भी नहीं है। वस्तुतः मैंने तो अपने विवाह के सन्दर्भ में कभी कुछ सोचा ही नहीं है। विवाह की सार्थकता बहुत महत्त्वपूर्ण हो कर, कभी मेरे सामने आयी ही नहीं है। हिडिम्बा ने जिस समय भीम का वरण किया था, उस समय भी मेरे मन में क्षण भर के लिए भी यह बात नहीं आयी कि मेरी तनिक भी अवहेलना हुई है।...यह समस्या तो बाद में तुमने ही नकुल और विद्या के सन्दर्भ में उठायी थी..." युधिष्ठिर ने रुक कर उसे देखा, "और अब भगवान वेदव्यास हमें किस विचित्र स्थिति में डाल गये हैं माँ! मुझे लगता है कि उन्होंने हमारे अज्ञातवास के समापन को, द्रौपदी के स्वयंवर के साथ जोड़ दिया है।...इसका अर्थ है कि प्रतियोगी और प्रत्याशी बन कर उस स्वयंवर में सम्मिलित होना ही होगा...माँ! धर्मशास्त्र परिवेदन को पाप मानते हैं।...तुम्हारा अपना भी यही मत है। तुम चाहती हो कि पहले ज्येष्ठ पुत्र का विवाह हो...इसका अर्थ यह है कि स्वयंवर में मुझे ही प्रत्याशी बनना होगा!...महर्षि यह भी कह गये हैं कि कृष्णा वीर्यशुल्का है...जाने वहाँ कैसी प्रतिज्ञा होगी। कौन-सा अद्भुत पराक्रम दिखाना होगा।...

मैंने स्वयं को कभी अद्भुत पराक्रमियों में नहीं माना है माँ!...मैं जानता हूँ कि अर्जुन मुझसे कहीं श्रेष्ठ धनुर्धर है। गदा-युद्ध और मल्ल-युद्ध में भीम सर्वश्रेष्ठ है। हाँ! तोमर पर मेरा कुछ अधिकार अवश्य है।...और यदि मैं कोई अद्भुत पराक्रम नहीं दिखा पाऊँगा, तो क्या पाण्डव आजीवन अज्ञातवास के लिए बाध्य होंगे? क्या हम कभी भी स्वयं को प्रकट नहीं कर पायेंगे?..."

"तुम युधिष्ठिर हो पुत्र!" कुन्ती ने उसके कन्धे पर स्नेह भरा हाथ रखा, "इस प्रकार विचलित होना तुम्हें शोभा नहीं देता।"

"विचलित नहीं, मैं चिन्तित हूँ माँ!" वह बोला, "तुम्हें और अपने भाइयों को इस प्रकार द्वार-द्वार धक्के खाते देख, मुझे बहुत पीड़ा होती है। मैं कैसा पुत्र हूँ, जो अपनी माता का कष्ट-निवारण ही नहीं कर पाता! मैं कैसा भाई हूँ, जिसके छोटे भाई इस प्रकार वन-वन भटक रहे हैं!"

युधिष्ठिर की स्थिति देखकर कुन्ती अपनी चिन्ताएँ भूल गयी। उसे अपने पुत्र को इस हताशा की स्थिति से निकालना ही होगा। बड़े हो गये हैं तो क्या, समर्थ हैं तो क्या—हैं तो उसके पुत्र ही। वह उनकी माँ है।

"मुझे लगता है कि हमारे कष्टों का अन्त निकट है पुत्र!" वह बोली, "देखो, महर्षि कितने श्रम से हमें एक लक्ष्य तक पहुँचाने का प्रयत्न कर रहे हैं। वहाँ कृष्ण भी होगा। अन्य यादव भी होंगे। वहाँ तुम्हें तुम्हारे मित्र मिलेंगे पुत्र!..."

"मुझे भी यही लगता है!" भीम बोला, "किन्तु एक बात मेरी समझ में नहीं आती!..."

"क्या पुत्र!"

"भगवान वेदव्यास हमारे ठहरने की व्यवस्था निर्धन ब्राह्मणों और कंगाल कुम्भकारों के घर ही क्यों करते हैं?"

"और कहाँ करें भैया?"

"वे हमें पंचालराज द्रुपद की अतिथिशाला में ठहरा सकते थे।"

"मध्यम ठीक कहता है।" अर्जुन बोला, "उन्हें चाहिए था कि वे हमें महाराज द्रुपद की अतिथिशाला में, कुरु-राजकुमारों के साथ ठहराते, ताकि लोगों को हमें पहचानने में सुविधा रहती।..."

"जब मेरे अपने भाई ही उत्तम स्थान पर ठहरना नहीं चाहते तो भगवान वेदव्यास को क्या पड़ी है कि वे उसके लिए अनावश्यक प्रयत्न करें...।" भीम ने अपनी खिसियाहट को अपने अट्टहास में छिपा लिया।

उत्कोचक में स्वयं धौम्य मुनि ने उनका सम्मानपूर्वक स्वागत किया।

पाण्डवों ने वनवासी ब्राह्मणों के रूप में अपना परिचय दिया ही था कि मुनि मुस्करा पड़े, "युधिष्ठिर! मुझसे इस प्रकार दुराव न करो पुत्र!"

वे लोग चकित रह गये। इससे पूर्व मुनि से उनका कभी साक्षात्कार भी नहीं हुआ था, तो फिर उन्होंने उन्हें इतने निश्चित रूप से कैसे पहचान लिया? युधिष्ठिर ने स्वयं को संयत कर पूछा, "आपने हमें कैसे पहचाना मुनिवर?"

"भगवान वेदव्यास की कृपा से!" धौम्य मुस्कराए, "वे मुझे बता गये थे कि तुम लोग यहाँ आने वाले हो।"

"उनकी हम पर बड़ी कृपा है मुनिवर!" युधिष्ठिर बोला, "वे एक प्रकार से हमारी अँगुली पकड़कर हमें पग-पग चला रहे हैं।"

"वे धर्म की रक्षा का प्रयत्न कर रहे हैं पुत्रो!" मुनि बोले, "ऋषि के जीवन का एक ही लक्ष्य है—धर्म-स्थापना।" मुनि ने रुक कर उन्हें देखा, "एक आदेश उन्होंने मुझे और भी दिया है वत्स!..." मुनि रुक गये।

पाण्डवों ने उत्सुकता-भरी आँखों से उनकी ओर देखा।

"उन्होंने इच्छा प्रकट की है कि मैं युधिष्ठिर का पौरोहित्य स्वीकार करूँ।"

"क्या?" युधिष्ठिर की आँखें आश्चर्य से फैल गयीं, "पौरोहित्य! मैं क्या राजा बन गया हूँ?..."

"उन्हें पूर्ण विश्वास है कि तुम्हारे राज्याभिषेक में अब विलम्ब नहीं है।" मुनि बोले, "वस्तुतः वे तुम्हारे राज्याभिषेक की ही तैयारी कर रहे हैं।..."

युधिष्ठिर अवाक् खड़ा रह गया।

कुन्ती को लगा, वस्तुतः वह अब समझ पायी थी कि महर्षि उनसे काम्पिल्य जाने का आग्रह क्यों कर रहे थे।...कहीं ऐसा तो नहीं कि उन्होंने वहाँ ऐसी व्यवस्था कर रखी हो कि युधिष्ठिर को उसका राज्य भी मिले और पांचाल राजकुमारी भी?...कुन्ती ने बलात् अपने मन को रोका। कल्पना के ऐसे अश्व दौड़ाने का क्या लाभ?...

कल्पना के अश्वों की वल्गा उसने खींच ली थी; किन्तु उसने अनुभव किया कि उसके मन में अद्भुत उत्साह का संचार हुआ था। ऐसा ही उसके पुत्रों के साथ भी हुआ था। भविष्य जैसे आशा की ज्योति लिए, उनके बहुत निकट खड़ा था।...

"माँ! थक तो नहीं गयीं?" भीम उससे पूछ रहा था।

कुन्ती अपने वर्तमान में लौट आयी : वे लोग नौका में बैठे हुए थे, और काम्पिल्य पहुँचने के लिए गंगा पार कर रहे थे।

"थक तो नहीं गयी माँ?" भीम ने पुनः पूछा।

"नहीं तो!" कुन्ती पूर्णतः सजग हो उठी, "मैं कुछ सोच रही थी।"

"सोचना छोड़ो। आँखें खोलकर देखो। सामने महाराज द्रुपद की राजधानी है। बहुत चर्चा सुनी होगी इसकी!" भीम बोला, "बस, अब पहुँचने ही वाले हैं।"

हाँ!...कुन्ती ने बहुत चर्चा सुनी थी इसकी।...उत्कोचक से यहाँ तक इसकी चर्चा ही तो सुनते आये थे वे लोग। मार्ग में उन्हें काम्पिल्य की ओर जाते हुए झुण्ड-के-झुण्ड लोग मिले थे। साधारण दर्शक, अपने चमत्कार दिखा कर धन कमाने वाले कौतुकी, विद्वान ब्राह्मण तथा याचक ब्राह्मण, व्यापारी, कर्मचारी।...सब काम्पिल्य जा रहे थे और सबकी जिह्वा पर काम्पिल्य की प्रशंसा थी...काम्पिल्य में धन था, काम्पिल्य में धर्म था, काम्पिल्य में वीरों के समूह थे, काम्पिल्य के लोग सुन्दर, सुशिक्षित, परिश्रमी

तथा सुसंस्कृत थे...द्रुपद और द्रौपदी की प्रशंसा की तो बात ही क्या...ब्राह्मणों की चर्चा से तो लगता था कि काम्पिल्य में स्वर्ण की वर्षा हो रही थी, जिससे वे अपनी झोली भरने जा रहे थे...

एक धचके के साथ नौका रुक गयी। कुन्ती ने देखा, वे लोग तट पर पहुँच गये थे। नाविक कूद कर भूमि पर पहुँच गया था और मोटे रस्सी से नौका को खूँटे से बाँधने का प्रयत्न कर रहा था।

32

गंगा के तट से थोड़ा हट कर, नगर-प्राचीर के बाहर कुम्भकारों के घर मिट्टी के भाजनों के समान ही बिखरे हुए थे। वहाँ तक पहुँचने में पाण्डवों को तनिक भी कठिनाई नहीं हुई।

एक घर की टूटी दीवार के साथ बैठा एक वृद्ध भाजन सहेज रहा था। युधिष्ठिर ने आगे बढ़ कर पुकारा, "बाबा!"

वृद्ध ने पहले अपनी दृष्टि उठायी और फिर बड़े प्रयत्न से गर्दन फेरी। क्षण भर उन लोगों को देखा और फिर अपनी तर्जनी से एक ओर संकेत कर बोला, "वह है।"

"क्या?" युधिष्ठिर ने विस्मय से उसकी ओर देखा, "मैंने तो अभी आपसे कुछ पूछा ही नहीं है।"

"मुझे मालूम है, तुम क्या पूछ रहे हो।" वृद्ध ने कहा, "तुम कुम्भकार धर्मरक्षित का घर ही ढूँढ़ रहे हो न! तो वही है उसका घर।" वह निमिष-भर को रुका, "और यदि उसका घर नहीं पूछ रहे, अपने लिए भोजन माँग रहे हो, तो भी वहीं जाओ। वह है धर्मरक्षित का घर!"

युधिष्ठिर चकित रह गया, "मैं कुम्भकार धर्मरक्षित के निवास के विषय में ही पूछ रहा था; किन्तु यह आपको कैसे मालूम हो गया?"

"सारे साधु-महात्मा, संन्यासी, ब्राह्मण, याचक—सभी उसी के घर में आते हैं; इसलिए सभी समझ सकते हैं कि तुम किसका घर पूछ रहे हो।" वृद्ध ने कहा।

"क्या धर्मरक्षित बहुत धनी हैं?" युधिष्ठिर ने पूछा।

"नहीं! बहुत धनी तो वह नहीं है; किन्तु उसे अधिक धन की आवश्यकता नहीं है।"

"क्यों?"

"उसका अपना कोई परिवार नहीं है—न पत्नी, न सन्तान! घर उसके पास बहुत बड़े घेर का है। साधु-सन्तों को नहीं ठहराएगा, तो क्या करेगा!"

"ओह!" युधिष्ठिर अपने भाइयों के पास लौट आया।

धर्मरक्षित उन्हें घर पर ही मिल गया। वह मध्यम काया का अधेड़ पुरुष था।

उसके वस्त्र सामान्य कुम्भकारों के ही समान साधारण तथा मैले थे। वह अपने काम में लगा हुआ था।

उसने पाण्डवों को सम्मानपूर्वक प्रणाम किया और बोला, "आइए! मैं आपकी प्रतीक्षा ही कर रहा था।"

"हमारे आने से तुम्हें कष्ट तो होगा भैया!" कुन्ती ने कहा।

"कष्ट कैसा बहन!" उसने सहज स्वर में उत्तर दिया, "साधु-सन्त नहीं आयेंगे तो चोर-उचक्के आयेंगे! घर है, तो कोई तो रहेगा ही न! मैं अकेला तो इस घर में पसर कर सो नहीं सकता।"

"तो इसे बेच क्यों नहीं देते काका?" भीम ने पूछा।

उसने पलट कर भीम को देखा। उसके आकार-प्रकार को निरखा-परखा और बोला, "इसे बेच कर जो धन मुझे मिलेगा, उसका क्या करना है मुझे? वह भी तो किसी को बाँटना ही है! ऐसे में इसे कोई धनी कुम्भकार खरीद लेगा और इन कोठरियों में, जहाँ कुछ भले लोग ठहरते हैं, गधों को बाँधेगा। क्या वह इस स्थान का उचित उपयोग होगा?" उसने उत्तर की प्रतीक्षा नहीं की। कदाचित् वह उत्तर चाहता भी नहीं था। "आओ! तुम्हें ठहरने का स्थान दिखा दूँ।"

उसके पीछे-पीछे चलते हुए नकुल ने पूछा, "अच्छा, काका! जब तुम्हारे लिए धन का तनिक भी उपयोग नहीं है, तो तुम घट-निर्माण का कार्य छोड़ क्यों नहीं देते? क्यों इतना श्रम करते हो?"

"धन के लिए श्रम नहीं करता मैं।" धर्मरक्षित बोला, "स्वर्ग में बैठे ब्रह्मा जो इतने घटों का निर्माण करते हैं, तो क्या धनार्जन के लिए? श्रम तो शरीर का धर्म है भैया! विधाता ने शरीर दिया है, तो श्रम करना ही होगा। यह घर और घेर मुझे दिया है और परिवार नहीं दिया; तो मैं समझ गया कि मुझे प्रहरी बनाकर भेजा है उसने। भले लोगों को ठहराता हूँ; और प्रहरी का काम करता हूँ। मनुष्य का तो धर्म ही है विधाता की आज्ञा का पालन। बस, वही कर रहा हूँ।..."

युधिष्ठिर धर्मरक्षित के पीछे-पीछे चलता हुआ सोच रहा था कि क्यों महर्षि वेदव्यास ने उनके यहाँ ठहरने की व्यवस्था की। यदि वे लोग कहीं और ठहरते तो कदाचित् उनके विषय में कोई प्रश्न भी उठता; किन्तु यहाँ तो साधु-संन्यासी ठहरा ही करते हैं। धर्मरक्षित भी अपना धर्म समझ कर, तपस्वियों-संन्यासियों को यहाँ ठहराता है। उसके मन में भी कोई जिज्ञासा नहीं उठेगी...व्यवसाय से चाहे वह कुम्भकार हो, किन्तु प्रकृति से तो संन्यासी ही है। कदाचित् इसीलिए वह भगवान वेदव्यास को इतना प्रिय है।...

"यह रहा आपका कक्ष!" वह बोला, "मेरे घर में बड़ा यही है। पर्याप्त होगा?"

"पर्याप्त है।" युधिष्ठिर बोला, "आजकल तो नगर में गतिविधि बहुत बढ़ गयी है, बड़ी संख्या में लोग बाहर से काम्पिल्य आ रहे हैं। क्या आपके पास कोई और अतिथि नहीं ठहरा?"

धर्मरक्षित हँसा, "ब्राह्मण! समर्थजन तो मेरे अतिथि होंगे नहीं। जिन संन्यासियों को राजा ने स्वयं बुलाया है, उनके ठहरने की व्यवस्था भी राजा ही करेंगे; और जो याचक हैं, वे उन श्रीमन्तों के निकट ही ठहरेंगे, जहाँ से उन्हें दान में धन मिलने की सम्भावना है। आप निश्चिन्त रहें, यहाँ इन दिनों किसी और के आने की सम्भावना बहुत ही कम है।" धर्मरक्षित मुड़ते-मुड़ते बोला, "आप लोग थके होंगे। आज भिक्षाटन करने कहाँ जायेंगे। कुछ भोजन-सामग्री भिजवा देता हूँ। अपनी व्यवस्था कल से कर लीजिएगा।"

धर्मरक्षित चला गया। वे लोग कक्ष में जहाँ-तहाँ बैठ गये।

"अब?" कुन्ती ने पूछा।

"स्वयंवर में अभी एक सप्ताह का समय है।" युधिष्ठिर बोला, "तब तक हमें केवल समय ही व्यतीत करना है। भोजन की व्यवस्था तो भिक्षाटन से ही होगी—धर्मरक्षित संकेत भी कर गया है।"

"अच्छा ही है।" भीम बोला, "भिक्षाटन के बहाने जायेंगे; सारे नगर का भ्रमण करेंगे और आवश्यक समाचार एकत्रित करेंगे।"

"योजना तो अच्छी है।" सहदेव बोला, "किन्तु यदि नगर में समाचार तथा अन्न संचित करते हुए मध्यम पहचान लिए गये तो? यह एकचक्रा तो है नहीं, जहाँ किसी ने पाण्डवों को कहीं देखा ही नहीं था।..."

"मध्यम ही क्यों, तुम क्यों नहीं पहचाने जाओगे?" भीम ने कुछ उत्तेजित स्वर में पूछा।

"क्योंकि मध्यम का आकार-प्रकार असाधारण है।" सहदेव बोला।

"तो?"

"अन्न संचित करने में उतना संकट नहीं है, क्योंकि वह किसी भी घर से मिल जायेगा; किन्तु समाचारों के लिए, आपको उन्हीं लोगों के समीप जाना होगा, जो आपको पहचानते हैं।" सहदेव बोला।

"इस दृष्टि से तो हम अपने किसी मित्र को भी अपना परिचय नहीं दे सकते।" युधिष्ठिर बोला।

"महर्षि ने स्पष्ट रूप से कहा था कि तुम लोग अपना परिचय किसी को नहीं दोगे।" कुन्ती बोली, "तुम्हारे मित्र स्वयं तुम्हें खोजेंगे; तुम उन तक पहुँचने का प्रयत्न नहीं करोगे।"

"तो कृष्ण को सम्मुख देखकर भी मैं उसे नहीं बताऊँ कि मैं अर्जुन हूँ?"

"नहीं!" कुन्ती के स्वर में आदेश का भाव अत्यन्त मुखर था।

माँ का आशीर्वाद लेकर पाण्डव एक-एक कर कुम्भकार के घर से बाहर निकले। न तो कुन्ती चाहती थी कि वे लोग एक साथ बाहर जायें; और न उनकी ही अपनी

ऐसी कोई इच्छा थी। सबसे पहले युधिष्ठिर और सहदेव गये। वे कुछ दूर निकल गये तो अर्जुन धीरे-धीरे बाहर निकला।

भीम चलने लगा, तो जैसे उसके मन में कोई बात आयी और वह रुक गया...

"क्या बात है भीम?"

"माँ! एक बात मेरे मन में बहुत देर से द्वन्द्व मचा रही है। अब चलते-चलते सोचा कि तुमसे कह ही दूँ।"

"क्या बात है पुत्र!"

"माँ! हम सबकी इच्छा है कि घटनाएँ तुम्हारे मनोनुकूल ही घटें। ज्येष्ठ ही स्वयंवर में भाग ले और कृष्णा को प्राप्त करे। किन्तु माँ! कृष्णा वीर्यशुल्का है।..."

"तो?"

"यदि वहाँ ऐसी प्रतिज्ञा हुई, जिसे ज्येष्ठ पूर्ण न कर सका, तो?"

कुन्ती भीम की आँखों में कुछ पढ़ती रही। फिर जैसे उससे सन्तुष्ट न होकर, अपनी ओर से कुछ न कह, उसने भीम को ही कुरेदना उचित समझा, "तो क्या तुम भी प्रतियोगी बनना चाहते हो? ज्येष्ठ के प्रतिद्वन्द्वी होना चाहते हो?"

"इसीलिए तो मैं कह नहीं रहा था माँ; कि कहीं तुम इसे मेरी लोलुपता न मान लो!" भीम बोला, "मैं ज्येष्ठ का प्रतिद्वन्द्वी नहीं होना चाहता; किन्तु यदि ज्येष्ठ असफल हो गया; अथवा वह प्रतिज्ञा ही ज्येष्ठ के क्षमता-क्षेत्र से बाहर हुई, तो क्या हम चुपचाप वापस लौट आयें?...या फिर जैसाकि पितामह वेदव्यास ने कहा है, मैं कोई अद्‌भुत पराक्रम दिखाऊँ? जो दायित्व ज्येष्ठ पूर्ण न कर सके, वह फिर मध्यम के स्कन्धों पर ही आ टिकता है।"

कुन्ती को लगा, वह ठीक ही कह रहा है। युधिष्ठिर के पश्चात् दायित्व उस पर ही तो पड़ते हैं; और वैसे भी यदि प्रतिज्ञा पूर्ण करने के लिए शारीरिक बल की ही आवश्यकता हुई, तो भीम ही तो उसे पूर्ण करेगा...

"कैसा अद्‌भुत पराक्रम करोगे तुम?"

"मैं कृष्णा का हरण करूँगा।"

कुन्ती कुछ क्षणों के लिए जड़ बनी खड़ी रही : क्या कहे वह? उसकी इच्छा और महर्षि के निर्देशों में विरोध उठ खड़ा हुआ था।...भीम उसकी आज्ञा की प्रतीक्षा में था...क्या कहे वह कि वे लोग भगवान वेदव्यास का आदेश न मानें? क्या वह स्वयं को महर्षि से श्रेष्ठतर समझती है? क्या कहे अपने पुत्र से कि पितामह का आदेश न मान कर माता का आदेश माने! श्वसुर सम, वयोवृद्ध, तपःसिद्ध महर्षि के आदेश को कुन्ती तिरस्कृत कर दे?...

और फिर बिना पराक्रम किये, पाण्डव आजीवन अज्ञातवास करते रहें?...किन्तु भीम प्रतिज्ञा पूर्ण करने के स्थान पर हरण की बात कर रहा है। जो पाण्डव अकेले दुर्योधन से भयभीत होकर अज्ञातवास करते रहे हैं, क्या वे आर्यावर्त्त की सारी

राजशक्तियों को चुनौती देकर पांचाली कृष्णा का हरण करेंगे—बिना शस्त्रों के, बिना सेना के, बिना सहायकों के?...भीम का मनोबल कुछ अधिक ही ऊँचा था...

सहसा कुन्ती ने स्वयं को साधा, "पुत्र! दुस्साहस मत करना। केवल पराक्रम करना। महर्षि की इच्छा का पालन करना। अपने कामना-तुरंग के पीछे घिसटते मत जाना।"

भीम ने माँ के चरण छुए और चल पड़ा। उसके पीछे-पीछे ही नकुल भी रंगशाला की ओर बढ़ गया।

33

कुम्भकार के घर के सम्मुख आ कर वे लोग रुक गये। अर्जुन ने एक बार कच्ची दीवारें और नीची छत वाले उस अध-टूटे घर को देखा और फिर एक दृष्टि द्रौपदी पर डाली...द्रौपदी भी हतप्रभ-सी खड़ी उस आवास को देख रही थी...

"देवि! हम वनवासियों का आजकल यही आवास है।" अर्जुन बोला, "तुम्हें इसमें असुविधा तो होगी...।"

द्रौपदी ने अपने असाधारण आत्मबल से स्वयं को नियंत्रित किया। बोली, "मुख्य तो व्यक्ति होता है आर्य! उसका आवास नहीं।"

"मैं भी यही कहना चाह रहा था। आवास का क्या है, वह तो परिवर्तनशील है। राजप्रासादों में रहनेवाले कुटीरों में आश्रय लेते हैं और कुटी, राजप्रासादों में परिणत हो जाते हैं।" भीम हँस कर बोला, "किन्तु मुझे कुछ कहने की आवयकता ही नहीं पड़ी। तुम बहुत समझदार हो देवि!"

द्रौपदी पर अपने कथन का प्रभाव देखने के लिए भी भीम नहीं रुका। वह आगे-आगे चलता हुआ, घेर में प्रवेश कर गया; और उसने अपने कक्ष के कपाट से कान लगाकर सुना। भीतर किसी प्रकार का कोई शब्द नहीं था।...

उपलब्धि के उल्लास ने जैसे अर्जुन को सम्पूर्णतः लील लिया था। उसका मन हो रहा था कि वह उच्च स्वर में बाहर से ही चिल्लाए, 'माँ! देखो, मैं क्या लाया हूँ।...' किन्तु वह यह भी नहीं जानता था कि 'क्या लाया हूँ' की सूचना माँ के लिए न अनपेक्षित थी और न ही आकस्मिक। माँ, आज से नहीं, एकचक्रा से प्रस्थान करने से पहले ही जानती थी कि वे लोग कहाँ जा रहे हैं; और उनका लक्ष्य क्या है। प्रातः माँ ने ही आशीर्वाद देकर उनको भेजा था।

"सो गये क्या?" भीम ने पुकार कर पूछा।

"मध्यम का स्वर है।" नकुल ने कदाचित् कुन्ती को सूचना दी थी।

भीम ने कपाट थपथपाए और द्वार खुलने की प्रतीक्षा करने के स्थान पर वह

कपाट थपथपाता ही चला गया। यह नहीं लगता था कि वह खुलवाने के लिए कपाट थपथपा रहा है; लगता था कि वह आनन्द के आवेश में, जैसे कोई वाद्य-यंत्र बजा रहा हो।

कपाट धीरे से खुल गये।

भीम ने अन्धड़ के समान कक्ष में प्रवेश किया। कुन्ती को अपनी भुजाओं में उठा कर, उसने तीन-चार चक्कर दे डाले; और फिर उसे द्रौपदी के सम्मुख भूमि पर खड़ा कर दिया।

"माँ! यह पांचाल राजकुमारी याज्ञसेनी कृष्णा है।" अर्जुन ने धीरे से कहा।

कुन्ती अवाक् खड़ी उसे देखती रह गयी...तो...तो...

द्रौपदी ने आगे बढ़ कर कुन्ती के चरण छुए।

कुन्ती को जाने क्या हो गया था। उसके कण्ठ से न कोई शब्द फूट रहा था और न ही उसकी भुजाएँ आगे बढ़ कर द्रौपदी को अपने वक्ष से लगा रही थीं। उसके शरीर का एक-एक रोम जैसे सिहर उठा था, आँखों में अश्रु आ गये थे; और हाथों में कम्पन मात्र रह गया था...

"माँ! आशीर्वाद भी नहीं दोगी?" अर्जुन ने जैसे उसे उस सम्मोहन की स्थिति से जगा दिया।

युधिष्ठिर, नकुल और सहदेव भी निकट आ गये थे।

"मैंने तुमसे कहा था न माँ, कि स्वयंवर की प्रतिज्ञा तुम्हारे पुत्र के बहुत अनुकूल है। तुम्हारी विजय हुई है माँ! इन्हें आशीर्वाद दो।" युधिष्ठिर बोला।

"यशस्वी होओ पुत्र! अपने योग्य सम्मान पाओ।" और फिर उसने मुड़ कर द्रौपदी को अपनी भुजाओं में घेर लिया, "अचल सौभाग्यवती हो पुत्रि! मेरे व्यवहार से तनिक भी आशंकित मत होना। अकस्मात् ही ऐसा सुखद समाचार पाकर मैं बौरा गयी हूँ।"

"ये हमारे ज्येष्ठ हैं—सबसे बड़े भाई।" अर्जुन ने कहा, "और ये दोनों मुझसे छोटे—जुड़वाँ हैं।"

द्रौपदी के मन में सहसा ही जैसे कोई चपला कौंधी—ये पाँच हैं।...क्या ये पाण्डव हैं? किन्तु अगले ही क्षण इस विचार को बलात् मस्तिष्क से बाहर धकेल दिया—वे तो वारणावत में जला दिये गये थे। उनके जीवित होने का कोई प्रमाण नहीं है।...

"क्या बात है माँ! मुझे आशीर्वाद नहीं दोगी?" अपने मत्त उल्लास में भीम आगे बढ़ा; और उसने फिर से कुन्ती को अपनी भुजाओं में उठा लिया।

"तूने क्या किया है कि तुझे भी आशीर्वाद चाहिए!" अब तक कुन्ती भी कुछ-कुछ सहज हो चली थी, "तूने क्या इन्हें यहाँ तक का मार्ग दिखाया है?"

"युद्ध किया है माँ! युद्ध!" भीम उल्लसित स्वर में बोला, "बड़े-बड़े शस्त्रधारियों को मैंने एक ही लाठी से हाँक दिया..." यद्यपि भीम स्वर दबा कर हँसा था, फिर

भी उसका स्वर पर्याप्त ऊँचा था, "माँ! मैंने मद्रराज शल्य को ऐसी पटकनी दी कि उसे हमारी नानी याद आ गयी होगी।"

कुन्ती ने अचकचा कर द्रौपदी की ओर देखा, "इसकी बातों का बुरा न मानना राजकुमारी! इसका स्वभाव ही ऐसा है।" और फिर उसने अर्जुन से कहा, "मद्रराज को ऐसी क्या आवश्यकता आ पड़ी थी?"

"मद्रराज ही नहीं, सारे क्षत्रिय राजा हमारा विरोध कर रहे थे माँ!" अर्जुन बोला, "क्षत्रिय कन्या पांचाली को कोई ब्राह्मण प्राप्त करे, यह उन्हें स्वीकार्य नहीं था।..."

"किन्तु शल्य..." कुन्ती खुल कर कह भी नहीं पा रही थी।

"वहाँ कुछ लोग यह कह रहे थे माँ!" अर्जुन बोला, "कि महाराज शल्य अत्यन्त युद्धप्रिय हैं। उन्हें रंचमात्र भी चिन्ता नहीं है कि वे किसके साथ लड़ रहे हैं और क्यों लड़ रहे हैं। उन्हें तो युद्ध का अवसर चाहिए।"

"मेरे लिए तो मद्रराज एक मातुल के समान उपयोगी हैं..."

कुन्ती चिन्तित हो गयी...यह भीम का उल्लास-मत्त था। यह कहीं कोई गड़बड़ ही न कर दे।...

किन्तु भीम बात को घुमा कर दूसरी ओर ले गया, "अखाड़े में मल्ल-युद्ध के अभ्यास के लिए वे अच्छे जोड़ सिद्ध होंगे।..."

"जोड़ तो उनकी किसी दिन मैं सिद्ध होऊँगा।" नकुल के स्वर में आवेश था, "बस, एक बार आमना-सामना हो जाये।..."

नकुल ने स्वयं को रोक लिया।...वह स्वयं ही समझ नहीं पा रहा था कि भीम के एक ही वाक्य ने कैसे उसके मन में मातुल शल्य के विरुद्ध एक ज्वार उठा दिया था...मातुल का व्यवहार उसे तनिक भी श्लाघ्य नहीं लगता था। मातुल वसुदेव ने अपनी इतनी सारी विकट समस्याओं और विषम परिस्थितियों के होते हुए भी, ध्यान रखा कि उनकी एक बहिन भी थी और वह कठिनाइयों से घिरी हुई थी। उनकी अवस्था देखने मातुल अक्रूर आये थे। फिर कृष्ण तथा बलराम आये थे। उन्होंने तो युधिष्ठिर को हस्तिनापुर का युवराज बनवा ही दिया था। वह तो दुर्भाग्य ही था कि जरासन्ध और कालयवन के संयुक्त आक्रमण के कारण यादवों को मथुरा से हटना पड़ा और धृतराष्ट्र को भी अवसर मिल गया...। अब भी यादव उनकी सहायता का प्रयत्न कर रहे थे...और मातुल शल्य ने क्या किया? उन्होंने एक बार यह जानने का भी प्रयत्न किया कि उनके भागिनेय जीवित भी हैं या नहीं! और यदि जीवित हैं, तो किस अवस्था में हैं!...उनके पुत्र रुक्मरथ को यह ज्ञात भी है कि उसकी एक बुआ भी थी और उनकी कोई सन्तान भी है? नकुल को तो ऐसा लगता था कि उन्होंने इच्छानुसार शुल्क लेकर अपनी बहन को घर से ही नहीं निकाला, अपने जीवन, मन और स्मृति से ही निकाल दिया...

किन्तु यह सब कहने का यह कोई अवसर नहीं था। द्रौपदी के सम्मुख यह सब...

"तुमने देखा मध्यम!" अर्जुन बोला, "दुर्योधन ने कर्ण को मुझसे और मद्रराज को तुमसे भिड़ा दिया। स्वयं कर्ण के पीछे छिपा रहा। कायर कहीं का!"

"वह तो कायर भी है और धूर्त भी।" भीम बोला, "स्वयं लड़ता नहीं, दूसरों को लड़वाता है। और क्यों न लड़वाए, जब अंगराज और मद्रराज जैसे मूर्ख उसे मिल जाते हैं...।"

"अपने से बड़ों के लिए ऐसे अपमानजनक ढंग से नहीं बोलते पुत्र!" कुन्ती ने उसे टोका।

"बड़े!" भीम हँसा, "दोनों में कौन बड़ा मूर्ख है माँ! मद्रराज या सूतपुत्र?"

"मध्यम! माँ को पीड़ित मत करो!" अर्जुन ने बात दूसरी ओर मोड़ दी, "माँ को यह भी तो बताओ कि कृष्ण ने उन सब राजाओं को हमसे लड़ने से रोक दिया था!"

"वह रोकता या न रोकता; यह तो हमें करना ही था।" भीम बोला, "माँ! स्वयं को शूरवीर समझने वाले जितने भी पाखण्डी आये, उन सबकी पिटाई कर, हम पांचाली को जीत लाये।"

"हम? हमसे क्या तात्पर्य है तुम्हारा?" कुन्ती ने उसे टोका, "पांचाली को धनुर्धर ने जीता है, या तुमने?"

"हम दोनों ने!" भीम निर्द्वन्द्व भाव से बोला, "धनुर्धर ने लक्ष्य-वेध किया और मैंने उन उत्पातियों की बुद्धि ठिकाने लगायी। मैं न होता तो वे लोग इस धनुर्धर को इसकी जीती हुई पांचाली के साथ उठा कर ले जाते।..."

स्तब्धता में अकेले भीम का अट्टहास गूँजा; उसके साथ और कोई हँस नहीं पाया। लगा, उसके एक असावधान वाक्य से जैसे शेष सब लोग स्तम्भित हो गये थे।

उस स्तब्धता को कुन्ती ने ही तोड़ा, "चल! मान लिया कि पांचाली को उन उत्पातियों से बचाने में धनुर्धर के साथ, तेरा भी बहुत योगदान है; किन्तु स्वयंवर का विजेता तो धनुर्धर ही है न! पांचाली ने उसी के कण्ठ में जयमाला डाली थी न! तुम्हारे कण्ठ में तो नहीं।"

इस सारे प्रसंग में यह पहला अवसर था कि भीम के मुख से शब्द नहीं फूटे। उसका कण्ठ किसी ऐसी मरुभूमि के समान हो गया था, जो न केवल सर्वथा जलविहीन थी, वरन् उसमें नागफनी के काँटे उग आये थे...

"हाँ!" बोलने के लिए भीम को प्रयत्न करना पड़ा, "हाँ! धनुर्धर ने ही स्वयंवर जीता है। पांचाली ने उसी के कण्ठ में जयमाला डाली है। अब तो प्रसन्न हो?"

"प्रसन्न तो हूँ पुत्र!" कुन्ती के चेहरे पर मुस्कान की एक रेखा तक नहीं थी, "अपने पुत्र की ऐसी उपलब्धि पर कौन-सी माँ प्रसन्न नहीं होगी; किन्तु पांचाली तुम्हारे कण्ठ में वरमाला डाले अथवा धनुर्धर के—होगा यह परिवेदन ही। तुम जानते

हो, धर्मशास्त्र की दृष्टि में परिवेदन पाप है। निर्दोष बड़े भाई के अविवाहित रहते, छोटा भाई विवाह कर ले—यह अधर्म है। धर्मानुसार पहले बड़े का विवाह होना चाहिए। छोटा भाई पहले विवाह कर, बड़े भाई को उसके अधिकार से वंचित नहीं कर सकता।..."

"इच्छा तो हमारी भी यही है माँ!" वाचाल भीम अब कुछ सहज हो चला था, "किन्तु ज्येष्ठ तो कोई उद्यम ही नहीं करता।" भीम ने कुन्ती की ओर इस प्रकार देखा, जैसे किसी बड़े रहस्य का उद्घाटन करने जा रहा हो, "हम ज्येष्ठ के मार्ग की बाधा नहीं हैं माँ! वह हमारे मार्ग की बाधा है। हम तो चाहते ही हैं कि वह शीघ्रातिशीघ्र विवाह कर ले, ताकि हमारा मार्ग खुले।"

अर्जुन कुछ कह नहीं सका—कदाचित् वह भीम की बात सुन भी नहीं रहा था—उसे लगा, माँ के एक ही वाक्य ने उसे जीवन के एक नये धरातल पर ला कर खड़ा कर दिया है। वह स्वयंवर का विजेता अवश्य था; द्रौपदी उसी ने प्राप्त की थी; किन्तु द्रौपदी से उसका विवाह नहीं हुआ था। द्रौपदी ने उसके कण्ठ में जयमाला डाली थी, वरमाला नहीं।...पितामह भीष्म काशिराज की कन्याओं का उनके स्वयंवर में से हरण कर रहे थे, तो वे उनकी पत्नियाँ नहीं हो गयी थीं। पत्नियाँ तो वे उसी की हुईं, जिनके साथ धर्मानुसार उनका विवाह हुआ था।...

"क्यों?" युधिष्ठिर कुछ तड़प कर बोला, "मेरे अविवाहित रहते, मध्यम का सालकटंकटी से विवाह नहीं हुआ था? तब तो तुमने आपत्ति नहीं की थी। अब बेचारा धनुर्धर! तुम उसके प्रति इतनी कठोर क्यों हो माँ?"

"सालकटंकटी के साथ विवाह को तू मध्यम का विवाह कहता है!" कुन्ती जैसे अपनी पीड़ा का प्रतिकार कर रही थी, "वह क्या मध्यम के साथ आजीवन निर्वाह करेगी? वह क्या मेरी पुत्रवधू बन कर, मुझे आजीवन सास का सम्मान देगी? उसका पुत्र क्या तुम सबका उत्तराधिकारी बनेगा?" कुन्ती का स्वर कुछ धीमा हुआ, "क्या उसने कभी यह माना कि वह हमारे कुल की पुत्रवधू है? क्या वह हमारे साथ आ कर, हमारे कुल के अनुरूप अपना जीवन व्यतीत करेगी? उसने केवल कामतृप्ति के लिए मध्यम को अपने अस्थायी पति के रूप में चाहा था।..."

नतशिर, मौन और निष्क्रिय द्रौपदी उनके वार्तालाप का एक-एक शब्द सुन रही थी। स्वयंवर की प्रतिज्ञा कनिष्ठ ने पूरी की थी। उसके दो भाई बड़े थे, जो अविवाहित थे। कनिष्ठ की इस उपलब्धि से सारा परिवार प्रसन्न होते हुए भी धर्म-संकट में पड़ गया था। माता धर्मानुरूप चलना चाह रही थीं। वे धर्मशास्त्र की चर्चा कर रही थीं। विदुषी दीखती थीं; अन्यथा न उन्हें धर्म का पता होता, न धर्मशास्त्र का।...द्रौपदी के अपने मन में भी परिवेदन के सम्बन्ध में शास्त्रों की अनेक उक्तियाँ गूँजने लगीं। सभी ने परिवेदन को पाप माना था—गौतम ने, आपस्तम्भ ने, वसिष्ठ ने, मनु ने, याज्ञवल्क्य ने...बौधायन धर्मसूत्र तथा विष्णु धर्मसूत्र के अनुसार तो बड़े भाई से

पहले विवाह करने वाला छोटा भाई, छोटे भाई के पश्चात् विवाह करने वाला बड़ा भाई, बड़े भाई के अविवाहित रहते छोटे से विवाह करने वाली कन्या, विवाह करवाने वाला अभिभावक तथा पुरोहित—ये पाँचों ही नरक में गिरते हैं।...माता का कथन ठीक ही तो है : राजकन्या का स्वयंवर कनिष्ठ ने जीता है तो क्या विवाह भी वही करे?...जायें सब नरक में?...तैत्तिरीय संहिता में तो परिवित्त को अभाग्य, परिविदान को क्लेश तथा दिधिषू पति को पाप के हवाले किया गया है...

किन्तु विचार करते-करते द्रौपदी का अपना मन जैसे अवसाद में घिरता जा रहा था...लक्ष्य-वेध करने वाले जिस वीर में उसका मन अनुरक्त हुआ था, क्या उससे विवाह नहीं होगा?...और उसके पिता का संकल्प? अपने शत्रु से अपने अपमान का प्रतिशोध?...यदि धनुर्धर से उसका विवाह नहीं हुआ, तो उस अपमान का प्रतिशोध कौन लेगा? द्रोण से प्रतिशोध लेने में सहायक कौन होगा?...क्या उसके पिता इस प्रस्ताव को मान लेंगे कि उसका विवाह धनुर्धर से नहीं, उसके बड़े भाई से हो जाये?...द्रौपदी का मन अटक गया।...क्या उसके पिता इस प्रस्ताव का विरोध कर सकेंगे?...आपस्तम्भधर्मसूत्र का कथन है कि कन्या का दान किसी एक भाई को नहीं, भाइयों, सारे कुटुम्ब को किया जाता है...

"बस करो माँ!" इस बार भीम का स्वर जैसे भीम का स्वर ही नहीं था। अत्यन्त आहत प्रेमी के समान बोल रहा था वह, "तुम उसे अपनी पुत्रवधू, कुलवधू...कुछ मत मानो; किन्तु हमारे सम्बन्धों के विषय में यह सब मत कहो। जो कुछ तुम कह रही हो—वह सब मैं भी जानता हूँ; फिर भी मेरे मन में उसके और अपने पुत्र के लिए स्नेह का भाव है।..."

"मैं जानती हूँ पुत्र!" कुन्ती अत्यन्त कोमल स्वर में बोली, "मैं तेरा मन दुखाना नहीं चाहती। क्या मैं नहीं जानती कि तू किस प्रकार उमड़ कर प्रेम करने वाला व्यक्ति है—प्रेम चाहे माँ से करे, अपने भाइयों से करे, सालकटंकटी से करे, घटोत्कच से करे... ।"

द्रौपदी का मन फिर से एक तथ्य को रेखांकित कर रहा था...वे लोग सारा वार्तालाप उसके सम्मुख ही कर रहे थे। कैसी असाधारण एवं आन्दोलित स्थिति थी, उनके मन की, किन्तु आवेश में भी वे किसी का नाम नहीं ले रहे थे। कितने सावधान थे वे लोग; कितने अनुशासित! द्रौपदी उनमें से अभी किसी एक का नाम तक नहीं जान पायी थी। क्या वे लोग उससे अपना परिचय छिपा रहे थे? स्वयंवर-विजेता को वे धनुर्धर कह रहे थे। शेष लोगों को ज्येष्ठ, मध्यम, कनिष्ठ...धनुर्धर ने महाराज द्रुपद को अपना परिचय नहीं दिया था। क्या यह इनका छद्म वेश है? क्या सचमुच ये पाँचों पाण्डव और उनकी माता कुन्ती हैं?...और तभी द्रौपदी के मन ने दूसरी बात उठायी...जो नाम अभी-अभी इन्होंने लिए हैं—सालकटंकटी तथा घटोत्कच—वे जाने किन लोगों के नाम हैं! उनमें से तो राक्षसत्व की गन्ध आ रही है...

"किन्तु पुत्र! मैं नहीं चाहती कि तू इसे अपना विवाह मान ले और दूसरा विवाह ही न करे...!"

द्रौपदी ने स्पष्ट देखा कि मध्यम ने माता के इस वाक्य पर माँ की ओर न देख कर, उसकी ओर देखा था...किन्तु उस दृष्टि में जहाँ एक ओर इतनी लालसा और इतनी तृष्णा थी, वहीं उसमें अथाह निराशा और हताशा थी...

"मैं चाहती हूँ कि पहले ज्येष्ठ का विवाह हो ले, फिर तू अपना विधिवत् विवाह करे—किसी एक कन्या से, जो तेरी पत्नी और मेरी पुत्रवधू बन कर रहे।" कुन्ती अर्जुन की ओर मुड़ी, "और धनुर्धर! मैं तुमसे तुम्हारी पांचाली छीनना नहीं चाहती; किन्तु पुत्र! यदि तुमने यह विवाह कर लिया तो अपने बड़े भाइयों की लांछनों, आरोपों और भर्त्सनाओं से कैसे रक्षा करोगे? क्या तुम चाहोगे कि वह विवाह के अधिकार से वंचित हो जायें; और तुम्हारे इस त्वरित विवाह का मूल्य चुकाने के लिए आजीवन अविवाहित रहें?..."

"माँ!" युधिष्ठिर ने कुन्ती को पुनः टोका।

"तू चुप रह!" कुन्ती ने उसे पुनः डाँटा, "एक बात का सदा ध्यान रखो मेरे बच्चो! तुम्हें केवल अपने लिए कुछ भी नहीं सोचना है। तुममें से किसी को भी तनिक भी स्वार्थी नहीं होना है। तुम मेरे लिए पाँच नहीं—एक पुत्र हो; एक अस्तित्व हो। तुम्हें जो कुछ सोचना है, करना है—सब के लिए। जब हमारे जीवन में प्रलयाग्नि जली थी, तब मध्यम ने केवल अपने प्राण बचाने की सोची होती, तो आज सिवाय उसके, हममें से कोई जीवित न होता। प्राणों से बड़ी उपलब्धि कोई नहीं है। उसने उस उपलब्धि को मात्र अपने लिए नहीं रखा; तो आज धनुर्धर की उपलब्धि उससे भी बड़ी हो गयी।..." वह जैसे हाँफ कर रुक गयी; किन्तु क्षण भर में ही पुनः बोली, "तुम्हारे पिता के देहान्त के पश्चात् तुम्हारे इसी ज्येष्ठ ने, जो स्वयं नन्हा-सा बच्चा था, अपनी अक्षमताओं में भी एक पिता के ही समान, तुम लोगों का ध्यान रखा है—तुम सबका। मैं चाहती हूँ कि तुम लोग यह कभी मत भूलो। आज धनुर्धर को एक सफलता मिली है, तो वह हमसे पृथक् होकर केवल अपना सुख और स्वार्थ सोचे? अभी तो हमारे सारे शत्रु हम पर अपने दाँत गड़ाये बैठे हैं...।"

"माँ!" युधिष्ठिर जैसे कुन्ती के प्रवाह को बाधित कर बोला, "माँ! पांचाली वीर्यशुल्का है; और उसका स्वयंवर धनुर्धर ने ही जीता है।"

द्रौपदी का मन पुनः जैसे उसके मस्तिष्क के कपाट खटखटा कर बोला, "देख कृष्णा! यहाँ एक ऐसा व्यक्ति है, जो तुझसे आसक्त है...देख! उसकी आँखों में देख! उसके आनन को देख। नहीं लगता कि उसके मन में अग्नि धधक रही है?... उसकी माता चाहती है कि वह तुम्हें प्राप्त करे।...जिस भाई ने स्वयंवर जय किया है, वह विरोध करता भी दिखायी नहीं देता...पर देख, बड़ा भाई अपने छोटे को वंचित करना नहीं चाहता। वह अपने मन का इतना दमन कर लेगा कि उसका श्वास ही

रुक जाये; किन्तु वह अपने छोटे भाई को वंचित नहीं करेगा।...ऐसा भाई देखा है तूने कभी? जिस द्रौपदी को प्राप्त करने के लिए जम्बूद्वीप के सारे राजा धर्म को तिलांजलि दे कर, अधर्म-युद्ध करने के लिए क्षेत्र में उतर आये थे, वही द्रौपदी उसे अनायास मिल सकती है...किन्तु वह उसका विरोध कर रहा है, क्योंकि वह अपने भाई को वंचित करना नहीं चाहता..."

"ठीक कहता है तू पुत्र!" कुन्ती कह रही थी, "किन्तु तू ही बता धनुर्धर! आज तक तुम पाँचों में से जिसने जो कुछ भी अर्जित किया है, वह क्या उसी की सम्पत्ति मानी गयी?..."

"नहीं माँ! नहीं!" अर्जुन बोला।

"आज तक हमने समग्र का हित साधा है, अथवा खण्ड का?"

"समग्र का माँ!"

अर्जुन के मन में झंझावात चल रहा था : माता की इच्छा? ठीक ही तो कह रही हैं माता!...परिवेदन पाप है।...और अर्जुन तो अपने विवाह के लिए कोई ऐसा इच्छुक भी नहीं था। वह विवाह के लिए स्वयंवर में गया भी नहीं था।...वह तो भगवान वेदव्यास के आदेश के अनुसार पाण्डवों को पुनर्जीवित करने की धनुर्विद्या की एक प्रतियोगिता में गया था। यह द्रौपदी का स्वयंवर न होता, उसमें विवाह का प्रतिबन्ध न होता, वह मात्र एक प्रतियोगिता ही होती, तो भी तो अर्जुन उसमें सम्मिलित होता...और यदि स्वयंवर की प्रतिज्ञा धनुर्विद्या सम्बन्धित न होती, वह गदा-युद्ध से सम्बद्ध होती, तो क्या अर्जुन उसमें मध्यम का प्रतियोगी बन कर उसका प्रतिद्वन्द्वी हो, प्रतियोगिता में उतरता, क्योंकि वह पांचाली को प्राप्त करना चाहता था?...संसार में अनेक राजकुमारियाँ हैं, उनके विवाह होते ही रहते हैं। अर्जुन का मन उनकी ओर तनिक भी नहीं खिंचता है...किन्तु संसार में कहीं कोई धनुर्विद्या के ज्ञान में उससे बढ़ जाये...क्या यह सहन कर पायेगा अर्जुन?...और ठीक ही तो कहती हैं माता...उन भाइयों में अभी ऐसा कोई विभाजन नहीं हुआ है, जिसके अनुसार उनका अर्जन और सम्पत्ति पृथक् हो।...यदि उस प्रतियोगिता के फलस्वरूप उसको द्रौपदी मिली भी है, तो क्या? क्या उसका द्रौपदी से विवाह करना अनिवार्य है?...क्या पितामह भीष्म का उदाहरण उसके सम्मुख नहीं है?...और ठीक कहा है मध्यम ने।...यदि प्रत्येक स्वार्जित वस्तु अपनी व्यक्तिगत सम्पत्ति हो भी, तो क्या द्रौपदी को अकेले अर्जुन ने ही अर्जित किया है?...मध्यम की मान्यता है कि यदि वह न होता, तो अर्जुन से द्रौपदी बलात् छीन ली जाती।...क्या ऐसा ही है? ऐसा है या नहीं...मध्यम की मान्यता यही है...तो क्या अर्जुन अपने भाइयों को कलंकित और वंचित कर द्रौपदी से विवाह करेगा?

द्रौपदी से विवाह करना, अर्जुन के लिए अनिवार्य क्यों है?...और अर्जुन को लगा कि यह प्रश्न तक उसके लिए अत्यन्त पीड़ादायक है।...यह प्रश्न जैसे उसे जीवन की किसी बड़ी उपलब्धि से वंचित कर रहा है...कैसी तो कचोट जागती थी

मन में...इस कचोट और इस पीड़ा से अब तक तो वह अनभिज्ञ था। यह जीवन का कोई नया क्षेत्र था...यह कामदेव का षड्यन्त्र था...यह उसके मन की वासना थी... यह शरीर की प्राकृतिक भूख थी, जो कैसे-कैसे मोहक आवरणों में लिपट कर उसके मन में अंकुरित हो रही थी...पर थी यह वही भूख...शरीर-धर्म!...कदाचित् इसीलिए माता के आपत्ति करते ही, उसके मन में संकोच जागा था, अपराध-बोध सरीखा!...

किन्तु कर्तव्य और वासना में से तो अर्जुन अपने कर्तव्य को ही चुनेगा! वासना मोहक होती है, अत्यन्त आकर्षक। वह मनुष्य की शिराओं में अग्नि बन कर बहती है। उसके आलिंगन में निष्क्रिय हो कर, धर्म को विस्मृत कर प्रवाहित होना स्वीकार किया जाये, तो वह अग्नि शरीर को इस प्रकार तपाने लगती है, जैसे वह उसे भस्म ही कर देगी...किन्तु कृष्ण कहता है—जीवन का कोई सुख धर्म से बड़ा नहीं है; धर्म की अवहेलना, किसी भी बड़े-से-बड़े कष्ट से बड़ा कष्ट है। धर्म, वासना से बड़ा है, शक्तिशाली है, समर्थ है...धर्म ही धारण करता है—सृष्टि को, मनुष्य को, मनुष्य के शरीर को...वासना किसी को धारण नहीं करती, वह तो क्षय मात्र करती है...जीवन के भोग के विरुद्ध नहीं है कृष्ण। वह कहता है कि जीवन धर्मानुकूल होना चाहिए, भोग भी धर्मानुकूल होना चाहिए, त्यागपूर्वक...अर्जुन को सीखना होगा कि जीवन के किस सुख को भोगना है, किसका त्याग करना है...और अधर्म के मार्ग पर चल कर तो कोई सुख प्राप्त करना ही नहीं है।...अर्जुन त्याग करेगा तो भोग का, धर्म का त्याग वह नहीं करेगा...

युधिष्ठिर ने अर्जुन का चिन्तित चेहरा देखा। वह अर्जुन के मन में चलने वाले धर्म और काम के द्वन्द्व को समझ रहा था। किस धर्म-संकट में डाल दिया है, माँ ने इस अर्जुन को : ऐसे तो वह अपने सौभाग्य का फल भी नहीं भोग पायेगा। स्वयंवर में उसने वीर्यशुल्का पांचाली को जय किया है। पांचाली उसकी है...यद्यपि युधिष्ठिर के भीतर का पुरुष, उसके इस निर्णय से सहमत नहीं था। वह इस नारी को पाने के लिए तड़प रहा था; किन्तु युधिष्ठिर का विवेक इसकी अनुमति नहीं देता। पितामह भीष्म ने स्वयंवर में से कन्याओं को प्राप्त कर, उनका विवाह अपने छोटे भाई से कर दिया था...ज्येष्ठ का धर्म है—दान; ग्रहण उसे शोभा नहीं देता।...युधिष्ठिर, किसी भी स्थिति में अर्जुन को वंचित नहीं कर सकता...

"धनुर्धर!" अन्ततः युधिष्ठिर बोला, "स्वयंवर में पांचाली को तुमने जीता है। तुम्हारे साथ, इस राजकुमारी की शोभा होगी। तुम अग्नि प्रज्वलित करो और अग्निदेव के साक्ष्य में विधिपूर्वक इस राजकन्या का पाणिग्रहण करो।..."

"मुझे अधर्म का भागी न बनायें भैया! परिवेदन पाप है। ऐसा व्यवहार तो केवल अनार्यों में देखा जाता है।" अर्जुन बोला, "और आपने सुना तो है ज्येष्ठ! पांचाली मैंने अकेले नहीं जीती। मध्यम साथ में न होता, तो पांचाली को अर्जित करना तो दूर, कदाचित् मेरे लिए स्वयं भी जीवित बच कर आना कठिन होता।"

युधिष्ठिर, अर्जुन के इस स्वर को अच्छी तरह पहचानता था : अर्जुन के शब्द जो कुछ भी कह रहे हों, उसका मन उसे तनिक भी स्वीकार नहीं कर रहा था। उसके शब्दों में भीम के प्रति भी उपालम्भ था। जो भीम पांचाली पर प्रकारान्तर से अपना अधिकार जता रहा था, यदि उसके प्रति अर्जुन के मन में उपालम्भ फूट निकला है, तो युधिष्ठिर द्वारा पांचाली को ग्रहण कर लेने पर, वह उसे क्षमा कर पायेगा क्या?...

युधिष्ठिर का मन क्षण-भर के लिए चौंक कर, घबराए हुए घोड़े के समान, अगले दोनों पैर उठा कर, पिछले दोनों पैरों पर खड़ा हो गया...कहीं पांचाली उन भाइयों में विग्रह का कारण न बन जाये...किन्तु युधिष्ठिर के संकल्प ने उस घबराए हुए घोड़े की अगली दोनों टाँगें बलात् पृथ्वी पर टिका दीं, "नहीं धनुर्धर! पांचाली तुम्हारी है।"

"नहीं ज्येष्ठ!" अर्जुन ने युधिष्ठिर को आगे बोलने से दृढ़तापूर्वक रोक दिया, "सत्य कहता हूँ, मैं पांचाली को अपनी समझ कर ही लाया था; किन्तु अब इन परिस्थितियों में मैं पांचाली को स्वीकार नहीं कर सकता।" अर्जुन का स्वर अत्यन्त गम्भीर था, "धर्म की मर्यादा की रक्षा मुझे करनी ही होगी। मैं न भ्रष्ट भोजन खा सकता हूँ; न अधर्मपूर्वक काम-सुख का भोग कर सकता हूँ! पांचाली अब आपकी है।..."

युधिष्ठिर अवाक् रह गया। अर्जुन के वाक्य से उसके शब्द और विचार—सब ही जैसे स्तम्भित रह गये थे।...वह कहना चाह रहा था कि अर्जुन पांचाली से विवाह कर ले। वह उसे परिवेदन के पाप का भागी नहीं बनने देगा। युधिष्ठिर आजीवन अविवाहित रहेगा, और भीम का एक विवाह हो ही चुका है; तो अर्जुन का यह विवाह परिवेदन कैसे होगा?...किन्तु अर्जुन ने उसे यह सब कहने का अवसर ही नहीं दिया था। कैसा निश्चय किया था अर्जुन ने! अपनी मनोवांछित, ऐसी कमनीय स्त्री का इस प्रकार त्याग...यह कार्य तो बड़े-बड़े सिद्ध तपस्वी भी नहीं कर सकते। कैसे किया अर्जुन ने यह त्याग! कदाचित् यह त्याग अर्जुन जैसे व्यक्ति के लिए ही सम्भव था।...

"मुझे स्वीकार है!" अन्ततः युधिष्ठिर बोला, "तुम्हारे स्वत्व में से कुछ ले कर तुम्हें वंचित करना मुझे संकुचित कर रहा है धनुर्धर! किन्तु, अपने स्वत्व का उपयोग मैं किसी भी विधि से कर सकता हूँ। अब, जबकि पांचाली मेरी है; उसके विषय में निर्णय मैं करूँगा।" उसने कुन्ती की ओर देखा, "माँ! मैं कुछ धर्म-विरुद्ध तो नहीं कह रहा?"

कुन्ती की आँखों में पहले तो एक प्रसन्न जड़ता झलकी और फिर अश्रु झलमला आये, "तुम जैसी सन्तान पा कर मैं धन्य हुई पुत्रो!"

नतमस्तक द्रौपदी प्रत्यक्षतः असम्पृक्त-सी मौन बैठी थी; किन्तु उसका रोम-रोम जैसे आँख और कान बन कर, इस परिवार के एक-एक सदस्य की प्रत्येक गतिविधि को अत्यन्त सूक्ष्मता से देख रहा था और एक-एक शब्द को सुन रहा था।...उसकी पहली प्रतिक्रिया विकट विरोध की थी।...उन लोगों ने उसे सर्वथा निष्प्राण वस्तु समझ लिया है, जिसे वे कहीं से उठा लाये हैं और जिसकी जैसी इच्छा हो रही है,

वह उसे उसी प्रकार किसी को भी सौंप रहा है। उनके लिए जैसे उसकी अपनी कोई भावना ही नहीं है, कोई इच्छा ही नहीं है...किन्तु अगले ही क्षण उसके अपने ही तर्क ने उसे टोक दिया—वीर्यशुल्का घोषित होने पर भी उसकी कोई इच्छा शेष रह गयी थी क्या?...जिस दिन उसने अपने पिता के अपमान का प्रतिशोध लेने के लिए अपने सारे पिछले जीवन से स्वयं को विच्छिन्न कर, अग्नि-कुण्ड से नया जन्म ग्रहण किया था, क्या उसी दिन उसने यह स्वीकार नहीं किया था कि अब उसकी अपनी कोई इच्छा, आकांक्षा और भावना नहीं रहेगी? क्या उसने यह संकल्प नहीं किया था कि अब उसके जीवन का एकमात्र लक्ष्य अपने पिता के अपमान का प्रतिशोध लेना है?...तो अब वह अपनी इच्छाओं और आकांक्षाओं की बात क्यों सोचने लगी है?...उसके पिता ने जम्बूद्वीप का यह अनाम और अज्ञात धनुर्धर खोज निकाला है। अब यह कृष्ण का कार्य है कि धनुर्धर को, पिता का सहायक बनाये...उसके पति और पिता का लक्ष्य एक ही हो जाये—द्रोण का वध और उसे आश्रय देने वाले कुरुकुल का नाश...

पर यह धनुर्धर तो उसका पति बनना नहीं चाहता...किन्तु अगले ही क्षण लगा कि अपनी इस अवहेलना के कारण, उसके मन में इस धनुर्धर के लिए तनिक भी रोष नहीं है...वह तो केवल धर्म के मार्ग पर चलने का प्रयत्न कर रहा है। यदि पांचालराज द्रुपद, अपने प्रकार का एक धर्म-युद्ध कर रहे हैं, तो यह वीर धनुर्धर भी अपने प्रकार का एक धर्म-युद्ध कर रहा है। अधर्म से मिला जीवन का बड़े से बड़ा सुख, उसके लिए अग्राह्य है। धर्म से वंचित हो कर उसे काम-सुख नहीं चाहिए। इतना त्याग...कैसी महान आत्मा है उसकी! द्रौपदी को उससे रुष्ट नहीं होना चाहिए...उस पर मुग्ध होना चाहिए।...और इन भाइयों का यह ज्येष्ठ! यह तो साक्षात् धर्म का रूप लगता है : वह अपने छोटे भाइयों से कुछ लेना नहीं चाहता, उन्हें देना ही चाहता है। उसके चरित्र में ग्रहण की तुलना में त्याग कहीं अधिक है...कैसे धर्म-संकट में पड़ गया है उदार आत्माओं का यह परिवार! द्रौपदी को उनका यह संकट बढ़ाना नहीं है, उसे टालना है। उन्हें धर्म से डिगाना नहीं है, धर्म पर चलाना है...उन्हें संयुक्त रखना है, वियुक्त नहीं करना है। वे सारे-के-सारे भाई, महाराज द्रुपद की सेना के सम्मुख खड़े हो जायेंगे, तो पांचाल सेना संसार में अजेय हो जायेगी।...

तभी किसी ने कपाट थपथपाया।

सबकी दृष्टि एक बार कपाट की ओर उठी और फिर जैसे प्रश्नवाचक चिह्न बन कर, एक-दूसरे की ओर मुड़ गयी : इस समय कौन आया है? दिन का तीसरा प्रहर है। कुम्भकार तो इस समय अपने काम में लगा होगा। पाण्डवों का इस नगर में किसी से पारिवारिक मेल-जोल नहीं है। तो क्या द्रुपद अथवा शत्रु राजा...?

कपाट पर पुनः हल्की थपथपाहट हुई।

"कपाट खोलो! मैं कृष्ण हूँ और मेरे साथ भैया बलराम हैं।..."

"कृष्ण!" एकाधिक स्वर अकस्मात् ही सामूहिक रूप से फूटे।

द्रौपदी के मस्तिष्क में जैसे चपला कौंध गयी—कृष्ण! कृष्ण यहाँ? इस कुम्भकार के घर में? क्या वह द्रौपदी की खोज-खबर लेने आया है? क्या उसने यह खोज निकाला है कि पांचाली, स्वयंवर विजेता के साथ यहाँ आयी है?...कृष्ण वास्तविक सखा है उसका। वह कहीं भी होगी, उसे उसका संरक्षण प्राप्त होगा।...

सहदेव ने अनुमति के लिए युधिष्ठिर की ओर देखा।

"खोलो!" युधिष्ठिर ने संकेत किया।

सहदेव ने साँकल हटाया और कपाट खोल दिये, "पधारिए!"

कृष्ण और बलराम—दोनों ने पहले कुन्ती के चरण छुए; और फिर युधिष्ठिर के चरणों का स्पर्श किया।

"तुमने हमें कैसे खोज लिया पुत्र?" कुन्ती ने उनका माथा सूँघा, "हम तो यहाँ अज्ञातवास कर रहे थे।"

द्रौपदी का मन जैसे आश्चर्य से अपने पंजों पर खड़ा हो गया, 'गोविन्द इन्हें जानता है? कौन हैं ये लोग? ये लोग साधारण वनवासी ब्राह्मण तो नहीं हो सकते। ...कहीं ये पाँचों पाण्डव ही तो नहीं? कृष्ण की बुआ के पुत्र!...और यह उनकी माता...कुन्ती!...'

"मैं इन्द्रजाली हूँ।" कृष्ण हँसा, "अपने इन्द्रजाल से सब कुछ जान लेता हूँ।"

"तू उससे भी कुछ अधिक है पुत्र!" कुन्ती ने मुस्करा कर कहा, "तू हमारी संजीवनी बूटी है।"

कृष्ण ने कुन्ती की बात का कोई उत्तर नहीं दिया। वह द्रौपदी से सम्बोधित हुआ, "तुम सर्वथा उपयुक्त स्थान पर आ गयी हो सखि! न चिन्तित होना, न सम्भ्रमित! जो प्रत्यक्ष है, वह माया का प्रपंच है। सत्य अभी आवृत है; और सत्य सदा ही कल्याणकारी होता है..."

द्रौपदी आश्वस्त हुई। कदाचित् कृष्ण इसीलिए यहाँ आया होगा कि अपनी सखी का विभ्रम दूर कर उसे आश्वस्त कर सके। उसने उसे सब कुछ स्पष्ट बता दिया है...जो प्रत्यक्ष है, वह माया का प्रपंच है...ये लोग वस्तुतः मात्र वनवासी ब्राह्मण नहीं हैं...जो सत्य है, वह अनावृत होगा...कृष्ण कहता है न कि असत्य का अस्तित्व नहीं होता और सत्य का कभी नाश नहीं होता...सत्य अपने-आप में सामने आयेगा...

"पुत्र!" कुन्ती ने कृष्ण से कहा, "क्या हमारा दुष्काल समाप्त हुआ?"

"महाराज द्रुपद का कल्याण हुआ है!" वह मुस्करा कर बोला, "मैं आपसे कहने आया था कि आप पूर्णतः आश्वस्त रहें। यादव महारथी और अतिरथी अपने शस्त्रों के साथ सन्नद्ध खड़े हैं।" वह युधिष्ठिर की ओर मुड़ा, "फिर भी हमें सावधान रहना है। हम यहाँ अधिक देर नहीं ठहरेंगे कि कहीं हमारे यहाँ आने के कारण अन्य

राजाओं को भी ज्ञात न हो जाये कि आप यहाँ हैं। सावधान रहें और महाराज के निमन्त्रण की प्रतीक्षा करें।...अच्छा! चलते हैं।" कृष्ण और बलराम द्वार की ओर बढ़े।

"गोविन्द!" द्रौपदी ने पुकारा।

"धैर्य रखो कृष्णे!" कृष्ण बोला, "अपने नये परिवार के दायित्व सम्भालो। तुम लोगों का दुष्काल समाप्त हो गया है।"

कृष्ण और बलराम जिस आकस्मिकता से आये थे, उसी आकस्मिकता से लौट भी गये। न कृष्ण रुका था, न उसने द्रौपदी के किसी प्रश्न का उत्तर दिया था; किन्तु फिर भी द्रौपदी के मन में एक प्रगाढ़ शान्ति व्याप्त हो गयी थी।...द्रौपदी ने इस परिवार में जो कुछ देखा था, उससे वह अनुमान लगा ही रही थी कि ये लोग साधारण जन नहीं हैं। अब कृष्ण ने यहाँ आ कर उसकी पुष्टि कर दी थी...किन्तु यदि ऐसा ही है, तो इन लोगों ने छद्मवेश क्यों धारण कर रखा है?...द्रौपदी को बार-बार लगता है कि कहीं ये पाण्डव और उनकी माता ही तो नहीं? और बार-बार वह अपने-आपको स्मरण दिलाती है कि वे लोग वारणावत के अग्निकाण्ड में मृत्यु को प्राप्त हो चुके हैं...किन्तु वे किसी प्रकार, किसी चमत्कारवश जीवित भी तो बच सकते हैं!...किन्तु यदि वे लोग जीवित होते तो अब तक कहीं तो प्रकट होते।...और यदि ये पाण्डव ही हैं, तो वे स्वयं को प्रकट क्यों नहीं कर रहे?...यदि वे पाण्डव ही हैं तो कर्ण और दुर्योधन ने स्वयंवर-मण्डप में इन्हें अवश्य पहचान लिया होगा। यदि ऐसा ही था, तो कर्ण इन्हें जीवित छोड़ पीछे क्यों हट गया? मद्रराज शल्य ने मध्यम के रूप में छिपे हुए अपने भागिनेय के साथ युद्ध क्यों किया? क्या वे भी इन्हें नहीं पहचानते?...नहीं! ये पाण्डव नहीं हो सकते...

द्रौपदी को लगा कि उसके मन में कृष्ण के लिए आक्रोश संचित हो रहा है...वह उसे बता कर क्यों नहीं गया कि ये कौन हैं?...

द्रौपदी का ध्यान भंग हुआ...उसने देखा, पाँच में से चार भाई बाहर जा रहे थे। उसने दृष्टि उठा कर कुन्ती की ओर देखा। कुन्ती ने उसका प्रश्न समझा और बोली, "वे लोग भिक्षाटन के लिए जा रहे हैं पुत्रि! तुम थोड़ा विश्राम कर लो। प्रातः से बहुत कुछ घटित हुआ है, तुम्हारे जीवन में। थक गयी होगी।"

कुश की शैया पर कुन्ती ने मृगचर्म बिछा दिया; और द्रौपदी की भुजा पकड़ कर, उस पर ला बैठाया, "सो सको, तो थोड़ी देर सो जाओ। मानसिक ऊहापोह से विश्राम मिलेगा।"

द्रौपदी को कुन्ती का प्रस्ताव अच्छा लगा। उसे लगा कि वह अपने ही प्रश्नों से संघर्ष करती हुई पर्याप्त थक गयी है। यदि कुछ देर इस संघर्ष को विराम दे सके, तो कदाचित् उसका मन कुछ विश्राम पा सकेगा। किन्तु...ज्येष्ठ...वह इसी कक्ष में है...उसकी उपस्थिति में द्रौपदी कुश-शैया पर बिछे, इस मृगचर्म पर सो पायेगी क्या...

उसकी दृष्टि अनायास ही युधिष्ठिर की ओर उठ गयी; किन्तु उसने देखा कि वह उसकी दृष्टि उठने से पहले ही, बाहर जाने के लिए उठ चुका था। अपनी उपस्थिति के कारण, द्रौपदी को होने वाली असुविधा और संकोच को वह समझ चुका था।...द्रौपदी को लगा कि जितना भी समय बीतता जा रहा है, वह इस परिवार के शील-व्यवहार पर मुग्ध होती जा रही है। ये लोग सचमुच असाधारण थे...अपने शील में, आचरण में, चिन्तन में, और व्यवहार में...निस्पृह चरित्रों वाले, निर्लोभी...

द्रौपदी लेट गयी। कुन्ती ने कक्ष से बाहर निकल, कपाट भिड़ा दिये। इस समय कक्ष में पूर्ण एकान्त था और शान्ति...

कृष्ण के आने से द्रौपदी यह कल्पना करने लगी थी कि कदाचित् ये पाण्डव ही थे और वह धनुर्धर वीर अर्जुन ही था; किन्तु जिस प्रकार वे लोग नगर में भिक्षाटन करने के लिए गये थे, क्या वह पाण्डवों के लिए सम्भव था? वे लोग अभ्यस्त भिक्षोपजीवी ब्राह्मण ही प्रतीत होते थे। इतनी बड़ी घटना के पश्चात्, इस असाधारण उपलब्धि के पश्चात् भी वे पांचाल राजकुमारी को इस कक्ष में छोड़कर, भिक्षाटन के लिए नगर में निकल गये थे, जैसे उनके जीवन में कुछ महत्त्वपूर्ण घटित ही न हुआ हो।...जिस पांचाली के लिए आज प्रातः ही आर्यावर्त्त के महत्त्वपूर्ण अधिपतिगण युद्ध कर, रक्त बहाने को तत्पर थे, उसी पांचाली को वे लोग इस प्रकार इस ध्वस्त आवास में छोड़ गये हैं, जैसे वह रक्षा के योग्य साधारण मूल्यवान वस्तु भी न हो...

सहसा द्रौपदी ने स्वयं अपने-आपसे पूछा : क्या वह स्वयं को असुरक्षित अनुभव कर रही है? और तत्काल ही उसने स्वयं ही उत्तर दे दिया, 'कृष्ण ने कहा था, जो प्रत्यक्ष है, वह माया का प्रपंच है।' वह जानती है कि, वह असुरक्षित नहीं है।...वे पाँचों नहीं गये हैं। ज्येष्ठ घर में ही है। निश्चय ही वह उसकी रक्षा के विचार से ही घर में रह गया होगा। किन्तु क्या वह भी अपने भाइयों के समान शस्त्र-प्रयोग में निपुण है?...और फिर द्रौपदी का सखा है कृष्ण। वह जानता है, पांचाली यहाँ है। वह यह भी जानता है कि उसके अपहरण का भी प्रयत्न हो सकता है। वह इन भाइयों को आश्वस्त कर गया था कि यादव महारथी और अतिरथी अपने शस्त्रों के साथ उनकी रक्षा के लिए सन्नद्ध खड़े हैं। जो इन वीर भाइयों की रक्षा की बात कर रहा है, क्या असहाय द्रौपदी की चिन्ता उसे नहीं होगी!...और द्रौपदी यह भी नहीं मान सकती कि उसके पिता और भाई, उसकी ओर से असावधान होंगे। उनके गुप्तचर या तो उसके पीछे-पीछे ही आ गये होंगे, या फिर कृष्ण तथा बलराम का पीछा करते हुए, यहाँ पहुँच गये होंगे। उसकी रक्षा की पूरी व्यवस्था होगी। वह असुरक्षित नहीं है...

किन्तु यदि यह परिवार साधारण भिक्षोपजीवी ब्राह्मणों का होता तो इस सम्बन्ध के हो जाने के पश्चात् वे उसी नगर में भिक्षाटन करते फिरते? वे राजप्रासाद में

बैठ, छत्तीस व्यंजनों का स्वाद न लेते?...तो उनको क्या माने द्रौपदी? यदि वे लोग साधारण भिक्षोपजीवी ब्राह्मण नहीं हैं; और यह उनका छद्मवेश है, तो उन्होंने अपने अहंकार को किस प्रकार पूर्णतः जय कर लिया है कि द्वार-द्वार भिक्षा की याचना करते हुए, उन्हें तनिक भी असुविधा नहीं होती? जरा-सा भी संकोच नहीं होता?...वे अपने-आपको कहीं भी अपमानित अनुभव नहीं करते? मान-अपमान की भावना से ऊपर उठ चुके हैं ये लोग? स्थितप्रज्ञ हो गये हैं?...और यदि वस्तुतः भिक्षोपजीवी ब्राह्मणों का परिवार है, तो इन लोगों ने लोभ को पूर्णतः जय कर लिया है, जो महाराज द्रुपद के सम्बन्धी हो कर भी, उन्हीं की राजधानी में गली-गली भिक्षा माँग रहे हैं। पांचालराज की वीर्यशुल्का कन्या को स्वयंवर में जय करके, उन्हें एक दिन के लिए भी विजय के अहंकार का मद नहीं चढ़ा? उन्हें तनिक भी अपना यश सुनने की इच्छा नहीं हुई? राजकन्या को इस दीन-हीन आवास में बैठा कर, भिक्षा माँगने चल दिये, जैसे इस प्रकार की उपलब्धियाँ प्रतिदिन उनके चरण चूमती हैं! किसी सम्राट् ने भी द्रौपदी को प्राप्त किया होता, तो वह महीनों इस विजय के समारोह मनाता; उसका अहंकार इतना स्फीत होता कि अन्य लोगों की आँखों में ही नहीं, हृदय में भी गड़ने लगता...

सचमुच अद्भुत है यह परिवार—संयमी, निरहंकारी, निर्लोभी, प्रशंसा और अभिशंसा से उदासीन, स्थितप्रज्ञ...!

युधिष्ठिर कक्ष से निकल कर घेर में आ बैठा। वैसे भी उसे इस समय एकान्त ही चाहिए था। वह सोचना चाहता था। घटनाओं के इस आकस्मिक मोड़ ने जिन परिस्थितियों से उन्हें बाँध दिया था, उनसे निबटना सरल नहीं था।...

धर्मशास्त्र के अनुसार, परम्परा के अनुसार, सनातन धर्म के अनुसार, और माता की इच्छा के अनुसार—भाइयों में सबसे पहले, विवाह का अधिकार युधिष्ठिर का ही था। इसी दृष्टि से अर्जुन ने पांचाली उसे सौंप दी थी। पांचाली के साथ युधिष्ठिर का ही विवाह होना चाहिए था।...किन्तु पांचाली को स्वयंवर में अर्जुन ने जीता था... पितामह भीष्म का उदाहरण उनके सामने अवश्य था; किन्तु पितामह ने तो स्वयंवर में जाने से पहले ही अखण्ड ब्रह्मचर्य की प्रतिज्ञा कर ली थी। जब वे काशिराज की कन्याओं का हरण कर रहे थे, वे तब भी जानते थे कि वे अपने विवाह के लिए यह सब नहीं कर रहे हैं। जब वे शाल्व से युद्ध कर रहे थे, तब भी वे जानते थे कि उन कन्याओं का विवाह वे अपने छोटे भाई विचित्रवीर्य से करेंगे।...किन्तु अर्जुन के साथ तो यह बात नहीं थी।...पांचाली को स्वयंवर-मण्डप में देख कर अर्जुन का मन उसमें अनुरक्त हुआ होगा। स्वयंवर की प्रतिज्ञा पूरी करते हुए, उसने द्रौपदी को अपनी माना होगा। उसे ले कर उल्लसित भाव से जब वह यहाँ आया था, तो यही मान कर आया होगा कि द्रौपदी से उसी का विवाह होगा...। द्रौपदी में उसकी आसक्ति

कैसे समाप्त हो जायेगी?...और क्या अधिकार है युधिष्ठिर को कि वह इस प्रकार अपने छोटे भाई को वंचित करे?...कहीं ऐसा तो नहीं कि धर्म की आड़ में युधिष्ठिर की अपनी आसक्ति ही कार्य कर रही हो? धर्म के व्याज से वह अर्जुन को द्रौपदी से वंचित कर रहा हो? द्रौपदी अर्जुन की है, उसी की रहनी चाहिए...किन्तु युधिष्ठिर को तो भीम के हाव-भाव में भी द्रौपदी के प्रति अनुराग दिखायी दे रहा है।...जब वह आया था, तो उसने कितने उल्लास से कहा था कि वे शत्रुओं से युद्ध कर, पांचाली को जीतकर लाये हैं। उसने यह भी कहा था कि यदि वह न होता तो बैरी पांचाली को ही नहीं, अर्जुन को भी उठा कर ले जाते...इसका युधिष्ठिर क्या अर्थ समझे? जब भीम शत्रुओं से लड़ रहा था, तो उसके मन में यह भाव रहा होगा कि वह अर्जुन की वाग्दत्ता की रक्षा के लिए लड़ रहा है?...स्पष्ट ही द्रौपदी की रक्षा के लिए लड़ रहा था, अथवा अपनी आसक्ति के लिए लड़ रहा था। उसके मन ने तब तक कदाचित् यह स्वीकार नहीं किया था कि द्रौपदी अर्जुन की वाग्दत्ता हो चुकी है। उसके लिए शायद अभी द्रौपदी का स्वयंवर समाप्त नहीं हुआ था। अपने बाहुबल से, कोई भी द्रौपदी का हरण कर, उसे ले जा सकता था। उस संघर्ष में भीम विजयी हुआ था; अतः वह ठीक ही मानता था कि द्रौपदी को प्राप्त करने का संघर्ष या तो उसने अकेले जीता था, या अर्जुन के साथ मिल कर...

युधिष्ठिर का मन कहता था कि भीम का ऐसा सोचना अनुचित था; किन्तु उसके लिए भीम की भावना भी महत्त्वपूर्ण थी। द्रौपदी के प्रति भीम की आसक्ति की उपेक्षा नहीं की जा सकती थी।...यदि द्रौपदी किसी एक भाई की पत्नी बन गयी तो क्या अन्य दो भाई अपनी आसक्ति को भुला कर, पूर्ववत् सहज रह सकेंगे? कहीं ऐसा न हो कि पांचाली उनके परिवार में सुख, प्रसन्नता और उल्लास लाने के स्थान पर ईर्ष्या, द्वेष और विभाजन लाये...कहीं पांचाली उनकी उपलब्धि के स्थान पर वंचना ही न बन जाये...यह उनके अभ्युदय का क्षण न रहकर, पतन का द्वार न बन जाये...

नहीं! तर्कपूर्वक एक निर्णय को उचित ठहरा कर, किसी एक भाई से पांचाली का विवाह न धर्मोचित होगा; और न व्यवहारतः उनके परिवार के लिए उत्थान का कारण होगा। कहीं वह उनके लिए विषवृक्ष ही न बन जाये...युधिष्ठिर को बहुत सोच-समझ कर ही निर्णय करना होगा।...

34

द्रुपद ने उठ कर युधिष्ठिर को अपनी भुजाओं में भर लिया, “मुझे वासुदेव कृष्ण ने बता दिया था पुत्र! मैं यह देख रहा था कि तुम लोग अपना वास्तविक परिचय देते हो या नहीं।” और द्रुपद के स्वर में आवेश झलमलाया, “अब न तुम्हें छद्मवेश

की आवश्यकता है, न इधर-उधर छिपते फिरने की। तुम लोग अपने वास्तविक रूप में, वास्तविक परिचय के साथ प्रकटतः काम्पिल्य में रहोगे; और यहीं से हस्तिनापुर जाओगे। धृतराष्ट्र को तुम्हारा अधिकार देना होगा। राज्य प्राप्ति में तुम्हारी सहायता मैं करूँगा। हम तुम्हारे साथ हैं—सारे सोमवंशी नरेश, पांचाल राज्य, पांचाल सेनाएँ—द्रुपद की सम्पूर्ण शक्ति..."

सारे पाण्डव स्तब्ध खड़े रह गये...अब जैसे उन्हें क्रमशः समझ में आ रहा था कि व्यास उन्हें काम्पिल्य क्यों भेजना चाहते थे, कृष्ण किसलिए उन्हें प्रकट न होने के लिए कह रहा था।...वस्तुतः एक क्षण में ही उनकी स्थिति पूर्णतः परिवर्तित हो चुकी थी...

"पुत्र युधिष्ठिर! अब यह वनवासी ब्राह्मणों का वेश त्याग दो। जाओ। क्षौर-कर्म कराओ; स्नान करो और क्षत्रियों का वेश धारण करो।"

भोजन के पश्चात् पाण्डवों को सत्कारपूर्वक महाराज द्रुपद के सिंहासन-कक्ष में ले जाया गया। उन्होंने वनवासी, तपस्वी ब्राह्मणों का वेश त्याग दिया था। क्षौर-कर्म और स्नान के पश्चात् वे राजसी वेश धारण कर चुके थे।

कक्ष में महाराज द्रुपद, धृष्टद्युम्न, द्रौपदी और शिखण्डी के अतिरिक्त स्वयं महर्षि वेदव्यास तथा वासुदेव कृष्ण भी उपस्थित थे।

...और कुन्ती का मन बार-बार एक ही प्रश्न पूछ रहा था, 'अब तक जो कुछ घटित हुआ, क्या वह सब संयोग-मात्र था, अथवा यह सब महर्षि की अपनी योजना का परिणाम था?'

"राजन्! यह अत्यन्त हर्ष का विषय है कि पाण्डव, वारणावत में उस जतु-गृह-षड्यन्त्र से बच कर जीवित निकल आये।" महर्षि ने अपने मधुर-गम्भीर स्वर में कहा, "और यह उससे भी अधिक प्रसन्नता का विषय है कि उनका सम्बन्ध तुमसे हुआ। मुझे लगता है कि तुम दोनों को ही परस्पर एक-दूसरे की आवश्यकता है। तुम दोनों ही एक-दूसरे की सहायता से अपना मनोवांछित फल पा सकते हो।..."

"मैं तो यह अब समझ पाया हूँ महर्षि, कि धौम्य मुनि ने मुझे स्वयंवर का आयोजन करने तथा कृष्णा को वीर्यशुल्का घोषित करने का परामर्श क्यों दिया था।" द्रुपद खुल कर अपनी प्रसन्नता प्रकट कर रहे थे, "आज मुझे लग रहा है कि मेरी आत्मा के सारे रुद्ध द्वार खुल गये हैं। इतने दिनों तक जैसे मैं जी नहीं रहा था, जीने का नाटक कर रहा था।"

"और राजन्! मुझे विश्वास है कि हस्तिनापुर में अपना उत्तराधिकार प्राप्त करने में, तुम इनकी पूर्ण सहायता करोगे।" व्यास बोले।

"विवाह के पश्चात् हम सब उसी का प्रयत्न करेंगे।" द्रुपद बोले, "अब पाण्डवों को असुरक्षित अवस्था में हस्तिनापुर नहीं भेजा जायेगा। न ही उन्हें दुर्योधन की दया पर छोड़ा जायेगा। पांचालों, यादवों तथा मत्स्यों की सैन्य शक्ति पाण्डवों के साथ

जायेगी।" द्रुपद रुके, "उसके लिए तो हम योजना-बद्ध रूप से कार्य करेंगे ही, पहले कृष्णा के विवाह का मुहूर्त निश्चित् करें।"

व्यास ने बिना कुछ कहे, कुन्ती की ओर देखा।

कुन्ती कुछ कहने को हुई; किन्तु जैसे तत्काल उसने मौन ही रहने का निश्चय किया और अपेक्षापूर्ण दृष्टि से युधिष्ठिर की ओर देखा।

द्रुपद ने कुन्ती का संकेत समझा। वे हँसे, "अब माता पुत्रों की अभिभावक नहीं रहीं?"

"अब पुत्र समर्थ हो गये हैं। अपने निर्णय उन्हें स्वयं ही करने चाहिए।" कुन्ती मुस्करायी, "युधिष्ठिर! पुत्र, महाराज के प्रश्न का उत्तर दो।"

युधिष्ठिर ने एक बार कुन्ती की ओर देखा और द्रुपद से सम्बोधित हुआ, "महाराज! मुझे कहने में थोड़ा संकोच हो रहा है; किन्तु आशा है कि हमारे परिवार की असाधारण परिस्थितियों को ध्यान में रखते हुए, आप मेरी बात को धैर्यपूर्वक सुनेंगे।"

द्रुपद के चेहरे का सहज हास लुप्त हो गया। वे गम्भीर स्वर में बोले, "क्या बात है वत्स?"

"तात्! आप जानते हैं कि देश-काल की भिन्नता से प्रथा और प्रचलन का भी भेद होता है। प्रथाएँ निरन्तर बदलती भी रहती हैं और हम उनमें संशोधन भी करते रहते हैं; किन्तु कभी-कभी ऐसे अवसर भी आ जाते हैं, जब किन्हीं परिस्थितियोंवश हम अर्वाचीन परिवर्तनों को स्वीकार नहीं कर सकते...।"

"तुम क्या कहना चाहते हो वत्स?" द्रुपद, युधिष्ठिर की बात समाप्त होने तक धैर्य धारण नहीं कर सके।

"तात्! यद्यपि स्वयंवर में पांचाली को अर्जुन ने ही प्राप्त किया है; किन्तु उनका विवाह परिवेदन है। इस विवाह के कारण वे दोनों और उनके अभिभावकों के रूप में आप तथा हमारी माता, पाप के भागी होंगे।..."

"ओह!" द्रुपद का ध्यान पहली बार इस ओर गया कि अर्जुन के दोनों बड़े अभी अविवाहित हैं। वे तत्काल नये निश्चय पर पहुँचे, "तो तुम उससे विवाह कर लो युवराज!...या जिस भाई से चाहो, उसका विवाह कर दो; कन्या तो व्यक्ति को नहीं, परिवार को प्रदान की जाती है।..."

"आप उचित ही कह रहे हैं महाराज! किन्तु मेरा निर्णय है कि ऋषियों के सनातन धर्म के अनुसार पांचाली हम पाँचों भाइयों की पटरानी हो—हम पाँचों उससे विवाह करेंगे।"

द्रुपद ने युधिष्ठिर की ओर देखा, जैसे उन्होंने कुछ बहुत ही अनपेक्षित सुन लिया हो। धृष्टद्युम्न का विरोध कुछ अधिक उग्र हो कर, उसके चेहरे पर झलका; किन्तु वह कुछ बोला नहीं।

द्रुपद ने महर्षि व्यास की ओर देखा। वे चेहरे पर सहज भाव लिए अत्यन्त निर्लिप्त रूप से बैठे हुए थे, जैसे युधिष्ठिर की बात में कुछ असाधारण ही न हो। कुन्ती की प्रसन्न शान्त मुद्रा से स्पष्ट था कि न केवल उसे इसमें कोई आपत्ति नहीं थी, वरन् वह इस प्रस्ताव से सहमत भी थी।

"तो इसलिए तुम परिवर्तित प्रथाओं को स्वीकार न करने की बात कह रहे थे!" अन्ततः द्रुपद ही बोले, "मैं जान सकता हूँ कि अकेले अर्जुन का कृष्णा से विवाह क्यों नहीं हो सकता?"

"अनेक कारण हैं तात्!" युधिष्ठिर सहज भाव से बोला, "बड़े भाइयों के अविवाहित रहते, अर्जुन का विवाह परिवेदन है, जो पाप है; अतः अर्जुन ने कृष्णा मुझे समर्पित कर दी है। मेरे भाई वंचित न हों, इसलिए मैं अपने स्वत्व को उनके साथ बाँटना चाहता हूँ। घटनाओं ने कुछ ऐसा मोड़ लिया है कि हमें मानना पड़ रहा है कि भीम की सहायता के बिना कदाचित् अकेला अर्जुन वीर्यशुल्का का विजेता न हो पाता, अतः हम यह मानते हैं कि भीम और अर्जुन—दोनों ने मिल कर पांचाली को जीता है। यदि हम तीनों भाई उससे विवाह करते हैं, तो नकुल और सहदेव के प्रति नृशंसता होगी। पांचाली में हम पाँचों भाइयों की आसक्ति है; अतः हम नहीं चाहते कि वह किसी एक की पत्नी बने और हममें किसी प्रकार का कोई वैमनस्य उत्पन्न हो। हम नहीं चाहेंगे कि हमारी एकता किसी भी प्रकार खण्डित हो। और..." युधिष्ठिर ने जैसे कुछ अधिक बल दे कर कहा, "यदि हमें अपना उत्तराधिकार मिल गया तो हम चाहेंगे कि पांचाली हस्तिनापुर की सम्राज्ञी हो; और केवल अर्जुन की पत्नी हो कर, वह सम्राज्ञी नहीं बन पायेगी।"

इस बार द्रुपद अत्यन्त धैर्यपूर्वक युधिष्ठिर की बात सुनते रहे थे; किन्तु कारणों को जान कर भी वे आश्वस्त नहीं लग रहे थे।

"पांचाल का राजपरिवार बहुपतित्व की प्रथा बहुत पहले छोड़ चुका है।" अन्ततः द्रुपद तनिक रुक्ष स्वर में बोले, "और इस प्रथा को लौटा लाने की हमारी कोई इच्छा नहीं है। बात यदि केवल परिवेदन की है, तो हम अर्जुन और कृष्णा के विवाह से पूर्व तुम्हारा और भीम का विवाह किन्हीं अन्य कन्याओं से करवा देते हैं।..."

"हमारे यहाँ अनुरागहीन विवाह नहीं होते महराज! और आप किसी भी कन्या से विवाह करवा दें, वह पांचाल राजकुमारी याज्ञसेनी कृष्णा नहीं होगी।" युधिष्ठिर शान्त भाव से मुस्कराया, "अर्जुन ने पांचाली मुझे सौंप दी है, अतः धर्मतः वह मेरी है।...अब बात केवल परिवेदन की नहीं, धर्म की है। मैं धर्म के विरुद्ध नहीं जा सकता; किसी को भी वंचित नहीं कर सकता।...और न ही हममें से कोई स्वार्थी होना चाहेगा...स्वार्थ का त्याग ही धर्म है महाराज!"

"इस प्रस्ताव से हमारे लिए कुछ कठिनाइयाँ उत्पन्न हो सकती हैं।" द्रुपद बोले।

युधिष्ठिर ने कुछ नहीं कहा। वह चुपचाप बैठा रहा, जैसे अब कुछ और कहने की उसकी इच्छा ही न हो।

"यदि हमें तुम्हारा यह प्रस्ताव स्वीकार न हो तो?" द्रुपद के स्वर में आवेश लौट आया था।

युधिष्ठिर ने क्षण-भर सोचा, फिर बोला, "तब कदाचित् यह सम्बन्ध कठिनाई में पड़ जायेगा।"

द्रुपद के माथे पर रोष की कुछ रेखाएँ उभरीं, किन्तु जैसे कुछ सोच कर, रोष सहम कर खड़ा हो गया। द्रुपद बोले तो उनका स्वर कठोर नहीं था, "वत्स! तुम लोग चल कर विश्राम करो! थोड़ा समय हमें भी दो, ताकि हम इस सन्दर्भ में कुछ चिन्तन-मनन कर लें और तुम भी अपने निर्णय पर पुनर्विचार करो, कि अपने इस प्रस्ताव से अपने पक्ष में तुम जितने लाभ की बात सोच रहे हो, हमें तुम उसकी तुलना में कितनी बड़ी कठिनाई में डाल रहे हो।"

पाण्डव अपनी माता के साथ उठ खड़े हुए। उन्होंने प्रणाम कर विदा ली।

अपने कक्ष में आकर एकान्त पाते ही कुन्ती के मन में दबी चिन्ताएँ और प्रश्न जैसे उभर-उभर कर ऊपर आ गये...वह जानती थी कि यह जो कुछ हो रहा है, उसी के कारण हो रहा है। यदि उसकी इच्छा ऐसी न होती, तो जैसे भीम ने वन में हिडिम्बा से विवाह कर लिया था, वैसे ही एकचक्रा में कदाचित् नकुल ने विद्या से विवाह कर लिया होता और उसी प्रकार यहाँ आ कर अर्जुन का पांचाली से विवाह हो गया होता ...किन्तु वह जितना अधिक सोचती है, उसका मन इस स्थिति को उतना ही अस्वीकार करता जाता है...वह अपने युधिष्ठिर को जानती है।...अपने शैशव से ही युधिष्ठिर ने अपने-आपको अपने भाइयों से बहुत बड़ा मान लिया था। अब यदि ये छोटे भाई एक-एक कर, अपना-अपना विवाह कर लेंगे तो युधिष्ठिर अपने-आपको और भी बड़ा मानता जायेगा; और उसे वह मानते अधिक समय नहीं लगेगा कि अब उसे विवाह की आवश्यकता ही नहीं रह गयी है...उसकी वृत्ति भोग की नहीं है, उसके जीवन में नारी न आयी तो सिंहासन की इच्छा भी उसे बाँध नहीं पायेगी।...वह भीष्म और विदुर के समान सत्य और धर्म को खोजता रहेगा; सिंहासन पर चाहे भीम बैठे या दुर्योधन।... इसीलिए वह उस पर लगातार भाइयों के दायित्व का बोझ बनाये रखना चाहती है, अन्यथा उसे छिटक कर सांसारिक से पृथक् होने में समय ही कितना लगेगा...और युधिष्ठिर के पृथक् होते ही, उसके छोटे भाइयों को उसका अनुगमन करने से वह कैसे रोक सकेगी?...

और वैसे भी कुन्ती की अनुभवी दृष्टि पुत्रों का भाव पहचानती है...उसने उन पाँचों को ही पांचाली में आसक्त देखा है।...पांचाली...

कुन्ती स्वयं भी कम सुन्दर और आकर्षक नहीं थी। माद्री को देख कर तो लोगों की आँखें चौंधिया जाती थीं...किन्तु पांचाली की तो बात ही और है। पांचाली सुन्दर ही नहीं, नारीत्व की सम्पूर्ण मूर्ति है, साक्षात् पूर्ण नारी! पुरुष के हृदय को

मथने की उसके रूप में अद्‌भुत क्षमता है। किसी पुरुष के पास युवा हृदय हो, और वह पांचाली को देख कर अप्रभावित रह जाये, ऐसा तो सम्भव ही नहीं है। नहीं तो युधिष्ठिर इस सरलता से अपनी आसक्ति प्रकट नहीं होने देता।...

अपने पुत्रों की यह आसक्ति देखकर कुन्ती को प्रसन्नता होती है...नहीं तो वैराग्य का प्रभाव कम नहीं है, इस परिवार में।...किन्तु आसक्ति में भी मर्यादा का ध्यान रखना पड़ता है। उसके पुत्रों में संयम और विवेक है। वे वासना के हाथों पशु नहीं बनेंगे, लोभ उन्हें धर्म के मार्ग से विचलित नहीं कर पायेगा...किन्तु नारी का आकर्षण कम नहीं होता...और नारी भी यदि द्रौपदी जैसी हो; पाँचों भाई उसमें आसक्त हैं—तीन, उस पर अपना अधिकार भी मान चुके हैं। यह आकर्षण उनको बाँधे, तो ही अच्छा है—विभाजित करने पर आया तो सर्वनाश हो जायेगा।...

किन्तु पांचाली के लिए जो पाँच पतियों की व्यवस्था कर दी है उसने!...क्या यह कुछ अनुचित हुआ है?...कुन्ती ने पाण्डु के साथ जिन प्रदेशों में इतना समय बिताया था, वहाँ तो बहुपतित्व तनिक भी असामान्य बात नहीं थी।...उत्तर कुरु में तो विवाह की मर्यादा ही नहीं थी। वहाँ तो आज भी स्वच्छन्द नारी-पुरुष सम्बन्ध हैं। आर्येतर जातियों में आज भी बहुपतित्व प्रचलित है, और पांचालों में भी तो बहुपतित्व की प्रथा प्रचलित थी। उत्तर पांचाल से लगते हिमालय-क्षेत्र में आज भी बहुपतित्व पूर्णतः मान्य है। अनेक आर्य जातियों का उनके विरुद्ध रोष का कारण ही यही था...और...धर्मात्माओं में श्रेष्ठ जटिला नामवाली गौतम गोत्र की कन्या ने सात ऋषियों के साथ विवाह किया था।...कण्ठु मुनि की पुत्री वार्क्षी ने तपस्या से पवित्र अन्तःकरण वाले दस प्रचेता भाइयों के साथ, जिनका एक ही नाम था—विवाह-सम्बन्ध स्थापित किया था...

इसमें अप्राकृतिक तो कुछ भी नहीं है। जिन परम्पराओं और प्रथाओं के हम अभ्यस्त होते हैं, उनके विरुद्ध हमारा मन विद्रोह नहीं करता। यदि बहुपतित्व को नारी-मन ने स्वीकार कर लिया है, तो इच्छा होने पर पुरुष बहुपतित्व को अस्वीकार नहीं कर सकते?

नहीं! कुन्ती ने पांचाली के लिए कोई असुविधा उत्पन्न नहीं की है। वह पुत्रों के लिए एक सुखी, प्रेममय और समृद्ध जीवन की व्यवस्था कर रही है...किन्तु यदि यह व्यवस्था द्रुपद अथवा स्वयं पांचाली को स्वीकार न हुई, तो? पर क्यों...इसमें तो सबका हित है।...किन्तु कुन्ती ने अपने अनुभव से सीखा है कि अनेक बार सबके हित की बात, सर्वमान्य नहीं होती...अपने स्वार्थ से, दृष्टिभेद से या किन्हीं और कारणों से वह अमान्य भी हो सकती है...ऐसा न हो कि अधिक लाभ की इच्छा से कुन्ती ने जो यह स्थिति उत्पन्न की है, उसके कारण द्रुपद यह सम्बन्ध ही स्वीकार न करें।...तब पाण्डव अपने लिए मित्र और सहायक ढूँढ़ने कहाँ जायेंगे?

और कुन्ती का मन रोने-रोने को हो आया।...उसकी चिन्ताओं का क्या कोई अन्त

नहीं है? क्या उसके पुत्रों के भाग्य में शत्रुओं से आतंकित रह, छद्मवेश में वन-वन, नगर-नगर भटकना ही लिखा है?...क्या उनकी सहायता को कोई नहीं आयेगा?

सहसा कुन्ती की आस्था जागी।...नहीं! उसके पुत्र महाबली हैं। भीम ने हिडिम्ब और बक जैसे असुरों को परास्त कर उनका वध किया है...अर्जुन ने हस्तिनापुर की रंगशाला और काम्पिल्य के स्वयंवर में स्वयं को सर्वश्रेष्ठ धनुर्धारी सिद्ध किया है। भीम और अर्जुन ने मिल कर काम्पिल्य में अनेक राजाओं की सामूहिक शक्ति से टक्कर ली है...द्रुपद को भी ऐसे जामाता कहाँ मिलेंगे!...और फिर उसे समझाने के लिए वेदव्यास और वासुदेव कृष्ण हैं..। नहीं! उसके पुत्र इतने अभागे नहीं हो सकते... उनका और कोई सहायक हो या न हो, कृष्ण उन्हें कभी असहाय नहीं छोड़ेगा।...

"महर्षि!" पाण्डवों के जाने के पश्चात् द्रुपद बोले, "जो कुछ युधिष्ठिर कह रहा है, वह मुझे सहज स्वीकार नहीं है।"

द्रुपद की ओर देखकर व्यास हँसे, "सहज स्वीकार नहीं है; किन्तु अस्वीकार भी तो नहीं है?"

"अस्वीकार ही समझिए!" धृष्टद्युम्न ने बलपूर्वक कहा।

द्रुपद ने पुत्र की ओर देखा अवश्य, किन्तु उससे कुछ कहा नहीं। वे व्यास की ओर देख कर बोले, "देव! 'अस्वीकार्य' शब्द का प्रयोग मैं नहीं कर रहा; किन्तु जो सहज स्वीकार्य न हो, उसे अपनी इच्छा के विरुद्ध ही स्वीकार करना पड़ता है। स्वीकार तो मैंने यह भी किया है कि द्रोण अहिछत्र का राजा हो!"

"ओह!" व्यास बोले, "तो राजन्! तुम 'अस्वीकार्य' शब्द का प्रयोग चाहे न करो; किन्तु तुम्हारा अभिप्राय 'अस्वीकार्य' से ही है।"

द्रुपद ने मौन रहना ही श्रेयस्कर समझा।

"देखो पुत्र!" व्यास की वाणी अत्यन्त कोमल हो गयी, "प्रकृति ने तो नारी और पुरुष के मध्य राग-तत्व ही बनाया है। उसकी तीव्रता—रुचि-भेद, वय-भेद और परिस्थिति-भेद से न्यूनाधिक होती है। प्रकृति ने किसी एक पुरुष को किसी एक स्त्री के लिए नहीं बनाया।...उसने तो केवल स्त्री और पुरुष ही बनाये हैं। मर्यादित बहुपतित्व अथवा बहुपत्नीत्व से कोई प्राकृतिक नियम नहीं टूटता; सामाजिक मान्यताएँ चाहे भंग होती हों।"

"आप मुझे क्षमा करेंगे महामुनि!" धृष्टद्युम्न का स्वर सचमुच धृष्ट था, "आपका प्रकृति का यह सिद्धान्त मुझे सर्वथा अमान्य है। इस दृष्टि से तो मनुष्य सदा पशु ही बना रहेगा—वन्य पशु!"

"मेरी बात पूरी नहीं हुई है वत्स!" व्यास बोले, "प्रकृति ने मनुष्य को बहुत कुछ ऐसा दिया है कि उसे यदि मनुष्य वैसा-का-वैसा ही उपयोग में लाये, तो वह सचमुच पशु ही बना रहेगा; और उसका अतिरेक करे तो पशु से भी पतित हो जायेगा।..."

"जैसे?" द्रुपद ने पूछा।

"जैसे लोभ, मोह, आलस्य, द्वेष, हिंसा..." व्यास बोले, "यह मनुष्य की इच्छा पर है कि वह उनका नियंत्रण करता है, नियमन करता है, उदात्तीकरण करता है; अथवा उन्हें पूर्णतः त्याग देता है।...इसमें भी व्यक्ति और समाज का भेद है पुत्र! व्यक्ति इनमें से अनेक भावों को सर्वथा त्यागने का प्रयत्न करता है और कभी-कभी त्याग भी देता है; किन्तु कोई समाज, राज्य अथवा राष्ट्र—इन दुर्गुणों को भी सर्वथा त्याग नहीं सकता। इसलिए समाज उनका नियमन करता है, उदात्तीकरण करता है।" व्यास ने उन पिता-पुत्र को देखा, "जब उन्मुक्त समाज था तो किसी भी स्त्री की इच्छा, कोई भी पुरुष कर सकता था; और किसी भी पुरुष की कामना, कोई भी स्त्री कर सकती थी।...किन्तु तब परस्पर विरोध भी होते थे, संघर्ष भी होते थे और हिंसा के कारण मानव-समाज की क्षति होती थी। इसलिए समाज ने इसका नियमन किया। मातृसत्तात्मक समाज में एक पत्नी को अनेक पति रखने का अधिकार दिया गया; और पितृसत्तात्मक समाज में एक पुरुष को अनेक पत्नियाँ रखने का अधिकार मिला।...अब समाज यह चाहता है कि प्रत्येक स्त्री-पुरुष इसी व्यवस्था के भीतर अपने भावों का नियमन करें। यदि एक स्त्री को अनेक पति रखने की अनुमति समाज दे रहा है, तो वे पुरुष उस एक पत्नी को ही 'नारी' भाव से देखेंगे। यही स्थिति बहुपत्नीत्व वाले समाज में भी है। एक पुरुष अनेक विवाह कर सकता है; किन्तु जिस स्त्री को उसने समाज के नियमों के अन्तर्गत पत्नी के रूप में ग्रहण नहीं किया है, उसे वह नारी-भाव से नहीं देखेगा!..."

"आपकी बातें ज्ञान-समृद्ध हैं ऋषिवर!" द्रुपद बोले, "किन्तु मेरी समस्या यह नहीं है। मेरी समस्या तो यह है कि अब बहुपतित्व की प्रथा, हमारा समाज क्रमशः त्याग रहा है। अनेक राजवंश उसे बहुत सम्मानित प्रथा नहीं मानते। स्वयं कुरुवंश में उसका प्रचलन अब नहीं है।...जाने कहाँ से अब यह युधिष्ठिर कहता है कि वे पाँचों भाई, उसी प्राचीन प्रथा के अनुसार कृष्णा से विवाह करेंगे!...यदि मैं उसकी बात मान लूँ, तो क्या आर्यावर्त्त के सारे क्षत्रिय राजकुल मेरी कृष्णा को व्यभचारिणी नहीं कहेंगे?"

"मैं अब तक तुम्हारी ही समस्या का समाधान कर रहा था द्रुपद यज्ञसेन!" व्यास बोले, "नारी-पुरुष सम्बन्धों की समस्या, केवल तुम्हारी पुत्री की समस्या नहीं है; न ही व्यभिचार की परिकल्पना मात्र आर्यावर्त्त के क्षत्रिय राजकुलों तक ही सीमित है। यह तो सम्पूर्ण मानव-समाज की समस्या है; और प्रत्येक मानव-समाज ने अपनी सुविधानुसार उसके लिए नियम बनाये हैं..." व्यास ने कुछ बल देकर कहा, "तुम युधिष्ठिर की चिन्तन-प्रक्रिया को समझने का प्रयत्न करो।"

द्रुपद और धुष्टद्युम्न पूरी तन्मयता से व्यास की बात सुन रहे थे।

"पाण्डवों का जिस प्रकार पहली बार द्रौपदी से साक्षात्कार हुआ है, उस समय

वह स्वयंवर में विवाह के लिए प्रस्तुत वीर्यशुल्का कन्या थी। पाँचों भाइयों ने उसे आकांक्षा की दृष्टि से देखा है। उस समय वह उनमें से किसी की भी पत्नी हो सकती थी। संयोग से किसी-न-किसी रूप में उस पर तीन भाइयों का अधिकार प्रमाणित होता है। यह भी संयोग ही है कि वे तीनों कुन्ती के पुत्र हैं। युधिष्ठिर माद्री के पुत्रों के साथ भेद-भाव नहीं करना चाहता। उसकी दृष्टि में वह नृशंसता है। अतः उसने वह सामाजिक व्यवस्था तुम्हारे सामने रखी है, जिसके अन्तर्गत वे पाँचों भाई धर्मपूर्वक कृष्णा के साथ इकट्ठे रह सकें..."

"पर पाँचों भाइयों का साथ रहना आवश्यक क्यों है?" द्रुपद जैसे खीझ कर बोले।

"ये पृथक् हुए तो दुर्योधन इनको एक-एक कर मरवा डालेगा।...और द्रौपदी के कारण इनमें परस्पर वैमनस्य भी हो सकता है, इसे युधिष्ठिर समझता है। इसीलिए उसने ऐसी योजना बनायी है।...कृष्णा किसी एक की पत्नी होगी, तो भाइयों में भी परस्पर वैमनस्य होगा और कृष्णा भी साधारण पत्नियों के समान चाहेगी कि उसका पति, उसमें अधिक-से-अधिक अनुरक्त होता जाये और अपने भाइयों के प्रति उसकी असंगता बढ़ती जाये।...किन्तु यदि वह उन पाँचों की पत्नी होगी तो भाई परस्पर लड़ भी पड़े, कृष्णा न उनमें वैर-विरोध होने देगी, न उन्हें असंग होने देगी।...समझ रहे हो द्रुपद, कि युधिष्ठिर ने इस संक्रान्ति-काल के समाज में आगे जाने के स्थान पर पीछे जाने का निश्चय क्यों किया है?"

"समझता हूँ।" द्रुपद अत्यन्त गम्भीर थे।

"वैसे भी युधिष्ठिर में राजन्य तत्वों से अधिक तापस तत्व है।..." व्यास बोले, "मुझे देखो! मैं अपनी माता का कानीन पुत्र हूँ। राज-समाज में यह अपमानजनक स्थिति हो सकती है; किन्तु ऋषिकुल इसे उतना ही गौरवपूर्ण समझते हैं, जितना औरस-पुत्र को। वे राज-समाज द्वारा परित्यक्त प्रथा को आज भी धर्म मानते हैं। वे समाज का त्याग कर चुके, अतः कुछ मुक्त होकर सोचते हैं। उनके लिए प्रत्येक सन्तान, ईश्वर की सृष्टि है—चाहे कानीन हो, औरस हो, क्षेत्रज हो या नियोग-प्रदत्त! युधिष्ठिर अपनी इसी तापस वृत्ति के कारण, व्यक्ति की संकुचित-परिधि में नहीं सोचता। वह परिवार और समाज का ध्यान रखता..."

"महर्षि!" धृष्टद्युम्न ने उनकी बात बीच में ही काट दी, "यह बतायें कि एक मान्यता के अनुसार एक स्त्री दो पुरुषों से सम्बन्ध रखे, तो वह व्यभिचारिणी है; और दूसरी ओर पाँच पुरुषों की पत्नी को आप धर्म-संगत बता रहे हैं, तो फिर व्यभिचार क्या है?"

"एक मान्यता यह भी है कि पुरुष भी एक पत्नीव्रत पर चले।" व्यास बोले, "मर्यादा पुरुषोत्तम राम ने इसी धर्म की प्रतिष्ठा की है। इस मान्यता के अनुसार चलें तो दो स्त्रियों से सम्बन्ध रखने वाला पुरुष भी व्यभिचारी होगा।" वे हँसे, "इसका अर्थ है कि व्यभिचार का स्वरूप तत्कालीन सामाजिक मान्यताओं से निर्धारित होता

है। समाज के नियमों के अनुसार, स्त्री-पुरुष सम्बन्धों में मान्य शरीर-सम्बन्ध व्यभिचार नहीं है; और अमान्य शरीर-सम्बन्ध व्यभिचार है।"

"तो कसौटी मात्र शरीर-सम्बन्ध ही है?"

"समाज की मान्यताओं के अनुसार तो यही है।" व्यास बोले, "किन्तु समाज के नियम तो अत्यन्त स्थूल होते हैं। चिन्तक और विचारक लोग वहीं तक जाकर रुक नहीं जाते। उनके अनुसार मानसिक-व्यभिचार भी उतना ही त्याज्य है, जितना कि शारीरिक व्यभिचार! इस मानसिक व्यभिचार के दोष से मुक्त रहने के लिए ही युधिष्ठिर ने पाँचों भाइयों से कृष्णा के विवाह का प्रस्ताव रखा है।"

"इस मानसिक व्यभिचार को किस प्रकार परिभाषित करेंगे आप?" द्रुपद ने बहुत हल्के मन से पूछा, जैसे वे अपनी पुत्री के विवाह की भयंकर समस्या से न जूझ रहे हों, किसी सम्मेलन में बैठे ज्ञान-चर्चा कर रहे हों।

"सामान्य रूप से, जो जिसका देय है, उसे न देना और किसी को उसका अदेय देना—कर्म में या भावना में, मैं इन दोनों को व्यभिचार मानता हूँ।" व्यास बोले, "मेरा एक पुत्र है और मेरा शिष्य है। मैं अपने शिष्य की ज्ञान-क्षमता देखते हुए, उसके चरित्र के विकास के लिए, जो समय लगाता हूँ, या जो श्रम करता हूँ—वह मेरे शिष्य का देय है, वह मैं उसे दे देता हूँ। उसके कारण मैं अपने पुत्र को वंचित नहीं कर रहा हूँ। मैं देय और अदेय में मिश्रण नहीं कर रहा, इसलिए यह व्यभिचार नहीं है...।"

"पूज्य ऋषिवर!" धृष्टद्युम्न ने उन्हें फिर टोका, "कृपया इसकी परिधि स्त्री-पुरुष-सम्बन्धों तक ही रहने दें। मैं यह जानना चाहता हूँ कि परस्त्री व्यभिचारविहीन प्रेम की भी कोई अवधारणा सम्भव है?"

व्यास किंचित् मुस्कराए, "सिद्धान्तों की व्याख्या संकीर्ण परिधियों में की जाये, तो उनसे भ्रम उत्पन्न होता है पुत्र! इसलिए सिद्धान्तों, परिकल्पनाओं और अवधारणाओं को सदा व्यापक परिवेश में समझने का प्रयत्न करना चाहिए।"

"मैं समझा नहीं ऋषिवर?"

"प्रेम, नारी-पुरुष, यौन-सम्बन्ध, व्यभिचार इत्यादि के वास्तविक स्वरूप को समझना हो तो पहले राग-तत्व को समझो।" व्यास मुस्कराए, "राग के रूप में प्रकृति ने मनुष्य को एक विराट शक्ति दी है।...मनुष्य चाहे तो उसे मात्र रति-कर्म का पर्याय बना दे। किन्तु यह उसका मात्र स्थूल रूप होगा। रति-कर्म तो राग के अभाव में भी होता है, और राग से सम्पृक्त हो कर भी...किन्तु एक स्थिति वह भी है, जहाँ राग तो है, किन्तु रति नहीं है। ये उसके सूक्ष्म धरातल हैं पुत्र! जिसे हम सामान्यतः प्रेम कहते हैं, वह राग-तत्व का एक संयोजित रूप है। किसी भी गुण के प्रति प्रशंसा, सम्मान और समर्थन का भाव, प्रेम होता है। उसके लिए प्रिय से मिलना, उससे साक्षात्कार करना, उसके सम्पर्क में आना, एकदम आवश्यक नहीं होता। यह राग अथवा प्रेम का वह सूक्ष्म रूप है, जिसमें किसी को उसके देय से वंचित नहीं

किया जाता, किसी को उसका अदेय नहीं किया जाता, अतः इसमें व्यभिचार के लिए अवकाश ही नहीं है। किन्तु राग को जब मनुष्य स्थूल धरातल पर लाता है, तो वह उस प्रेमपात्र के निकट जाना चाहता है, उसके सम्पर्क में आना चाहता है; और उस पर अपना आधिपत्य जमाना चाहता है। ऐसे आधिपत्य में समाज की मान्यता प्राप्त करना आवश्यक है। जहाँ सामाजिक मान्यता के अभाव में, अपना आधिपत्य स्थापित किया जाता है, ऐसे आधिपत्य को हम व्यभिचार मानते हैं।" व्यास ने रुककर धृष्टद्युम्न की ओर देखा, "पर तुम इस विषय में इतनी रुचि क्यों ले रहे हो वत्स? ऐसी कौन-सी समस्या है, जो तुम्हें आन्दोलित कर रही है?"

"समस्या!" धृष्टद्युम्न कुछ संकुचित हुआ; फिर जैसे सायास संकोच को परे धकेल कर बोला, "मैं तो योद्धा हूँ महामुनि! दार्शनिक गुत्थियों के गुंजलक खोलने में न मेरी रुचि है, और न उसके लिए मेरे पास समय है..."

"तो फिर?"

"यह सारी समस्या वासुदेव कृष्ण की उत्पन्न की हुई है।" वह बोला, "उसका प्रेम-दर्शन विचित्र है। वह कहता है कि उसकी प्रेम-क्षमता असीम है, अनन्त है। जो उससे प्रेम करेगा, वह उसके फल-स्वरूप उससे प्रेम ही कर सकता है। कर्म-सिद्धान्तों का व्याख्याता है न वह! सदा कर्म और फल की, क्रिया और प्रतिक्रिया की बात करता है। उसका कहना है कि जैसे हिंसा से हिंसा उत्पन्न होती है, घृणा से घृणा का जन्म होता है, वैसे ही प्रेम से प्रेम की ही उद्‌भावना होगी। इसलिए वह कहता है कि जो उससे प्रेम करेगा, उसके प्रतिदान में प्रेम ही पायेगा। उसके पास प्रेम का अभाव नहीं है...।"

"तो इसमें अनुचित क्या कहता है कृष्ण?" व्यास बोले, "राजकुमार! कोई तुमसे प्रेम करे, तो तुम उससे प्रेम करोगे या उसका तिरस्कार करोगे?"

"सिद्धान्ततः तो प्रेम का प्रतिदान प्रेम ही होना चाहिए।" धृष्टद्युम्न बोला, "किन्तु महामुनि! यहीं से तो मेरी समस्या आरम्भ होती है।"

"क्या?"

"एक स्त्री मुझसे प्रेम करने लगती है। उसके स्वीकार का प्रतिदान स्वीकार ही होगा, तिरस्कार नहीं; अर्थात् मैं उससे प्रेम करने लगूँगा! तो व्यभिचार का जन्म होगा या नहीं?"

"समस्या तो तुम्हारी बहुत गम्भीर है राजकुमार!" व्यास बोले, "यदि तुम्हारा प्रेम रति का पर्याय है तो उस स्त्री से विवाह कर, उसे अपने समाज से पत्नी की मर्यादा दिलानी होगी। यदि यह सम्भव नहीं है, तो तुम्हें उसे नारी-भाव से नहीं देखना होगा। अपने प्रेम को कृष्ण ही के समान सूक्ष्म करना होगा। समाज की मर्यादा के भीतर, अपने प्रेम को कोई एक रूप देना होगा। उसमें अपना सुख, अपनी सुविधा, अपना लोभ नहीं देखना होगा..." व्यास हँसे, "कृष्ण को देखा। उसने विवाह तो रुक्मिणी,

सत्यभामा और जाम्बवती से ही किया; किन्तु प्रेम तो उसने गोपियों को भी दिया। तुम क्या कहोगे, क्या वासुदेव तुम्हारी बहन कृष्णा से प्रेम नहीं करता?..."

"वह तो यही कहता है।"

"तुम्हें क्या लगता है?"

"मुझे भी लगता है कि कृष्णा उसे भी उतनी ही प्रिय है, जितनी कि मुझे!"

"इसमें तुम्हें कहीं कुछ अनुचित, अनैतिक अथवा असामाजिक लगा?"

"नहीं!"

"यही है कृष्ण वासुदेव की उदात्तता! वह गोपियों से भी प्रेम कर सकता है, कृष्णा से भी कर सकता है; किन्तु अपनी पत्नियों के प्रति उसके प्रेम में कहीं न्यूनता नहीं है। कहीं वह समाज की मर्यादा भंग नहीं कर रहा; क्योंकि वह उन पर किसी प्रकार का कोई आधिपत्य नहीं चाहता! वह प्रेम को ही अपना अधिकार मानता है, आधिपत्य को नहीं। कहीं वह अपनी आत्मा का हनन नहीं कर रहा, क्योंकि उसकी आत्मा तो प्रेम का अजस्र स्रोत है। वह दान-धर्मा प्रेम है, याचक प्रेम नहीं।...और प्रेम का यह स्वरूप देखो..." व्यास जैसे मग्न हो गये, "उसने आततायी भौमासुर के दुर्ग से मुक्त करायी गयी असंख्य स्त्रियों को सामाजिक मर्यादा दिलाने के लिए उन्हें अपनी पत्नियों के रूप में स्वीकार किया। जिन अभागिनों को उनके अपने पति, पिता और भाई स्वीकार नहीं कर रहे थे, उन्हें अंगीकार किया कृष्ण ने। वह सारा कलंक अपने माथे पर लिया...क्योंकि उसका प्रेम सीमित नहीं है, संकुचित नहीं है, वह असीम है, अनन्त है। कोई भी जीवन उसकी करुणा से परे नहीं है।"

"पर अनेक लोग उसके प्रेम को पाखण्ड भी तो कहते हैं। अनेक लोग उसके चरित्र को लेकर चर्चाएँ भी तो करते हैं...।"

व्यास ने आँखें मूँद लीं। उनके मुख पर पीड़ा का भाव उपजा, जैसे उनका मन कहीं आहत हुआ हो।

धृष्टद्युम्न ने अपनी बात अधूरी ही छोड़ दी।

थोड़ी देर में व्यास ने आँखें खोलीं, जैसे स्वयं को सन्तुलित कर लिया हो, "पुत्र! एक होता है किसी परिवार के आँगन में खुदा हुआ कुआँ।" वे बोले, "वह साफ-स्वच्छ और पवित्र होता है। उसका जल पौष्टिक और स्वादिष्ट होता है। पर वह केवल उसी एक परिवार को ही तृप्त कर सकता है। उसकी क्षमता अत्यन्त सीमित होती है। उसमें से चार परिवार अपने लिए जल प्राप्त करने का प्रयत्न करें तो कुआँ सूख जायेगा। उसमें से कीचड़ आने लगेगा। उसका जल गंदला हो जायेगा। वह अपवित्र और अपौष्टिक हो जायेगा। स्वाद तो उसमें रहेगा ही नहीं।...यदि एक ही परिवार उसमें से जल पीता रहे और उसमें एक पक्षी भी गिर कर मर जाये, तो जल में से सड़ाँध आने लगेगी और जल अपवित्र हो जायेगा...।"

"हाँ ऋषिवर!"

"किन्तु दूसरी ओर है गंगा। सहस्रों योजनों तक लोगों की प्यास बुझाती है। उनके खेत सींचती है। उसमें लोग नहाते हैं, कपड़े धोते हैं, नौकाएँ चलाते हैं, सहस्रों जीव-जन्तु उसमें रहते हैं। फिर भी न उसमें जल की कमी होती है, न वह किसी को वंचित करती है।..." वेदव्यास ने धृष्टद्युम्न को देखा, "साधारण मनुष्य, घर के आँगन में खुदा हुआ एक छोटा कुआँ है। कृष्ण तो गंगा है, पवित्र गंगा! उसकी गति और विस्तार को कुएँ की दृष्टि से नहीं देखा जा सकता...। उसे पूरी तरह देखने के लिए तो हिमालय के समान ऊपर उठना पड़ेगा...।"

"आपने ठीक ही कहा मुनिवर! साधारण मनुष्य की अविकसित और संकुचित बुद्धि तो कृष्ण के चरित्र में विकार ही देख पायेगी।" द्रुपद व्यास से सहमत हो गये थे, "मैंने उसे परखा है। उसमें न काम है, न स्वार्थ, न लोभ...वह मनुष्य नहीं है... महामानव है या देवता, कह नहीं सकता...।"

"युधिष्ठिर को भी कम मत आँको।" व्यास बोले, "इतनी कम अवस्था में ही उसकी धर्म-बुद्धि का जो विकास हुआ है, वह सामान्यजन को भ्रमित कर जाता है। राजन्! निःसंकोच कृष्णा का विवाह पाँचों से कर दो। इसमें सबका ही कल्याण है।"

"आपकी इच्छा मेरे लिए धर्म का आदेश है महामुनि!" द्रुपद सहज उल्लसित स्वर में बोले।

35

युधिष्ठिर माता के कक्ष में आया।

कुन्ती मुस्करायी, "मैं तुम्हारी प्रतीक्षा ही कर रही थी पुत्र!"

"तुम जानती थीं, कि मैं आऊँगा?"

कुन्ती खुल कर हँसी, "द्वन्द्व की स्थिति में अभी तुम्हें अपनी पत्नी के पास जाने का अभ्यास नहीं है पुत्र, तो माता के पास ही आओगे।"

युधिष्ठिर ने माँ की ओर देखा, "मेरे मन के द्वन्द्व का तुम्हें ज्ञान था माँ?"

"अभी तुम्हारा मन मेरे लिए अबूझ नहीं हुआ है पुत्र!" कुन्ती सहज होती हुई बोली, "तुम्हें ही नहीं, तुम्हारे सारे भाइयों को कुछ नयी बातें समझाना चाहती हूँ वत्स!"

"क्या माँ?"

"तुम लोगों ने अब तक माँ को जाना है युधिष्ठिर, नारी को नहीं।" कुन्ती बोली, "अब तुमने विवाह किया है। नारी से तुम्हारा सम्पर्क हुआ है। क्रमशः उसे जानोगे; किन्तु इतना बता देना मेरा धर्म है कि नारी को माँ समझने की भूल मत करना।"

"नारी ही तो माँ होती है।" युधिष्ठिर ने जैसे प्रतिवाद किया।

"नहीं वत्स!" कुन्ती हँसी, "एक शरीर में रहते हुए भी, नारी माँ नहीं होती। माँ की दृष्टि में क्षमा होती है, मन में वात्सल्य होता है और दान में हाथ उठा होता है; नारी की दृष्टि में निषेध और आलोचना होती है, मन में कामना होती है; और हाथ याचना में फैला होता है। माँ समर्पण का सात्विक जीवन जीती है पुत्र! वह अल्पसन्तोषी होती है—सीधी-सादी और सरल! नारी समर्पित होती नहीं, समर्पण माँगती है। वह कभी सन्तुष्ट नहीं होती। सरलता का कोई तत्त्व उसके निर्माण में होता ही नहीं। वह बहुत जटिल रचना है स्रष्टा की। उसकी थाह पाना बहुत कठिन होता है।..."

"पर तुम तो ऐसी नहीं हो माँ!" युधिष्ठिर चकित-सा बोला।

"यही तो कह रही हूँ।" कुन्ती मुस्करायी, "मैं तुम्हारी माता हूँ। मैंने तुम लोगों को पुत्र के रूप में देखा है, पुरुष के रूप में नहीं। जिसे मैंने पुरुष में देखा था, उसके प्रति मैं भी ऐसी नहीं थी। इसीलिए तो कह रही हूँ पुत्र, नारी को समझने का प्रयत्न करो। ऐसा न हो कि तुम पांचाली को प्रसन्न न रख सको।"

"पांचाली को प्रसन्न रखने के लिए क्या करना होगा माँ?"

"राज्य अर्जित करो। जीवन से जूझो। नारी को अपने पुरुष का मात्र अर्जन प्रिय होता है, विसर्जन नहीं। नारी को जीवन से जूझता पुरुष कमनीय लगता है, उससे भयभीत होता अथवा उसकी उपेक्षा करता नहीं। माँ अपने असमर्थ, पराजित और दुर्बल पुत्र को भी, बढ़ कर अपने आँचल में समेट लेती है और कभी उसका विरोध नहीं करती; किन्तु नारी अपने पुरुष को न असमर्थ देखना चाहती है, न पराजित, न दुर्बल! मैंने तुम्हारे पिता द्वारा संसार त्यागने का समर्थन नहीं किया था। उनकी तपस्या को साधना में परिवर्तित कर दिया था, ताकि वे अपनी सांसारिक इच्छाओं की सिद्धि कर सकें। नारी को समझो पुत्र! पांचाली को तुम्हारी समृद्धि से प्रसन्नता होगी। उसे वस्त्र, आभूषण, सम्पत्ति और सत्ता प्रिय होगी पुत्र!"

"किन्तु मैंने तो ऐसी पत्नी की कामना नहीं की थी माँ!"

"तुम्हारी इच्छा अथवा अनिच्छा से तो प्रकृति के नियम नहीं बदल जायेंगे पुत्र!..."

"पांचाली के मन में इतना लोभ है?"

"मैं पांचाली की तो बात ही नहीं कर रही पुत्र! मैं तो नारी मात्र की बात कर रही हूँ। उसमें से न पांचाली अपवाद है, और न स्वयं तुम्हारी माता कुन्ती।"

"लोभ कोई सद्‌गुण तो नहीं है माँ!"

"ठीक कहते हो पुत्र! किन्तु नारी की जीवन की सुख-समृद्धि के प्रति ललक को मैं लोभ नहीं कहती, जिसे संयत किया जाना चाहिए। वह तो उसकी प्रकृति है पुत्र!" कुन्ती ने रुक कर युधिष्ठिर को देखा, "तुमने वट-वृक्ष देखा न?"

"हाँ, माता!"

"वह अपना विकास कर प्रसन्न है। उसकी शाखाएँ हैं, पत्र हैं, जटाएँ हैं, छोटे-छोटे फल हैं, जो किसी के काम नहीं आते। वह महावृक्ष पथिकों को छाया दे कर, अपने जीवन की सार्थकता पा लेता है। किन्तु दूसरी ओर हरसिंगार का एक छोटा-सा वृक्ष भी तो होता है न पुत्र!"

युधिष्ठिर ने अनायास ही जैसे सहमति में सिर हिला दिया।

"ऋतु आते ही वह पुष्पित हो उठता है। चारों ओर सुगन्ध फैलाता है; किन्तु किसी को छाया नहीं देता। नारी जीवन में रूप और गन्ध का जो महत्त्व है, उसके लिए क्या तुम उसे दोषी ठहाराओगे? क्या उसे लोभी कहोगे?"

"नहीं माँ!"

"वैसे ही नारी भी प्रकृति का रूप है पुत्र! वह पुष्पित और पल्लवित होना चाहती है। उसके जीवन में रूप, रस, गन्ध...सब के लिए ललक है। जैसे प्रकृति मदमाती और इठलाती है, वैसी ही नारी भी है पुत्र! उसके शरीर की संरचना जैसे पुरुष से भिन्न है, वैसे ही मन की संरचना भी पुरुष के मन से मेल नहीं खाती।"

"किन्तु माँ! क्या वह कभी सन्तुष्ट नहीं होती? क्या उसका मन जीवन के भोग से कभी नहीं भरता?"

"शरीर की असमर्थता उसे बाध्य कर दे, तो कर दे; किन्तु उसकी कामना तृप्त नहीं होती पुत्र!" कुन्ती बोली, "पांचाली के पास आभूषणों के भण्डार हों, तो भी यदि तुम उसे एक स्वर्ण-कंगन ला कर दोगे तो वह आह्लाद से खिल उठेगी। वह स्वर्ण तथा बहुमूल्य मणि-माणिक्य से लदी होगी, तो भी वेणी में लगाने के लिए एक पुष्प की कामना उसे अतृप्त रखेगी। यह नारी का सहज रूप है। यह उसका दोष नहीं है।"

"किन्तु माँ!" युधिष्ठिर बोला, "द्रौपदी पण्डिता है, शास्त्रज्ञ है, बौद्धिक क्षेत्र में उसकी गति है। वह जीवन के मर्म को समझती है। क्या उसके बाद भी, उसके मन में कंचन की कामना रहेगी?"

"जीवन के आस्वाद के प्रति नारी के मन में ग्लानि का भाव नहीं है पुत्र! जैसाकि बौद्धिक पुरुष के मन में है। इसलिए शास्त्र तथा तत्त्व-ज्ञान भी द्रौपदी के नारी-गुणों को नष्ट नहीं करेगा। तुम उसे भौतिक समृद्धि से ही प्रसन्न करने का प्रयत्न करो पुत्र! तुम उसे त्यागपूर्ण उदात्त जीवन की परिकल्पनाओं और प्रयत्नों से लुभा नहीं सकोगे। मुझे पूर्ण विश्वास है कि तुम्हारे पितामह कुरुश्रेष्ठ भीष्म किसी नारी के स्वप्न-पुरुष नहीं हो सकते। यदि कोई नारी उन्हें मुग्ध करने में समर्थ हुई होती तो उन्हें जीवन-सरिता के तट पर इस प्रकार द्रष्टा के रूप में खड़ा न रहने देती; तत्काल उन्हें खींच कर मध्य धार में ले आती और वे निरन्तर उसके पीछे-पीछे तैरते दिखायी देते।..."

लगा, युधिष्ठिर का जैसे मोह भंग हो रहा हो। उसने अवसन्न स्वर में पूछा, "माँ! क्या नारी कभी अपने पुरुष के लिए भी माता नहीं हो सकती?"

"केवल क्षणिक रूप से! स्थायी रूप से यह कभी सम्भव नहीं है। पुरुष की दृष्टि ही उसे नारी बना देती है पुत्र! न पुरुष कभी पुत्र हो पायेगा, और न नारी ही कभी माँ हो पायेगी!"

युधिष्ठिर मौन हो गया, जैसे उसके सारे प्रश्न समाप्त हो गये हों; किन्तु जीवन ने उसे कोई सन्तोषजनक उत्तर न दिया हो।

"अब एक बात अपनी ओर से कहती हूँ पुत्र!" कुन्ती पुनः बोली, "तुम्हें मैंने धर्मराज का पुत्र माना है। तू धर्म का पुत्र है वत्स! धर्म का दूसरा नाम यम है–यम; मृत्यु का देवता। तू इतना कोमल क्यों है पुत्र? तेरा हृदय करुणा से इस प्रकार विगलित क्यों हो उठता है? तू यम के समान कठोर नहीं बनेगा, तो धर्म का पालन कैसे करेगा? अधर्म को दण्डित कैसे करेगा? अधर्म के लिए तू कराल काल नहीं बनेगा, दुष्ट-दलन नहीं करेगा, तो इस संसार में धर्म की स्थापना कैसे होगी?...मैं कब से प्रतीक्षा कर रही हूँ पुत्र, कि तुम लोग समर्थ हो जाओ और अपने पिता को वंचित करने वाले दुष्टों को, स्वयं तुम लोगों की हत्या का प्रयत्न करने वाले आततायी हत्यारों को, उनके पापों का दण्ड दो...और अब जब अवसर आया है, तुम कह रहे हो कि तुम युद्ध नहीं करोगे, क्योंकि वे स्वजन हैं! जहाँ तक सम्पत्ति का सम्बन्ध है पुत्र! जब तक भाई साथ होता है, वह सबसे समर्थ सम्बल होता है, और जैसे ही वह पृथक् होता है–वह सबसे बड़ा शत्रु होता है। अपने शत्रुओं को पहचान पुत्र! और अपनी पत्नी, अपने भाइयों तथा माता का पालन कर। अपने अधिकारों के लिए युद्ध वीरता का लक्षण है, नृशंसता का प्रमाण नहीं!"

"तुम ठीक कहती हो माँ!" युधिष्ठिर धीरे से बोला, "मैं समझ गया हूँ, मुझे अब पुत्र के स्थान पर पुरुष ही बनना होगा।..."

36

भीष्म लौट कर अपने भवन में आये, तो विदुर उनकी प्रतीक्षा कर रहा था।

"आप कहाँ चले गये थे पितृव्य?"

"कहीं नहीं। यहीं गंगा-तट पर अपने मन की शान्ति ढूँढ़ने गया था।" भीष्म बोले, "राजसभा में क्या हुआ?"

"विभाजन!"

"कैसा विभाजन?" भीष्म से पूछे बिना नहीं रहा गया।

"महाराज धृतराष्ट्र ने पाण्डवों को हस्तिनापुर छोड़ कर यमुना के उस पार चले जाने का आदेश दिया है। उन्हें खाण्डवप्रस्थ का राज्य दिया गया है।"

भीष्म ने चौंककर विदुर की ओर देखा, "यह विभाजन हुआ है? धृतराष्ट्र ने पाण्डवों को राज्य दिया है या मृत्यु-दण्ड? यमुना के पार! यम की भगिनि यमुना। जहाँ धृतराष्ट्र के अपने योद्धा पग नहीं धरते; उसकी अपनी सेनाएँ अस्थायी रूप से जाते हुए भी डरती हैं—वह खाण्डवप्रस्थ उसने पाण्डवों को स्थायी निवास के लिए दिया है? प्रजा के रूप में क्या दिया है—वन के भयंकर वृक्ष, हिंस्र जीव-जन्तु, गुप्त हत्याओं के षड्यंत्रों में लगे अनेक जातियों के उपद्रवी; दस्युओं, राक्षसों और दैत्यों का सम्मिलित और स्थायी त्रास और आतंक!" सहसा भीष्म रुके, "क्या युधिष्ठिर ने इसे स्वीकार कर लिया?"

"हाँ, पितृव्य!"

"उसके भाइयों ने उसे नहीं रोका?"

"यह सन्धि महाराज धृतराष्ट्र और युवराज युधिष्ठिर के मध्य, एकान्त में हुई है पितृव्य!"

"उसे कृष्ण ने भी नहीं रोका?"

"कृष्ण वहाँ नहीं था," विदुर ने कहा, "पर सुना है कि बाद में कृष्ण ने हँस कर कहा है, 'अच्छा ही है! तुम भी एक नयी द्वारका का निर्माण कर पाओगे।"

"यह न्याय नहीं हुआ विदुर!" भीष्म बोले, "इस बार धृतराष्ट्र ने उन्हें वारणावत से भी भयंकर स्थान पर भेजा है।"

"जानता हूँ पितृव्य! किन्तु युधिष्ठिर अपने राज्य अथवा राज्याधिकार के लिए धृतराष्ट्र तथा उसके पुत्रों के साथ संघर्ष नहीं करना चाहता।" विदुर बोला, "वह इतने से ही सन्तुष्ट है। वह कहता है, उसके लिए इतना ही पर्याप्त है। उसका वास्तविक साम्राज्य तो उसके भाई हैं।"

भीष्म के मन में युधिष्ठिर के लिए स्नेह के साथ-साथ सम्मान जागा : यह लड़का वस्तुतः कुरुकुल को सर्वनाश से बचा रहा है। भीष्म ने तो राज्य त्यागा था, क्योंकि वे स्वयं को बन्धन-मुक्त करना चाहते थे; किन्तु युधिष्ठिर? वह किसके लिए राज्य त्याग रहा है? भीष्म को उनके त्याग के कारण यश और सम्मान मिला था; युधिष्ठिर को तो दसों दिशाओं से बस धिक्कार ही मिलेगा। उसे मूर्ख, कायर और आलसी माना जायेगा...

"वह कुरुकुल और कुरुप्रजा का सच्चा शुभचिन्तक है।" भीष्म के मुख से अनायास ही निकला!

"पितृव्य!"...विदुर ने आगे कुछ नहीं कहा।

"क्या बात है विदुर?" भीष्म कुछ चकित थे; विदुर में इस प्रकार का असमंजस उन्होंने कम ही देखा था।

"पितृव्य! राजसभा में दुर्योधन ने कहा कि अब जब, साम्राज्य का विभाजन हो चुका है, पाण्डवों को उनका राज्य दिया जा चुका है, उनके सम्बन्धियों, मित्रों तथा

शुभाकांक्षियों के लिए उचित है कि वे हस्तिनापुर छोड़ कर पाण्डवों के साथ, उनके राज्य में चले जायें!"

भीष्म हँसे, "कैकेयी को यदि धृतराष्ट्र की बुद्धि मिली होती तो उसने राम के लिए चौदह वर्षों का वनवास न माँग कर, दशरथ के राज्य का—राम और भरत में विभाजन माँगा होता तथा भरत को अयोध्या तथा राम को दण्डकारण्य का राज्य दिया होता, ताकि राम कभी लौट कर अयोध्या न आते!"

"निश्चित रूप से महाराज धृतराष्ट्र अत्यन्त समर्थ कूटनीतिज्ञ सिद्ध हुए हैं।" विदुर बोला, "किन्तु पितृव्य! दुर्योधन की उस माँग के विषय में आपका क्या विचार है? वह राज्य के साथ प्रजा के विभाजन की भी माँग कर रहा है।"

"उसका संकेत क्या मेरी ओर है?" भीष्म स्वयं नहीं समझ सके कि वे अपने-आप से पूछ रहे थे अथवा विदुर से!

"उसका संकेत आपकी ओर है या नहीं, मैं नहीं जानता, किन्तु मेरी ओर अवश्य है, इसमें कोई सन्देह नहीं है।" विदुर ने कहा।

"यह विभाजन नहीं है विदुर!" भीष्म अत्यन्त स्पष्ट शब्दों में बोले, "यह निष्कासन है। पाण्डवों के निष्कासन के साथ प्रजा का निष्कासन नहीं हो सकता।" भीष्म कुछ रुके और शून्य में घूरते रहे। फिर बोले, "यदि यह वस्तुतः विभाजन होता, तो भी मुझे निर्णय में अधिक समय नहीं लगता।"

"क्या निर्णय होता आपका पितृव्य?"

"मुझे पाण्डवों से कितना भी स्नेह क्यों न होगा, मैं न हस्तिनापुर छोड़ सकता हूँ, न गंगा माता को। मुझे अपनी जन्मभूमि में, गंगा माता के निकट रहने का पूर्ण अधिकार है।" भीष्म बोले, "और जिस साधनविहीन स्थिति में पाण्डवों को निष्कासित किया गया है, उसमें उनके साथ कुल-वृद्धों को भेज कर, दुर्योधन उनकी कठिनाइयों में वृद्धि करना चाहता है। मैं यह नहीं होने दूँगा। मेरी मूर्खता थी कि मैं अपने आवेश में राजसभा से उठकर चला आया। मैं वहाँ होता तो यह निष्कासन कदाचित न होने देता।...आज एक संकल्प मैं और कर रहा हूँ विदुर!"

"क्या पितृव्य?"

"आज के पश्चात् राजसभा में कितना भी जघन्य कर्म क्यों न हो रहा हो, कितनी भी घृणित चर्चा क्यों न चल रही हो—भीष्म, सभा में से उठ कर नहीं जायेगा। जो कुछ कहना-सुनना होगा, वहीं कहूँगा-सुनूँगा। सह्य-असह्य—सब का साक्षी रहूँगा—ताकि ऐसा अपराध दूसरी बार न हो।" भीष्म बोले, "और विदुर! तुमको मेरा आदेश है कि तुम हस्तिनापुर छोड़ कर नहीं जाओगे। पुत्र! दुर्योधन की राजसभा में नीति का समर्थक कोई तो होना चाहिए। अब सिंहासन पर चाहे धृतराष्ट्र बैठा रहे; किन्तु सारा शासन दुर्योधन की इच्छा से चलेगा; और उसके परामर्शदाता होंगे—शकुनि और

कर्ण! ऐसे में इस सभा में अपने स्वार्थ के लिए जाने कैसे-कैसे मूढ़तापूर्ण षड्यंत्र रचे जायेंगे! उनके प्रतिरोध-स्वरूप तुमको वहाँ रहना चाहिए पुत्र!"

"महाराज धृतराष्ट्र की भी यही इच्छा है।" विदुर ने कहा।

"मुझे आश्चर्य है।...किन्तु धृतराष्ट्र क्यों चाहता है कि तुम उसकी राजसभा में रहो?"

"यह तो वे ही जानें; किन्तु उन्होंने कहा है कि मैं अपने बड़े भाई को इस प्रकार छोड़ कर नहीं जा सकता। उनका कहना है कि भाई का अधिकार भ्रातुष्पुत्रों से अधिक होता है। उन्होंने यह भी कहा है कि अपने पुत्रों से अपनी रक्षा के लिए उन्हें मेरी आवश्यकता पड़ेगी।"

"यदि वह अपनी धूर्तता में यह सब कह रहा है, तो भी तुम हस्तिनापुर में रहो पुत्र! और यदि वह वस्तुतः तुम्हारी सहायता चाहता है, तो उसकी सहायता अवश्य करो। दुर्योधन से न्याय तो शायद ही किसी को दिलवा सको; किन्तु बहुत सम्भव है कि अपने प्रयत्न से तुम अन्याय की तीव्रता कम कर सको।"

भीष्म रुक गये, "पाण्डव कब जा रहे हैं?"

"दुर्योधन उन्हें शीघ्रातिशीघ्र भेजने के लिए अत्यन्त उत्कण्ठित है। सम्भवतः वे लोग कल ही प्रस्थान करें।" विदुर उठ कर खड़ा हो गया, "मैं चलूँ! सम्भवतः जाने से पहले पाण्डवों को मेरी किसी प्रकार की सहायता की आवश्यकता हो।"

विदुर प्रणाम करके चला गया।

भीष्म अपने पलँग पर लेट गये। बहुत दिनों के पश्चात् उनका बँधा-बँधाया अनुशासित मन कुछ भावुक हो आया था। उनका सारा अतीत जैसे उनकी आँखों के सामने फिर गया था...

"पुत्र युधिष्ठिर! मैं तुम्हें कभी तुम्हारा अधिकार नहीं दिलवा सका।" वे अपनी कल्पना में खड़े युधिष्ठिर से बोले, "तुम्हें हस्तिनापुर में कभी न्याय नहीं मिला।"

...और सहसा उन्हें लगा, उनका मन सोच-सोच कर अत्यन्त भयभीत हो रहा है कि जाने से पहले कुन्ती और द्रौपदी के साथ पाण्डव उनसे विदा लेने आयेंगे तो वे उनका सामना कैसे करेंगे!...

37

कृष्ण के पग रुक गये। उन्होंने सामने संकेत किया, "वह है तुम्हारे दुर्ग की प्राचीर! उसके भीतर ही कौरवों का प्राचीन प्रासाद भी है।"

सबकी दृष्टि उस लक्ष्य पर टिक गयी, किन्तु नयनों के वे सारे युगल प्रसन्नता के स्थान पर आश्चर्य से भर गये थे। उनमें आश्चर्य में, अपनी अपेक्षा से बहुत कम पाने का विषाद भी था।

"यह प्राचीर!" भीम ने निकट जा कर उस दीवार पर अपने पैर से प्रहार किया, "प्राचीर है यह और वह भी कौरवों के प्राचीन दुर्ग की प्राचीर!"

प्रहार से दीवार का एक भाग भरभरा कर गिर गया। उसमें ढेर सारी मिट्टी थी और पत्थर के नाम पर कुछ छोटे-मोटे कंकर-रोड़े।

"क्या कर रहे हो मध्यम!" कृष्ण ने टोका, "तुम अपने दुर्ग की प्राचीर स्वयं ही ढा दोगे तो रहोगे कहाँ?"

"इसमें रहने से अच्छा है कि हम अपने शिविर में ही रहें। वस्त्रों का बना मण्डप इससे कहीं सुखद होगा।" भीम के स्वर में आक्रोश था।

"भीम! यह प्राचीन दुर्ग है।" युधिष्ठिर का स्वर नम्र और सहज था, "सम्भव है उस समय बाहरी प्राचीर ऐसी ही बनायी जाती हो। सम्भव है उन लोगों को इससे दृढ़ प्राचीर की आवश्यकता ही न होती हो। यह कौरव सम्राटों का दुर्ग है। उसकी सीमारम्भ का संकेत ही पर्याप्त है। यह भय तो उन्हें कभी रहा ही नहीं होगा कि कोई उनके दुर्ग के भीतर आ कर उन पर आक्रमण करेगा..."

"यह भी तो सम्भव है कि उनके काल में यह प्राचीर इस रूप में रही ही न हो!" सहदेव ने अपना विचार प्रकट किया, "यह तो किसी खँडहर की प्राचीर लगती है।"

"ठीक है! ठीक है।" भीम जोर से हँसा, "खँडहर की प्राचीर तो देख ली, अब खँडहर को भी देख लेते हैं। चलो कृष्ण! आगे बढ़ो।"

कृष्ण और अर्जुन आगे बढ़ गये तो शेष लोग भी चल पड़े।

युधिष्ठिर अब भी पहले के ही समान शान्त और निर्द्वन्द्व दिखायी पड़ रहे थे, किन्तु भीम के चेहरे पर अब परिहास की एक रेखा भी नहीं थी। उसकी गम्भीरता कुछ अवसन्न दिखायी दे रही थी। वह थोड़ी देर तो आत्मलीन-सा चलता रहा, किन्तु अधिक समय तक आत्मदमन करना उसके लिए सम्भव नहीं था।

"माँ! तुम चलते-चलते थक तो नहीं गयीं?"

कुन्ती ने चकित दृष्टि से भीम को देखा, इस प्रश्न की आवश्यकता ही कहाँ थी। अभी थोड़ी देर पहले तक तो वह रथ में यात्रा कर रही थी। वह चली ही कितनी दूर है?...

"नहीं पुत्र! अभी से थक जाऊँगी तो...।"

"नहीं। धूप बड़ी कष्टदायक है न!" भीम को भी अपने प्रश्न की निरर्थकता समझ में आ गयी थी, "आज सूर्य बहुत प्रखर है। सूर्य नहीं, तपन है यह तो।"

कुन्ती ने कोई उत्तर नहीं दिया। वह भीम को जानती थी। कुछ और ही था जो उसके मन में उथल-पुथल मचा कर उसे व्याकुल किये हुए था। यह प्रश्न तो उस व्याकुलता को छिपाने के लिए एक आवरण मात्र था। वह यह भी जानती थी कि भीम अपने भावों को अधिक देर तक छिपा नहीं पायेगा। अभी थोड़ी ही देर में वह मन में छिपी प्रत्येक बात उगल देगा।...कुन्ती को अधिक देर प्रतीक्षा नहीं करनी पड़ी।

भीम ने दो-तीन बार द्रौपदी पर उचटती हुई दृष्टि डाली और फिर वह उसके निकट चला गया।

"यदि खाण्डवप्रस्थ का यह प्राचीन प्रासाद सचमुच ही खँडहर निकला अथवा वह उतना भव्य न हुआ जैसे कि काम्पिल्य और हस्तिनापुर के प्रासाद हैं तो क्या तुम्हें बहुत कष्ट होगा?" उसने बहुत धीरे-से पूछा।

भीम ने चाहे धीरे-से ही पूछा था, किन्तु उसका स्वर अब भी इतना ऊँचा तो था ही कि कुन्ती उसका एक-एक शब्द स्पष्ट सुन सकती।...तो यह चिन्ता है भीम की। कुन्ती ने मन-ही-मन सोचा, "पत्नी की भावना को ले कर कितना चिन्तित है उसका पुत्र।'...किन्तु कुन्ती को अच्छा लगा...चाहे भीम के प्रश्न में उसका 'काम' भी झलक रहा था, किन्तु उसे अपनी पत्नी की सुविधा-असुविधा का ध्यान तो था।...

"मैंने जिसके गले में वर-माला डाली थी, वह न तो राजा था आर्यपुत्र! और न ही उसके पास कोई प्रासाद था।" द्रौपदी ने सहज भाव से कहा, "मैंने तो एक भिक्षोपजीवी तपस्वी का वरण किया था।"

"ओह हाँ!" भीम के मुख से अनायास ही निकल गया, "वह तो मैं भूल ही गया था।"

कुन्ती यह देख नहीं पायी कि भीम द्रौपदी के उत्तर पर मुग्ध हुआ या नहीं, किन्तु वह स्वयं अपनी पुत्रवधू के इस उत्तर पर मुग्ध हो उठी : सचमुच द्रुपद-कन्या बहुत ही समझदार थी। अपनी राजधानी में आ कर वह प्रफुल्लित थी, किन्तु उस राजधानी के स्थान पर एक वन पाकर भी वह हताश नहीं थी। वह जीवन के उतार-चढ़ाव का सामना सहज ढंग से कर पायेगी। वह प्रत्येक स्थिति में, जीवन के प्रत्येक सुख-दुख में, अपने पतियों का साथ निभा पायेगी।

भीम के मन की आशंका मिट गयी। वह फिर से अपनी सहज प्रफुल्लित मनःस्थिति में लौट आया था।

"तो देवि! तुम अपने उस पति का, जिसका तुमने वरण किया था, इसलिए तो तिरस्कार नहीं कर दोगी कि अब वह भिक्षोपजीवी तपस्वी नहीं रहा?" भीम ने पुनः द्रौपदी से पूछा।

"उन्नति और विकास का अधिकार तो सबको है आर्यपुत्र!" द्रौपदी भी जैसे क्रीड़ामय बालिका हो गयी थी, "निर्धन तपस्वी कभी-कभी समृद्ध राज्य का स्वामी भी हो जाता है, जैसे आचार्य द्रोण हो गये हैं।"

भीम चौंका : यह द्रौपदी का परिहास था या उपालम्भ! आचार्य द्रोण को एक समृद्ध राज्य का स्वामी बनाने के लिए तो पाण्डव ही निमित्त बने थे।...किन्तु द्रौपदी के चेहरे के भावों से उसके मन की बात जान लेना भीम के लिए सरल नहीं था। वह अपनी सहज उल्लसित मुद्रा में उसकी ओर देख कर जैसे पूछ रही थी, 'आर्यपुत्र! आप मेरे उत्तर से सन्तुष्ट हुए न!'

भीम के मन में एक नया भाव उदित हो रहा था।...उसके जीवन में अब तक बहुत कम नारियाँ आयी थीं। सबसे पहले उसने अपनी माँ को जाना था, किन्तु माँ को सदा माँ के रूप में ही देखा था, नारी के रूप में नहीं। माँ को भीम ने कभी अपने अस्तित्व से पृथक नहीं माना। माँ को प्रसन्न करने के लिए, उसका मन जीतने के लिए, उसे स्वयं पर मुग्ध करने के लिए कभी कोई विशिष्ट प्रयत्न करने की इच्छा उसके मन में नहीं जागी थी। माँ और उसकी प्रसन्नता कभी भी पृथक नहीं रही। पता नहीं वह माँ का अंग था अथवा माँ उसका अंग थी, पर यह तो स्पष्ट ही था कि वे एक-दूसरे से बाहर नहीं थे, इसलिए एक-दूसरे को पा लेने के भाव का कोई अस्तित्व ही नहीं था। माँ से वंचित हो जाने के भय से उसका कभी परिचय ही नहीं हुआ।...

वह कुछ समय हिडिम्बा के साथ भी रहा था। हिडिम्बा उसके लिए मात्र एक स्त्री थी। समय-समय पर उसने उसको सराहा, उससे लगाव का अनुभव किया, उसकी कामना भी की, वह उसके लिए चरम सुख का कारण भी बनी, किन्तु उससे वंचित हो जाने के भय ने उसे कभी नहीं सताया। हिडिम्बा स्वयं ही उस पर इतनी मुग्ध थी कि भीम ने कभी यह सोचा ही नहीं कि उसे मुग्ध करने के लिए भीम को कोई प्रयत्न भी करना है।...किन्तु यह पांचाली...। इसने भीम के मन को कई नये सत्यों और नयी परिस्थितियों का साक्षात्कार कराया था।...भीम स्वयं समझ नहीं पा रहा था कि बार-बार क्यों उसके मन में कामना उठती है कि वह कुछ ऐसा करे कि पांचाली उस पर प्रसन्न हो जाये? वह क्यों चाहता है कि पांचाली उससे उदासीन न रहे? क्यों रह-रह कर उसे यह भय व्याप जाता है कि कहीं वह उससे रुष्ट न हो जाये? क्यों वह उसके लिए इतनी कमनीय है और क्यों उसकी अनुकूलता भीम को अपने लिए उपलब्धि लगने लगती है?...

वे लोग एक द्वार के पास जा कर रुक गये। यह दुर्ग का भीतरी द्वार था और यहीं से मार्ग प्रासाद तक जाता था।

सबकी दृष्टि द्वार की ओर उठी। द्वार असाधारण रूप से ऊँचा था। इतना कि दीर्घाकार गज भी अपने सुसज्जित हौदे के साथ उसमें से आ-जा सके। कपाट किसी साधारण-सी पुरानी लकड़ी के बने हुए थे, और न तो वे असाधारण रूप से दृढ़ दिखायी पड़ते थे, न ही उनमें कला अथवा सौन्दर्य का कोई आकर्षण था। राजद्वार तो वह एकदम नहीं लग रहा था।

युधिष्ठिर ने अपने भाइयों तथा कुन्ती और द्रौपदी के चेहरों पर उड़ती-सी एक दृष्टि डाली। उनके चेहरे पर आयी हताशा की मलिनता किसी से छुपी नहीं थी। निश्चित रूप से, प्राचीर के समान ही प्रासाद के इस मुख्य-द्वार ने भी सबको निराश ही किया था।

उसने आगे बढ़ कर कपाट खोल दिए, किन्तु द्वार में प्रवेश करने के स्थान पर वह एक ओर हट कर खड़ा हो गया, "बलराम भैया! सबसे पहले आप कृष्ण के साथ भीतर प्रवेश करें।"

बलराम शायद सहज भाव से आगे बढ़कर द्वार में प्रवेश कर ही जाते कि कृष्ण ने उनका हाथ थाम लिया, "भैया! प्रासाद में सबसे पहले बुआ के चरण पड़ने चाहिए।"

बलराम ठिठककर खड़े रह गये।...पता नहीं क्यों हर बार औचित्य का ध्यान कृष्ण को ही आता है...

कुन्ती ने सबसे पहले भीतर प्रवेश किया और उसके पश्चात युधिष्ठिर तथा द्रौपदी ने। कृष्ण तथा बलराम शेष पाण्डवों के साथ भीतर आये। अब सब स्वतन्त्र रूप से उस 'प्रासाद' को निरख-परख रहे थे। कोई किसी से कुछ भी कह नहीं रहा था किन्तु यह भाव सबके ही मन में था कि यह राजाओं के रहने योग्य प्रासाद नहीं था।...

"यह प्रासाद तो लगता ही नहीं है।" अन्ततः भीम ने कह ही दिया, "अधिक से अधिक, यह किसी भूस्वामी की पुरानी हवेली भर हो सकती है।"

"मुझे भी लगता है कि यह मूल प्रासाद है ही नहीं।" कृष्ण ने जैसे आत्मलीनता की स्थिति में कहा, "कौरवों द्वारा राजधानी का त्याग कर दिए जाने पर प्रासाद को देखने वाला कोई नहीं रहा होगा। उसे कुछ वर्षा, धूप और वायु ने नष्ट किया होगा और कुछ यमुना के जल ने। यह भवन तो बाद के किसी राजपुरुष अथवा कौरवों द्वारा नियुक्त किसी प्रशासक भू-स्वामी ने ही बनवाया होगा।"

"किन्तु केशव! कहीं-न-कहीं उस प्रासाद के ध्वंसावशेष तो होंगे।" अर्जुन ने प्रतिकार किया।

"सम्भव है कि खोजने पर कुछ मिल जाये।" कृष्ण ने उत्तर दिया, "किन्तु मुझे विश्वास है कि आस-पास के ग्रामों तथा बस्तियों में रहने वाले लोगों ने कोई रक्षक न देख कर उस प्रासाद की ईंट-ईंट निकाल कर अपने घरों में लगा ली होगी।"

"हमारी प्रजा चोर है क्या?" नकुल के स्वर में हल्का-सा आक्रोश था।

"चोर भी हैं ही।" कृष्ण ने कहा, "किन्तु सामान्य प्रजा तो उसे व्यर्थ का पड़ा मलवा समझ कर उठा ले गयी होगी। उन्होंने मान लिया होगा कि वे उस वस्तु का उपयोग कर रहे हैं, जिसे राजा व्यर्थ ही नष्ट कर रहा था।"

"तुम लोग किन विवादों में उलझ गये हो।" सहसा कुन्ती ने कहा, "पहले तो यह निश्चय करो कि हमें ठहरना कहाँ है—शिविर में अथवा यहाँ—इस प्रासाद अथवा हवेली में, जो कुछ भी यह है?"

"हाँ! माँ ठीक कह रही हैं।" युधिष्ठिर ने कहा, "यात्रा से माँ भी थक गयी होंगी और पांचाली भी। हमें पहले ठहरने की व्यवस्था करनी चाहिए।"

"मैं शिविर की अपेक्षा यहाँ...इस भवन में ठहरना अधिक श्रेयस्कर समझूँगी।" द्रौपदी ने कहा, "अब यह हमारा घर है, जैसा भी है। घर के होते हुए, हमें शिविर में ठहरने की क्या आवश्यकता है।"

"पर यह भवन तुम्हारे रहने योग्य नहीं है पांचाली!" भीम बोला।

"तो क्या जब तक मेरे रहने योग्य भवन नहीं बनेगा, हम शिविरों में ही रहते रहेंगे?" द्रौपदी ने पूछा।

"कृष्णा ठीक कह रही है।" कृष्ण ने द्रौपदी का पक्ष लिया, "भवन को घर तो वही बनायेगी, भवन चाहे जैसा भी हो। अभी तो हमें कृष्णा की इच्छा को देखते हुए इसी भवन को सुविधानुसार अपना आवास बना लेना चाहिए, बाद में चाहे मध्यम हस्तिनापुर नगर के बराबर का एक प्रासाद बनवा कर पांचाली को भेंट कर दें।"

"प्रासाद ही क्यों, मेरी इच्छा तो एक पूरा नगर बसाने की है, जिसके चारों ओर हमारा साम्राज्य विकसित होगा। कौरवों का साम्राज्य नहीं, महाराज युधिष्ठिर का साम्राज्य, पाण्डवों का साम्राज्य।" भीम को न जाने क्यों इस समय हिडिम्बा याद आ गयी। कैसे वे दोनों किसी नदी अथवा झील के तट पर बैठे-बैठे एक सुन्दर नगर बसाने की योजनाएँ बनाया करते थे और वह हिडिम्बा को वन छोड़ कर उस नगर में बस जाने के लिए प्रेरित किया करता था।

सहसा भीम ने स्वयं को रोका...किस ओर बह रही है उसके विचारों की धारा ...यदि पांचाली को रंचमात्र भी आभास हो गया कि भीम को किसी अन्य स्त्री की स्मृति का झोंका भी आया है तो उसकी ईर्ष्याग्नि जाग उठेगी, चाहे वह स्त्री हिडिम्बा ही क्यों न हो।...उसने ढकी दृष्टि से द्रौपदी की ओर देखा...नहीं पांचाली को किसी प्रकार का कोई सन्देह नहीं हुआ था...वह अपनी सहज मुद्रा में मुस्कुरा रही थी।

भीम का मन कुछ शान्त हुआ।

"यदि अपना प्रासाद भली प्रकार से देख लिया हो तो आइये अपनी राजधानी भी देख लीजिए।" कृष्ण ने मुस्कुरा कर कहा, "फिर सैनिकों, कर्मचारियों और राजपुरुषों को सारे आदेश एक साथ ही दे दीजिएगा।"

"अब नगर देखने जाने की क्या आवश्यकता है।" बलराम ने पहली बार मुँह खोला, "प्रजाजन को जब मालूम होगा कि महाराज युधिष्ठिर खाण्डवप्रस्थ में आ गये हैं, तो वे स्वयं ही दर्शन करने आ जायेंगे।"

"मैं महाराज युधिष्ठिर के दर्शनों के विषय में कुछ नहीं कह रहा भैया।" कृष्ण ने उत्तर दिया, "मैं तो सुरक्षा की दृष्टि से नगर और नगरवासियों को जान लेने की चर्चा कर रहा था।"

"कृष्ण का ही विचार उत्तम है। यदि हम चाहते हैं कि प्रजा हमारे अनुकूल रहे, तो हमें भी प्रजा के अनुकूल रहना चाहिए।" युधिष्ठिर ने कहा, "वैसे भी हम क्षत्रिय राजा हैं। प्रजा का पालन-पोषण हमारा धर्म है। हमारे मन में प्रजा की उपेक्षा का हल्का-सा भाव भी नहीं रहना चाहिए।"

"तो आप जाइये, प्रजा का पालन-पोषण कर आइये।" द्रौपदी मुस्कुराई, "मैं यहाँ रसोई जमाती हूँ और आप लोगों के पालन-पोषण का प्रबन्ध करती हूँ।"

"यह तो बहुत बड़ा प्रलोभन है कृष्णा!" कृष्ण ने उत्तर दिया, "किन्तु अभी हमें

अपने इस लोभ का संवरण करना पड़ेगा। मैं तुम्हें यहाँ अकेली छोड़कर जाने के पक्ष में नहीं हूँ।"

"क्यों? मैं यहाँ अपने प्रासाद में हूँ...अपने घर में।"

"नहीं। अभी तो तुम इस प्रासाद को जानती भी नहीं हो। जाने किस कोठरी में किस जीव ने अपना प्रासाद बना रखा हो।" कृष्ण का स्वर दृढ़ एवं निर्णयात्मक था, "जब तक इस प्रासाद की रक्षा की व्यवस्था नहीं हो जाती, तब तक मैं राजरानी को इस प्रकार अकेली छोड़ कर जाना उचित नहीं मानता।"

"तो मेरी रक्षा के लिए कुछ प्रहरी छोड़ जाइए।" द्रौपदी पुनः मुस्कुराई, "वे लोग देखते रहेंगे कि बाहर से आ कर कोई मेरे बर्तन न चुरा ले।"

"यह परिहास का विषय नहीं है सखि!" कृष्ण का स्वर गम्भीर था, "हम एक नये स्थान पर अभी-अभी आये हैं, वह स्थान हमें चाहे हमारी राजधानी के रूप में ही क्यों न सौंपा गया हो। हम नहीं जानते कि वह स्थान कैसा है, यहाँ आस-पास कैसे लोग बसते हैं, उनके मन में हमारे प्रति कैसा भाव है।" कृष्ण ने थम कर युधिष्ठिर की ओर देखा, "महाराज! आपको यह कदापि नहीं भूलना चाहिए कि आपको यहाँ आपके उन्हीं पितृव्य ने भेजा है, जिन्होंने आपको वारणावत भेजा था। तब उन्होंने आपको 'शिव भवन' के रूप में एक अत्यन्त सुन्दर तथा कलात्मक निवास स्थान दिया था। इस बार उन्होंने आपको आपके वंश की प्राचीन राजधानी प्रदान की है, जहाँ कुरु राजवंश का कोई व्यक्ति पीढ़ियों से नहीं रहा।..."

कृष्ण ने रुक कर सब पर एक दृष्टि डाली, उसकी बात का समुचित प्रभाव हुआ था। अब द्रौपदी के चेहरे पर भी वह क्रीड़ाशील हास्य नहीं था। भीम की मुद्रा भी सागर-तट पर सीपियाँ बटोरने वाले उन्मुक्त बालक के समान न रह कर दायित्वपूर्ण सैनिक की-सी हो गयी थी।

"तुम लोग माधव की बात क्यों नहीं मानते।" कुन्ती ने कुछ चिन्तित आग्रह के साथ कहा, "वह वयस में तुमसे छोटा होने पर भी अधिक अनुभवी है। वह कंस और जरासन्ध के षड्यन्त्रों से निपटता रहा है।"

"ठीक है माँ।" अर्जुन धीरे-से बोला, "हममें से कृष्ण के परामर्श की अवज्ञा तो किसी ने भी नहीं की।"

"तो फिर चलो, पहले हम अपनी राज-नगरी देख आयें और प्रजाजन से मिल आयें।" युधिष्ठिर ने अपना निर्णय सुना दिया।

कृष्ण और बलराम आगे-आगे चलते हुए पहाड़ी की दूसरी ओर नीचे उतर गये, जैसे वे इस क्षेत्र से भली-भाँति परिचित हों। दुर्ग की प्राचीर के साथ लगते हुए, मकानों जैसे मनुष्यों के कुछ आवास थे, किन्तु उस बस्ती का क्षेत्रफल तथा मकानों की संख्या तो पाण्डवों के लिए और भी निराशाजनक थी। कहाँ हस्तिनापुर जैसा

सुविशाल, विस्तृत, समृद्ध तथा सघन नगर और कहाँ वनवासियों के दस-पाँच घरों जैसा आवासीय क्षेत्र...यह उनके पूर्वजों की कीर्ति कहने वाली, एक साम्राज्य की राजधानी थी?...

पर किसी ने भी कुछ कहा नहीं। वे लोग चुपचाप आगे बढ़ते चले गये।

वे लोग बस्ती के निकट पहुँचे तो विभिन्न मकानों से कुछ घबराए हुए स्त्री-पुरुष बाहर निकल आये। उन्होंने अपने बच्चों को अपने साथ इस प्रकार चिपका रखा था, जैसे उन्हें भय हो कि कहीं कोई उनके बच्चों को उनसे छीन ही न ले।...

भीम शेष लोगों से आगे बढ़ आया और उच्च स्वर में पुकार कर बोला, "पाण्डु-पुत्र, महाराज युधिष्ठिर अपने प्रजा-जन को अभय देते हैं। वह अपनी प्रजा से मिलने तथा उनका कुशल-क्षेम पूछने आये हैं। और जो लोग अपने घरों में हों, उन्हें भी बुला लो। तुम्हें कोई असुविधा हो, राजपुरुषों के व्यवहार में कोई अनुचित बात हो तो निर्भय हो कर अपने राजा से कहो। वे तुम्हारी रक्षा करेंगे।"

युधिष्ठिर ने स्पष्ट देखा कि भीम की घोषणा से उपस्थित लोगों के चेहरे पर प्रसन्नता के स्थान पर आश्चर्य का भाव उभरा था।

"पर महाराज! यहाँ तो न कोई शासन है, न राजपुरुष।" एक वृद्ध ने हताशा भाव से कहा, "यह तो मैं अपने जीवन में पहली बार सुन रहा हूँ कि हम किसी राजा की प्रजा हैं। हाँ! मैंने अपने पिता और पितामह से अवश्य सुना था कि कभी यहाँ कौरवों का राज्य हुआ करता था। राजा और राजपुरुष थे, प्रासाद और सभाएँ थीं।...किन्तु मैंने तो अपने जीवन में दस्यु देखे हैं, राजपुरुष तो कभी कोई आया ही नहीं।"

"क्या यहाँ दस्यु बहुत आते हैं?" युधिष्ठिर ने पूछा।

"वे ही आते हैं महाराज।" वृद्ध बोला, "जहाँ न कृषि हो, न व्यापार, न कोई उद्योग...जहाँ कोई आजीविका ही न हो, वहाँ प्रजा से कर उगाहने के लिए कोई राजपुरुष भी आयेगा, तो दस्यु का ही रूप धारण करेगा। जो कोई भी ग्राम में आता है, चाहे वह राजपुरुष हो, दस्यु हो, कोई तपस्वी हो अथवा यात्री...उसके ठहरने और खाने-पीने की व्यवस्था तो ग्रामवासियों को करनी ही पड़ती है। इतना भी न कर पाओ तो कोई शाप देता है, कोई कशा फटकारने लगता है, तो कोई लूट-पाट मचाने लगता है। उसमें बाधा दो तो वह खड्ग निकाल लेता है। कुछ नहीं मिलता तो स्त्री-धन और गोधन को ही हाँकने लगता है...।"

"तो फिर लोग यहाँ कैसे रहते हैं?" अर्जुन ने पूछा।

"रहते ही कितने लोग हैं।" वृद्ध ने उत्तर दिया, "एक-एक कर सब लोग खाण्डवप्रस्थ का त्याग करते जा रहे हैं। कोई नया घर बसता तो है नहीं, सब पुराने उजड़ रहे हैं।"

"घर छोड़ कर लोग कहाँ जाते हैं?"

"जिसके पग जिधर उठ जाते हैं, वह उधर ही चल देता है।" वृद्ध बोला, "कोई

दस्युओं से बचने के लिए वन में भाग गया है और कोई दस्यु बनने के लिए वन में चला गया है।"

"पर लोग कोई काम क्यों नहीं करते?" नकुल ने आगे बढ़ कर पूछा, "यमुना का तट है। जल का अभाव नहीं है। अच्छी खेती हो सकती है। जल-परिवहन का विकास हो सकता है। यात्रियों के लिए सुविधाएँ जुटाई जायें तो व्यापार भी हो सकता है।..."

"आप ठीक कहते हैं राजकुमार।" वृद्ध ने समर्थन की ओट में विरोध किया, "जहाँ सुशासन नहीं होता, वहाँ उर्वर भूमि बंजर हो जाती है और विशाल-से-विशाल नदी का जल सूख जाता है।" उसने अपनी आँखों पर हथेली की ओट दे कर अपने सामने खड़े लोगों को ध्यान से देखा, "लोग कहते हैं कि इन्द्र वर्षा करता है, सूर्य अन्न को पकाता है, पवन नदी के जल को वेग देता है, पर यदि मेरे कथन को छोटा मुँह बड़ी बात न माना जाये तो कहना चाहूँगा कि कोई कुछ नहीं करता, जो कुछ करता है, सुशासन ही करता है। देश में सुशासन न हो, तो न समय से वर्षा होती है, न धूप में प्रखरता आती है, न नदी का जल बहता है और न उस पर नौका तैरती है।"

"आप ठीक कहते हैं आर्य।" कृष्ण ने उसका समर्थन किया, "सुशासन न हो तो वर्षा जल-प्लावन बन जाती है, गोरस बच्चों के उदर में जाने के स्थान पर रानियों के स्नान-सरोवर में पहुँच जाता है, और अन्न पक कर प्रजा का खाद्य बनने के स्थान पर पकने से पहले ही पशुओं का चारा बन जाता है।" कृष्ण ने रुक कर उसे देखा, "इसीलिए अब महाराज युधिष्ठिर और उनके भाई, ये पाण्डव राजकुमार यहाँ आये हैं कि यहाँ की अराजकता को दूर कर यहाँ सुशासन स्थापित करें। आप निश्चिन्त रहें आर्य! अब इस क्षेत्र में धर्म-राज्य स्थापित होगा।"

वृद्ध कुछ कहता, उससे पूर्व ही युधिष्ठिर ने कहा, "आप सबसे कह दें कि जो प्रजा-जन धर्म-राज्य के अधीन रहना चाहते हैं, उनकी सुरक्षा का दायित्व हमारा है। हम प्रजा की रक्षा ही नहीं, उसका पालन भी करेंगे। जो कृषि करना चाहेगा, उसकी भूमि तथा उपज की रक्षा की जायेगी, पशुपालकों के गोधन की पूरी रक्षा होगी, व्यापारियों को निष्कंटक मार्ग प्रदान किये जायेंगे। श्रमिकों को उचित पारिश्रमिक दिलाया जायेगा तथा धन के विनिमय इत्यादि में वचन का पालन करवाया जायेगा।..."

"यह सब आप कैसे करेंगे महाराज!" वृद्ध व्यग्रता से बोला, "कोई दस्यु आपकी सभा में तो उपस्थित होगा नहीं। आपके दण्डधर उन्हें उनकी गुफाओं, कन्दराओं, सघन-वनाश्रयों तथा नदी के कछारों से पकड़ कर लाने से रहे। और जिस किसी एकाध को आप पकड़ मँगवायेंगे, वह या तो स्वयं किसी बड़े आदमी के कुल-गोत्र का व्यक्ति निकल आयेगा, या फिर उसकी रक्षा के लिए कोई राजा, महापुरुष, सेनापति अथवा देवता आ खड़ा होगा। किसी अपराधी को किसी महापुरुष का

संरक्षण प्राप्त है, किसी-को-किसी का। समर्थ लोगों ने अपने-अपने दस्यु पाल रखे हैं। हमारा नगर तो अपराधी सेनाओं की छावनी बन गया है महाराज। इन सबसे कैसे निबटेंगे आप?"

वृद्ध की चिन्ताओं ने युधिष्ठिर के मर्म को प्रभावित किया : अराजकता से जन-सामान्य कितना कष्ट उठाता है...और यह सब हो रहा है उस क्षेत्र में, जिसे कौरवों का साम्राज्य कहा जाता है।...एक ओर युधिष्ठिर का मन पीड़ित हुआ और दूसरी ओर जैसे वह धृतराष्ट्र का कृतज्ञ हो उठा...पितृव्य ने अपनी ओर से पाण्डवों को यह निष्कासन न दिया होता, तो युधिष्ठिर कैसे जान पाता कि उसकी अपनी नाक तले क्या-क्या हो रहा है।...

"आप निश्चिन्त रहें आर्य।" युधिष्ठिर के स्वर में संकल्प की दृढ़ता थी, "यहाँ धर्म-राज्य स्थापित होगा और दुष्टों का दलन होगा। दुष्ट-दलन क्षत्रिय राजा का प्रथम कर्तव्य है।"

"वह तो ठीक है महाराज!" वृद्ध अपने स्थान पर अडिग रहा, "किन्तु वे दुष्ट कोई साधारण जन तो हैं नहीं। बड़े-बड़े लोग हैं।"

"कौन लोग हैं?"

"नहीं बता सकता। एक बार उन्हें पता चला गया कि मैंने किसी का नाम लिया है तो फिर मेरी रक्षा कौन करेगा।" वृद्ध धीरे-से बोला, "अब तक जो कुछ कह गया, वही पर्याप्त है। अब और बाध्य न करें।"

वृद्ध ने हाथ जोड़ कर माथे से लगाए और चल पड़ा। युधिष्ठिर समझ नहीं पाये कि वह उसका अभिवादन था, अथवा वितृष्णा-प्रदर्शन। उनकी आँखें वृद्ध का पीछा करती रहीं, किन्तु वृद्ध ने एक बार भी पलट कर नहीं देखा। जब वह कुछ दूर निकल गया तो ग्राम के अन्य लोग भी चुपचाप उसके पीछे चले गये।

"चलिये महाराज!" कृष्ण ने युधिष्ठिर से कहा, "नगर आप देख चुके, प्रजा का साक्षात्कार हो चुका। अब आप समझ गये होंगे कि आपके पितृव्य ने आपको कौरवों की प्राचीन राजधानी क्यों प्रदान की है।..."

"तुम्हें यह सब पहले से ही ज्ञात था माधव?" अर्जुन के स्वर में जिज्ञासा भी थी और प्रतिवाद भी।

"ज्ञात तो नहीं था, किन्तु आभास था।" कृष्ण ने स्वीकार किया।

"तो फिर तुमने इसका विरोध क्यों नहीं किया?"

"प्रजा के हित में।" कृष्ण के चेहरे पर लीलामयी मुस्कान थी, "पाण्डव यहाँ न आते तो इन लोगों का हित कैसे होता?"

"इनका हित तो हम हस्तिनापुर में बैठे भी साध सकते थे।" भीम बोला, "एक सैनिक अभियान में ये सारे चोर और दस्यु समाप्त कर दिए जाते।"

"सिंहासन पर बैठे-बैठे कोई राजा प्रजा का हित नहीं साध सकता मध्यम!" कृष्ण के स्वर में एक असाधारण अनुगूँज थी, "उसके लिए राजा को प्रजा के दुख-सुख में उसके साथ जीना और मरना पड़ता है।"

पाण्डवों ने अभी भोजन समाप्त ही किया था कि उन्हें समाचार मिला कि महर्षि वेद व्यास पधारे हैं।

युधिष्ठिर के मन में उत्साह का ज्वार जैसा उठ आया। उसने किसी से कहा नहीं था, किन्तु उसके मन में बार-बार यह बात कौंध रही थी कि वे लोग सदा के लिए हस्तिनापुर छोड़ आये हैं। शब्दों में किसी ने भी अभिव्यक्त नहीं किया, किन्तु कोई भी स्पष्ट देख सकता था कि राज्य का ही बँटवारा नहीं हुआ था, परिवार का भी बँटवारा हो गया था, और इस बँटवारे में परिवार के सारे ही वृद्ध-जन दुर्योधन के भाग में आये थे। धृतराष्ट्र और गान्धारी को तो दुर्योधन के पास रहना ही था, किन्तु पितामह भीष्म, आचार्य द्रोण, विदुर काका, कृपाचार्य, पितामह बाह्लीक, सोमदत्त...सब लोग हस्तिनापुर में ही रह रहे थे।...वैसे वे लोग इस बीहड़ वन में आ कर करते भी क्या?...अपने स्नेहवश अथवा युधिष्ठिर के आग्रहवश यदि उनमें से कोई पाण्डवों के साथ आ ही जाता तो युधिष्ठिर उनके सुख से रहने के लिए कौन-सी सुविधाएँ जुटा सकते थे? उसके पास था ही क्या?...पर क्या वह सम्बन्ध प्रेम के नहीं, सुख-सुविधाओं के ही हैं? जिसके पास सुख-सुविधाएँ नहीं हैं, उसके परिवार का कोई वृद्ध उससे कोई सम्बन्ध ही नहीं रखेगा? पाण्डवों के साथ केवल उनकी माँ आयी हैं। इसका अर्थ हुआ कि केवल वह ही उनकी अपनी हैं।...विदुर काका के विषय में सोचा ऐसा भी नहीं जा सकता...किन्तु वे भी नहीं आये...

सहसा युधिष्ठिर सजग हो उठे : वह यह सब क्या सोच रहे हैं? महर्षि के आने पर उनका स्वागत करने के स्थान पर वे अन्य कुल-वृद्धों के प्रति अपने मन में आक्रोश संचित कर रहे हैं।... अपनी माँ के प्रति तो उनका भाव ही कुछ और है। उन्हें वे स्वयं से पृथक कर देखते ही नहीं। जब से युधिष्ठिर को स्मरण है...माँ उनके साथ ही रही हैं। पर्वतों पर, वन में, हस्तिनापुर के उस पुरातन खँडहर में, वारणावत के शिव-भवन में, हिडिम्ब वन में, एकचक्रा में ब्राह्मण के घर में, काम्पिल्य में कुम्भकार के घर में। ...माँ को तो उनके साथ रहना ही है...वे जहाँ भी रहें, जैसे भी रहें।...द्रौपदी के विषय में थोड़ी-सी चिन्ता थी युधिष्ठिर को, किन्तु उसने स्वयं ही स्पष्ट कर दिया था कि उसने तो भिक्षोपजीवी तपस्वी के कण्ठ में जयमाला डाली थी। उसने स्वयंवर के पश्चात पहली रात कुम्भकार के घर में भूमि पर उनके चरणों की ओर सो कर व्यतीत की थी।...कृष्ण और बलराम उनके साथ आये थे, किन्तु उनकी सुविधा का ध्यान युधिष्ठिर क्या रखते, वे तो स्वयं ही युधिष्ठिर के लिए सुविधाओं का प्रबन्ध करने में लगे हुए थे।...

सबको आशीर्वाद दे कर महर्षि बैठे तो युधिष्ठिर से रहा नहीं गया। उसने पूछ ही लिया, "हस्तिनापुर में सब कुशल तो हैं न?"

महर्षि ने निर्विकार ढंग से युधिष्ठिर की ओर देखा और फिर मुस्कुरा पड़े, "जिस प्रकार बुद्धि और विवेक को निष्कासित कर कोई व्यक्ति, तथा धर्म और न्याय को निष्कासित कर कोई समाज सुखी नहीं हो सकता, उसी प्रकार तुम्हें निष्कासित कर कोई परिवार, समाज अथवा राज्य सकुशल नहीं रह सकता।"

"महर्षि!" युधिष्ठिर का स्वर अतिरिक्त रूप से गम्भीर था, "जिनकी कुशलता का ध्यान रखने के लिए पितामह भीष्म, आचार्य द्रोण, कृपाचार्य और काका विदुर हस्तिनापुर में बैठे हैं...उनकी कुशलता में किसी को क्या सन्देह हो सकता है?"

"तुमने ठीक कहा वत्स!" व्यास बोले, "किन्तु तुम भूल गये कि वासुदेव कृष्ण उनके साथ नहीं हैं।"

"पितामह! क्या आपको नहीं लगता कि इस प्रकार की सारी बातें मात्र बौद्धिक विलास हैं।" भीम का स्वर पर्याप्त उग्र था, "हमें हस्तिनापुर से निष्कासित कर दुर्योधन को क्या हानि हुई? उसे राज्य मिला, धन-सम्पत्ति मिली। सुख-भोग, वैभव-विलास मिला। सुख क्या इन सबके बाहर है। मुझे तो कभी-कभी लगता है कि व्यक्ति पाप से ही सुखी हो सकता है, क्योंकि जीवन की सफलता तथा धन-सम्पत्ति अधर्मपूर्वक अधिक सरलता से प्राप्त होती है, और सुख और सफलता का सम्बन्ध धन-सम्पत्ति से ही है।"

"अधिकांश लोग तुम्हारे ही समान सोचते हैं भीम।" महर्षि ने सहज भाव से उत्तर दिया, "कदाचित कहना यह चाहिए कि शायद सामान्य मानव की सोचने की स्वाभाविक पद्धति यही है।"

"तो इसमें अनुचित ही क्या है?" भीम ने तत्काल पूछा।

"इसमें अनुचित कुछ नहीं है।" व्यास मुस्कुराये, "यह मात्र भ्रम है, जैसे जल में प्रतिबिम्ब देख कर बालक सोच लेता है कि चन्द्रमा उस जल के भीतर है। यह बालक का सत्य है पुत्र! जब तक उसका भ्रम टूटता नहीं, तब तक वही उसका सत्य है।"

"किन्तु जो कुछ मैंने कहा, उसमें भ्रम क्या है?" भीम बोला, "वह घोर यथार्थ है। उसे आप भी देख रहे हैं और मैं भी।"

व्यास कुछ देर तक भीम को चुपचाप देखते रहे और फिर धीरे-से बोले, "जीवन में अधिक सफल मैं हूँ या दुर्योधन?"

"आप हैं पितामह!"

"अधिक विकास मेरा हुआ है या दुर्योधन का?"

"आपका।"

"अधिक सुखी मैं हूँ या दुर्योधन?"

"आप हैं!"

"पर न तो मेरे पास धन-सम्पत्ति है, न वैभव-विलास, न राज्य है न सेना।" व्यास मुस्कुराये। उनकी दृष्टि भीम पर टिकी रही, किन्तु भीम ने कोई उत्तर नहीं दिया। व्यास धीरे-से बोले, "जीवन में प्राप्तव्य केवल एक है...मन की शुद्धता, आत्मा की निरवरणता और भौतिक बन्धनों से मुक्ति। सारा विकास, सारा सुख और सारी उपलब्धियाँ इसी में हैं? दुर्योधन ने जो कुछ किया है, क्या उससे उसका मन पहले की तुलना में कुछ अधिक शुद्ध हुआ है? क्या उसकी आत्मा पहले की तुलना में अधिक तमसाच्छन्न नहीं हुई? क्या वह सांसारिकता के बन्धनों में और अधिक नहीं बँधा है?" व्यास ने क्षण भर रुक कर उसको देखा, "प्रकृति के नियम बड़े विचित्र हैं पुत्र! वह भ्रम को प्रोत्साहित करती है, माया का प्रपंच रचती है। मनुष्य सोचता है कि वह अपने लिए सुख संचित कर रहा है, जबकि वह अपने लिए अनन्त यातना का सृजन कर रहा होता है।" वह निमिष भर रुके, "आकाश से वर्षा के रूप में जल की जो बूँद टपकती है, वह जल का शुद्धतम रूप है। पृथ्वी पर वह अपनी यात्रा में पुष्प की पंखुड़ी पर टपक कर, वहीं से अपने शुद्धतम रूप में सूर्य की किरणों के सहारे आकाश की ओर लौट सकती है किन्तु वह पृथ्वी के विभिन्न प्रकार के मलों को अपने भीतर संचित कर यह कल्पना भी कर सकती है कि वह अत्यन्त समृद्ध है, अपनी इच्छानुसार सम्पत्ति एकत्रित करने से उसे कोई नहीं रोक रहा। उसे यह स्मरण नहीं रहता कि उसे आकाश में लौटना भी है, और यह तब तक सम्भव नहीं होगा, जब तक वह पुनः अपने उसी मौलिक शुद्ध रूप को प्राप्त न कर ले। जब तक वह अपने भीतर समाए मल के अन्तिम कण तक को निष्कासित न कर ले। जब तक वह अपने आपको अपनी मूल प्रकृति के समान शुद्ध नहीं कर लेगी, उसे इसी प्रकार पृथ्वी के मल के बीच भटकना होगा।...वही स्थिति आत्मा की है पुत्र। आसक्ति से अधर्म की वृद्धि होती है और अर्जन से आसक्ति बढ़ती है। उपलब्धियों से अहंकार की वृद्धि होती है। अधर्म हो, आसक्ति हो अथवा अहंकार हो...ये सब तो सुख के साधन नहीं हो सकते पुत्र! क्योंकि ये तुम्हें शान्ति नहीं दे सकते।" व्यास ने रुक कर सब पर एक दृष्टि डाली, "तुम सुखी हो, क्योंकि तुमने अधर्म का पक्ष नहीं लिया, तुम सुखी हो क्योंकि तुममें आसक्ति नहीं है, अन्यथा प्राण रहते तुम लोग हस्तिनापुर नहीं छोड़ सकते थे। तुम्हारा मन निर्मल और शान्त है क्योंकि उसमें अहंकार का ताप नहीं है। इसलिए यह मत सोचो कि दुर्योधन अधर्म करके भी सुखी है। उसने अपने लिए जाने कितने यातनामय एवं पश्चात्तापपूर्ण भावी जन्मों की नियति रच डाली है। और इस जीवन में हस्तिनापुर की सारी सम्पत्ति ले कर भी वह सुखी नहीं होगा। वह तुम्हारी उन्नति देख कर ईर्ष्याग्नि में जलता रहेगा। उसकी स्थिति उस व्यक्ति की-सी है, जो अपने सामने भोजन से भरे थाल को लिए बैठा रहेगा, किन्तु उसे खाकर तृप्त होने के स्थान पर, वह दूसरे व्यक्ति को भोजन करते देख यह सोच-सोच कर पीड़ित होता रहेगा, कि उस व्यक्ति को भोजन मिला

ही क्यों।" महर्षि ने अपनी आँखें बन्द कर लीं, "सुख अर्जन में नहीं विसर्जन में है पुत्र। भोग में नहीं त्याग में है, विनाश में नहीं निर्माण में है। तुम लोग यहाँ पहले एक नगरी का निर्माण करो, जो तुम्हारी राजधानी हो। ध्यान रहे कि तुम्हारी इस नगरी का निर्माण निर्धनों और असहायों के रक्त से नहीं, उनके रक्षण से हो। तुम धर्म की रक्षा करो, धर्म तुम्हारी रक्षा करेगा।" व्यास रुके जैसे सब कुछ कह चुके हों, किन्तु क्षण भर में ही पुनः बोले, "और पुत्र! इस निर्माण से तुम्हारा अहंकार न जागे। नगरी का नाम अपने नाम पर मत रखना, किसी भी मनुष्य के नाम पर मत रखो। इसे देवताओं को समर्पित कर दो। चाहो तो देवराज के नाम पर ही इसका नाम इन्द्रप्रस्थ रख लो।"

युधिष्ठिर की दृष्टि कृष्ण की ओर उठी, कृष्ण के चेहरे पर सहज हास और स्वीकृति का भाव था।

"ठीक है पितामह! जैसी आपकी इच्छा।" युधिष्ठिर बोले।

"क्यों? इन्द्र के नाम पर क्यों?" भीम बोला, "इन्द्र ने क्या किया है हमारे लिए, कि हम अपने बसाए नगर का नाम इन्द्र पर रख दें?"

महर्षि ने भीम के विरोधपूर्ण मुख को निहारा और जैसे उसे बहलाते हुए बोले, "जो अतीत में काम नहीं आया, वह भविष्य में भी काम नहीं आयेगा, ऐसा क्यों सोचते हो पुत्र। जो तुम्हारा मित्र नहीं रहा, वह मित्र होगा भी नहीं...ऐसा नहीं मानना चाहिए।" महर्षि उठ खड़े हुए, "मैं वन में एकान्तवास करूँगा, मेरी चिन्ता मत करना। तुम लोग अपनी सुरक्षा का प्रबन्ध करो और भोजन की व्यवस्था।" उनकी दृष्टि घूम कर कृष्ण पर टिक गयी, "गोविन्द तुम्हारे साथ हैं, तो तुम्हें चिन्ता किस बात की?"

महर्षि चले गये।

38

"आइये देव विश्वकर्मा!" युधिष्ठिर ने स्नेह और सम्मानपूर्वक कहा, "अपने प्रासाद में आपका स्वागत कर मुझे अधिक प्रसन्नता होती, किन्तु विधि ने हमें यह अवसर ही नहीं दिया।"

"आपको इस प्रकार संकुचित होने की कोई आवश्यकता नहीं महाराज!" विश्वकर्मा का स्वर भी अत्यन्त विनीत था, "यह विधान मेरे लिए ही है, कि मेरा स्वागत सपाट धरती पर हो और प्रासादों का निर्माण हो जाये तो मुझे आग्रहपूर्वक विदा कर दिया जाये। जिनके प्रासाद बन जाते हैं, उन्हें मेरी स्मृति परेशान नहीं करती।"

"बेघरों को घर देने का पुण्य विधाता ने आपके ही भाग्य में डाला है देव! तो आपका स्मरण ही नहीं स्वागत भी हम जैसे लोग ही तो करेंगे, जो अपने सिर पर

एक छत की प्रतीक्षा में आकाश के नीचे पड़े हैं।" युधिष्ठिर ने हाथ जोड़ कर स्वागत किया, "आप पधारिए, और हमें सनाथ कीजिए।"

"विश्वकर्मन!" वेदव्यास ने अपनी गम्भीर वाणी में कहा, "आपको यहाँ भेज कर देवराज इन्द्र ने हम सब पर बहुत कृपा की है। वैसे तो एक प्राचीन हवेली इन पाण्डवों के पूर्वजों के प्रताप से यहाँ सुरक्षित है, जिसमें ये सतोगुणी, तपस्वी राजकुमार निवास कर सकते हैं और उससे सन्तुष्ट भी रह सकते हैं।...किन्तु देव! वह राजाओं के निवास के लिए उपयुक्त नहीं है। राजप्रासाद मात्र राजा का निवास ही नहीं है, वह राज-व्यवस्था का केन्द्र भी है। इसीलिए उसे राजा के गौरव के अनुकूल होना चाहिए। यही कारण है कि हमने देवराज इन्द्र से उसके निर्माण के लिए सहायता माँगी थी। देवराज ने आपको भेज कर हम पर कृपा की है। हम उसके लिए उनके और आपके आभारी हैं। अब यह आपकी कृपा पर निर्भर है कि आप कब तक इन राजकुमारों के लिए उपयुक्त प्रासाद और सैनिकों और नागरिकों के लिए एक सुन्दर, सुरक्षित और सुविधाजनक नगर का निर्माण कर देते हैं।"

विश्वकर्मा गम्भीर हो गये। लगा कि कुछ बोलने से पहले उन्हें भावों को सुव्यवस्थित करने अथवा शब्दों के चयन की आवश्यकता आ पड़ी है। वह बोले तो उनका स्वर मन्थर तथा सावधान था, "महाराज! यदि देवराज कोई कूटनीतिक सन्देश भेजना चाहते तो निश्चित रूप से उन्होंने अपना कोई विशेष दूत भेजा होता। उन्होंने मुझे आने का आदेश दिया है, इसका कहीं यह अभिप्राय है कि वह कूटनीति को बीच में आने देना नहीं चाहते। मैं कलाकार हूँ, अतः सत्य को सजा-सँवार तो सकता हूँ किन्तु उसे छुपाने में सहायक नहीं हो सकता। अतः देवराज की इच्छा को यदि मैं स्पष्ट तथा प्रत्यक्ष कह दूँ, तो आप उसे मेरी असावधानी तो नहीं मानेंगे।"

"नहीं ! देव विश्वकर्मा! आप स्पष्ट शब्दों में देवराज की इच्छा हमें बता दें। हमारे लिए तो यह और भी सुगम हो जायेगा।" युधिष्ठिर ने कहा, "सत्य सदा ही छद्म से अधिक स्पृहणीय है, चाहे वह कितना ही अनलंकृत क्यों न हो।"

"देवराज इन्द्र ने कहा है कि खाण्डवप्रस्थ पर कुरु के वंशज के रूप में युधिष्ठिर का अधिकार स्वीकार करने में उन्हें कोई अपत्ति नहीं है, किन्तु यदि महाराज युधिष्ठिर देवराज का स्नेह और सौहार्द चाहते हैं तो वह खाण्डव-वन को यथावत रहने दें, अपने नगर की सीमाएँ खाण्डव-वन से दूर ही रखें। उनके पूर्वज भी यही करते आये हैं।"

"हमने इन्द्र से महाराज युधिष्ठिर के राज्य की मान्यता माँगी थी क्या?" भीम उठ खड़ा हुआ, "यहाँ सदा से कौरवों का राज्य रहा है। अब भी है। यह कौरवों की प्राचीन राजधानी है, और इसे इसी रूप में स्वीकार कर हम यहाँ वास करने के लिए आये हैं। निर्माण-कार्य में सहायता के बहाने यह राजनीतिक वार्ता क्यों?"

"इसीलिए मैंने कहा था कि मुझे सत्य को उसके अनावृत और अनलंकृत रूप में कहने की अनुमति दी जाये।" विश्वकर्मा ने अब भी कोमल स्वर में कहा।

"आप अपनी बात कहें, देव विश्वकर्मा!" कृष्ण ने भी उतने ही विनीत और कोमल स्वर में उत्तर दिया, "उसमें किसी प्रकार की कोई बाधा नहीं है, किन्तु युवराज भीमसेन ने यदि अपना सत्य उतने ही सरल भाव से अनावृत और अनलंकृत रूप में कह दिया तो आपको भी विचलित नहीं होना चाहिए।"

"नहीं! मैं विचलित नहीं हूँ।" विश्वकर्मा हँस पड़े, "देवराज ने मुझे आदेश दिया है कि मैं जिस नगर का निर्माण करूँ, वह खाण्डव-वन को न छुए।" खाण्डव-वन का इसी प्रकार बने रहना उनके लिए बहुत आवश्यक है।"

"अर्थात महाराज युधिष्ठिर के राज्य के भीतर एक टुकड़े में वह अपना राज्य बनाये रखना चाहते हैं।" कृष्ण के अधरों पर अद्‌भुत मुस्कान थी।...

"नहीं। राज्य तो महाराज युधिष्ठिर का ही रहेगा, उस पर आधिपत्य भी उन्हीं का रहेगा, बस देवराज की इच्छा का सम्मान करते हुए, वह उसे ध्वस्त न करें।"

"उसे ध्वस्त करने का हमें कोई लाभ नहीं है।" युधिष्ठिर ने कहा, "नगर के निकट वन रहेगा, तो हमें लकड़ी, पत्तों तथा वनज-फलों तथा अन्य वस्तुओं की सुविधा भी रहेगी। वायु-मण्डल शुद्ध रहेगा। वर्षा अच्छी होगी। पशुओं के लिए गोचर भूमि तथा वनस्पति की सुविधा रहेगी।...नहीं। हमें खाण्डव-वन को नष्ट करने का कोई लाभ नहीं है। यह न होता तो कदाचित हमें अपने नगर के निकट एक वन उगाना पड़ता। हम खाण्डव-वन को इसी प्रकार बनाये रखेंगे।"

"खाण्डव-वन को बनाये रखने का महत्त्व मेरी समझ में आता है।" सहसा अर्जुन बोला, "किन्तु इन्द्र के लिए वह इतना महत्वूपर्ण क्यों है कि वह उसके लिए अन्य राजा के राज्य में भी हस्तक्षेप करने में संकोच नहीं करते?"

"अपने मन की तो इन्द्र स्वयं ही जानें।" विश्वकर्मा ने उत्तर दिया, "किन्तु उन्होंने कहा है कि पहले इसी खाण्डव-वन में भयंकर असुरों, दैत्यों और राक्षसों का निवास था। देवराज ने उन पर विजय पायी थी। यह उनका विजय-स्मारक है। इसलिए देवराज यह नहीं चाहते कि यह विजय-स्मारक नष्ट हो अथवा किसी अन्य के आधिपत्य में चला जाये।"

"अर्थात इसे वह अपनी सम्पत्ति मानते हैं?" भीम ने पूछा।

"नहीं! सम्पत्ति तो वह आपकी ही है। बस! देवराज के प्रति अपनी मैत्री का ध्यान रखते हुए, उनकी भावना और सम्मान में आप इस वन को नष्ट करने का प्रयत्न न करें।"

"देव विश्वकर्मा! महाराज युधिष्ठिर के वचन के पश्चात आपको किसी और आश्वस्ति की आवश्यकता तो नहीं होनी चाहिए," कृष्ण ने अपनी संगीतमयी वाणी में कहा, "किन्तु मैं भी सारे पाण्डवों की ओर से आपको वचन देता हूँ कि खाण्डव-वन को हमारी ओर से तब तक कोई हानि नहीं होगी, जब तक वह स्वयं ही हमारी क्षति न करने लग जाये।...और यह कहना तो आवश्यक नहीं है कि

खाण्डव-वन हमें क्षति पहुँचाएगा नहीं, इसलिए हम उसको ध्वस्त नहीं करेंगे।"

विश्वकर्मा को समझने में तनिक भी विलम्ब नहीं हुआ कि कृष्ण ने अपने एक वाक्य से चतुराईपूर्वक इन्द्र के आदेश को एक राजनीतिक सन्धि में बदल दिया है। इससे उनकी स्थिति इन्द्र के अधीन नहीं, उसके समकक्ष हो जाती है।...पर विश्वकर्मा को उससे क्या? वह पाण्डवों को माण्डलिक राजाओं के रूप में मान्यता देने तो आये नहीं थे।...और फिर यह अधीनता और स्वामित्व तो राजनीतिक अहंकार का पाखण्ड मात्र है, इससे विश्वकर्मा को क्या लेना-देना। वे तो आये हैं कि यदि पाण्डव देवराज की योजना के अनुसार अपना नगर बनवाना चाहें, तो विश्वकर्मा वैसे नगर का निर्माण कर दें...

"तो फिर ठीक है।" विश्वकर्मा ने कहा, "मैं नगर का निर्माण आरम्भ करता हूँ। मैं पहले प्राचीर नहीं बनाऊँगा। उससे श्रमिकों, लेपकों तथा वास्तुकारों के आवागमन तथा निर्माण-सामग्री लाने में बाधा होती है। वैसे भी जितना समय प्राचीर और उसके द्वारों के निर्माण में व्यय होगा, उतना ही आपके प्रासाद के निर्माण में विलम्ब होगा... मैं सबसे पहले आपके लिए प्रासाद का निर्माण कर देता हूँ, ताकि आपको निवास की कठिनाई न हो। बाद में अन्य भवनों, पथों, मार्गों, वाटिकाओं, तड़ागों इत्यादि का निर्माण होगा, और अन्त में प्राचीर तथा नगर द्वार बनाये जायेंगे।"

"ठीक है!" युधिष्ठिर सहमत हो गये, "वैसे प्राचीर बन जाती तो हमारा शिविर अपेक्षाकृत सुरक्षित हो जाता, बाहरी आक्रमणों को हम अपनी सैनिक शक्ति से रोक सकते..., साथ ही, आस-पास की बस्तियों और प्राचीन नगर के अवशेषों में जो लोग निवास कर रहे हैं, उन्हें हम सुरक्षित उस प्राचीर के भीतर बसा सकते, और आस-पास के दस्युओं अथवा अन्य सैनिक शक्तियों से उनकी रक्षा कर पाते।..."

"देवराज ने कहा है, उसकी आप चिन्ता न करें।" विश्वकर्मा ने उत्तर दिया, "मेरी, मेरे सहयोगियों की तथा हमारे निर्माण की रक्षा का दायित्व इन्द्र-सेना का है। हम अपना निर्माण-कार्य इन्द्र-ध्वज के अधीन करेंगे, इसलिए एक तो कोई हम पर आक्रमण करने का साहस नहीं करेगा और यदि कोई ऐसा करेगा, तो इन्द्र-सेना हमारी रक्षा कर लेगी।"

भीम अब स्पष्ट देख पा रहा था कि वासुदेव कृष्ण तथा महर्षि व्यास ने इन्द्र से निर्माण-कार्य में सहायता लेने का परामर्श क्यों दिया था। विरोधी बन जो उन पर आक्रमण कर रहे थे, अब वे ही उनके रक्षक हो गये थे। इससे सुविधा तो हुई थी, किन्तु पाण्डवों के पराक्रम और प्रतिष्ठा को धक्का लगा था। भीम को इससे कहीं अधिक प्रसन्नता होती यदि उसे इन्द्र-सेना पर आक्रमण करने की अनुमति दी गयी होती और उसके संरक्षण में उनकी अपनी राजधानी का निर्माण होता...

"मेरा विचार है कि हमारे प्रस्ताव के इस अंग से देवराज को अवश्य प्रसन्नता हुई होगी, कि हम खाण्डवप्रस्थ का नाम अब इन्द्रप्रस्थ रखना चाहते हैं।" व्यास बोले, "हमारे इस सौहार्द-प्रदर्शन के पश्चात देवराज को अपने मन में किसी प्रकार की शंका नहीं रखनी चाहिए।"

"नहीं! देवराज के मन में आपकी ओर से कोई आशंका नहीं है।" विश्वकर्मा पूर्णतः आश्वस्त लग रहे थे, "हम कल प्रातः से ही नगर के निर्माण का कार्य आरम्भ करते हैं। मैं इन्द्रप्रस्थ का निर्माण सामान्य रूप से एक अत्यन्त सुन्दर नगर के रूप में कर दूँगा, किन्तु यदि आपके मन के किसी विशेष प्रकार के भवन, क्षेत्र अथवा स्थान की कल्पना हो, तो मुझे बता दें, ताकि मैं उसका भी प्रावधान कर लूँ।"

कुछ देर तक वहाँ पूर्ण मौन छा गया। किसी ने अपनी कोई इच्छा प्रकट नहीं की।

"क्या आप लोगों के मन में अपने प्रासाद, अपने भवन और अपने नगर की कोई परिकल्पना नहीं है?" विश्वकर्मा ने कुछ आश्चर्य से पूछा।

"परिकल्पना क्यों नहीं है!" द्रौपदी बोली, "मेरे मन में अब भी काम्पिल्य बसा हुआ है। गंगा-तट का वह प्रासाद! जैसे देव-सरिता गंगा हमारे घर के आँगन में ही बहती हो। आँगन से गंगा-दर्शन, कक्षों के गवाक्षों से गंगा-दर्शन, अटारियों से गंगा-दर्शन... ।"

"मैं भी सोचता हूँ कि देव विश्वकर्मा! यमुना-तट पर एक विहार-भूमि अवश्य बनायी जाये। उसमें क्रीड़ा भवन भी हों...अनेक क्रीड़ा-भवन! कुछ ऐसी व्यवस्था कि हम जल-क्रीड़ा भी कर सकें, वन-क्रीड़ा भी कर सकें और भवनों में भी क्रीड़ा की व्यवस्था हो।..."

भीम को स्मरण हो आया, वह हिडिम्ब वन में भी सालकटंकटी के साथ बैठ कर अपनी कल्पना के नगर बसाया करता था...'कृषि के लिए बैलों की आवश्यकता होगी, इसलिए हम गोशालाएँ बनायेंगे। गोशालाओं के निकट गोपालों की बस्तियाँ बसायेंगे। हम कंदराओं और गुफाओं में नहीं रहेंगे। अपने रहने के लिए भवन बनायेंगे, प्रासाद बनायेंगे। उसके निर्माण के लिए हम वास्तुकारों को बसायेंगे। भवन-निर्माण की सामग्री तैयार करने वाले श्रमिकों की भी हमें आवश्यकता होगी। उनके रहने की व्यवस्था करनी होगी। इतने सारे लोग होंगे, तो उनकी आवश्यकताओं के लिए हाट भी बनेगा। व्यापारी भी आयेंगे। आने-जाने के लिए मार्ग भी बनेंगे।...यात्रा के लिए रथ और अश्वों की आवश्यकता भी होगी। फिर जब इतने लोग एकसाथ रहेंगे, तो उनकी सुरक्षा के लिए प्रहरी और सैनिक भी होंगे। शिष्य और गुरु भी होंगे, दुष्ट दलन और न्याय-पालन के लिए न्यायाधिकरण भी होंगे और न्यायपाल भी।...' किन्तु आज तो उसने इसमें से कोई एक बात भी नहीं कही थी...वह नगर हिडिम्बा के लिए था...और यह द्रौपदी के लिये। दोनों एक जैसे कैसे हो सकते हैं। द्रौपदी काम्पिल्य जैसे नगर की रहने वाली थी और

हिडिम्बा हिडिम्ब वन से कभी बाहर नहीं निकली थी...वह द्रौपदी के लिए हिडिम्बा के अनुकूल नगर कैसे बसा सकता था...

"ठीक है। वह हो जायेगा।" विश्वकर्मा ने भीम की ओर देखा, "मेरा अपना विचार है कि यमुना के जल के ही समान यमुना-तट का लाभ भी इन्द्रप्रस्थ के नागरिकों को खूब मिलना चाहिए।...वैसे भी यदि सरिता-तट का अपने मनोनुकूल विकास न कर लिया जाये, तो प्रवासी या अवांछनीय लोग अनियन्त्रित तथा अव्यवस्थित रूप में जहाँ-तहाँ बस जाते हैं और नगरवासियों को न तो सम्यक रूप से पेयजल मिल पाता है, न उनके नहाने के लिए उचित घाट बन पाते हैं...विहार-भूमि और क्रीड़ा-भवनों के लिए तो स्थान बचता ही नहीं है... ।"

"मेरी इच्छा है देव विश्वकर्मा।" युधिष्ठिर ने धीरे से कहा, "यदि आपके लिए बहुत असुविधाजनक न हो, तो किसी एकान्त स्थान पर एक गुरुकुल तथा उससे लगती हुई तपोभूमि की व्यवस्था अवश्य करें। धौम्य मुनि का आश्रम बन जायेगा तो समझिए कि भावी पीढ़ियों का विकास भी सुनिश्चित हो जायेगा। तपोभूमि के अभाव में इन्द्रप्रस्थ कहीं भोग-भूमि न हो जाये।"

"आवश्कता तो एक युद्धशाला की भी है।" अर्जुन ने धीरे से कहा, "किन्तु मैं चाहता हूँ कि मुनि धौम्य के आश्रम तथा महाराज युधिष्ठिर की तपोभूमि के अंग के रूप में ही यह युद्धशाला भी विकसित हो। शस्त्राभ्यास को भी साधना के रूप में स्वीकार किया जाये और वह धर्मपूर्ण आचरण से तनिक भी भिन्न न हो।...किन्तु ये बातें तो बाद की हैं। इस समय तो देव विश्वकर्मा इन स्थानों और उनके लिए उपयुक्त भवनों का निर्माण कर दें।"

"समझ गया!" विश्वकर्मा ने कहा, "मैं आपकी आवश्यकताओं और अपेक्षाओं के अनुरूप नगर का निर्माण कराता हूँ। मेरे सहयोगी वास्तुशिल्पी अपना कार्य पूरी दक्षता से करेंगे, किन्तु यदि आप अपनी ओर से कुछ लेपकों तथा श्रमिकों का प्रबन्ध कर दें तो कार्य में गति आ जायेगी। और नगर शीघ्र तैयार हो जायेगा।...एक बात और है।" विश्वकर्मा ने युधिष्ठिर की ओर देखा।

"आप निस्संकोच कहें देव!" युधिष्ठिर बोले।

"निर्माण-सामग्री का अभाव न हो, इसकी व्यवस्था आप कर दें। धन के अभाव में भी कार्य यदि रुकता है तो वास्तुकारों और वास्तु-शिल्पियों का ही नहीं लेपकों और श्रमिकों का भी उत्साह भंग होता है।"

"इसकी आप चिन्ता न करें।" कृष्ण का हास सारे परिवेश को गुँजा गया, "यह चेतावनी आप अपनी ओर से दे रहे हैं अथवा देवराज ने ही ऐसी कोई आशंका प्रकट की थी...?" कृष्ण ने रुक कर विश्वकर्मा की ओर देखा, किन्तु उन्हें बोलने का अवसर नहीं दिया गया, "मैं आपको इस प्रश्न का उत्तर देने के लिए बाध्य करना नहीं चाहता। मैं मान लेता हूँ कि ये दोनों ही बातें हो सकती हैं। इसलिए मैं

अपनी ओर से आपको आश्वस्त कर देना चाहता हूँ कि महाराज युधिष्ठिर के पास अपना पर्याप्त धन है, उन्हें पांचालराज द्रुपद का भी सहयोग है...और फिर यादवों का सारा धन किसके लिए है। आप इन्द्रप्रस्थ का निर्माण आरम्भ करें, आपको न सामग्री का अभाव होगा, न धन का।"

"मैं आश्वस्त हुआ वासुदेव! अब मुझे किसी प्रकार का संशय नहीं है।" विश्वकर्मा बोले, "देवलोक में कहा जाता है कि आपका वचन लक्ष्मीपति विष्णु से किसी भी प्रकार कम विश्वसनीय नहीं है।"

39

युधिष्ठिर को आशीर्वाद दे, कुन्ती एक आसन पर बैठ गयी, "पांचाली को भी बुला लो पुत्र। एक बात मेरे मन में आयी है, सोचती हूँ कि तुम लोगों से उसकी चर्चा कर ही लूँ।"

"चर्चा की क्या आवश्यकता है माँ! तुम आदेश करो। तुम्हारी इच्छा पूरी होगी।" युधिष्ठिर आ कर माँ के निकट बैठ गये।

"नहीं। ऐसी कोई इच्छा नहीं है, जिसके लिए आदेश करूँ।" कुन्ती ने उत्तर दिया, "वैसे तो एक बड़े भाई के रूप में तुम अपने छोटे भाइयों का पूरा-पूरा ध्यान रखते ही हो, फिर भी कुछ बातें ऐसी होती हैं, पुत्र! जो केवल जीवन के अनुभव से ही लक्ष्य की जा सकती हैं।...इसलिए सोचती हूँ कि तुम्हारा ध्यान उधर आकृष्ट करा दूँ। फिर जैसा तुम लोग उचित समझो।"

द्रौपदी ने आ कर कुन्ती को प्रणाम किया।

"सदा सुखी रहो पुत्री।" कुन्ती ने उसका माथा सूँघा, "मैं तुम्हें बुलाने के लिए कह ही रही थी। तुमसे कुछ कहना है।"

"आप किसी से कहलवा देतीं...।"

"क्यों? कहलवा क्यों देती?" कुन्ती बोली, "तुझे देखने का मन नहीं करता मेरा? तुझसे दो बातें करने की मेरी इच्छा नहीं होती?"

"ओ मेरी माँ!" द्रौपदी कुन्ती के कण्ठ से जा लगी, "कैसा अद्‌भुत भाग्य पाया है मैंने। आपकी जेठानी की बहुएँ सुनेंगी तो ईर्ष्या से ही मर जायेंगी...।"

"नहीं। ऐसी बात नहीं है कृष्णा।" कुन्ती ने सहज भाव से कहा, "गान्धारी को अपनी पुत्र-वधुएँ बहुत प्रिय हैं।...अच्छा सुनो।" कुन्ती ने द्रौपदी का हाथ, अपनी दोनों हथेलियों में थाम लिया, "महर्षि नारद तुम लोगों के लिए बहुत सुन्दर व्यवस्था कर गये हैं। कुछ आशंकाएँ मेरे मन में भी थीं, किन्तु मेरे पास उनका समाधान नहीं था। अब, जब उन्होंने यह व्यवस्था कर ही दी है तो नयी परिस्थितियों में कुछ भिन्न चिन्ताएँ उभरी हैं।"

"कहो माँ।"

"पुत्र! नियम अपने-आप में वरेण्य होते हैं, किन्तु यदि चाहो कि उनका समुचित पालन भी हो तो उन्हें व्यावहारिक भी बनाना चाहिए। नियम-पालन के मार्ग में जो व्यावहारिक कठिनाइयाँ हों, उन्हें दूर करना भी हमारा कर्त्तव्य है।"

"अपनी इच्छा कहो, माँ।"

"यदि किसी को एक क्षेत्र से निष्कासित किया जाये, तो उसके ठहरने के लिए कोई अन्य क्षेत्र भी तो बना देना चाहिए, अन्यथा वह व्यक्ति बाध्य हो कर नियम भंग करेगा और निषिद्ध क्षेत्र में प्रवेश करने का प्रयत्न करेगा।"

"ठीक है माँ। मैं समझ रहा हूँ।"

"पुत्र! पांचाली तुम पाँचों की पत्नी अवश्य है, किन्तु इस व्यवस्था के अन्तर्गत वह एक वर्ष के लिए तुममें से किसी एक भाई की ही पत्नी होगी, उस अवधि के लिए शेष चार भाई तो पत्नी-विहीन ही होंगे न। और जो एक पाण्डव एक वर्ष के लिए सपत्नीक होगा, वह अगले चार वर्षों के लिए पत्नी-विहीन जीवन व्यतीत करेगा..."

"हाँ माँ। यही स्थिति होगी।"

"ऐसे में क्या यह स्वीकार किया जा सकता है कि पाँचों पाण्डव समीचीन रूप से विवाहित हैं? क्या तुम पाँचों एक भरा-पूरा दाम्पत्य जीवन पा सकोगे, दाम्पत्य अपेक्षाओं को पूर्णतः तृप्त कर पाओगे?"

"नहीं। शायद नहीं।" युधिष्ठिर धीरे से बोले।

"ऐसे में क्या यह अच्छा नहीं है, कि तुम अपने तथा अपने छोटे भाइयों के एक-एक अतिरिक्त विवाह के विषय में सोचो, और उन्हें उसके लिए प्रेरित करो..."

द्रौपदी की दृष्टि कुन्ती के चेहरे पर चिपक गयी : ठीक ही तो कह रही हैं माँ। स्वयं द्रौपदी ने तो मान लिया था कि द्रौपदी का विवाह पाँचों पाण्डवों के साथ हुआ था, इसलिए वे विवाहित थे, किन्तु व्यवहारतः तो वे विवाहित नहीं थे...चार वर्षों तक द्रौपदी जिस पाण्डव के साथ सहवास नहीं करेगी, वह स्वयं को विवाहित कैसे मानेगा?

"इसलिए तुम्हें चाहिए कि सबसे पहले भीम को तुम विवाह के लिए प्रेरित करो।" कुन्ती ने द्रौपदी की ओर देखा, "क्यों कृष्णा! तुम्हें यह तो नहीं लगेगा कि मैं तुम्हारे साथ अन्याय कर रही हूँ?...अथवा तुम्हारे विरुद्ध कोई षड्यन्त्र रच रही हूँ?"

"नहीं माँ! यदि उनके विवाहों के आड़े आऊँ, तो मैं उनके साथ अन्याय करूँगी।" द्रौपदी अत्यन्त मधुर स्वर में बोली, "यह तो आपका ही अपने पुत्रों की असुविधा समझने वाला जागरूक मन है, जिसने हमें समय से चेता दिया, नहीं तो मैं पाण्डवों को विवाहित मान, अविवाहित का-सा जीवन व्यतीत करने को बाध्य करती रहती और उनकी पीड़ा कभी समझ नहीं पाती।"

"तू बहुत करुणामयी है पुत्री! तेरा मन उदार ईर्ष्याशून्य है, नहीं तो कौन-सी स्त्री 'सपत्नी' शब्द से ही विचलित नहीं हो जाती।" कुन्ती की वाणी ही नहीं आँखों में भी

स्नेह था, "तो पुत्र युधिष्ठिर! तुम भीम का ध्यान काशी की राजकुमारी बलन्धरा के स्वयंवर की ओर दिलाओ। सम्भव हो तो वहाँ जाने के लिए उसे प्रेरित भी करो।"

"हाँ! बलन्धरा के स्वयंवर की चर्चा मैंने भी सुनी है।" द्रौपदी बोली, "उसके लिए बल और पराक्रम को ही शुल्क रखा गया है।"

"मैं निश्चित रूप से तो नहीं कह सकती," कुन्ती ने कहा, "किन्तु मुझे लगता है कि काम्पिल्य में भीम द्वारा प्रदर्शित बल-पराक्रम से काशिराज अनभिज्ञ नहीं होंगे। उस पर भी यदि उन्होंने बल और पराक्रम को ही स्वयंवर का शुल्क रखा है, तो बहुत सम्भव है कि यह स्वयंवर भीम के लिए ही हो।"

"ठीक है माँ। उस स्वयंवर में भीम का ही जाना उचित है। उसका विवाह हो जाये फिर अर्जुन से भी चर्चा करूँगा..." युधिष्ठिर ने रुक कर माँ की ओर देखा, "वैसे मैंने सुना है कि शिवि नरेश गोवासन की पुत्री के स्वयंवर की भी तैयारियाँ चल रही हैं।..."

"तुम्हें यह समाचार भी मिला होगा कि मद्रदेश के एक राजा द्युतिमान की राजकुमारी विजया के विवाह की भी चर्चा हो रही है...।"

"माँ! विवाह योग्य राजकुमारियों का अन्वेषण करने के लिए तुमने अपना कोई गुप्तचर तो नियुक्त नहीं कर रखा?" युधिष्ठिर हँसे, "अपने गूढ़ पुरुषों के सारे तन्त्र के होते हुए भी मुझे ये सारी सूचनाएँ नहीं मिलतीं, जो तुम्हें अपने कक्ष में बैठे-बैठे स्वतः ही प्राप्त होती रहती हैं... ।"

"मैं पाँच पुत्रों की माँ हूँ युधिष्ठिर! जिसकी अभी केवल एक ही बहू आयी है, इसलिए ये सूचनाएँ स्वतः ही मेरे पास आ जाती हैं...।" कुन्ती रुकी, "किन्तु यदि धर्मराज युधिष्ठिर अपने गुप्तचरों से राजनीतिक महत्त्व की सूचनाएँ न मँगवा कर, विवाह-योग्य राजकुमारियों की सूचियाँ मँगवाएँगे, तो वे धर्मराज न रह कर विलासराज हो जायेंगे।...तुम अपने धर्म का निर्वाह करो पुत्र! मैं अपने धर्म का निर्वाह कर रही हूँ।"

तभी भीम ने आ कर प्रणाम किया, "अरे माँ! तुम यहाँ बैठी हो, मैं तो तुम्हारे भवन में गया था।"

"झूठा कहीं का।" कुन्ती ने लाड़ से उसकी पीठ पर थपकी दी, "मुझे यहाँ बैठे देख कर बातें बना रहा है।"

"नहीं माँ! चाहो तो अपनी दासियों को यहीं बुलवा कर अभी पूछ लो।" भीम की वाणी में प्रस्ताव के प्रति तनिक भी गम्भीरता का भाव नहीं था।

"लगता है कि मध्यम पाण्डव किसी विशिष्ट दासी के दर्शनों की योजना बना रहे हैं।" द्रौपदी मुस्कुराई।

"तुम सास-बहू तो एक से बढ़ कर एक हो।" भीम हँसा, "शब्दों से वह सूँघ लेती हो, जो किसी के मन में भी नहीं होता।"

"दासी क्यों, हम तेरे लिए राजकुमारी के दर्शनों का प्रबन्ध कर रहे हैं।..."

"कौन-सी राजकुमारी?"...

"आ यहाँ बैठ!" कुन्ती ने उसकी कलाई थाम कर कहा, "हम तीनों मिल कर तुम्हें काशी भेजने का षड्यन्त्र रच रहे हैं।"

"क्यों माँ? काशी जाकर क्या गंगाजल लाना है?" भीम हँसा।

"नहीं रे। गंगाजल लाने के लिए तो कोई साधारण व्यक्ति भी जा सकता है, उसके लिए महावीर को क्यों भेजा जायेगा।"

"वहाँ राजकुमारी बलन्धरा का स्वयंवर है भीम, जिसका शुल्क है, बल और पराक्रम।" युधिष्ठिर ने बताया, "अब बताओ, इस युग में सम्पूर्ण आर्यावर्त्त में भीम से बढ़ कर पराक्रमी और कौन है।...हम चाहते हैं कि तुम बलन्धरा को स्वयंवर में प्राप्त करो।"

भीम के नयनों में तत्काल प्रसन्नता की ज्योति जागी, किन्तु अगले ही क्षण उसकी दृष्टि द्रौपदी के चेहरे पर जा टिकी।...कहीं पांचाली ने बुरा तो नहीं माना?... पता नहीं धर्मराज को भी क्या सूझा कि ऐसी चर्चा पांचाली के सामने ही ले बैठे...

किन्तु न तो द्रौपदी ने अपनी ओर से कुछ कहा, न उसकी ओर देखा और न ही अपने गम्भीर चेहरे से किसी प्रकार का कोई भाव अभिव्यक्त होने दिया...

"माँ! तुम्हारी इच्छा पूरी करने का अर्थ है मातुल शल्य से भिड़न्त। बहुत सम्भव है, जरासन्ध भी आया हो।...और दुर्योधन तो होगा ही...।" भीम बोला, "और कोई...।"

"अरे तुम बलराम को भूल ही जाते हो।" कुन्ती ने जोड़ा।

"नहीं माँ। बलभद्र भैया की स्वयंवरों में तनिक भी रुचि नहीं है, वे रेवती भाभी से विवाह कर पूर्णतः तृप्त लगते हैं। हाँ युद्ध का प्रसंग हो तो बात और है।" भीम बोला, "पर मातुल के विषय में कुछ नहीं कहा जा सकता। लगता है कि राजकुमारियों में उनकी रुचि अब भी बनी हुई है।"

"अच्छा! है उसकी राजकुमारियों में रुचि तो?" कुन्ती ने कृत्रिम रोष जताया।

"अब मातुल की आकांक्षित कन्या को मैं जय कर ले आऊँ...यह धर्म तो नहीं है न! माता माद्री जीवित होती, तो ऐसा करने देतीं क्या?" भीम के चेहरे से तनिक भी पता नहीं लग रहा था कि वह मात्र परिहास कर रहा है, अथवा यह उसकी गम्भीर आपत्ति थी।

"तुमने द्रौपदी के स्वयंवर में यह सब क्यों नहीं सोचा?" कुन्ती ने मानो भीम की क्रीड़ा में सहयोग किया।

"पांचाली संकेत कर देती तो मैं मान लेता कि उसने निश्चय कर लिया है। मैं मातुल का विरोध वहाँ भी नहीं करता।" भीम हँस रहा था, "पांचाली ने कोई संकेत नहीं किया, तो मैं समझ गया कि मातुल का विरोध उसे भी अभीप्सित था।"

"मैंने तो यहाँ भी कोई संकेत नहीं किया है मध्यम!" द्रौपदी ने क्रीड़ामयी आँखों से उसकी ओर देखा, "आप इसका क्या अभिप्राय समझते हैं?"

"सम्भव है कि इसमें पांचाली की यह इच्छा निहित हो कि मध्यम पाण्डव काशी की राजकुमारी को स्वयंवर में प्राप्त कर, पांचाली की दासी बना कर इन्द्रप्रस्थ ले आये।" भीम धीरे से बोला, "पर यदि यह अभिप्राय न हो तो इसे मध्यम पाण्डव की बुद्धि का दोष माना जाये, उसकी आकांक्षाओं को लांछित न किया जाये।..."

"कृष्णा!" कुन्ती की तर्जनी, चिन्ता में अपने चिबुक पर आ लगी, "देख तो यह विशालकाय मध्यम पाण्डव तुझसे कितना भयभीत है।"

"मध्यम भयभीत नहीं हैं माँ। इतने कोमल हृदय हैं कि मेरी पीड़ा उनसे देखी नहीं जाती, इसलिए मुझे आहत नहीं करना चाहते।..." द्रौपदी बोली।

"तो बेटी! इसे बन्धन-मुक्त कर, ताकि यह काशी जा सके।" कुन्ती ने कहा, "नहीं तो यह अपने मातुल ही नहीं, अन्य प्रतियोगियों के विरुद्ध भी आचरण न करने के अनेक धर्मसंगत तर्क ढूँढ़ लाएगा।"

भीम ने अत्यन्त चाव से द्रौपदी की ओर देखा।

"मध्यम! जिस माता के पाँच पुत्र हों, उसके लिए एक पुत्रवधू पर्याप्त नहीं होती। अपने अग्रज और मुझे अपराधबोध से मुक्त करने के लिए, तुम बलन्धरा को प्राप्त करने का प्रयत्न करो।" द्रौपदी क्षण भर रुकी, "मैं मात्र माँ की इच्छा-पूर्ति के लिए ही यह नहीं कह रही, मेरी न्याय-बुद्धि का भी यही निश्चय है।"

भीम का असंमजस विलुप्त हो गया, "माँ! हमारे परिवार की परम्परा है कि काशी जाओ, तो वहाँ की सारी राजकुमारियों को प्राप्त करो...क्या मुझे भी यही आदेश है?"

"यह लड़का तो..." कुन्ती मुस्कुराई, "नहीं! तुम्हें केवल बलन्धरा को ही स्वयंवर में प्राप्त करना है। उसका हरण नहीं करना है।"

"ठीक है माँ। तुम्हारी आज्ञा का पालन होगा।"

40

कुन्ती ने भीम का माथा चूमा और पूछा, "तू स्वस्थ तो है पुत्र?"

"माँ! मैंने तो जिस-जिस मार्ग से यात्रा की, उस मार्ग के सारे राजाओं का स्वास्थ्य सुधरता गया।"

"अच्छा! उनका स्वास्थ्य कैसे सुधरा?" कुन्ती हँसी।

"किसी को लोभ का रोग था, उसका उपचार किया।" भीम ने उत्तर दिया, "किसी की पीठ मार खाने के लिए खुजला रही थी, उसकी खुजली मिटाई। कोई प्रजा की चीत्कार सुन नहीं पा रहा था, उसके कान साफ किये और उन्हें सुनने के योग्य बनाया। बहुत सेवा की है माँ! मैंने लोगों की।"

"अच्छा किया पुत्र!" कुन्ती ने उसकी पीठ पर हाथ फेरा, "निर्बल की सदा रक्षा करनी चाहिए।...तुम बलन्धरा से मिल आये?"

"नहीं माँ। पांचाली से भी नहीं।"

"जा! उनसे भेंट कर भोजन के लिए यहीं आ जा। मैंने तेरे लिए स्वादिष्ट भोजन बनवाया है।"

"और यदि बलन्धरा भी चूल्हा-चौका लिए काशी के पकवान बनाये बैठी हो, तो?"

"उसे कहना, उसका भी निमन्त्रण है। उसके हाथ का तो प्रतिदिन खाता ही है।"

"अच्छा माँ।"

भीम को देख, बलन्धरा ने अपना उल्लास तो पूरा जताया, किन्तु उसकी घबराहट भी छिपी नहीं रही।

"क्या बात है?"

"कुछ नहीं।" उसने आरती की थाली, साथ खड़ी दासी को पकड़ा दी, "मैंने सुना है कि श्रेष्ठियों ने आपके कार्य की बहुत प्रशंसा की है और महाराज से निवेदन किया है कि उनकी प्रत्येक यात्रा पर आपको उनके साथ भेजा जाये।"

"तुम्हें तो इन्द्रप्रस्थ की गूढ़ पुरुष-व्यवस्था की प्रमुख होना चाहिए प्रिये!" भीम ने उसे प्रशंसा भरी आँखों से निहारा, "मैं घर पहुँचा भी नहीं और वहाँ की सारी सूचनाएँ तुम तक पहुँच भी गयीं।"

"मैं आपसे कहे देती हूँ कि आप यह स्वीकार मत कीजिएगा।"

"क्या? व्यापारियों की प्रशंसा?"

"नहीं। उनकी योजना।"

"इस तिरस्कार का कारण?" भीम गम्भीर हो गया था।

"अरे तब तो आप सदा यात्रा पर ही रहेंगे और मैं आपकी प्रतीक्षा में सूखती रहूँगी।" बलन्धरा बोली, "और यदि जाना ही हो तो अन्य राजकुमार भी तो हैं। जोखिम वाले सारे काम आपको ही क्यों सौंपे जाते हैं?"

"ओह!" भीम ने उसे गम्भीर दृष्टि से देखा, "देखो। तुम यदि मुझे राजाज्ञाओं का पालन करने से रोकोगी अथवा मुझे अपने भाइयों के विरुद्ध उकसाओगी, तो मैं हिडिम्बा के पास चला जाऊँगा।..."

बलन्धरा भौचक खड़ी भीम को देखती रह गयी...यह हिडिम्बा कहाँ से आ गयी बीच में...और सहसा वह मुस्कुरा पड़ी, "अच्छा! हिडिम्बा के पास जा नहीं सकेंगे, तो उसे बुला लेंगे?"

"हाँ।"

"आपने हिडिम्बा को बुलाया और मैंने पांचाली को आमन्त्रित किया...।"

"अच्छा! रहने दो उन दोनों को।" भीम ने पुनः गम्भीरता का अभिनय किया, "आज तो हम दोनों को माँ ने भोजन के लिए आमन्त्रित किया है।..."

41

युधिष्ठिर को अर्जुन का सन्देश मिला तो वे चकित रह गये।...

अर्जुन द्वारका में था, यह उनके लिए सुखद समाचार था। वह सुभद्रा से विवाह करना चाहता था इसमें भी उन्हें कोई आपत्ति नहीं थी...किन्तु सुभद्रा-हरण?...ठीक है कि उन लोगों के वंश पृथक थे किन्तु कृष्ण के परिवार को युधिष्ठिर ने सदा अपना ही परिवार समझा था।...अपने परिवार में कन्या-हरण! यह उचित था क्या? ऐसे में कौन किसका विश्वास करेगा? अर्जुन को ऐसा कोई काम नहीं करना चाहिए, जिससे यादव अपने-आपको अपमानित अनुभव करें...किन्तु यादवों को भी तो कोई ऐसा काम नहीं करना चाहिए, जिससे पाण्डव स्वयं को उपेक्षित अनुभव करें...युधिष्ठिर ने कभी कल्पना भी नहीं की थी कि यादव उन्हें इतना हीन समझते हैं, कि अर्जुन जैसे पुरुष से वे अपनी कन्या का सम्बन्ध नहीं...और उनमें से भी स्वयं मातुल वसुदेव? ...पर यदि मातुल पहले से ही उनके विषय में अच्छी धारणा नहीं रखते,...और अब अर्जुन ने सुभद्रा का हरण किया तो मातुल के मन पर और गहरा आघात होगा, मातुल को बुरा लगा तो माँ को भी बुरा लगेगा। माँ...

युधिष्ठिर कुन्ती के पास पहुँचे, "माँ!" उन्होंने अर्जुन का पत्र आगे बढ़ा दिया।

कुन्ती ने पत्र पढ़ा। दो क्षण मौन रह कर विचार किया और निर्द्वन्द्व मन से स्पष्ट शब्दों में बोली, "अर्जुन को लिख दो, वह निर्भय हो कर सुभद्रा को ले आये। मुझे न सुभद्रा को पुत्र-वधू मानने में कोई आपत्ति है, न उसके हरण में।"

"किन्तु माँ! हरण जैसा नृशंस कार्य!" युधिष्ठिर बोले, "मातुल को अच्छा लगेगा क्या?"

"मातुल को अच्छा न लगने की भला इसमें क्या बात है?" कुन्ती के स्वर में कुछ कठोरता थी, "उन्हें सुभद्रा के लिए वर नहीं चाहिए क्या?"

"किन्तु उनकी इच्छा? सुभद्रा की इच्छा?"

"सुभद्रा की इच्छा नहीं होगी तो अर्जुन उसे इन्द्रप्रस्थ नहीं ला पायेगा।" कुन्ती पर्याप्त दृढ़ स्वर में बोली, "और यदि सुभद्रा को अर्जुन अपने पति के रूप में स्वीकार्य है, तो तुम्हारे मातुल की इच्छा-अनिच्छा का कोई महत्त्व नहीं रह जाता।"

"मैं अर्जुन की सहायता के लिए जाऊँ माँ?" भीम ने आतुरता से पूछा, "वह वहाँ अकेला है और यादवों के इतने महारथी और अतिरथी! कहीं...।"

"नहीं! यह पराक्रम अर्जुन को ही करने दो।" कुन्ती हँस पड़ी, "तुम्हारा क्या भरोसा है, अभी अर्जुन की सहायता करने जाओ और बाद में कहो कि तुमने और अर्जुन ने मिल कर सुभद्रा का हरण किया, इसलिए...।"

"माँ! तुम तो...।"

भीम कुछ और कहना चाहता था कि युधिष्ठिर बीच में ही बोले, "शायद तुमने

मातुल के पक्ष से विचार नहीं किया माँ! उनके मन में हमारा क्या सम्मान रह जायेगा?"

"पराक्रम से सम्मान बढ़ता है, कम नहीं होता।" कुन्ती बोली, "उसने ठीक लिखा है कि द्वारका के यादवों के मन में हमारे प्रति दया और सहानुभूति तो है, किन्तु सम्मान नहीं है। हमें वह सम्मान तो अर्जित करना ही पड़ेगा।"

"तुम क्या कहती हो पांचाली?" युधिष्ठिर ने पूछा।

द्रौपदी मुस्कुराई, "लोग अपनी पत्नियों से पूछ कर, राजकुमारियों का हरण नहीं करते।"

"फिर भी इस सन्दर्भ में तुम्हारा परामर्श क्या है?"

"उन्होंने अपने राजा की अनुमति माँगी है, ताकि सैनिक संघर्ष हो, तो राजा को ज्ञात हो कि उसका धर्म क्या है।" द्रौपदी अब भी पर्याप्त तटस्थ दिखायी दे रही थी।

"मैं तुमसे तुम्हारी व्यक्तिगत प्रतिक्रिया जानना चाहता हूँ।" युधिष्ठिर के स्वर में आग्रह था, "अर्जुन अपने साथ सुभद्रा जैसी पत्नी लायेगा, तो तुम्हें कैसा लगेगा?"

"बड़ी विचित्र स्थिति है क्षत्रिय-पत्नी की।" द्रौपदी गम्भीर ही नहीं, कुछ-कुछ अन्यमनस्क भी हो चुकी थी, "सपत्नी का कोई स्त्री स्वागत नहीं करती, किन्तु वीर-पत्नी अपने पति के पराक्रम में बाधा नहीं डालती...और मैं तो स्वयं पाँच पतियों की भार्या हूँ। मैं उन पर एकाधिकार की कल्पना भी कैसे कर सकती हूँ।"

42

चरण-स्पर्श कर प्रणाम करने के पश्चात सुभद्रा खड़ी हुई तो उसने कुन्ती की आँखों में उमड़ती हुई अथाह ममता को पहचाना। वहाँ अस्वीकार अथवा परीक्षण का एक कण भी नहीं था। वहाँ तो स्वीकृति-ही-स्वीकृति थी।

कुन्ती ने अपनी तर्जनी से उसके चिबुक को ऊपर उठाया और उसे प्रशंसापूर्ण दृष्टि से निहारती हुई बोली, "इस घर में तुम्हारा स्वागत है बहू! सम्बन्ध तो हमारा पहले भी था, किन्तु अब वह और भी प्रगाढ़ हो गया है। तुम मेरे उस भाई की पुत्री हो, जिसके साथ मैं बहुत रही नहीं। जिसे मैंने स्नेह के प्रमाण-स्वरूप कभी कुछ दिया नहीं है, किन्तु उसने सदा भाई के धर्म का निर्वाह किया है।...तुम उस कृष्ण की बहन हो, जो हमारा सबसे बड़ा सहायक है, हमारे राज्य का ही नहीं, हमारे जीवन का भी आधार है।" कुन्ती ने मौन हो कर उसे निहारा, "मेरे घर में एक-से-एक सुन्दर पुत्रवधू आयी हैं सुभद्रे! किन्तु तुम-तो-तुम ही हो। तुम्हारे समान दूसरी कोई नहीं है। आज से इस घर को अपना मान कर, यहाँ अधिकारपूर्वक रहो और अपने धर्म का निर्वाह करो। बड़ों का आदर करो। छोटों को स्नेह दो। तुम देखोगी सब तुमसे कितना प्रेम करते हैं। युधिष्ठिर राजा है क्योंकि वह बड़ा है, किन्तु अधिकार

का भोग सारे भाई समान रूप से करते हैं। मेरे सारे पुत्र अपने-अपने गुणों के कारण महत्त्वपूर्ण हैं, किन्तु फिर भी अर्जुन विशिष्ट है। तुम उसकी पत्नी हो, अतः तुम्हारा भी विशेष महत्त्व है। तुम हमारे कुल का सौभाग्य हो, अतः इस कुल से कभी रुष्ट न होना। कोई असुविधा हो तो अपने पति से कहना। असुविधा दूर न हो तो निस्संकोच मेरे पास आ सकती हो। मेरे पास कोई अधिकार नहीं है, किन्तु मेरे पुत्र माँ के प्रति अपने स्नेह के कारण मेरा कहा कभी नहीं टालते।"

कुन्ती ने सुभद्रा के माथे का चुम्बन किया, उसे निहारा और अपने वक्ष से लगा लिया!

"माँ! सारा वात्सल्य बहू पर ही ढाल दोगी, तो मेरे लिए क्या बचेगा?" अर्जुन बोला, "मैं भी तो खड़ा हूँ, तुम्हारी एक आशीष के लिए।"

कुन्ती मुस्कुराई, "वात्सल्य की कोई निश्चित मात्रा मान रखी है क्या तूने? और पुत्र यह भी तो तेरी अर्द्धांगिनी ही है। इसे दिया गया वात्सल्य, क्या तुम तक नहीं पहुँचता? इसे अपने वक्ष से लगाती हूँ, तो क्या तेरा वक्ष शीतल नहीं होता? पति-पत्नी में तो किसी प्रकार का कोई विभाजन नहीं होता पुत्र! स्वयं को समग्रता में पत्नी को सौंपेगा, तभी पत्नी को समग्र रूप में पायेगा। तुम अपनी माँ को सम्पूर्ण रूप से अपनी पत्नी को समर्पित नहीं करोगे, तो तुम्हारी पत्नी तुम्हारी माँ के प्रति सम्पूर्ण रूप से समर्पित कैसे होगी!"

अर्जुन ने कुन्ती के चरण-स्पर्श कर प्रणाम किया। कुन्ती ने आशीष दे कर कहा, "जा अपने भाइयों से भेंट कर, पांचाली से भी मिल कर आ। तब तक सुभद्रा मेरे पास रहेगी।"

"ज्येष्ठ और मध्यम से मैं मिल चुका हूँ माँ।" अर्जुन बोला, "नकुल और सहदेव भी हमसे मिल गये हैं।"

"जाओ, फिर पांचाली से मिल आओ।"

दासी ने कपाट खोल कर सूचना दी, "महारानी! राजकुमार धनंजय आपसे भेंट करने आ रहे हैं।"

द्रौपदी ने दृष्टि उठा कर दासी की ओर देखा भर! उन आँखों में कोई भाव नहीं था। मुख से भी उसने आदेश के रूप में कोई शब्द नहीं कहा। दासी ने थोड़ी देर प्रतीक्षा की और फिर सिर झुका कर कक्ष से बाहर निकल गयी।

इस बार कपाट खुलने से आहट हुई तो वह समझ गयी कि अर्जुन आ गया है। उसकी आँखें उसे देखना चाहती थीं, किन्तु न तो उसकी पलकें ही खुल रही थीं, और न उसकी गर्दन ही ऊपर उठ रही थी।

"कृष्णा!"

द्रौपदी के विवेक ने उसे बहुत सँभाला, किन्तु उसके आक्रोश का वेग नहीं

रुका। झटके से उसकी ग्रीवा उठी, आँखों में अश्रु थे और वाणी में चीत्कार, "क्या करने आये हो यहाँ? अपनी उस नयी-नवेली के पास क्यों नहीं जाते?"

अर्जुन को द्रौपदी के रोष की आशंका थी, किन्तु अपने इस प्रकार के स्वागत की कल्पना उसने नहीं की थी। उसका विचार था कि द्रौपदी अपने रोष को छिपा कर ऊपर से प्रसन्नता दिखाने का प्रयत्न करेगी, किन्तु यहाँ तो द्रौपदी का छद्‌महीन आक्रोश उसके सम्मुख खड़ा था...साक्षात!

"कृष्णा! यह तुम्हारी उपेक्षा नहीं है। तुम अब भी मेरी हृदयेश्वरी हो। कितनी भी नयी-नवेलियाँ आयें, किन्तु कोई तुम्हारा स्थान ले...यह तो सम्भव ही नहीं है।" अर्जुन ने अत्यन्त कोमल स्वर में कहा, "फिर भी यदि तुम मुझे अपराधी मानती हो, मैं क्षमाप्रार्थी हूँ।... सोचो, तुमसे वियुक्त हुआ, इसीलिए उलूपी मुझे लुभा सकी। वह साथ नहीं गयी, तो चित्रांगदा के लिए मन ने चीत्कार किया। उसने भी साथ नहीं निभाया, तो सुभद्रा ने लुब्ध किया। तुम्हारे अभाव की पूर्ति करने का प्रयत्न करता रहा, किन्तु तुम्हारा स्थानापन्न कोई नहीं है।"

"पहला बन्धन चाहे कितना भी दृढ़ क्यों न हो, जब उसके ऊपर से दूसरा बन्धन बाँधा जाता है, तो पहला किसी-न-किसी मात्रा में शिथिल हो ही जाता है।" द्रौपदी बोली, "यदि तुम्हारा हृदय सारा-का-सारा मेरा ही है, उसमें तनिक भी स्थान सुभद्रा के लिए नहीं है, तो फिर उससे विवाह ही क्यों किया? क्यों किया उसका हरण? क्यों लाये उसे इन्द्रप्रस्थ में?" द्रौपदी ने एक प्रखर दृष्टि उस पर डाली, "वह कृष्ण की बहन है तो क्या, वह मेरी समकक्ष हो जायेगी? मेरी समता करेगी वह? मेरी सपत्नी हो कर रहेगी वह यादव-कन्या? मेरे साथ, वह तुम्हें बाँटने आयी है?"

अर्जुन को लगा, शायद द्रौपदी भी अपनी पीड़ा का कारण नहीं समझ पा रही है... किन्तु उसके ये उद्‌गार अर्जुन को कुछ संकेत दे रहे थे।...द्रौपदी ने युधिष्ठिर, भीम, नकुल तथा सहदेव के अन्य विवाहों पर कोई आपत्ति नहीं की थी। उलूपी और चित्रांगदा के विषय में भी उसने कुछ नहीं कहा था।...उसे केवल अर्जुन के ही विवाह में आपत्ति थी, और वह भी केवल सुभद्रा के साथ!...

अपने प्रति उसके प्रेम को अर्जुन समझता था...यदि वह किसी भी अन्य नारी को उसके निकट होता नहीं देख सकती थी, तो उसने उलूपी और चित्रांगदा के विषय में कुछ भी क्यों नहीं कहा? सारा आक्रोश सुभद्रा के प्रति ही क्यों है?...और यह सपत्नी और समकक्षता की चर्चा...

सहसा अर्जुन का ध्यान कुन्ती की ओर चला गया...माँ! कितनी समझदार हैं। वे कुछ-न-कुछ अवश्य ही भाँप रही होंगी। इसीलिए तो उन्होंने सुभद्रा को अपने पास रोक लिया। यदि कहीं अर्जुन, सुभद्रा को साथ ले कर द्रौपदी से मिलने चला आया होता, तो एक ओर या तो द्रौपदी अपना आक्रोश ही अभिव्यक्त न कर पाती

और उसके मन में सदा के लिए एक ग्रन्थि पड़ जाती, या यदि वह आक्रोश व्यक्त करती तो सुभद्रा के लिए यह पहली भेंट कितनी कटुता लिए होती।...

"कृष्णा।" सहसा अर्जुन बोला, "मै अपनी भूल समझ रहा हूँ। उसके लिए लज्जित हूँ। आशा है, मुझे क्षमा करोगी।"

द्रौपदी का मन जैसे चीत्कार कर रहा था, 'धनंजय! तुम्हें क्षमा नहीं करूँगी, तो अपनी इस क्रूरता के लिए स्वयं को ही कैसे क्षमा कर पाऊँगी।...' किन्तु उसके मुख से एक भी शब्द नहीं निकला। वह निःशब्द आँखों से उसकी ओर देखती रही।

अर्जुन अपने स्थान से उठा और धीरे-धीरे द्वार की ओर बढ़ गया।

द्रौपदी की इच्छा होती रही कि वह उसे पुकार ले, लपक कर उसकी भुजा थाम ले, उसे रोक ले, किन्तु उसका आहत अभिमान इन्द्रियों को सर्वथा निष्क्रिय करने वाले किसी लेप के समान उस पर आरोपित हो चुका था...

अर्जुन लौट कर कुन्ती के पास आया, "माँ! मैं सुभद्रा को अपने भवन में ले जा रहा हूँ।"

"जाओ पुत्र! विश्राम करो। तुम लोग थके हुए होगे।" कुन्ती बोली, "युधिष्ठिर के पास सूचना आयी है कि द्वारका से कृष्ण, सारण, सात्यकि, अक्रूर, कृतवर्मा तथा अन्य लोग सुभद्रा के लिए अनेक उपहार ले कर आ रहे हैं। उनके स्वागत की तैयारी भी करो पुत्र!"

"अच्छा माँ!"

अर्जुन जल्दी में था। न वह और ठहर सकता था, न अपने भवन तक पहुँचने में विलम्ब कर सकता था!

"क्या बात है आर्यपुत्र?" सुभद्रा ने पूछा, "इस शीघ्रता का कारण?"

"प्रिये! वही हुआ है, जिसकी आशंका मेरे मन में थी।" अर्जुन बोला, "पांचाली रुष्ट है। उसे मनाना होगा, अन्यथा इन्द्रप्रस्थ के राजवंश में कोई उल्लास पनप नहीं सकेगा। तुम मेरी एक इच्छा पूर्ण करोगी सुभद्रे?"

"आपकी सारी इच्छाएँ पूर्ण होंगी। आप आदेश तो करें।" सुभद्रा बोली, "मैं किसी से स्पर्धा करने नहीं आयी, न किसी की प्रसन्नता छीनने आयी हूँ। वे बड़ी हैं, योग्य हैं, सुन्दर हैं गुणवती है...सबसे बड़ी बात है कि वे आपके प्रति इतनी निष्ठावान हैं! मैं कृष्ण की बहन हूँ पार्थ! प्रतिभा की पूजा करती हूँ, और वरिष्ठता का सम्मान।"

"तुम मेरी बात समझ गयी हो प्रिये! अब तुमसे कुछ कहने की आवश्यकता नहीं।" अर्जुन ने अपने हाथों से सुभद्रा का गोप-बाला का-सा वेश सजाया! सुभद्रा ने राजरानियों की-सी अपनी लाल साड़ी के स्थान पर ब्रजवासिनी गोपियों का घाघरा पहन लिया था। उन्हीं की-सी चोली और वैसे ही आभूषण भी धारण कर लिए थे।

"यह ठीक है।" अर्जुन ने अन्तिम रूप से उस पर निरीक्षक दृष्टि डाली, "अब सब कुछ तुम्हारे बुद्धि-कौशल पर छोड़ता हूँ प्रिये।"

"आप चिन्ता न करें आर्य पुत्र।"

सुभद्रा निःसंकोच चलती हुई द्रौपदी के कक्ष में आयी। उसने हाथ जोड़ कर प्रणाम किया, "महारानी की जय हो!"

द्रौपदी ने उसे देखा : एक असाधारण रूपवती गोपी!...और कैसा तेज था उसके मुख-मण्डल पर!

"कौन हो?"

"आपकी दासी हूँ महारानी!"

"क्या चाहती हो?"

"आपका आश्रय।"

"क्यों? मेरा आश्रय क्यों चाहती हो? तुम्हारा पति तुम्हें आश्रय देने में समर्थ नहीं है क्या?"

"जो स्वयं आपके द्वार का याचक हो महारानी! वह मुझे क्या आश्रय देगा।" सुभद्रा ने वैसे ही विनीत भाव से कहा।

"क्या नाम है तुम्हारे पति का?"

"पाण्डुपुत्र कौन्तेय अर्जुन महारानी!"

"तुम? तुम?..."

"मै सुभद्रा हूँ महारानी! ब्रज के गोपाल कृष्ण की छोटी बहन।"

द्रौपदी को रोमांच हो आया। कण्ठ में हूक-सी उठी और आँखें भीग गयीं। इस सुभद्रा से रूठी थी वह! इसे लाने के लिए अर्जुन के प्रति रोष से भर उठी थी? उसने दौड़ कर सुभद्रा को अपनी भुजाओं में भर लिया, "तुम सुखी रहो बहन! तुम्हारे पति शत्रुरहित हों।"

सुभद्रा ने अपना मस्तक द्रौपदी के वक्ष से टिका दिया, "अपना घर छोड़ कर तुम्हारे भरोसे आयी हूँ जीजी। निराश मत करना। मुझे आश्रय दो।"

द्रौपदी की भुजाएँ सुभद्रा के चारों ओर कस गयीं, उसने जैसे अपने सुख को सहेजने के लिए अपनी आँखें बंद कर लीं।

43

इन्द्रप्रस्थ में यादवों का आशातीत स्वागत हुआ। धौम्य मुनि ने अपने शिष्यों के साथ स्वयं मन्त्रोच्चार कर उनकी अगवानी की। अतिथि भवन में उनका स्वागत करने धर्मराज युधिष्ठिर आये।

"पृथा नहीं आयी?" अक्रूर ने पूछा।

"वे आपके आतिथ्य का प्रबन्ध अपने भवन में कर, आपकी प्रतीक्षा कर रही हैं।" युधिष्ठिर ने बताया।

"हाँ भई, वर की माता हैं। हमें ही उनके पास जाना होगा।"

"नहीं, ऐसी बात नहीं है मातुल। उन्हें भय था कि व्यवस्था किसी और को सौंप कर वे आपकी अगवानी के लिए आ गयीं तो आपके योग्य तैयारी नहीं हो पायेगी।"

"मैंने तो विनोद में कहा पुत्र।" अक्रूर ने अपना उपालम्भ लौटा लिया, "हम अपनी पृथा को जानते नहीं क्या।"

"वैसे हमें ही बूआ के पास जाना चाहिए।" कृष्ण बोले, "सुभद्रा और धनंजय भी हमें वहीं मिलेंगे। क्यों भैया?"

"जैसा तुम उचित समझो।" बलराम ने उत्तर दिया, "हम जैसे पहले बूआ के बालक थे, वैसे ही आज हैं। सुभद्रा के लिए कुछ उपहार ले कर आये हैं, इससे स्थिति कुछ बदल तो नहीं जायेगी।"

"आप लोग आइए। रथ तैयार है।" नकुल ने आ कर कहा।

"रथ हमारे पास हैं न।" उद्धव ने कुछ असमंजसपूर्ण स्वर में कहा।

"तुम्हारे अश्व लम्बी यात्रा करके आये हैं उद्धव!" युधिष्ठिर बोले, "उन्हें अब विश्राम करने दो। यहाँ जो कुछ है, वह तुम्हारा ही है। कृष्ण की सहायता न होती, तो न हमारा यह नगर बसता और न मैं यहाँ का राजा होता।"

"यह आपकी उदारता है धर्मराज!" उद्धव ने तत्काल हाथ जोड़ दिए, "हमारे लिए तो ऐसा सोचना भी पाप है।"

कुन्ती के भवन के द्वार पर उनका स्वागत स्वयं सुभद्रा और अर्जुन ने किया।

कृष्ण ने अर्जुन को अपनी भुजाओं में भर लिया और प्रद्युम्न, सांब, और चारुदेष्ण दौड़ कर सुभद्रा से चिपट गये, "बूआ।"

सुभद्रा ने उन्हें अपनी भुजाओं में समेट लिया, "आओ। कितने दिनों में याद आयी तुम्हें अपनी बूआ।"

"बूआ! इस बार स्वयं आयी हो, या इस बार भी फूफा तुम्हें रथ में बैठा, रथ भगा लाये?" सांब ने सुभद्रा के कान में फुसफुसा कर पूछा।

"नहीं रे। इस बार तो मैं तेरे फूफा को रथ में डाल, भगा लाई।" सुभद्रा के अधरों पर मुस्कान थी और वह स्वयं समझ नहीं पायी कि उसकी आँखों में अश्रु क्यों आ गये।

"क्या कह रहा है यह दुष्ट?" बलराम ने निकट आ कर पूछा।

"कुछ नहीं। हमारी आपस की बात है।" सुभद्रा ने अश्रु पोंछ लिए, "आइये भैया। आइए काका।"

भवन के भीतर प्रवेश करने पर सबसे पहले उन्हें कुन्ती दिखायी दी। कुन्ती

ने जैसे एक दृष्टि में ही देख लिया कि कौन-कौन आया है। वह अक्रूर के कन्धे से जा लगी।

"पृथा! तुम अब हमारी समधन हो।" अक्रूर ने मुस्कराने का प्रयत्न किया।

"तो क्या मैं तुम्हारी बहन नहीं रही?" कुन्ती बोली, "मैंने तो समझा था कि हमारा सम्बन्ध और प्रगाढ़ होगा और भैया! तुम!"

"चलो! तुम जीतीं।" अक्रूर बोले, "इस घर में हमारी बहन भी है और बेटी भी। ठीक तो है सुभद्रा!"

"हाँ काका।"

"जैसे सुभद्रा के भतीजे अपनी बूआ के गले मिले हैं, तुम अपनी बूआ से नहीं मिलोगे?" कुन्ती ने बलराम, कृष्ण, सारण और उद्धव की ओर देखा, "या अब तुम लोग भी मेरे भतीजे नहीं रहे, सुभद्रा के भाई ही रह गये हो?"

"नहीं बूआ। आप ऐसा क्यों सोचती हैं।" चारों भाई कुन्ती के चरण स्पर्श करने के लिए आगे बढ़े और कुन्ती ने उन्हें वक्ष से लगा लिया, "यह सारण है?"

"नहीं बूआ! यह उद्धव है।" कृष्ण ने बताया, "और यह है सारण।"

"अच्छा! मैं तुम्हारा अपनी बहुओं से भी परिचय कराऊँ।" कुन्ती बोली, "द्रौपदी को तुम जानते ही हो।...यह जो इन्दीवर के समान श्याम वर्ण वाली राजमहिला है यह काशी की राजकुमारी, भीम की पत्नी बलन्धरा है। यह जो चम्पा की माला के समान गौर वर्ण वाली सुन्दरी बैठी है यह मद्रराज द्युतिमान की पुत्री विजया है। यह सहदेव की पत्नी है। यह नीलकमल के समान श्याम वर्ण वाली कमलनयनी, करेणुमती है, यह नकुल की पत्नी है।" कुन्ती ने कृष्ण की ओर देखा, "इनसे तो तुम भी नहीं मिले हो कृष्ण!"

"नहीं बूआ!" कृष्ण ने उत्तर दिया, "ये विवाह इन्द्रप्रस्थ के निर्माण के पश्चात मेरे द्वारका जाने के बाद हुए हैं।"

"अच्छा बलभद्र! भैया वसुदेव क्यों नहीं आये? मुझे बहुत आशा थी कि सुभद्रा के व्याज से मैं भैया और भाभी से मिलूँगी।"

बलराम ने उत्तर नहीं दिया। उन्होंने कृष्ण की ओर देखा।

"वैसे तो वे कहीं भी आते-जाते नहीं हैं बूआ।" कृष्ण ने उत्तर दिया, "किन्तु आपके पास न आने का कारण यह नहीं है। वे आपको पूर्ववत अपनी भगिनी के रूप में ही देखना चाहते हैं, इसलिए सुभद्रा की सास को उपहार देने वे नहीं आये।"

"मुझे जो भेज दिया उन्होंने।" अक्रूर बोले, "बहुत लोभ मत कर पृथा! एक समय में एक ही भाई से भेंट को पर्याप्त मान।"

"भाइयों से मिलना भी कभी पर्याप्त हुआ है भैया!" कुन्ती की आँखें डबडबा आयीं।

44

हस्तिनापुर के द्वार पर पाण्डवों का असाधारण स्वागत हुआ। दुर्योधन और उसके भाई इस प्रकार पाण्डवों के वक्ष से आ लगे, जैसे बहुत समय से बिछड़ा शिशु, अपनी माँ को देख कर उसकी ओर लपकता है। दुर्योधन ने इतनी भक्ति से युधिष्ठिर के चरण पकड़े कि युधिष्ठिर को विश्वास ही नहीं हो रहा था कि ऐसा भी सम्भव है।...किन्तु प्रमाण उनके सम्मुख था...

"आज मैं सनाथ हुआ। घर का मुखिया ही सम्मिलित न हो, तो घर का उत्सव कैसा?" दुर्योधन बोला, "आप आ गये सम्राट तो हमारी 'तोरण स्फटिक-सभा' धन्य हो गयी। हीरे का मूल्य तो जौहरी ही जानता है। राजा तो अनेक हैं, पर क्या वे उस सभा का महत्त्व समझ पायेंगे।"

"धन्य तो मैं हुआ दुर्योधन।" युधिष्ठिर ने पुलकित हो कर कहा, "जो तुम्हारे मन में मेरे प्रति स्नेह जागा। तुम्हें तो ज्ञात नहीं होगा, कि मैं कब से इस क्षण की प्रतीक्षा कर रहा था।"

"आप बड़े हैं। मेरी भूलों को क्षमा करें। अपनी मूर्खता में मैं किसी को क्या का क्या समझ लेता हूँ।" दुर्योधन बहुत विनीत भाव से बोला, "यह तो आपके राजसूय यज्ञ के अवसर पर ही मेरी समझ में आया कि हम भाई हैं। एक ही परिवार के हैं।...और प्रशासन की सुविधा के लिए चाहे हमने दो राजधानियाँ बना ली हैं, किन्तु हम अविभाजित हैं। आप बड़े हैं। आप सम्राट हैं। आपके बड़प्पन से ही हम आपके सारे छोटे भाई बड़प्पन पाते हैं। आपको सिंहासन पर बैठा कर आपको छत्र लगाने, व्यजन करने अथवा चंवर डुलाने से अर्जुन और भीम, नकुल और सहदेव छोटे नहीं हो जाते। वे गर्व करते हैं कि देखो, हमारा बड़ा भाई सम्राट है। वैसे ही हम भी आपके छोटे भाई... ।"

दुर्योधन के व्यवहार का अति उत्साह युधिष्ठिर को कुछ-कुछ खटक रहा था। उन्हें उसमें कृत्रिमता का आभास हो रहा था...किन्तु युधिष्ठिर नहीं चाहते थे कि उनका यह संशय कुछ बल पकड़े। कहीं ऐसा न हो कि उनका पूर्वाग्रह ग्रस्त मन दुर्योधन के इस परिवर्तन को स्वीकार न करे और ये सुधरती स्थितियाँ पुनः विकृतियों को अंगीकार कर लें।...

वे लोग सबसे पहले पितामह से भेंट करने गये थे। पितामह ने उन्हें आशीर्वाद दिया। उनके लिए ईश्वर से प्रार्थना की।...और उन्हें यह कह कर विदा कर दिया कि वे यात्रा से आये हैं। थके होंगे। वे लोग स्नान-ध्यान कर भोजन और विश्राम कर लें। तब वे उनके साथ कुछ समय व्यतीत करना चाहेंगे।

पितामह से विदा हो कर वे धृतराष्ट्र और गान्धारी से मिलने गये थे। धृतराष्ट्र ने सहज भाव से उनके आने पर प्रसन्नता प्रकट की, किन्तु गान्धारी ने अपने पति

से भी कुछ अधिक उत्साह दिखाया। वह कुन्ती से भी बहुत समारोहपूर्वक मिली, किन्तु उसने सब से अधिक प्रेम द्रौपदी और सुभद्रा पर लुटाया। बलन्धरा, देविका, विजया और करेणुमती को भी उसने अनेक बार अपने वक्ष से लगाया।...

"मेरी पुत्र-वधुओं को मेरे ही भवन में ठहरा दो।" उसने दुःशासन से कहा, "देखो। उनकी सुविधाओं का पूर्ण ध्यान रखना। एक-एक पुत्र-वधू की सेवा के लिए कम-से-कम दस-दस दासियाँ नियुक्त करो। ऐसा कुछ नहीं होना चाहिए कि मैं दे सकूँ और मेरी पुत्र-वधुओं को न मिले।"

"निश्चिन्त रहो माँ।" दुःशासन ने अत्यन्त आज्ञाकारी पुत्र के रूप में कहा।

"कुन्ती को मेरे साथ वाले कक्ष में ठहरा दो।"

"नहीं दीदी। आप इतना कष्ट न करें।" कुन्ती ने अत्यन्त शालीन स्वर में कहा, "मुझे तो अपने पुराने भवन में ही ठहरने दीजिए। मेरा विचार है कि मेरे पुत्र भी वहीं ठहरना पसन्द करेंगे।"

"जैसी तुम्हारी इच्छा कुन्ती।" गान्धारी ने स्वीकार कर लिया, "किन्तु मेरी पुत्र-वधुओं को अपने साथ मत ले जाना। यहाँ रहेंगी तो उनसे मेरा परिचय बढ़ेगा, तभी तो वे भी मेरे प्रति स्नेह का अनुभव करेंगी। और फिर ये लोग अपनी देवरानियों-जेठानियों से भी मिल लें।"

"आपके तथा आपकी पुत्रवधुओं के बीच मैं नहीं पड़ूँगी।" कुन्ती ने कहा।

वे लोग अपने पुराने भवन में आ गये। उसकी स्थिति अब पहले से कहीं अच्छी थी और परिचारिकाओं की पूरी सेना वहाँ नियुक्त की गयी थी। उन्हें सचमुच कोई असुविधा नहीं हुई और वे रात को गहरी नींद सोए।

"मैं विदुर के घर जा रही हूँ।" अगले दिन प्रातः कुन्ती ने कहा, "बहुत सम्भव है कि मुझे वहाँ कुछ विलम्ब हो जाये।"

"कोई बात नहीं माँ।" भीम बोला, "तुम मेरा रथ ले जाओ। विशोक तुम्हें ले जायेगा, और तुम्हारे लौटने तक वहीं प्रतीक्षा करेगा।"

कुन्ती चली गयी।

45

"युधिष्ठिर! मैं तुम्हारे साथ वन नहीं जाऊँगी।"

युधिष्ठिर ने कुन्ती की ओर देखा : माँ ने उनके मन का द्वन्द्व जान लिया था क्या?... वे मन ही मन कब से अपने इस धर्म-संकट से लड़ रहे थे। माँ की अब यह अवस्था नहीं रही थी कि वे उन लोगों के साथ वन में जातीं।... वे निर्णय नहीं कर पा रहे थे, कि माँ से क्या कहें और कैसे कहें! यह तो बहुत अच्छा हुआ कि माँ ने स्वयं ही यह निश्चय कर लिया।...

युधिष्ठिर का वश चला होता, तो अपनी पराजय के पश्चात वे द्यूत-सभा से ही वन की ओर चल पड़े होते।... किन्तु विदुर ने उन्हें वैसा करने नहीं दिया था। वे युधिष्ठिर को समझा-बुझा कर अपने घर ले आये। यहाँ आने से युधिष्ठिर की प्रतिज्ञा भंग नहीं होती थी। यह राजप्रासाद नहीं था। विदुर का निवास था। यहाँ हस्तिनापुर के महामन्त्री अवश्य रहते थे; किन्तु इसका रूप, गंगा के एक आश्रम का-सा ही था।...

ठीक ही हुआ था कि वे यहाँ आ गये। जाने से पहले, माँ के साथ शान्तिपूर्वक कुछ चर्चा तो कर सकते हैं।...

"मैं भी नहीं चाहता माँ! कि तुम हमारे साथ तेरह वर्ष वन-वन भटको।..."

"क्यों? क्या मैं पहले कभी वन में रही नहीं?" कुन्ती दुख की उस घड़ी में भी मुस्कुरा रही थी।

"रहीं क्यों नहीं! तुम तो शतशृंग में भी रहीं माँ! हिडिम्ब वन में भी रहीं।... किन्तु तब तुम्हारी यह अवस्था नहीं थी माँ!" युधिष्ठिर बोले, "तो फिर इतने वर्ष कहाँ रहोगी? अच्छा बताओ, क्या भोजपुर जाओगी?"

कुन्ती हँस पड़ी, "कहाँ से स्मरण आ गया तुझे भोजपुर?"

"क्यों? वह तुम्हारा मायका है माँ!"

"है तो मायका ही!..." कुन्ती के स्वर में प्रच्छन्न रोष था, "किन्तु विवाह के पश्चात स्त्री का मायके से क्या सम्बन्ध? अपने विवाह के पश्चात मैंने एक बार भी पलट कर भोजपुर की ओर नहीं देखा।" कुन्ती रुकी, "उन्होंने भी मुझे एक बार विदा क्या किया, मुझसे मुक्ति ही पा ली। मेरे किसी सुख-दुख में, मुझे कभी स्मरण नहीं किया उन्होंने!"

युधिष्ठिर देख रहे थे... माँ के मन में कोई घाव रिस-सा रहा था...टीस भी उठती थी... किन्तु माँ न रोती थीं, न कराहती थीं... पीड़ा को अभिव्यक्त करना माँ का स्वभाव नहीं है। माँ हँसती तो सबके साथ हैं, किन्तु रोती अकेली ही हैं।...

"तो द्वारका जाओगी माँ?" युधिष्ठिर ने जैसे माँ की दुखद स्मृतियाँ टालने का प्रयत्न किया।

"नहीं रे! वह मेरा मायका नहीं रहा...।"

पाँचों पुत्र स्तब्ध रह गये। माँ के मन में द्वारका के प्रति भी कोई रोष है?... होगा ही।... पिता ने अपनी पुत्री किसी और को गोद दे दी... पिता के अधिकार का त्याग कर दिया... तो पुत्री का भी उस पिता पर क्या अधिकार शेष रह गया?...

"पर मातुल वासुदेव ने तो तुम्हारी सदैव चिन्ता की है माँ! कृष्ण और बलराम हमारी सहायता के लिए सदा दौड़े आये हैं।..." अर्जुन बोला।

"मैंने कब अस्वीकार किया रे! न भाई से कोई विरोध है मेरा, न भाभी से..."

"कोई रोष?"

"रोष भी नहीं, क्षोभ भी नहीं, क्रोध भी नहीं...।"

"तो फिर क्या है माँ?" सहदेव पूछ रहा था।

"कुछ भी हो!" भीम कुछ भड़क उठा, "जब माँ नहीं जाना चाहती, तो क्यों बाध्य कर रहे हो?..."

"बाध्य नहीं कर रहे; बस जानना चाहते हैं।" युधिष्ठिर शान्त स्वर में बोले, "इन तेरह वर्षों में कहीं तो रहना है माँ को।"

"तुम हमारे साथ वन में ही रहो माँ!" भीम बोला, "तुम सोचोगी कि कैसा दुष्ट पुत्र हूँ मैं, कि माँ वन में जाना नहीं चाहती, तो भी साथ ले चलने का आग्रह कर रहा हूँ।... किन्तु सच कहता हूँ माँ! हमसे पृथक रह कर, तुम सुखी नहीं होगी। हमारे साथ रहोगी तो तुम्हें वन में भी तनिक-सी असुविधा नहीं होने दूँगा। चल नहीं पाओगी तो भुजाओं में उठा लूँगा, कन्धे पर बैठा लूँगा। तुम्हारा भार ही कितना है माँ, और भार कितना भी हो, पुत्रों के लिए माँ बोझ नहीं होती।" भीम ने रुक कर कुन्ती को देखा, "अपनी बाँहों के तकिये पर सुलाऊँगा माँ! तुम्हारे भोजन के लिए पृथ्वी फोड़ दूँगा, आकाश नोच लूँगा। सच कहता हूँ, तुम्हें कष्ट नहीं होने दूँगा।"

"मैंने कब कहा पुत्र! कि वन में तुम लोगों के होते हुए, मुझे कोई असुविधा होगी...।" कुन्ती बोली।

"तो?" भीम ने कुछ चकित स्वर में पूछा।

"पहले यह निर्णय तो हो ले कि माँ द्वारका क्यों नहीं जाना चाहतीं।" अर्जुन ने कुछ अतिरिक्त कोमल स्वर में कहा।

"कहा न, द्वारका अब मेरा मायका नहीं रहा।" कुन्ती ने कहा।

"पर क्यों?"

"तेरे और सुभद्रा के विवाह के पश्चात् वह मेरा समधियाना हो गया है।" कुन्ती बोली, "समधियों के आश्रय में पलना, शिष्ट आचरण नहीं है पुत्र!"

"ओह!" अर्जुन के स्वर में हल्का-सा अवसाद था, कि मैंने यह कैसी भूल की कि माँ से उसका मायका ही छीन लिया।

"नहीं पुत्र! तुमने कोई भूल नहीं की।" कुन्ती का स्वर शान्त और ममतामय था, "तुमने तो एक नया सम्बन्ध जोड़ा है; किन्तु जब एक नया सम्बन्ध जुड़ता है अर्जुन! तो पुराने सम्बन्ध धुँधले पड़ जाते हैं।"

"माँ को न भोजपुर जाना है, न ही द्वारका, न वन में हमारे साथ रहना है; तो कहाँ रहोगी माँ? इन्द्रप्रस्थ के प्रासाद में?" भीम हँस पड़ा।

"नहीं, मैं अपने ससुराल में रहूँगी।" कुन्ती का स्वर दृढ़ और निश्चित था, हस्तिनापुर में रहूँगी।"

"हस्तिनापुर में रहोगी?" पुत्र चकित थे : माँ, शत्रुओं के नगर में कैसे रहेगी!

"तुम हस्तिनापुर में सुरक्षित नहीं हो माँ!" अन्ततः भीम बोला।

"क्यों सुरक्षित नहीं हूँ? यहाँ पितामह हैं, द्रोणाचार्य, कृपाचार्य हैं, विदुर हैं...।"

"ये सब तो तब भी थे, जब पांचाली का अपमान हुआ था।" भीम बोला, "कहाँ रहोगी माँ? पितामह के आश्रय में?"

"नहीं! मैं अपनी उपस्थित से उन्हें निरन्तर अपराध-बोध की अग्नि में नहीं झुलसाना चाहती। मेरे लिए पर-पीड़ा में कोई आकर्षण नहीं है पुत्र!"

"महाराज धृतराष्ट्र के आश्रय में?" युधिष्ठिर ने पूछा।

"नहीं!" कुन्ती बोली, "वे मुझे आश्रय देकर प्रसन्न नहीं होंगे। सम्भव है, मुझे आश्रय देने के कारण उन्हें दुर्योधन के कोप का भाजन बनना पड़े।"

सहसा विदुर ने अपना मौन तोड़ा, "यदि हस्तिनापुर में रहने का जोखिम झेलना ही है भाभी! तो मेरा घर प्रस्तुत है। मैं और पारंसवी तुम्हें सिर-आँखों पर रखेंगे!... मैं तो इसलिए कुछ नहीं बोला, कि तुम अपने पुत्रों से विलग होना नहीं चाहोगी... और हस्तिनापुर में मेरा घर न राजसी सुविधाओं से सम्पन्न है, न सैनिकों द्वारा संरक्षित है...।"

"अब मेरी अवस्था पुत्रों के साथ रहने की नहीं है विदुर!" कुन्ती बोली, "उनका पालन-पोषण, जैसा मुझसे बना, मैंने कर दिया। अब उनके साथ सुख-दुख का निर्वाह करने का दायित्व उनकी पत्नियों का है। वे करें। अब, जब मैं उन्हें कुछ दे नहीं सकती, मेरा प्रेम उन्हें मुक्त कर देना चाहता है। अपनी आसक्ति को संयत नहीं करूँगी, तो मेरा मोह उन्हें बाँधता रहेगा।..." कुन्ती ने रुककर विदुर की आँखों में देखा, "मैं तुम्हारे घर रहूँगी विदुर! सुविधा और सुरक्षा की चिन्ता छोड़ो। एक बार अपने मन से पूछ लो; और एक बार अपनी पत्नी से। बाद में पश्चात्ताप मत करना। तेरह वर्षों की अवधि, कोई छोटा काल-खण्ड नहीं है।"

"भाभी!" पारंसवी की आँखें भर आयीं, "इतनी कठोर मत बनो। तुम अपने वास के लिए स्वेच्छा से हमारा घर चुनो, यह हमारे लिए, कितना बड़ा गौरव है। जैसे प्रभु ने सारे जीवन की तपस्या का फल दिया हो। यह तो प्रभु की लीला है कि तुम्हारे कष्ट में वह हमें यश दे रहा है। फल शाखा से टूट कर नीचे न गिरे, तो कंगाल की झोली कैसे भरे!"

"पारंसवी!.." कुन्ती ने पारंसवी को कन्धों से पकड़, अपने कण्ठ से लगा लिया, "पगली है तू! देवर से परिहास की अनुमति नहीं देगी! तुझ पर विश्वास न होता, तो अपने मुख से कहती कि तेरह वर्ष तेरे घर पर रहूँगी?..."

"काकी, माँ तेरे घर में रहेगी, यह सोच कर मन काँपता है।" युधिष्ठिर की मुद्रा में परिहास का स्पर्श भी नहीं था।

"मेरा घर सोच कर भयभीत मत होओ पुत्र! इस घर पर मुझसे कहीं अधिक अधिकार तुम्हारी माता का है। मैं तो उनकी कृपा से इस घर में हूँ!"

"नहीं काकी! मैं तुमसे नहीं डरता।" युधिष्ठिर बोले, "मैं तो यह सोचकर भयभीत हूँ कि माँ हस्तिनापुर में रहने की व्यवस्था कर रही हैं, जैसे उन्हें दुर्योधन की ओर से तनिक भी आशंका न हो।..."

"मैं दुर्योधन से तनिक भी भयभीत नहीं हूँ पुत्र!" कुन्ती शान्त और स्थिर स्वर में बोली, "मैं यदि किसी से भयभीत हूँ, तो वह तुम हो पुत्र! धर्मराज, तुम!"

युधिष्ठिर का मन काँप-काँप गया। उनकी माता, उन्हीं से भयभीत हैं... युधिष्ठिर ने ऐसा क्या कर दिया है?

"क्यों माँ! मुझसे क्यों भयभीत हो?"

"तुमसे भयभीत हूँ, क्योंकि तुम्हारा स्वभाव बहुत सात्विक है। तुम में तनिक भी क्रूरता नहीं है। तुम शत्रुओं को क्षमा कर देते हो। अपनी क्षति होते देख कर भी तुम दूसरे की क्षति नहीं करते।"

"तो इसमें भय की क्या बात है माँ?"

"मुझे भय है कि तुम वन में भी, सन्तुष्ट ही नहीं, प्रसन्न हो कर रह लोगे। तुम भूल जाओगे कि तुम्हारा कोई राज्य भी था, जो तुमसे छीन लिया गया था; और जिसे तुम्हें पुनः प्राप्त करना है।" कुन्ती बोली, "हाँ पुत्र! तुम्हारे पिता भी हस्तिनापुर छोड़कर चले गये थे; और संन्यास ग्रहण करना चाहते थे। उन्हें भी मैंने ही रोका था... अब तुम्हें भी उस मार्ग पर चलने की अनुमति नहीं दूँगी। तुम अपनी राज्य-लक्ष्मी को भूल जाओ, तो यह भूलने नहीं दूँगी कि तुम्हारी माँ यहाँ बैठी है हस्तिनापुर में। जिन लोगों ने तुम्हें तुम्हारी राज्य-लक्ष्मी से, सत्ता और सम्पत्ति से, प्रजा और धरती से वंचित किया है, उन्हीं के नगर में बैठी है तुम्हारी माँ! धरती और माता में बहुत अन्तर नहीं है पुत्र! अपनी धरती जीत कर उसे स्वाधीन करके आना और अपनी माँ को, हस्तिनापुर से मुक्त करवा कर ले जाना...।"

"माँ!"

"हाँ पुत्र! तुम्हें मेरे बन्धन काटने के लिए हस्तिनापुर आना होगा। तुम मुझे मुक्त कराये बिना, आवागमन से मुक्ति के लिए, वनवास से सीधे उन पर्वतों पर नहीं जा सकते, जहाँ से स्वर्ग का मार्ग सीधा दिखायी देता है। मैं तुम्हें अन्याय के विरुद्ध युद्ध किये बिना जन्मान्तरों से मोक्ष पाने नहीं दूँगी।" कुन्ती रुकी, "अब समझे, मैं तुमसे क्यों भयभीत हूँ?"

"मैं तो अब समझा माँ! तुम हमारे साथ क्यों वन जाना नहीं चाहतीं।" भीम हँसा, "मेरी माँ उतनी भोली नहीं है जितनी मैं उसे समझता हूँ।"

"उतनी क्या, तुम्हारी माँ तनिक भी भोली नहीं है पुत्र! वन जाने का भी एक समय होता है।" कुन्ती बोली, "भगवान राम के साथ उनकी पत्नी वन गयी थी, माता नहीं। मैं भी अपने पति के साथ शतशृंग पर रही थी। अब तुम्हारे साथ वन वे जायें जिनका धर्म है तुम्हारे साथ जाना।"

"काका!" युधिष्ठिर बोले, "माँ आपके साथ घर में रहेंगी। उन्हें दुर्योधन का भय नहीं है; किन्तु क्या आपको भी राजसत्ता से किसी प्रकार का कोई भय नहीं होगा?"

"मैं राजसत्ता से भयभीत होता, तो दुर्योधन के विरुद्ध तुम्हारा पक्ष कभी भी नहीं ले पाता पुत्र।" विदुर बोले, "मैं तो सदा से इसी स्थिति में रहा हूँ... दुर्योधन के विरुद्ध मुझे सदा महाराज धृतराष्ट्र का सुरक्षा-कवच प्राप्त रहा है।..."

"तो ठीक है काका!" युधिष्ठिर निश्चय कर चुके थे, "जब तक हम वन में हैं, माँ आपके पास ही रहेंगी।"

विदुर ने स्वीकृति में सिर हिला दिया।

"शेष लोगों के विषय में क्या सोचा है धर्मराज?" भीम पूछ रहा था।

युधिष्ठिर क्षणभर सोचते रहे; फिर बोले, "जो लोग अभी हमारे साथ चल सकते हों, चलें। इन्द्रसेन और विशोक को कह दो, वे स्त्रियों और बच्चों के परिवहन की व्यवस्था कर, उन्हें हमारे पास वन में ले आयें। यदि हमारी रानियों के रथ तथा अश्व, दुर्योधन न ले जाने दे, तो विदुर काका तथा पितामह के रथों का उपयोग हो सकता है। हस्तिनापुर में इस समय यह निर्णय नहीं हो सकता कि परिवार के स्त्रियाँ और बच्चे कहाँ रहेंगे। वन में हम कहीं ठिकाना कर लें, फिर शान्ति से विचार-विमर्श कर लेंगे कि किसकी व्यवस्था कहाँ करनी है।"

"हमें हस्तिनापुर से तो तत्काल ही निकल पड़ना चाहिए मध्यम।" अर्जुन बोला, "धार्तराष्ट्रों की इस नगरी में हम जितनी देर अधिक ठहरेंगे, उतना ही अधिक संताप झेलेंगे।"

"ठीक है।" युधिष्ठिर बोले, "माता, काका और काकी से विदा लो; और यहाँ से प्रस्थान करो।"

46

विदुर को देखते ही पारंसवी समझ गयी कि कोई गम्भीर घटना घट गयी है। इसकी आशंका तो उसे पहले से ही थी। द्यूतसभा में जिस प्रकार खुलकर विदुर ने दुर्योधन और शकुनी का विरोध किया था, उसके पश्चात् यह आशा नहीं की जा सकती कि धृतराष्ट्र की राजधानी में विदुर उन्मुक्त और सुखी रह पायेंगे।

"क्या हुआ आर्यपुत्र?" पारंसवी ने स्वयं को सँभाल, मधुर ढंग से पूछा।

विदुर ने उसे भीतर चलने का संकेत किया। वे स्वयं चुपचाप चलते हुए, उस प्रकोष्ठ में आये, जहाँ आजकल कुन्ती रह रही थी।

कुन्ती ने विदुर और पारंसवी को गम्भीर मुद्राएँ बनाये आते देखा, तो उसका धैर्यवान मन भी कुछ आशंकित हो उठा।

"सब कुशल तो है न?"

विदुर आसन पर बैठ गये; और उन्होंने हाथ के संकेत से उन दोनों को बैठने के लिए कहा।

"महाराज धृतराष्ट्र ने आज मुझसे अपना सम्बन्ध-विच्छेद करने की घोषणा की है; और कहा है कि मैं चाहूँ तो हस्तिनापुर छोड़कर जा सकता हूँ। उन्हें अब मेरी आवश्यकता नहीं है।"

"इसका क्या अर्थ?" पारंसवी ने अपने-आपसे पूछा।

"इसका अर्थ मात्र इतना नहीं है कि देवर अब महाराज के भाई, मंत्री या राजकर्मचारी नहीं रहे। वे राजा के द्वारा एक प्रकार से राजद्रोही अथवा अपराधी भी घोषित कर दिये गये हैं।" कुन्ती ने धीरे से कहा, "वे अभी दण्डित नहीं किये गये हैं; किन्तु वे दण्डित किये जायेंगे। इसलिए विदुर तुम्हें तत्काल किसी सुरक्षित स्थान पर चले जाना चाहिए।"

"जब हस्तिनापुर ही हमारे लिए सुरक्षित नहीं रहा, तो और कौन-सा स्थान हमें सुरक्षा प्रदान कर सकता है।" पारंसवी असहाय-सी इधर-उधर देख रही थी।

किन्तु कुन्ती ने जैसे इतनी देर में निश्चय भी कर लिया था, "विदुर! तुम पाण्डवों के पास वन में चले जाओ!" कुन्ती का स्वर, पर्याप्त आदेशात्मक था।

विदुर ने चकित हो कर कुन्ती की ओर देखा : यह कैसा विचित्र आदेश था। जो पाण्डव कुन्ती की सुरक्षा हेतु उसे विदुर के पास छोड़ कर गये थे; विदुर को सुरक्षा के लिए, उन्हीं पाण्डवों के पास भेज रही थी।...

"मैं तो चला जाऊँगा भाभी! प्रश्न तो तुम लोगों की सुरक्षा का है।" विदुर बोले, "पाण्डव, जितने प्रिय तुम्हें हैं, उतने ही प्रिय मुझे भी हैं। उनके पास जा कर मुझे प्रसन्नता होगी, किन्तु वनवासी युधिष्ठिर पर अपने भरण-पोषण का बोझ डालना उचित होगा क्या?"

"जहाँ तक मैं धृतराष्ट्र को जानती हूँ, तुम्हारा यह निष्कासन दीर्घकालीन नहीं होगा।" कुन्ती ने पूर्णतः आश्वस्त स्वर में कहा।

"क्यों? ऐसा सोचने का कारण?" पारंसवी के स्वर में जिज्ञासा भी थी और असहमति भी।

"धृतराष्ट्र ने पाण्डवों के साथ जो क्रूर व्यवहार किया है, उसके पश्चात् अब वह सम्भावित प्रतिशोध की कल्पना से भयभीत रहेगा।" कुन्ती धीरे से बोली, "वह इस समय तुम्हारे प्रति कठोर हो रहा है; किन्तु तुम्हारे जाते ही, वह इस बात से भयभीत हो जायेगा कि उसे पाण्डवों के क्रोध से बचानेवाला कवच अब नहीं रहा।"

"धृतराष्ट्र क्या इतना भीरु व्यक्ति है?" पारंसवी ने पूछा।

"जो स्वयं भयभीत होता है, वही दूसरों को आतंकित करता फिरता है।" कुन्ती शान्त स्वर में बोली।

विदुर मन ही मन चिन्तन-मनन करते रहे; और फिर धीरे से बोले, "कहती तो तुम ठीक ही हो भाभी! किन्तु मेरी अनुपस्थिति में तुम लोंगों की सुरक्षा का क्या होगा?"

"धृतराष्ट्र तथा दुर्योधन कितने भी क्रूर क्यों न हों, वे हमें किसी प्रकार की क्षति नहीं पहुँचायेंगे।" कुन्ती बोली, "वीर क्षत्रियों का स्त्रियों से क्या विरोध!"

"मैं तुमसे सहमत नहीं हूँ भाभी!" पारंसवी ने शालीन स्वर में कहा, "जो दुष्ट कुलवधू द्रौपदी को इतना अपमानित और पीड़ित कर सकते हैं, वे तुम्हें नहीं तो तुम्हारे पुत्रों को कष्ट देने के लिए, तुम्हें पीड़ित अथवा अपमानित कर सकते हैं।... और फिर क्यों चाहेंगे कि निष्कासित महामंत्री के परिवारजन हस्तिनापुर में सुरक्षित बने रहें।"

"तुम ठीक कहती हो पारंसवी!" कुन्ती ने कहा, "तुम्हारा ध्यान, गान्धारी की ओर नहीं गया। गान्धारी अपने पुत्रों का चाहे कितना ही समर्थन क्यों न करे, नारी के अपमान के लिए वह दुर्योधन को भी क्षमा नहीं करेगी।... और फिर युवती द्रौपदी का अपमान करने का अर्थ कुछ और है। मुझ वृद्धा के साथ वैसा व्यवहार देख दुर्योधन को भी किसी प्रकार का सुख नहीं मिल सकता।"

"दुर्योधन का सुख तो पाण्डवों को पीड़ित करने में है भाभी!" विदुर ने धीरे से कहा, "उसे केवल यह विश्वास हो जाये कि उसके किसी कृत्य से पाण्डवों को पीड़ा होगी, तो वह कुछ भी करने को तत्पर हो जायेगा। उसके जीवन का लक्ष्य, अपना सुख नहीं, पाण्डवों की पीड़ा है।"

"पाण्डव तो अपने जन्म से ही कष्ट सहते आये हैं।" कुन्ती आत्मलीन स्वर में बोली, "इस समय तो महत्त्वपूर्ण है तुम्हारी सुरक्षा। तुम यदि हस्तिनापुर में टिके रहे तो दुर्योधन तुमसे प्रतिशोध अवश्य लेगा। इससे पहले कि उसको सूचना मिले कि धृतराष्ट्र ने तुम्हारे सिर से अपना हाथ उठा लिया है, तुम्हें हस्तिनापुर छोड़ देना चाहिए। तुम किसी भी अन्य राजा के आश्रय में जाओगे, तो वह राजा, दस बार सोचेगा कि तुम्हें शरण देकर, वह दुर्योधन का क्रोध आमंत्रित करे या न करे। पाण्डवों के पास जाने से, उन्हें एक बार भी इस प्रकार की चिन्ता करने की आवश्यकता नहीं होगी। उन्हें प्रसन्नता होगी कि उनके विदुर काका, धृतराष्ट्र के चंगुल से निकल कर, उनके पास पहुँच गये हैं।"

"मैं तो सुरक्षित हो जाऊँगा भाभी!" विदुर का स्वर, पहले की अपेक्षा, कहीं अधिक दृढ़ हो गया था, "किन्तु तुम्हारे सारे तर्कों के होते हुए भी, मैं तुम्हारी सुरक्षा की ओर से आश्वस्त नहीं हूँ।..."

कुन्ती ने जैसे खीझकर विदुर की ओर देखा। उसकी आँखों में एक प्रकार की कठोरता पुंजीभूत हुई और वह बोली, "तो एक कटु बात कह रही हूँ विदुर, उसे सुनो और विचार करो।"

"क्या है भाभी?" कुन्ती की दृढ़ता से विदुर का मन कुछ सहम-सा गया था।

"युधिष्ठिर के द्यूत खेलने से मैं तनिक भी प्रसन्न नहीं थी।" कुन्ती बोली,

"उसके पराजित होने से मैं और दुखी हुई; और सबसे अधिक, मैं पीड़ित हुई, अपनी पुत्रवधू के अपमान से। युधिष्ठिर ने उस अपमान का विरोध नहीं किया, न अपने भाइयों को करने दिया। उसने उसका प्रतिशोध लेने का प्रयत्न नहीं किया।... और मैं जानती हूँ कि तेरह वर्षों के पश्चात् उसके निष्कासन समाप्त कर लौटने पर, यदि धृतराष्ट्र ने उसका राज्य लौटा दिया, तो वह अपना, अपने भाइयों तथा पत्नी का अपमान भूल जायेगा।"

"तो?" पारंसवी चकित थी।

"यह तो मैंने सोचा ही नहीं।" विदुर जैसे अपने-आप से बोले।

"किन्तु मैंने सोचा है।" कुन्ती बोली, "इसलिए, मैं यहाँ बैठी हूँ, हस्तिनापुर में। अपनी माँ को लेने तो वह आयेगा। न वह अपनी माँ को त्याग सकता है, न कोई नयी माँ खोज सकता है। इसलिए उसे हस्तिनापुर तो आना ही होगा।"

"भाभी!"

"मुझे अपनी सुरक्षा की चिन्ता नहीं है।" कुन्ती बोली, "मुझे चिन्ता उस प्रतिशोध की है, जो पाण्डवों को लेना है; मुझे चिन्ता उस राज्य की है, जो पाण्डवों का है। इसलिए विदुर! मैं हस्तिनापुर में रुक गयी हूँ, ताकि दुर्योधन की दृष्टि के सम्मुख निरन्तर बनी रहूँ। उसे याद दिलाती रहूँ कि उसने मेरे पुत्रों का राज्य छीना है। उसकी सम्पत्ति अधर्म द्वारा अर्जित की गयी है। मैं धृतराष्ट्र की चेतना में बनी रहूँ, ताकि वह अपनी अन्धी आँखों से मेरे पुत्रों के शस्त्रास्त्रों को देखता रहे और उसका मन भय से निरन्तर काँपता रहे।... और मैं हस्तिनापुर में इसलिए रुकी हूँ विदुर! ताकि क्रोध में आकर, घृणा से भरकर दुर्योधन अथवा उसका कोई सहायक मेरी हत्या कर दे।..."

विदुर और पारंसवी ने स्तब्ध हो, कुन्ती की ओर देखा।

"हाँ! दुर्योधन मेरी हत्या कर दे।... यदि दुर्योधन मेरी हत्या कर दे, तो फिर युधिष्ठिर भी उसकी उपेक्षा नहीं कर सकता। वह अपमान विस्मृत कर दे, अपने भाइयों और अपनी पत्नी का अपमान क्षमा कर दे; किन्तु अपनी माँ की हत्या की न वह उपेक्षा कर सकता है, न उसे क्षमा कर सकता है।... और यदि युधिष्ठिर इस सीमा तक कायर हो जाये, कि अपनी माँ के हत्यारे को भी क्षमा कर दे, तो महावीर भीम और अर्जुन, दुर्योधन को कभी क्षमा नहीं करेंगे। मेरे नकुल और सहदेव, इतने समर्थ न सही, किन्तु अपने प्राण देकर भी, अपनी माँ की हत्या का प्रतिशोध लेंगे।..."

"यदि तुम्हारी ऐसी ही इच्छा है भाभी!" विदुर बोले, "तो तुम कहती क्यों नहीं, अपने चारों पुत्रों से कि वे धर्मराज की उपेक्षा कर, दुर्योधन को दण्डित करें।"

"यह माँ का धर्म नहीं है कि अपने पुत्रों को बड़े भाई की अवमानना सिखाये। मैं तो केवल उन्हें धर्म सिखा रही हूँ।" और सहसा, कुन्ती ने जैसे सारा विषय ही

बदल दिया, "और यदि तुम्हें अपने परिवार की सुरक्षा की चिन्ता है तो स्मरण रखो, तुम सशस्त्र योद्धा तो हो नहीं कि तुम्हारे यहाँ उपस्थित रहने से, तुम्हारा परिवार सुरक्षित रहेगा। सम्भव है कि तुम्हारा आखेट करने आये, दुर्योधन के अनुचर, तुम्हारे परिवार की भी क्षति करने पर उतारू हो जायें; किन्तु यदि तुम ही नहीं होगे, तो वे यहाँ क्या करने आयेंगे।"

"मेरा विचार है, कुन्ती भाभी ठीक कह रही हैं।" पारंसवी बोली, "आप तो इस समय केवल अपनी सुरक्षा की बात सोचिए। यदि आप भी यहाँ उपस्थित रहे, तो हम सब असुरक्षित हैं। आप यहाँ न हुए तो एक तो वैसे ही दुर्योधन का क्रोध कुछ क्षीण हो जायेगा; और फिर यह उसे भी सोचना पड़ेगा कि पीछे से यदि कुन्ती भाभी अथवा आपके परिवार को क्षति पहुँचायी, तो आप अपने भातृ-पुत्रों को साथ ले कर, प्रतिशोध के लिए अवश्य आयेंगे।"

विदुर मौन बैठे कुछ सोचते रहे। थोड़ी देर पश्चात् वे उठकर खड़े हो गये और बोले, "मैं अपने कक्ष में जा रहा हूँ। कुछ देर विचार करना चाहता हूँ। यदि जाने का निश्चय हो गया है तो रात्रि के किसी समय चुपचाप निकल जाऊँगा। यदि गया तो युधिष्ठिर के पास जाऊँगा। न गया तो कल प्रातः तुम लोगों से भेंट करूँगा।"

विदुर मन्थर गति से अपने कक्ष की ओर चले गये। उनका तन जितना शिथिल दिखायी पड़ रहा था, मन उतने ही वेग से विभिन्न दिशाओं में भाग रहा था। यह शिथिल होने का समय नहीं था। उन्हें तत्काल निर्णय करना होगा; और तुरन्त सक्रिय होना होगा...

वे अपने कक्ष में आये और आसन पर बैठ कर उन्होंने परिचारक को पुकारा। परिचारक ने आकर प्रणाम किया तो बोले, "बाहर मेरा सारथि होगा। उसे भीतर भेज दो; और अब तुम जा कर विश्राम करो। मुझे किसी वस्तु की आवश्यकता नहीं है। थक गया हूँ। एकान्त चाहता हूँ।"

परिचारक प्रणाम करके बाहर चला गया; और थोड़ी-ही देर में सारथि ने प्रवेश किया।

"घोड़ों को खोल दो अश्वसेन! और तुम यथाशीघ्र महर्षि कृष्ण द्वैपायन व्यास के आश्रम में चले जाओ। उनको मेरी ओर से प्रणाम निवेदित करके कहना कि मुझे धृतराष्ट्र ने हस्तिनापुर से निष्कासित कर दिया है। मैं हस्तिनापुर छोड़ रहा हूँ। मेरा परिवार यहाँ असुरक्षित है। कुन्ती भाभी यहीं हैं; और उनकी सुरक्षा की ओर से भी मैं चिन्तित हूँ। इन सबका दायित्व उनपर ही छोड़ कर जा रहा हूँ। यदि वे उचित समझें तो आवश्यकता पड़ने पर, इन सब लोगों को अपने आश्रम में शरण दे सकते हैं।" विदुर क्षण भर रुके, "और अश्वसेन! यह दायित्व तुम्हारा है कि किसी को इसका आभास न होने पाये कि मैंने महर्षि को इस प्रकार का कोई सन्देश भिजवाया है।"

47

विदुर के हस्तिनापुर लौट आने के पश्चात् से, कुन्ती को राजसभा की एक-एक गतिविधि की सूचना मिल रही थी। राजसभा ही क्या, राजवंश और राजप्रासाद में क्या हो रहा था, वे सूचनाएँ भी उसके पास पहुँच रही थीं। उसके लिए विदुर को कोई विशेष प्रयत्न नहीं करना पड़ता था। ये समाचार तो राजप्रासाद की किसी दासी से भी प्राप्त किये जा सकते थे। पाण्डव-विरोधी अपनी गतिविधियों में दुर्योधन कोई गोपनीयता भी नहीं बरतता था। गोपनीयता की आवश्यकता ही नहीं थी। उसे किसी का भय नहीं था। वह तो सार्वजनिक रूप से प्रचार कर रहा था कि पाण्डव उसके भाई नहीं, शत्रु हैं... और शत्रुओं का नाश करना क्षत्रिय राजाओं का धर्म ही था... वीरता उनकी शोभा थी...

"कैसी हो भाभी!" विदुर राजसभा से लौट आये थे।

"कैसी रहूँगी, विदुर! वैसी की वैसी। मेरा जीवन तो जैसे एक स्थान पर आ कर रुक गया है।... कोई कर्म नहीं, कोई गति नहीं, कोई लक्ष्य नहीं... रात को सोते हुए, स्वयं से नहीं पूछ सकती कि प्रातः जो कर्म सोचा था, वह किया या नहीं? आज के कर्म-समर में जीती या हारी?..."

विदुर हँसे, "तुम तो स्वयं को निकम्मी सिद्ध करने पर तुली हुई हो।"

"निकम्मी हूँ नहीं क्या?"

"मेरी दृष्टि में तो तुम साधिका हो।..."

इस बार कुन्ती हँसी, "मैं नहीं जानती थी देवर! कि तुम्हारी दृष्टि में साधक, निकम्मे को कहते हैं।"

"तुम चाहे इसे परिहास में उड़ा दो भाभी! किन्तु सत्य यही है कि तुम साधना कर रही हो।" विदुर बोले, "साधना का रूप भी यही है। साधक, अपने सारे बाहरी कर्मों को रोक देता है और मन में गहरे उतरकर, कोई महत्त्वपूर्ण कर्म करता रहता है। ऊपर से वह सर्वथा निष्क्रिय दिखायी देता है; किन्तु तल के नीचे अथाह गतिविधि चल रही होती है। वह बाहरी कार्यों को स्थगित कर, अपनी ऊर्जा का संचय करता है, सारे साधनों को एकाग्र कर, उन्हें सिद्ध करता है।... तपस्वी क्या करता है, आँखें मूँदे पालथी मारे ही तो बैठा होता है। कवि क्या करता है, अपने भावों के लिए शब्दों का चयन ही तो कर रहा होता है। धनुर्धर क्या करता है, एक स्थान पर खड़ा, एक विशिष्ट लक्ष्य पर बाण ही तो चला रहा होता है।... इन सारे कार्यों में कौन-सी गतिविधि?... किन्तु कितने लोगों को प्रभावित करता है उनका कर्म! साधना दिखाई नहीं देती भाभी!..."

"चलो! तुम मुझे साधिका ही मानते रहो। मुझे क्या आपत्ति हो सकती है!" कुन्ती हँस पड़ी, "आज क्या हुआ? राजप्रासाद में मैत्रेय ऋषि पधारे थे क्या?"

"हाँ भाभी! वे तो पधारे थे; किन्तु धृतराष्ट्र की मनोकामना पूरी नहीं हुई।"

"क्यों?"

"पिता ने हस्तिनापुर के सुन्दरतम और बहुमूल्य पुष्पों की पंखुड़ियाँ, उनके मार्ग में बिछवायीं, अपनी सुन्दरतम दासियों से उनका स्वागत करवाया; किन्तु पुत्र ने अभद्र व्यवहार से उन्हें कुपित कर दिया।" विदुर बोले।

"क्या कह गये वे?"

"कह गये कि शान्ति बनाये रखने में ही धृतराष्ट्र और उसके पुत्रों का कल्याण है। युद्ध हुआ तो भीम, अपनी गदा से दुर्योधन की जंघा तोड़ देगा।..."

कुन्ती कुछ क्षणों तक जैसे इन सूचनाओं को आत्मसात् करती रही। फिर बोली, "तुम्हें क्या लगता है विदुर! क्या दुर्योधन सचमुच मेरे पुत्रों पर आक्रमण कर उनका वध कर देगा?"

विदुर ने कुन्ती के चेहरे पर चिन्ता के कुछ असाधारण भाव देखे। ऐसे में तत्काल कोई उत्तर देना उचित नहीं था। अपने शब्दों को तौलना बहुत आवश्यक था।

"भाभी, इसमें विचार करने के दो पक्ष हैं।" विदुर ने धीरे से कहा।

कुन्ती ने उनकी ओर देखा।

"पहला प्रश्न यह है कि यदि दुर्योधन पाण्डवों पर आक्रमण करे, तो क्या वह उनका वध कर सकता है?"

"मेरे पुत्र वीर हैं। उनमें युद्ध-कौशल भी हैं। किन्तु प्रश्न साधनों का है। एक ओर एक साम्राज्य की सेना, सेनापति और सैन्य-संचालक हों और दूसरी ओर मात्र पाँच योद्धा।...और मैं यह नहीं भूल सकती कि पितामह भीष्म, गुरु द्रोण तथा कृपाचार्य, मेरे पुत्रों से हीनतर योद्धा नहीं हैं। दुर्योधन, दुःशासन, कर्ण और अश्वत्थामा से निबटना हो तो बात और है...।"

"जहाँ तक मैं समझता हूँ भाभी! दुर्योधन यदि पाण्डवों की निरीह हत्या के लिए सैनिक अभियान करेगा, तो पितृव्य भीष्म, गुरु द्रोण और राजगुरु कृपाचार्य उसका साथ नहीं देंगे। युद्ध की बात और है। पाण्डव यदि सेना लेकर आयेंगे और रण-सज्जित होंगे, तो निश्चित रूप से ये लोग अपने राजा के पक्ष से युद्ध करेंगे।... इसका अर्थ यह हुआ कि युद्ध की स्थिति के बिना, दुर्योधन तुम्हारे पुत्रों की हत्या करने में समर्थ नहीं है। मैंने पाण्डवों को देखा है, वे कितने समर्थ, सतर्क और आश्वस्त हैं। युधिष्ठिर अवश्य कुछ भीरु है, क्योंकि वह परिवार का मुखिया है, चिन्तनशील है, अपनी सीमाओं को जानता है और शत्रु को कभी कम करके नहीं आँकता, किन्तु तुम्हारे शेष चारों पुत्र सिंह के समान निर्भीक हैं।"

"मेरी आशंकाओं का एक कारण यह भी है कि वे इतने निर्भीक हैं—विशेष रूप से भीम! संकट को उस तक आने की आवश्यकता नहीं होगी; वह स्वयं ही संकट से जा गले मिलता है।"

"अच्छा, अब दूसरा विचारणीय प्रश्न है कि यदि दुर्योधन पाण्डवों का वध कराना चाहेगा, तो क्या धृतराष्ट्र उसे अनुमति दे देंगे?"

"आज तक तो उन्होंने सदा उसका साथ दिया है, अब क्यों अनुमति नहीं देंगे?" कुन्ती निश्चयात्मक स्वर में बोली।

"खुले आक्रमण की अनुमति उन्होंने कभी नहीं दी। वे छल-कपट में तो पुत्र के साथ हैं; किन्तु वे खुल कर अत्याचार कर उसका दायित्व स्वीकार नहीं करते। तुम भूल जाती हो भाभी! धृतराष्ट्र मूलतः अक्षम और भीरु पुरुष हैं। छिपकर आघात करना चाहते हैं। सम्मुख-युद्ध का साहस नहीं करते। वे अपनी छवि, एक धर्मात्मा की-सी बनाये रखना चाहते हैं। मुझे हस्तिनापुर बुलाने में उन्होंने जान-बूझकर दुर्योधन-विरोधी भंगिमा बनाये रखी है, जबकि कौन नहीं जानता कि दुर्योधन में उनके प्राण बसते हैं : संसार में दुर्योधन से अधिक प्रिय उन्हें कोई नहीं है। इसलिए वे दुर्योधन को खुलकर पाण्डवों पर आक्रमण करने की अनुमति नहीं देंगे; और दुर्योधन कितना भी उद्दण्ड क्यों न हो, वह उनकी आज्ञा का उल्लंघन नहीं करेगा।" विदुर रुके, "हाँ, मेरी कल्पना में एक स्थिति ऐसी आती है, जब दुर्योधन, धृतराष्ट्र की आज्ञा का उल्लंघन कर सकता है, अथवा उनसे छिपा कर, उनकी इच्छा के विरुद्ध कोई दुष्कृत्य कर सकता है।"

"कौन-सी स्थिति?"

"उनके मित्र कर्ण में यह सामर्थ्य है कि वह उसे समझा दे कि पिता का ऐसा कोई महत्त्व नहीं है कि उसकी प्रत्येक आज्ञा का पालन किया जाये। कर्ण की अधर्म की ओर अद्भुत प्रवृत्ति है। उसमें क्रूरता का तत्त्व दुर्योधन से तनिक भी कम नहीं है। मुझे लगता है भाभी!" विदुर बोले, "कि उसके मन में कहीं बहुत गहरे, यह बात जमी हुई है कि संसार ने उसके साथ अत्याचार किया है, अथवा संसार ने उसे पीड़ा दी है। प्रतिक्रियावश उसमें परपीड़न-रति बहुत अधिक विकसित हो गयी है। दूसरों को पीड़ा दे कर, उन्हें तड़पते देखकर, उसे बहुत सुख मिलता है।... और दुर्योधन का मित्र हो कर अत्यन्त सरलता से पाण्डवों को पीड़ित कर, अपना सुख भी पाया जा सकता है और दुर्योधन की प्रसन्नता भी...।"

कुन्ती के मन की विचित्र स्थिति हो रही थी... विदुर नहीं जानते कि कर्ण से उसका क्या सम्बन्ध है। वे उसके विषय में कुछ भी कह सकते हैं। उसके मन का विश्लेषण कर सकते हैं। उसके चरित्र का विश्लेषण कर सकते हैं।... उसके विषय में कुछ ऐसी धारणा भी व्यक्त कर सकते हैं, जो कुन्ती के लिए पीड़ादायक अथवा असह्य हो।... तो क्या कुन्ती विदुर को बता दे कि कर्ण उसका पुत्र है। वह उसे न दुष्ट मानती है, न अपना शत्रु... किन्तु विदुर को बताने से क्या होगा?... जिन कारणों से कुन्ती ने इतना बड़ा त्याग किया, अब तक इतना कष्ट सहा, कर्ण को इन परिस्थितियों में डाला—वे कारण अभी समाप्त तो नहीं हुए हैं।... कुन्ती बता

देगी तो, उसके सम्मान में विदुर मौन हो जायेंगे, वे कुछ कहेंगे नहीं... किन्तु न विदुर की धारणा बदलेगी, न कर्ण का व्यवहार!... परिस्थितियाँ वैसी की वैसी ही रहेंगी तो विदुर को बताने का क्या लाभ?...

"किन्तु मैंने सुना है कि वह बहुत धर्मात्मा है।" कुन्ती ने प्रयत्नपूर्वक अधिक से अधिक तटस्थ होने का अभिनय किया, "सूर्योपासना करता है। असहाय और पीड़ित लोगों में धन-वितरण करता है..."

"हाँ, वह तो करता है। देव-सरिता गंगा की, माँ के रूप में पूजा करता है; और सूर्यदेव की पिता के रूप में। दान भी बहुत करता है।" विदुर बोले, "किन्तु प्रभात की उस वेला के पश्चात जब घर लौटता है, तो पहले से भी अधिक अहंकार जुटा कर आता है। पहले से अधिक, उग्र अहंकारी बनकर घर में प्रवेश करता है। तुम जानती हो भाभी! जहाँ अहंकार होता है, वहाँ धर्म नहीं होता। अपने राजा को प्रसन्न करने के लिए, जो कर्ण एक निरीह स्त्री को सार्वजनिक रूप से निर्वस्त्र करने का प्रस्ताव करता है, उस स्त्री की पीड़ा देखकर स्वर्गीय सुख का अनुभव करता है, वह कर्ण क्या धर्म और ईश्वर के निकट आ सकता है? जिसके मन में तनिक भी करुणा नहीं, वह धार्मिक तो क्या होगा, वह वीर भी नहीं है। मनुष्य वह होता है, जो किसी अज्ञात स्त्री की लज्जा ढँकने के लिए, आवश्यकता पड़ने पर, अपनी त्वचा उधेड़ कर उसके आवरण प्रदान करे, वह नहीं जो इस राक्षसी कृत्य में सुख का अनुभव करे। मेरा मन उसे धर्मात्मा तो क्या, मनुष्य भी नहीं मानता। वह और कुछ नहीं,... लोभी है... स्वार्थी है, क्रूर है... मानसिक रोगी है..."

कुन्ती के मन में उनचासों पवन एक साथ चल रहे थे। उसे अपने वक्ष पर सागर के झंझावातों के आन्दोलन का-सा अनुभव हो रहा था।... किन्तु ऊपर से पर्याप्त शान्त दिखायी पड़ने का प्रयत्न कर रही थी, "किन्तु मैंने तो सुना है कि वह नारी का सम्मान करता है। बस पांचाली से रुष्ट है... और पांचाली के प्रति उसका यह रोष इसलिए है, कि अपने स्वयंवर में पांचाली ने उसका अपमान किया था।..."

"क्या क्षत्रिय-कन्या को अपने स्वयंवर में स्वेच्छा से अपने वर के चयन का अधिकार भी नहीं है भाभी?" विदुर के स्वर में हल्का-सा आवेश था, "पांचाली ने इतना ही तो कहा था कि वह उससे विवाह नहीं करेगी।"

"सूत-पुत्र भी तो कहा था।" कुन्ती बोली।

"महाराज धृतराष्ट्र, संजय को सूत-पुत्र कहते हैं, तो संजय उनके वक्ष में शूल घुसेड़ दे?" विदुर बोले, "अधिरथ के पुत्र को सूत-पुत्र ही तो कहा जायेगा। कोई मुझे दासी-पुत्र कहेगा, तो मैं उसके प्राण ले लूँगा क्या? मैं दासी-पुत्र हूँ—यह यथार्थ है। जब कोई अपनी वास्तविकता को नकारने का प्रयत्न करता है, तो वह अपने लिए इसी प्रकार के संकट उत्पन्न करता है।" विदुर ने कुन्ती की ओर देखा, "वह सूत-पुत्र न होता और द्रौपदी उसको कहती तब, उसकी पीड़ा मेरी समझ में आ सकती थी।"

"द्रौपदी के 'सूत-पुत्र' कहने में घृणा का भाव रहा होगा।" कुन्ती बोली।

"'सूत' के प्रति घृणा का भाव कर्ण के मन में है पांचाली के मन में नहीं।"

"वह अपनी सेवा में लगे सूत-परिवारों से घृणा करता है क्या?" विदुर बोले, "वस्तुतः कर्ण, सूत-पुत्र होने को अपना अपमान मानता है। वह इस समय 'अंगराज' कहलाता है, राजसभा में रहता है, युवराज का मित्र... इसमें कहाँ आड़े आया, उसका सूत-पुत्र होना।..."

"वस्तुतः उसकी पीड़ा कदाचित यह है विदुर! कि उसका कुल अज्ञात है।"

"तो उसे प्रभु का आभारी होना चाहिए कि वह सूत के घर में पला और राजसभा तक पहुँचा। गंगा-तट के किसी मन्दिर के पुरोहित के घर पहुँच गया होता, तो मन्दिर में आने वाली दान-दक्षिणा पर निर्भर रहता, और ब्राह्मण-पुत्र हो कर भी, राजसभा का मुख नहीं देख पाता।" विदुर बोले, "और भाभी! यदि पांचाली का व्यवहार, उसे अपमानजनक लगा भी था, तो शस्त्र निकाल लेता, पांचाली के रक्षकों का वध करता और एक वीर के समान उसका हरण करता।... यह, एक असहाय स्त्री को इस प्रकार अपमानित करना... छिः।"

कुन्ती कुछ नहीं बोली। क्या कहती? किसका पक्ष लेती? विदुर को ज्ञात नहीं है, किन्तु वह तो जानती है न, कि एक ओर उसकी पुत्र-वधू है, और दूसरी ओर उसका अपना पुत्र! किसी एक को अपराधी मान लेने से उसकी समस्या का निराकरण तो नहीं होता... उसे तो दोनों की ही रक्षा करनी है... किन्तु विदुर से कुन्ती असहमत भी नहीं थी... नारी से प्रतिशोध वह भी इस प्रकार... सारी मातृजाति का अपमान...

विदुर चले गये, किन्तु कुन्ती के मन से यह चर्चा नहीं उतरी।... कर्ण सचमुच इतना नीच हो गया है?... पर इसमें सन्देह के लिए अवकाश ही कहाँ है! उसके कृत्य तो सबके सामने हैं। विदुर ने कोई नयी सूचना तो दी नहीं थी। इसमें से ऐसा क्या था, जो वह पहले से नहीं जानती थी।... शायद उसके मन का प्रश्न यह नहीं था कि क्या वह ऐसा हो गया है?... उसका प्रश्न तो यह था कि वह ऐसा क्यों हो गया है?

... क्या केवल इसलिए कि उसकी माँ ने उसे त्याग दिया था?... किन्तु संसार में अनेक लोगों की माताएँ अथवा उनके पिता, उन्हें त्याग देते हैं, तो वे सब लोग क्या पापी, अधर्मी और अत्याचारी हो जाते हैं? महर्षि व्यास को उनकी माँ त्याग गयी थीं, वे तो वैसे नहीं हुए। पितृव्य भीष्म को उनकी माँ त्याग गयी थीं, वे तो वैसे नहीं हुए।... त्यागने को तो नकुल और सहदेव को उनकी माँ त्याग गयी थी। वे तो वैसे नहीं हुए... कदाचित् इन लोगों का मन इतना दग्ध नहीं हुआ, क्योंकि इनको कुल का नाम तो मिला... कर्ण को कुल का नाम भी नहीं मिला... कुन्ती का मन सहसा ठिठक गया... वह जाबाल को क्यों भूल रही है। उसको पिता का नाम तक ज्ञात नहीं था। सारे समाज में उसका उपहास होता था। उसने अपनी माँ से पूछा तो माँ ने यही बताया था कि वह जबाला का पुत्र था, अतः जाबाल था। उसके पिता

के विषय में कोई सूचना नहीं दी जा सकती थी।... वह जाबाल भी ऋषि हुआ, कर्ण के समान वह, अधर्मी और पापी दुर्योधन की प्रेरणा नहीं बना... उसे अपने कुल का ज्ञान नहीं है, तो वह यह भी तो सोच सकता है कि वह हीन कुल में जन्मा है, और अधिरथ के घर में पल कर गौरवान्वित हुआ है।... और यदि केवल वंश की बात है, उसकी यही एक पीड़ा है... तो उसकी समस्या का समाधान है कुन्ती के पास! ... कुन्ती, उसे अपने आँचल में समेट लेगी... वह उसे उच्चकुल, क्षत्रिय वंश का नाम देगी... बहुत लाज निभा ली कुन्ती ने अपने पितृ-कुल की, अपने श्वसुर-कुल की!... किसी ने उसकी पीड़ा की ओर आँख उठा कर भी नहीं देखा... तो उसके लिए क्यों वह अपने इस पुत्र को यह नारकीय यातना दे रही है, जिसे वह सहन नहीं कर पा रहा और पशु बनता जा रहा है...

कुन्ती की कल्पना जैसे नयी उड़ानें भरने लगी थी... वह कर्ण के पास जायेगी। वह उसे बतायेगी, कि वह उसकी माँ है। वह सूत-पुत्र नहीं, क्षत्रिय-कुल-जन्मा है। वह उसका कानीन पुत्र है, देवप्रदत्त पुत्र है, वह सम्राट् पाण्डु का क्षेत्रज पुत्र है।... वह कुरुवंशी है।... कर्ण के मन की ज्वाला शान्त हो जायेगी। वह पाण्डवों के प्रति शत्रु-भाव त्याग देगा। वह दुर्योधन से विरक्त हो जायेगा।... सम्भव है वह पाण्डवों से आ मिले... अन्याय को छोड़ कर, धर्म का आँचल थाम ले...

और सहसा, कुन्ती का मन दहल उठा... उसकी अपनी कल्पना ही, किसी और लोक में जा पहुँची थी... सूर्य का आलोक धुँधला ही नहीं, काला पड़ गया था... पवन शीतल हो कर भी शरीर में सूई के समान नहीं श्लाका के समान चुभ रहा था... यदि कर्ण को यह बता दिया गया कि वह सम्राट् पाण्डु का ज्येष्ठ पुत्र है, तो राज्य का उत्तराधिकारी वह होगा... युधिष्ठिर का क्या है, वह तो राज्य त्यागने के लिए कोई-न-कोई बहाना ढूँढ़ता ही रहता है।... वह अपना किरीट कर्ण के चरणों पर रख देगा। इन्द्रप्रस्थ के सिंहासन पर उसे बैठा देगा...

पर कर्ण क्या करेगा?

कुन्ती नहीं जानती कि कर्ण क्या करेगा! सम्भव है, वह दुर्योधन के प्रति अपनी निष्ठा के कारण युधिष्ठिर का मुकुट, दुर्योधन को सौंप दे... बहुत सम्भव है कि इन्द्रप्रस्थ के सिंहासन पर, स्थायी रूप से दुर्योधन स्थापित हो जाये... और पाण्डव उसके कारागार में पहुँच जायें... या उनका वध करवा दिया जाये... बहुत सम्भव है कि राज्य तो कर्ण का ही रहे, किन्तु पाण्डवों के लिए, उसमें कोई स्थान न हो... और पांचाली यदि पाँचों पाण्डवों की पत्नी है तो छठे पाण्डव की क्या स्थिति होगी? छठा क्यों? वह तो पहला पाण्डव है... क्या पांचाली को उसे भी पति के रूप में स्वीकार करना होगा?... पर पांचाली ने तो अपने स्वयंवर में स्पष्ट रूप से उससे विवाह का निषेध कर दिया था...। इन नयी परिस्थितियों में पांचाली की क्या स्थिति होगी? उसकी क्या प्रतिक्रिया होगी? उसके प्रति कर्ण का क्या दृष्टिकोण होगा? पति के

रूप में पांचाली पर अबाध अधिकार होगा, ऐसे में यदि वह उसके सम्मान की रक्षा न करे; अथवा उसे पीड़ित करे तो?...नहीं कुन्ती! तुझे कोई अधिकार नहीं है कि तू पांचाली को बाध्य करे कि अपनी इच्छा के विरुद्ध वह कर्ण को अपने पति के रूप में स्वीकार करे...। तुझे कोई अधिकार नहीं है, कि तू पाण्डवों का राज्य उनसे छीन कर, पैरों तले रौंदने के लिए कर्ण को दे दे... कर्ण शरीर से तेरा पुत्र है किन्तु मन से वह दुर्योधन का मित्र मात्र है। वह कभी पाण्डवों का मित्र और तेरा पुत्र नहीं हो सकता...

कर्ण तेरा भूतकाल है कुन्ती! भूत को वर्तमान बनाने का प्रयत्न मत कर... कोई नहीं जानता कि कर्ण तेरा पुत्र है... किन्तु पाँचों पाण्डव तो तेरे ही पुत्र हैं। पांचाली कृष्णा तेरी पुत्रवधू है।... जो तेरा नहीं है, उसे अपना बनाने के प्रयत्न में, जो तेरे हैं उनका सर्वनाश न कर... एक की उपलब्धि के लिए पाँचों को दाँव पर मत लगा। यह द्यूत मत खेल... एक पुत्र के उद्धार के प्रयत्न में तू शेष पाँच पुत्रों की दासता का अनुबन्ध तैयार मत कर...

कुन्ती का मन जैसे चेतना-शून्य होता जा रहा था... निरन्तर और अनवरत होने वाले इन सूक्ष्म आघातों से उसकी संवेदनशक्ति जैसे समाप्त होती जा रही थी।...वह सोच नहीं पा रही थी कि उसे क्या करना चाहिए, क्या नहीं करना चाहिए... किन्तु एक बात उसके सामने बहुत स्पष्ट होती जा रही थी... व्यक्ति अपने जीवन के किसी भी काल को, एक ही बार जी सकता है, जिये हुए काल-खण्ड को, पुनः अपने ढंग से जीना, कभी सम्भव नहीं होता... जिस कर्ण को उसने एक बार त्याग दिया था, उसे अब नवजात शिशु के रूप में अपनी भुजाओं में लेकर वक्ष से लगा लेना कदाचित् सम्भव नहीं है।... अब वह प्रौढ़ वय का एक पुरुष है। वह, वही रहेगा। उसका अपना जीवन है, अपने सम्बन्ध और सम्पर्क हैं। अपनी पसन्द और नापसन्द है। कुन्ती, उससे पाण्डवों की माता के रूप में तो सम्बन्ध बना सकती है, किन्तु वह उसकी माता बन जाये, यह शायद सम्भव नहीं है... वह राधा का पुत्र राधेय है तो वही रहेगा...

काल कभी लौट कर नहीं आता कुन्ती!

48

"भाभी! तुम्हारे पुत्रों का समाचार आया है।" विदुर ने कुन्ती के सामने पड़ते ही कहा, "वे लोग हिमालय-क्षेत्र से नीचे उतर कर, सकुशल विशाखयूप वन में आ गये हैं।"

कुन्ती चुपचाप विदुर के मुख की ओर देखती रही : विदुर को जो कुछ भी कहना है, कह ले। किन्तु, जब विदुर ने कुछ नहीं कहा, तो वह धीरे से बोली, "बस?"

"बस का अर्थ?" विदुर ने कुछ चकित हो कर पूछा।

"बस, इतना ही समाचार आया है, या कुछ और भी?" कुन्ती ने पूछा।

"समाचार तो एक प्रकार से इतना ही आया है, किन्तु कुरुओं की राजधानी में उसके साथ बहुत कुछ जुड़ गया है।"

"क्या जुड़ गया है, उसके साथ?" कुन्ती की उत्सुकता कुछ अधिक ही प्रबल हो उठी थी।

"वह 'बहुत कुछ' जो जुड़ गया है, उसी को तो राजसभा कहते हैं।" विदुर धीरे से बोले और पारंसवी की ओर मुड़े, "कहाँ बैठने की व्यवस्था कर रही हो पारंसवी? एक बार बैठ कर, विस्तार से भाभी को सब कुछ सुना दूँ।... और हाँ! तुम भी सुन लो, अपनी प्रबन्ध-पटुता प्रमाणित करने के लिए, बीच में इधर-उधर मत आती-जाती रहना। मैं दुबारा कुछ नहीं सुनाऊँगा।"

"उद्यान में व्यवस्था कर रखी है।" पारंसवी बोली, "भाभी को जो स्थान प्रिय है, वहीं बैठें।... और मैं आपकी सेवा के लिए ही भागती-दौड़ती हूँ, अन्यथा इस वृद्धावस्था में मुझे क्या पड़ी है कि क्लान्त शरीर को इतना कष्ट दूँ।"

विदुर कुछ नहीं बोले। वे जैसे मन-ही-मन उन सूचनाओं का रस-पान कर रहे थे, जो वे सुनकर आये थे; और जो वे कुन्ती और पारंसवी को सुनाने जा रहे थे।

उद्यान में रखे गये आसनों पर बैठ कर विदुर ने उन दोनों की ओर देखा।

"हाँ विदुर!" कुन्ती बोली।

"भाभी, राज्य के गुप्तचरों ने राजसभा में सार्वजनिक रूप से यह सूचना दी है कि पाण्डव किरातराज सुबाहु के राज्य में होते हुए, विशाखयूप वन में आ गये हैं।" विदुर ने कहना आरम्भ किया, "इतना सुनना था कि महाराज धृतराष्ट्र के मुख से अनायास ही उच्छ्वास निकल गया, 'क्या पाण्डव हिमालय के उन शीत प्रदेशों से जीवित और सकुशल लौट आये?' उनके स्वर में उनकी हताशा को कोई भी भाँप सकता था। पितृव्य भीष्म के भ्रू कुछ तन गये। उनकी वाणी में प्रतिवाद आ गया, 'क्या महाराज इस बात से अप्रसन्न हैं कि उनके पुत्र उन कठिन प्रदेशों से सकुशल लौट आये हैं!' धृतराष्ट्र ने तत्काल रंग बदला और बोले, 'नहीं! नहीं!! मैं तो अत्यन्त प्रसन्न हूँ कि वे सकुशल लौट आये हैं। मेरे वक्ष पर से तो जैसे पर्वत जैसा बोझ हट गया है। मेरे ईश्वर ही जानते हैं कि मैं... 'उनकी हिमालय-यात्रा से मन कितना चिन्तित और कितना आशंकित था। मैंने कभी नहीं चाहा कि वे उन संकटपूर्ण स्थानों पर जायें। वहाँ सूर्यदेव का ताप नहीं होता, अग्निदेव की प्रचण्डता क्षीण हो जाती है, पवनदेव की गति दुर्गम हो जाती है, हिमशृंग टूट-टूट कर गिरते हैं और धरती फट जाती है। पाण्डवों को किसने यह परामर्श दिया था कि वे वहाँ जायें। ...मैं ही जानता हूँ कि ये दिन मैंने कैसे काटे हैं। जब कभी पाण्डवों का ध्यान आता था, मेरा हृदय धक्-सा रह जाता था'...?'"

"कैसा निर्लज्ज और झूठा है वह व्यक्ति!" पारंसवी स्वयं को रोक नहीं पायी।

विदुर हँसे, "कितना बदल गया है युग! इसी हस्तिनापुर का राजा धर्म का साक्षात् रूप होता था और उसके स्थान पर उसी राजसिंहासन पर वह व्यक्ति बैठा है, जो यह मानता है कि राजनीति का अर्थ ही है मिथ्या, झूठ, पाखण्ड, अधर्म! जिस निर्लज्जता से राजा झूठ बोलता है, उसी निर्लज्जता से सभासद् उसे धर्मावतार मान कर उसकी करुणा की प्रशंसा करते हैं। सत्ता-केन्द्र ही असत्य पर खड़ा है...।"

49

कुन्ती को अपने घर आया देख कर काशिका चकित रह गयी। उसने कभी कल्पना भी नहीं की थी कि इन शत्रुतापूर्ण परिस्थितियों में किसी निमन्त्रण के अभाव में, बिना किसी प्रकार की कोई विशेष औपचारिकता किए, बिना कोई सूचना भिजवाए, कुन्ती इस प्रकार सहज भाव से उसके घर भी आ सकती है; जैसे उन दोनों परिवारों के बीच किसी प्रकार का कोई वैमनस्य ही न हो।...कहीं वह किसी प्रकार का झगड़ा करने तो नहीं आयी?...नहीं! यदि कुन्ती को किसी प्रकार का कोई झगड़ा करना होता, विरोध जताना होता, अथवा किसी प्रकार की कोई याचना ही करनी होती, तो वह गान्धारी के पास जाती...यहाँ काशिका के घर?...

काशिका कुछ निश्चय नहीं कर पा रही थी कि वह कुन्ती का किस प्रकार स्वागत करे...एक ओर जहाँ वह द्यूत सभा और पाण्डवों के वनवास की घटनाओं को नहीं भूल पा रही थी, वहाँ वह इस बात की भी उपेक्षा नहीं कर पा रही थी कि कुन्ती उसके पति की चाची तथा उसकी पुत्री लक्ष्मणा के ससुर की बूआ थी।

उसने आगे बढ़ कर कुन्ती के चरणों को स्पर्श किया और धीरे से बोली, "आपको काकी माँ कहूँ कि राजमाता?"

कुन्ती सहज मधुर ढंग से हँसी, "उसका निर्णय बाद में कर लेंगे, पहले बैठने को तो कहो।"

काशिका की दृष्टि से चूका नहीं कि कुन्ती के मन में किसी प्रकार की कोई उद्विग्नता नहीं थी। इसका अर्थ है कि वह किसी प्रकार का मनोमालिन्य ले कर नहीं आयी है। मन वैमनस्य से आन्दोलित होता, तो उसका व्यवहार ऐसा नहीं हो सकता था। वह पूर्णतया सामान्य भाव से, आत्मीयतापूर्वक बातें कर रही थी। काशिका ही थी कि अटपटायी हुई थी; और अपनी भूमिका के विषय में निश्चित नहीं थी।...न पिछली घटनाओं को भूल पा रही थी न सामान्य व्यवहार कर पा रही थी। वह हस्तिनापुर की युवराज्ञी थी, उसके तो तेज से ही कुन्ती जैसे साधारण लोगों को भस्म हो जाना चाहिए था।

कुन्ती बैठ गयी, और मुस्कुरा कर बोली, "मैं राजकुमारी भी रही हूँ, महारानी भी और राजमाता भी; किन्तु अब उनमें से कुछ भी नहीं हूँ। दूसरी ओर तुम्हारी काकी मैं थी; और अब भी हूँ। पद तो कभी होता है और कभी नहीं होता, किन्तु पुत्रि! सम्बन्ध तो ईश्वर के बनाए हुए हैं, वे नष्ट नहीं हो सकते। कल यदि दुर्योधन मेरे पुत्रों का वध भी कर दे, अथवा वह मेरे पुत्रों के हाथों वीरगति को प्राप्त हो, तो भी संसार में यही कहा जायेगा कि एक भाई ने दूसरे भाई का वध किया। इन नैसर्गिक सम्बन्धों को तो अस्वीकार नहीं किया जा सकता।"

काशिका को लगा कि कुन्ती के विषय में उसके मन की जिज्ञासा को उत्तर मिल गया है। शायद कुन्ती सदा इसीलिए इतनी सहज रह पाती थी।...न उसका महत्त्व किसी पद के कारण था, न उसके सम्बन्ध पद के कारण थे। यह तो उसका अपना नैसर्गिक व्यक्तिगत ही था, जो सामने खड़े व्यक्ति को प्रभावित करता था।

"कहिए, आज इधर आने का कष्ट कैसे किया?" काशिका को अपने मन की कटुता अपनी वाणी में भी सुनाई पड़ रही थी।

"सोचा, हस्तिनापुर में रहते हुए भी यदि मेरी पुत्रवधुएँ मुझसे मिलने नहीं आ सकतीं, तो मैं ही उनसे मिल आऊँ।" कुन्ती ने रुक कर उसकी ओर देखा, "यदि बहुत असुविधा न हो तो दुःशासन और विकर्ण की पत्नियों को भी यहीं बुला लो। उनके भवन तो निकट ही हैं न?...और भानुमति कहाँ है?"

काशिका की दृष्टि सहज भाव से निकट खड़ी दासी की ओर उठ गयी। दासी ने अभ्यस्त रूप में मुस्कुरा कर 'सब ठीक है' का संकेत कर दिया।

"किसी को बुलाने की आवश्यकता नहीं है काकी!" काशिका बोली, "आपको आते देख कर दासियाँ अपने आप भाग-भाग कर सबको सूचनाएँ दे आयी होंगी और थोड़ी देर में वे सब यहीं आपके सम्मुख होंगी।" इस बार काशिका का स्वर कुछ सहज रूप लिए हुए था।

"मैं समझी नहीं," कुन्ती ने कहा, "क्या तुम्हारी ऐसी कोई व्यवस्था है?"

"व्यवस्था क्या काकी! यह तो दासियों की सहज चंचलता है। उन्हें कोई भी नयी-सी बात लगती है, तो वे अपनी व्यग्रता छिपा नहीं पातीं और इसी प्रकार बालकों के समान भाग-भाग कर सब ओर सूचना प्रसारित कर आती हैं।"

"तो मेरा तुम्हारे पास आना कोई अद्भुत बात है क्या?" कुन्ती ने पूछा।

"नहीं। ऐसा तो कुछ नहीं है।" काशिका ने उत्तर दिया, "किन्तु आपका इधर आना होता नहीं न।"

तभी भानुमति ने आ कर कुन्ती का अभिवादन किया; और दुःशासन की पत्नी, ज्योत्स्ना भी आ कर सामने खड़ी हो गयी। उसने कुन्ती को प्रणाम किया, न उससे सम्बोधित हुई। उसने कुन्ती पर एक वितृष्णा भरी दृष्टि डाली और काशिका की ओर उन्मुख हो कर बोली, "यह वृद्धा कौन है?"

कुन्ती समझ गयी, ज्योत्स्ना उसे अपमानित और उत्तेजित करने का प्रयत्न कर रही थी। बोली, "यहाँ बैठ जाओ वधू! तो तुम्हें बताऊँ कि यह वृद्धा कौन है।"

ज्योत्स्ना ने उपेक्षापूर्वक अपने सिर को एक झटका दिया और एक ओर बैठ गयी।

"जिस व्यक्ति में दूसरों की तुलना में किसी प्रकार की वृद्धि होती है, वही वृद्ध होता है, जानती हो न!" कुन्ती ने उसकी ओर देखा, "मैं वृद्धा हूँ, अवस्था में, अनुभव में, लोकाचार में...और भी बहुत सारे क्षेत्रों में। मैं स्मरण शक्ति में भी वृद्धा हूँ, क्योंकि तुम्हें स्मरण नहीं है कि मैं कौन हूँ, और मुझे स्मरण है कि तुम उस दुःशासन की पत्नी ज्योत्स्ना हो, जिसके रक्त की प्रतीक्षा में द्रुपदपुत्री कृष्णा के केश वेणीबद्ध नहीं होते। अब तुम्हें स्मरण आया कि मैं कौन हूँ, अथवा यह भी बताऊँ कि मैं उस महावीर भीम की माता हूँ, जिसने तुम्हारे पति का वक्ष फाड़ कर उसका रक्त पीने की प्रतिज्ञा की है?"

"उन प्रसंगों को न ही छेड़ें काकी!" भानुमती उपेक्षाकृत कोमल स्वर में बोली।

"ठीक कहती हो पुत्री!" कुन्ती धीरे से बोली, "वे प्रसंग किसी के लिए भी मधुर नहीं हैं; पर अपने सम्मान की रक्षा तो करनी ही पड़ती है।"

ज्योत्स्ना के मुख का स्वाद जैसे कड़वा हो गया था; किन्तु वह कुन्ती की बात को पी जाने के लिए प्रस्तुत नहीं थी। बोली, "हाँ। स्मरण आ गया। तो आप हैं, इन्द्रपस्थ की विगत राजमाता, महामहिमामयी कुन्ती।"

"ठीक पहचाना।" कुन्ती ने उत्तर दिया, "सम्बन्ध में तुम्हारे पति की काकी हूँ। यदि तुम तनिक भी सुसंस्कृत परिवार में जन्मी हो और तुम्हें शिष्टाचार का किंचित भी ज्ञान है, तो तुम मुझे काकी माँ कह कर सम्बोधित कर सकती हो।"

"मैंने तो समझी थी विगत राजमाता! कि आप अपने शूरवीर पुत्रों के साथ वनवास कर रही होगी। आप अभी तक यहीं हैं, हस्तिनापुर में ही।"

"क्या कर रही हो ज्योत्स्ना!" काशिका ने उसे टोका।

"रहने दो वधू!" कुन्ती ने कहा, "उसको भी अपने पति के समान अन्य नारियों की मर्यादा का उल्लंघन करने का अवसर दो। यह सब नहीं करेगी, तो पति के गुण उसमें प्रतिबिम्बित कैसे होंगे।"

ज्योत्स्ना ने तमक कर कुन्ती की ओर देखा। वह कुछ कहने ही जा रही थी, पर भानुमति ने उसे बोलने का अवसर नहीं दिया। वह बोली, "वैसे काकी माँ! यह जिज्ञासा तो मेरे मन में भी है कि आप अपने पुत्रों के साथ न जा कर यहाँ हस्तिनापुर में कैसे रह गयीं? ऐसी स्थिति में तो कोई भी माता अपने पुत्रों के साथ रहना ही अधिक श्रेयस्कर मानती।"

कुन्ती ने पहचाना कि भानुमति का प्रश्न, एक सहज प्रश्न मात्र था, उसके पीछे किसी प्रकार की कोई दुर्भावना नहीं थी।

"सुख किसको अच्छा नहीं लगता!" कुन्ती के कुछ कहने से पहले ही ज्योत्स्ना बोली, "वन में यह सब कहाँ मिलता, जो कुछ यहाँ उपलब्ध है।"

"तुम्हारा तात्पर्य यदि सुविधाओं से है, तो काकी द्वारका जा सकती थीं। अपनी किसी भी पुत्रवधू के साथ उसके मायके जा सकती थीं। हस्तिनापुर में ही रहना था तो स्वयं महाराज से किसी भी प्रकार की सुख-सुविधा से सम्पन्न कोई प्रसाद ले कर रह सकती थीं।" भानुमति ने कहा, "महामन्त्री विदुर के घर में क्या है।"

विकर्ण की पत्नी मृदुला ने आ कर कुन्ती के चरण स्पर्श कर प्रणाम किया, "सूचना मिली कि आप यहाँ आयी हुई हैं तो मैंने सोचा, मैं भी आपके दर्शन कर आऊँ।"

"तुम चाहो तो तुम्हें दर्शन देने यह तुम्हारे घर भी आ जायेंगी। बस जरा अच्छा-सा भोजन करवा देना।" ज्योत्स्ना बोली।

"तुमने कभी काकी के घर का भोजन किया होता, तो तुम्हें ज्ञात होता कि स्वादिष्ट भोजन क्या होता है।" मृदुला ने कहा, "काकी तो काकी, मैं तो अपने महावीर जेठ भीमसेन के हाथ के पकाए भोजन का स्वाद भी नहीं भूलती।"

"भीम ने भी तो भोजन पकाना काकी से ही सीखा है।" भानुमति ने हस्तक्षेप किया।

"उसे रहने दो मृदुला।" कुन्ती ने मुस्कुरा कर कहा, "उसके मुख में इस समय जले हुए करेलों का स्वाद है। वह अन्य किसी भी स्वाद का अनुभव नहीं कर पायेगी—न वात्सल्य का, न सौहार्द का, और न शान्ति का।..." कुन्ती ने कुछ रुक कर ज्योत्स्ना की ओर देखा; किन्तु जब ज्योत्स्ना कुछ नहीं बोली, तो कुन्ती ने पुनः कहा, "हममें चर्चा चल रही थी कि मैं यदि वनवास की असुविधाओं से बचने के लिए अपने पुत्रों के साथ नहीं गयी तो मुझे हस्तिनापुर में उस घर में रहना चाहिए था जहाँ सबसे अधिक सुख उपलब्ध थे।"

"हाँ काकी! विदुर काका के ही घर क्यों रहीं?"

"पुत्रि! यदि यह निर्णय मैंने किया तो अपने सुख के लिए ही किया। अब पहले हम यह निश्चय कर लें कि सुख क्या है, तब मैं तुम्हारे प्रश्न का उत्तर दे पाऊँगी।" कुन्ती ने कहा, "अब मुझे तुम बताओ कि सुख है क्या?"

"सुख वही है, जो आपके पुत्रों से छिन गया है और हमारे पास है।" ज्योत्स्ना ने सबसे पहले उत्तर दिया।

"मेरे पुत्रों से जो छिना, वह उनका सुख नहीं था।" कुन्ती ने कहा, "वे उनकी सुविधाएँ थीं। उनका सुख उनके धर्म में था, इसलिए उन्होंने अपने धर्म का पालन किया। फिर भी हम मान लेते हैं कि कुछ लोगों के अनुसार सुविधा ही सुख है। जिसके पास जितनी सुविधाएँ हैं, वह उतना ही सुखी है।"

"हाँ! यही मान लेते हैं।" मृदुला ने कहा।

"तो मुझे बताओ कि महाराज धृतराष्ट्र के पास अधिक सुविधाएँ हैं अथवा महात्मा विदुर के पास?" कुन्ती ने पूछा।

"महाराज के पास।" काशिका ने कहा।

"पर ऐसा कितनी बार हुआ कि उद्विग्न हो कर महाराज ने विदुर को उसके घर से बुलाया कि वह आ कर उनके मन को किसी प्रकार शान्त करे?"

"अनेक बार हुआ है। प्रायः हुआ है।" भानुमति ने कहा।

"और ऐसा कितनी बार हुआ कि दुखी हो कर, विदुर शान्ति अथवा सुख की याचना करने महाराज के पास पहुँचा हो?" कुन्ती ने पुनः पूछा।

"ऐसा तो कदाचित कभी नहीं हुआ।" मृदुला ने कहा।

"आपका तात्पर्य है कि अपने पास कोई धन-सम्पत्ति ही न रखे, क्योंकि उसमें कोई सुख नहीं है।" ज्योत्स्ना बोली, "तो फिर आपके पुत्र अपना राज्य त्याग वन जाने के नाम पर इतना दुखी क्यों थे?"

"वे अपने अपमान के कारण दुखी थे। अपनी पत्नी के अपमान के कारण दुखी थे। अपनी सुविधाओं और अधिकारों के छिन जाने के कारण दुखी थे।" कुन्ती ने कहा, "अभी थोड़ी देर के लिए मेरे पुत्रों को भूल जाओ। उन्हीं को ध्यान में रखो, जिनके पास सारी सुविधाएँ हैं। हम इस पर विचार करें कि जिसे सामान्यतः सुख मान लिया जाता है, वह पदार्थ में है अथवा अपने मन में?"

"मैं समझी नहीं काकी!" काशिका बोली।

"तुम्हारे पास असाधारण मणियों का एक हार हो, तो तुम उसे अपनी पेटिका में रख कर अधिक सुखी होगी, अथवा उसे धारण कर सभा में सम्मिलित हो कर?" कुन्ती ने पुनः पूछा, "तुम्हारे सुख के लिए, वह मणियों का हार ही अपने आप में पर्याप्त होगा, अथवा उसे तुम्हारी सम्पत्ति के रूप में देख कर स्वयं को हीन समझ, अपमानित होने वाला व्यक्ति भी आवश्यक है?"

"उसे पेटिका में बन्द कर रखने का क्या सुख है काकी?" काशिका बोली, "हम सब, आभूषण क्यों पहनती हैं। एक तो इसलिए कि हमारा रूप निखरे, दूसरे इसलिए कि लोग देखें कि हमारे पास क्या-क्या है।...प्रदर्शन ही न कर पायें, तो उस पदार्थ का क्या सुख?"

"प्रदर्शन का तात्पर्य है कि देखो, यह हमारे पास है, और तुम्हारे पास नहीं है।" कुन्ती बोली, "तो सुख न पदार्थ में है, न पदार्थ के स्वामित्व में। सुख न उसको धारण करने में है, न अपने रूप सौन्दर्य में। सुख तो अहंकार की वृद्धि में है। वह तो हमारा अहंकार ही है, जो अपने वैभव के प्रदर्शन से तृप्त होता है, और हम सुखी होते हैं।"

"कैसे काकी?" मृदुला ने पूछा।

"आभूषण के प्रदर्शन से क्या होता है? दूसरे को हीन सिद्ध कर अपने अहंकार की तुष्टि।" कुन्ती बोली, "किन्तु वस्तुतः वह सुख नहीं है। वह तो सुख का भ्रम मात्र है। वह स्वतःपूर्ण नहीं है, स्वतन्त्र नहीं है, वह किसी अन्य पर निर्भर है। उसके लिए किसी अन्य का अस्तित्व भी अनिवार्य है।" उसने रुक कर उनकी ओर देखा, "मेरी एक बात सुनो पुत्रियो! सागर की लहरें बहुत सुन्दर और बलशाली होती हैं। वे सुखी हैं, अतः वे अपने स्थान पर रह कर, आत्ममग्न हो कर ही सुखी हैं। उन्हें सुखी होने के लिए, किसी अन्य को हीन भाव में ग्रस्त करने की आवश्यकता नहीं है।...यदि वे अपना सौन्दर्य दिखाने के लिए, धरती की यात्रा आरम्भ कर दें, तो सारी सृष्टि नष्ट हो जायेगी। हिमालय के हिम ढके शृंग बहुत सुन्दर हैं; किन्तु वे अपने स्थान पर शान्त खड़े हैं। वे अपने सौन्दर्य का वैभव दिखाने, और जलहीन मरुभूमि को अपमानित करने के लिए यदि मरुभूमि के पास चले जायें, तो सारा हिम गल कर बह जायेगा; और उन शृंगों का सारा सौन्दर्य नष्ट हो जायेगा। सरोवर में खड़ा सौगन्धिक पद्‌म बहुत सुन्दर है; किन्तु उसके पास सन्तोष है। उसके सौन्दर्य को देखने के लिए कोई उस दुर्गम सरोवर के तट पर स्वयं आये, वह चल कर कहीं नहीं जाता। यदि वह कमल अपना सौन्दर्य प्रदर्शित करने के लिए सरोवर से बाहर आ जाये, तो उसका सौन्दर्य ही नहीं उसका अस्तित्व भी नष्ट हो जायेगा।"

"आपके उदाहरण तो पूर्णतः सटीक हैं, किन्तु आप कहना क्या चाहती हैं काकी?" मृदुला ने सहज भाव से पूछा।

"मैं तो मात्र इतना कहना चाहती हूँ पुत्रि! कि यदि तुम्हारे पास कोई विभूति है, तो उसके लिए ईश्वर की कृतज्ञ हो कर सात्विक भाव से उस विभूति का सुख उठाओ। मन में सात्विकता न हो, तो सम्पत्ति, सुविधाएँ तथा अधिकार, किसी को कोई सुख नहीं दे सकते।" कुन्ती ने उनकी ओर देखा, "अब मैं तुम्हें बताना चाहती हूँ कि हस्तिनापुर में रहने के लिए मैंने विदुर का घर और परिवार ही क्यों चुना।"

"क्यों चुना काकी?" भानुमति ने पूछा।

"विदुर की जीवन-शैली देखी है कभी तुमने!" कुन्ती ने कहा, "वे हस्तिनापुर जैसे विराट राज्य के महामन्त्री होते हुए भी, वैभव का नहीं साधना का जीवन व्यतीत कर रहे हैं। उनका घर प्रासाद न हो कर एक तपस्वी के आश्रम जैसा है। गंगा के तट पर एक आरण्यक रहता है वहाँ, जो साम्राज्य की नीतियाँ भी निर्धारित करता है; किन्तु उससे अधिक वह विदुर-नीति का निर्माण कर रहा है, ताकि उसके माध्यम से एक सात्विक और सुखी जीवन जीना सम्भव हो, राज्य सम्पन्न हो; और साधारण नागरिक समृद्ध हो। समृद्धि ईर्ष्या का कारण न बने, ईश्वर को प्राप्त करने का साधन बने।" कुन्ती फिर ठहरी, "विदुर के परिवार के विषय में क्या जानती हो तुम लोग? उसकी सन्तानों के विषय में क्या ज्ञात है तुम्हें?"

"मेरी तो कुछ समझ में नहीं आता काकी!" भानुमति बोली, "कोई तो कह देता है कि उनका कोई पुत्र ही नहीं है, और दूसरी ओर उनके परिवार की भी चर्चा होती रहती है। ठीक-ठीक पता ही नहीं चलता कि उनकी कोई सन्तान है भी कि नहीं। मैं कभी उनके घर गयी नहीं। उनके परिवार से कभी कोई हमारे घर आया नहीं।"

"विदुर की कोई औरस सन्तान नहीं है; किन्तु नगर के कितने ही अक्षम पुरुष, असहाय स्त्रियाँ तथा अनाथ बच्चे, विदुर के परिवार जन के रूप में पल रहे हैं। उस दम्पती के मन में कहीं अपने और पराये का कोई भाव नहीं है। उनको देख कर कोई नहीं कह सकता कि वह विदुर का परिवार नहीं है। इसलिए विदुर को स्नेह सबसे है, मोह किसी से नहीं है। उस परिवार में सात्विकता का जो परिवेश है, उसमें रह कर कोई भी व्यक्ति सुखी हो जाता है, क्योंकि मन शान्त रहता है। रजोगुणी अशान्ति वहाँ नहीं है। वहाँ महाराज धृतराष्ट्र के प्रासाद की-सी सुविधाएँ चाहे नहीं हैं; किन्तु सुख की अनुभूति तो है। और फिर भौतिक दृष्टि से भी मैं कहीं भी रहती, अपनी हो कर भी पराई ही रहती। विदुर के घर में जब पराये भी पराये नहीं हैं, तो मैं परायी कहाँ से होती। मैं वहाँ सुख ही प्राप्त नहीं करती, आत्मीयता की भी कोई कमी नहीं है मुझे। वहाँ कोई नहीं पूछता कि यह वृद्धा कौन है। विदुर के घर में पराये लोगों को भी आत्मीय बना लिया जाता है, क्योंकि उससे एक सात्विक सुख की प्राप्ति होती है; और तुम्हारे राजप्रासादों में आत्मीय जनों को भी पराया माना जाता है और उन्हें पराया बनाने का उपक्रम किया जाता है।" कुन्ती ने ज्योत्स्ना की ओर देखा; और उठ खड़ी हुई, "अब मैं चलूँगी पुत्रि।"

"अरे, ऐसे ही कैसे चली जायेंगी काकी माँ!" काशिका बोली, "अभी तो मैंने आपका कोई सत्कार ही नहीं किया, बातों में ही बैठी रह गयी।"

"मैं कुछ बातें करने ही आयी थी युवराज्ञी!" कुन्ती ने उत्तर दिया, "बातें हो गयीं। अब देखना है कि उन बातों का तुम्हें कितना लाभ होता है।"

कुन्ती चली गयी।

"पता नहीं काकी क्या कह रही थीं।" भानुमति ने कहा, "वह कैसे सुख की चर्चा कर रही थीं, जिसमें व्यक्ति सर्वथा आत्मनिर्भर होता है, उसे और किसी की आवश्यकता ही नहीं होती।"

"कह क्या रही थीं।" ज्योत्स्ना ने तुनक कर कहा, "कह रही थीं कि उनकी बहू को अपने वस्त्रालंकार दिखाने हम लोग द्वैतवन न जायें।"

"ओह! तो मूल बात यह थी। मैं भी कहूँ कि आज काकी इधर कैसे भूल पड़ीं।" काशिका बोली, "पांचाली को तो कभी नहीं कहा था कि अपने वस्त्राभूषण पेटिका में छिपा कर रखे। हमें ही समझाने आ गयीं।"

"हमें समझाने नहीं धमकाने आयी थीं।" ज्योत्स्ना बोली, "आपने ध्यान नहीं दिया युवराज्ञी! कह रही थीं न कि सौगन्धिक पद्म यदि अपना सौन्दर्य दिखाने

सरोवर से बाहर आ जायेगा तो उसका सौन्दर्य ही संकट में नहीं पड़ेगा, उसका जीवन भी नष्ट हो जायेगा।"

"अब हमारे सम्बन्ध जो भी हों; किन्तु उनकी बात में सत्य का अंश तो था।" मृदुला ने कहा।

"तो तुम भी आज से महात्मा विदुर के आश्रम में भरती हो जाओ।" ज्योत्स्ना ने एक ग्राम्य अट्टहास किया।

50

कुन्ती के रथ ने दुर्योधन के भवन में प्रवेश किया तो कुन्ती ने देखा, कर्ण अपने रथ में चढ़, तल्प पर बैठ रहा था; और दुर्योधन उसे विदा करने के लिए उसके निकट ही खड़ा था।

कुन्ती का मन अजाने ही विह्वल हो आया...हस्तिनापुर में निवास करते हुए एक अनाम-सी अनुभूति, उनके मन में बनी ही रहती थी।...उसके पाँच पुत्र वन में थे; किन्तु उसका एक पुत्र, यहीं उसके आस-पास हस्तिनापुर में भी था। वह दृष्टि उठाए तो उसे देख सकती थी। अपनी भुजा बढ़ाए तो उसे छू सकती थी।...आवश्यक तो नहीं कि वह उसकी माता बनकर ही उसे मिले। वह एक सामान्य परिचित के रूप में भी तो उसे मिल सकती थी। राज परिवार की एक सामान्य सदस्या के रूप में...। किन्तु जब कभी उनका आमना-सामना होता था, कर्ण को शायद यह स्मरण हो आता था कि वह पाण्डवों की माता है, उसके शत्रुओं की माता।...और कुन्ती भी कभी यह विस्मृत नहीं कर पाती कि यह वही कर्ण है, जिसने द्यूतसभा में पांचाली को वेश्या कहा था। इसी ने उसे निर्वस्त्र करने का प्रस्ताव रखा था...उसके मन में अपने इस पुत्र के लिए, वितृष्णा जाग उठती है। कर्ण के मन में भी, अपने शत्रुओं की माता के प्रति कोई ऐसा ही भाव जन्मता होगा।

कुन्ती अपने रथ पर बैठी रही और उसके देखते-देखते ही कर्ण का रथ चला गया। दुर्योधन कुन्ती को देख लेने पर भी उसकी अगवानी के लिए नहीं रुका। न ही उसने कोई अभिवादन किया। वह इस प्रकार भवन के भीतर चला गया, जैसे या तो कुन्ती वहाँ थी नहीं, या फिर वह उसे देख नहीं रहा था। सारथि ने रथ को, भवन के मुख्य द्वार के सम्मुख की सीढ़ियों से लगाकर रोक दिया। कुन्ती तल्प से उठ खड़ी हुई।

"तुम कितनी देर में मुझे लेने आओगे?" कुन्ती ने सारथि से पूछा।

"मैं आपकी प्रतीक्षा करूँगा राजमाता!"

कुन्ती मन-ही-मन हँसी : यह भला आदमी आज तक उसे राजमाता ही कहता है।...वैसे कोई और नया और उपयुक्त सम्बोधन खोजने से तो सरल यही है कि

वह उसे 'राजमाता' ही कहता चला जाये। इसमें न तो किसी का कुछ व्यय होता है, और न किसी की कोई हानि होती है।

"विदुर को रथ की आवश्यकता होगी।" कुन्ती ने कहा।

"अब तक तो महामन्त्री दूसरा रथ लेकर चले भी गये होंगे।" सारथि बोला, "उन्होंने मुझे आदेश दिया था कि मैं आपके लिए यहाँ प्रतीक्षा करूँ; और आपको ले कर ही लौटूँ।"

"अच्छा! ठीक है। कहीं वृक्षों की शीतल छाया देखकर रथ को खड़ा कर लो। न स्वयं धूप में जलना, न अश्वों को ही तपाना।"

"बहुत अच्छा राजमाता!"

दासियों ने बाहर निकलकर कुन्ती की अगवानी की। अन्तःपुर में पहुँचकर उसने देखा, काशिका उसकी प्रतीक्षा ही कर रही थी। कुन्ती ने मुस्कराकर उसकी ओर देखा; किन्तु काशिका ने सहज शिष्ट मुस्कान के साथ प्रणाम करने के स्थान पर अश्रुपूर्ण आँखों से उसकी ओर देखा, दौड़ती हुई आयी और कुन्ती के चरण पकड़ कर जैसे बैठ ही गयी।

कुन्ती चकित दृष्टि से उसकी ओर देखती रह गयी। फिर कुछ सँभलकर बोली, "तुम्हारा कल्याण हो बहू! उठो! यह क्या कर रही हो।"

काशिका ने अपना चेहरा ऊपर उठाया। उसकी आँखों से दो अश्रु ढलके; किन्तु मुख से वह कुछ बोली नहीं।

कुन्ती ने उसकी भुजा पकड़ कर उसे बलपूर्वक उठाया, "उठो बहू।"

काशिका खड़ी हुई तो कुन्ती के कण्ठ से लग गयी और फिर उसके कन्धे पर अपना सिर टेक कर सशब्द रो पड़ी।...

अपनी भुजाओं में भर कर कुन्ती उसे कक्ष के भीतर ले आयी। दासियों ने सहायता की। कुन्ती ने उसे एक मंच पर बैठाया; और स्वयं उसके साथ बैठ गयी। उसकी पीठ को सस्नेह थपका और बोली, "धैर्य धारण करो बहू! बताओ, क्या हुआ।"

"काकी!" काशिका ने बिना कोई औपचारिक सम्बोधन जोड़े, आत्मीयतापूर्वक कहा, "अब मैं अनुभव कर पायी हूँ कि कृष्णा को इन लोगों ने द्यूतसभा में निर्वस्त्र करने का प्रयत्न किया था, तो उसके मन को क्या सहना पड़ा होगा।"

कुन्ती चुपचाप उसे देखती रही।

"काकी!..." काशिका पुनः रो पड़ी।

कुन्ती ने भुजा बढ़ाकर उसे अपने कन्धे से लगा लिया।

तभी भानुमति ने कक्ष में प्रवेश कर कुन्ती के चरण छुए।

"कल्याण हो बहू!"

"अटल सौभाग्य की आशीष नहीं देंगी काकी महाराज!"

"क्या अटल सौभाग्य तुम्हारे कल्याण से बाहर है बहू?"

"नहीं।" दासियों द्वारा रखे गये आसन पर बैठ कर, भानुमति ने कहा, "किन्तु जिन घटनाओं में से हो कर हम घर लौटी हैं, उसके पश्चात् बुद्धि शायद निर्णय नहीं कर पा रही कि क्या कल्याणकारी है और क्या नहीं।"

"काकी!" काशिका स्वयं को संयत कर बोली, "हमारे पति राजा दुर्योधन, हस्तिनापुर के महाबली युवराज दुर्योधन, रस्सियों में बँधे हुए बिलख-बिलख कर रो रहे थे, चिल्ला रहे थे कि धर्मराज मुझे बचाओ, मेरी रक्षा करो, मैं तुम्हारा भाई हूँ। कुरुकुल की लाज रखो...और गन्धर्व चित्रसेन, धनंजय तथा मध्यम पाण्डव भीमसेन को स्मरण करा रहा था कि दुर्योधन ने कैसे द्रौपदी को बीच सभा में निर्वस्त्र करने का प्रयत्न किया था।...सोचिए काकी! हमारी क्या स्थिति थी। यदि आपके पुत्रों के मन में, एक क्षण के लिए भी द्वेष की भावना जाग उठती वे कुछ न भी करते, बस मौन खड़े रहते, तो गन्धर्व हमारी स्थिति, द्रौपदी कृष्णा की उस स्थिति से भी अधम कर देते।" काशिका ने पुनः कुन्ती के चरण पकड़ लिए, "आप हमें क्षमा कर सकेंगी काकी! हम लोग वहाँ द्रौपदी के सम्मुख अपने वस्त्राभूषणों की प्रदर्शनी लगा कर, अपना वैभव प्रदर्शित कर, उसे लज्जित और पीड़ित करने के लक्ष्य से गयी थीं।"

"शान्त हो जाओ बहू!" कुन्ती ने स्थिर वाणी से कहा, "मेरे पुत्रों ने मात्र अपने धर्म का निर्वाह किया है। कोई भला मानस तो किसी वेश्या को भी, इस प्रकार अपमानित नहीं करेगा। नारी की लज्जा की रक्षा करना तो धर्म है—चाहे वह नारी स्वयं में कितनी ही पतित क्यों न हो।"...और सहसा कुन्ती का मन कर्ण की ओर भटक गया।...यदि कहीं वह उसे भी, नारीत्व का सम्मान करना सिखा पाती।

"महावीर कर्ण के होते हुए, महाराज दुर्योधन की यह दुर्दशा कैसे हुई?"

"मैं समझ नहीं पा रही काकी! कि इसे इन लोगों की मूर्खता कहूँ अथवा कायरता।" भानुमति बोली, "पहले तो बिना सोचे-समझे, बिना शत्रु की शक्ति आँके, बिना शस्त्रों और व्यूह की क्षमता की परीक्षा किए, अहंकारवश अपने सेना नायकों को आदेश दे दिया कि गन्धर्वों को मार कर भगा दो। और जब गन्धर्वों ने आक्रमण किया, तो कौरव राजकुमार, साधारण सैनिकों से भी पहले, शत्रु को पीठ दिखा कर भाग गये। अपनी पत्नियों और रक्षिताओं के सम्मुख उन्होंने ऐसी वीरता का प्रदर्शन किया कि हम सब उनकी बलिहारी ही जा सकती हैं।...उसके पश्चात जब गन्धर्वों ने कर्ण का रथ तोड़ दिया, तो कर्ण कूद कर विकर्ण के रथ पर जा चढ़ा; और स्वयं तो रण छोड़ कर भागा ही, विकर्ण को भी अपने साथ भगा ले गया, जो तब तक पूर्ण निष्ठा से युद्ध कर रहा था।"

"तो कर्ण लौट कर रण में नहीं आया?" कुन्ती ने पूछा।

"कहाँ!" काशिका बोली, "वह तो जब चारों पाण्डवों ने हमारी रक्षा कर ली, गन्धर्व हमें मुक्त करके चले गये...राजा दुर्योधन रोते-झींकते, सिर पीटते लौट रहे थे,

तो महावीर कर्ण 'मैं तो बस लौट ही रहा था। इस बार तो मैं गन्धर्वों के टुकड़े ही कर देता।...' इत्यादि, आत्मप्रशस्ति करता हुआ मार्ग में आ मिला।"

"दुर्योधन ने उससे यह नहीं पूछा कि कोई भला आदमी अपने मित्र और स्वामी को शत्रुओं के सम्मुख इस प्रकार असहाय छोड़कर भाग जाता है क्या?" कुन्ती ने पूछा।

"उस समय तो काकी! हमारे आर्यपुत्र किसी से कुछ पूछने की स्थिति में नहीं थे। वे तो पूर्णतः विक्षिप्त हो रहे थे।" भानुमति बोली, "विचार कीजिए, जिस एक धनंजय के भय से गन्धर्व हमें मुक्त कर चुपचाप चले गये, उसके साथ उसके चारों भाई तथा अन्य सहायक होंगे, तो क्या करेंगे राजा दुर्योधन; और क्या कर लेंगे उनके भाई और मित्र। आर्यपुत्र अपनी भर्त्सना कर रहे थे। स्वयं को अभागा बता रहे थे। हस्तिनापुर लौटते हुए मार्ग में वे तो प्रायोपवेशन के लिए बैठ गये थे। वे अपने प्राण त्याग देना चाहते थे। जिन पाण्डवों की कृपा से उन्हें अपना जीवन, राज्य और सम्मान वापस मिला, उन्हीं पाण्डवों की शक्ति से क्षुब्ध हो कर, उन्हें नष्ट न कर पाने की हताशा में अपने प्राण त्याग देना चाहते थे। एक बार भी उनके मन में धर्मराज और उनके भाइयों के प्रति कृतज्ञता का भाव नहीं जागा। स्नेह का उदय नहीं हुआ, सम्मान उत्पन्न नहीं हुआ। नीचता की भी कोई सीमा होती है काकी! इन लोगों में मनुष्यता नाम का तो कोई तत्त्व ही नहीं है। जिनकी कृपा से जीवित बचे थे, जिनकी शक्ति से इनकी पत्नियों के सम्मान की रक्षा हुई थी, उन्हीं को नष्ट करने के उपाय सोचते रहे, उन्हीं की भर्त्सना करते रहे, उन्हीं को कोसते रहे।...और यह महावीर कर्ण! इसने एक बार भी संकल्पन नहीं किया कि वह उन गन्धर्वों से इस अपमान का प्रतिशोध लेगा। वह बार-बार पाण्डवों को नष्ट करने की ही प्रतिज्ञा करता रहा। बलिहारी इनकी बुद्धि की!..."

कुन्ती मौन रह कर भानुमति की बात सुनती रही...ठीक ही तो कह रही है भानुमति। ये मूर्ख अपने भाइयों, अपने शुभचिन्तकों, अपने रक्षकों के ही शत्रु बने बैठे हैं। इनकी रक्षा कौन कर सकता है।

कुन्ती घर लौटी तो विदुर सम्मुख पड़ गये, "भाभी! सुन आयीं व्यथा-कथा अपनी बहुओं की?"

कुन्ती मुस्करायी, किन्तु उसके चेहरे का अवसाद धुल नहीं सका, "हाँ! दुखी हैं बेचारियाँ। अपने अपमान का कष्ट तो है ही; कुछ अन्तरात्मा का दंश भी है कि किसे पीड़ित करने गयी थीं। उधर पति की कृतघ्नता की असीमता देख कर भी ग्लानि से मरी जा रही हैं।"

"पता नहीं, उन्होंने तुम्हें बताया या नहीं," विदुर बोले, "कि जब गन्धर्व उन्हें मुक्त कर चले गये, तो युधिष्ठिर ने तो स्नेह जताया और कहा कि जाओ, अब

निर्भय हो कर घर जाओ। द्वेष, ईर्ष्या तथा मात्सर्य को मन से निकालो और ईश्वर ने जो दिया है, उसका सुख से भोग करो; किन्तु दुर्योधन ने पाण्डवों के प्रति कृतज्ञता का एक शब्द भी नहीं कहा। उसकी इन्द्रियाँ जैसे शिथिल हो गयी थीं। मस्तिष्क काम नहीं कर रहा था। वह द्वेष में ग्रस्त, वहाँ से चुपचाप चला आया। मार्ग में एक स्थान पर, जहाँ प्रकृति सुन्दर थी तथा घास, जल और वृक्षों की छाया उपलब्ध थी, वह ठहर गया।"

"वहीं कर्ण उससे आ कर मिला। कर्ण ने दुर्योधन को उसकी वीरता और विजय पर बधाई दी कि उसने इतनी प्रचण्ड गन्धर्व वाहिनी पर विजय पायी थी। अपने विषय में उसने कहा कि उसे गन्धर्वों की कई वाहिनियों ने घेर लिया था। वह गम्भीर रूप से घायल हो गया था। सारे शरीर से रक्त बह रहा था। रथ खण्ड-खण्ड हो चुका था। सारथि मारा जा चुका था। अश्वों ने घुटने टेक दिये थे। ऐसे में यदि वह पलायन न करता, तो व्यर्थ ही मारा जाता। अपने पलायन का उसे दुःख तो था; किन्तु इस बात की उसे प्रसन्नता थी कि दुर्योधन और उसके भाइयों ने अपनी वीरता के बल पर, शक्तिशाली गन्धर्व राजा चित्रसेन पर विजय पायी थी।"

"कर्ण को दुर्योधन तथा अन्य लोगों की स्थिति देखकर समझ नहीं आ रहा था कि वह विजयिनी सेना का रूप नहीं था?" कुन्ती ने पूछा।

"मुझे लगता है कि कायरतापूर्ण पलायन को ढाँपने के लिए, वह दुर्योधन की वीरता की अधिक से अधिक प्रशंसा कर देना चाहता था।" विदुर बोले।

पारंसवी भी अपना काम निबटाकर उनकी चर्चा में सम्मिलित हो गयी, "दुर्योधन ने उसे बताया नहीं?"

"जो सूचनायें मुझे भानुमल और महापद्म से मिली हैं, उनके अनुसार दुर्योधन ने सब कुछ बहुत स्पष्ट रूप से कह सुनाया।" विदुर बोले, "अपनी पराजय की चर्चा तो उसने की; किन्तु यह कहा कि उसके शत्रुओं के हाथों उसकी रक्षा हुई है—यह उसके लिए बहुत लज्जा की बात है। इससे तो अच्छा था कि वह युद्ध में ही गन्धर्वों के हाथों वीरगति प्राप्त करता।"

"लो।" कुन्ती हँसी, "काशिका और भानुमति बता रही थीं कि बन्दी हो जाने पर, पाण्डवों को सहायता के लिए पुकार-पुकार कर, दुर्योधन ने आकाश सिर पर उठा लिया था। वीरगति का इतना ही इच्छुक था तो पाण्डवों को पुकारने की क्या आवश्यकता थी। उसके स्थान पर गन्धर्वों को ललकारता, तो वीर गति मिली-ही-मिली थी।"

"इतना ही नहीं, उसने इस पराजय के पश्चात हस्तिनापुर जाने से इनकार कर दिया।" विदुर बोले, "उसने कहा कि इस लज्जाजनक पराजय के पश्चात वह हस्तिनापुर में किसी को मुख भी नहीं दिखा सकता। इसलिए वह वहीं बैठ कर अन्न-जल त्याग प्राण दे देगा। उसने दुःशासन के सिर पर हाथ रख कर कहा कि वह हस्तिनापुर का राज्य उसे दे रहा है।"

पारंसवी उच्च स्वर में हँसी, "हस्तिनापुर का राज्य। अरे, अभी तो सिंहासन पर महाराज धृतराष्ट्र बैठे हैं। उन्होंने राज्य तो अभी दुर्योधन को भी नहीं दिया और वह उस अनपाये राज्य को दुःशासन को दे रहा है।"

"उसने ऐसे ही तो कर्ण को अंगदेश का राज्य दे दिया था।" विदुर बोले, "जो भी हो। दुःशासन ने उसका दिया हुआ राज्य स्वीकार नहीं किया। उसने उससे प्रायोपवेशन का विचार त्याग देने का बहुत आग्रह किया। दुर्योधन ने संकल्प से टलने का कोई लक्षण नहीं दिखाया तो कर्ण ने एक अद्‌भुत तर्क दे कर, उसकी ग्लानि दूर करने का प्रयत्न किया।..."

"कैसा तर्क?" कुन्ती ने पूछा।

"उसने कहा कि यदि गन्धर्वों के वश हो जाने पर पाण्डवों ने उसे मुक्त कराया है, तो उस पर कोई कृपा नहीं की है।" विदुर ने बताया, "उसका कहना था कि पाण्डव उसके राज्य में सुरक्षित रह रहे हैं। अतः अपने राजा की रक्षा उनका धर्म था। कई बार राजा अथवा सेनापति बन्दी अथवा हताहत हो जाते हैं; किन्तु साधारण सैनिक युद्ध करते रहते हैं, और अन्ततः उन साधारण सैनिकों के कारण राजा युद्ध जीत जाता है...।"

"अर्थात पाण्डव साधारण सैनिक हैं और दुर्योधन उनका राजा है। पाण्डव साधारण सैनिकों के रूप में लड़े, और उन्होंने अपने राजा को मुक्त कराया?" कुन्ती ने पूछा।

"निर्लज्ज ही नहीं, नीच भी है यह कर्ण।" पारंसवी जैसे अपने आपसे बोली।

कुन्ती को कुछ बुरा लगा; किन्तु वह पी गयी।

कुन्ती को जैसे रात भर नींद नहीं आयी। जो थोड़ी देर वह सोयी भी, उसे लगता रहा कि वह सो नहीं रही, कठिन श्रम का कोई बहुत जटिल काम कर रही है। एक अनन्त यात्रा, अनवरत यात्रा...। वह यात्रा भी बड़ी विचित्र थी। उसके पास न कोई अश्व था, न कोई रथ; किन्तु वह निरन्तर गतिशील थी। वह समझ नहीं पायी कि जब न उसके पास कोई वाहन था और न ही वह चल रही थी, तो गतिशील कैसे थी। उसे जैसे इच्छागति का कोई वरदान मिल गया था। उसका मन जहाँ, जिस ओर जाना चाहता था, वह उसी ओर प्रवाहित हो जाती थी, जैसे मनुष्य का शरीर न हो, पवन का कोई झंकोरा हो।...वह उन स्थानों पर घूम रही थी, जिन्हें वह पहचानती भी नहीं थी। वहाँ वह पहले कभी नहीं गयी थी। फिर भी वह वहाँ इस प्रकार आ-जा रही थी, जैसे उस सारे क्षेत्र का उसे पूरा ज्ञान हो। उसके साथ मार्ग दर्शक कोई नहीं था; किन्तु फिर भी वह बिना किसी असुविधा के अपना मार्ग खोज लेती थी।

और फिर कुन्ती ने देखा कि वह हिमालय के किसी बहुत ऊँचे शृंग पर पहुँच गयी है। स्थान बहुत ही पवित्र है, बहुत सात्विक। वहाँ पहुँचकर जैसे मनुष्य के मन

का सारा मल कहीं तिरोहित हो जाता है। उसके मन में कोई कलुष रह ही नहीं पाता। कोई कामना नहीं, कोई वासना नहीं। मन भी जैसे पारदर्शी धवल हिम का ही एक अंग हो जाता है।...उसी स्थान का एक हिमखण्ड सहसा पिघलने लगा। वह जल पहले तो कुछ दूर तक एक ही धारा के रूप में बहता रहा; किन्तु फिर एक शिलाखण्ड से टकराकर वह अनेक धाराओं में बँट गया।...कुन्ती ने उन्हें गिना। वह धारा अब छह खण्डों में बँट गयी थी, फिर वह हिमालय क्षेत्र समाप्त हो गया। अब समतल भूमि आ गयी थी। सामने मिट्टी भी थी, मल भी था। अब मन में उस पवित्रता का भान नहीं होता था। जल की धारा के वहाँ पहुँचते ही जैसे वह मिट्टी उसमें घुलने को तत्पर हो उठी।...जल में से चीत्कार उठा...माँ! हमें बचाओ। हमारी रक्षा करो माँ। हमें मलिन होने से बचाओ।...

कुन्ती को बहुत आश्चर्य हुआ...वे धाराएँ उसे माँ कहकर पुकार रही थीं। वह उनकी माँ कैसे थी?...पर नहीं। वह शायद उनकी माँ ही थी।...उसके मन में उन धाराओं के लिए वात्सल्य का ही भाव उपजा था...वह उन धाराओं के मध्य चली गयी। उसने उन्हें दुलराया और कहा, 'डरो मत मेरे पुत्रो! जो मिट्टी पर चला ही नहीं, उसकी सात्विकता कोई अर्थ नहीं रखती। तुम लोग निःशंक हो कर इस धूल-धूसरित धरती पर अपनी यात्रा करो, फिर भी स्वयं को मलिन होने से बचाए रहो, तो ही तुम्हारी सात्विकता और पवित्रता का कोई महत्त्व होगा।...'

धाराएँ शान्त हो गयीं। वे अपने मार्ग पर चलती रहीं; और कुन्ती ने देखा कि उनका जल वैसा ही स्वच्छ है। गंगा जल जैसा। मिट्टी उनमें घुल नहीं रही है।

धाराओं के नीचे ही बैठी हुई है। जल अलिप्त भाव से बहता जा रहा है और मिट्टी उसमें घुलने का साहस ही नहीं कर पा रही है।

...और सहसा एक धारा ने अपना मार्ग बदल लिया। वह किसी और ही दिशा में बहने लगी। कुन्ती के मुख से चीख निकल गयी। किन्तु उस धारा ने पलटकर भी उसकी ओर नहीं देखा। वह उसके पीछे भागी; किन्तु धारा का वेग, उसकी गति से कहीं अधिक था। वह दौड़कर उसके मार्ग में खड़ी न हो सकी। धारा उससे बहुत दूर निकल गयी थी।...कुन्ती रुक गयी...मनुष्य जल के समान नहीं बह सकता।...उसने पुकारकर कहा, 'तुम कहीं भी, किसी भी दिशा में प्रवाहित हो पुत्र; किन्तु स्वयं को मलिन मत करना।'

धारा ने एक प्रबल अट्टहास किया, और कुन्ती ने देखा कि उस धारा का जल गँदला होने लगा था। उसमें गन्दे पानी के कई नाले आकर मिल गये थे। उस जल में से दुर्गन्ध उठने लगी थी।...

कुन्ती ने दुख भरे स्वर में उसे पुकारा, "यह तुमने क्या किया पुत्र?"

"मैं ऐसे ही प्रसन्न हूँ माँ! तुम मेरी चिन्ता मत करो।"

"कोई इस मलिनता में प्रसन्न कैसे रह सकता है?" कुन्ती ने दुखी हो कर पूछा।

"मैं ऐसे ही प्रसन्न रह सकता हूँ माँ!" धारा ने अट्टहास किया...और कुन्ती ने देखा कि उस धारा ने कर्ण का रूप ग्रहण कर लिया है।...

कुन्ती अपने पर्यंक पर अँधेरे में चुपचाप बैठी रही। वह जैसे अवसाद के सागर में डूबी जा रही थी। वह समझ रही थी कि यह उचित नहीं हो रहा है। किन्तु उपाय ही क्या था? वह कर्ण को समझा ही तो सकती थी। पर जिन गुरुओं के पास उसने शिक्षा पायी है, क्या उन्होंने उसे उचित-अनुचित का बोध नहीं दिया?...अवश्य दिया होगा। वह तो परशुराम सरीखे गुरु के पास भी रह आया है। तो वह गंगा जल और गन्दे नाले के जल का अन्तर क्यों नहीं समझता। लोग अपने उस कुटीर को भी स्वच्छ रखना चाहते हैं, जिसमें वे रहते हैं; और यह अपने सारे जीवन को ही मलिन करता जा रहा है।...कुन्ती को लग रहा था कि जैसे उसके अपने मन का कोई अंश मलिन और तन का कोई अंग गलित हो गया है।...

कुन्ती उठ खड़ी हुई।...अभी ब्रह्मम मुहूर्त में विलम्ब था। उसने अँधेरे में ही मुँह हाथ धोकर स्वयं को स्वच्छ किया और आकर मन्दिर में बैठ गयी। उसने आँखें मूँद लीं। किसी मन्त्र का उच्चारण नहीं किया, कोई प्रार्थना नहीं की। ध्यान करने का भी कोई प्रयत्न नहीं किया। फिर भी उसे लगा कि उसका एक-एक रोम प्रार्थना कर रहा है, "हे प्रभु! उसे धर्म के मार्ग पर लाओ। हे प्रभु! मेरे पुत्र की रक्षा करो...।"

सहसा वह स्तब्ध-सी रह गयी।...उसके मन में कोई कह रहा था, "कुन्ती! क्या वह तेरा ही पुत्र है, मेरा नहीं है। तू तो इस प्रकार प्रार्थना कर रही है, जैसे तेरा सृजन तो प्रभु ने किया है, और उसका सृजन तूने किया है। मेरे और उसके मध्य, तू कैसे आ गयी कुन्ती? उसका भी मुझसे वही सम्बन्ध है, जो तेरा मुझसे है।"

कुन्ती की समझ में नहीं आया कि क्या हो गया। क्या उसे अपने पुत्रों की रक्षा की प्रार्थना भी प्रभु से नहीं करनी चाहिए?

उसके मन में फिर उसके प्रश्न का उत्तर जन्मा..."सारी सृष्टि का सृजन प्रभु ने ही किया है। उन सबका सम्बन्ध मुझसे एक-सा ही है। तुझे क्या अधिकार है कि तू कुछ लोगों को अपना समझे और कुछ को पराया? तू तो सर्वहित की प्रार्थना कर। धर्म की जय की कामना कर। सबके लिए सुख और शान्ति माँग।...शरीर सम्बन्धों से कोई अपना और कोई पराया नहीं हो जाता। सब में समान दृष्टि का विकास कर। तेरा कुछ नहीं है। जो कुछ है, मेरा है। जो कोई है, मेरा है। उन सबके सुख-दुख के लिए मैं उत्तरदायी हूँ। आत्मा ने वासनावश शरीर धारण किया है। वासनाओं को भोगकर, उनसे मुक्त हो, वह पुनः अपना स्वरूप ग्रहण करेगी। उस आत्मा को तू पहचान लेगी कुन्ती! कि उनमें कौन तेरा पुत्र है और कौन तेरा नहीं है?"

"पर प्रभु!" कुन्ती के मन ने तर्क किया, "कैसा स्वच्छ रूप था उसका और कैसा मलिन हो गया है।"

"सागर में भी वही जल है, कुन्ती! जो हिमालय के पवित्र श्रृंगों पर आकाश से बरसता है। वह सरिताओं के रूप में बहुत आतुर हो कर सागर से मिलने के लिए दौड़ता है। जब सागर में पहुँचता है, तो पाता है कि वह अमृत-सा मीठा न हो कर क्षार से ओतप्रोत हो चुका है। इतना खारा हो चुका है कि मनुष्य उसे पी भी नहीं सकता।..."

"उसका तो अस्तित्व ही व्यर्थ हो गया प्रभु! जीवन नष्ट हो गया।"

"क्यों, सागर का जल क्या व्यर्थ हो गया? जहाँ कुछ भी नष्ट नहीं होता।" कुन्ती के कानों में जैसे कोई मधुर संगीत गूँजा, "सूर्य उस जल को तपायेगा। उस ताप से खौल-खौल कर जल, उस मल का त्याग कर, वाष्प बन जायेगा। वह पुनः उतना ही मीठा और उतना ही पवित्र हो जायेगा, जितना वह आरम्भ में था।..."

"उसे तपना तो पड़ेगा प्रभु! उतना ताप अंगीकार करना होगा, जितना अग्नि करती है। जल को खौल-खौल कर वाष्प बनना पड़ेगा।"

"तपस्या से मन के विकार छूटते हैं, ताप से जल के।"

"पर वह किसके पापों का दण्ड भोग रहा है? वह ऐसा क्यों है? उसे धर्म का मार्ग क्यों दिखायी नहीं पड़ता?"

"कोई किसी के पापों का फल नहीं भुगतता। प्रत्येक जन अपने लिए उत्तरदायी है। वासना मल संचित करती है, और तपस्या उसे धोकर कलुषमुक्त करती है।..."

सहसा पारंसवी की पग ध्वनि सुनायी दी, "अरे आज तो अँधेरे में ही ध्यान करने बैठ गयीं भाभी!"

"हाँ! आज नींद जल्दी ही टूट गयी।" कुन्ती ने कहा।

वह उठकर अपने कक्ष में आ गयी; किन्तु खौल-खौल कर वाष्प बनते सागर के जल में उसे कर्ण का चीत्कार सुनायी देता ही रहा।...

51

सभा में कर्ण द्वारा की गयी प्रतिज्ञा के विषय में विदुर ने कुन्ती को बता दिया था। कुन्ती ने सुना और सुन कर चुप रह गयी। विदुर को कुछ आश्चर्य भी हुआ कि भाभी ने कर्ण की भर्त्सना में एक शब्द भी नहीं कहा। क्या भाभी को बुरा नहीं लगा? कर्ण पर क्रोध नहीं आया?

"भगवान् जाने, दुर्योधन को प्रसन्न करने के लिए, इस कर्ण का किस सीमा तक पतन होगा?" विदुर ने कहा।

"जब एक बार पतन आरम्भ हो जाता है, तो फिर उसका कोई अन्त नहीं होता विदुर!" कुन्ती ने कठोर मुद्रा और स्थिर, निष्कम्प वाणी में एक वाक्य कहा और अपने कक्ष में चली गयी।

विदुर ने मान लिया कि कुन्ती अपने मन की इस विह्वल स्थिति को किसी के सम्मुख प्रकट नहीं करना चाहती।

कुन्ती का मन, आज सचमुच रोने को हो रहा था। दुर्योधन ऐसी सहस्र प्रतिज्ञायें करता, उसे तनिक भी कष्ट नहीं होता।...पर कर्ण। उसका अपना पुत्र, अपने ही भाई की हत्या की प्रतिज्ञा कर रहा है।...पर वह तो नहीं जानता कि वह अपने भाई की हत्या की प्रतिज्ञा कर रहा है। जानती तो केवल कुन्ती ही है। कुन्ती ने उसे बताया ही नहीं तो, उसका क्या दोष।

...पर क्या बात इतनी ही है कि वह अपने अज्ञान में अपने भाई को अपना शत्रु मान रहा है? यदि इतना ही होता, तो वह उसे इसी क्षण जाकर यह सूचना दे देती।...वह क्यों यह देख नहीं पा रहा कि अर्जुन उसका शत्रु नहीं है। अर्जुन अथवा किसी भी पाण्डव ने उसे अपना शत्रु न कहा, न माना। कर्ण ने रंगशाला में अर्जुन को द्वन्द्व युद्ध की चुनौती दी; वह द्रौपदी के स्वयंवर में उनसे लड़ा; उसने द्यूत सभा में पांचाली के अपमान का भयंकर प्रस्ताव रखा। तब भी पाण्डवों ने उसके वध की प्रतिज्ञा नहीं की। वन जाने से पूर्व जिस समय पाण्डवों ने वल्कल वस्त्र पहने, और दुःशासन ने पुनः उनका अपमान किया, तब कहीं भीम ने अपने क्रोध में दुःशासन तथा दुर्योधन के विषय में अपनी प्रतिज्ञा और अर्जुन द्वारा कर्ण, तथा सहदेव द्वारा शकुनि के वध की प्रतिज्ञा की। उस पर भी अर्जुन ने स्पष्ट किया कि भीम को प्रसन्न करने के लिए, उसकी प्रतिज्ञा को सत्य करके दिखाएगा; किन्तु यह भी कह दिया कि चौदहवें वर्ष में, यदि दुर्योधन ने सत्कार पूर्वक उनका राज्य वापस न किया तो वह युद्ध में कर्ण का वध अवश्य करेगा। उसने उसके वध की प्रतिज्ञा नहीं की, युद्ध में उसके वध की प्रतिज्ञा की, वह भी कब? यदि दुर्योधन ने चौदहवें वर्ष में उनका राज्य उनको लौटा न दिया तो।...तो आज ऐसा क्या हो गया है कि कर्ण ने अर्जुन के वध की प्रतिज्ञा कर ली है? युद्ध में अर्जुन से आत्मरक्षा की प्रतिज्ञा उसने नहीं की है। युद्ध में उसने अर्जुन को पराजित करने की प्रतिज्ञा नहीं की है। उसने तो अर्जुन के वध की प्रतिज्ञा की है।...युधिष्ठिर के जीवन-काल में दुर्योधन राजसूय नहीं कर सकता, इसलिए युधिष्ठिर को मर जाना चाहिए? अर्जुन के जीते जी, दुर्योधन युधिष्ठिर को हानि नहीं पहुँचा सकता, इसलिए अर्जुन को मर जाना चाहिए? कर्ण दुर्योधन को प्रसन्न करना चाहता है?...वह सूतपुत्र कहलाने का प्रतिशोध लेना चाहता है? पर इसमें अर्जुन का क्या दोष? दोष यदि किसी का है, तो केवल कुन्ती का है। कर्ण उसका दण्ड अर्जुन को क्यों देना चाहता है?...नहीं! ये सब केवल ऊपरी बातें हैं। मूल तो है उसके अपने मन में बैठी, ईर्ष्या। उसका लोभ—चाहे यश का हो, चाहे धन का, चाहे सत्ता का। क्यों नहीं कर्ण समझता कि उसे अपनी इस ईर्ष्या का वध करना चाहिए, अर्जुन का नहीं। उसे अपने इस लोभ को पहचानना है, अपने वंश को नहीं। उसकी अपराधिनी न कुन्ती है, न राधा। अपराधिनी है उसकी अपनी

वासना। उसका दोषी न युधिष्ठिर है, न दुर्योधन; उसका दोषी उसका अपना मोह है। वह न न्याय चाहता है, न धर्म। वह न दुर्योधन का मित्र है, न कुरुकुल का। वह तो बस अपनी जय जयकार सुनना चाहता है। अंगराज की जय सुनना चाहता है। जय सुनने की यह भूख इतनी प्रबल है कि उसके लिए वह किसी का भी वध कर देगा। किसी का भी राज्य छीन लेगा। किसी भी स्त्री का अपमान कर देगा। किसी के भी वस्त्र उतरवा देगा।...वह नहीं जानता कि उसके अपने मन में कितने शत्रु बैठे हैं। उन सर्पों को वह दूध नहीं, अपने हृदय का रक्त पिला-पिला कर पाल रहा है; और उन पाण्डवों को अपना शत्रु समझ रहा है, जिन्होंने उसका कुछ भी नहीं बिगाड़ा।...जाने प्रभु यह कैसी लीला रच रहे हैं।...

तभी पारंसवी अपने साथ चपला को लेकर आयी। पीछे-पीछे समंग भी आ रहा था।

"भाभी! यह चपला आपसे मिलना चाहती है।"

कुन्ती को अपने मन के गह्वर से निकलने में थोड़ा समय लगा।

"आओ बहन!" कुन्ती ने उसे देखा। इस समय उसमें उन्माद का कोई लक्षण नहीं था। वह थकी-सी एक साधारण वृद्धा लग रही थी।

कुन्ती के निकट आ, प्रणाम कर, चपला भूमि पर ही बैठ गयी।

"अरे, यहाँ मंच पर बैठो।" कुन्ती ने एक मंच की ओर संकेत किया, "भूमि पर बैठोगी तो हस्तिनापुर के महामन्त्री विदुर मुझसे रुष्ट हो जायेंगे। वे मुझ पर समाज में विभाजन और वैषम्य को प्रोत्साहित करने का आरोप लगाएँगे।"

"नहीं देवि! हमारी स्थिति तो आपके निकट बैठने की भी नहीं है। भूमि पर भी बैठ गये, तो समझो कि सिंहासन पर बैठ गये।" चपला बोली, "मेरी किसी बात का बुरा न मानना। मेरा जी आजकल मेरे वश में नहीं है।"

समंग आकर, प्रणाम कर, चौखट के बाहर ही बैठ गया था। वह यह देख कर सन्तुष्ट था कि चपला इस समय एक भली स्त्री के समान वार्तालाप कर रही थी। नहीं तो उसके साथ जब अकेली होती थी, तो कितना उत्पात करती थी।

"विदुर कह रहे थे कि तुम कुछ अस्वस्थ हो।" कुन्ती ने कहा।

"अस्वस्थ क्या हूँ, माँ का हृदय है देवि! वही कष्ट दे रहा है।" चपला बोली, "कभी किसी ने सोचा था कि भगवान ऐसी भी सन्तान को जन्म देंगे, जो वृद्ध माता-पिता को असहाय छोड़कर चली जायेगी। क्या होगा इस संसार का। सृष्टि बचेगी या नष्ट हो जायेगी। मेरे मन में तो ईश्वर के लिए भी शाप उठता है। सन्तान दी थी तो उसका विरह क्यों दिया। विरह दिया था, तो ऐसा मन क्यों दिया। रात-रात भर उनको स्मरण कर रोती हूँ। सो नहीं पाती तो विक्षिप्त हो जाती हूँ। इच्छा होती है कि सबकी हत्या कर दूँ, जिनके बच्चे उनके साथ रहते हैं। इस संसार को ही आग लगा दूँ, तब भगवान को भी पता चले कि जिसे जन्म दिया है, वह आँखों के

सामने न रहे तो कितना कष्ट होता है। कभी-कभी सोचती हूँ कि अपनी बहू का ही झोंटा पकड़कर उसे घसीट लाऊँ। वही कुलच्छनी है, जो मेरे पुत्र को अपने मोह जाल में बाँधकर यहाँ ले आयी है; और अब न तो लौटने को राजी होती है, और न हमें ही अपने साथ रखती है।...फिर सोचती हूँ कि इसमें बहू का भी क्या दोष! पुत्र ऐसा कपूत न होता, तो बहू का साहस ही कैसे होता कि वह ऐसा सोचती।..."

"अब बस भी करेगी कि बोलती ही जायेगी।" चौखट के बाहर से ही समंग ने कहा, "राजमाता का भी भेजा चाट खाएगी क्या?"

"कोई बात नहीं समंग! बोलने दो।" कुन्ती ने बहुत धैर्यपूर्वक कहा, "उसे अपना दुखड़ा कह लेने दो। मन हल्का हो जायेगा। मैं समझती हूँ, उसका दुख।"

"इसी कारण तो आपके पास आयी हूँ देवि!" चपला श्रद्धा भाव से बोली, "सोचा उस देवि के दर्शन करके आऊँ, जो बारह वर्षों से अपने पाँच-पाँच पुत्रों का विरह सह रही है। आपका हृदय फट नहीं गया देवि! इतने दिनों में। मैं तो इतने थोड़े से ही समय में उन्मादिनी हो गयी हूँ।"

"तुम्हें यह तो नहीं लगता चपला कि मैं बड़ी हृदयहीन माता हूँ, जो पाँच-पाँच पुत्रों को ही नहीं, सारी पुत्रवधुओं और अपने पौत्रों को त्याग कर बारह वर्षों से यहाँ निश्चिंत बैठी हूँ?"

"नहीं! नहीं!! मैं ऐसा क्यों सोचूँगी देवि!" चपला ने अपनी हथेलियों से अपने दोनों गाल पीट डाले।

"सोच सकती हो, क्योंकि मुझे, मेरे पुत्रों ने न तो अपने साथ ले जाना अस्वीकार किया था और न मेरी पुत्रवधुओं को मेरे साथ रहने अथवा मुझे अपने साथ रखने में कोई आपत्ति है।" कुन्ती बोली, "माँ का हृदय तो मेरे भी वक्ष में है। पर मैंने इस प्रकार उनसे पृथक रहने के लिए न अपने आपको अभागिनी माना है; और न इसके लिए कभी उनको दोष दिया है।"

"शायद मैं भी न देती, यदि मेरा पुत्र भी आपके पुत्रों के समान धर्म कमाने गया होता।" चपला बोली, "वह तो थोड़ा-सा धन कमाने के लिए अपने वृद्ध माता-पिता को इस प्रकार अकेला और असहाय छोड़ कर हस्तिनापुर में डेरा डाले बैठा है। धन उसे माँ से भी अधिक प्यारा है। है कोई और ऐसी अभागिनी माता, जिसका पुत्र उससे भी अधिक धन से प्यार करे।"

कुन्ती का ध्यान कर्ण की ओर चला गया।...यह स्त्री इतनी दुखी है कि उसका पुत्र माँ से अधिक धन से प्रेम करता है। वह स्वयं को संसार की सबसे अधिक अभागिनी माता समझती है।...पर क्या वह जानती है कि कर्ण जैसा पुत्र भी होता है, जो सारे धन-वैभव के होते हुए भी, केवल ईर्ष्यावश वध कर सकता है। अपने राजा को प्रसन्न मात्र करने के लिए, धर्म पर चलने वाले चरित्रवान लोगों की हत्या कर सकता है। अपनी जयजयकार सुनने के लिए निर्दोष लोगों के प्राण ले सकता है।

"धन का लोभ किसे नहीं होता चपला?" कुन्ती बोली, "किन्तु तुम्हारा दुख क्या यह है कि तुम्हारा पुत्र धन अर्जिन करना चाहता है? क्या तुमने अपने पति से कभी यह माँग नहीं की थी कि वह और अधिक धन कमाये। तुम्हें और अधिक सुख से रखे?"

"नहीं! इस कारण से मैं क्यों दुखी हूँगी? किसको अपने पुत्र का वैभव बुरा लगता है।"

"तो क्या तुम दुखी इसलिए हो कि तुम्हारा पुत्र अपनी पत्नी से प्रेम करता है?"

"नहीं! यह मुझे क्यों बुरा लगेगा। बेटा-बहू परस्पर प्रेम से रहें, यह तो अच्छी बात है।"

"तो फिर तुम दुखी क्यों हो? तुम्हारे दुख का कारण क्या है?"

"वह हमारे साथ क्यों नहीं रहता? मैं चाहती हूँ कि वह सदा मेरी आँखों के सामने रहे। मैं उससे इतना प्रेम करती हूँ कि उसको देखे बिना जी नहीं सकती, तो वह मेरी इतनी उपेक्षा क्यों कर रहा है?"

"मेरी बात पर ध्यान दो चपला!" कुन्ती ने मन्द स्वर में कहा, "जरा गम्भीर हो कर सोचो। जहाँ दुख होता है, वहाँ कोई दोष भी होता है। हम लोग प्रायः अपने दुख को देखते हैं, किन्तु उस दोष को देखने का प्रयत्न नहीं करते। सब ही। यह मनुष्य का स्वभाव है। मैं भी ऐसा ही करती हूँ। तुम भी सोचो। तुम्हारा यह जो दुख है, उसका कारण तुम्हारा ही कोई दोष है। तुम दुखी इसलिए हो कि तुम्हारा पुत्र तुम्हारी उपेक्षा कर रहा है; अथवा तुमको अपनी कोई वासना कष्ट दे रही है।"

"लो। अब पुत्र के निकट रहने की इच्छा भी वासना हो गयी।"

"इच्छा मात्र को ही वासना कहते हैं, चपला। मेरे पुत्र वन में रह रहे हैं, किन्तु द्वैतवन में रहते हुए भी तुम्हारी कभी यह इच्छा नहीं हुई कि तुम उनको देख आओ, उनको मिल आओ, उनके निकट रहो। क्यों? क्योंकि तुम्हारे मन में उनके प्रति कोई मोह नहीं है। अपने पुत्र के प्रति तुम्हारे मन में मोह है। वह मोह ही तुमको कष्ट दे रहा है। तुम्हारे दुख का कारण तुम्हारे पुत्र का धन के प्रति लोभ, अपनी पत्नी के प्रति प्रेम, तुम्हारे प्रति उपेक्षा का भाव–कुछ भी नहीं है। तुम्हारे दुख का कारण तो तुम्हारा पुत्र-मोह है। तुम्हारा अपराधी तुम्हारा पुत्र नहीं, तुम्हारा अपना मोह है।"

"लो!" चपला ने जैसे कोई तर्क-वितर्क बात सुन ली थी, "अब अपने पुत्र के प्रति प्रेम भी, मोह हो गया। संसार में किसी माता को अपने पुत्र से प्रेम नहीं होता।"

"चुप कर। अब तू राजमाता से भी कलह करेगी दुष्टे!"

"नहीं। रहने दो समंग। तर्क नहीं करेगी, तो बात स्पष्ट कैसे होगी।" कुन्ती ने कहा, "हाँ चपला। संसार में प्रत्येक माता अपने पुत्र से प्रेम करती है।"

"हाँ! भगवान ने माता का हृदय ही ऐसा बनाया है। उसका दुख कोई और कैसे समझ सकता है।" चपला बोली, "तो फिर वह मोह कैसे हो सकता है। पुत्र

के प्रति इतना प्रेम न होता, तो माता उसका पालन-पोषण ही कभी न कर पाती।"

"ठीक कहती हो चपला! सत्य ही ईश्वर ने माँ के मन में सन्तान के प्रति इतना प्रेम संचित न किया होता, तो न तो वह सन्तान को जन्म देने का कष्ट उठाती और न ही उसका पालन-पोषण कर पाती।" कुन्ती मुस्कराई, "इतना प्रेम दिया है ईश्वर ने कि माँ का हृदय अपनी सन्तान को देखते ही पिघल कर, दूध में परिणत हो, उसके स्तनों में उतर आता है। इतना प्रेम दिया है विधाता ने कि उसे अपनी सन्तान का मल, मल ही नहीं लगता। सन्तान को स्वच्छ रखने के लिए, वह उसका मल-मूत्र भी साफ करती है।...किन्तु माँ के स्तनों में दूध इसलिए आता है चपला! क्योंकि सद्यःजात शिशु और कुछ भी खा-पी नहीं सकता। माँ का स्तन्य ही उसका प्राण है। किन्तु, अब यदि अपने पुत्र प्रेम के कारण तुम्हारे स्तनों में दूध उतरेगा तो क्या तुम्हारा पुत्र उसका पान करेगा? तुम स्तनपान कराओगी उसका? इस अवस्था में अपने पुत्र का मल-मूत्र साफ करोगी?"

"नहीं!" चपला ने बिना सोचे-समझे, तत्काल उत्तर दिया, "वयस्क पुत्र के लिए उसकी आवश्यकता नहीं है।"

"तो फिर तुम्हारे उस मोह की भी, जिसे तुम प्रेम कह रही हो, अब कहाँ आवश्यकता है?" कुन्ती ने कहा, "जो प्रेम स्तन्य के लिए आवश्यक था, तुम चाहती हो कि तुम्हारा वह प्रेम तो बना रहे, किन्तु स्तन्य सूख जाये। जो प्रेम तुम्हारा पुत्र तुमसे उस समय करता था, जब वह स्तनपान करता था, वह प्रेम तो बना रहे, किन्तु वह स्तनपान न करे।"

"मोह है तो मोह ही सही।" चपला कुछ उग्र हो कर बोली, "ईश्वर ने वह मोह बनाया ही क्यों?"

कुन्ती हँस पड़ी, "ईश्वर ने इस परिवर्तनशील संसार में बहुत सारे भाव और बहुत सारे पदार्थ बनाये हैं, और उन सबकी आवश्यकता भी है; किन्तु इतनी बुद्धि भी मनुष्य को दी है कि वह निर्णय कर सके कि उसे किसका उपयोग कब करना है; और कब तक करना है। उसने स्त्री-पुरुष को काम भाव दिया है। कौन नहीं जानता कि यह काम भाव न होता, नारी-पुरुष एक-दूसरे की ओर आकृष्ट न होते, तो सन्तान का जन्म न होता; और संसार आगे न चलता। सत्य है न!"

"सत्य है राजमाता।" चपला तत्काल सहमत हो गयी।

"किन्तु उस काम को संयत और परिमित करना कल्याणकारी है अथवा नहीं?" कुन्ती ने पूछा।

"है।"

"यदि कोई पुरुष यह कह कर किसी स्त्री के साथ व्यभिचार करना चाहे कि ईश्वर ने काम भाव बनाया है, इसलिए उसे यह अधिकार है कि वह किसी भी स्त्री को काम-निमन्त्रण दे, तो क्या यह उचित होगा?"

"नहीं राजमाता!"

"तुम्हारी इस अवस्था में, तुम्हारा अपना पति ही यदि तुमसे तुम्हारी युवावस्था के काम-व्यवहार की अपेक्षा करे, तो क्या यह उचित होगा?"

"नहीं।" चपला के चेहरे पर लज्जा की लाली आ गयी।

"तो फिर पुत्र प्रेम के लिए ही, तुम वही स्थिति क्यों बनाए रखना चाहती हो? केवल वह स्थिति ही बनाए रखना नहीं चाहतीं, उसे माँ का हृदय कह कर गौरवान्वित भी करना चाहती हो?"

चपला ने कोई उत्तर नहीं दिया। वह किसी गहरी सोच में डूब गयी थी।

"सुनो चपला!" कुन्ती ने पुनः कहा, "हमारा जीवन एक धारा के समान है। अपने उद्गम से लेकर अपने संगमन तक की यात्रा की परिस्थितियाँ एक-सी नहीं होतीं। यात्रा का प्रत्येक पड़ाव एक नयी चुनौती लेकर आता है, और हमारे कर्तव्य परिवर्तित होते रहते हैं। सम्बन्ध बदलते रहते हैं। जीवन का रूप बदलता रहता है। हमें इस परिवर्तन को स्वीकार करना चाहिए और स्वयं को उसके अनुरूप ढालना चाहिए, न स्वयं विक्षिप्त होना चाहिए और न किसी और को विक्षिप्त करना चाहिए।"

"आप ठीक कहती हैं, राजमाता!" चपला रो पड़ी, "पर मैं क्या करूँ? मेरा तो समय ही नहीं कटता। मेरी आँखों के सामने पुत्र का मुखड़ा घूमता रहता है।"

"तुम्हारा समय नहीं कटता, तुम्हारी एक इच्छा पूरी नहीं होती, इसलिए तुम अपने पुत्र को बाँध कर अपने साथ रखना चाहती हो?" कुन्ती बोली, "तुम्हारा पुत्र तुम्हारा खिलौना है क्या?"

"तो क्या सन्तान का धर्म नहीं है कि जिस माता-पिता ने उनको जन्म दिया, उनका पालन-पोषण किया, उनका ध्यान रखें, उनकी सेवा करें?"

कुन्ती हँस पड़ी, "पहले तुम यह ध्यान कर लो कि तुम अपने पुत्र से रुष्ट क्यों हो, तुम्हारा कष्ट क्या है? तुम चाहती हो कि वह तुम्हारे पास रहे, क्योंकि तुम्हारा समय नहीं कटता, अथवा तुम अपनी देखभाल करने में असमर्थ हो, और तुम्हारा पुत्र तुम्हारी सेवा नहीं कर रहा।"

"नहीं राजमाता!" समंग बोला, "इसकी मैं भरपूर सेवा कर रहा हूँ। जब असमर्थ हो जाऊँगा, तब की नहीं कह सकता।"

"नहीं। सेवा की कोई बात नहीं है।" चपला बोली, "उसके बिना मेरा जीवन इतना खाली-खाली हो गया है कि मेरी समझ में ही नहीं आता कि मैं क्या करूँ। मेरा मन किसी काम में लगता ही नहीं।"

"तुम अपना स्वतन्त्र और आत्मनिर्भर जीवन जीओ चपला! पराश्रित जीवन क्यों जीना चाहती हो। लोगों को उनके बन्धनों से मुक्त करने का काम करो, उन्हें बाँधने का संकल्प क्यों कर रही हो?" कुन्ती बोली, "तुमने अपनी सन्तान के प्रति अपना कर्तव्य पूर्ण किया। अब अपना विकास करो, समाज का विकास करो। अपना यह

जीवन जीओ, जो तुम बच्चों के पालन-पोषण के दायित्व के कारण अब तक जी नहीं सकी थीं। हम अपनी सन्तान को समर्थ इसलिए नहीं बनाते कि अपने मोह के बन्धनों में उनको बाँध कर उनके सामर्थ्य को कुण्ठित करेंगे।"

चपला ने एक असहाय-सी दृष्टि कुन्ती पर डाली और धीरे-से बोली, "मैं समझती तो सब कुछ हूँ राजमाता! किन्तु मेरा मन है कि मानता ही नहीं। उसे कितना समझाती हूँ, दोनों भुजाओं में पकड़-पकड़ कर उसे नीचे उतारती हूँ किन्तु वह है कि फिर से बलात मोह के वृक्ष पर जा चढ़ता है, और मैं उसके सम्मुख असहाय हो जाती हूँ।"

इस बार समंग आगे बढ़ आया, "आपकी बड़ी कृपा है राजमाता! आपकी बातें सुनकर मुझे लगता है कि यह आज नहीं तो कल, समझ ही जायेगी और इसका उन्माद उतर जायेगा।"

"भगवान तुम्हारा कल्याण करें।" कुन्ती का स्वर एक प्रकार का अलौकिक आह्लाद लिए हुए था।

52

कुन्ती ने सुना कि दुर्योधन ने अपने प्रासाद में, दुर्वासा को आमन्त्रित किया है; और दुर्वासा अपने सहस्रों शिष्यों के साथ हस्तिनापुर पधारे हैं।...उसका हृदय किसी बड़े अनिष्ट की आशंका से कराह उठा। दुर्वासा को कभी कोई अपने घर पर आमन्त्रित नहीं करता...जिसके द्वार पर वे पहुँच जाते हैं, वह मान लेता है कि ग्रहों की कुदृष्टि के कारण, उस पर कोई महान संकट आया है जिसे उसे धैर्यपूर्वक सहन करना है। ...जिस दिन दुर्वासा किसी के घर से विदा होते हैं, उस दिन लोग हाथ जोड़कर प्रभु का धन्यवाद करते हैं कि एक दुष्ट ग्रह टल गया।...उस दुर्वासा को दुर्योधन ने स्वयं अपने घर पर आमन्त्रित किया था।...

दुर्योधन के मन में तप-त्याग के लिए कोई सम्मान है, न सात्विकता के लिये। वह आज तक अपने घर में बैठे भीष्म, व्यास और विदुर का सम्मान नहीं कर पाया। घर आये तपस्वियों का उसने अपमान किया। कृष्ण से समधी का नाता तो जोड़ लिया, किन्तु उससे प्रेम नहीं कर पाया।...वही दुर्योधन दुर्वासा को आमन्त्रित कर, उनकी सेवा करना चाहता है?

हस्तिनापुर के आसपास, तपस्वियों की कमी नहीं थी। महर्षि वेदव्यास का आश्रम कौन-सा दूर था। अन्य किसी सात्विक ऋषि को आमन्त्रित नहीं किया दुर्योधन ने। दुर्वासा को ही क्यों चुना? इसलिए कि उनकी ख्याति एक अत्यन्त क्रुद्ध तपस्वी की है?...स्मरण है कुन्ती को, जब वे कुन्तिभोज के प्रासाद में आये थे।...कुन्ती को बार-बार कहा था कुन्तिभोज ने, "पुत्रि! स्मरण रहे, कुछ हो जाये, किन्तु दुर्वासा अप्रसन्न

न हों। उनकी अप्रसन्नता से बचने के लिए कोई मूल्य अधिक नहीं है।..." कुन्ती जानती है, दुर्वासा के प्रति किसी के मन में श्रद्धा नहीं है। लोग उनसे भयभीत रहते हैं। ऋषि अप्रसन्न न हों, ऋषि शाप न दे दें।...कुन्ती ही जानती है कि ऋषि को प्रसन्न रखने के लिए उसे क्या-क्या प्रयत्न करना पड़ा था...किन्तु और कैसा मूल्य चुकाया था उसने...

पर उस तपस्या का भी क्या लाभ, जिससे तपस्वी अपना क्रोध ही न जीत पाये। तितिक्षा तो तपस्या का पहला लक्षण है...और दुर्वासा में वही नहीं है।...वे तो कुछ भी सहन नहीं कर सकते। अपने आदेश की अवज्ञा और असम्मान तो बहुत ही दूर की बात है, वे तो अपनी इच्छा के विरोध की सम्भावना मात्र की आशंका से ही, क्रोध से जल उठते हैं। उनसे किसी प्रकार की सज्जनता की अपेक्षा नहीं की जा सकती। कैसी तपस्या है उनकी, जिसने न क्रोध को जीता, न अहंकार को।...लोग साधना तो करते हैं, किन्तु यह नहीं जानते कि साधना का लक्ष्य क्या है। मार्ग अवरोधकों को ही वे अपनी उपलब्धि मान कर, उन्हीं पर मुग्ध हो जाते हैं।...कुछ ऐसा ही हुआ है, दुर्वासा के साथ भी। साधक तो वे हैं, उग्र तपस्वी भी हैं। कदाचित उन्होंने प्रकृति से कुछ असाधारण शक्तियाँ भी प्राप्त कर ली हैं...किन्तु उनके व्यक्तित्व का विकास नहीं हुआ।...प्रभु की लीला तो अद्भुत है...प्रभु धन देते हैं, तो एक व्यक्ति दान करता है और दूसरा व्यक्ति उसी धन को पा कर भोग में आकण्ठ लिप्त हो जाता है। सत्ता मिलती है, तो एक न्याय करता है, अत्याचार का दमन करता है; और दूसरा उसी सत्ता का दुरुपयोग कर, अन्याय को बल प्रदान करता है, स्वयं अत्याचारी हो जाता है। शारीरिक बल मिलता है तो एक दुर्बलों की रक्षा करता है और दूसरा उसी बल से दुर्बलों का दमन करता है। ज्ञान मिलता है तो एक में विनय प्रस्फुटित होती है, वह अपने ज्ञान से अपने और दूसरों के बन्धन काटता है; और दूसरा उसी ज्ञान से अहंकारी हो कर, अबोध लोगों का शोषण करता है, उन्हें भ्रम में डालता है।...कितने ही उदाहरण हैं इतिहास में कि एक व्यक्ति ने उग्र साधना की, स्वयं को तपाया, ईश्वर को प्रसन्न किया, किन्तु उससे उसकी भक्ति न माँग, अपने लिए कोई शक्ति माँग ली...और फिर उसी शक्ति के अहंकार में वह राक्षस हो गया।...तपस्या कर, साधना कर, भक्ति कर, अन्त में व्यक्ति राक्षस हो जाये—इससे बड़ा दुर्भाग्य और क्या हो सकता है। हे प्रभु!...तू और कुछ दे, न दे, मनुष्य को सात्विक बुद्धि अवश्य दे, ताकि वह अपनी क्षमताओं का उचित उपयोग कर सके।...

सन्ध्या समय विदुर घर लौटे तो पारंसवी ने पूछा, "आर्यपुत्र! आज दिन भर गंगा तट पर क्या होता रहा है?"

"क्या होता रहा है?" विदुर मुस्कुराये, "तुम बताओ।"

"मैं क्या जानूँ क्या होता रहा है।" विदुर की मुस्कान से आश्वस्त हो कर पारंसवी बोली, "बाहर से आने वाले से जो सूचनायें मुझे मिलती रही हैं, वे कहती हैं कि गंगा तट पर दिन-भर अग्निदाह होता रहा है। कुछ लोग अग्नि पर उल्टे भी लटकाए गये।..."

"चीत्कारों से तो ऐसा लगता था कि कुछ को जीवित ही अग्निसात किया जा रहा था।" कुन्ती बोली।

विदुर ने उन्हें दुर्वासा के दिन भर के कार्यक्रम के विषय में बताया।

"ओह यह दुर्वासा!" कुन्ती जैसे अपने आपसे बोली, "मेरी तो समझ में नहीं आता कि लोग इस ऋषि से इतने भयभीत क्यों रहते हैं। क्या प्राप्त करना चाहते हैं वे इस औघड़ से?"

"क्यों तुम्हारे विवाह से पूर्व, उन्होंने तुम्हें भी तो मन्त्र दिया था।" विदुर बोले, "तुम्हारे पाँचों पुत्र उसी मन्त्र का प्रसाद नहीं हैं?"

कुन्ती की आँखों के सम्मुख वे दिन घूम गये : कितने त्रस्त थे पिता कुन्तिभोज। और कितनी पीड़ित थी स्वयं कुन्ती।...

"मेरे पुत्र देवप्रदत्त हैं। वह ईश्वर की अनुकम्पा है। दुर्वासा का मन्त्र होता या न होता, इन पुत्रों का जन्म तो होना ही था। ईश्वर के मन में अपनी सृष्टि के सन्दर्भ में अपनी योजना होती है। वह जीवों को विशेष प्रयोजन से जन्म देता है। जो कार्य उसको जिसके माध्यम से करना होता है, उसे वह करता ही है। वे सब उसके उपकरण मात्र हैं।...यदि इन उपकरणों की उसे आवश्यकता थी, तो उसने इनका निर्माण किया। इस सारी प्रक्रिया के बीच, दुर्वासा का क्या महत्त्व है? या मेरा ही क्या अधिकार है?" कुन्ती ने कहा, "मेरे मन में आता है विदुर! कि मनुष्य व्यर्थ ही अपने अहंकार में, स्वयं को कर्ता समझता है। अपने मोह में देह सम्बन्धों को इतना महत्त्वपूर्ण मान लेता है। मैं मान लेती हूँ कि ये मेरे पुत्र हैं। उन्हें मैंने जन्म दिया है। उनका पालन-पोषण मैंने किया है। मैं उनके कल्याण के लिए चिन्तित रहती हूँ। अशुभ से उनकी रक्षा करना चाहती हूँ। ईश्वर से उनकी संस्तुति करती हूँ कि वह उनकी रक्षा करे..."

"तो इसमें अनुचित क्या है भाभी!" पारंसवी बोली, "अपनी सन्तान के लिए कौन नहीं करता।"

"इसमें सबसे पहले तो अनुचित यह है कि मैं ईश्वर के जीव को अपनी सन्तान समझे बैठी हूँ। जीव उसका है और मैं समझती हूँ कि वह मेरा है। जिसे उस जीव की सबसे अधिक चिन्ता है, उस ईश्वर के सम्मुख मैं उस जीव के कल्याण की कामना करती हूँ।" कुन्ती रुकी, "वह ईश्वर हम पर हँसता होगा। और हमसे भी अधिक उन पर हँसता होगा, जो किसी का अहित करने का प्रयत्न कर रहे हैं, योजनाएँ बना रहे हैं, संकल्प कर रहे हैं, सहायता जुटा रहे हैं।..."

"ऐसा क्यों सोचती हो भाभी!" पारंसवी ने शिशुवत अबोध भाव से पूछा।

"मुझे पूरा विश्वास है कि दुर्योधन इस ऋषि दुर्वासा के हाथों, ये सारी यातनायें केवल इसलिए सहन कर रहा है कि वह ऋषि को प्रसन्न कर, उनके माध्यम से पाण्डवों का कोई अहित साध सके। साधारण राग-द्वेष तो ईश्वर ने प्रत्येक जीव के मन में उत्पन्न किया है; किन्तु जब उनके अतिरेक से कोई, दुर्योधन के समान मनोरोगी हो जाता है, तो उसके सारे प्रयत्न किसी एक बिन्दु पर आ कर अटक जाते हैं। उसके विचारों की गतिशीलता समाप्त हो जाती है। दुर्योधन आठों प्रहर, जागते-सोते केवल पाण्डवों के अहित की बात सोचता है...दुर्वासा के हस्तिनापुर आगमन का सम्बन्ध भी उसी प्रयोजन से है।..."

"कहीं ऐसा तो नहीं भाभी! कि तुम्हारे विचारों की गतिशलीता भी समाप्त हो चुकी है और वे भी आकर एक बिन्दु पर अटक गये हैं।" विदुर बोले, "तुम्हारी इस आशंका का भी कोई कारण होना चाहिए।"

"कारण तो है मेरा मन। हाँ, मेरे पास इसका कोई भौतिक प्रमाण नहीं है।" कुन्ती ने उत्तर दिया, "किन्तु इस प्रकार का कोई प्रमाण तो ईश्वर के अस्तित्व का भी नहीं है।"

विदुर मौन हो गये। वे मन ही मन कुन्ती की आशंका से सहमत तो हो चुके थे, फिर भी यह जानने का प्रयत्न कर रहे थे कि क्या कुन्ती के पास इसका कोई छोटा-मोटा प्रमाण भी था?

"अब दुर्योधन के मन की तो वही जाने।" पारंसवी ने कहा।

"नहीं। ऐसी बात नहीं है।" कुन्ती ने धीरे से प्रतिवाद किया, "यदि विदुर दुर्योधन के मित्रों पर दृष्टि रखें, तो उन लोगों के पारस्परिक वार्तालाप में कोई न कोई प्रमाण अवश्य मिल जायेगा।"

"तुम ठीक कहती हो भाभी।" विदुर बोले, "कठिनाई केवल यह है कि दुर्योधन आजकल अधिकांशतः दुर्वासा की सेवा में ही रहता है। इसलिए वह अपने मित्रों के साथ आपानकों में सम्मिलित नहीं होता; अन्यथा आपानकों में उपस्थित दासियों के माध्यम से अब तक सब कुछ ज्ञात हो गया होता।"

"फिर भी विदुर! प्रयत्न तो करना ही चाहिए।" कुन्ती ने कहा, "आपानक न भी हों, दुर्योधन के मित्रों के प्रासादों में उनकी निजी दासियाँ हैं। उनसे कुछ गोपनीय नहीं है। तुम यदि कहो कि दुःशासन के मन की बात उसकी रानी नहीं जानती, तो मैं तुम्हारा विश्वास कर लूँगी; किन्तु यदि तुम यह कहो कि उसके मन की बात कामवल्लरी नहीं जानती, तो मैं तुम्हारा विश्वास नहीं करूँगी।..."

विदुर स्तब्ध से खड़े कुन्ती की ओर देखते रह गये। कुछ क्षणों में उनमें सक्रियता जागी। उनके नयनों में कुन्ती के प्रति प्रशंसा का भाव था और अधरों पर मुस्कान, "भाभी! तुम्हें तो किसी बड़े साम्राज्य की गुप्तचर विभाग की अधिनायक होना

चाहिए था।...तुम तो यह तक जानती हो कि राजकुमार के मन में कौन-सी दासी कहाँ तक धँसी हुई है।..."

53

"विदुर!" कुन्ती का स्वर पर्याप्त चिन्तित था।

"हाँ भाभी!"

"काम्यकवन से कोई समाचार आया है क्या?"

"मेरे अपने दूतों में से तो कोई नहीं लौटा भाभी!" विदुर बोले, "किन्तु दुर्योधन के मित्रों में काम्यकवन की बहुत चर्चा है।"

"कैसी चर्चा?" कुन्ती के नेत्र पूरी तरह खुल गये, "कैसी चर्चा है, उन लोगों में?"

"दुर्वासा को पाण्डवों के आश्रम की ओर प्रेरित कर, दुर्योधन बहुत प्रसन्न था। उसने तो यहाँ तक घोषणा कर दी थी कि अब कोई पाण्डवों की रक्षा नहीं कर सकता। वे अन्न के अभाव में भूखे तो मरेंगे ही, दुर्वासा के क्रोध के भाजन भी बनेंगे। अपने धर्म से स्खलित होंगे। जिस तपस्वी समाज का उन्हें बहुत समर्थन प्राप्त है, उसी तपस्वी समाज में वे घृण्य माने जायेंगे।...और सारा आरण्यक तथा तापस समाज, अपने-अपने प्रभाव क्षेत्र में पाण्डवों के विरुद्ध कार्य करेगा।"

"उसकी तो सदा से यही इच्छा रही है।" कुन्ती बोली, "किन्तु आज क्या चर्चा होती रही, दुर्योधन के मित्रों में?"

"काम्यकवन के समाचारों को ले कर।"

"क्या समाचार है, यही तो पूछ रही हूँ।" कुन्ती के स्वर में उद्वेग का समावेश भी हो गया था।

विदुर मौन रहे, जैसे बोलने से पहले शब्दों का चयन कर रहे हों।...

"बोलते क्यों नहीं विदुर?"

"वस्तुतः वह समाचार नहीं है भाभी! सूचनाओं में स्पष्टता नहीं है। इसलिए वह एक प्रकार की कथा है।" विदुर बोले, "दुर्योधन के दूत सीधे पाण्डवों तक तो पहुँचे नहीं, वे उनके निकट के आरण्यकों से कुछ कथाएँ सुन कर लौट आये हैं, और उन्हीं की चर्चा हो रही है, दुर्योधन की चाण्डाल चौकड़ी में।"

"क्या चर्चा है, यही तो पूछ रही हूँ।"

"वे सुन कर आये हैं कि जब पाण्डव ऋषि की प्रतीक्षा कर रहे थे और द्रौपदी अपनी रसोई में अत्यन्त व्याकुल बैठी थी, तब उसने अत्यधिक विह्वल हो कर कृष्ण को पुकारा और कृष्ण प्रकट हो गये।"

"कृष्ण प्रकट हो गये?" पारंसवी चकित थी।

"चलो यह कह लो कि कृष्ण वहाँ आ गये।" विदुर बोले, "कृष्ण को अपने सम्मुख देख कर द्रौपदी ने यह नहीं सोचा कि कृष्ण सहसा आ कैसे गये, अथवा प्रकट कैसे हो गये? वह तो बस प्रसन्न हो गयी कि उसके सखा आ गये हैं, तो उसका संकट कट जायेगा। न उनका सारा अन्न भण्डार समाप्त होगा, न उनका आतिथ्य धर्म स्खलित होगा, न दुर्वासा की अप्रसन्नता का भय रहेगा।" विदुर ने कहा, "पांचाली ने कृष्ण को बताया कि दुर्वासा अपने दस सहस्रों शिष्यों के संग, उनके आश्रम पर पधारे हैं। पता नहीं सचमुच दस सहस्र हैं, अथवा यह संख्या कुछ अतिशयोक्तिपूर्ण है; किन्तु यह सत्य है कि बहुत बड़ी संख्या में उनके शिष्य उनके साथ हैं। वे लोग स्नान करने गये हैं। अभी लौट कर आयेंगे। उन सबको भोजन कराना है। इस समय द्रौपदी की रसोई में एक व्यक्ति के लिए भोजन नहीं था और भीम के भण्डार में इतना अन्न नहीं था। उसके प्राण सूख रहे थे कि वह उनको भोजन कैसे कराएगी।...द्रौपदी अपनी उलझन की बात कह रही थी और कृष्ण थे कि कुछ सुन ही नहीं रहे थे। वे अपनी प्रकार का ऊधम मचाए हुए थे कि वे बहुत दूर से आये हैं। उन्होंने प्रातः से ही कुछ नहीं खाया है। उन्हें बहुत भूख लगी है। वे कृष्णा के लिए तब तक कुछ नहीं कर सकते, जब तक कृष्णा उन्हें भोजन न करा दे। द्रौपदी ने उन्हें बहुत समझाया कि इस समय उसके पास कुछ भी तैयार नहीं है। ...किन्तु कृष्ण कुछ सुन ही नहीं रहे थे। जब यह बवण्डर कुछ देर चल लिया, तो द्रौपदी रो पड़ी, 'तुम मेरी बात समझते क्यों नहीं सखा! कि मैं इसी कारण से इस उलझन में हूँ कि मेरे पास किसी को खिलाने के लिए कुछ नहीं है। तुम्हें खिलाने के लिए भी नहीं।' द्रौपदी के नयनों में अश्रु देखकर भी कृष्ण नहीं पसीजे, तनिक भी नहीं। उसी प्रकार निष्ठुर भाव से बोले, 'तुम मुझे खिलाना नहीं चाहती हो कृष्णे! इसलिए झूठ बोल रही हो।' द्रौपदी के लिए यह आरोप किसी निष्ठुर और नृशंस आघात के समान था। आँखों में अश्रु, अधरों पर पीड़ा, और वाणी में क्रोध भर कर बोली, 'तुम कितने निर्दयी हो केशव! मैं तुमसे झूठ बोलूँगी? तुमसे, जो मेरे सबसे बड़े हितैषी हो, जो मेरे सखा हो, मेरे ईश्वर हो। तुम्हें खिलाना नहीं चाहूँगी, जिसके मुख में एक ग्रास डालकर, मेरे जन्म-जन्मान्तर तृप्त हो जाते हैं। तुम्हारा सत्कार नहीं करूँगी, जिसके चरणों को अपनी बरौनियों से स्वच्छ करूँ, तो मेरी आत्मा अपनी सार्थकता पा जाये...' किन्तु कृष्ण कहाँ मानने वाले थे। उन्होंने जैसे द्रौपदी की वह करुण वाणी सुनी ही नहीं थी। बोले, "जब तक तुम मुझे रसोई का खाली भांड नहीं दिखाओगी, तब तक मैं तुम्हारी बात का विश्वास कैसे करूँगा।" 'मत करो मेरा विश्वास।' द्रौपदी ने भी अपना रोष दिखाया, 'मैं भी अब तुमसे तुम्हारे प्रत्येक कथन का प्रमाण माँगा करूँगी। मैं भी तुम्हारे वचन का विश्वास नहीं करूँगी।...'

"कैसे कह सकती है, पांचाली यह सब।" पारंसवी बोली, "मैं तो कृष्ण को अपने सामने पाती हूँ, तो बस निहारती ही रह जाती हूँ। मुख से एक शब्द भी नहीं निकलता।"

"यही तो भक्ति का माहात्म्य है। भक्त अपने भगवान से लड़ भी लेता है," विदुर बोले।

"तो पांचाली ने वह भांड कृष्ण को दिखाया?" कुन्ती ने पूछा।

"हाँ। पांचाली बहुत क्षुब्ध थी। अपने सम्मान की चिन्ता। दुर्वासा के माध्यम से सम्भावित अनिष्ट की आशंका। धर्मच्युत होने का भय।...और फिर कृष्ण का यह व्यवहार।" विदुर बोले, "वह धुला धुलाया भांड उठा लाई। 'यह देखो! अब भी विश्वास करना है, करो; मत करो।' पांचाली बोली, 'किन्तु मुझे बताओ, मैं ऋषि और उनके दस सहस्र शिष्यों के लिए भोजन कहाँ से लाऊँ?' कृष्ण द्रौपदी की चिन्ता से तनिक भी चिन्तित नहीं दिखे। उन्होंने ध्यान से उस भांड का निरीक्षण किया; और उसके एक किनारे पर, असावधानीवश लगा रह गया, शाक का पत्ता ढूँढ़ निकाला। 'मैं न कहता था, तुम झूठ बोल रही हो।' कृष्ण बोले। उन्होंने शाक के पत्ते को अपने मुख में डाल लिया। उसे चबाया, जैसे भोजन कर रहे हों। और फिर तृप्ति की एक डकार ली, जैसे उनका उदर भर गया हो। वे मुस्कराकर बोले, "तुम्हारे परोसे हुए भोजन से सम्पूर्ण सृष्टि का उदर भर गया है। कृष्णे! अब यदि दुर्वासा और उनके शिष्य यहाँ आयें। भोजन माँगें। तुम उनको छत्तीस व्यंजन भी परोसोगी, तो वो एक ग्रास भी नहीं खा सकेंगे।"

"क्या ऐसा सम्भव है?" कुन्ती ने क्षण भर भी रुके बिना पूछा, "कृष्ण ने यदि शाक का एक पत्ता खा लिया, तो सारी सृष्टि की भूख शान्त हो गयी?"

विदुर कुछ उत्तर देते, उससे पहले ही पारंसवी अधीरता से बोली, "दुर्वासा और उसके शिष्यों का क्या हुआ? वे लोग पाण्डवों के आश्रम पर भोजन करने आये, तो उन्हें क्या कहा गया?"

"कथा तो यही है कि स्नान करते-करते ही, दुर्वासा और उनके शिष्यों को अपने-अपने उदर के अफरने की अनुभूति हुई, जैसी वे भोजन से आकण्ठ पूरित हों।" विदुर ने कहा, "दुर्वासा ने अपने शिष्यों की भी अपनी जैसी ही स्थिति देखी, तो बोले, 'अब यदि हम पाण्डवों के आश्रम पर गये और उनके द्वारा परोसा हुआ भोजन खा नहीं पाये, तो पाण्डव हमसे अवश्य ही रुष्ट होंगे। युधिष्ठिर धर्मराज हैं। उनका मन दुखाना उचित नहीं। ऐसा न हो कि हम वहाँ जायें, भोजन न कर पायें, और अनादर और अपमान के साथ, हमारा कोई अनिष्ट भी हो जाये।' दुर्वासा और उनके शिष्य, पाण्डवों के आश्रम में गये ही नहीं। शायद उस आश्रम की विपरीत दिशा में ही विलुप्त हो गये। जब नकुल उन्हें बुलाने गया, तो वे नदी के तट पर अथवा उसके आस-पास कहीं दिखाई ही नहीं दिये। पाण्डवों ने उनकी बहुत प्रतीक्षा की पर दुर्वासा और उनके शिष्य, आश्रम के निकट कहीं दिखाई ही नहीं दिये।"

विदुर मौन हो गये। कुन्ती और पारंसवी भी कुछ आत्मलीना सी ही थीं। कोई भी कुछ नहीं बोला।

अन्त में कुन्ती ही बोली, "क्या तुम इस कथा को सत्य मानते हो विदुर! क्या ऐसा होना सम्भव है? कृष्ण शाक का एक पत्ता खा ले तो दुर्वासा और उसके दस सहस्र शिष्यों का पेट अफर जाये?"

"इतना तो यथार्थ है भाभी! दुर्योधन की प्रेरणा से दुर्वासा, अपने दस सहस्र अथवा ऐसी ही किसी बड़ी संख्या में, अपने शिष्यों के साथ, पाण्डवों के आश्रम में पहुँचे थे। यह भी यथार्थ है कि उनके भोजन के लिए युधिष्ठिर का निमन्त्रण था और पाण्डवों ने दुर्वासा की प्रतीक्षा भी की थी। यह भी यथार्थ है कि किसी भी प्रकार कृष्ण वहाँ पहुँच गये थे; और यह भी यथार्थ है कि दुर्वासा भोजन के लिए पाण्डवों के आश्रम पर नहीं पहुँचे थे...सारा रहस्य यह है कि कृष्ण के पहुँच जाने पर उन लोगों के मध्य ऐसा क्या हुआ कि दुर्वासा पाण्डवों से मुँह छिपा कर, वहाँ से भाग निकले और लौटकर कभी उनके आश्रम पर नहीं गये?"

"हाँ। रहस्य तो इतना ही है।" कुन्ती बोली, "मेरी जिज्ञासा है कि क्या तुम मानते हो कि कृष्ण में ऐसी अलौकिक शक्ति है, कि काम्यकवन में अपनी कुटिया में रोती हुई द्रौपदी उसे पुकारे और कृष्ण उसे द्वारका में अपने भवन में बैठा सुन ही नहीं ले, कुछ क्षणों में द्वारका से, काम्यकवन में पाण्डवों के आश्रम में प्रकट हो जाये? ...और फिर उसके द्वारा शाक का एक पत्ता खाने भर से सारे विश्व का उदर भी भर जाये?"

विदुर ने अपनी आँखें बन्द कर लीं, जैसे ध्यानलीन होने लगे हों। कुन्ती और पारंसवी उनकी ओर देखती रहीं...क्या कर रहे हैं वे?

और तब विदुर ने अपनी आँखें खोलीं।

"कृष्ण चमत्कारी पुरुष हैं, यह तो मैं आरम्भ से ही मानता आया हूँ।" विदुर बोले, "कुछ लोग उन्हें योगीराज और योगेश्वर भी मानते हैं। योग शास्त्र कहता है कि योग की सिद्धि से मनुष्य, मानव शरीर की सीमाओं का अतिक्रमण कर, अपने मूल स्वरूप, अर्थात ईश्वर के निकट पहुँच जाता है। कार्य-कारण सम्बन्ध और प्रकृति के सामान्य नियम, उस पर लागू नहीं होते।...उससे व्यक्ति की क्षमताएँ असीम हो जाती हैं। ईश्वर के समान ही सर्वव्यापक हो जाता है। वह सहस्रों योजन दूर का शब्द सुन सकता है। एक ही समय में एक से अधिक स्थानों पर प्रकट हो सकता है। ...सम्भव है, कृष्ण ने यह सब अपने योगबल से किया हो।"

"योगीराज ही क्यों, हमारे हस्तिनापुर में तो कुछ लोग श्रीकृष्ण को ईश्वर का अवतार ही नहीं, स्वयं साक्षात नारायण का रूप भी मानते हैं।" पारंसवी बोली।

"मानने को तो अनेक लोग बहुत कुछ मानते हैं। कुछ वनवासी तपस्वियों ने मुझसे यह भी कहा था कि अर्जुन और कृष्ण नर तथा नारायण के अवतार हैं।" विदुर बोले, "व्यक्तिगत रूप में मुझे उन्हें इनमें से कुछ भी मान लेने में कोई आपत्ति नहीं है।"

"आपत्ति न होना एक बात है।" कुन्ती बोली, "और किसी बात का दृढ़ विश्वास

होना, दूसरी बात! वैसे तो मुझे ही क्या आपत्ति है—कृष्ण मेरा भ्रातुष्पुत्र है।"

"मैं यह मानता हूँ भाभी! कि वैसे तो सारी प्रकृति, ईश्वर का ही रूप है।...फिर भी ईश्वर को पृथ्वी पर प्रकट होना होता है, तो वह कोई न कोई रूप तो धारण करता ही होगा। वह अपने लिए तो पृथ्वी पर आता नहीं। आता तो वह हम जैसे मनुष्यों के लिए ही है।...तो उसे उसी रूप में आना होगा, जिसे हम जैसे मनुष्य समझ सकें, पहचान सकें।...कृष्ण, ईश्वर के अवतार हैं अथवा नहीं, वे स्वयं ईश्वर हैं अथवा नहीं—यह तो मैं नहीं जानता; किन्तु इतना तो मैं पूरी निष्ठा से मानता हूँ कि संसार में यदि धर्म कहीं है, तो वह कृष्ण के रूप में ही है। इसलिए अधर्म उनके निकट नहीं फटक सकता। यदि कृष्ण पाण्डवों के आश्रम में उपस्थिति थे, तो दुर्वासा जैसे अधर्म वहाँ फटक ही नहीं सकते थे।"

"तुम कहना चाहते हो विदुर! कि पाण्डवों के आश्रम में कृष्ण की उपस्थिति की सूचना पाकर, दुर्वासा का कुटिल मन डर गया? उसका साहस नहीं हुआ कि कृष्ण की उपस्थिति में वह पाण्डवों को वंचित करने के लिए वहाँ आ सके?"

"बहुत सम्भव है कि ऐसा ही कुछ हो भाभी!" विदुर बोले, "द्यूतसभा में भी तो पांचाली के मुख से कृष्ण का नाम सुनकर ही दुःशासन को चक्कर आ गया था। दुर्वासा, दुःशासन से अधिक दुःसाहसी तो नहीं हो सकते।"

"हाँ! हठी और कुटिल होते हुए भी, हैं तो वे एक तपस्वी ही।" कुन्ती बोली, "सात्विक शक्तियों के अस्तित्व को तो स्वीकार करते ही होंगे।"

"चलो, यही स्वीकार किया कि कृष्ण द्वारा शाक का पत्ता खा लेने पर, दुर्वासा और उनके शिष्यों का उदर पूरित हुआ हो या न हुआ हो, वे कृष्ण की उपस्थिति से भयभीत हो कर, भोजन के लिए आने का साहस नहीं कर पाये; और वहाँ से उल्टे पाँव भाग गये।" पारंसवी बोली, "किन्तु प्रश्न यह है कि द्रौपदी का आह्वान कृष्ण तक कैसे पहुँचा? क्या उनमें सचमुच कोई ऐसी शक्ति है कि वे सहस्रों योजन दूर से, किसी की करुण पुकार सुन सकते हैं...क्या वे योग शक्ति से, एक ही समय में एक से अधिक स्थानों पर प्रकट हो सकते हैं?"

"मैं इस घटना को द्रौपदी के चीरहरण वाली घटना से जोड़कर देखना चाहती हूँ।" कुन्ती ने कहा, "वहाँ भी द्रौपदी की करुण पुकार थी, यहाँ भी। वहाँ भी कुछ लोगों को लगा था कि कृष्ण सभा में वर्तमान था, यहाँ भी कृष्ण के उपस्थित होने की बात कही जा रही है।"

"हाँ! दोनों स्थितियों में पर्याप्त समानता है।" विदुर बोले।

"किन्तु तुमने ही बताया था विदुर! कि द्यूत की घटना के पश्चात् वन में कृष्ण जब मेरे पुत्रों से मिला तो उसने कहा कि वह शाल्व से युद्ध में व्यस्त था। इसलिए वह हस्तिनापुर नहीं आ सका, अन्यथा वह घटनाओं को इस प्रकार घटित नहीं होने देता।" कुन्ती ने विदुर की ओर देखा।

"हाँ! कृष्ण ने ऐसा ही कहा था।" विदुर ने स्वीकार किया।

"तो स्पष्ट है कि कृष्ण द्यूतसभा में उपस्थित नहीं था।" कुन्ती बोली, "उसका आभास वहाँ चाहे वर्तमान रहा हो।"

"आप ठीक कह रही हैं भाभी! हम कृष्ण के कथन की अवमानना नहीं कर सकते।" विदुर बोले, "किन्तु दुर्वासावाली इस घटना में कृष्ण पाण्डवों के आश्रम में उपस्थित थे। मैं इसका कोई स्पष्टीकरण नहीं दे सकता कि ऐसा कैसे हुआ। यह मेरे लिए भी एक रहस्य ही है। बस इतना मान लो कि कृष्ण कुछ न कुछ तो मायावी हैं ही। कोई न कोई माया तो वे रचते ही रहते हैं।"

"यदि ऐसा भी है तो कृष्ण के इतने प्रिय हो कर भी, मेरे पुत्र इतना कष्ट क्यों पा रहे हैं?" कुन्ती बोली।

"यह सृष्टि तो माया की सृष्टि है भाभी! और ईश्वर भयंकर मायावी है।" विदुर हँसे, "तुम यह भी पूछ सकती थीं कि यदि कृष्ण ईश्वर हैं अथवा ईश्वर की शक्ति लेकर उत्पन्न हुए हैं, तो उनका जन्म कारागार में क्यों हुआ था? जिसके गर्भ से स्वयं ईश्वर जन्म लेने वाला था, उस माता को इतना कष्ट क्यों सहना पड़ा? उसकी इतनी सन्तानों का वध क्यों हुआ? पर भाभी! मूल प्रश्न तो यह है कि ईश्वर क्या सुख में ही बसता है?"

"नहीं! यह तो मैं नहीं कह सकती।" कुन्ती बोली, "धन में, सम्पत्ति में, सत्ता में, शक्ति में, इन्द्रिय सुख में...अधिकांशतः पाप बसता है। धृतराष्ट्र को ही देखो।"

"तो भाभी! ईश्वर अपने प्रिय जनों को तो इस मल से दूर ही रखेगा।" विदुर बोले, "वह उन्हें धर्म देगा, सात्विकता देगा, दिव्यता और उदात्तता देगा। स्थूल सांसारिक सुख तो मनुष्य को ईश्वर से दूर ही करते हैं...तो वह अपने प्रिय जनों को वह पदार्थ क्यों दे, जिससे वे उससे दूर चले जायें?"

"ठीक कहते हो विदुर! मन में संसार हो तो ईश्वर नहीं मिलता।" कुन्ती बोली, "पर वह मेरे पुत्रों की इतनी कठोर परीक्षा क्यों ले रहा है?"

"उसने ईश्वर होते हुए भी, क्या कम कठोर परीक्षा दी है?" विदुर बोले, "भाभी! मुझे तो ऐसा लगता है कि जब तक मनुष्य कहता है कि यह काम मेरा है, उसे मैं स्वयं अपनी शक्ति से कर लूँगा, प्रभु खड़ा मुस्कराता रहता है; और जब मनुष्य स्वयं को पूर्णतः असहाय पाकर, सब कुछ उसी पर छोड़ देता है, तो ईश्वर स्वयं प्रकट हो कर उसका काम कर देता है...।"

"तुम कहना चाहते हो कि स्वयं प्रकट होने से पहले, प्रभु अपने भक्त को सर्वथा असहाय, अकिंचन तथा सर्वस्व वंचित कर देता है?" कुन्ती ने पूछा।

"कुछ ऐसा ही लगता है भाभी! मुझे।" विदुर बोले, "ईश्वर को पाने के लिए भक्त अपना सर्वस्व अर्पण करता है। अपना संसार, अपने प्राण! जब उसके और ईश्वर के मध्य कोई व्यवधान नहीं रह जाता, जब उसके प्रत्येक श्वास में वही होता

है, तभी तो ईश्वर प्रकट होते हैं।" विदुर ने रुक कर कुन्ती की ओर देखा, "तुम तो वहाँ नहीं थीं..."

"कहाँ?"

"द्यूतसभा में।" विदुर ने उत्तर दिया, "मैंने स्वयं अपनी आँखों से देखा था। द्रौपदी को अपनी विद्वत्ता का अवलम्ब त्यागना पड़ा। पिता द्रुपद तथा भाई धृष्टद्युम्न उसके लिए कुछ नहीं कर सकते थे। पितृव्य भीष्म ने अपना सिर एक ओर डाल दिया था। महावीर भीमसेन एड़ियाँ रगड़ कर रह गया। अर्जुन का गांडीव कुण्ठित हो गया। धर्मराज का धर्म असहाय हो गया। द्रौपदी भरी सभा में निर्वस्त्र हो रही थी। यह स्थिति आ गयी कि उसे अपनी भुजायें उठा कर कहना पड़ा कि सिवाय ईश्वर के उसका कोई नहीं है। उस समय कोई नहीं था, उसके और प्रभु के मध्य—शासन, समाज, सम्बन्धी, पति, पद, सत्ता, सम्पत्ति, सहायक...कोई नहीं। द्रौपदी तो क्या, हम सबके प्रत्येक श्वास का यही स्वर था, 'हे प्रभु! तू ही है।' और वह प्रकट हुआ। उसने द्रौपदी की ही नहीं, पाण्डवों की, धर्म की, सबकी लाज की रक्षा की...।"

"किन्तु मुझे तो बताया गया था कि कृष्ण के नाम से दुःशासन घबरा उठा था।" पारंसवी बोली।

"कृष्ण के नाम से दुःशासन घबरा गया था," विदुर बोले, "दुर्योधन तो नहीं घबरा गया था। शकुनि, कर्ण और धृतराष्ट्र तो नहीं घबरा गये थे।...पर ऐसा क्या हो गया कि फिर किसी का साहस ही नहीं हुआ कि द्रौपदी को हाथ लगाए। सब उससे क्षमा माँगते रहे। धृतराष्ट्र तक उसकी प्रशंसा कर, उसको वर देने को आतुर हो उठे।"

"कुछ ऐसा ही तो इस बार भी हुआ है कि जब पाण्डव असहाय हो गये," कुन्ती बोली, "और द्रौपदी को लगा कि वह गृहस्वामिनी की मर्यादा की रक्षा नहीं कर पायेगी, तो उसने कृष्ण को पुकारा...।"

"मुझे तो यह, भक्त की ईश्वर के निकट जाने की प्रक्रिया को, स्पष्ट करने वाली कोई कथा-सी लगती है।" पारंसवी बोली, "भक्त का भगवान के प्रति पूर्ण आत्मसमर्पण, एकाग्रता, भावना की उत्कटता, ईश्वर निर्भरता...। कौन मानेगा कि मनुष्य के हाड़ मांस में खड़े, हमारे सम्बन्धी कृष्ण, ईश्वर हैं अथवा ईश्वर के अवतार हैं। वे भी तो हम जैसे एक मनुष्य ही तो दिखते हैं।"

"देखने के लिए ही तो आँखें चाहिए पारंसवी!" विदुर बोले, "मनुष्य के शरीर में आया प्रत्येक जीव, ऊपर से देखने में एक जैसा ही लगता है; किन्तु उसकी प्रकृति, प्रवृत्तियों और आकांक्षाओं का अन्तर देखो। कोई कहता है कि ईश्वर मुझे धन दे। और कोई कहता है कि ईश्वर मुझे धन से मुक्ति दे। दुर्योधन अधर्मपूर्वक पाण्डवों का राज्य पाने के लिए कितनी बार उनकी हत्या का प्रयत्न कर चुका; और युधिष्ठिर ने अनायास चित्रसेन के बन्दी हो गये दुर्योधन को सायास मुक्त कराया। कोई अपने विलास के लिए दूसरे के मुख का कौर छीन लेता है, और कोई दूसरे

का पेट भरने के लिए, अपना अन्न उसे दे देता है। दृष्टि हो तो ईश्वर दिखाई देने लगता है, पारंसवी!...कृष्ण हमारे प्रिय हैं, हमारे सम्बन्धी हैं, हम जैसे मनुष्य ही हैं ...किन्तु कृष्ण का एक-एक काम कहता है कि मानवता के उद्धारक हैं, स्वयं ईश्वर हैं। यदि कृष्ण ईश्वर नहीं हैं, तो ईश्वर और कैसा होगा भाभी?"

"आपका अभिप्राय है कि कृष्ण ईश्वर हैं। तो क्या उनकी यह देह अक्षय है? उन्हें कभी कोई दुख नहीं होगा? उनकी कभी पराजय नहीं होगी?" पारंसवी ने पूछा।

"यह सब मैंने कब कहा?" विदुर हँसे, "यह तो तुम्हारी बुद्धि में आयी ईश्वरत्व की अवधारणा है, ईश्वरत्व के लक्षण नहीं।"

"तो?"

"तो यह कि दुख उसके लिए होता है, जिसके लिए सुख भी होता है। कृष्ण तो परम आनन्दमय हैं। उनके लिए सुख और दुख का भेद नहीं है।" विदुर बोले, "ईश्वर जब अपनी माया के माध्यम से प्रकट होता है, तो प्रकृति के नियमों के अधीन ही शरीर धारण करता है; और उन्हीं नियमों के अधीन देह का त्याग भी करता है। कृष्ण ने शरीर धारण किया है, तो वे उसका त्याग भी करेंगे।...और जय-पराजय तो उसकी अपनी लीला है। लीला और आकांक्षा में बहुत भेद होता है। जो मार्ग उसने नियत किया है, वह उस पर चलाएगा ही। वह पाण्डवों के लिए वे सारे द्वार बन्द कर देगा, जो उनके लिए अहितकर हैं। केवल वही एक द्वार खुला रखेगा, जो उनके लिए कल्याणकारी है। इस कठोर और यातनामयी यात्रा में, वह उनकी आत्मा का मल, धो-धो कर स्वच्छ करता रहेगा। और तुम पाओगी भाभी! कि तुम्हारे पुत्र मानवों से कुछ अधिक बड़े हो गये हैं। मानवता से ऊँचे उठ गये हैं। वे दिव्य कर्म करेंगे, और दिव्य यश के भागी होंगे।"

"शायद तुम ही ठीक कहते हो विदुर!" कुन्ती बोली, "मेरे पास न तो तुम्हारे जैसी दृष्टि है, न बुद्धि। इसलिए यह सब पहले न सोच सकी, न देख सकी।"

"पर इस कथा में..." सहसा पारंसवी बोली, "आपने ही इसे कथा कहा है।... लगता है कि पाण्डवों ने, घर में एक भी व्यक्ति का भोजन न होते हुए दुर्वासा को उसके शिष्यों के साथ आमन्त्रित कर लिया; और उनके आतिथ्य का सारा दायित्व अकेली पांचाली पर डाल दिया। वह असहाय अपनी रसोई में रोती रही और कृष्ण को पुकारती रही। वे लोग उसके पति हैं कि शत्रु?"

"तुमने ठीक कहा पारंसवी!" विदुर मुस्कुराये, "इसीलिए इस सारे प्रसंग को मैंने सूचना न कह कर कथा कहा है। लगता है कि इस कथा के माध्यम से सायास, द्रौपदी की भक्ति और कृष्ण की लीला को रेखांकित करने का प्रयास किया गया है।" विदुर रुके, "और सूचना यह है कि वहाँ पाँच पाण्डव और पांचाली, तो एक प्राण हो कर रह ही रहे हैं, उनके आश्रम में रहने वाला कोई मनुष्य तो दूर, कोई पशु भी अपने दुख में अकेला नहीं है। इसलिए यह तो हम कल्पना भी नहीं कर सकते

कि युधिष्ठिर ने दुर्वासा जैसे ऋषि को उनके दस सहस्र शिष्यों के साथ आमन्त्रित कर लिया होगा और उनके भोजन का सारा दायित्व पांचाली पर डाल, स्वयं तटस्थ हो, निश्चिन्त हो कर बैठ गया होगा।"

"इस कथा में, द्रौपदी के प्रति उसके पतियों की संवेदन शून्यता नहीं, गृहस्थी में स्त्री के अपने अन्नपूर्णा रूप की चिन्ता ही प्रकट हो रही है।" कुन्ती बोली, "वह यह मानती है कि उसका पति, उसके विश्वास पर, कितने भी लोगों को भोजन के लिए आमन्त्रित कर सकता है। वह अन्नापूर्णा है, इसलिए अन्न की चिन्ता वह ही करेगी।"

"जाने वास्तविकता क्या है। हम सब तो इस कथा में से अपने अनुमानों के सहारे, अपने-अपने स्पष्टीकरण ढूँढ़ रहे हैं।" विदुर बोले।

"अच्छा! अब मैं चलती हूँ। थोड़ा विश्राम करूँगी।" कुन्ती उठ खड़ी हुई। वह अपने कक्ष में आ गयी। लेटने लगी थी कि कुछ सोचकर आसन पर बैठ गयी। उसने अपनी आँखें बन्द कर लीं, जैसे ध्यान करना चाहती हो।

...उसे लगा कि उसकी पलकों के भीतर, पलकों के ऊपर, उसके मस्तक पर, उसके हृदय में, उसके आसपास कृष्ण ही कृष्ण थे, और कुछ भी नहीं।...

54

"भाभी! मत्स्य देश से समाचार आया है कि वहाँ के सेनापति कीचक को किसी बलवान गन्धर्व ने रात के अन्धकार में बिना किसी शस्त्र के ही मार डाला है।"

कुन्ती ने थोड़ी देर चुपचाप विदुर की ओर देखा और फिर पूछा, "यह तुम्हारा समाचार है अथवा दुर्योधन को भी ज्ञात है?"

"यह समाचार तो सुशर्मा ने दुर्योधन को ही दिया है।"

"क्या दुर्योधन समझ गया है?"

"हाँ भाभी! उसे पूरा विश्वास है कि यह भीम का ही काम है। वे लोग विराटनगर पर आक्रमण की तैयारी में हैं। कदाचित दो एक दिनों में प्रयाण होगा।"

"कुछ और भी पता चला?" पारंसवी ने पूछा।

विदुर ने सारी बात विस्तार से बताई।

"इसका परिणाम क्या हो सकता है विदुर?"

"अज्ञातवास समाप्त होने में सप्ताह भर शेष है भाभी। अब तो आज का दिन भी गया। इस दृष्टि से छह दिन ही और रह गये।" विदुर बोले, "इन छह दिनों में ये लोग विराटनगर पहुँच कर विराट को पराजित कर, पाण्डवों को प्रकट होने को बाध्य करने में सफल होंगे–इसमें मुझे तो सन्देह है। और यदि पाण्डवों को सूचना मिल गयी कि दुर्योधन आ रहा है, तो वे लोग बचा हुआ एक आध

दिन इधर-उधर भी तो बिता सकते हैं। किसी और नगर में जा सकते हैं। उनका विराटनगर में ही रहना क्या आवश्यक है। और हमें अभी उनके विषय में सब कुछ ज्ञात भी तो नहीं है। सम्भव है कि इस घटना के पश्चात वे लोग वहाँ से कहीं और चले ही गये हों।"

"तुम्हारी बात सत्य है विदुर! इस घटना के पश्चात वे लोग वहाँ से चले भी गये हो सकते हैं।" कुन्ती बोली, "किन्तु मेरा विचार है कि वे लोग वहाँ से न ही जायें तो अच्छा है। उन्हें ये शेष छह दिन भी विराटनगर में ही व्यतीत करने चाहिए।"

"क्यों भाभी? इतना संकट मोल लेने की आवश्यकता है?" पारंसवी ने पूछा।

"विराट से दुर्योधन वैसे ही प्रसन्न नहीं है। वह जानता है कि विराट ने युधिष्ठिर को अपना सम्राट स्वीकार किया था; और उसने दुर्योधन का कभी सम्मान नहीं किया है।" कुन्ती ने कहा, "किन्तु स्थिति इतनी सरल भी नहीं है। विराट का सेनापति कीचक, राजा के प्रति अपने विरोध के कारण, अथवा मात्र विराट पर दबाव बनाए रखने के लिए, पाण्डवों का साथ नहीं चाहता था। कीचक न पाण्डवों के साथ था न विराट के साथ। सम्भवतः वह दुर्योधन की मैत्री स्वीकार करता, किन्तु वह त्रिगर्तों को कई बार पीड़ित कर चुका था और त्रिगर्तराज सुशर्मा दुर्योधन का मित्र था। इसलिए कीचक दुर्योधन का मित्र भी कभी नहीं हो सका।"

"मुझे तो लगता है भाभी! कि दुर्योधन के मन में सुशर्मा तथा कीचक दोनों की ही मैत्री की इच्छा थी, क्योंकि ये दोनों ही पाण्डवों के विरोधी थे। किन्तु सुशर्मा के कारण वह कीचक के प्रति अपनी मित्रता नहीं जता पाया और कीचक के कारण खुलकर सुशर्मा की सहायता नहीं कर पाया। अब कीचक बीच से हट गया है; और दुर्योधन के लिए कोई द्विविधा नहीं रह गयी है। विराट उसका भी विरोधी है और सुशर्मा का भी।"

"इसीलिए तो कह रही हूँ कि अब सुशर्मा तथा दुर्योधन दोनों मिल कर अपना सारा संचित आक्रोश निकालेंगे। विराट उनके सम्मुख सर्वथा असहाय होगा। ऐसे समय में मेरे पुत्रों को चाहिए कि वे उसकी सहायता करें।" कुन्ती ने कहा, "उन्होंने वर्ष भर उसके आश्रय में व्यतीत किया है। उसका अन्न खाया है। वे कृतघ्न नहीं हैं, इसलिए उन्हें विराट की सहायता करनी चाहिए। यदि वे स्वयं को बचाने के लिए विराटनगर छोड़ कर चले जायेंगे, तो दुर्योधन, विराट को पाण्डवों को अपने नगर में आश्रय देने के लिए भी दण्डित करेगा।"

"क्या विराट जानता था कि पाण्डव उसके नगर में हैं?"

"दुर्योधन के गुप्तचर-प्रमुख ने तो यही कहा है कि यदि कंक और बल्लव, युधिष्ठिर और भीम हैं तो राजा को भी इस बात का ज्ञान नहीं था।"

तीनों चुपचाप बैठे मन-ही-मन सोचते रहे।

"मुझे लगता है कि भीम को कुछ धैर्य रखना चाहिए था।" पारंसवी बोली, "महीना भर और निकल जाता तो किसी प्रकार का कोई संकट नहीं रह जाता। फिर चाहे वे अपने ढंग से अपना प्रतिशोध ले लेते।"

"इतना तो स्पष्ट ही है कि यह सब कुछ भीम ने किया है और पांचाली के अपमान का प्रतिशोध लेने के लिए ही किया है।" विदुर ने कहा, "हमें सारी घटनाओं का ज्ञान नहीं है, इसलिए हम निश्चित रूप से नहीं कह सकते कि भीम को धैर्य धारण करना चाहिए था अथवा नहीं।"

"यदि कंक ही युधिष्ठिर है, तो निश्चित रूप से उसने पांचाली को धैर्य धारण करने को कहा होगा।" कुन्ती बोली, "पर प्रश्न यह है कि कीचक ने सैरन्ध्री का अपमान करने के पश्चात उसका पीछा छोड़ दिया था क्या? तो कुछ अंशों में धैर्य धारण करना उचित था; किन्तु यदि उस अपराध के पश्चात् भी कीचक को राजा ने दण्डित नहीं किया और कीचक फिर से सैरन्ध्री को अपमानित करने पहुँच गया, तो ऐसी स्थिति में क्या धैर्य धारण करना चाहिए था?"

"सामान्य स्थितियों में तो चाहे धैर्य न रखते, किन्तु अज्ञातवास...।"

"प्रश्न अज्ञातवास का नहीं है।" विदुर बोले, "मेरे मन में तो यह समस्या एक द्वन्द्व के रूप में आती है।"

कुन्ती और पारंसवी ने उनकी ओर देखा।

"मनुष्य के लिए कार्यसिद्धि को अपना लक्ष्य मानना उचित है अथवा अपने सम्मान को?" विदुर बोले, "यदि कार्यसिद्धि ही उसका लक्ष्य है, तो किसी भी सीमा तक अपमान सहा जा सकता है; किन्तु ऐसी स्थिति में किसी भी सीमा तक अधर्म भी किया जा सकता है। कर्ण ने कार्यसिद्धि को अपना लक्ष्य माना, इसलिए उसने अपने गुरु परशुराम से भी अपना सत्य छुपाया। असत्य कथन किया। युधिष्ठिर ऐसा नहीं करेगा। अतः वह न अपना धर्म छोड़ेगा, न अपना सम्मान।"

"वह क्या करेगा, इसके विषय में मैं कुछ नहीं कह सकती।" कुन्ती ने कहा, "किन्तु मैं इतना तो जानती हूँ कि युधिष्ठिर प्रतिशोध का कभी समर्थन नहीं करेगा। अतः पांचाली के अपमान के पश्चात उसने अवश्य ही धैर्य धारण करने के लिए कहा होगा।...किन्तु एक बात मेरे मन में निरन्तर रहती है कि युधिष्ठिर सामान्य पुरुष नहीं है। उसे क्रोध नहीं आता। उसके व्यवहार को देख कर सामान्य जन तो यही समझता है कि वह कायर है। इसीलिए मैं युधिष्ठिर के धैर्य और शान्ति से डरने लगी हूँ।..."

"आप नहीं चाहतीं कि युधिष्ठिर धैर्य धारण करे?" पारंसवी ने पूछा।

"मैं चाहती हूँ कि युधिष्ठिर उतना ही धैर्य धारण करे, जितना सम्मानजनक है। उस धैर्य का क्या लाभ, जिससे मनुष्य कायर समझा जाये।" कुन्ती ने उत्तर दिया, "और नारीत्व का अपमान ऐसा अपराध नहीं है, जिसके पश्चात् भी धैर्य धारण

किया जाये। इसलिए यदि सैरन्ध्री पांचाली ही है, और बल्लव भीम है, तो उनका अधैर्य शुभ ही है। मैं उस अधैर्य की प्रशंसा करती हूँ।"

"पर भीम द्वारा कीचक के वध से भयंकर स्थिति उत्पन्न हो गयी है न!" पारंसवी बोली, "वे लोग पांचाली को जीवित जलाने के लिए बाँध कर ले गये। यदि उचित समय पर पाण्डव नहीं पहुँचते तो पांचाली के प्राण ही चले जाते। अब उन्होंने पांचाली के प्राण तो बचा लिए हैं, किन्तु उनके पहचान लिए जाने का संकट सामने खड़ा है।"

"ठीक है, वे इस संकट को झेलें।" कुन्ती ने शान्त स्वर में उत्तर दिया, "किन्तु नारी के अपमान को न झेलें। वह अपना राज्य प्राप्त करने का अधैर्य भी नहीं दिखाता है। उसे तो राज्य का कोई मोह ही नहीं है; किन्तु उसके कारण उसके भाई भी राज्य से वंचित हो जायेंगे; और प्रजा को दुर्योधन जैसे आततायी का शासन झेलना पड़ेगा। संसार अभी जरासन्ध को ही नहीं भूला है, ऐसे में इतनी जल्दी दूसरा जरासन्ध उत्पन्न हो गया, तो धर्म का सम्पूर्ण नाश हो जायेगा।"

"आप आशंकित हैं भाभी! कि यदि सारी प्रतिज्ञाएँ पूर्ण हो जाने पर भी दुर्योधन ने युधिष्ठिर को उसका राज्य नहीं लौटाया, तो भी युधिष्ठिर युद्ध नहीं करेगा?" विदुर ने पूछा।

"हाँ विदुर! मेरे मन में ऐसी आशंका है।" कुन्ती ने उत्तर दिया, "किन्तु मैं ऐसा होने नहीं दूँगी। यदि दुर्योधन उसका राज्य नहीं लौटाता तो युधिष्ठिर को युद्ध करना ही पड़ेगा। यह मेरा वचन है।"

विदुर और पारंसवी ने चकित दृष्टि से कुन्ती को देखा। उन्होंने कुन्ती का ऐसा तेजस्वी रूप पहले कभी नहीं देखा था।

55

विदुर सभा से घर लौटे तो देखा कि कुन्ती जैसे उनकी प्रतीक्षा में बैठी थीं।

"क्या सोच रही हो भाभी?"

कुन्ती मुस्कराई, "सोच भी रही हूँ और तुमसे पूछ भी रही हूँ—मेरे पुत्रों का दुर्योधन से युद्ध होगा अथवा शान्ति, अहिंसा और आनृशंसता के नाम पर अन्ततः फिर एक बार कोई अन्यायपूर्ण सन्धि हो जायेगी?"

विदुर गम्भीर हो गये, "ऐसा लगता है कि युद्ध तो होगा भाभी!"

"मैंने तो सुना है कि आज तक दोनों पक्षों की ओर से सन्धि के प्रयत्न हो रहे हैं।" कुन्ती ने कहा, "और तुम युद्ध की चर्चा कर रहे हो।"

"भाभी! हस्तिनापुर की सेनाओं और दुर्योधन की सहायता के लिए आयी

मित्र राजाओं की सेनाओं के स्कन्धावारों से पंचनद, कुरुजांगल, रोहितकवन, समस्त मरुभूमि, अहिछत्र, कालकूट, गंगातट, वारण, वाटधान और यमुनापर्वत इत्यादि क्षेत्र अटे पड़े हैं। ये सब सन्धि के लक्षण हैं अथवा युद्ध-ज्वर के?"

कुन्ती के नेत्रों में कुछ चिन्ता झलकी, "कौन-कौन आ चुका है दुर्योधन की सहायता को?"

"भगदत्त आया है प्रायः एक अक्षौहिणी सेना ले कर।"

"प्राग्ज्योतिषपुर से वह आ भी गया।" कुन्ती ने जैसे अपने आप से कहा, "आना ही था उसे। कृष्ण ने उसके पिता भौमासुर का वध किया था और अर्जुन ने राजसूय यज्ञ के अवसर पर उसे पराजित कर उससे कर वसूला था। उस वैर को वह भूल नहीं पाया होगा। दुर्योधन न भी लड़ना चाहे तो ऐसे में प्रतिशोध-कामी लोग युद्ध करवाकर ही रहेंगे।" कुन्ती ने कुछ रुककर पुनः पूछा, "...और कौन आया है?"

"कृतवर्मा आया है भाभी!"

"कृष्ण के दोनों समधी मिलकर उसके विरुद्ध खड़े हो गये हैं।" कुन्ती मुस्कराई, "पर कृतवर्मा कुछ जल्दी नहीं आ गया विदुर?"

"जल्दी से आपका क्या तात्पर्य है भाभी?"

"अभी तो ढंग से युद्ध की घोषणा भी नहीं हुई है। अभी यादवों ने एक-दूसरे के विरुद्ध; युद्ध की नीति भी प्रकट नहीं की है। अभी से कृतवर्मा को कृष्ण के विरुद्ध खड़े होने की क्या आवश्यकता थी?"

"ठीक कहती हो भाभी! किन्तु बलराम तथा कृतवर्मा ने एक प्रकार से तो पाण्डवों के विरोध की घोषणा कर ही दी है।" विदुर बोले, "पाण्डवों का विरोध उसे चाहे न भी कहें, किन्तु दुर्योधन की पक्षधरता तो वह है ही।...और कृतवर्मा तो केवल सात्यकि के विरोध के कारण पाण्डवों का शत्रु बना बैठा है।"

"और?"

"केकय के पाँच राजकुमार आये हैं। अवन्ती से बिन्द और अनुबिन्द आये हैं, दो अक्षौहिणी सेना को ले कर। महिष्मती से नील और कंबोजनरेश एक-एक अक्षौहिणी सेना ले कर आये हैं। सिन्धु सौवीर से जयद्रथ आया है।..."

"वह फिर आ गया। उसे तो भीम ने युधिष्ठिर का दास बना कर छोड़ा था।" कुन्ती ने कहा, "कृतघ्न कहीं का।...अच्छा है कि वह युद्ध में भीम के सम्मुख पड़े, ताकि भीम उसका वध कर सके, अन्यथा तो वह फिर हाथ जोड़ देगा और युधिष्ठिर को फिर स्मरण हो आयेगा कि वह दुःशला का पति है। वह उसे फिर क्षमा कर देगा। जयद्रथ को द्रौपदी के साथ किये गये दुर्व्यवहार का दंड तो युद्ध में ही दिया जा सकता है।"

"हाँ भाभी! मुझे भी तो लगता है कि बहुत समय से इस धरती पर पापियों को उचित दंड नहीं दिया जा सका है। धरती उनके बोझ से कराह रही है। कदाचित

इसीलिए प्रभु ने यह संहार लीला रची है। भूरिश्रवा भी एक अक्षौहिणी सेना के साथ आया है।" विदुर बोले।

"भूरिश्रवा!" कुन्ती ने कहा, "उसे क्या कहना। बाहलीक ने सदा सत्ता का साथ दिया है। सोमदत्त भी पिता के पक्ष में ही है, तो उसका पुत्र भूरिश्रवा विपक्ष का साथ कैसे दे सकता है।"

"ठीक कह रही हो भाभी! ये लोग तो सत्ता के साथ हैं, क्योंकि सत्ता उनका पोषण करती है।" विदुर बोले, "उन्हें न्याय-अन्याय तथा धर्म-अधर्म से क्या लेना-देना। उन्हें तो बस अपने पोषण की चिन्ता करनी है। राजा उनका पेट भरता जाये और जो मन में आये करता जाये।"

"मैं उन्हें दोष नहीं देती।" कुन्ती ने उत्तर दिया, "यदि भीष्म जैसे मनस्वी सिंहासन का पक्ष नहीं छोड़ सकते, तो किसी और के लिए कुछ कहना ही व्यर्थ है।"

"भाभी!" विदुर का स्वर पहले से भी कहीं अधिक गम्भीर हो गया था, "मैं पितृव्य का पक्ष ले कर उनका बचाव नहीं करना चाहता, किन्तु मुझे लगता है कि उनके विषय में तुम्हारी धारणा ठीक नहीं है। उनके हाथ सिंहासन ने नहीं, कुलधर्म ने बाँध रखे हैं।"

"तो वे समझते हैं कि दुर्योधन का पक्ष ले कर मेरे पुत्रों से युद्ध करने पर उनके कुलधर्म का निर्वाह होगा?" कुन्ती का स्वर प्रखर हो उठा था।

"उनके मन में क्या है, यह तो मैं नहीं जानता, किन्तु इतना अवश्य जानता हूँ कि न तो वे तुम्हारे पुत्रों के विरोधी हैं, न वे उनका अधिकार छीनने के पक्ष में हैं और न वे इस युद्ध की आकांक्षा रखते हैं।" विदुर बोले, "मेरा विचार है कि वे अब भी न्यायपूर्ण सन्धि का कोई मार्ग खोजने का प्रयत्न कर रहे हैं।"

"भगवान करे ऐसा ही हो।" कुन्ती ने कहा।

विदुर प्रतीक्षा करते रहे किन्तु जब कुन्ती ने और कुछ नहीं पूछा तो बोले, "और भाभी! सबसे आश्चर्य की बात है कि शल्य एक अक्षौहिणी सेना ले कर दुर्योधन के युद्ध शिविर में आ गया है।"

"शल्य? मद्रनरेश शल्य?"

"हाँ भाभी!"

"क्यों? उसे क्या सूझी?"

"कह नहीं सकता।" विदुर ने धीरे से कहा, "पर संसार में भाँति-भाँति के लोग होते हैं। सम्भवतः उसे दुर्योधन के पक्ष में विजय के, और इसलिए भविष्य में उसी के पक्ष में अधिक धन और सत्ता के दर्शन हुए हों। यदि राज्य के अबाध भोग के लिए कंस अपने भागिनेयों की हत्या कर सकता है, बहन और बहनोई को कारागार में डाल सकता है, तो शल्य अपने भागिनेयों के विरुद्ध युद्ध नहीं कर सकता?"

"वह जो भी करे किन्तु मैं जानती हूँ कि स्वार्थ, मूर्खता का दूसरा नाम है।"

कुन्ती ने कहा, "मेरे पुत्र शल्य को अपने पिता तुल्य समझते और उनका वैसा ही सम्मान करते; किन्तु अब उनके हाथों से गौरवहीन मृत्यु प्राप्त करेगा।"

"मुझे लगता है कि शल्य को दुर्योधन ने कोई बड़ा लोभ दिया होगा।"

"सम्भव है। वह आज से नहीं पांचाली के स्वयंवर के समय से ही दुर्योधन के पक्ष में लड़ता आ रहा है।" कुन्ती ने कहा, "एक तो दुर्योधन की विजय का क्षण आयेगा ही नहीं और यदि कभी वह क्षण आया तो भी मेरी दृढ़ धारणा है कि दुर्योधन के मन्त्री--कर्ण, दुःशासन और शकुनि–शल्य को सत्ता के निकट भी नहीं फटकने देंगे।"

"सम्भव है कि ऐसा ही हो।"

"ऐसा ही होगा।" सहसा कुन्ती ने अपनी मुद्रा बदलकर विदुर की ओर देखा, "और विदुर! पांडुपुत्रों ने भी सेना एकत्रित की है अथवा नहीं?"

"क्यों नहीं।" विदुर हँसे, "इस बार तो वे भी युद्ध के सन्दर्भ में पर्याप्त गम्भीर लगते हैं। वे मत्स्यराज की तो भूमि पर ही हैं। विराट और द्रुपद उनके सैन्य और धन संग्रह के कार्य का संयोजन कर रहे हैं। शिशुपालपुत्र चेदिराज धृष्टकेतु अपनी एक अक्षौहिणी सेना ले कर उनके शिविर में पहुँच गया है। मगध से जरासंधपुत्र सहदेव और जयत्सेन भी प्रायः एक अक्षौहिणी सेना ले कर आ गये हैं।"

"यह तो पांडुपुत्रों का पुण्य ही फलीभूत हुआ है।" कुन्ती ने कहा, "जरासन्ध और शिशुपाल का वध उनका सहायक हो गया है।"

"द्वारका में अर्जुन को केवल श्रीकृष्ण मिले, यह तो तुम जानती ही हो भाभी!" विदुर बोले, "किन्तु सात्यकि भी एक अक्षौहिणी सेना के साथ उपप्लव्य पहुँच गया है।"

"उसे तो आना ही था।" कुन्ती का स्वर उल्लसित था, "वह तो कृष्ण को उसके पुत्रों से भी अधिक प्रेम करता है और अर्जुन का भी वह प्रिय शिष्य है। वैसे भी कृतवर्मा से अपना गणित बराबर करने के लिए उसे यही अवसर मिलेगा।"

"और भाभी, पांड्य नरेश आ गया है। अनेक पर्वतीय राजा आये हैं। कुछ कैकेय राजकुमार भी आये हैं।..."

"तुम कह रहे थे कि कैकेय दुर्योधन की सहायता के लिए आये हैं?"

"कैकेय से बहुत लोग आये हैं भाभी! अभी स्थिति स्पष्ट नहीं है। कुछ वे हैं, जिनके हाथ में सत्ता है और वे उसे बनाए रखने के लिए सहायता चाहते हैं। कुछ वे हैं, जो राज्यच्युत और देश निष्कासित हैं। वे अपनी सत्ता लौटाना चाहते हैं। लगता है कि अपना युद्ध कैकेय में न लड़कर, यहाँ लड़ना चाहते हैं..."

पारंसवी बहुत देर से चुपचाप उनकी चर्चा सुन रही थी। उसने पहली बार मुँह खोला, "और सभा का क्या समाचार है। सुना है कि महाराज धृतराष्ट्र के पास धर्मराज का दूत आया था और धृतराष्ट्र ने भी संजय को पुत्र युधिष्ठिर के पास भेजा था।"

"अरे तुमने बहुत कुछ सुन लिया पारंसवी! लगता है कि भाभी की संगति ने तुम्हें भी बहुत जागरूक बना दिया है।" विदुर मुस्कराए।

"क्यों, जो सभा का समाचार रखे, वह जागरूक होता है?" पारंसवी कुछ तमक कर बोली।

"नहीं! विदुर गम्भीर थे, "सभा में तो केवल राजनीति होती है। जीवन का कदर्य रूप मनुष्य का निकृष्ट चिन्तन। तमोन्मुखी रजोगुण। वहाँ कुछ भी उदात्त नहीं है। अब वे दिन नहीं रहे, जब राजसभा में धर्म की चर्चा होती थी।" विदुर रुके, "कभी-कभी सोचता हूँ कि जाने क्यों प्रभु ने मुझे भगवान व्यास के आश्रम में नियुक्त नहीं किया, हस्तिनापुर की राजसभा में किया। वहाँ ऐसा क्या है, जिसे मनुष्य देखे, और आनन्दित हो? ऐसा क्या है, जिसे कोई सुने और उसके ज्ञान में वृद्धि हो? ऐसा क्या है, जिसका चिन्तन करे और उसका विकास हो?"

"तो फिर क्यों चिपके बैठे हैं उस सभा से? छोड़ क्यों नहीं देते?" पारंसवी बोली।

"प्रभु ने जहाँ नियुक्त किया है, वहीं बैठा उनके आदेश का पालन कर रहा हूँ।" विदुर हँसे, "सोचता हूँ कि भगवान व्यास को भी अवसर पड़ने पर, सभा में आना ही पड़ता है, तो मैं ही भागकर कहाँ जाऊँगा। जब प्रभु की इच्छा मुक्त करने की होगी, तो वह स्वयं ही मुक्त कर देगा। तब तक मैं अपने धर्म का निर्वाह करता चलूँ।"

"तो अपने धर्म का निर्वाह करो।" कुन्ती ने हँसकर कहा, "बताओ, मेरे पुत्रों के दूत ने क्या कहा?"

"भाभी! महाराज द्रुपद के पुरोहित आये थे राजदूत बन कर।" विदुर ने बताया, "उन्होंने स्पष्ट रूप से संक्षेप में ही अपनी बात कही थी। उसका सार यह था कि दुर्योधन ने कई बार पाण्डवों की हत्या का प्रयत्न किया। पाण्डवों का पैतृक धन और राज्य, धृतराष्ट्र ने दुर्योधन की सहायता से अपहृत कर लिया है। पाण्डवों का अपने बाहुबल से अर्जित और समृद्ध किया गया राज्य भी द्यूत में छल प्रपंच से उनसे छीन लिया गया। फिर भी पाण्डवों ने अपनी प्रतिज्ञा के अनुसार वनवास के बारह वर्ष और अज्ञातवास का एक वर्ष पूरा कर लिया है। पाण्डव अब भी अपने विरुद्ध हुए अत्याचारों को भुलाने को प्रस्तुत हैं। वे कुरुवंश के अंग हैं और वही बनकर रहना चाहते हैं। वे सब से भाईचारा चाहते हैं। जनसंहार उनको प्रिय नहीं है। वे बिना युद्ध किये अपना राज्य प्राप्त करने के इच्छुक हैं।...पर यदि पाण्डवों को इन्द्रप्रस्थ का राज्य नहीं लौटाया गया, तो पाण्डव यह सिद्ध करना चाहेंगे कि वे दुर्योधन से अधिक बलिष्ठ हैं। धर्मराज के पास सात अक्षौहिणी सेना, अर्जुन का पराक्रम, भीम का बल और श्रीकृष्ण की बुद्धिमत्ता है।"

"पुरोहित ने बात तो स्पष्ट कही और प्रखर रूप में कही। किन्तु द्रुपद का पुरोहित भीष्म और द्रोण के लिए शान्तिदूत हो ही नहीं सकता। उन्होंने द्रुपद को

सिवाय अपने शत्रु के और कुछ समझा ही नहीं।" कुन्ती के आनन पर सन्तोष झलका, "तो महाराज ने उसका क्या उत्तर दिया?"

"महाराज से पहले पितृव्य बोले।" विदुर ने बताया, "उन्होंने दूत की बात का समर्थन किया और स्पष्ट कहा कि पाण्डवों को उनका राज्य लौटा दिया जाना चाहिए। राज्य न लौटाने का कोई औचित्य नहीं है। न लौटाने का एक ही कारण है कि दुर्योधन समझता है कि पाण्डव युद्ध में उससे जीत नहीं सकते; किन्तु सत्य यह नहीं है। दूत ने ठीक कहा है कि अर्जुन का पराक्रम अद्भुत है..." विदुर रुके, "पितृव्य ने अर्जुन की प्रशंसा में दो ही वाक्य कहे थे कि कर्ण की ईर्ष्याग्नि भड़क उठी। उसने यह चिन्ता भी नहीं की कि पितृव्य अभी बोल रहे हैं और वे न केवल अवस्था में उससे कहीं अधिक वृद्ध हैं, वरन् कर्ण की तुलना में वे सभा में कहीं अधिक सम्मानित और महत्त्वपूर्ण सदस्य हैं।"

कुन्ती के चेहरे पर उत्सुकता के स्थान पर गम्भीर चिन्ता आ विराजी, "क्या कहा कर्ण ने?"

"कर्ण बोला कि अतीत की चर्चा करना व्यर्थ है। वह तो सबको ज्ञात ही है। पाण्डवों ने अज्ञातवास की प्रतिज्ञा पूरी नहीं की है। वे एक वर्ष पूरा होने से पहले ही पहचान लिए गये हैं। उन्हें धर्मपूर्वक तो पुनः बारह वर्षों के लिए वनवास और एक वर्ष का अज्ञातवास करना चाहिए। उसके पश्चात् वे दुर्योधन की शरण में शान्ति से रह सकते हैं। पर पाण्डव धर्म के बल पर नहीं, मूर्ख मत्स्यराज और उस भड़काऊ द्रुपद के बल पर राज्य लेना चाहते हैं। यदि वे युद्ध ही चाहते हैं तो मेरी बात स्मरण रखें..."

"पितृव्य ने कुछ नहीं कहा?" पारंसवी ने पूछा।

"पितृव्य को क्रोध आ गया।" वे बोले, "पाण्डव मत्स्य और पांचालों की सेना के बल पर राज्य लेना नहीं चाहते, तुम्हें ही अपने बल का अहंकार हो गया है।" उनका क्रोध छलका, "आज तक पाण्डवों के विरुद्ध किसी युद्ध में तुम ढंग से लड़े भी हो? प्रत्येक युद्ध में हारकर अथवा डरकर भाग जाते हो। क्या किया तुमने द्रुपद के साथ हुए युद्ध में, क्या किया गन्धर्वों के विरुद्ध घोषयात्रा के युद्ध में? क्या किया तुमने विराट के गोहरण के अवसर पर हुए युद्ध में? सदा ही युद्ध छोड़कर भागनेवाले प्रथम व्यक्ति तुम होते हो। तुम्हारे भरोसे तो हस्तिनापुर की सेना सदा ही धूल फाँकती रहेगी।" इस पर कर्ण ने पुनः कुछ कहना चाहा, किन्तु धृतराष्ट्र ने उसे डाँटकर चुप करा दिया और कहा कि, "पितृव्य ठीक कह रहे हैं। इसी में पाण्डवों का ही नहीं, हमारा और सारे संसार का हित है। महाराज ने दूत को आश्वस्त किया और कहा कि वे उसके सन्देश का उत्तर देने के लिए, अपना दूत पाण्डवों के पास भेजेंगे और प्रयत्न करेंगे कि सौहार्द और प्रेम से सारी समस्या का समाधान हो जाये।"

"मैंने सुना कि उन्होंने संजय को दूत बनाकर भेजा था।" पारंसवी बोली।

"हाँ! संजय गया था और कल रात वह लौट भी आया है। उसने आज प्रातः सभा में पाण्डवों का सन्देश महाराज को सुनाया है।" विदुर बोले।

"महाराज ने क्या सन्देश भेजा युधिष्ठिर को कि वह अपना राज्य न माँगे?" कुन्ती न कटु स्वर में कहा, "अपने भाइयों और पत्नी के साथ वन में चुपचाप पड़ा रहे?"

"नहीं भाभी! ऐसा सन्देश जाता तो कम से कम उसमें उनके मन का भाव स्पष्ट तो होता। उन्होंने संजय के माध्यम से जो सन्देश भिजवाया, वह कुछ और ही था।"

"क्या सन्देश था?" पारंसवी ने पूछा।

"महाराज धृतराष्ट्र ने दुर्योधन की ढेर सारी निन्दा करके कहा था कि संजय युधिष्ठिर से कहे कि दुर्योधन के सिर पर तो मृत्यु मँडरा रही है, वह किसी की भी बात नहीं सुन रहा, तो युधिष्ठिर ही उनकी बात मान ले और युद्ध के स्थान पर प्रेम से काम ले। सो संजय ने जाकर पहले तो पाण्डवों की कुशलता पूछी और फिर सबको सबकी ओर से प्रणाम और आशीर्वाद किया और तब कहा कि युधिष्ठिर अपने भाई के प्रति क्रोध न करे, उसे प्रेम से ही समझा ले।..."

"तो युधिष्ठिर सहमत हो गया?" कुन्ती ने जैसे चौंककर पूछा।

"नहीं!... युधिष्ठिर ने भी कुरुवंश और हस्तिनापुर के प्रत्येक साधारण से साधारण व्यक्ति के प्रति अभिवादन निवेदित कर कहा कि वे लोग दुर्योधन को समझाने का प्रत्येक सम्भव प्रयत्न कर चुके हैं। जब उन सबसे कुछ नहीं हुआ तो अब प्रेम से दुर्योधन को समझा लेना उसके लिए सम्भव नहीं है। संजय ने कहा कि वह सन्धि का सन्देश ले कर आया है और भीष्म तथा धृतराष्ट्र भी सन्धि ही चाहते हैं।" विदुर ने बताया, "तो उत्तर में युधिष्ठिर ने कहा कि वह भी युद्ध नहीं चाहता, किन्तु सन्धि का आधार न्याय होता है। जब तक पाण्डवों को इन्द्रप्रस्थ का राज्य लौटाया नहीं जायेगा, तब तक न न्याय हो पायेगा और न सन्धि हो सकेगी।"

"दुर्योधन का समझाना तो दूर की बात है, संजय भी समझा कि नहीं?" पारंसवी मुस्करा रही थी।

"संजय नहीं समझा।" विदुर बोले, "उसने युधिष्ठिर को समझाना आरम्भ किया कि युद्ध एक घातक शस्त्र है। उससे किसी का भला नहीं होता। वह पाप-कृत्य है। युधिष्ठिर जैसा धर्मात्मा ऐसा पाप-कृत्य कर अपना भूत और भविष्य क्यों बिगाड़ना चाहता है।..."

"वाह! दुर्योधन प्रेम से राज्य दे नहीं और युधिष्ठिर युद्ध से राज्य ले नहीं, तो सीधा-सीधा अर्थ हुआ कि वह अपना राज्य दुर्योधन को दान कर दे।" पारंसवी बोली, "वे लोग दुर्योधन को ही क्यों नहीं समझाते कि वह पाण्डवों को अपना भाई मानकर उनके साथ प्रेम से रहे। समझने का सारा दायित्व पाण्डवों ने ही ले रखा है क्या?"

"संजय का तर्क कुछ ऐसा ही था कि दुर्योधन अधर्मी है। वह तो धर्म पर चलने

का नहीं। युधिष्ठिर धर्मात्मा है, इसलिए उसे धर्म पर चलना चाहिए; और युद्ध धर्म नहीं है।" विदुर बोले।

"अर्थात् वह तो दुष्ट है ही, इसलिए उसे दुष्टता करने दो। तुम भले आदमी हो, इसलिए सदा कष्ट सहो, अन्याय सहो, पीड़ा सहो। वह शक्ति का प्रयोग करता है, तो करने दो, तुम क्यों बल-प्रयोग करते हो।" पारंसवी का क्षोभ बढ़ता जा रहा था, "पाखंडी कहीं के।"

"वे तो युधिष्ठिर को उसी के आदर्शों में बाँधने का प्रयत्न कर रहे थे, पर वह बँधा क्या?" कुन्ती ने पूछा।

"तुम ठीक कहती हो भाभी!" विदुर बोले, "संजय ने तो यहाँ तक कहा कि राज्य और धन-धान्य तो नश्वर है, जो अक्षय है, वह है यश। युधिष्ठिर को अपना यश नष्ट नहीं करना चाहिए। वह भीष्म और अश्वत्थामा सहित द्रोण का वध कर राज्य प्राप्त करना चाहता है। ऐसा अधर्मपूर्ण कर्म करने से तो अच्छा है कि यदि दुर्योधन उसका राज्य नहीं लौटाता तो वह वृष्णियों और अन्धकों के राज्य में भिक्षा माँगकर अपना और अपने भाइयों का निर्वाह कर ले। युद्ध पाप है; और युधिष्ठिर को पाप से बचकर रहना चाहिए।" विदुर ने रुककर उन लोगों की ओर देखा, "वह तो युधिष्ठिर को कुछ इस प्रकार समझा रहा था, जैसे युधिष्ठिर न्यायपूर्वक अपना राज्य न माँग रहा हो, कोई भयंकर पाप करने जा रहा हो। उसने तो यहाँ तक कह डाला कि यदि अन्ततः युद्ध ही करना था तो बारह वर्षों के वनवास और एक वर्ष का अज्ञातवास करने की क्या आवश्यकता थी। वनों और पर्वतों में तेरह वर्षों तक स्वयं तपने और अपने भाइयों को तपाने की क्या आवश्यकता थी। द्यूत के ही अवसर पर युधिष्ठिर बल-प्रयोग कर अपना राज्य ले सकता था। जो काम युधिष्ठिर आज करना चाह रहा है, वह तब भी हो सकता था।"

"यहाँ तक?" पारंसवी चकित थी।

"उसने यह भी कहा कि युधिष्ठिर की दृष्टि में क्षमा महान् धर्म है; इसलिए उसे वही करना चाहिए। सारे पापों की जड़ जो क्रोध है, युधिष्ठिर उसे क्यों अपनाए हुए है। भीष्म, अश्वत्थामा, द्रोण, कृपाचार्य तथा अन्य लोगों का वध कर, युधिष्ठिर जिन भोगों को प्राप्त करना चाहता है, वे इतने महत्त्वपूर्ण नहीं हैं। इससे तो अच्छा है कि युधिष्ठिर अपना सर्वस्व अपने मंत्रियों को देकर वानप्रस्थ ग्रहण कर ले।"

"तो युधिष्ठिर ने क्या कहा?" कुन्ती ने पूछा।

"युधिष्ठिर ने कहा कि पहले इसका निर्णय तो हो ले कि धर्म क्या है और अधर्म क्या। कभी-कभी धर्म ही अधर्म दिखने लगता है; और अधर्म धर्म के समान भासित होने लगता है।" विदुर बोले, "युधिष्ठिर ने कहा कि, सत्य यह है कि मैं शान्तिप्रिय हूँ किन्तु आपत्तिकाल में मैं अपने स्वाभाविक धर्म का निर्वाह नहीं कर सकता। मुझे अपने आपद्धर्म को अंगीकार करना ही होगा। यदि वर्तमान परिस्थितियों में युद्ध के

लिए तत्पर होना अधर्म है, तो मैं उसका प्रायश्चित करने को प्रस्तुत हूँ। मैं राज्य के लिए युद्ध नहीं कर रहा। अधर्म से मुझे इन्द्रलोक का राज्य मिलता हो, तो मुझे वह भी नहीं चाहिए। मैं तो धर्मपूर्वक पाण्डवों के अपने राज्य की माँग कर रहा हूँ। मेरा कथन सत्य है अथवा मिथ्या, इसका निर्णय श्रीकृष्ण करें। धर्म को श्रीकृष्ण से अधिक और कौन जानता है। वे प्रभावशाली और विद्वान् हैं। वे प्रत्येक कर्म के अन्तिम परिणाम को जानते हैं। वे हमारे सबसे प्रिय और संसार के श्रेष्ठतम पुरुष हैं। मैं उनकी आज्ञा का उल्लंघन नहीं करूँगा।"

"मेरे पुत्रों को कृष्ण पर अटूट विश्वास है।" कुन्ती ने कहा।

"और श्रीकृष्ण को भी तो, धर्म पर अटूट विश्वास है।" विदुर बोले।

"तो श्रीकृष्ण ने संजय को क्या उत्तर दिया?" पारंसवी ने पूछा।

"श्रीकृष्ण ने कहा, 'संजय! मैं कौरवों और पाण्डवों का समान रूप से अभ्युदय चाहता हूँ। राज्य को ले कर उनमें युद्ध न हो और दोनों पक्षों में शान्ति ही नहीं सौहार्द भी बना रहे, मेरी यही इच्छा है। युधिष्ठिर की वही इच्छा है। न मुझमें धर्म का लोप हो सकता है, न धर्मराज युधिष्ठिर में। तुम भी धर्मज्ञ और ज्ञानी हो, तो फिर सब कुछ जानते हुए भी क्यों कौरवों के स्वार्थ के लिए वाग्जाल फैला रहे हो। धृतराष्ट्र के समान पाखंड कर रहे हो तुम। पाण्डवों के साथ जो कुछ भी हुआ है और हो रहा है, वे उसके प्रतिशोध की तो बात ही नहीं कर रहे। वे तो धर्म की बात कर रहे हैं। अपने राज्य की रक्षा के लिए युद्ध, क्या क्षत्रिय का धर्म नहीं है? मुझे बताओ, संकट की घड़ी में दस्यु से युद्ध करने में राजा के धर्म का पालन होता है अथवा युद्ध-क्षेत्र छोड़ कर भाग जाने में? मैं आज भी कहता हूँ संजय! जाकर धृतराष्ट्र से कह दो कि यदि कुन्तीपुत्र कौरवों का वध किये बिना अपना राज्य पा लेने का कोई उपाय जान जायेंगे, तो वे भीम को किसी भी प्रकार समझाकर शान्त कर लेंगे और धर्मराज का पुण्य प्राप्त करेंगे। जब कोई पराये धन का अपहरण करने के लिए सैन्य-संग्रह करता है, तो युद्ध का अवसर उपस्थित होता है। अपना राज्य प्राप्त करने के लिए युद्ध करते हुए, हम सबका वध हो जाये तो भी स्पृहणीय है। द्यूतसभा में जो कुछ हुआ, उसे भुला कर भी तुम युधिष्ठिर को धर्म का उपदेश देना चाहते हो, फिर भी मैं कहता हूँ कि इस बिगड़े हुए कार्य को बनाने के लिए मैं स्वयं हस्तिनापुर की यात्रा करना चाहता हूँ। यदि पाण्डवों का स्वार्थ नष्ट किये बिना, मैं कोई सन्धि कराने में सफल हो गया तो मेरे हाथों परम पवित्र और महान अभ्युदय का कार्य सम्पादित हुआ जानो।' उसके पश्चात् श्रीकृष्ण मौन हो गये, जैसे कुछ और अति महत्त्वपूर्ण बात कहना चाहते हों।"

"क्या कहा कृष्ण ने?" कुन्ती ने पूछा।

"श्रीकृष्ण बोले, 'यदि सन्धि हुई तो कौरव यमपाश से मुक्त हो जायेंगे। पर मैं हस्तिनापुर आया तो कौरव मेरी बात सुनेंगे? वे मेरा सम्मान कर पायेंगे?"

विदुर रुक गये, "और भाभी! श्रीकृष्ण ने एक बहुत ही सुन्दर बात कही। उन्होंने कहा, 'संजय हस्तिनापुर जाकर महाराज धृतराष्ट्र से कहना, कौरव एक वन है और पाण्डव उसमें विचरण करने वाले व्याघ्र। वन यदि व्याघ्रों की रक्षा करेगा तो व्याघ्र भी वन की रक्षा करेंगे। यदि वन ने व्याघ्रों को मार डाला तो वन के निकट जाने, उसमें प्रवेश करने तथा उसका नाश करने में किसी को काई भय नहीं रहेगा। इसलिए यदि कौरव अपनी रक्षा करना चाहते हैं, तो उन्हें पहले पाण्डवों की रक्षा करनी होगी।"

"फिर क्या हुआ विदुर?"

"पाण्डवों ने संजय का सत्कार किया और बहुत स्नेह से कौरवों के लिए सन्देश देकर उसे विदा किया। धर्मराज ने तो यहाँ तक कह दिया कि वे शान्ति बनाए रखने के लिए पाँचों पाण्डवों के लिए पाँच गाँव ले कर भी समझौता करने को तैयार हैं।..."

"पाँच गाँव?" पारंसवी चकित थी।

"हाँ! पाँच गाँव! युधिष्ठिर ने कहा कि पाण्डवों को अवस्थल, वृकस्थल, माकंदी, वारणावत तथा कोई एक अन्य गाँव दे दिया जाये तो वे युद्ध का विचार त्याग देंगे।"

कुन्ती ने चकित होकर विदुर की ओर देखा, "किसी ने भी उसके इस प्रस्ताव का विरोध नहीं किया? अभी तो तुम ही कर रहे थे कि इन्द्रप्रस्थ का राज्य लिए बिना कोई सन्धि नहीं होगी और अभी वह पाँच ग्रामों पर आ गया?"

"हाँ भाभी! किसी ने भी युधिष्ठिर के प्रस्ताव का विरोध नहीं किया," विदुर बोले, "क्यों नहीं किया, यह तो मैं नहीं जानता किन्तु कुछ लोगों का कहना है कि पाण्डवों की मान्यता है कि उन्हें पाँव रखने के लिए धरती चाहिए। उन्हें पाँच गाँव भी दे दिये जायेंगे, तो वे अपने बाहुबल से उसका विकास कर लेंगे, जैसे उन्होंने खाण्डवप्रस्थ को इन्द्रप्रस्थ बना लिया था।...किन्तु कुछ अन्य लोगों का विचार है कि ऐसा नहीं है। ऐसा होता तो वे कोई भी पाँच ग्राम माँगते, जो ग्राम उन्होंने माँगे हैं, वे एक-दूसरे से जुड़े हुए नहीं हैं। इसका यह अर्थ नहीं है कि युधिष्ठिर अपने प्रत्येक भाई के लिए एक ग्राम माँग रहा है। ऐसे तो उन पाँचों का अपना-अपना पृथक् राज्य होगा। वे एक-दूसरे से पृथक् हो जायेंगे। यदि पाण्डव पृथक्-पृथक् हो जायेंगे तो दुर्योधन उन्हें एक दिन भी जीने नहीं देगा। पाण्डव एक-दूसरे से पृथक् होने की कल्पना भी नहीं कर सकते। इसलिए पाँच पृथक्-पृथक् ग्राम माँगने का अर्थ और ही है।..."

"तुम क्या समझते हो विदुर?"

"कह नहीं सकता भाभी! मुझे तो वह युधिष्ठिर की शान्ति कामना के अतिरिक्त और कुछ भी नहीं लगता। इसमें कोई राजनीतिक अथवा सैनिक चाल होगी, ऐसी तो मैं कल्पना भी नहीं कर सकता। या इसका अर्थ इतना ही है कि युधिष्ठिर को यह पूर्ण विश्वास हे कि दुर्योधन उसे पाँच ग्राम नहीं देगा।"

"तो संजय उपप्लव्य से लौट आया?" पारंसवी ने पूछा।

"हाँ! वह कल सन्ध्या समय लौट आया था।" विदुर बोले, "उसने हस्तिनापुर लौट कर महाराज को अपने लौटने का समाचार तो दिया किन्तु यह भी जता दिया कि वह अपने इस कार्य से प्रसन्न नहीं है। वह जैसे कोई अपवित्र कार्य करके लौटा था। उसे धर्म-विरुद्ध पाण्डवों को बहकाने के लिए भेजा गया और राजकर्मचारी होने के कारण उसे वह काम करना पड़ा, इससे वह तनिक भी प्रसन्न नहीं था।"

"क्या उसने महाराज से यह सब कहा?" पारंसवी ने पूछा।

"हाँ! अभिधा, लक्षणा और व्यंजना के माध्यम से किसी न किसी प्रकार ये सब बातें कह ही दीं।" विदुर ने कहा, "और जब महाराज ने जानना चाहा कि युधिष्ठिर ने उनके लिए क्या सन्देश दिया है, तो उसने कहा कि वह बहुत थका हुआ है। वह रात भर विश्राम करेगा और अगले दिन सभा में सबके सामने पाण्डवों का सन्देश सुनाएगा।"

"यह तो महाराज को यातना देने की बात है। वे इस प्रकार की जिज्ञासा को रात भर कैसे झेल पाये होंगे।" पारंसवी मुस्करा रही थी।

"शायद संजय यही चाहता था कि महाराज रात भर तड़पें। उसने उन्हें रात भर तड़पाया और आज प्रातः ही सभा में पाण्डवों का सन्देश सुनाया।" विदुर बोले।

"संजय भी एक ही व्यक्ति है अपनी प्रकार का।" कुन्ती ने कहा और किसी चिन्ता में मग्न हो गयीं।

लोग चले गये। विदुर, पारंसवी और कुन्ती ने कृष्ण को भोजन कराया।

कृष्ण के चेहरे पर पूर्ण तृप्ति देख कर विदुर को सन्तोष हुआ। बोले, "श्रीकृष्ण! क्या आप सत्य ही अब भी कल कौरवों की सभा में सन्धि का प्रस्ताव करने जायेंगे?"

"मैं उसी उद्देश्य से आया हूँ महात्मन्!" कृष्ण प्रसन्न मुद्रा में थे।

"आप जानते हैं केशव! कि दुर्योधन मन्दबुद्धि और धर्मनाशक है। वह अपने लिए दूसरों से सम्मान माँगता तो है; किन्तु किसी का सम्मान करना उसे नहीं आता। वह कुरुजनों और धर्मशास्त्रों की आज्ञा को नहीं मानता। वह हठी, अहंकारी और स्वयं को पण्डित मानने वाला है। वह भोगासक्त, मित्रद्रोही, कृतघ्न, असत्य प्रेमी और विवेक शून्य है।" विदुर बोले, "उस पर आपके समझाने का कोई प्रभाव नहीं होगा। सम्भव है, वह आपका अपमान ही कर बैठे। फिर भी आप सभा में जायेंगे?"

"मनुष्य ने न केवल विचार ही किया हो, विचार को कर्म में परिणत न किया हो तो उसे उस कर्म का कर्ता नहीं मान लेना चाहिए। सम्भव है कि वह उसे कर्म में परिणत न करे और उसका विचार भी बदल जाये। इसलिए मैं सभा में जाऊँगा।" कृष्ण बोले, "आप जो कुछ बता रहे हैं, वह सब मैं जानता हूँ, फिर भी पृथ्वी को

विनाश से बचाने का एक प्रयत्न करना चाहता हूँ। शान्ति के लिए धर्म और धर्म के अनुकूल हिंसारहित प्रस्ताव करना चाहता हूँ, परिणाम जो भी हो।"

"मैं आपको पहले भी बता चुका हूँ वहाँ आपके प्राणों के लिए संकट भी हो सकता है।" विदुर ने वह कह दिया, जिसे वे अब तक बचाते आ रहे थे।

कृष्ण के अधरों पर जैसे एक मायावी मुस्कान उभरी, "मुझे इससे भय नहीं लगता विदुर काका!"

56

कृष्ण कौरवों की राजसभा से बाहर निकल गये। उनके आगे-आगे कृतवर्मा और पीछे-पीछे सात्यकि थे। द्वार के सम्मुख ही दारुक उनके रथ के साथ उपस्थित था। कृतवर्मा का सारथि भी निकट ही अपने रथ के साथ सन्नद्ध खड़ा था। अन्य यादव वीर भी अपने रथ पर तत्पर बैठे थे।

कृष्ण रथ पर बैठ गये। सात्यकि लपककर उनके पीछे आ खड़ा हुआ। गरुड़ों ने अपने अश्व सँभाल लिए। कृतवर्मा अपने रथ पर आरूढ़ हो गया।

कृष्ण ने पलटकर सभाद्वार की ओर देखा : कौरवों की सभा के सारे जाज्वल्यमान नक्षत्र वहाँ खड़े जैसे उन्हें विदा कर रहे थे। उस भीड़ में कृष्ण कुछ चेहरों को स्पष्ट रूप में देख रहे थे—भीष्म, द्रोण, कृप, विदुर, धृतराष्ट्र, बाह्लीक, अश्वत्थामा, विकर्ण, युयुत्सु, कर्ण...

कृष्ण ने हाथ जोड़कर उन सबका अभिवादन किया और दारुक को संकेत किया, "चलो।"

रथ चला तो सात्यकि बोला, "केशव! वे सब लोग भी हमारे पीछे-पीछे आ रहे हैं। क्या चाहते हैं वे?"

"आने दो। वे हमें बन्दी करने के लिए नहीं आ रहे।" कृष्ण निश्चिन्त स्वर में बोले, "घर आये अतिथियों को विदा करने के लिए, कुछ दूर तक तो जाना ही चाहिए।"

"वह तो ठीक है।" सात्यकि धीरे से बोला, "किन्तु यह कर्ण क्यों आ रहा है? इसे तो दुर्योधन के साथ पीछे रुककर कोई षड्यन्त्र रचना चाहिए था। वह हमें विदा करने क्यों आ रहा है?"

"कर्ण भी आ रहा है?" कृष्ण जैसे अपने आप से बोले, "हाँ! उसका आना कुछ आश्चर्यजनक अवश्य है। दुर्योधन ने उसे रोका नहीं, या वह रुका नहीं?..."

सात्यकि अपेक्षापूर्ण नेत्रों से कृष्ण की ओर देखता रहा; किन्तु कृष्ण और कुछ नहीं बोले। वे तो जैसे समाधिस्थ हो चुके थे।

विदुर के आवास के निकट पहुँचकर कृष्ण ने अपनी सजगता का प्रमाण दिया, "दारुक रुको। मैं बूआ से मिलकर आता हूँ।"

वे रथे से नीचे उतरे, "सात्यकि! मुझे बूआ से कुछ महत्त्वपूर्ण बातें करनी हैं, पूर्णतः एकान्त में। प्रयत्न करना कि हमारी चर्चा के मध्य महामन्त्री विदुर भी भीतर न आ सकें।" ...और वे कृतवर्मा की ओर मुड़े, "जो लोग हमें विदा करने आ रहे हैं, वे न सशस्त्र हैं और न उनकी इच्छा युद्ध की है। फिर भी दुर्योधन और उसके मित्रों से सावधान रहना।"

"आप निश्चिन्त रहें केशव!" कृतवर्मा बोला।

कृष्ण भवन के भीतर चले गये। विदुर और पारंसवी के निवास वाले खंड को पार करते हुए, वे कुन्ती वाले खण्ड में पहुँचे। कुन्ती, अपने कक्ष के बाहर वाले प्रकोष्ठ में ही बैठी थी। कृष्ण ने आगे बढ़कर चरण स्पर्श किये।

"चिरंजीवी हो पुत्र!" कुन्ती ने कृष्ण के सिर पर हाथ रखा, "कुरुओं की राजसभा से आ रहे हो?"

"हाँ बूआ! राजसभा में जो कुछ हुआ, वह सब आपको महात्मा विदुर विस्तार से बता देंगे।" कृष्ण बोले, "किन्तु एक बात मैं भी कहना चाहता हूँ।"

"क्या है पुत्र?"

"अब युद्ध होकर रहेगा। उसे कोई नहीं रोक सकता। अच्छा हो कि आप मेरे साथ उपप्लव्य चलें। युद्ध की स्थिति में आपका यहाँ रहना ठीक नहीं है।"

"यह तो तुमने बहुत शुभ समाचार दिया केशव! कि युद्ध अनिवार्यतः होगा।" कुन्ती प्रसन्न मुद्रा में बोलीं, "दुर्योधन ने तो कभी छिपाया ही नहीं कि उसका एक मात्र लक्ष्य पाण्डवों का वध है—सम्मुख युद्ध में हो तो, गुप्त रूप में हो तो।...प्रश्न तो यह है कि क्या युधिष्ठिर ने भी युद्ध का निश्चय कर लिया है?"

"युद्ध तो होगा ही।" कृष्ण मुस्कराए, "धर्मराज चाहें तो, धर्मराज न चाहें तो।"

"मुझे सन्देह है पुत्र!" कुन्ती की मुद्रा में कोई परिवर्तन नहीं आया, "फिर भी, मुझे तो किसी भी स्थिति में यहीं रहना है। वनवास के लिए विदा करते हुए, मैंने युधिष्ठिर से यही कहा था कि वह माने कि उसके राज्य के साथ, उसकी माता भी हस्तिनापुर में बंदिनी है। वह युद्ध कर, अपनी राज्यलक्ष्मी तथा अपनी माता—दोनों को ही मुक्त करा ले जाये।"

"आपका मन अपने पुत्रों से मिलने का नहीं होता बूआ?"

"क्यों नहीं होता।" कुन्ती ने उत्तर दिया, "किन्तु अपनी सन्तान के हित के लिए ही अनेक बार माता-पिता को तपना पड़ता है। मैं उसके साथ चली गयी, तो जाने युधिष्ठिर युद्ध करे, न करे।"

"युद्ध तो अब होगा ही, उसकी आश्वस्ति आप मुझसे लें।" कृष्ण बोले, "अधर्म की खेती पक चुकी है। उसकी कटाई अब होगी ही।"

"तो पुत्र! मेरा हस्तिनापुर में रहना, अब भी आवश्यक है।"

"क्यों बूआ?"

"दो कारण हैं।" कुन्ती धीरे से बोलीं, "एक कारण तो दुर्योधन को युद्ध के लिए अनवरत उत्तेजना देना है। तुमने सुना होगा, पिछले कुछ समय से मैं अपना एकान्तवास त्याग कर, कुरुओं के सारे उत्सवों, सभा-समारोहों में सम्मिलित होने लगी हूँ। मैं दुर्योधन के प्रासाद में आती-जाती हूँ।...वह मुझे देखता है और उसे मेरे पुत्रों का स्मरण हो आता है। उनके साथ किया गया अन्याय भी स्मृति में जागता होगा; और उनके प्रति द्वेष और शत्रुता भी। मैं चाहती हूँ कि अपने क्षोभ में, वह किसी दिन मेरी हत्या कर दे, ताकि युधिष्ठिर का धर्म जागे।..."

कृष्ण मौन रहे। कुछ बोले नहीं।

"एक और कारण यह है कृष्ण! कि युद्ध की स्थिति में दुर्योधन को कुछ दुर्बल भी करना चाहती हूँ। उसके लिए मेरा हस्तिनापुर में बने रहना बहुत आवश्यक है।"

"आप दुर्योधन को कैसे दुर्बल करेंगी बूआ?" कृष्ण ने कुछ चकित होकर कुन्ती की ओर देखा, "क्या कोई भितरघात करने का संकल्प किया है?"

"कुछ ऐसा ही समझो।" कुन्ती धीरे से बोलीं, "स्वयं अपने-आपको शक्तिशाली बनाने के लिए मनुष्य अपने साथ नित नये मित्र जोड़ता है; और शत्रु को दुर्बल करने के लिए उसके मित्रों को तोड़ता है।"

"आप दुर्योधन के किन मित्रों को तोड़ने की सोच रही हैं बूआ?" कुन्ती को मँजे हुए राजनीतिज्ञों के समान चर्चा करते देख, कृष्ण को कुछ विस्मय हुआ।

कुन्ती मौन बैठी, शून्य को घूरती रहीं।

"आपने बताया नहीं बूआ।"

"एक रहस्य है पुत्र! जिसे मैं वर्षों से अपने वक्ष में, इस आशंका से दबाए हुए हूँ कि उसके प्रकट होने से कहीं कोई हानि न हो जाये।..."

कृष्ण चुपचाप कुन्ती की ओर देखते रहे।

"अब मुझे लगने लगा है कि उसका कुछ लाभ हो सकता है। यदि वह रहस्य प्रकट हो जाये, तो सम्भावना है कि दुर्योधन का निकटतम तथा विश्वस्ततम मित्र उससे टूट जाये...।"

कृष्ण का चेहरा कुछ गम्भीर हो उठा। वे कुन्ती के ठीक सम्मुख आ बैठे। उन्होंने सीधे कुन्ती की आँखों में देखा, "क्या यह रहस्य कर्ण से सम्बन्धित है बूआ?"

कुन्ती के चेहरे पर एक प्रकार की अचकचाहट उभरी, जैसे किसी ने उसकी कोई चोरी पकड़ ली हो, "तुमने कर्ण का ही नाम क्यों लिया पुत्र?"

"क्योंकि वही दुर्योधन का निकटतम और विश्वस्ततम मित्र है।" कृष्ण का स्वर कुछ और गहरा तथा प्रभावशाली हो उठा, "और यदि यह कर्ण से सम्बन्धित रहस्य है, और वर्षों पुराना है, तो वह उसके जन्म का ही रहस्य होगा बूआ! अधिरथ को वह गंगा में बहता हुआ मिला था...तो यह रहस्य, उसके जन्म और उसकी जननी तथा जनक का है। क्यों बूआ?"

एक क्षण के लिए कुन्ती जैसे सहम गयी; किन्तु फिर स्वयं को संयत कर मुस्कराई "तुम तो अन्तर्यामी हो पुत्र! तुमसे कुछ भी कैसे छिपा रह सकता है।"

"एक बात और है बूआ।" कृष्ण पुनः बोले, "कर्ण के प्रति आपका व्यवहार सदा ही ममतामय रहा है। आपने कभी उसकी निन्दा नहीं की। आप उसकी निन्दा सुन भी नहीं सकती थीं। कहीं वह यादवपुत्र तो नहीं है?"

"नहीं कृष्ण! वह पांडुपुत्र है।" और तब जैसे कुन्ती की चेतना लौटी। कृष्ण के सम्मोहन में वे अपना रहस्य प्रकट कर चुकी थीं। उनकी दृष्टि कृष्ण पर टिक गयी—क्या प्रतिक्रिया है, कृष्ण की?

कृष्ण ने कुन्ती के दोनों कन्धों पर अपने हाथ रखे, "तो वह आपका पुत्र है बूआ! अथवा माद्री बूआ का?...किन्तु ऐसा तेजस्वी पुत्र आपका ही हो सकता है।" कृष्ण को अपना अनुमान इतना निश्चित लगा कि अपनी जिज्ञासा को और आगे बढ़ाना उनके लिए आवश्यक नहीं था।

"वह मेरा ही कानीन पुत्र है।" कुन्ती ने कहा, ताकि कृष्ण को कोई भ्रम न रहे, "वह सूर्यपुत्र, दुर्वासा की मन्त्रणा से उत्पन्न हुआ था। मेरे पिता कुंतिभोज, किसी प्रकार अधिरथ से परिचित थे। उन्होंने अपनी दुहिता के कानीन पुत्र कलंक से बचने के लिए, यह बालक निःसन्तान अधिरथ को सौंप दिया था।"

कृष्ण, कुन्ती को देखते रहे और मन-ही-मन कुछ भाँपते रहे। अन्ततः बोले, "हस्तिनापुर में उसके निकट रहकर उसके प्रति आपकी ममता विकसित होती रही है। अब युद्ध सामने आ खड़ा हुआ है। आपको भय है कि कहीं, वह अर्जुन के हाथों मारा न जाये?"

"नहीं!" कुन्ती के स्वर में स्पष्ट विरोध था, "हस्तिनापुर में उसके निकट रह कर, दुर्योधन के प्रति उसकी मैत्री तथा उसके पाप-कृत्यों को देखकर, तिल-तिल कर उसके प्रति मेरी ममता दम तोड़ती रही है।...इसलिए मैं कभी इतनी विवश नहीं हुई कि उसे अपनी भुजाओं में भरकर, अपने वक्ष से लगा लेती।" कुन्ती ने रुककर कृष्ण की ओर देखा, "अब उसे अपने निकट लाने से अधिक महत्त्वपूर्ण दुर्योधन से दूर ले जाना है।..."

कृष्ण किसी गम्भीर चिन्ता में लीन हो गये। एक लम्बे मौन के पश्चात् बोले, "बूआ! इस रहस्य के प्रकट हो जाने पर यदि कर्ण की प्रतिक्रिया हमारे अनुकूल न हुई, तो यह रहस्योद्घाटन हमारे लिए संकटपूर्ण भी हो सकता है।..."

"कैसे?"

"उसे अभी हम रहने दें।" कृष्ण मुस्कराकर कुन्ती का प्रश्न टाल गये, "आप मेरी केवल दो बातें मान लें। एक तो यह कि सीधे-सीधे आप कर्ण के सम्मुख इस रहस्य का उद्घाटन न करें। कर्ण की प्रतिक्रिया बहुत हिंस्र भी हो सकती है। आप मुझे अनुमति दें कि उसे यह सूचना मैं अपने ढंग से दूँ। यदि उसकी प्रतिक्रिया

हमारे अनुकूल हुई तो या तो मैं कर्ण को अपने साथ उपप्लव्य ले जाऊँगा या फिर आपको निश्चित सूचना भिजवाऊँगा। यदि कर्ण हस्तिनापुर में रहा और मेरी ओर से आपको कोई सन्देश नहीं मिला तो उसका अर्थ है कि आपको उससे मिलकर उसे यह सूचना देनी है। आप उसे यह सूचना पूर्ण एकान्त में देंगी और इस बात का निश्चित ध्यान रखेंगी कि यह रहस्य अब भी गोपनीय रहे। पहले से अब तक में अन्तर केवल इतना आया है कि अब आपके अतिरिक्त इस रहस्य को मैं और कर्ण भी जानते हैं।...यह रहस्य किसी भी अवस्था में सार्वजनिक नहीं होना चाहिए; और न दुर्योधन अथवा युधिष्ठिर को इसका रंचमात्र भी आभास होना चाहिए।"

कुन्ती ने सहमति में अपना सिर हिलाया, "मैं समझती हूँ पुत्र!"

"ऐसा भी न हो बूआ! कि अपने मातृत्व से आप कर्ण के आत्मबल में बृद्धि कर दें।" कृष्ण मुस्कराए, "उसको सूचना तो मिले, किन्तु इस रूप में कि उसका आत्मबल टूटे, वह हतोत्साहित हो, उसका रजोगुण आहत हो। यदि वह दुर्योधन को छोड़, अपने भाइयों के पक्ष में आ गया, तो ठीक है; किन्तु यदि वह दुर्योधन के पक्ष से युद्ध करने की ठाने रहा, तो वह विभाजित चरित्र होकर लड़े, पाप-बोध ले कर लड़े, स्वयं ही अपने विरुद्ध लड़े..."

"मैं समझती हूँ पुत्र!"

"तो मैं चलता हूँ बूआ!" कृष्ण अपनी चिन्ताओं से पूर्णतः मुक्त हो गये थे, "धर्मराज के लिए कोई सन्देश हो तो कहें। अपने पुत्रों के लिए आदेश; अपनी पुत्रवधू के लिए कोई आशीष!..."

कुन्ती ने कुछ क्षणों तक शान्त दृष्टि से कृष्ण की ओर देखा और फिर जैसे उनके हृदय में आक्रोश का कोई उत्स फूट निकला..."मेरे युधिष्ठिर से कहना कि वह धर्मराज है, इसलिए वह धर्म की रट ही न लगाए, उसे समझने का प्रयत्न भी करे। वेद के अर्थ को न जानने वाले अज्ञ वेदपाठी की सारी बुद्धि केवल मन्त्रों की आवृत्ति में ही नष्ट हो जाती है, वैसे ही युधिष्ठिर की बुद्धि केवल शान्ति को बनाए रखने में ही नष्ट हो रही है। वैश्य का धर्म केवल शान्ति तक सीमित रहना है; किन्तु क्षत्रिय का धर्म युद्धक्षेत्र तक भी जाता है। युधिष्ठिर शान्ति-धर्म का पालन कर रहा है; और प्रजापालन रूपी धर्म की हानि कर रहा है। प्रजापालन के लिए, युद्ध रूपी कठोर धर्म का भी निर्वाह करना पड़ता है। राजा दंड-नीति के प्रयोग में पूर्णतः न्याय से काम लेता है, तो जगत् में 'सत्य युग' नामक उत्तम काल का आविर्भाव होता है। राजा का कारण काल है, अथवा काल का कारण राजा है—ऐसा सन्देह मन में नहीं उठना चाहिए। राजा ही काल का कारण है। केशव! उससे कहना कि वह राजाओं तथा राजर्षियों का आचरण करे। भिक्षा का निषेध है; कृषि भी उसके योग्य नहीं है। वह तो प्रजा को क्षत से त्राण देने वाला क्षत्रिय है। उसे वैसा ही आचरण करना चाहिए। वह साम, दाम, दंड, भेद से किसी भी प्रकार अपने पैतृक राज्य का

उद्धार करे। अपने बाहुबल से आजीविका अर्जित करे। राजधर्म के अनुसार युद्ध करे। अपने शत्रुओं का आनन्द न बढ़ाए, उन्हें ताप दे। मैं, उसकी माता उसे जन्म दे कर भी एक अनाथ की भाँति, अन्नपिण्ड की आशा में आकाश की ओर दृष्टि लगाए रहती हूँ।..."

कुन्ती के स्वर का क्षोभ इतना प्रखर था कि कृष्ण भी उससे अप्रभावित न रह सके। बोले, "बूआ! मैं धर्मराज को ठीक इन्हीं शब्दों में आपका सन्देश दे दूँगा। आप निश्चिन्त रहें, पाण्डव अवश्य ही युद्ध करेंगे।"

"ठीक है पुत्र! जब तुमने उनकी भुजा थामी है, तो मुझे किस बात की चिन्ता।" कुन्ती, जैसे पुनः ऊर्जस्वित हो उठीं, "तुम विदुला और उसके पुत्र संजय की कथा सुनाना।"

"यह कौन-सी कथा है बूआ?" कृष्ण की भी उत्सुकता जाग उठी थी।

विदुला एक यशस्विनी, तेजस्विनी, मानिनी, जितेन्द्रिय तथा दूरदर्शिनी क्षत्राणी थी। उसका पुत्र संजय, सिन्धुराज से युद्ध में पराजित होकर, अपने घर लौटकर पूर्ण शान्ति से सो रहा। विदुला ने उसे जगाया और कहा, "तू मेरे गर्भ से उत्पन्न हुआ है; किन्तु मुझे आनन्दित करने वाला नहीं है। 'तू तो शत्रुओं का हर्ष बढ़ानेवाला है। तू सर्वथा क्रोधशून्य है; क्षत्रियों में गणना करने योग्य नहीं है। तू नाम मात्र का पुरुष है। नपुंसक।' संजय ने पूछा, 'तुम क्या चाहती हो माँ!' विदुला ने कहा, 'शत्रु रूपी साँप के दाँत तोड़ता हुआ तत्काल मृत्यु को प्राप्त हो जा। प्राण जाने का सन्देह हो, तो भी शत्रु के साथ युद्ध में पराक्रम प्रकट कर। तू तिंदुक की जलती हुई लकड़ी के समान, चाहे दो ही घड़ी के लिए, पर प्रज्वलित हो उठ; किन्तु भूसी की तरह ज्वालारहित आग के समान, केवल धुआँ मत कर।' पुत्र ने चकित हो कर पूछा, 'तू मेरी माता होकर भी मेरे प्रति इतनी निर्दय क्यों है? मैं ही जीवित नहीं रहूँगा, तो जीवन में तेरे लिए कौन-सा सुख शेष रह जायेगा।' विदुला ने उत्तर दिया, 'तू मुझे तब ही प्रिय हो सकता है, जब तेरा आचरण सत्पुरुषों के योग्य हो। यदि तू अपने शत्रुओं के प्रति क्रूरतापूर्ण व्यवहार नहीं करेगा, तो सब ओर तेरा अपयश फैलेगा। संजय! ऐसी अवस्था में भी यदि मैं तुझे कुछ न कहूँ, तो मेरा यह वात्सल्य गदही के स्नेह के समान शक्तिहीन और निरर्थक होगा।' "

कृष्ण ने अपनी तेजस्विनी बूआ की ओर मुग्ध दृष्टि से देखा, "यह कथा भी अवश्य कहूँगा बूआ।"

"और अर्जुन तथा भीम से कहना पुत्र!" कुन्ती बोलीं, "कि मैंने कहा है कि जिस क्षण के लिए क्षत्राणी 'पुत्र' को जन्म देती है, वह क्षण आ गया है। उससे कहना कि वे युधिष्ठिर का अनुकरण न करें। वे मेरी पुत्रवधू पांचाली की इच्छा पूर्ण करें। द्यूतसभा में उसके अपमान के समय निष्क्रिय रहकर, जो पाप उन्होंने किया है, उसके प्रायश्चित्त का अवसर आ गया है। उनसे यह भी कहना कृष्ण! कि मुझे उनके राज्य के छिन जाने का भी उतना कष्ट नहीं हुआ, जितना कृष्णा के अपमान से

हुआ है। वे उसका निराकरण करें, तो ही इस क्षत्राणी का पुत्र-प्रसव सार्थक होगा।"

कृष्ण, अपनी बूआ के मन की स्थिति समझ रहे थे। वे यदि धैर्यपूर्वक बैठकर सुनते तो वे और भी बहुत कुछ कहतीं; किन्तु कृष्ण के मन में और भी अनेक योजनाएँ थीं। वे उठ खड़े हुए, "आप निश्चिन्त रहें बूआ! आपका कहा हुआ, एक-एक शब्द आपके पुत्रों तक पहुँच जायेगा; और परिणाम भी आपके मनोनुकूल ही होगा।"

कुन्ती के चरण स्पर्श कर, उनकी परिक्रमा कर, कृष्ण बाहर निकल आये। भवन के द्वार पर इस समय भीड़ लगने की सी स्थिति हो रही थी। सब लोग अपने-अपने रथों पर आये थे, तो भीड़ तो होनी ही थी—भीष्म, द्रोण, कृपाचार्य, धृतराष्ट्र, वृद्ध बाह्लीक, अश्वत्थामा, विकर्ण, युयुत्सु, विदुर...विदुर अपने ही भवन के भीतर नहीं आये थे। कदाचित वे नहीं चाहते थे कि कुन्ती के साथ एकान्त में होने वाली वार्ता में वे व्याघात पहुँचाएँ; या फिर सम्भव है कि सात्यकि और कृतवर्मा ने ही उन्हें किसी प्रकार का कोई संकेत कर दिया हो...और कर्ण! तो कर्ण अभी तक प्रतीक्षा कर रहा था...कृष्ण मुस्कराए...कर्ण का इस प्रकार उन्हें विदा करने आना और उनकी प्रतीक्षा करना, बहुत महत्त्वपूर्ण था...

कृष्ण ने एक-एक व्यक्ति से स्नेहपूर्वक विदा ली। उन्हें लौट जाने का आग्रह किया...किन्तु कर्ण के सम्मुख पहुँचते ही जैसे वे कुछ और ही हो गये, "मुझे विदा करने के लिए नगरद्वार तक नहीं चलोगे महावीर?"

कर्ण को भी कुछ विस्मय हुआ। जाने, कृष्ण उसे इतना महत्त्व क्यों दे रहे थे...कहीं ऐसा तो नहीं कि वे इस प्रकार दुर्योधन से प्रतिशोध लेना चाहते हों? दुर्योधन ने उन्हें छलपूर्वक बन्दी बनाने का प्रयत्न किया था...वे भी छलपूर्वक उसका अपहरण करना तो नहीं चाहते? पर नहीं! कृष्ण ऐसा नहीं करेंगे। उनकी इच्छा होगी तो वे इसी क्षण ललकारकर सुदर्शन चक्र का प्रहार करेंगे; और सबके देखते देखते उसका मुंड काट कर पृथ्वी पर लुढ़का देंगे...वे उसका अपहरण क्यों करेंगे...और फिर यदि प्रयत्न करेंगे भी तो कर्ण इतना निरीह तो नहीं है कि सहायता की गुहार करता हुआ, द्वारका तक जा पहुँचे।

"क्यों नहीं!" कर्ण बोला, "आप चलें। मैं अपने रथ पर आता हूँ।"

"नहीं!" कृष्ण की मुस्कान असाधारण रूप से मधुर थी, जैसे जन को अभिभूत कर लेने वाली प्रकृति की कोई मोहिनी छवि हो, "अपने सारथि से कह दो, वह पीछे-पीछे आये। चलोगे तो तुम, मेरे ही रथ में, मेरे साथ। मुझे तुमसे कुछ बातें करनी हैं...।"

कर्ण का कुछ समाधान हुआ, कुछ नहीं हुआ। वह अपने संशय और समाधान के बीच अपने रथ तक आया...'छल भी हो सकता है। युद्ध में कुछ भी सम्भव है।'...किन्तु उसका मन इसके विरुद्ध भी सोच रहा था।...'यदि कृष्ण सचमुच कोई बात करना चाहते हों, तो...।' इसमें भयभीत होने की क्या बात थी?...

"सारथि! पीछे-पीछे आओ।" उसने कहा, "मैं श्रीकृष्ण के रथ में उनके साथ जा रहा हूँ।" वह पलटते-पलटते रुक गया, "अपना रथ उनके रथ से कुछ दूरी पर रखना। इतनी दूरी पर कि यदि कुछ भी असाधारण देखो, किसी प्रकार का कोई संकट दिखायी दे तो, रथ को रोककर लौट सको। वापस हस्तिनापुर पहुँचकर युवराज को समाचार दे सको।..." उससे कहे बिना नहीं रहा गया, "उन्होंने भी तो छलपूर्वक कृष्ण को बन्दी बनाने का षड्यन्त्र किया था।..."

सारथि के उत्तर की प्रतीक्षा उसने नहीं की। वह लौटकर कृष्ण के रथ के निकट आया और स्फूर्ति से उस पर आरूढ हो गया। कृष्ण ने मुस्कराकर अपना हाथ उसकी ओर बढ़ाया और उसे थामकर, बहुत आदरपूर्वक रथ के पिछले खंड में बैठाया। वे स्वयं आकर कर्ण के सम्मुख बैठे और उनके नयनों के मूक संकेत को समझकर सात्यकि उठकर आगे, दारुक के पास जा बैठा।

कर्ण को कृष्ण के इस सारे व्यवहार से पर्याप्त आश्चर्य हुआ था, जो उसने प्रकट नहीं किया। आवश्यकता ही क्या थी! अभी तक वह यह तो जान ही नहीं पाया था कि कृष्ण के इस व्यवहार के पीछे क्या है। वह सहज और सरल प्रेम तो नहीं हो सकता। कृष्ण के मन में, उसके लिए प्रेम क्यों होगा? उसने कौन-सी भलाई की है, कृष्ण के साथ?...तो क्या यह कृष्ण की राजनीति थी?...पर उसकी राजनीति के साथ कर्ण का क्या सम्बन्ध? वे यह जानते हैं कि कर्ण, दुर्योधन का मित्र है और वह दुर्योधन को छोड़कर कहीं नहीं जायेगा। कृष्ण को राजनीति करनी ही थी, तो दुर्योधन के साथ करते। उसे तो प्रत्यक्ष रूप से रुष्ट कर दिया उन्होंने! उसका आतिथ्य अस्वीकार कर दिया।...क्या वे हस्तिनापुर में यह दिखाने आये थे कि पाण्डवों को राज्य मिले, न मिले, धार्तराष्ट्रों से सन्धि हो, न हो—वे दुर्योधन की मैत्री स्वीकार नहीं करेंगे?...किन्तु दुर्योधन उनका समधी है।...उन्होंने दुर्योधन की सहायता के लिए अपनी नारायणी सेना दे दी है; और अपने मित्र अर्जुन को क्या दिया उन्होंने?...कृष्ण की नीति, कर्ण की समझ में नहीं आती। दुर्योधन द्वारका जाता है, तो अपनी सारी सेना उसे सौंप देते हैं। स्वयं हस्तिनापुर आते हैं, तो दुर्योधन के घर एक समय का भोजन तक नहीं करते...उसका प्रत्यक्ष तिरस्कार करते हैं।...

"महावीर कर्ण!" कृष्ण ने उसे अत्यन्त मधुर स्वर में सम्बोधित किया, "तुम्हें आश्चर्य हो रहा होगा कि मुझे तुमसे ऐसी कौन-सी बात करनी है कि उसके लिए तुम्हें अपने साथ रथ में ले आया।"

"चकित तो मैं हुआ हूँ वासुदेव!" कर्ण बोला, "किन्तु कोई इतना अधिक आश्चर्य भी नहीं हुआ, जिससे मन का सन्तुलन प्रभावित हो जाये।"

"क्यों? अधिक क्यों नहीं?" कृष्ण मुस्कराए।

"क्योंकि आपका व्यवहार ऐसा ही रहता है।" कर्ण बोला, "जो व्यक्ति दुर्योधन से शत्रुता करे और फिर अपनी नारायणी सेना उसे दे दे—उसकी किसी बात से मैं

चकित हो सकता हूँ? जो व्यक्ति अपने परम प्रिय सखा को कहे कि अपनी सारी सेना तो मैं तुम्हारे शत्रु को दूँगा, किन्तु मित्र तुम्हारा ही रहूँगा; जो यह कहे कि रहूँगा तो तुम्हारे ही पक्ष में, किन्तु युद्ध क्षेत्र में शस्त्र नहीं उठाऊँगा—उसके व्यवहार से चकित होने के स्थान पर, उसे समझने का प्रयत्न करना चाहिए।"

"कहीं तुम उसी प्रयत्न के लिए तो मेरे पास नहीं आये थे?"

"ऐसा भी सोचा जा सकता है।" कर्ण मुस्कराया, "मेरे मन में कहीं यह है कि आप जैसे शक्तिशाली पुरुष को रुष्ट कर दुर्योधन ने अपना हित नहीं साधा। उसे आपके साथ यह व्यवहार नहीं करना चाहिए था।..."

"शक्तिशाली! जिसने अपनी सेना शत्रु को सौंप दी। स्वयं शस्त्र धारण न करने की प्रतिज्ञा कर ली। वह शक्तिशाली कैसे हुआ?" कृष्ण मनमोहक ढंग से मुस्करा रहे थे।

कर्ण कुछ आत्मलीन-सी स्थिति में बैठ गया था। न तो वह इतना सजग था कि माना जाता कि वह कृष्ण का निरीक्षण-परीक्षण कर, उनके विषय में किसी निष्कर्ष तक पहुँचने का प्रयत्न कर रहा था, न वह उनकी उपेक्षा करता दिखायी पड़ रहा था...वह तो जैसे अपनी आत्मा के किसी सत्य को मूर्तिमान करने का प्रयत्न कर रहा था।

"कृष्ण!" वह बहुत धीरे से बोला, "यदि आप कौरवों और पाण्डवों के सम्भावित युद्ध में तटस्थ हो गये होते, तो मैं आपको समझ सकता था। मान लेता कि आप बलराम के समान इतने शक्तिशाली हैं कि आपको दोनों पक्षों में से किसी से भी भय नहीं है। कोई भी आप से रुष्ट हो जाता है, तो आपको उसकी चिन्ता नहीं है।" कर्ण ने रुककर कृष्ण को देखा, "दुर्योधन हो या युधिष्ठिर—अक्षौहिणी सेना एकत्रित कर भी, युद्ध के परिणाम से भयभीत हैं; किन्तु वसुदेव! आप अपने हाथों के शस्त्र त्याग कर युद्ध के मध्य उपस्थित रहने को तत्पर हैं। कितने शक्तिशाली हैं आप! क्या है आपकी इस शक्ति का स्रोत?"

कृष्ण केवल मुस्कराए। कुछ बोले नहीं।

"एक बात और आती है, मेरे मन में।" कर्ण बोला, "आप और बलराम—दोनों भाई हैं। दोनों शूर-वीर और योद्धा हैं। दोनों मिलकर जिस किसी पक्ष में हो जायें, वह पक्ष पराजित नहीं हो सकता।...तो आप दोनों एक साथ क्यों नहीं हैं?"

इस बार कृष्ण उतने तटस्थ नहीं दिखे। बोले, "भाइयों को एक साथ रहना चाहिए?"

"क्यों नहीं!" कर्ण बोला, "भाइयों से बढ़कर और कौन है संसार में! दुर्योधन के भाई उसके साथ हैं; युधिष्ठिर के भाई उसके।"

"तो तुम क्यों अपने भाइयों को त्याग, अपने शत्रुओं के साथ मिल बैठे हो?" कृष्ण का स्वर एक विचित्र सम्मोहन लिए हुए था, जो मन को बाँधता भी था और मुग्ध भी करता था।

"मैं तो अपने भाइयों के ही साथ हूँ...।"

"तुम अपने भाइयों के साथ तो नहीं ही हो; तुम अपने भाइयों को जानते तक नहीं हो।" कृष्ण ने उस पर एक भरपूर दृष्टि डाली, "महावीर कर्ण! तुम अधिरथ और राधा के पुत्र नहीं हो।"

"जानता हूँ, वे मेरे जननी-जनक नहीं हैं; किन्तु मेरे माता-पिता तो वे ही हैं।" कर्ण कुछ चकित दृष्टि से कृष्ण को देख रहा था : कृष्ण उसे वह सत्य बता रहे थे, जो हस्तिनापुर का बच्चा-बच्चा जानता था।

"तुम मेरी बूआ कुन्ती के कानीन पुत्र हो—पाण्डवों के बड़े भाई। अतः तुम भी पाण्डव हो।" कृष्ण का स्वर जैसे इन्द्र के वज्र का सा प्रभाव लिए हुए था।

मर्माहत-से कर्ण ने कृष्ण की ओर देखा : वे उसके साथ कैसा क्रूर परिहास कर रहे थे? कैसी लीला रच रहे थे?...

"क्या कह रहे हैं वासुदेव?"

"कन्या के विवाह के पूर्व उसकी जो सन्तान जन्म लेती है, वह कानीन सन्तान कहलाती है। जो उसके गर्भ में तो विवाह के पूर्व आये, किन्तु जिसका जन्म विवाह के पश्चात् हो, वह सहोढ है।...जो भी हो, स्त्री जिस पुरुष से विवाह करती है, उस की सन्तान का पिता, वह पुरुष ही होता है। तुम कुन्तीपुत्र होने के कारण हस्तिनापुर के महाराज पाण्डु के जयेष्ठ पुत्र हो। धर्मराज युधिष्ठिर के बड़े भाई! हस्तिनापुर और इन्द्रप्रस्थ के राजसिंहासन तुम्हारे हैं।...दुर्योधन ने तुम्हें अंग देश का राजा स्वीकार मात्र किया है। कुछ दिया नहीं है। तुम अपने भाइयों के पक्ष में आ जाओ, तो वे सम्राट के रूप में तुम्हारा अभिषेक करेंगे। युधिष्ठिर, युवराज के रूप में तुम्हें चँवर डुलाएँगे; भीम तुम्हारा क्षत्र पकड़कर खड़े होंगे; अर्जुन तुम्हारा सारथ्य करेगा।...नकुल और सहदेव छोटे भाइयों के रूप में तुम्हारी सेवा करेंगे।..."

कृष्ण ने रुककर कर्ण की ओर देखा : वह इन सूचनाओं के आघात से जैसे अचेत पड़ा था। उसके चेहरे पर, नयनों में, अधरों पर...कहीं कोई प्रतिक्रिया नहीं थी। वह स्तब्धावस्था में था। जिसका मस्तिष्क ही अवाक् होकर स्तंभित हो गया हो, उसकी जिह्वा क्या बोलती...

कृष्ण ने अपनी लीला का जैसे चरम उत्कर्ष दिखाया, "सम्राट् युधिष्ठिर की महारानी, द्रुपदपुत्री कृष्णा, तुम्हारी सम्राज्ञी होगी।...पाण्डवों के पुत्र तुम्हारे पुत्र होंगे—तुम्हारे आज्ञाकारी पुत्र।"

"आप कैसे जानते हैं यह सब?" कर्ण का मन इन सारी सूचनाओं को अंगीकार करने के स्थान पर, उनके विरुद्ध विद्रोह कर रहा था, "मैं यह क्यों न मानूँ कि आप दुर्योधन को दुर्बल करना चाहते हैं। इसलिए मुझे उससे पृथक् करने के लिए, इस प्रकार की माया रच रहे हैं? क्या प्रमाण है, इन बातों का? मैं क्यों न मानूँ कि यह सब मिथ्या है, सत्य नहीं है?"

कृष्ण हँसे, "वैसे तो मेरे वचनों को साक्षी की आवश्यकता नहीं होती...किन्तु

तुम्हारा जीवन दुर्योधन के साथ व्यतीत हुआ है, जिसका प्रत्येक श्वास झूठ बोलता है। इसलिए तुम किसी का भी अविश्वास कर सकते हो। इससे कोई हानि नहीं। अच्छा है कि तुम दुर्योधन से भी उसके वचनों का प्रमाण माँगो।"

"वह मेरा मित्र है।" कर्ण बोला।

"मित्र पर भी अन्धश्रद्धा नहीं होनी चाहिए; और न अमित्र पर अन्ध अश्रद्धा।" कृष्ण अपनी सामान्य उल्लसित मुद्रा में कह रहे थे, "फिर भी तुम्हें यह पूछने और जानने का अधिकार है। मुझे यह सूचना, मेरी बूआ कुन्ती ने दी है; तुम्हारी जननी ने। किन्तु शायद तुम उनका भी विश्वास न करो; क्योंकि वे पाण्डवों की भी जननी हैं। इसलिए तुम अपने पिता अधिरथ से पूछना कि क्या वे महाराज कुन्तिभोज को जानते हैं? उनके उनसे क्या और कैसे सम्बन्ध रहे हैं?...और क्या उन्हें महाराज कुन्तिभोज से कभी कोई वर मिला है? कोई उपहार—नवजात शिशु का उपहार?"

कर्ण को लगा कि वह इस सत्य से विद्रोह नहीं कर सकता। एक तो पाण्डव-जननी कुन्ती ही मिथ्या वचन नहीं कहेगी...और यदि उन्हें मिथ्याभाषिणी मान भी लिया जाये तो अधिरथ के प्रमाण का विरोध कैसे किया जा सकता है?...

कृष्ण ने कर्ण की सहमति की प्रतीक्षा नहीं की। बोले, "और अंगराज कर्ण! तुम जानते हो कि मैं हाथ में शस्त्र लूँ या न लूँ, इस युद्ध में दुर्योधन की विजय नहीं हो सकती। महाराज धृतराष्ट्र का भय सर्वथा मिथ्या नहीं है। वे जानते हैं कि पितामह भीष्म, द्रोणाचार्य, अश्वत्थामा तथा कृपाचार्य के पास चाहे कितने भी दिव्यास्त्र तथा देवास्त्र हों, किन्तु दुर्योधन के अपने पास केवल भैया बलराम की दी हुई गदा विद्या ही है। न उसने धनुर्विद्या का समुचित अभ्यास किया है, न उसके पास दिव्यास्त्र तथा देवास्त्र हैं। पितामह तथा आचार्य के शरीर हस्तिनापुर में हैं, किन्तु उनके मन पाण्डवों के निकट उपप्लव्य में बसते हैं। और जहाँ आचार्य हैं, वहीं अश्वत्थामा और कृपाचार्य भी हैं।...योद्धाओं में से दुर्योधन केवल तुम पर ही विश्वास कर सकता है। और दिव्यास्त्रों की प्राप्ति में तुम्हें कोई विशेष सफलता नहीं मिली है। आचार्य द्रोण ने तुम्हें विद्या का दान दिया नहीं; परशुराम ने विद्या कम दी और शाप अधिक दिया।...अब तुम चाहो भी तो न तपस्या का समय है, न साधना का। इस समय अपनी यह स्वर्णिम त्वचा भी उतार कर देवताओं के चरणों में समर्पित कर दो तो कदाचित ही तुम्हें कोई शक्तिशाली दिव्यास्त्र मिल सके।"

कर्ण का मस्तिष्क कृष्ण के तर्कों का प्रतिकार करने में समर्थ नहीं था; किन्तु उसका मन हठ पकड़ता जा रहा था। बोला, "वीर लोग जय-पराजय को पूर्वनिश्चित कर, युद्ध-क्षेत्र में नहीं उतरते; और न ही जय-पराजय की सम्भावनाओं को देख कर अपना पक्ष निर्धारित किया जाता है। दुर्योधन को मैंने अपना मित्र माना है, तो मैत्री का निर्वाह अन्त तक करूँगा। पराजय और मृत्यु के क्षणों में भी मैं दुर्योधन का साथ

नहीं छोड़ सकता।" वह उठकर खड़ा हो गया, "कृपया सारथि को कहें कि रथ को रोक दे। मैं यहीं से लौटना चाहूँगा।"

"जैसी तुम्हारी इच्छा।"

कृष्ण भी उठ खड़े हुए। उन्होंने न कर्ण से रुकने का आग्रह किया, न उसे सहमत करने का प्रयत्न। उन्होंने रथ के अगले खण्ड में बैठे सात्यकि को संकेत किया। उसने दारुक से कह कर रथ रुकवा दिया।

कर्ण रथ से उतरा। अत्यन्त यांत्रिक और भावशून्य रूप से उसने हाथ जोड़कर कृष्ण को प्रणाम किया, यद्यपि वह जानता था कि कृष्ण अवस्था में उससे छोटे हैं, वे बड़े भाई के रूप में युधिष्ठिर के भी चरण स्पर्श करते हैं, और कर्ण तो युधिष्ठिर से भी बड़ा है...किन्तु इस समय, उसे कृष्ण इतने विराट लग रहे थे, इतने उदात्त कि यदि व्यवहार का संकोच आड़े न आता, तो वह उनके चरण छू लेता...

वह जाने के लिए मुड़ा; किन्तु तभी एक विचार उसके मन में कौंध गया...अच्छा हुआ कि कृष्ण भी वही खड़े, उसके रथ के चल देने की प्रतीक्षा कर रहे थे...

"श्रीकृष्ण!"

"कहो अंगराज!"

"क्या युधिष्ठिर और उसके भाई, मेरे साथ अपने इस सम्बन्ध से परिचित हैं?"

"नहीं।" कृष्ण का स्वर गम्भीर था, "यदि तुम इस सम्बन्ध को स्वीकार कर, अपने भाइयों के साथ आने को सहमत हो, तो मैं उन्हें तुम्हारे विषय में सब कुछ बता दूँगा; और यदि तुम्हें दुर्योधन का मित्र बने रहना है, पाण्डवों के विरुद्ध युद्ध करना है, उनके प्राणों का हरण करना है, उनसे उनका राज्य छीन कर दुर्योधन को देना है, तो मैं उन्हें यह रहस्य बताने के पक्ष में नहीं हूँ। यदि उन्हें ज्ञात हो गया कि तुम उनके सहोदर हो, तो वे तुमसे युद्ध नहीं करेंगे, चाहे तुम उनका वध ही क्यों न कर दो। इस सम्बन्ध से अनभिज्ञ होने पर, वे कम से कम अपनी रक्षा में, युद्ध तो तत्परता से कर सकेंगे।..."

"मैं भी यही सोच रहा था।" कर्ण बोला, "यदि युधिष्ठिर को यह ज्ञात हो गया, तो वह न युद्ध करेगा, न अपने भाइयों को करने देगा। पराजित होने की बात नहीं है, वे युद्ध ही नहीं करेंगे।" कर्ण ने रुककर कृष्ण की ओर देखा, "और यदि कहीं, यह रहस्य दुर्योधन को ज्ञात हो गया?"

"तुम चाहो तो दुर्योधन को बता दो, ताकि वह उसे प्रचारित कर, पाण्डवों को युद्ध से निरस्त कर दे। पाण्डव अनस्तित्व में विलीन हो जायेंगे। युद्ध के बिना ही तुम्हें विजय प्राप्त हो जायेगी।" कृष्ण मुस्करा रहे थे।

"मैं यह भी नहीं चाहता।" कर्ण बोला "मैंने अब तक नीचता के अनेक कार्य किये हैं; किन्तु अब मैं पाण्डवों से युद्धक्षेत्र में सम्मुख युद्ध करना चाहता हूँ। मैं उन्हें अपनी रक्षा का पूर्ण अवसर देना चाहता हूँ...।" वह चुप हो गया।

कृष्ण उसकी ओर देखते रहे।

"इसलिए देवि कुन्ती से...।"

"वे तुम्हारी जननी हैं कर्ण!" कृष्ण ने उसकी बात काट दी।

"वह ठीक है।" कर्ण ने तर्क करने में कोई रुचि नहीं दिखायी, "इसलिए देवी कुन्ती से कहिएगा, जैसे आज तक इस रहस्य को गुप्त रखा है, वैसे ही युद्ध की समाप्ति तक इसे गुप्त ही रखें।"

"तुम्हारा ध्यान कदाचित इस ओर नहीं गया अंगराज!" कृष्ण बोले, "कि यदि दुर्योधन इस रहस्य को जान गया, तो वह तुम पर भी विश्वास नहीं कर पायेगा। वह सदा ही आशंकित रहेगा कि जाने कब, तुम्हारा मन अपने भाइयों के पक्ष में चला जाये। तुम उसके मित्र रहो, न रहो; वह तुम्हारा मित्र नहीं रह पायेगा।"

कर्ण ने एक दृष्टि कृष्ण के उल्लसित मुखमंडल पर डाली और बिना कोई उत्तर दिये मुड़ गया। उसे लगा कि अपने मन की दुर्बलता प्रकट कर देने के पश्चात् वह कृष्ण की आँखों में नहीं देख पायेगा। कृष्ण की दृष्टि शिलाओं के आर-पार देखती है। और उनके अधरों की मुस्कान पर्वतों को भी पिघला देती है। कर्ण अब भी उनके सम्मुख खड़ा रहा तो, कदाचित उसका आत्मनियन्त्रण उसका साथ छोड़ जायेगा...

कर्ण की विचित्र स्थिति थी। वह तो कृष्ण को जय करने गया था और कृष्ण ने जय-पराजय, दोनों को ही निरर्थक कर दिया। वह स्वयं ही अपने-आपको समझ नहीं पा रहा था : वह प्रसन्न था अथवा अवसन्न? उसे कुछ नया प्राप्त हुआ था अथवा पिछला भी छिन गया था? वह पहले से कुछ अधिक विराट हो गया था, अथवा मात्र उसका क्षरण ही हुआ था? उसका कोई नया जीवन आरम्भ हो रहा था अथवा आज तक के जीवन पर ही प्रश्नचिह्न लग गया था?...

वह आकर चुपचाप अपने रथ में बैठ गया था। जब रथ चला नहीं और सारथि उसकी ओर देखता रह गया, तो उसकी समझ में आया कि उसने अभी सारथि को बताया नहीं है कि उसे कहाँ जाना है। अपनी इस किंकर्तव्यविमूढ़ता पर खीझ भी आयी; किन्तु...

"घर चलो।" उसने अत्यन्त मन्द स्वर में कहा।

सारथि भी समझ रहा था कि कोई महत्त्वपूर्ण घटना घट गयी है।...किन्तु हुआ क्या है! बस, श्रीकृष्ण के रथ में उनसे कुछ बातें ही हुई हैं...उन्होंने ऐसा क्या कह दिया कि वज्रशिला के समान हृदयवाले इस वीर योद्धा की यह स्थिति हो गयी...

"क्या बात है महाराज?"

"कुछ नहीं।" कर्ण बोला, "घर चलो।"

कर्ण कुछ मौन हो गया। सारथि सोच ही रहा था कि वह जानने का आग्रह करे

या न करे कि कर्ण की आँखें उसकी ओर उठीं। उन आँखों का निषेध इतना प्रखर और बलशाली था कि सारथि का कुछ पूछने का साहस ही नहीं हुआ।

57

"बहुत थके हुए हो विदुर?" कुन्ती ने विदुर की ओर देखा, "नहीं, कदाचित थके हुए नहीं हो, किसी उलझन में हो।"

विदुर ने मुस्कराने का प्रयत्न किया, "इसे उलझन नहीं कहते भाभी! मैंने आज कुछ बहुत अद्भुत देखा है और निश्चय नहीं कर पा रहा हूँ कि वह क्या था।"

"पारंसवी!" कुन्ती ने पुकारा, "तुम्हारे पति आज फिर कोई अद्भुत समाचार लाए हैं। सुनना हो तो आ जाओ।"

"है तो अद्भुत ही।" विदुर आत्ममुग्ध-से मुस्कराने लगे थे।

"अब तो तुम चिंतित नहीं लग रहे।" कुन्ती ने कुछ चकित होकर कहा, "अब तो तुम किसी उपलब्धि पर प्रसन्न होते दिखते हो।"

पारंसवी आ गयी थी, "क्या बात है भाभी!"

"बात तो अभी विदुर बताएँगे।"

"आप जानती हैं भाभी! आज श्रीकृष्ण कौरवों की राजसभा में गये थे।" विदुर बोले।

"जानती हूँ।" कुन्ती ने कहा, "उसके पश्चात् उपप्लव्य जाने से पूर्व वह मेरे पास भी आया था, प्रणाम करने। सभा में क्या हुआ? मुझे तो वह निश्चित रूप से कह गया है कि अब युद्ध होगा ही।"

"युद्ध तो आज ही हो जाता, किन्तु श्रीकृष्ण ही टाल गये।" विदुर बोले।

"हाँ! सुना है कि दुर्योधन कृष्ण को बन्दी करने की योजना बना रहा था।" कुन्ती ने कहा, "किन्तु कृष्ण कुछ तैयारी से आया हुआ था। कृतवर्मा अपनी सेना के साथ सभा के सम्मुख डट गया और सात्यकि कृष्ण को निकालकर ले गया। बाहर दारुक कृष्ण का रथ लिए खड़ा था। दुर्योधन उनको रोक नहीं सका और वे लोग निकल गये।"

"तुम भी बड़ी चमत्कारी हो भाभी!" विदुर बोले, "श्रीकृष्ण की बूआ जो हो।"

"लो, इसमें चमत्कार क्या है।"

"घर बैठ सारी सूचनाएँ एकत्रित कर लेती हो, जो मैं सभा में बैठा हुआ भी नहीं कर सकता।" विदुर बोले, "फिर भी बात इतनी-सी ही नहीं है।"

"तो बात क्या है?" पारंसवी आतुर स्वर में बोली, "पहेलियाँ मत बुझाइए। बात बताइए।"

"सामान्यतः तो बात इतनी-सी ही है कि श्रीकृष्ण सभा में आये। दुर्योधन श्रीकृष्ण को बन्दी करने का षड्यन्त्र रच रहा था। यादवों ने भी अपनी योजना बना ली। दुर्योधन, दुःशासन, शकुनि तथा कर्ण सभा में आ गये थे। और सहसा श्रीकृष्ण ने गर्जना की कि दुर्योधन यदि उन्हें अकेला समझकर बन्दी करने की योजना बना रहा है, तो वह मूर्ख है, क्योंकि वे अकेले नहीं थे। पाण्डव भी वहीं थे, वृष्णि और अन्धक वीर भी वहीं विद्यमान थे। आदित्य, रुद्र और वसु भी वहीं थे।"

"पाण्डव यहाँ कहाँ हैं?" कुन्ती ने कहा, "वे एक ही समय में उपप्लव्य और हस्तिनापुर में कैसे उपस्थित हो सकते हैं?"

"यही तो बता रहा हूँ भाभी!" विदुर बोले, "श्रीकृष्ण ने यह कहा भर और फिर सभा से निकल गये?"

"दुर्योधन ने उन्हें पकड़ने का प्रयत्न नहीं किया?" पारंसवी ने पूछा।

"पकड़ता कौन? दुर्योधन और उसके संगी-साथी अचेत पड़े थे।..."

"तो इसका अर्थ है कि यादव लोग, कौरवों को अचेत कर कृष्ण को सभाभवन से निकाल कर ले गये।" कुन्ती ने कहा, "पर कौरवों को अचेत कैसे किया? संज्ञाशून्य करने वाली कोई औषध छिड़की?"

"मैं ऐसा नहीं कह सकता, क्योंकि न मैं अचेत हुआ था, न पितृव्य भीष्म हुए थे, न आचार्य द्रोण, न स्वयं महाराज धृतराष्ट्र और न संजय। यदि कोई औषध छिड़की गयी होती तो हम सबको भी अचेत हो जाना चाहिए था।"

"तो शेष लोग कैसे अचेत हो गये?" पारंसवी ने पूछा।

"मैं नहीं जानता।" विदुर बोले, "मैं अचेत नहीं था। श्रीकृष्ण जैसे बोल रहे थे, मुझे लगा कि वे सामान्य मधुर श्रीकृष्ण नहीं रह गये हैं। उनके चेहरे पर पहले तो असाधारण क्रोध झलका। लगा कि उनकी आँखों में से ज्वाला निकल रही है; और फिर वे प्रज्वलित हो उठे। वहाँ प्रकाश ही प्रकाश था। उसके साथ ताप भी था। मुख से ज्वाला निकल रही थी। मुझे लगा कि जो कुछ वे कह रहे हैं, वह सब कुछ प्रकट है। सचमुच ही पाण्डव उनके पीछे खड़े थे। उनके ललाट पर ब्रह्मा और वक्ष पर रुद्र देव थे। उनकी भुजाओं में अर्जुन और बलराम थे।...वह श्रीकृष्ण का मधुर और मुस्कराता हुआ रूप नहीं था। वह तो जैसे महाकाल का कोई रौद्र रूप था, जिसकी जिह्वा रक्त चाटने को लपलपा रही थी...।"

"तुमने यह सब देखा विदुर? यह तुम्हारी सर्जनात्मक प्रतिभा द्वारा किया हुआ वर्णन तो नहीं है?"

"नहीं भाभी! मैंने यह सब देखा और अनुभव किया।" विदुर बोले, "देखने से अधिक मैंने अनुभव किया। अनुभव तो और भी बहुत कुछ किया, किन्तु उन सब का वर्णन कठिन है।..." उनकी दृष्टि जाकर पारंसवी पर टिक गयी, "इस प्रकार क्या देख रही हो, जैसे मैं विक्षिप्त सा हो गया हूँ?"

"लग तो कुछ ऐसा ही रहा है।" पारंसवी बोली, "सीधी-सी बात है कि दुर्योधन ने श्रीकृष्ण को अपनी सभा में अकेले आया देख, उन्हें असहाय समझा और उन्हें बन्दी करने की योजना बनाई। श्रीकृष्ण उतने असावधान नहीं थे, जितना कि दुर्योधन उन्हें समझ रहा था। श्रीकृष्ण पूरी तैयारी से आये होंगे।''

विदुर हँसे, "मैं जानता था कि इस सारी घटना की व्याख्या तुम कुछ इसी प्रकार करोगी। बुद्धिमती जो ठहरीं। पर मुझे बताओ कि भीष्म, द्रोण और संजय को भी वही सब क्यों दिखायी दिया, और सबसे बड़ी बात कि धृतराष्ट्र ने भी यह सब कुछ देखा।"

"महाराज धृतराष्ट्र ने देखा?" पारंसवी ने कुछ चीत्कार कर कहा, "जिसको अपने सामने खड़ा पर्वत दिखायी नहीं देता, उस नेत्रहीन ने श्रीकृष्ण का यह रूप देखा?"

"हाँ! उनका तो यही कहना है।"

"एक अन्धे ने देखा और दुर्योधन इत्यादि को आँखें रहते हुए कुछ दिखायी नहीं दिया?" पारंसवी ने कहा।

"हाँ!"

"विदुर! तुम कृष्ण को चमत्कारी पुरुष सिद्ध करना चाहते हो?" कुन्ती ने पूछा।

"भाभी! मैं कुछ सिद्ध नहीं करना चाहता। मैंने तो आपसे वह सब कहा है, जो मैंने देखा और मन ने अनुभव किया है।"

"यदि आपकी मान्यता के अनुसार श्रीकृष्ण परब्रह्म अथवा उनका अवतार हैं, तो वे इस प्रकार अपमानित होने की प्रतीक्षा क्यों करते रहते हैं?" पारंसवी ने तेजस्वी स्वर में कहा, "वे दुर्योधन को अचेत कर सकते हैं, तो मार भी तो सकते हैं। मार क्यों नहीं देते उसे? इतनी लीला करने की क्या आवश्यकता है?"

"वह तो दूर की बात है," कुन्ती बोली, "साधारण परिस्थितियों में भी वह अपना सुदर्शन चक्र निकाल ले तो दुर्योधन का सिर धड़ से पृथक लोटता दिखायी देगा। पता नहीं कृष्ण उसके साथ भी वही व्यवहार क्यों नहीं करता, जो उसने शिशुपाल के साथ किया।"

"मैं नहीं जानता कि उनकी यह क्या लीला है।" विदुर बोले, "कुछ लोग मानते हैं कि वे बलराम द्वारा दुर्योधन को दिये गये वचन का पालन कर रहे हैं। वे उस पर शस्त्र नहीं उठाएँगे।"

"मेरी तो समझ में यह नहीं आता कि वे कैसे ईश्वर हैं कि वे सामने खड़े रहते हैं और दुर्योधन जैसे लोग उन्हें पहचान नहीं पाते।" पारंसवी बोली, "यदि वे अवतार हैं तो उनका प्रभाव दुर्योधन पर क्यों नहीं होता। उसके सम्मुख आते ही वे बार-बार असफल क्यों हो जाते हैं?"

"तुम्हारे प्रश्न का ठीक-ठीक उत्तर मैं नहीं जानता।" विदुर जैसे अपने भीतर कहीं डूब गये थे, "मैं तो केवल इतना जानता हूँ कि ईश्वर को देखने के लिए, ईश्वर

का सामने आकर खड़ा होना आवश्यक नहीं है। उसके लिए तो अपने पास आँखें होनी चाहिए। ईश्वर तो प्रत्येक कण में है, हमारे पास ही उसे देखने के लिए आँखें नहीं हैं। यदि कोई अपने सम्मुख खड़े ईश्वर को देख नहीं पाता तो वह ईश्वर की नहीं, उस व्यक्ति की विफलता है।"

"यह कैसा तर्क है?" पारंसवी ने कहा।

"मनुष्य अपने-आपको ही नहीं पहचान पाता, तो ईश्वर को पहचानना तो दूर की बात है।"

"ये कौन-सी विशेष आँखें हैं, जो धृतराष्ट्र के पास तो हैं, दुर्योधन के पास नहीं हैं?"

"तुम्हारा कटाक्ष तो मैं समझता हूँ।" विदुर बोले, "किन्तु मेरा सत्य यही है। मैं सुविधा से कह सकता था कि इन प्राकृतिक आँखों से ईश्वर को नहीं देखा जा सकता। उसके लिए निर्मल चरित्र चाहिए; किन्तु तब मैं धृतराष्ट्र को दुर्योधन से पृथक कैसे करूँगा? मुझे कभी-कभी लगता है कि मैं धृतराष्ट्र के चरित्र को नहीं समझ सकता। वह कभी-कभी धर्मात्मा-सा लगता है और अगले ही क्षण वह चांडाल दिखायी देने लगता है। प्रभु ही जानें कि उन्होंने धृतराष्ट्र को क्या बनाया है। उसे इतना अभिशप्त करके भी इतना सुख दिया है, इतना भोग दिया है कि वह उसे सँभाल नहीं पाता।..." वे कुन्ती की ओर मुड़े, "क्या सोच रही हो भाभी?"

"सोचती हूँ कि भीष्म, द्रोण, तुम, धृतराष्ट्र, गान्धारी और स्वयं श्रीकृष्ण जिसे समझा रहे हों, वह कुछ भी क्यों नहीं समझ पाता? क्या दुर्योधन का व्यक्तित्व इतना प्रबल है कि ईश्वर के समझाने पर भी नहीं समझ पाये, या फिर वह ईश्वर की ही इच्छा है कि वह कुछ न समझे और उन सारे राजाओं को विनाश की ओर घसीट कर ले जाये, जो उसके मित्र हैं?" कुन्ती ने कहा, "मैं देख रही हूँ कि धृतराष्ट्र भी बार-बार कह रहे हैं कि वे वह नहीं चाहते, जो दुर्योधन कर रहा है। मैं सोचती हूँ कि यदि ऐसा है तो वे उसके हाथ से सत्ता क्यों नहीं छीन लेते? वे उसे बन्दी क्यों नहीं करते? निष्कासित क्यों नहीं करते? भीष्म और द्रोण बार-बार उसे समझाते हैं, बार-बार उसका विरोध करते हैं, किन्तु न तो उसे त्यागते हैं, न उसके विपक्ष का साथ देते हैं। सभा और घर में निरन्तर उसका विरोध करते हैं और युद्ध में फिर उसका साथ देते हैं। क्या है, यह सब?"

"मुझे तो लगता है कि ये सब लोग दुर्योधन के विरोध का नाटक-भर करते हैं।" पारंसवी बोली, "नहीं तो इतनी निष्ठा से उसकी आज्ञाओं का पालन क्यों करते चलते?"

"मैं तो इसमें से एक आध्यात्मिक स्थिति देखता हूँ।"

"आपको तो प्रत्येक आत्मविरोधी स्थिति में से एक आध्यात्मिक सत्य की प्राप्ति होती है।" पारंसवी विनोदी मुद्रा में दिखायी पड़ रही थी।

"तुम मुझे चिढ़ाने का प्रयत्न कर रही हो, किन्तु यह सत्य है पारंसवी कि सांसारिक विरोधों में से ही आध्यात्मिक सत्य प्रकट होते हैं।" विदुर बोले, "मैं धृतराष्ट्र को तो पाखंडी मान सकता हूँ, किन्तु पितृव्य और द्रोण को नहीं। मुझे लगता है कि सचमुच मनुष्य का अहंकार एकदम व्यर्थ है। पितृव्य आज तक सोचते रहे कि वे कुरुकुल की रक्षा कर रहे हैं, इसलिए उन्होंने दुर्योधन को कुछ नहीं कहा। अब सिद्ध होने जा रहा है कि दुर्योधन के अत्याचारों की अनदेखी कर भीष्म कुरुकुल की रक्षा नहीं कर रहे थे, उसके विनाश के बीज बो रहे थे। धृतराष्ट्र अपने पुत्र के लिए भोग के असंख्य साधन जुटा रहे थे और अब वे देखेंगे कि वे उसकी मृत्यु का प्रबन्ध कर रहे थे। सब जानते हैं कि युद्ध से विनाश होगा और फिर भी क्षण प्रति क्षण युद्ध की ओर बढ़ते जा रहे हैं। क्या अर्थ है इस सबका? क्या इसका अर्थ यह नहीं है कि ईश्वर ही विनाश का इच्छुक है? मनुष्यों के देखते-सुनते, प्रयत्न करते, होता वही है, जो ईश्वर की इच्छा होती है।"

"लगता तो यही है।" पारंसवी बोली।

"इसलिए किसी भी भक्त के मन में आता है कि वह अपना प्रयत्न करता रहे किन्तु ईश्वर की इच्छा के सम्मुख अपना माथा टेक दे।" विदुर बोले, "बौद्धिकता से क्या होगा। मनुष्य की बुद्धि तो इतनी सीमित और अदूरदर्शी है कि अपने से बाहर कुछ देख ही नहीं पाती। ईश्वर को जानना और समझना तो बहुत दूर की बात है। ईश्वर को तो वही जान सकता है, जिसे स्वयं ईश्वर जानने की क्षमता दे। इसीलिए दुर्योधन और उसके मित्र श्रीकृष्ण को पहचान नहीं पा रहे हैं।"

"और आप पहचान पा रहे हैं।" पारंसवी जोर से हँसी। "यह ईश्वर की कृपा है कि उसने आपको दासी के गर्भ से जन्म दिया। कुरु साम्राज्य के महामन्त्री रहे और सदा ही अपमानित होते रहे, यह सब दया है ईश्वर की?" पारसंवी बोली, "सब कुछ होते हुए भी एक सन्तान तक नहीं दी। यह दया है ईश्वर की?"

विदुर की आँखों में अश्रु आ गये। कंठ रुँध गया, "कृतघ्न मत बनो पारंसवी! ईश्वर की कृपा है कि दासी के गर्भ से जन्म ले कर भी मैं राजपरिवार का सदस्य रहा। महाराज पांडु और धृतराष्ट्र का भाई रहा। यह भगवान की कृपा है कि दुर्योधन की सारी उपेक्षा के बाद भी मैं कुरु साम्राज्य का महामन्त्री रहा। उसने मुझे इस काया से जन्मी सन्तान नहीं दी किन्तु पाण्डवों जैसे असाधारण पुत्र दिये। अपना परिवार तो देखो, कितने लोग पल रहे हैं तुम्हारे आश्रय में। यह तुम्हारा परिवार ही तो है। प्रभु की कृपा तो देखो कि श्रीकृष्ण हस्तिनापुर के महाराज और युवराज के घर भोजन नहीं करते और मेरे यहाँ आकर भोजन कर मुझे कृतार्थ करते हैं। भाभी जैसी महारानी और राजमाता अपनी इच्छा से हमारी इस कुटिया में हमारे साथ निवास करती हैं। और कौन सा गौरव चाहिए तुम्हें पारंसवी?"

पारंसवी और विदुर एक-दूसरे को देखते रहे। वे समझ नहीं पा रहे थे कि एक दूसरे से क्या कहें।

कुन्ती हँसी, "बोलो पारंसवी! बोलो! कहो कि प्रभु ने विदुर की बुद्धि ही भ्रष्ट कर रखी है कि उसे जीवन का कोई दुःख, दुःख नहीं लगता। उसे सुख और दुःख की परख ही नहीं है।"

"नहीं भाभी!" इस बार पारंसवी का स्वर ठहरा हुआ था और नेत्र भीगे हुए थे, "मुझे हाथ जोड़ कर प्रभु का धन्यवाद करना चाहिए कि इस हस्तिनापुर में रहते हुए भी, धृतराष्ट्र का अन्न खाते हुए भी, एक मेरे ही पति की बुद्धि सात्विक रही है यहाँ। इन्होंने पुत्र युधिष्ठिर को पहचाना, इन्होंने श्रीकृष्ण को पहचाना। मेरा सौभाग्य कि इनकी संगति में मेरी बुद्धि भी कुछ सात्विक हुई।" पारंसवी ने अपनी आँखें पोंछ लीं।

58

कुन्ती दिन भर प्रतीक्षा करती रहीं; किन्तु कृष्ण का कोई सन्देश नहीं आया। विदुर ने निश्चित सूचना दी थी कि कर्ण को कृष्ण अपने रथ में अपने साथ ले कर तो गये थे; किन्तु कुछ समय पश्चात् कर्ण अपने रथ पर हस्तिनापुर लौट आया था और अब हस्तिनापुर में ही था। विदुर से कुन्ती यह नहीं पूछ सकती थी कि कृष्ण ने कर्ण से क्या बातें कीं। उसे उसका रहस्य बता दिया अथवा नहीं?...

किन्तु यदि कर्ण हस्तिनापुर में विद्यमान था, तो उसका अर्थ यह था कि वह दुर्योधन को छोड़कर पाण्डवों के पक्ष से लड़ने को तैयार नहीं था, अन्यथा उसे इस समय उपप्लव्य में, पाण्डवों के शिविर में होना चाहिए था। यदि उसने पाण्डवों के अनुकूल कोई भी निर्णय किया होता, तो कृष्ण उसकी सूचना अवश्य भिजवाता। किसी भी प्रकार की सूचना के अभाव में से तो यही मानना होगा कि कर्ण ने दुर्योधन का साथ छोड़ना स्वीकार नहीं किया है।...ऐसे में कुन्ती को उससे मिलना होगा। वह बिना कोई प्रयत्न किये विदुर के घर में बैठी-बैठी, अपने पुत्रों के परस्पर युद्ध और एक-दूसरे की हत्या के समाचार नहीं सुन सकती।

सोने से पहले कुन्ती ने निर्णय कर लिया था कि वे प्रातः कर्ण से अवश्य भेंट करेंगी; फिर भी जाने क्यों सारी रात वे जैसे ऊहापोह के थपेड़ों से आन्दोलित होती रहीं। किसी भयंकर अनिष्ट की आशंका से पीड़ित रहीं। नींद में भी इस प्रकार के स्वप्न देखती रहीं कि प्रातः जब वे घाट पर पहुँचती हैं, कर्ण स्नान कर, वहाँ से जा चुका होता है।...एक आध स्वप्न उन्होंने इस प्रकार का भी देखा कि कर्ण उन्हें वहाँ मिल तो जाता है, किन्तु उसके साथ शकुनि और दुर्योधन भी हैं।...कुन्ती उससे कहती हैं कि वे एकान्त में उससे कुछ चर्चा करना चाहती हैं; किन्तु वह हठ पकड़

लेता है कि शकुनि और दुर्योधन उसके इतने आत्मीय हैं कि उनसे उसका कुछ भी गोपनीय नहीं है। वह जो भी चर्चा करेगा, उनके सम्मुख ही करना चाहेगा।...कुन्ती को देख कर दुर्योधन और शकुनि कुछ इस प्रकार हँसते हैं, जैसे द्यूतसभा में द्रौपदी को अपमानित करते हुए हँसे थे...और सहसा, कुन्ती, द्रौपदी में परिवर्तित हो जाती हैं। कुन्ती और द्रौपदी एक हो जाती हैं...और उधर कर्ण, शकुनि और दुर्योधन, एक-दूसरे में समा कर, एक ही व्यक्ति में ढल जाते हैं और उनका चेहरा धृतराष्ट्र का चेहरा बन जाता है।...

कुन्ती ने एक लम्बा चीत्कार किया और उनकी नींद टूट गयी। उन्हें लगा, वे स्वेद से नहाई हुई हैं, और उनका हृदय इतने वेग से धड़क रहा है, जैसे वे कई योजन दौड़ कर आयी हों...

उसके पश्चात् कुन्ती को नींद नहीं आयी। कुछ देर तक वे करवटें बदलती रहीं और फिर उन्होंने सोने का प्रयत्न ही त्याग दिया। बिस्तर से उठ, कक्ष से बाहर आ कर देखा : आकाश पर तारे टिमटिमा रहे थे; किन्तु पवन यह भी कह रहा था कि उषा के प्रकट होने में अब बहुत देर नहीं है।

स्वयं को उत्तरीय में पूर्णतः लपेटकर, कुन्ती बाहर निकल आयीं। यह तो अच्छा ही हुआ कि नींद जल्दी टूट गयी, अन्यथा प्रकाश फैल जाता और गंगा-तट पर आवागमन बढ़ जाता। फिर वे किस-किस से छुपतीं और किस-किसको स्पष्टीकरण देतीं...

सामने से कोई आ रहा था। कुन्ती एक ओर हट गयीं और उस आनेवाले की ओर देखा : ऊँचा डील-डौल, लहराते हुए लम्बे श्वेत केश और वैसी ही लम्बी श्वेता श्मश्रु। वे गम्भीर स्वर में मन्त्र-जाप कर रहे थे।...कुन्ती ने उस छँटते हुए अन्धकार में भी पहचान लिया : ये पितामह भीष्म थे। वे स्नान कर लौट भी आये थे। कुन्ती ने सुना था कि भीष्म और कर्ण का कुछ ऐसा ही नियम बँधा था कि वे एक साथ घाट पर उपस्थिति नहीं होते थे। वैसे भी पितामह सूर्योदय से पूर्व ही अपने भवन में पहुँच जाते थे; और कर्ण सूर्योपासना करके ही गंगा-तट छोड़ता था।...भीष्म लौट रहे थे, इसका अर्थ था कर्ण के आने का समय हो रहा था।

घाट से कुछ पहले ही कुन्ती ने मार्ग छोड़ दिया और वृक्षों के एक झुरमुट के पीछे शान्त भाव से खड़ी हो गयीं। वे जिस स्थान पर खड़ी थीं, वहाँ सहज ही किसी की दृष्टि नहीं पड़ सकती थी। वैसे भी इस समय गंगा स्नान के लिए आनेवाले लोग प्रायः अपने ध्यान में लीन होते थे। वे वृक्षों के पीछे छिपे लोगों की खोज नहीं करते थे।

कुन्ती को बहुत प्रतीक्षा नहीं करनी पड़ी : कर्ण अभी दूर ही था कि उसके आने का पता लग गया। वह ब्राह्मणों के एक झुण्ड से घिरा हुआ आ रहा था, जो 'महाराज' कर्ण और 'अंगराज' कर्ण का जयजयकार कर रहा था।...कुन्ती को लगा कि सहसा ही गंगा तट का वह सात्विक वातावरण किसी राजप्रासाद के गलियारे-सा राजसिक

हो गया है। थोड़ी देर पहले तक वहाँ पूर्ण निस्तब्धता थी और बीच-बीच में जो स्वर उठता भी था, वह गंगा अथवा महादेव शिव के जय-जयकार का होता था, अथवा कोई ऐसा मन्त्र, कोई ऐसी ऋचा, जो गंगास्नान के ही समान पवित्र होती थी। ये सांसारिक जयघोष तो कर्ण के साथ ही आये थे।...ये याचक ब्राह्मण इस मुहूर्त में, गंगातट पर आकर भी ईश्वर का स्मरण नहीं कर रहे थे, वे मनुष्य का जय-जयकार कर रहे थे। ...उनकी बाध्यता को कुन्ती समझ सकती थीं। उन्हें धन चाहिए था, और वह उन्हें कर्ण के माध्यम से ही प्राप्त होनेवाला था। वे तो उसी का जय-जयकार करेंगे। मनुष्य की दृष्टि इतनी सीमित है, वह इतनी कम दूरी तक देख सकता है कि उसे केवल प्रत्यक्ष लाभ ही दिखायी पड़ता है।...वे लोग यदि एक-आध प्रहर ईश्वर का जय-जयकार करेंगे तो ईश्वर आकाश से दो-चार स्वर्ण मुद्राएँ तो टपका नहीं देगा; किन्तु कर्ण का थोड़ा-सा जयघोष कदाचित उन्हें कुछ स्वर्ण अथवा रजत मुद्राएँ दिलवा देगा।...पर ईश्वर क्यों विमुख करता है याचकों को? क्यों नहीं वह भी कोई ऐसा नियम बना देता कि किसी एक निश्चित संख्या में उसका जय-जयकार करने पर वह एक स्वर्ण मुद्रा देगा। इससे लोगों में भक्ति-भावना की वृद्धि होगी...

और सहसा कुन्ती को हँसी आ गयी...वे संसार में ईश्वरीय विधान प्रचलित करने की बात नहीं सोच रहीं; वे तो ईश्वर को ही सांसारिक विधान ओढ़ा रही थीं। मनुष्य का मन अपना जय-जयकार सुनकर जितना पुलकित होता है, ईश्वर का मन नहीं होता होगा। ईश्वर में अहंकार नहीं है कि वह जय-जयकार सुन कर प्रसन्न हो जाये और स्वर्णमुद्राओं की वर्षा कर दे।...वह मनुष्य के शब्दों को नहीं सुनता, उसके मन को देखता है। तृष्णाहीन सात्विक मन की सारी आवश्यकताएँ तो वह स्वयं ही पूरी कर देता है...

कुन्ती के मन में युधिष्ठिर का चित्र उभरा...उसे न राज्य की इच्छा है, न जय-जयकार सुनने की तृष्णा। राजसभा के बाहर उसके आस-पास कितने ब्राह्मण होते हैं। ईश्वर, धर्म तथा भक्ति सम्बन्धी कितनी चर्चा होती है, उसके सम्मुख।....किन्तु प्रशस्ति केवल ईश्वर की होती है, युधिष्ठिर की नहीं।...कर्ण इस पवित्र गंगा स्नान और इस दान-दक्षिणा से क्या पायेगा? दान तो वह होता है, जो एक हाथ से दे तो दूसरे को उसका आभास भी न हो। मन में उसका अहंकार तो आये ही नहीं। दुखी के प्रति संवेदना के कारण, अपना धन उसे देकर, मन सात्विक आनन्द का अनुभव करे। अपना जय-जयकार करवाकर धन देने से तो अहंकार में ही वृद्धि होगी; और उसका अहंकार ही तो सारे कष्टों का, सारे दुखों का मूल है।

कुन्ती ने अपने चिन्तन को जैसे बलात् रोका।...कर्ण उसका पुत्र है। पुत्र का यश सुनकर, उसका महत्त्व देख कर, माँ को प्रसन्न होना चाहिए...और वे हैं कि पुत्र के गुणों में भी दोष निकालने लगी हैं...युधिष्ठिर में सात्विकता है, और कुन्ती चाहती हैं कि उसके मन में रजोगुण की वृद्धि हो। कर्ण में राजसिकता है और वे

चाहती हैं कि उसमें सात्विकता जागे।...युधिष्ठिर युद्ध करना नहीं चाहता और कुन्ती की इच्छा है कि वह युद्ध करे। कर्ण युद्ध के लिए आतुर है और कुन्ती चाहती हैं कि वह युद्ध न करे।

कुन्ती ने अपने सिर को झटका...वे ऐसा कुछ नहीं चाहतीं। उनकी तो एकमात्र इच्छा है कि युधिष्ठिर धर्म के लिए, अपने सम्मान के लिए, युद्ध करे और कर्ण अधर्म के पक्ष से न लड़े।...वे चाहती हैं कि नारीत्व का अपमान करनेवालों को कठोरतम दंड मिले। वे चाहती हैं कि युधिष्ठिर सम्राट बनने के लिए चाहे न लड़े, किन्तु द्रौपदी के अपमान का प्रतिशोध लेने के लिए अवश्य खड्ग उठाए।...वे तो इतना ही चाहती हैं कि उनके पुत्रों को उनका अधिकार मिले और वे परस्पर एक-दूसरे का वध करने के स्थान पर, मिलकर प्रेमपूर्वक रहें।...

उनका मन अपना ताना-बाना बुनता जा रहा था और उनकी आँखें कर्ण को निहार रही थीं।...कर्ण ने स्नान किया, सूर्य की उपासना की; और अब वह ब्राह्मणों को दान दे रहा था...कुन्ती को हँसी आ गयी...जिनको दान दिया जा रहा था, वे दान की कामना में आये तो साथ थे; किन्तु दान पाते ही विदा होते जा रहे थे। दान प्राप्त कर लेने के पश्चात्, दाता से उनका कोई रागात्मक सम्बन्ध नहीं रह जाता था। अब दाता के साथ वे याचक नहीं, दाता का अपना पुण्य मात्र था...

अब कर्ण एकदम अकेला था।...इसी क्षण की प्रतीक्षा थी कुन्ती को।...यदि वे संकोच कर गयीं और कर्ण विदा हो गया, तो उनकी वही स्थिति होगी, जो वे कल रात अपने स्वप्नों में देखती रही हैं...या यह भी सम्भव है कि कर्ण से मिलने के लिए कोई और आ जाये और कुन्ती को उससे बात करने के लिए वांछित एकान्त न मिले।...

कुन्ती वृक्षों के झुरमुट से निकलकर आगे बढ़ीं और कर्ण के सम्मुख आ गयीं।

कर्ण ने आहट पाकर सिर उठाया। सामने खड़े व्यक्ति को वह पहचान नहीं सकता था।...एक तो मेघों के आ जाने के कारण सूर्य का प्रकाश अपनी पूर्ण क्षमता के साथ पृथ्वी तक पहुँच नहीं पा रहा था; दूसरे उस व्यक्ति ने अपने उत्तरीय में स्वयं को पूर्णतः छिपा रखा था।...

"कौन है?" कर्ण ने पूछा।

"एक याचक!" कुन्ती ने धीरे से कहा, "मुझे महाराज से एकान्त में कुछ माँगना है।"

कर्ण को कुछ आश्चर्य हुआ। कंठ नारी का सा था; किन्तु उसकी ऊँचाई पुरुष होने का सा भ्रम उत्पन्न कर रही थी।...कौन है यह याचक?...किन्तु एकान्त में क्यों?...सम्भवतः कोई स्वाभिमानी व्यक्ति है, जिसके लिए दान लेने का निषेध हो, किन्तु दान के बिना उसका कोई काम रुक गया हो।...

"बोलो, क्या चाहिए? यहाँ एकान्त ही तो है।" कर्ण ने कहा।

"अभी एकान्त है, किन्तु किसी भी क्षण कोई आ सकता है। सम्भव है कि

अपनी बात कहने में मुझे कुछ समय लग जाये।" कुन्ती ने कहा, "मुख्य मार्ग से हटकर यदि आप इधर वृक्षों के पीछे आ जायें।..."

कर्ण क्षण भर के लिए ठिठका।...कल कृष्ण के निमन्त्रण पर भी वह ठिठका था। कहीं कोई षड्यन्त्र तो नहीं रचा जा रहा।...यद्यपि वह जानता था कि क्षत्रियों में अपने शत्रु को चुनौती देकर, सम्मुख युद्ध में मारने का प्रचलन है...फिर भी स्वयं दुर्योधन ने भीम को विष खिला दिया था और लाक्षागृह में पाण्डवों को जलाकर मारने का प्रयत्न किया था।...ऐसे में यह तो नहीं सोचा जा सकता था कि कोई दूसरा व्यक्ति इस प्रकार का षड्यन्त्र नहीं कर सकता। सम्भवतः उन वृक्षों के पीछे किसी ने भृतक हत्यारे छिपा रखे हों और इस नारी कंठवाले पुरुष को, उसे बुलाने के लिए भेजा हो।

कर्ण ने अपनी सारी आशंकाओं को झटक दिया...हस्तिनापुर में गंगा के निकट...इस प्रकार का षड्यन्त्र सम्भव नहीं है।...और फिर आवश्यकता होने पर निःशस्त्र कर्ण भी दस-बीस शस्त्रधारियों से अकेला भी भिड़ सकता है...उन वृक्षों के पीछे कोई पूरी वाहिनी तो छिपी नहीं होगी।

कर्ण, कुन्ती के दिखाए मार्ग पर चला आया...यह निभृत स्थान था।...सम्भवतः घाट पर यहाँ का शब्द सुना तो जा सकता था, किन्तु सहज ही देखा नहीं जा सकता था।...

"कौन हो तुम?"

कुन्ती का उत्तरीय उनके सिर और चेहरे से हटता हुआ, कन्धों पर आ गया।

"ओह आप!" कर्ण के मन में जैसे ज्वार उठा; किन्तु उसे अपना संकल्प विस्मृत नहीं हुआ था।...उसे तनिक भी कोमलता नहीं दिखानी थी। उसे तो कठोर बनना था...क्रूरता की सीमा तक...

"मैं याचक बनकर आयी हूँ अंगराज!" कुन्ती ने कहा, "इसलिए मुझे याचना की पूर्वपीठिका स्पष्ट करनी होगी।"

कर्ण के मन में आया कि वह तत्काल वहाँ से चल दे। वह जानता था कि कुन्ती की याचना कृष्ण के आग्रह से भिन्न नहीं होगी। वह पुनः उसी द्वन्द्व में पड़ना नहीं चाहता था।...किन्तु अपने सामने खड़ी इस नारी को, एक साधारण याचक मान झटक कर वह जा भी नहीं सकता था।...आज तक उसने जिस कुन्ती को देखा था, वह पाण्डवों की माता थी, उसके शत्रुओं की माता।...आज जो कुन्ती उसके सम्मुख खड़ी थी, वह उसकी अपनी जननी थी।...उसने कुन्ती को अगणित बार देखा था; किन्तु अपनी जननी को तो वह पहली ही बार देख रहा था।...

कर्ण मौन खड़ा था। कुन्ती उसके बोलने की प्रतीक्षा दीर्घकाल तक नहीं कर सकती थी। बोली, "राधेय! तुम्हारा पालन-पोषण अधिरथ के घर में हुआ है; किन्तु क्या तुम जानते हो कि तुम्हारी जननी मैं हूँ? तुमने मेरी कुक्षि से जन्म लिया है पुत्र!"

कुन्ती कल्पना कर रही थीं कि यह सूचना पाते ही वह दौड़कर आतुरतापूर्वक उनसे लिपट जायेगा और कदाचित कुछ रोष जताते हुए यह भी कहेगा कि आज तक उससे यह सम्बन्ध छिपाया क्यों गया था।...या फिर सम्भव है कि वह क्रुद्ध होकर फट पड़े कि जब वे जानती थीं कि वह उनका पुत्र है और उनके निकट है, तो उन्होंने उसे इतना तड़पाया क्यों?

किन्तु कर्ण मौन ही नहीं, निस्पन्द खड़ा उन्हें देखता रहा।

कुन्ती अवाक् रह गयीं : वे अब ऐसा क्या कहतीं, जिससे उत्तेजित होकर, कर्ण कुछ बोल पड़ता--पक्ष में, विपक्ष में; प्रसन्नता में, क्रोध में। ब्रह्मास्त्र तो वे पहले ही छोड़ चुकी थीं। अब छोटे-मोटे शस्त्रास्त्रों का क्या काम?...जब कर्ण पर्याप्त समय तक कुछ नहीं बोला, तो कुन्ती ही पुनः बोलीं, "तुम कुछ बोलते क्यों नहीं पुत्र? क्या तुम्हारे लिए यह सूचना कोई अर्थ नहीं रखती। क्या तुम अपनी खोई हुई माता और भाइयों को पाकर प्रसन्न नहीं हो?"

"यह सब कुछ कृष्ण मुझे पहले ही बता चुके हैं।" कर्ण सर्वथा ऊष्मारहित स्वर में बोला, "किन्तु मैं सोचता हूँ कि जो सूचना आप सबने वर्षों तक मुझसे छुपाये रखी, अब अकस्मात् ही वह इस प्रकार क्यों उद्‌घाटित की जा रही है?" उसने रुककर कुन्ती की ओर देखा, "क्या महत्त्व है, इस सूचना का मेरे लिए? इससे मुझे यह ज्ञात नहीं हुआ कि मेरे माता-पिता कौन हैं। इससे मुझे यह ज्ञात हुआ कि मेरी इस दुर्दशा के लिए उत्तरदायी कौन हैं। कौन है वह, जिसने अपने मिथ्या सामाजिक सम्मान के लिए एक नवजात शिशु के सुख-सुविधा, कीर्ति-यश की बात तो जाने दीजिए, उसके जीवन की भी चिन्ता नहीं की। बहा दिया उसे नदी की धारा में, डूबने, मरने के लिए। आज मुझे यह ज्ञात नहीं हुआ कि मुझे जन्म किसने दिया, मुझे यह ज्ञात हुआ कि मेरी हत्या का प्रबन्ध किसने किया।"

इस बार कुन्ती की प्रतिक्रिया, कर्ण की अपेक्षा से सर्वथा प्रतिकूल हुई। उसने सोचा था कि लज्जित होंगी, लड़खड़ा जायेंगी, उसे शब्द नहीं मिलेंगे, सम्भव है कि नयनों से अश्रु टपकने लगें। कदाचित वे पश्चात्ताप प्रकट करें। सम्भवतः क्षमा माँगे ...किन्तु कुन्ती का चेहरा तो क्षोभ के मारे कठोर ही नहीं, कुछ प्रदीप्त भी हो उठा, "तो खड्ग निकालो। कर दो मेरा वध। प्रतिशोध नहीं लोगे? वैसे भी तुम्हारी तो हत्यारिणी हूँ मैं। माता तो मैं उनकी हूँ, जिन्हें आजीवन पीड़ित, अपमानित और वंचित करना, तुम्हारे अस्तित्व का एकमात्र लक्ष्य रहा है। मेरा वध कर दोगे, तो तुम्हें पीड़ा भी नहीं होगी, वे वंचित भी होंगे और स्वयं को अपमानित भी अनुभव करेंगे। उससे तुम्हें अपार हर्ष होगा। तुम्हारे मित्रों को स्वर्गिक आनन्द मिलेगा।"

"मेरी शूरवीरता एक असहाय वृद्धा की हत्या कर गौरवान्वित नहीं होगी।..." कर्ण का मन वहाँ से तत्काल चल देना चाहता था, बिना किसी चर्चा और संवाद

के, किन्तु उसके पग धरती में जैसे कीलित हो गये थे। कुन्ती की पूरी बात सुने बिना, उनकी भर्त्सना कर, उन्हें अनुत्तरित किये बिना चले जाने में क्या सुख था।

"तुम्हारी शूरवीरता तो केवल एक असहाय युवती को सार्वजनिक रूप से निर्वस्त्र कर गौरवान्वित होती है न।" कुन्ती की आँखों में से जैसे कोई हिंस्र जीव झाँक रहा था, "अपनी वीरता का अधिक बखान मत करो। तुम नहीं जानते कि मैं तुम्हारी जननी हूँ; किन्तु मैं जानती थी कि मैंने तुम्हें जन्म दिया है...और अपने पुत्र की वीरता देख-देख कर, एकान्त में सिर पटक-पटककर वर्षों रोती रही हूँ मैं।..."

कर्ण की आँखें आश्चर्य से फैलकर कुछ और बड़ी हो गयीं। इस माता को अपने पुत्र...कर्ण जैसे पुत्र...की वीरता पर गर्व नहीं है?...पर वह अपने पुत्र के कृत्यों से पीड़ित होती रही है?...कर्ण की आँखों में दमित आक्रोश प्रकट हुआ...ये लोग आज तक उसका तिरस्कार किसी और पद्धति से करते रहे थे। आज इस नयी पद्धति का आविष्कार किया है इन्होंने।

"वह मेरा प्रतिशोध था।" कर्ण का स्वर पूर्णतः आश्वस्त था, "उसने अपने स्वयंवर में मुझे सूतपुत्र कहा था।"

"वह तो यही जानती थी कि तुम अधिरथ के पुत्र हो; तो वह तुम्हें ऋषिपुत्र कैसे कह देती।" कुन्ती के स्वर में झंझावत का सा वेग था, "महाराज धृतराष्ट्र जब संजय को 'सूतपुत्र' कहते हैं, तो संजय उनके परिवार की स्त्रियों को अपमानित करने पर उतारू नहीं हो जाता।"

"धृतराष्ट्र संजय का सम्मान करते हैं; किन्तु उसने मेरा अपमान करने के लिए वह सब कहा था। यदि वह मेरा अपमान न करती तो मैं उसका अनादर क्यों करता?" कर्ण की वाणी का बल क्षीण हो रहा था, "अन्यथा मैं स्त्रियों का बहुत सम्मान करता हूँ।"

"प्रतिशोध ही लेना था तो वीर पुरुषों के समान लेते। निकाल लेते खड्ग और उसके रक्षकों को सम्मुख युद्ध में वध कर, उसका हरण कर लाते।" कुन्ती बोली, "यह प्रतिशोध है तुम्हारा। राजसभा में बुलाकर, उसके वीर पतियों को धर्म के बन्धन में बाँध, एक असहाय स्त्री के नारीत्व से प्रतिशोध...।" कुन्ती की दृष्टि कर्ण पर लक्ष-लक्ष धिक्कारों की वर्षा कर रही थी, "और मैं जानती हूँ, कितना सम्मान करते हो तुम स्त्री का। जो स्त्री तुम्हारे विरुद्ध कहे, तुम्हारी कामनापूर्ति में विघ्न बने, उसे तुम वेश्या कह कर पुकारते हो। उसे सार्वजनिक रूप से निर्वस्त्र कर, उसकी पीड़ा से आनंदित होते हो, उसके अपमान से गौरवान्वित होते हो।" कुन्ती के स्वर में जैसे कोई तरल तप्त धातु बह रही थी, "अपने अपमान का दुःख है तुमको...जो अपमान तुम लोगों ने पांचाली का किया है, जो अपमान तुम लोगों ने पाण्डवों का किया है...द्यूतसभा में उनके वस्त्र उतरवा दिये और महावीरों के सम्मुख उनकी पत्नी को 'वेश्या' कहकर, उसे नग्न करने का प्रयत्न किया, उसे रति-निमन्त्रण दिया।...उसे

दूसरा पति चुन लेने को कहा...उस अपमान से बड़ा अपमान किया था पांचाली ने तुम्हारा?...तुम्हारे उस नीच कर्म को देख कर भी क्या प्रतिक्रिया थी पांडवों की? उन्होंने युद्ध की प्रतिज्ञा की, धर्म की प्रतिज्ञा की और चुपचाप चले गये उठकर। यदि वे भी धर्म को भूलकर, अपने अपमान का प्रतिशोध लेने को तत्पर होते, अपने शस्त्र उठा लेते, तो देखती मैं तुम लोगों की वीरता।...और तुम्हें यह भी सूचित कर दूँ, महावीर! कि उसने तुम्हारा अपमान नहीं किया था, केवल तुमसे विवाह करने की अनिच्छा प्रकट की थी। यदि यह अपमान था तो तुम जानते ही होगे कि प्रत्येक स्वयंवर में नारी, सम्मान तो केवल एक ही पुरुष का करती है, शेष सबका तो अपमान ही होता है।"

"यदि पांचाली मुझसे विवाह नहीं करना चाहती थी, तो यही कहती। उसने जाति की बात क्यों कही?" कर्ण का दमित आक्रोश फिर से उफन आया था; किन्तु उसकी वाणी में विश्वास का बल नहीं था।

"इसलिए कि वह यह नहीं कह सकती थी कि वह उस आततायी से विवाह नहीं करेगी, जो निर्दोष लोगों को उनकी निद्रावस्था में जलाकर मार डालने का षड्यन्त्र करता है, करवाता है; और ऐसे षड्यन्त्र करनेवालों का साथ देता है।"

"उस कांड के लिए मुझसे बड़ा दोषी दुर्योधन है। पांचाली ने उसे क्यों नहीं रोका?" कर्ण कुछ और बिफरकर बोला, "क्यों नहीं लगाया उस पर आरोप? मेरी ही जाति...।"

"चुप रहो तुम!" कुन्ती ने उसे डाँटा, जैसे माँ अपने नन्हे बच्चे को डाँटती है, "तुम आज तक यही करते आये हो। केवल अपनी रट लगाए रहते हो, दूसरे की सुनते नहीं। अपना हर पक्ष जानते हो, दूसरे का पक्ष जानना नहीं चाहते।...आज तुम पहले मेरी बात सुनो।"

कर्ण सहम गया। आज तक उसे इतनी ममता से किसी ने नहीं डाँटा था। वह चाहे कुन्ती को माता का सम्मान देने को प्रस्तुत नहीं था; किन्तु यह सत्य था कि वे उसकी जननी हैं। इसीलिए कुन्ती ने उसे इस प्रकार डाँटने का साहस किया था।... कर्ण उन्हें अपनी माँ माने या न माने, वे तो उसे अपना पुत्र मानती ही हैं।...मानती क्या हैं वह उनका पुत्र है।...

"सुन रहा हूँ मैं।" इस बार कर्ण का स्वर कुछ दबा हुआ था।

"दुर्योधन को रोकने की आवश्यकता नहीं थी पांचाली को।" कुन्ती बोली, "उसमें सामर्थ्य ही नहीं था कि वह स्वयंवर की प्रतिज्ञा पूरी कर सकता। इसलिए उसका स्वयंवर में सम्मिलित हो, असफल अपमानित होना अधिक बड़ा दंड था। तुम्हारे सफल होने की सम्भावना थी, इसी भय के कारण उसने तुम्हें रोक दिया।" कुन्ती ने रुककर उसकी ओर देखा, "और सूत एक व्यवसाय है, जाति नहीं। अपने व्यवसाय से सम्बन्धित होने पर वही अपमान का अनुभव करता है, जो स्वयं को हीन मानता है। तुम सूत

के व्यवसाय को हीन मानते हो; अधिरथ और संजय, ऐसा नहीं मानते। तुम राधेय कहलाने में आज अपमान का अनुभव नहीं करते; कल यदि तुम्हारे मन में, यह भाव उठे कि राधा एक साधारण स्त्री है, हीन स्त्री है, तुम्हारी माता होने के योग्य नहीं है, तो तुम राधेय पुकारे जाने पर भी अपमान का अनुभव करोगे...।"

कर्ण को कोई उत्तर नहीं सूझा।...सत्य ही कह रही हैं कुन्ती।...आहत तो उसका अहंकार होता था...अन्यथा धनुर्धर के रूप में अर्जुन की श्रेष्ठता की चर्चा सुनकर, वह क्यों तड़प उठता था।...अधिरथ के परिवार में पलने और बढ़ने के बाद भी 'सूतपुत्र' सुनते ही, उसके तन-बदन में आग क्यों लग जाती थी।...उसका मन कभी इस प्रकार स्वयं से तटस्थ होकर, अपने ऊपर अभियोग लगाने, अथवा लगाए गये अभियोग पर विचार करने को तैयार नहीं हुआ था...पर आज...कर्ण को लगा कि उसके अहंकार का कोई कगार टूटकर गिर गया था। मन कैसा तो विगलित-सा हो गया था। वह अपने अधरों में ही फुसफुसाया, "आप अब तक कहाँ थीं देवि! मुझे समझाने पहले क्यों नहीं आयीं?"

"देवि क्यों कहता है, हत्यारिणी कह।" कुन्ती के तेवर जैसे वक्र थे; किन्तु उसका स्वर कुछ और भीग आया था, "तू अपनी व्यथा की बात कहता है पुत्र! कभी उस कुन्ती की व्यथा पर भी विचार कर।...बहुत छोटी थी, जब मेरे जनक शूरसेन ने मुझे अपने पितृष्वसीय कुंतिभोज को दे दिया था। पिता कुंतिभोज के घर में क्या अवस्था रही होगी मेरी, सोच! दुर्वासा जैसे औघड़ और क्रोधी ऋषि को प्रसन्न रखने का दायित्व सौंपा गया था मुझे।...पिता का आदेश! उनके सम्मान की रक्षा!...दुर्वासा को मैं किसी भी प्रकार अप्रसन्न नहीं होने दे सकती थी। उनके रोष को रोकना था, जैसे भी हो...यह उनकी ही मन्त्रणा थी कि तेरा जन्म हुआ।...यह कैसे सम्भव था पुत्र! कि मेरे जैसी अबोध बालिका मात्र, उस प्रासाद में रहते हुए, अपने पिता से अपना गर्भ छिपा लेती, उनके अज्ञान में ही प्रसव हो जाता और अपने नवजात शिशु को मरने के लिए मैं अश्व नदी के जल में प्रवाहित कर आती?...पर इसमें तेरा भी क्या दोष। तुझे तो राधा और अधिरथ ने यही बताया होगा कि तू उन्हें गंगा की धारा में बहता हुआ मिला।...मेरे पिता कुंतिभोज ने उन्हें यही कहने को कहा होगा।"

कर्ण चौंका, "तो क्या उन्होंने मुझे गंगा की धारा में नहीं पाया?"

कुन्ती के अधरों पर एक मन्द मुस्कान आ बैठी, "कभी उस सारे भूगोल पर दृष्टि डाली होती, तो तुझे इस कथा के सत्य का ज्ञान हो गया होता।"

कर्ण ने कुछ नहीं कहा। मौन अधरों और उपेक्षापूर्ण नयनों से कुन्ती की ओर देखता रहा।

"भोजपुर से अश्व नदी में बहाई गयी एक मंजूषा, सुरक्षित बहती हुई आकर चर्मणवती में बहने लगती है। चर्मणवती उसे बहाकर यमुना में ले जाती है। यमुना उसे प्रयाग में गंगा को सौंपती है; और चम्पानगरी में अधिरथ उसे गंगा की धारा में

से निकालता है। वह एक साधारण मंजूषा थी अथवा चतुर और दक्ष नाविकों द्वारा चालित कोई सैनिक अथवा व्यापारिक बेड़ा, जो सहस्रों योजन तैरता हुआ, सुरक्षित चम्पानगरी तक जा पहुँचा?" कुन्ती ने कर्ण की ओर देखा, "तुमने कभी इस कथा का बौद्धिक विश्लेषण किया होता, तो स्वयं ही समझ जाते कि यह सम्भव नहीं है, वह मात्र एक कथा है...।"

"क्यों? सम्भव क्यों नहीं है?" कर्ण ने क्षीण स्वर में प्रतिवाद किया, "ईश्वर की इच्छा हो तो कुछ भी सम्भव हो सकता है।"

"न मैं ईश्वर से विवाद करती हूँ, न उसकी इच्छा का विरोध।" कुन्ती बोलीं, "किन्तु ईश्वर की बनाई इस प्रकृति के भी कुछ नियम हैं। सहस्रों योजन की यात्रा में किसी लहर ने उस मंजूषा को नहीं डुबोया, कहीं जल उसमें प्रविष्ट नहीं हुआ, किसी महामत्स्य अथवा ग्राह ने उस पर आक्रमण नहीं किया, कोई डोंगी, कोई नौका अथवा जलपोत उसके मार्ग में नहीं आया, किसी भँवर ने उस मंजूषा को नहीं घेरा, उस नवजात शिशु को इतने दीर्घ काल तक न भूख ने पीड़ित किया, न प्यास ने। वह तो जैसे अमृत पी कर सोया हुआ था।...सहस्रों योजनों की उस यात्रा में, मार्ग में किसी और मनुष्य ने उस मंजूषा को नहीं देखा, किसी ने उसे नहीं रोका...। वह सीधी अधिरथ के पास जा पहुँची, जैसे उसपर अधिरथ का नाम और पता लिखा हुआ था।"

"मैंने कहा न कि यह ईश्वर की इच्छा थी।" कर्ण कुछ रोषपूर्वक बोला, "वह मेरे जीवन की रक्षा करना चाहता था।"

"जब अपने जीवन की रक्षा को तू ईश्वरीय विधान मानकर सन्तुष्ट है, तो जननी द्वारा अपने त्याग और अधिरथ सूत के घर पालन-पोषण को भी ईश्वरीय विधान क्यों नहीं मानता? उसके लिए तू अपनी माँ से क्यों रुष्ट है?" कुन्ती की दृष्टि जैसे कर्ण के हृदय के आर-पार देख रही थी, "पर तू वह क्यों मानेगा, जिसमें किसी दूसरे को अपना अपराधी घोषित कर, उसे दण्डित न कर सके। वैसे भी तुझे अभ्यास हो गया है, स्वयं को एक दिव्य पुरुष मानने का। तू सूर्यपूत्र है। अलौकिक रूप पाया है तूने। मंजूषा में रख कर जल में प्रवाहित किया गया और ईश्वर स्वयं हाथों से मंजूषा को खेकर, अधिरथ के पास ले गये, और आदेश दिया, 'इसका पालन-पोषण करो। यह दिव्य सन्तान है। बड़े होकर बहुत सारे असाधारण कार्य करने हैं इसे। कुलवधुओं का अपमान करना है...माता को हत्यारिणी घोषित करना है...भाइयों का वध करने की प्रतिज्ञा पूरी करती है इसे।'...पर वे तेरी मंजूषा मेरे पास क्यों लाते। मैं तो हत्यारिणी हूँ। मुझ हत्यारिणी की गोद में, तुझ जैसा एक दिव्य पुरुष कैसे पलता।"

कर्ण सिर झुकाए चुपचाप खड़ा रहा। कुछ क्षणों के पश्चात् उसने दृष्टि उठाई, "तो सत्य क्या है माता?"

कुन्ती चौंकी...कर्ण ने उसे माता कह कर सम्बोधित किया था।...इसका कुछ तो अर्थ होगा...उसका मन कहीं तो थोड़ा पिघला होगा...

"सत्य यह है पुत्र! कि मेरे पिता महाराज कुंतिभोज, न अपनी पुत्री की कानीन सन्तान को समाज के सम्मुख स्वीकार करना चाहते थे, न उसकी हत्या का पाप अपने सिर लेना चाहते थे। इसलिए किन्हीं सूत्रों से सन्तानहीन राधा और अधिरथ से सम्पर्क कर, तुम्हें उन्हें सौंप वे सन्तुष्ट हो गये। मैं तब इस स्थिति में नहीं थी कि उनके मन को जान पाती, अथवा उनके द्वारा की गयी सारी व्यवस्था की जानकारी प्राप्त करने में सफल हो पाती। मैं तो बस इतना ही जान पायी कि तुझे हस्तिनापुर के किसी अधिरथ सूत को सौंपा गया है।..." कुन्ती बोलीं, "पिता चाहते थे कि मैं तुम्हें भूल जाऊँ; पर मैं तुझे कैसे भूल सकती थी। मैंने अपने स्वयंवर में हस्तिनापुर के युवराज का वरण किया, ताकि हस्तिनापुर आ सकूँ। तुझे खोज सकूँ। जानती थी कि हस्तिनापुर की सम्राज्ञी होकर भी तुझे पुनः प्राप्त नहीं कर सकती। तुझे न तो मेरा पितृकुल स्वीकार करेगा, न श्वसुरकुल।...किन्तु मन चाहता था कि तुझे देख सकूँ। दूर से ही सही, पर निहार सकूँ।...तुझे गोद में न भी ले सकूँ, तो तेरे सम्मुख तो बैठ सकूँ।...तेरे मुख से अपने लिए 'माता' सम्बोधन न भी सुन सकूँ, तो तुझे 'पुत्र' कह कर तो पुकार सकूँ।" कुन्ती का स्वर रुँध गया। वे आगे बोल नहीं सकीं।

कर्ण का प्रतिशोध जैसे पिघलने लगा था। वह आकर कुन्ती के सम्मुख खड़ा हो गया। उसने अपनी तर्जनी से कुन्ती के अश्रु पोंछे, "पर ऐसा क्यों हुआ माता? कुंतिभोज मुझे स्वीकार क्यों नहीं कर सकते थे? पराशर ने कृष्ण द्वैपायन व्यास को स्वीकार किया था कि नहीं?"

"पराशर ऋषि थे। ऋषि प्रत्येक जन्म को दिव्य मानता है। दुर्वासा भी यही मानते थे।" कुन्ती बोलीं, "किन्तु कुंतिभोज राजा हैं। राजपरिवारों में कानीन पुत्रों को मान्यता नहीं मिलती पुत्र! शान्तनु ने कृष्ण द्वैपायन व्यास को अपना पुत्र स्वीकार नहीं किया। सत्यवती भी मेरे समान अपने पति तथा श्वसुरकुल को अपनी कानीन सन्तान की सूचना नहीं दे सकीं। वे अपने हाथों से उसका पालन-पोषण नहीं कर सकीं। महाराज शान्तनु की मृत्यु के पश्चात् व्यास समर्थ ऋषि हो कर, इस वंश की सहायता के लिए ही हस्तिनापुर के राजप्रासाद में प्रवेश पा सके। यदि महाराज शान्तनु ने दीर्घायु पायी होती, अथवा कुरुवंश सन्तानहीनता के संकट में नहीं पड़ा होता, तो शायद माता सत्यवती भी महर्षि को राजप्रासाद में बुलाने का साहस न कर पातीं।..."

"पर यदि ऋषि स्वीकार करते हैं, तो राजवंशों को इसमें क्या आपत्ति है? धर्म के नियामक तो ऋषि ही हैं।"

"तुम नहीं जानते क्या?" कुन्ती वितृष्णा से मुस्कराई, "ऋषि का चिन्तन समाजहित से प्रेरित होता है और राजवंश का स्वार्थ से। ऋषि के पास देने के लिए

केवल ज्ञान है, जो कि वह किसी भी योग्य पात्र को दे सकता है। एक को दे देने से उसका ज्ञान चुक नहीं जाता, कि दूसरे को उत्तराधिकार में कुछ दे न सके।...राजा के पास राज्य है, जिसे वह अपनी मृत्यु के पश्चात् भी अपनी सन्तान के माध्यम से अपने ही पास रखना चाहता है। यदि कानीन पुत्र को पुत्र मान लिया जाये, तो वह सारे पुत्रों में ज्येष्ठ होगा। और राजा को अपनी औरस सन्तान के होते हुए भी अपना राज्य अपने कानीन पुत्र को ही देना पड़ेगा...हाँ! औरस पुत्र का जन्म न हो तो राजा क्षेत्रज अथवा दत्तक को स्वीकार करता है; किन्तु कानीन पुत्र को वह तब भी मान्यता नहीं देता।"

सहसा कर्ण चौंका...वह समाजशास्त्र पर चर्चा करने के लिए तो यहाँ नहीं रुका था। आज उसके सम्मुख वह स्त्री खड़ी थी, जिसे वह आज तक अपने शत्रुओं की माता जानता आया था; और आज वह कह रही है कि वह उसकी जननी है...आज तक जिससे घृणा करता रहा था, आज वह बता रही है कि उसे उससे कितना प्यार करना चाहिए था।...कर्ण अपने मन की दृढ़बद्ध धारणाएँ नहीं मिटा सकता था। उसके मन के विरोध, उपालम्भ और कष्ट—इस एक सूचना से धुल तो नहीं गये थे।...वह इस स्त्री को माँ का सम्मान कैसे दे सकता था? किन्तु वह अपने मन को उसके चरणों में लोटने से रोक भी कैसे सकता था। उसके मस्तिष्क में निरन्तर विस्फोट हो रहे थे, "जन्म के समय कुछ नहीं कर सकीं, तो बाद में हस्तिनापुर आकर क्यों नहीं खोजा मुझे?"

"खोजना तो बहुत चाहा तुझे।" कुन्ती बोलीं, "किन्तु क्या कह कर खोजती तुझे? मैं तो बस एक नाम जानती थी कि तू अधिरथ के घर में है।...किन्तु अधिरथ कौन है? कहाँ है? तेरा नाम क्या है?"

"क्यों, तुम किसी से भी पूछकर अधिरथ के घर आ सकती थीं। मुझे बता सकती थीं।" कर्ण का आक्रोश जैसे चुक ही नहीं रहा था। कुन्ती के तर्कों से वह सागर की लहरों के समान पीछे हट जाता था; और थोड़ी देर में दूसरी लहर के रूप में पुनः लौट आता था।

कुन्ती अपने क्षोभ के मध्य भी हँसी, "यदि इस प्रकार पूछ-पड़ताल कर, मैं अधिरथ के घर पहुँचकर, तुझे गोद में उठाकर कहती, 'पुत्र! मैं तेरी जननी हूँ।' तो उस रहस्य की रक्षा कैसे होती, जिसके लिए तुझे स्वयं से पृथक् करना पड़ा था? अपने पितृकुल और श्वसुरकुल के सम्मान की रक्षा कैसे करती मैं?" कुन्ती कुछ रुकीं, किन्तु उन्होंने कर्ण को बोलने का अवसर नहीं दिया, "मैंने तुझे तब जाना, जब तू रंगशाला में अर्जुन से भिड़ चुका था और अधिरथ ने आकर, तुझे पुत्र के रूप में सम्बोधित किया था।..."

"तो तभी बता देतीं तो कौन-सा आकाश गिर पड़ता?"

"आकाश गिरने के लिए नहीं बना पुत्र! इसलिए वह तो नहीं गिरता, न ही गिरा; किन्तु मेरे मन-मन्दिर में बने अनेक स्वर्णिम प्रासाद गिर गये। मेरी आशंकाएँ ध्वस्त हो गयीं, मेरी इच्छाएँ जलकर क्षार हो गयीं।" कुन्ती बोलीं, "तब तक तू दुर्योधन का परम मित्र बन चुका था। उस दुर्योधन का, जिसने भीम को विष खिलाकर, अचेतावस्था में उसे बाँधकर, नागों से दंशित करवाने के लिए गंगा की धारा में डाल दिया था...तब तक तू अर्जुन का शत्रु बन चुका था...तू आचार्य द्रोण से रुष्ट हो चुका था।...भगवान परशुराम से झूठ बोलकर षड्यन्त्रपूर्वक, उनकी विद्या चुराने का अपराधी बन चुका था।"

"क्यों? मुझे द्रोण से विद्या सीखने का अधिकार क्यों नहीं था? क्योंकि मैं सूतपुत्र था?..." कर्ण विषाक्त वाणी में बोला, "कितना अपमानित हुआ हूँ मैं कितना...।"

"मैं आचार्य का पक्ष नहीं लेती। उसकी कोई बाध्यता नहीं है मेरे लिए; किन्तु विद्या का दान तो गुरु की इच्छा से मिलता है, उसकी सेवा करने पर मिलता है। हम किसी के कंठ पर अपना चरण धर कर, उससे बलात् विद्या नहीं सीख सकते...। विद्या दस्युवृत्ति से नहीं मिलती पुत्र! सेवावृत्ति से मिलती है।"

"किन्तु मैं सुपात्र था।" कर्ण बोला, "क्षत्रियों का ऐसा कौन-सा गुण है, जो किसी और मैं है और मुझमें नहीं है?"

"कौन कहेगा कि एकलव्य सुपात्र नहीं था। तू अपनी तुलना एकलव्य से कर।" कुन्ती बोली, "गुरु ने उसका तिरस्कार किया, तो उसने हठ नहीं की। नीचता पर नहीं उतरा वह। किसी से झगड़ा नहीं किया। मनुष्य की धातु उसके असफलता के क्षणों में ही पहचानी जाती है।...एकलव्य किसी और गुरु के पास नहीं गया। आचार्य को ही अपना गुरु माना और साधना की। जिस गुरु ने उसका तिरस्कार किया था, उसी को उसने गुरुदक्षिणा दी।...मैं नहीं कहती कि आचार्य ने उचित किया। यह भी नहीं कहती कि प्रत्येक व्यक्ति को एकलव्य का सा आचरण करना चाहिए...केवल तुझे बता रही हूँ कि तेरे साथ कोई अत्याचार नहीं हुआ। कोई ऐसा अन्याय अथवा अधर्म नहीं हुआ कि तू पाण्डवों के प्राणों का ग्राहक हो गया। आज तक तू उनका शत्रु बना हुआ है और उनका वध करने को प्रयत्नशील है।"

"तो पाण्डवों ने कौन-सा मेरे साथ उचित व्यवहार किया।" कर्ण कटु स्वर में बोला, "भीम और अर्जुन ने क्या कहनी-अनकहनी नहीं कहीं मुझे। वे मेरे प्राणों के ग्राहक नहीं हैं क्या?"

"कितनी बार उन्होंने तेरे प्राण लेने का प्रयत्न किया? कितनी बार उन्होंने तेरी हत्या का षड्यन्त्र रचा? कितनी बार उन्होंने सेना ले कर तेरे वध का अभियान किया?" कुन्ती का तेजस्वी स्वर गूँजा, "तेरा तिरस्कार आचार्य ने किया और तू अर्जुन का शत्रु हो गया, क्योंकि वह आचार्य को प्रिय था। तू क्या समझता है कि तू अर्जुन का वध कर देगा तो आचार्य तुझसे प्रेम करने लगेंगे? अर्जुन उनका सर्वाधिक

प्रिय शिष्य है, फिर भी उन्होंने अश्वत्थामा को उससे अधिक शिक्षा दी है। तू उससे ईर्ष्या क्यों नहीं करता? उसके वध के लिए षड्यन्त्र क्यों नहीं रचता?"

"पाण्डवों से तो मेरी शत्रुता इसलिए है, क्योंकि वे मेरे मित्र दुर्योधन के शत्रु हैं।" कर्ण बोला।

"पाण्डव दुर्योधन के शत्रु नहीं हैं। दुर्योधन पाण्डवों का शत्रु है। दुर्योधन ने उनके प्राण लेने के प्रयत्न किये, उसने उनका राज्य छीना, उन्हें अपमानित किया और उसकी प्रतिक्रिया में पाण्डवों ने क्या किया?" कुन्ती का स्वर जैसे उसके वक्ष को चीरता हुआ निकल रहा था, "आज भी युधिष्ठिर पाँच ग्राम ले कर सन्धि के लिए तत्पर बैठा है। वह आज भी दुर्योधन को अपना भाई मानता है। उसके मन में आज भी दुर्योधन के लिए घृणा नहीं है।"

"और भीम?"

"भीम ने अवश्य प्रतिज्ञाएँ की हैं; किन्तु वह भी धर्मराज की आज्ञा से बाहर नहीं है।"

उन दोनों के मध्य एक सन्नाटा सा छा गया। कर्ण कुछ कह नहीं रहा था; किन्तु उसका मन कुन्ती से सहमत नहीं हो पा रहा था। उसे मौन देख कर कुन्ती ही बोलीं, "अब जब तू सब कुछ जान ही गया है तो अपनी वृद्धा माँ को सहारा दे, अपने भाइयों की भुजा थाम, छोड़ दे अपनी तामसिक हठ। कुरुवंश को उसके सम्पूर्ण नाश से बचा।"

"यह सम्भव नहीं है माँ! मैं दुर्योधन को नहीं छोड़ सकता।" कर्ण बोला, "मेरा मन अब भी यही कहता है कि हस्तिनापुर में सबने मेरी महत्वाकांक्षाओं का दमन किया, मेरा तिरस्कार किया। बस एक दुर्योधन ही था, जिसने अपनी मित्रता निभाई। मुझे मान, सम्मान दिया, धन दिया, पद दिया...। मैं उससे विश्वासघात नहीं कर सकता।"

कुन्ती ने कुछ नहीं कहा।

"क्यों? तुम सहमत नहीं हो माँ।"

"नहीं।" कुन्ती का स्वर कठोर था, "तेरी महत्वाकांक्षाएँ अपने स्थान पर ठीक थीं; किन्तु यदि किसी की महत्वाकांक्षा पूरी न हो, तो उसे यह अधिकार नहीं है कि वह अधर्म पर उतर आये; वह दस्यु बन जाये, अथवा दस्युओं के दल में सम्मिलित हो जाये।...युधिष्ठिर जानता था कि धृतराष्ट्र उसे लूट रहे हैं, फिर भी उसने पिता की आज्ञा आ उल्लंघन नहीं किया। वह जानता था कि उसके साथ छल हो रहा है, फिर भी वह अपने वचन से पीछे नहीं हटा। तेरी महत्वाकांक्षा क्या है? दुर्योधन जैसे पापी के चरण धो-धो कर पीना? इस आकांक्षा में कौन-सी महानता है? हाँ अपने महत्त्व की आकांक्षा है।...महत्वाकांक्षा युधिष्ठिर की है, जो इस सारे राज्य को त्याग कर केवल तपस्या करना चाहता है। वह राज्य नहीं चाहता, धर्म चाहता है, सत्य चाहता है, ईश्वर चाहता है। महत्वाकांक्षा तो अर्जुन की है, जो तपस्या के वरदान से

मिली उर्वशी को त्याग आया। पांडवों को अधर्म नहीं चाहिए। अधर्म के माध्यम से कोई सुख-सुविधा नहीं चाहिए।..."

"युधिष्ठिर की बात तो मैं फिर भी कुछ-कुछ समझता हूँ।" कर्ण ने कुन्ती की बात काट दी, "किन्तु मेरे सम्मुख अर्जुन का बखान मत करो। क्या है अर्जुन? एक साधारण-सा निस्पृह प्राणी...क्या महानता है उसमें? उस केंचुए में?..."

"मेरी बात सुन!" लगा, कुन्ती किसी अलौकिक शक्ति से आविष्ट हो गयी थीं, "जिस पांचाली ने तुझे स्वयंवर में भाग लेने से रोक दिया और तू अपनी क्षुद्रता पर उतर आया कि नारी का ऐसा अपमान करने लगा, उस पांचाली को जय करके लाया था अर्जुन! मेरे एक संकेत पर उसने पांचाली धर्मराज को सौंप दी। तनिक-सा मोह नहीं किया उसने। स्वयंवर में उसने जिसे स्वयं जीता था, उस पांचाली को भाई के साथ एकान्त में देख लेने मात्र के अपराध में बारह वर्षों तब इन्द्रप्रस्थ से बाहर भटकता रहा वह। हिमालय पर वर्षों तपस्या कर पाशुपतास्त्र पाया उसने। किसी गुरु से झूठ बोल, पाखंड कर, धनुर्विद्या पाने का प्रयत्न नहीं किया।" कुन्ती ने आगे बढ़, उसके हनु के नीचे अपनी तर्जनी रख, उसका मुख ऊपर उठाया, "ऐसा क्या असाधारण है तुझमें कि स्वयं को इतना महान् मानता है तू? असाधारण गिनता है स्वयं को? दिव्य पुरुष समझने लगा है स्वयं को। उषा-सी सुनहली त्वचा पाकर मनुष्य महान् नहीं हो जाता। मनुष्य महान् होता है अपने आचरण से, अपने कर्मों से।...धर्म, अधर्म की पहचान नहीं है तुझको। एक पापी से महत्त्व मिला तो उसी का हो गया। उसे मित्र कहता है तू? जानता है, दुर्योधन की मैत्री क्या है? तेरी आत्मा का हनन। मित्र वह होता है जो मित्र का हित साधता है, उसे धर्म के मार्ग पर ले चलता है, उसकी आत्मा का उन्नयन करता है। तेरे मित्र तेरे साथ क्या कर रहे हैं? या तू उनके साथ मिलकर क्या कर रहा है—राक्षसी कृत्य। नारकीय योजनाएँ। कहाँ जाकर रुकेगी तेरी आत्मा?...रसातल में? एक पाण्डवों का मित्र है कृष्ण...।"

"ठहरो माँ!" कर्ण का क्षुब्ध स्वर सुनाई दिया, "मैं समझता हूँ कृष्ण और दुर्योधन का अन्तर। मुझे भी कृष्ण मिले होते...।"

"कृष्ण मिला है, इसलिए पाण्डव धर्म पर नहीं चल रहे।" कुन्ती के तीव्र स्वर ने उसकी बात काट दी, "पाण्डव धर्म पर चल रहे हैं, इसलिए कृष्ण उनका मित्र बना। कृष्ण को धर्म चाहिए। तुझे केवल मैत्री चाहिए। मैत्री चाहे हत्यारों की हो, पापियों की हो, आततायियों की हो।"

"कैसी माँ हो तुम, जिसे अपने महावीर पुत्र में कोई गुण दिखायी नहीं देता।" कर्ण की सारी कोमलता लुप्त हो गयी थी और उसका स्वर बहुत कठोर हो गया था, "मुझमें कोई गुण नहीं है, तो मुझे खोजती हुई यहाँ तक क्यों आयी हो देवि!"

उसके इस परिवर्तन से कुन्ती सर्वथा अप्रभावित रहीं। उतनी ही कठोरता से वे भी बोलीं, "भाइयों को एक-दूसरे का रक्त बहाने से रोकना चाहती हूँ। अपने पाँच पुत्रों की जीवन रक्षा की इच्छा से आयी हूँ।...अपने छठे पुत्र को अपनी आत्मा के हनन से रोकना चाहती हूँ।...किन्तु तेरा अहंकार कुछ गले तब न! तेरी हृदय-शिला में अपने भाइयों के लिए स्नेह का कोई उत्स फूटे...।"

"मुझमें कोई गुण तो देखा होता माँ!" कुन्ती की फटकार से कर्ण का मन जैसे रो पड़ा, उसकी भंगिमा अनुनय करने की सी हो गयी, "कब से प्रयत्न कर रहा हूँ कि मेरे भी किसी गुण को मान्यता मिले। जिसने निर्गुण ब्रह्म को नहीं पहचाना, उसकी शालिग्राम की भक्ति को भी सराहा जाता है। मैंने जिन्हें भाइयों के रूप में जाना ही नहीं, उनके लिए स्नेह कहाँ से लाऊँ। हाँ! जिसे मित्र माना है, जिसे अपने शैशव से प्रेम और सम्मान की दृष्टि से देखा है, उसके प्रति अब कठोर नहीं हो सकता।...जीवन में कोई उदार कर्म किया हो या न किया हो, किन्तु अपनी मैत्री का निर्वाह तो कर रहा हूँ। धर्म के प्रति न सही, किन्तु मित्र के प्रति तो निष्ठा में कोई कमी नहीं है।..."

कुन्ती हँसीं, जैसे साक्षात् कटुता ही आकर उनके अधरों पर विराजमान हो गयी हो, "कितने गर्व से कह रहा है, पाप के प्रति तो निष्ठा है मुझमें। अच्छा होता कि यह निष्ठा तुझमें न होती।..."

कर्ण मौन खड़ा कुन्ती को देखता रहा : उसके पास कुन्ती की बात का कोई उत्तर नहीं था। ठीक कह रही थी माँ। कर्ण में निष्ठा तो थी, किन्तु दुर्योधन के प्रति, क्योंकि उसने कर्ण की प्रशंसा की, उसका सम्मान किया, उसे अपना मित्र माना...तो उसकी निष्ठा उसके अपने प्रति थी।...यदि दुर्योधन भी उसका वह मान-सम्मान न करता तो?...

"तुम जो कुछ भी कहो, माँ! किन्तु अब मैं दुर्योधन को नहीं छोड़ सकता।" कर्ण बोला, "श्रीकृष्ण ने जब से मुझे तुम्हारे विषय में बताया है, तब से ही मेरे मन ने बहुत चिन्तन-मनन किया है; किन्तु मुझे और कोई मार्ग नहीं मिला है। मैं पाण्डवों की-सी वृत्ति अंगीकार नहीं कर सकता। यदि मैं उनके ज्येष्ठ सहोदर के रूप में उनके साथ खड़ा हो गया, तो न मैं युधिष्ठिर के मार्ग पर चल पाऊँगा, न वे अपना मार्ग त्याग मेरे साथ चल पायेंगे। युधिष्ठिर अपना सिंहासन मुझे दे देगा; और मैं उसे दुर्योधन के चरणों में अर्पित कर दूँगा। पाण्डवों को क्या मिलेगा माँ! मुझे अग्रज के रूप में प्राप्त कर? जो राज्य वे दुर्योधन से लड़ कर, उसे जय कर प्राप्त कर सकते हैं—वह भी उनसे छिन जायेगा। वे सर्वथा कंगाल हो जायेंगे। मुझे अग्रज के रूप में पाकर वे कुछ नहीं कर पायेंगे माँ!"

कुन्ती मौन हो गयीं : कर्ण ठीक कह रहा था।....यह जानकर कि कर्ण उससे ज्येष्ठ है, युधिष्ठिर कभी सिंहासन पर नहीं बैठेगा...और कर्ण, वह राज्य दुर्योधन को

दे ही देगा। उसकी आत्मा दासी है दुर्योधन की। कुन्ती इसलिए तो कर्ण को मनाने नहीं आयी थीं कि पाण्डवों की राज्य-प्राप्ति की सारी सम्भावनाएँ ही समाप्त हो जायें और कर्ण के ही समान, ये पाँचों भी, उस अधर्मी दुर्योधन के दास हो जायें।...

"तू उस अधर्मी दुर्योधन का संग छोड़ दे पुत्र! अपने भाइयों के पास लौट आ।" कुन्ती धीरे से बोलीं, "तुझे मित्र ही चाहिए तो कृष्ण से मैत्री कर।"

"अब यह सम्भव नहीं है माँ! यह सत्य है कि लता का जन्म भूमि से होता है; किन्तु जिस वृक्ष से लिपटकर वह आकाश की ओर उठती है, यदि उस वृक्ष से उसे पृथक करोगी, तो वह लता छिन्न-भिन्न तो होगी ही, जीवित भी नहीं रह पायेगी।" कर्ण बोला, "यह जानकर भी कि तुम मेरी जननी हो, जैसे मैं अपनी माता को त्याग नहीं सकता, वैसे ही यह जानकर भी कि युधिष्ठिर मेरा सहोदर है, मैं दुर्योधन को त्याग नहीं सकता।"

कर्ण की आँखों में कुन्ती उसकी असहायता को पढ़ रही थीं।

"पुत्र, तू पाण्डवों के पक्ष में नहीं आना चाहता, तो मत आ।" कुन्ती बोलीं, "किन्तु दुर्योधन का पक्ष तो त्याग दे। मैं नहीं चाहती कि मेरी ही सन्तान, परस्पर युद्ध कर, एक-दूसरे का रक्त बहाए।"

"तुम बहुत देर से आयी हो माँ!" कर्ण ने कुन्ती की ओर अपनी पीठ कर ली थी, "मेरे मन में बहुत कटुता थी तुम्हारे लिए। माँ के वात्सल्य का अमृत जो नहीं पाया था। वंश का चाहे कोई महत्त्व न हो, जाति चाहे जन्म से नहीं कर्म और आचरण से निर्धारित होती हो; किन्तु मैंने उसी के कारण बहुत विष पीया है। मेरा रक्त बहुत विषाक्त हुआ है।...अब शायद तुम्हारे स्नेह का अमृत मेरे दग्ध हृदय को कुछ शान्ति दे, मेरे आचरण में परिवर्तन आये; किन्तु क्षत्रिय होकर मैं युद्ध से पीछे नहीं हट सकता। यदि मेरा और अर्जुन का युद्ध न हुआ, तो हम दोनों ही क्षत्रिय समाज में कलंकित होंगे कि युद्ध से पलायन के लिए हम दोनों ने इस सम्बन्ध की कल्पना कर ली है।" कर्ण ने रुक कर कुन्ती की ओर देखा, "सत्य कहूँ तो इस युद्ध के लिए दुर्योधन भी उतना उत्सुक नहीं था, जितना मैं था। इस युद्ध का सूत्रधार मैं ही हूँ माँ! मेरे ही भरोसे दुर्योधन ने इस युद्ध को आमन्त्रित किया है। अब यदि मैं ही युद्ध से पलायन कर गया, तो मैं कौन सा पुण्य कमाऊँगा माँ! अब तक बहुत से पाप किये हैं मैंने किन्तु युद्ध का त्याग उन सबसे बड़ा पाप होगा।"

"तो ठीक है। युद्ध में अपने सहोदरों का वध करके पुण्य कमा।" कुन्ती का स्वर पर्याप्त प्रखर हो गया, "अपनी मैत्री के प्रमाण में अपने सहोदरों के शव दुर्योधन को भेंट कर। सहोदरों के रक्त से अपनी मित्रता की लता को सींच।...इस धरती पर से धर्म का बिरवा उखाड़ फेंक और अधर्म के वृक्ष की छाया में सदा के लिए बैठा रह। पुण्य-सलिला को पाट दे और पाप के सागर में निमग्न हो जा।"

"नहीं माँ! अब यह नहीं होगा। अपने संचित कर्मों के प्रभाव से मुक्त नहीं हो सकता। कर्म-बन्धनों को मैं काट नहीं सकता; किन्तु कोई नया कुकर्म नहीं करूँगा।" कर्ण के नेत्रों में आकाश की सी स्वच्छता थी। उसके मुखमण्डल पर सात्विक तेज था, "तेरे वात्सल्य का अमृत, मेरे रक्त के विष का कुछ तो निराकरण करेगा ही। ...मैं पिछले दो दिनों में बहुत बदल गया हूँ माँ! यह परिवर्तन तुम्हें मेरे आचरण में भी दिखायी देगा।"

कुन्ती एकटक अपने उस पुत्र को देख रही थीं, जो इस समय सचमुच ही कुछ दिव्य हो आया था।

"मैं दुर्योधन को त्याग नहीं सकता माँ! मैंने अर्जुन के वध की प्रतिज्ञा की है। मैं अपनी प्रतिज्ञा से स्खलित नहीं हो सकता।" उसने कुन्ती की आँखों में देखा, "किन्तु एक वचन तुम्हें भी देता हूँ। मैं शेष चार पाण्डवों का वध नहीं करूँगा। वे मेरे हाथ में आ भी गये, तो उन्हें जीवित छोड़ दूँगा। उन्हें जीवन का दान दूँगा।"

कुन्ती समझ नहीं पायीं कि वे प्रसन्न थीं अथवा अप्रसन्न। यह उनकी कोई उपलब्धि थी अथवा पूर्ण पराजय...

"तो मैं केवल चार पाण्डवों की माता रहीं जाऊँगी?"

"नहीं माँ! तू पाँच पुत्रों की माता रहेगी। यदि मैं अर्जुन के हाथों मारा गया तो तू पाँच पाण्डवों की माता रहेगी और यदि विधि ने अर्जुन की अल्पायु लिखी है...यदि युद्ध में उसे मेरे हाथों वीरगति प्राप्त हुई, तो भी तेरे पाँच ही पुत्र जीवित रहेंगे।..." कर्ण ने कुन्ती के चरण स्पर्श किये और अपने अश्रु छिपाता हुआ, आगे बढ़ गया।

कुन्ती ने भी अपने अश्रु पोंछ लिए।...समझ गयी उसे उसका पुत्र मिल गया था।...चार पाण्डवों ने भी अपना ज्येष्ठ पा लिया था...बस, नहीं मिला तो अर्जुन को कोई नहीं मिला।...कर्ण ने चाहे साम्राज्य की तृष्णा जय कर ली हो, किन्तु अर्जुन के प्रति अपनी ईर्ष्या से वह पराजित ही हुआ था।...वह न अपने अहंकार को पहचान पा रहा था, न अपनी ईर्ष्या को। वह उन सबको दुर्योधन के प्रति निष्ठा का नाम दे कर स्वयं को गौरवान्वित करना चाहता था, किन्तु यह नहीं जानता था कि मोह और अहंकार को सुन्दर शब्दों का आवरण दे भी दिया जाये, तो उनका स्वरूप बदल नहीं जाता।...

और इस पर तो वह विचार ही नहीं करना चाहता कि यदि कुन्ती का भाग्य, दुर्भाग्य में परिवर्तित हो गया। अर्जुन का वध कर्ण के हाथों हुआ, अन्य पाण्डव दुर्योधन के अन्य सहायकों के हाथों मारे गये तो कर्ण कहाँ खड़ा दिखायी देगा... क्योंकि दुर्योधन को तो वह तब भी नहीं छोड़ पायेगा...

59

"विदुर! युद्ध के पहले दिन से मेरे मन में एक प्रश्न कुलबुला रहा है।" कुन्ती ने कहा।

"तो भाभी! फिर इतने दिनों से उसका भार क्यों ढो रही हैं आप।" विदुर हँस पड़े, "क्या आपको लगता है कि मेरे पास उसका कोई उत्तर नहीं होगा।"

"हाँ! और भाभी नहीं चाहतीं कि आपको अपने अज्ञान के लिए उनके सम्मुख लज्जित होना पड़े।" पारंसवी ने जोड़ दिया।

"यह अच्छी कही पारंसवी तुमने।" कुन्ती भी मुस्कराईं, "मेरे मन में हो न हो तुम उसे सब पर आरोपित कर ही दोगी।"

"अच्छा यदि यह बात नहीं है तो फिर आपने इतने दिनों से पूछा क्यों नहीं?" पारंसवी बोली, "न पूछने का भी तो कोई कारण होना चाहिए।"

"कारण तो यही था कि मैं निश्चय नहीं कर पा रही थी कि वह प्रश्न पूछे जाने योग्य है भी या नहीं।" कुन्ती ने कहा।

"तो चलिए अब पूछ लीजिए।" विदुर हँसे, "रहस्यवाद काफी हो चुका।"

कुन्ती थोड़ी देर मौन रहीं, जैसे बात का छोर खोज रही हों। फिर बोलीं, "युद्ध की चर्चा होती है तो रथों, अश्वों और साथ ही योद्धाओं के ध्वजों की भी चर्चा होती है।"

विदुर और पारंसवी दोनों ही एकटक उनकी ओर देख रहे थे।

"अर्जुन को कपिध्वज कहा जाता है।"

"हाँ।"

"यह भी कहा जाता है कि उसके ध्वज पर कपि का जो चित्र बना हुआ है, वह अत्यन्त जीवन्त है और वह वानर बहुत भयंकर है।"

"हाँ भाभी!"

"चित्र भयंकर है अथवा वानर भयंकर है?"

"वे दोनों पृथक्-पृथक् हैं क्या?" पारंसवी हँस पड़ी।

"कहा तो कुछ इसी प्रकार जाता है।" कुन्ती ने कहा, "कोई-कोई तो यहाँ तक कह देता है कि युद्ध की अवधि में उस वानर ने अनेक बार अपना क्रोध प्रकट भी किया है। उसके उस क्रोध को देखकर शत्रुओं में भय का संचार भी हुआ।"

पारंसवी ने उसकी पुष्टि के लिए विदुर की ओर देखा।

विदुर ने सहमति में सिर हिला दिया।

"तो ऐसे में यह कैसे कहा जा सकता है कि वह एक भयंकर वानर का चित्र मात्र है?" कुन्ती ने कहा, "कहा तो यह जाना चाहिए कि ध्वजा पर एक भयंकर वानर बैठा है।"

"पर कपड़े की फड़फड़ाती ध्वजा पर कोई वानर बैठ सकता है?" पारंसवी ने कहा, "अथवा कहें कि ध्वजा किसी वानर का बोझ कैसे उठा सकती है?"

विदुर मौन बैठे रहे।

"क्यों? कोई उत्तर नहीं है न भाभी के प्रश्न का?" पारंसवी ने छेड़ा।

"मैंने न कभी संसार के सारे प्रश्नों का उत्तर देने की योग्यता की घोषणा की है और न कभी इस प्रकार की चुनौती स्वीकार की है।" विदुर हँसे, "मैं तो यह सोच रहा था कि क्या भाभी ने कभी यह चर्चा नहीं सुनी कि वन में जब हनुमान भीमसेन को मिले थे तो उन्होंने पवनपुत्र होने के नाते अपने भाई को यह आश्वासन दिया था कि वे अर्जुन के ध्वज पर बैठे रहेंगे और अपनी गर्जना से उसके शत्रुओं को डराते रहेंगे।"

"सुनी है। यह चर्चा भी सुनी है।" कुन्ती ने कहा, "वस्तुतः यह सब कुछ उसी प्रश्न से जुड़ा हुआ है कि वहाँ सचमुच कोई वानर बैठा हुआ है क्या?"

"सांसारिक दृष्टि से स्थूल भौतिक रूप में कोई वानर वायु में फड़फड़ाती किसी ध्वजा पर नहीं बैठ सकता।" विदुर ने कहा, "पर मेरा प्रश्न है कि इस दृष्टि से क्या किसी भी व्यक्ति का—चाहे वह व्यक्ति स्वयं हनुमान ही क्यों न हों—अपने उसी शरीर के साथ श्रीराम के समय से आज तक जीवित रहना सम्भव है?"

"आपसे प्रश्न पूछने को नहीं, प्रश्न का उत्तर देने को कहा गया है।" पारंसवी ने कहा, "जब कोई उत्तर नहीं सूझा तो प्रश्न पूछकर हमें ही डराने लगे।"

"नहीं! यह बात नहीं है पारंसवी।" विदुर बोले, "इन प्रश्नों का उत्तर मेरे प्रश्न में ही निहित है।"

"वाह! क्या परिहास है कि उत्तर प्रश्न में निहित है।"

"ठहरो पारंसवी!" कुन्ती बोलीं, "तुम बहुत तंग करती हो मेरे देवर को।"

"लो, एक तो मैं उत्तर दिलवाऊँ, फिर मैं ही दोषी कहलाऊँ।" पारंसवी बोली, "यह तो अच्छा न्याय है भाभी आपका। मैं व्यर्थ ही देवर-भाभी के बीच पड़ी।"

कुन्ती ने पारंसवी के रूठने के नाटक की ओर ध्यान नहीं दिया और बोलीं, "यदि हम यह मान लें कि कोई मनुष्य श्रीराम के समय से आज तक अपना मानवीय शरीर धारण नहीं कर सकता तो हनुमान कैसे कर सकते हैं, तो हम कुछ बहुत मूल्यवान मान्यताओं के प्रति अश्रद्धावान नहीं हो रहे?"

"नहीं!" विदुर बोले, "आप जानती हैं कि मेरे अपने व्यक्तित्व का निर्माण श्रद्धा तत्त्व से ही हुआ। पर श्रद्धा को कुछ तर्क भी करना होगा। हम देखते हैं कि प्रत्येक प्राणी के जीवन की अवधि की एक मर्यादा है। उसे उसका अतिक्रमण नहीं करने दिया जाता। मनुष्य कितना भी दीर्घजीवी हो, उसे सहस्र वर्षों का जीवन नहीं मिलता।"

"पर हनुमान अमर हैं।" पारंसवी बोली, "उन्हें शाश्वत जीवन मिला है। अक्षर जीवन। अनश्वर जीवन।"

"हाँ! हाँ!! मिला तो है। मैं कब उसे अस्वीकार कर रहा हूँ। हम यह मानें कि हनुमान को अक्षर जीवन मिला है और वे हमारे ही समान शरीर धारण करते हैं। ठीक है?"

पारंसवी ने स्वीकृति में सिर हिला दिया।

"तो हमें यह भी मानना होगा कि वे किष्किन्धा में किसी मुहल्ले के किसी भवन में अब भी रहते होंगे। वे कहीं से शाक क्रय करते होंगे। वे कुछ लोगों से मिलते होंगे। उनके शरीर की साधारण मनुष्यों के समान कुछ आवश्यकताएँ होंगी।...वे उनकी पूर्ति के लिए भी प्रयत्न करते होंगे। अपनी आजीविका के लिए भी उन्हें कुछ कर्मों और कुछ लोगों पर निर्भर रहना होता होगा।...पर है कोई ऐसा प्रमाण? किसी ने उन्हें किष्किन्धा की किसी वीथि में देखा है? किसी हाट में किसी की उनसे भेंट हुई है?"

"नहीं! वे किष्किन्धा में कहीं नहीं रहते। उनका वहाँ कोई भवन नहीं है। कोई रसोई नहीं है। वे किसी दुकान पर शाक और अन्न क्रय करने नहीं जाते।" पारंसवी ने कहा, "देवता इस प्रकार शरीर धारण नहीं करते।"

"ठीक यही बात मैं कह रहा हूँ।" विदुर मुस्कराए, "उनका जीवन हमारे समान स्थूल जीवन नहीं होगा। जो अमर होता है, वह ऐसे नश्वर शरीर में नहीं रहता। उनको एक प्रकार का दिव्य और सूक्ष्म जीवन मिला होगा, तभी तो वह अक्षर हो सकता है। ऐसी स्थिति में जो हनुमान वन में भीम को मिले, यदि वह भीम का स्वप्न अथवा कोई दिव्य दर्शन नहीं था, तो वे सूक्ष्म शरीरधारी हनुमान ही होंगे। यदि हम उनकी कल्पना सूक्ष्म शरीर के रूप में करते हैं तो वे अपने इस शरीर से अर्जुन के रथ की ध्वजा पर भी बैठ सकते हैं। तब वह वानर का चित्र मात्र नहीं है। वे साक्षात् हनुमान हैं। वे अपना भाव भी प्रदर्शित करते होंगे। अपना हर्ष तथा क्रोध भी व्यक्त करते होंगे। यदि वे अपने स्थूल शरीर के साथ वहाँ होते तो अब तक समरभूमि में उतरकर दुर्योधन की सेना को नष्ट न कर चुके होते?"

"तो आप यह मानते हैं कि हनुमान अपने सूक्ष्म शरीर में अर्जुन की ध्वजा पर वर्तमान हैं?" पारंसवी ने पूछा।

"इसमें सन्देह का कोई कारण नहीं है।" विदुर बोले, "सृष्टि में केवल स्थूल तत्त्व का ही तो अस्तित्व नहीं है। हाँ! हमारे पास शरीर के रूप में जो यन्त्र है, वह सूक्ष्म को बहुत कम पहचानता है, इसलिए वायुमण्डल में कहूँ, अन्तरिक्ष में कहूँ, सृष्टि में कहूँ, जो सूक्ष्म सत्य हैं, उनका साक्षात्कार बहुत कम लोग कर पाते हैं। हम अपने इस अपर्याप्त यन्त्र को ही सर्वज्ञ मानते हैं, इसलिए सूक्ष्मता से न्याय नहीं कर पाते।"

"अच्छा विदुर! मेरी दूसरी जिज्ञासा है कि यदि हनुमान अर्जुन के ध्वज पर वर्तमान हैं, अर्थात् वे अर्जुन के समर्थक हैं तो वे कौरवी सेना का नाश क्यों नहीं करते? वे अर्जुन को ही नहीं कृष्ण को भी शत्रुओं के बाणों से आहत होते देख, कैसे चुप बैठे रहते हैं?"

"संसार की गतिविधियों में हस्तक्षेप तो सूक्ष्म शक्तियाँ भी करती हैं भाभी! किन्तु उस प्रकार नहीं, जैसे स्थूल शक्तियाँ करती हैं।" विदुर बोले, "श्रीकृष्ण को देखो, वे तो मुझ और आप जैसा शरीर ही धारण करते हैं। फिर भी उनका हस्तक्षेप

वैसा नहीं है, जैसा शेष योद्धाओं का है। अब कोई यह तो नहीं कह सकता कि इस युद्ध में उनका हस्तक्षेप नहीं है।"

"पर हनुमान को इस युद्ध में उपस्थित रहना ही था तो वे भीम के रथ के ध्वज पर क्यों विराजमान नहीं हुए, जो वायुपुत्र है।" पारंसवी ने कहा, "उनकी भेंट भी तो भीम से ही हुई थी।"

"मैं इसी बात को दूसरे कोण से पूछना चाहती हूँ।" कुन्ती ने कहा, "अर्जुन ने अपने ध्वज के लिए हनुमान को ही क्यों चुना? वह विष्णु का गरुड़, शिव का नान्दी अथवा कार्त्तिकेय का मयूर भी तो चुन सकता था।"

"अब इन प्रश्नों के उत्तर या तो हनुमान दे सकते हैं या अर्जुन। मैं इस विषय में क्या कह सकता हूँ।" विदुर बोले।

"मैं बताऊँ?" सहसा पारंसवी ने कहा।

"अच्छा तो प्रश्न भी तुम ही पूछोगी और उत्तर भी तुम ही दोगी।" विदुर हँसे।

"मैं समझती हूँ कि इसमें न तो अर्जुन की इच्छा काम कर रही है, न भीम और श्रीकृष्ण की।" उसने कहा।

"वह कैसे?" कुन्ती ने पूछा।

"भीम से अपनी भेंट में हनुमान ने कहा कि वे अर्जुन की ध्वजा पर वर्तमान रहेंगे।" पारंसवी बोली, "यदि स्वयं भीम कहता तो वह यही कहता कि वे उसकी ध्वजा पर वर्तमान रहें। ठीक है।"

"बात तो ठीक ही लगती है।" विदुर बोले।

"ठीक उसी प्रकार अर्जुन ने तो हनुमान से नहीं कहा कि आप मेरी ध्वजा पर बैठें। वह ध्वजा तो उस रथ के एक अंग के रूप में ही थी।" पारंसवी ने कहा, "यह तो स्वयं हनुमान की ही इच्छा हो सकती है।"

"मैं समझी नहीं।" कुन्ती ने कहा।

"राम-रावण युद्ध में हनुमान ने अपने प्राण लगा दिए थे; तो जब राम, कृष्ण के रूप में निःशस्त्र होकर इस युद्ध के लिए आए तो हनुमान स्वयं को उनसे दूर कैसे रख सकते थे?" पारंसवी ने कहा, "भक्त अपने भगवान को इस प्रकार संकट में जाते देखेगा तो क्या वह उनसे दूर रह सकेगा? भक्त का शरीर सूक्ष्म हो अथवा स्थूल, उसकी सार्थकता तो भगवान की सेवा में ही है न!"

"भीम बेचारा तो यह समझता होगा कि उसके भाई होने के नाते हनुमान ने उसके दूसरे भाई की सहायता की, किन्तु तुमने तो सारा चित्र ही बदलकर रख दिया।" कुन्ती ने कहा, "यहाँ तो सारा भक्तिशास्त्र ही आ गया।"

"हाँ! बात तो भक्त के हृदय की है।" पारंसवी बोली।

"हम तो आज तक यही मानते आये कि भगवान अपने भक्त की रक्षा करते हैं और यहाँ भक्त अपने भगवान की रक्षा करने आ गया है।" कुन्ती हँसीं।

"रक्षा तो भगवान ही करते हैं भाभी!" विदुर बोले, "भक्त तो सेवा कर सकता है। शायद हनुमान वही कर रहे हैं। उनका सा भक्त और कहीं कोई है क्या? वे जो कर रहे हैं, वह भक्ति का आदर्श ही होगा न!"

60

कुन्ती ने करवट बदली और अपनी आँखें बन्द कर लीं।

जाने आज क्यों नींद नहीं आ रही थी। मन में बार-बार विचार आता था कि रात काफी बीत गयी है, उसे सो जाना चाहिए। नहीं तो प्रातः उठने में विलम्ब हो जाएगा। ब्रह्ममुहूर्त में उपासना न हो तो फिर जैसे आत्मा सो जाती है और संसार जाग उठता है, मन में भी और परिवेश में भी। चारों ओर अनेकानेक गतिविधियाँ आरम्भ हो जाती हैं। वे मनुष्य को इस प्रकार घेर लेती हैं कि उपासना के प्रति मन में वह उत्साह ही नहीं रह जाता। मात्र कर्मकाण्ड रह जाता है। कभी-कभी तो लगता है कि वह कर्मकांड भी नहीं, मात्र पाखण्ड रह जाता है।

फिर भी नींद नहीं आ रही थी। जब भी वह आँखें बन्द करती थी, जाने कहाँ से मन में कर्ण घुस आता था और उसकी आँखें खुल जाती थीं। जाने इस कर्ण के भाग्य में क्या है।...

जन्म के समय त्यागना कुन्ती की बाध्यता थी। जब माँ होकर कुन्ती ही कुछ नहीं कर सकती थी तो वह नवजात शिशु कर्ण भी क्या कर सकता था। नियति ने उन दोनों को ही जिस मार्ग पर डाल दिया, वे दोनों उसी पर चलते रहे।...हस्तिनापुर के गुरुकुल में जब पाण्डव कर्ण के सम्पर्क में आये तो वह उनकी ओर, उनकी सात्विकता की ओर आकृष्ट होने के स्थान पर उनका विरोधी होता गया।...पर तब तो वह जानता नहीं था कि वे उसके भाई हैं।...अब वह जान गया है कि वे उसके भाई हैं, राजमाता कुन्ती उसकी माता है, तो वह दुर्योधन को छोड़ क्यों नहीं देता? क्यों नहीं समझता कि वह कौन है?

और सहसा ही कुन्ती का मन दूसरी ओर चल पड़ा।...क्या किसी के लिए यह समझना सरल है कि वह कौन है? मनुष्य तो होता ही अपनी स्मृतियों का दास है। स्मृतियाँ उसके अस्तित्व को ऐसे लपेटे हुए होती हैं कि उसका अपना स्वरूप तो जैसे अदृश्य ही हो जाता है। कर्ण को छोड़ो। कुन्ती जानती है कि वह कौन है?

हाँ! वह जानती है कि वह पाण्डवों की माता है। उसने उनको जन्म दिया है। पर क्या वह पाण्डवों की माता मात्र है, और कुछ नहीं है? उसका अस्तित्व क्या यहीं समाप्त हो जाएगा? जब वह पाण्डवों की माता नहीं थी, जब पाण्डवों का जन्म नहीं हुआ था, तब भी तो कुन्ती थी? कुन्ती थी और वह पाण्डवों की माता नहीं थी।

क्या थी वह? कौन थी वह? तब वह पाण्डु की पत्नी थी। पर जब उसका विवाह नहीं हुआ था, वह पाण्डु की पत्नी नहीं थी, तब भी तो वह थी। पाण्डु की पत्नी होने से पहले भी वह कुछ थी। तब कौन थी वह? तब वह कुन्तिभोज की पुत्री थी। पर उसे बताया गया था कि कुन्तिभोज की आत्मजा नहीं थी। उसका जन्म नहीं हुआ था कुन्तिभोज के घर। उसे कुन्तिभोज ने गोद लिया था। वह तो शूरसेन की पुत्री थी। उसे जब कुछ बोध हुआ, जब से उसके पास स्मृति है, उसे बताया गया कि वह शूरसेन की आत्मजा है और उसे कुन्तिभोज ने गोद लिया है। वह उनकी पुत्री है। उसने मान लिया कि वह कुन्तिभोज की पुत्री है और उसका नाम कुन्ती है। फिर जीवन में जैसे-जैसे और घटनाएँ घटती रहीं, नयी-नयी स्मृतियाँ उसे घेरती रहीं, वह स्वयं को नये से नये रूपों में देखती रही और अपना पूर्व रूप भूलती रही। आज सोचती है तो उसके मन में एक ही भाव आता है कि वह पाण्डवों की माता है। और कुछ भी नहीं। स्मृति के झरोखों में प्रयत्नपूर्वक झाँक कर, वहाँ के झाड़-झंखाड़ स्वच्छ कर, स्मरण आता है कि शूरसेन की पुत्री थी। वह शूरसेन की पुत्री है।

मनुष्य कैसा दास है स्मृतियों का। स्मृतियाँ ही उसका सत्य है। अपना वास्तविक स्वरूप भूलकर वह अपनी स्मृति का होकर रह जाता है। एक के ऊपर दूसरी स्मृति जैसे नया आवरण चढ़ाती चलती है और वह अपनी पिछली वास्तविकता भूलता चलता है। सरकण्डा भूल गया है कि वह सरकण्डा है। वह अपने ऊपर लिपटे हुए धागे को ही अपना वास्तविक स्वरूप समझने लगा है। नये रंग का धागा लिपट जाता है और वह पिछले धागे को भूल जाता है। आज कुन्ती ने प्रयत्नपूर्वक स्मृतियों के उन धागों को जैसे उधेड़ा है और उसे स्मरण आया है कि वह शूरसेन की पुत्री है।...पर शूरसेन के घर जन्म लेने से पहले क्या वह थी ही नहीं? उसे स्वयं तो कुछ स्मरण नहीं है। अपने विषय में स्मरण नहीं है। शूरसेन मानते होंगे कि उन्होंने उसे जन्म दिया है। तो वे ही बताएँ कि उनके घर जन्म लेने से पहले वह कौन थी? क्या थी? या क्या वह पहले थी ही नहीं? यदि वह थी ही नहीं तो शूरसेन के घर कहाँ से आ गयी वह?

वेद कहते हैं कि अनस्तित्व में से अस्तित्व का जन्म नहीं होता। जो नहीं है, वह हो नहीं सकता। किसी का जन्म नहीं होता। कुछ उत्पन्न नहीं होता। स्रष्टा और सृष्टि दो समानान्तर रेखाएँ हैं, जिनका न कहीं आदि है न अन्त। वे दोनों रेखाएँ समानान्तर चलती हैं। ईश्वर नित्य क्रियाशील विधाता है। जिसकी शक्ति से प्रलयपयोधि में नित्यशः एक के बाद एक ब्रह्माण्ड का सृजन होता रहता है। वे कुछ काल तक गतिमान रहते हैं और उसके पश्चात् विनष्ट कर दिए जाते हैं। सूर्य चन्द्रमसौ धाता यथापूर्वम् अकल्पयत्। इस सूर्य और इस चन्द्रमा को भी पिछले चन्द्रमा के समान निर्मित किया गया।...तो यह जन्म लेने से पहले, इस

शरीर को धारण करने से पहले भी तो कुन्ती कुछ रही होगी, कोई रही होगी। कौन थी वह?...

जो कोई भी रही हो, जिस किसी रूप में भी रही हो, जिस किसी लोक अथवा जिस किसी शरीर में रही हो, उससे पूर्व भी तो वह किसी अन्य रूप में रही होगी। उससे पूर्व?...उससे पूर्व?...सबसे पूर्व?...आज वह अपनी चेतना पर से स्मृति के आवरणों को उतार रही है तो उसे स्मरण हो आया है कि वह पाण्डवों की माता नहीं शूरसेन की पुत्री है। क्या प्रयत्न करने पर वह स्मरण कर सकती है कि उससे पहले वह कौन थी? शायद ध्यान के माध्यम से यह सम्भव हो पाए; किन्तु उससे पूर्व भी तो कुछ रही होगी, कोई रही होगी। ऐसा तो कोई समय नहीं था, जब वह थी ही नहीं। उसके रूप ही बदलते रहे हैं।...यदि वह प्रयत्न करे और अपने प्रयत्न में सफल भी हो जाए, उसे स्मरण भी आ जाए कि इस जन्म से पहले वह कौन थी, तो भी क्या? वह उसका मूल स्वरूप नहीं था। मूल स्वरूप, आरम्भिक स्वरूप तो वेद बताते हैं। वह आत्मा थी और परमात्मा का अंश थी। उस आत्मा पर ही तो ये सारी स्मृतियाँ लिपटती रही हैं। परत पर परत चढ़ती रही है स्मृतियों की। अब जब तक लिपटी हुई वे सारी स्मृतियाँ उधेड़ नहीं दी जाएँगी, उतारी नहीं जाएँगी, तब तक आत्मा का मूल स्वरूप कैसे प्रकट हो सकता है।

जीव को बार-बार बताया जाता है कि वह शरीर नहीं, आत्मा है। पर वह अपनी स्मृतियों से मुक्त हो तो अपने वास्तविक स्वरूप को पहचाने। वह अपने शरीर के साथ अपना तादात्म्य करता है। अपने नाम और रूप को ही अपना वास्तविक स्वरूप मानने लगता है। देह के सम्बन्ध से लोगों को अपना और पराया मानने लगता है।...,

कुन्ती भी तो अपनी उन स्मृतियों के कारण ही कर्ण को अपना पुत्र मानती है, पाण्डवों को अपना पुत्र मानती है। वह अपनी उन स्मृतियों से मुक्त हो सके तो अपने मोह से पृथक् हो। जैसे वह अपनी स्मृतियों को उधेड़ना चाहती है, वैसे ही वह कर्ण और पाण्डवों पर लपेटी गयी अपनी स्मृतियों को उधेड़ सके तो वे सब भी आत्माएँ ही हैं, जो अपने-अपने कर्मों के अनुसार अपने संस्कारों में बँधे हुए, इस संसार में आये हैं और अपने नियत मार्ग पर चल रहे हैं।...तो क्यों चिन्तित है, कुन्ती उनके विषय में?...

कौन है कर्ण? उसके पुत्र के रूप में जन्म लेने से पहले कौन था वह? अपना स्वरूप वह भूल चुका है। केवल अपना ही रूप स्मरण है उसे। वह स्वयं को केवल दुर्योधन का मित्र समझता है। आरम्भ से उसने दुर्योधन को अपना मित्र माना है। जो दुर्योधन का मित्र है, वह कृष्ण का मित्र कैसे हो सकता है।...और बात केवल स्मृतियों की ही तो नहीं। भविष्य के स्वप्नों की भी है। सम्भव है उसने भी दुर्योधन की छाया में एक ऐसा पापमय साम्राज्य बनाने का स्वन देखा हो, जैसा कंस ने जरासन्ध की छत्रछाया में बनाने का सोचा था। कंस भी तो भूल गया था कि

वह आत्मा के रूप में परमात्मा का अंश है। उसे तो केवल इतना ही स्मरण रहा था कि वह जरासन्ध का जामाता है। कितने यादवों की हत्या कर दी थी। अपने भाई-बान्धवों को कारागार में डाल दिया था। अपने पिता तक को बन्दीगृह में बन्द कर रखा था। वसुदेव और देवकी के छह पुत्रों को मार डाला था उसने। उसकी योजना सफल हुई होती तो वह बलराम और कृष्ण का भी वध कर देता।...तो यदि कर्ण अपने स्वप्नों को साकार करने के लिए अपने भाइयों को मारने पर तुला हुआ है तो आश्चर्य की क्या बात है। वह अपने भाइयों के लिए तो युद्ध कर नहीं रहा। अपने लिए भी नहीं कर रहा। वह केवल अपने मोह के लिए युद्ध कर रहा है, या फिर अपने लोभ के लिए।

61

"हम लोग अपनी माता से मिलने कब जाएँगे?" द्रौपदी ने पूछा; और फिर तत्काल जोड़ दिया, "लगता है कि आप तो भूल ही गये हैं कि आपकी एक माता भी हैं। तेरह वर्षों से वे हस्तिनापुर में बैठी अपने पुत्रों द्वारा अपने मुक्त कराए जाने की प्रतीक्षा कर रही हैं।"

"नहीं! भूला तो नहीं हूँ।" युधिष्ठिर बोले, "किन्तु युद्ध के इस परिवेश में...।"

"युद्ध के इस परिवेश में आपको यह तो स्मरण रहा कि हस्तिनापुर में दुर्योधन की माता गान्धारी रहती हैं।"

"उनके सौ के सौ पुत्र मारे गये हैं इस युद्ध में।" युधिष्ठिर बोले, "इसलिए उनकी पीड़ा।..."

"गान्धारी के सौ पुत्र मारे गये, अपने पापों के कारण। उसके लिए हम दोषी नहीं हैं। हम आतुर नहीं थे, इस युद्ध के लिए।" द्रौपदी बोली, "माता कुन्ती के भी सारे के सारे पौत्र मारे गये हैं। एक भी नहीं बचा है।...वे किसी धर्मात्मा के हाथों अपने पापों के कारण नहीं मारे गये, वे पापी अश्वत्थामा के हाथों आपराधिक ढंग से मारे गये हैं। उनकी हत्या हुई है।"

"ठीक कहती हो देवि! पीड़ा तुम्हारी भी है और माता कुन्ती की भी।" युधिष्ठिर बोले, "पर माता कुन्ती को तो हम उनके पुत्रों की विजय का समाचार देना चाहते हैं। उनके पौत्रों की मृत्यु का नहीं।"

"ठीक है। वही सही। पर हम कब जाएँगे?"

"हम हस्तिनापुर जाने के ही प्रबन्ध में लगे हैं।" युधिष्ठिर बोले, "अब इन शिविरों और मण्डपों की यहाँ आवश्यकता नहीं है। सेना को भी लौटाना है।"

"तो विलम्ब का कारण?"

"हस्तिनापुर से युयुत्सु आने वाला है।" युधिष्ठिर बोले, "श्रीकृष्ण भी अपने किसी दूत की प्रतीक्षा कर रहे हैं।"

मध्याह्न से पहले ही युयुत्सु हस्तिनापुर से आ गया था। अपराह्न में पाण्डवों के रथ हस्तिनापुर की ओर चल पड़े। उनके साथ कृष्ण, सात्यकि और युयुत्सु भी जा रहे थे। द्रौपदी तथा अन्य पांचाल स्त्रियाँ भी उनके साथ थीं। विशोक उपप्लव्य से पाण्डवों की अन्य रानियों को लेने के लिए गया हुआ था।

हस्तिनापुर के बाहर गंगातट पर बहुत भीड़ लगी हुई थी। सहस्रों की संख्या में स्त्रियाँ वहाँ एकत्रित थीं और अपने पुत्रों, पतियों और भाइयों के शोक में निमग्न युद्धक्षेत्र तक जाने अथवा अपने परिजनों के शवों के आने की प्रतीक्षा कर रही थीं। उनका करुण विलाप युधिष्ठिर के हृदय के टुकड़े किए दे रहा था। वे उनको सान्त्वना देने के लिए भी कुछ नहीं कर सकते थे। सान्त्वना देने के लिए कृष्ण उनसे कहीं अधिक उपयुक्त पात्र थे। जाने क्या बात थी कि कृष्ण को सामने पाते ही शोक अपने पैर समेटने लगता था और मन में शान्ति का सा अनुभव होने लगता था।

आने को तो कृष्ण भी उनके साथ ही आये थे; किन्तु उनके मन में एक भिन्न ही प्रक्रिया चल रही थी। उन्होंने चलने से पहले भी एक सन्देशवाहक हस्तिनापुर भेजा था। वे अपने गरुड़ों और उनके नेता वैनतेय को आज बहुत याद कर रहे थे। इस समय उनकी बड़ी आवश्यकता थी कृष्ण को।

गंगातट की उस भीड़ को युधिष्ठिर लाँघ गये। हस्तिनापुर नगर के भीतर भी स्थिति कोई बहुत अच्छी नहीं थी। चारों ओर अव्यवस्था दिखाई पड़ रही थी। एक बड़े युद्ध में पराजित होने वाले राज्य के सारे लक्षण वहाँ दिखाई दे रहे थे। युद्ध की छाया चारों ओर चमगादड़ों के समान मँडरा रही थी।

नगर के प्रमुख द्वार पर विदुर का एक सेवक उन्हें मिला था। वह धर्मराज को प्रणाम कर कृष्ण को विदुर का सन्देश देकर चला गया था।

"क्या सन्देश आया होगा?" सहदेव ने पूछा।

"कोई गोपनीय सन्देश लगता है।" नकुल ने कहा।

"अरे विदुर काका कृष्ण को क्या गोपनीय सन्देश भेजेंगे।" भीम ने हँसकर कहा, "जानते हैं कि यह वह व्यक्ति है, जिसने पिछली बार हस्तिनापुर में आकर भी दुर्योधन की रसोई में भोजन नहीं किया था, उनकी रसोई में किया था। चिन्तित होंगे कि इस बार केवल कृष्ण ही उनकी रसोई में भोजन करेगा, या सारे पाण्डव भी वहीं खाएँगे। वे नहीं समझते कि पाण्डव अपनी माँ की रसोई में भोजन करेंगे।"

"और यदि माँ भी पारंसवी काकी की रसोई में ही भोजन करती हों तो?" अर्जुन ने पूछा।

"रसोई किसी की भी हो, पर भोजन माँ के हाथ का बना होना चाहिए।" भीम ने जैसे स्वाद लेते हुए कहा।

"हम शोक के अवसर पर हस्तिनापुर आये हैं, किसी उत्सव में सम्मिलित होने नहीं।" अर्जुन ने धीरे से कहा।

"ठीक कहते हो; किन्तु भूलते हो कि हम एक महासमर जीतकर विजेता के रूप में अपने विजित नगर में प्रवेश कर रहे हैं।" अर्जुन की चेतावनी ने भीम के उत्साह पर कोई विशेष प्रभाव नहीं डाला था, "और फिर तेरह वर्षों से अधिक हो गये, माँ से मिले।..."

भीम मौन हो गया। उसने भी इस विषय को अधिक नहीं खींचा।

पाण्डवों के रथ धृतराष्ट्र के प्रासाद के द्वार पर आकर रुके। किसी को कुछ कहने की आवश्यकता नहीं थी, न ही वहाँ कोई पूछने वाला था। सारे सेवक, परिचारक, समझते थे कि अब उनके स्वामी धर्मराज युधिष्ठिर ही थे। द्वार अपने आप खुल गये। दासियाँ भागती हुई सूचनाएँ प्रचारित कर आयीं। स्वागत के लिए द्वार पर आयी दासियाँ उनके आगे-आगे चलकर उन्हें मार्ग दिखा रही थीं। राजपरिवार के इस भयंकर शोक में कहीं नये राजा के आने का उत्साह भी जुड़ गया था। पुराने राजा के शोक में सम्मिलित होने से कहीं अधिक लाभदायक, नये राजा की विजय में सम्मिलित होना था।

वे लोग रथों से उतरे तो द्रौपदी अन्य स्त्रियों के साथ रथ में ही बैठी रही।

"तुम नहीं चलोगी?" युधिष्ठिर ने पूछा।

"नहीं! मैं धर्मराज नहीं हूँ, जो अपनों को विस्मृत कर परायों के घावों पर लेप लगाती रहूँ।" द्रौपदी ने कहा, "मैं माता कुन्ती से मिले बिना किसी और के सम्मुख नहीं जाऊँगी।"

"जैसी तुम्हारी इच्छा।"

वे लोग धृतराष्ट्र के कक्ष में आ पहुँचे थे। द्वार खुला हुआ था। धृतराष्ट्र सामने बैठा दिखाई पड़ रहा था। इस समय गान्धारी उस कक्ष में नहीं थी। धृतराष्ट्र के निकट ही संजय और विदुर खड़े थे। उन्होंने धीरे से धृतराष्ट्र के कान के पास मुँह ले जाकर पाण्डवों के आने की सूचना दी। धृतराष्ट्र ने अपना मुख उठाकर खुले कपाटों की दिशा में कर दिया।

पाण्डव उससे कुछ दूरी पर ही रुक गये। अकेले युधिष्ठिर आगे बढ़े।

"महाराज! मैं आपका पुत्र युधिष्ठिर आपको प्रणाम करता हूँ।" उन्होंने झुक कर धृतराष्ट्र के चरण छुए।

धृतराष्ट्र ने अपने हाथ बढ़ाकर उनका मस्तक टटोला। फिर कन्धों पर हाथ रखकर खड़े होने का प्रयत्न करते हुए कहा, "मेरे वक्ष से लग जाओ वत्स! मुझे कुछ

तो विश्वास हो कि मेरे पुत्रों में से कोई जीवित भी है। मेरे इस हृदय में धधकती ज्वाला कुछ तो शान्त हो।"

धृतराष्ट्र न केवल स्वयं खड़ा हो गया, उसने युधिष्ठिर को भी खड़ा कर अपने वक्ष से लगा लिया; किन्तु सारे प्रयत्न के बाद भी धृतराष्ट्र अपनी अप्रसन्नता छुपा नहीं पाया। उसके चेहरे की मलिनता सब कुछ कहे दे रही थी।

"यह क्या हो गया युधिष्ठिर!" उसने जैसे बात आरम्भ की।

"प्रभु की लीला है महाराज! नहीं तो कहीं भाई भी इस प्रकार परस्पर युद्ध करते हैं।" युधिष्ठिर धीरे से बोला।

"ठीक कहते हो।" धृतराष्ट्र ने स्वयं को युधिष्ठिर से पृथक् करते हुए कहा, "कहाँ है भीम? भीम कहाँ है?"

धृतराष्ट्र अपनी व्यग्रता में अपने स्थान पर खड़ा नहीं रह पाया। उसने अपने हाथ बढ़ाकर इधर-उधर टटोला। भीम नहीं मिला तो वह दो-एक पग आगे भी बढ़ आया। दासियों ने दोनों ओर से उसकी भुजाएँ थामकर उसे सहारा दिया।

भीम को कुछ आश्चर्य हुआ। धृतराष्ट्र उससे मिलने को इतना आतुर क्यों है? भीम ने तो कल्पना की थी कि धृतराष्ट्र उससे मिलना अस्वीकार कर देगा या फिर उसे दोषी ठहराता हुआ उसपर अग्निवर्षा करेगा, किन्तु...

कृष्ण ने धीरे से आगे बढ़कर भीम की भुजा थाम ली और उसे आगे बढ़ने से रोक दिया। भीम ने उनकी ओर प्रश्नवाचक दृष्टि से देखा—क्यों रोक रहे हैं कृष्ण? कृष्ण ने उसे मौन ही रहने का संकेत किया। सब देख रहे थे कि कृष्ण क्या कर रहे हैं। नहीं देख पा रहा था तो एक धृतराष्ट्र ही।

कृष्ण ने विदुर की ओर देखा। विदुर ने हाथ से संकेत किया। चार-पाँच सेवक एक प्रतिमा को ठेलकर आगे ला रहे थे। भीम ने पहचाना। यह उसी की प्रतिमा थी, आकृति में भी उसके समान और कद-काठी में भी एकदम भीम। पर यह यहाँ कैसे थी। उसने तो यह प्रतिमा नहीं बनवाई! तो हस्तिनापुर में किसने उसकी यह प्रतिमा बनवाई थी?...और उसे यहाँ क्यों लाया जा रहा है? क्या वह प्रतिमा धृतराष्ट्र को प्रसन्न करने के लिए उसे उपहार में दी जाएगी?

किन्तु कृष्ण ने वह मूर्ति धृतराष्ट्र के सामने रखवा दी, "महाराज! ये रहे मध्यम पाण्डव भीम।"

युधिष्ठिर ने कुछ रोष के साथ कृष्ण की ओर देखा : जिस वृद्ध के इस युद्ध में सौ पुत्र मारे गये हों, उस अन्धे के साथ ऐसा परिहास का क्या अर्थ? कृष्ण तो कठोरता में भीम से भी बढ़ गये हैं...

वे आगे बढ़ते, उससे पहले ही धृतराष्ट्र ने बड़ी आतुरता से उस प्रतिमा को अपनी भुजाओं में थाम लिया, जैसे वह वस्तुतः भीम ही हो। युधिष्ठिर को आश्चर्य हुआ कि धृतराष्ट्र को अपने स्पर्श से यह समझ नहीं आया कि वह मनुष्य का शरीर

नहीं, लोहे की एक प्रतिमा थी। धृतराष्ट्र ने प्रतिमा को बड़ी तत्परता से अपनी भुजाओं में जकड़ लिया। वह जैसे बहुत उत्साह से भीम से मिल रहा था। वह उत्साह कुछ असाधारण ही था। जैसे-जैसे धृतराष्ट्र की पकड़ कसती गयी, उसका आलिंगन भी प्रगाढ़ होता गया। धृतराष्ट्र का मुख लाल होता गया जैसे वह उस प्रतिमा को अपनी जकड़ में तोड़ देना चाहता हो। उसकी वह जकड़ और चेहरे की लाली—दोनों ही असाधारण थीं।...और तभी वह मूर्ति को छोड़कर पीछे हट गया। उसने अपने दोनों हाथों से अपने वक्ष को पकड़ लिया, जैसे किसी भयंकर पीड़ा का अनुभव कर रहा हो।...उसके मुख से रक्त निकल आया था।

धृतराष्ट्र का शरीर लहराया। उसे चक्कर आ रहे थे। दासियों के सँभालते-सँभालते भी वह भूमि पर गिर पड़ा।

सब लोग स्तम्भित से खड़े रह गये। युधिष्ठिर चकित थे : क्या कृष्ण ने पहले ही धृतराष्ट्र के मन को पढ़ लिया था? क्या इसी के लिए उन्होंने शिविर से विदुर काका के पास सन्देश भेजा था?

संजय ने आगे बढ़कर धृतराष्ट्र को सँभाला, "आपको ऐसा नहीं करना चाहिए था महाराज! आपके मन से अपने इन पुत्रों के प्रति दुर्भावना जाती क्यों नहीं। अश्वत्थामा ने जब आपको यह सूचना दी थी कि उसने रात को पांचाली के शिविर पर आक्रमण कर, सोए हुए पांचालों और द्रौपदी के पुत्रों को मार डाला है, तो भी आपने बहुत प्रसन्न होकर उससे पूछा था कि उसने यह महान कार्य पहले ही क्यों नहीं किया था।"

धृतराष्ट्र कुछ संकुचित और दीन हो गया।

"तो उसने क्या उत्तर दिया था?" कृष्ण ने संजय से पूछा।

संजय समझ गया कि उसके मुख से वह कुछ निकल गया है, जो पाण्डवों के सम्मुख नहीं कहा जाना चाहिए था। धृतराष्ट्र का यह वाक्य उसके मन में बहुत गहरे चुभ गया था और आज तक चुभ रहा था। आज इस समय भीम की इस प्रकार हत्या करने का प्रयत्न तो बहुत ही नीचतापूर्ण था।...संजय क्या करता, वह स्वयं को रोक ही नहीं पाया।

"उसने कहा था कि वह ऐसा कर सका क्योंकि उस समय कृष्ण और पाण्डव उस शिविर से बहुत दूर चले गये थे। उनकी उपस्थिति में वैसा कुछ उसके लिए सम्भव नहीं था।" संजय ने कहा, "इसीलिए उस महान् वीरता के पश्चात् वह भयभीत मूषक के समान भाग भी गया था।"

युधिष्ठिर ने परिचारक की ओर देखा, "वैद्यराज को सूचना दो। महाराज अस्वस्थ हैं। वे मुख से रक्त वमन कर रहे हैं।"

भीम के मन में आया कि कहे कि यदि लौहदण्ड को चूर्ण करने का प्रयत्न करेंगे तो यही होगा; किन्तु वह मौन ही रहा। पता नहीं धृतराष्ट्र को यह ज्ञात भी है

या नहीं कि जिसको वह पीसने का प्रयत्न कर रहा था, वह भीम नहीं था। सम्भव है कि लोहे की कठोरता को वह भीम के शरीर की कठोरता समझ रहा हो।...पर यह कृष्ण भी चमत्कारी ही है। वह सब कुछ जानता है। सबके मन की जानता है। लोगों के चरित्रों को कितनी अच्छी प्रकार समझता है। वह जानता था कि इस परिस्थिति में धृतराष्ट्र क्या करेगा...

किन्तु क्या यह वृद्ध धृतराष्ट्र सचमुच भीम जैसे शक्तिशाली योद्धा को अपनी भुजाओं में बाँधकर पीस देने का स्वप्न देख रहा था? उसके लिए यह सम्भव था क्या? यदि आरम्भ से भीम ने यह सुना होता कि धृतराष्ट्र प्रतिदिन व्यायाम करता है, अखाड़े में जाता है, मल्लयुद्ध के दाँव सीखता है...तो बात और होती। उसने यह तो सुना था कि महाराज को खाना और स्त्री-संग बहुत प्रीतिकर था; किन्तु भीम जैसे बलवान योद्धा को इस प्रकार अपनी भुजाओं में दबाकर पीस देने का प्रयत्न...कहीं ऐसा तो नहीं कि धृतराष्ट्र ने किसी विशेषज्ञ से मनुष्य की शरीर-संरचना सम्बन्धी कुछ विशेष शिक्षा पाई हो, और वह कुछ नाड़ियों को दबाकर मनुष्य की हत्या कर देने में समर्थ हो? इस समय वह उसी का प्रयत्न कर रहा था क्या?...अन्यथा एक दुर्बल वृद्ध अपने उन्माद में भी इस प्रकार की चेष्टा नहीं कर सकता...

सहसा धृतराष्ट्र के कण्ठ से स्वर फूटा, "भीम! हा भीम! यह मैंने क्या किया?"

युधिष्ठिर ने कृष्ण की ओर देखा : क्या धृतराष्ट्र ने विश्वास कर लिया कि उसने भीम की हत्या कर दी है? उसको सत्य बताना है क्या?

कृष्ण स्वयं ही आगे बढ़ आये। उन्होंने धृतराष्ट्र के कन्धे पर हाथ रखा, "शान्त हों महाराज! शोक न करें। भीम जीवित है। जिसकी अस्थियों को चूर्ण बनाने का प्रयत्न आप कर रहे थे, वह मध्यम पाण्डव नहीं थे, उनकी लोहे की प्रतिमा थी। यह प्रतिमा आपके पुत्र दुर्योधन ने अपने युद्धाभ्यास और भीम के अपमान के लिए बनवाई थी। मैंने उसे महात्मा विदुर से कहकर यहाँ मँगवा लिया था।"

धृतराष्ट्र के चेहरे पर स्पष्ट असमंजस उभरा। मुख से 'हा भीम' कहकर विलाप करने वाले धृतराष्ट्र के चेहरे पर अपनी असफलता की पीड़ा भी उभरी और भीम के जीवित रहने का शोक भी।

"कृष्ण! मेरे साथ परिहास मत करो।" उसने कहा, "हाय! मैंने यह क्या किया। अपने देवताओं जैसे बलवान पुत्र को मैंने अपने हाथों मार डाला।"

"आप अपने प्राणों के लिए चिन्तित न हों महाराज! मध्यम पाण्डव की मृत्यु नहीं हुई है।" कृष्ण ने कहा, "वैसे उससे कोई अन्तर नहीं पड़ता। धर्मराज आपको दण्डित करना चाहें तो मध्यम पाण्डव का वध करने के प्रयत्न के लिए भी आपके प्राण लिए जा सकते हैं। किन्तु वे ऐसा कुछ नहीं कर रहे, और भीम जीवित हैं।"

"मैं जीवित हूँ महाराज!" भीम ने जैसे धृतराष्ट्र को चिढ़ाते हुए हँसकर कहा, "आप चाहें तो मुझे फिर से अपने वक्ष से लगा सकते हैं।"

"आपने अपने सौ पुत्र तो मरवा ही डाले।" कृष्ण बोले, "जो शेष बचे हैं, उनको भी मार डालना चाहते हैं, या कुछ ऐसा करना चाहते हैं कि आपके ये पुत्र आपको अपना पिता न मानें। आपका वध कर दें या भूखे मरने के लिए आपको देवी गान्धारी के साथ वन में कहीं छोड़ आएँ। जो प्रतिशोध अश्वत्थामा जैसा पशु भी नहीं ले सका, वह आप लेना चाहते हैं। अश्वत्थामा का अधूरा काम पूरा करना चाहते हैं? ये तो क्षमावान पाण्डव हैं इसलिए आप इस समय पाखण्ड करने के लिए सुरक्षित बैठे हैं, कोई और होता तो सारी मर्यादाओं को एक ओर रखकर अब तक आपके शरीर के टुकड़े कर चुका होता। आप नहीं चाहते कि हस्तिनापुर में कभी शान्ति स्थापित हो?"

"नहीं केशव!" धृतराष्ट्र के स्वर में स्पष्ट भय था।

"पाण्डवों के आने से पहले मैं हस्तिनापुर आकर आपसे क्यों मिला था? क्या समझाया था आपको?" कृष्ण बोले, "शान्ति स्थापित करने में सहयोग करें महाराज! अपने मन के विष का अब त्याग करें। देख नहीं चुके कि आपके मन के विष ने क्या-क्या करवा डाला। अब आपकी कामनाएँ पूरी नहीं हो सकतीं। दुर्योधन अब राजा नहीं हो सकता। आप अपने पुत्रों के वध का प्रतिशोध लेने में समर्थ नहीं हैं। वैसा कोई प्रयत्न कर स्वयं को और भी दीन बनाने का प्रयत्न न करें।" कृष्ण रुके, "और यदि अपने पुत्रों के वध का प्रतिशोध ही लेना है तो आप अपना वध कर लें। अपने पुत्रों के वध के लिए एकमात्र दोषी आप ही हैं।"

धृतराष्ट्र को आत्महत्या करने का यह प्रस्ताव प्रीतिकर नहीं लगा। यह ही करना होता तो वह इस युद्ध का समारोह ही क्यों करता। धृतराष्ट्र ने बहुत मन्द और शान्त स्वर में कहा, "नहीं केशव! मैं इस समय शान्त हूँ। मेरे क्रोध का शमन हो चुका है। मैं अपने वीर पुत्र मध्यम पाण्डव से मिलना चाहता हूँ।" उसने अपनी भुजाएँ फैला दीं, "मैं समझ गया हूँ कि मेरे पुत्र मारे जा चुके हैं, अब पाण्डव ही मेरे पुत्र हैं।"

"कृष्ण ने तो अपनी चतुराई कर ली, किन्तु महाराज! मैं सचमुच देखना चाहता हूँ कि आप मुझको कैसे पीस डालना चाहते हैं।" भीम ने कहा, "आप पुनः प्रयत्न कर देखें, इस बार आपकी भुजाओं में मैं हूँ।"

भीम आगे बढ़ आया। धृतराष्ट्र ने उसे अपने वक्ष से लगा लिया; किन्तु न उसे दबाने का प्रयत्न किया, न किसी और प्रकार की युक्ति भिड़ाई। चुपचाप उसे वक्ष से लगाकर प्यार किया।

धृतराष्ट्र ने एक-एक कर अर्जुन, नकुल और सहदेव को भी अपने कण्ठ से लगाने की औपचारिकता पूरी की।

"अच्छा महाराज!" युधिष्ठिर ने विदा होते हुए कहा, "हम माता गान्धारी से भी मिल लें। तब तक वैद्य आकर आपका उपचार कर जाएँगे। आपको विश्राम की भी आवश्यकता है।"

वे गान्धारी के कक्ष में पहुँचे तो उसने उनको प्रणाम भी नहीं करने दिया और झपटकर भीम से बोली, "मेरे सौ पुत्रों में से जिसने तुम्हारा कुछ कम अपराध किया था, उस एक को तो जीवित छोड़ देते। सौ के सौ मार दिए।"

क्षण भर के लिए भीम कुछ संकुचित हुआ किन्तु स्वयं को सँभालने में उसे अधिक समय नहीं लगा। बोला, "मैंने आपके किसी पुत्र का वध नहीं किया है देवि! मैंने तो केवल उन राक्षसों को मारा है, जो अपनी रक्षा के लिए नहीं, पराया धन और पराया राज्य छीनने के लिए भयंकर शस्त्र लेकर मनुष्यों और मनुष्यता का संहार कर रहे थे। जो स्त्री का सम्मान करना नहीं जानते थे।"

"ठीक है, किन्तु मेरे लिए उनमें से किसी एक की रक्षा तो की जा सकती थी।" गान्धारी ने पुनः कहा।

"पर मैंने तो केवल उनका वध किया है, जो मेरा वध करने के लिए, युद्धक्षेत्र में मुझ पर आक्रमण कर रहे थे। जो आपके लिए होता, वह आपके पास होता, वह समरभूमि में जाता ही क्यों," भीम ने कहा, "जिनका वध मैंने किया है, वे जब तक जीवित रहते, तब तक मुझसे लड़ते ही रहते। आपकी सेवा करने के लिए तो केवल राजा युधिष्ठिर ही पर्याप्त हैं।"

"युद्ध में वध किया तो ठीक है; किन्तु दुःशासन का रक्त क्यों पिया? वह तुम्हारा भाई था।"

भीम चाहकर भी यह कहने का साहस नहीं कर सका कि 'हाँ! मैंने उसका रक्त पिया और वह इसी के योग्य था।' संकुचित होकर धीरे से बोला, "वह तो युद्ध में अन्य लोगों को आतंकित करने के लिए किया था। मैंने सचमुच तो दुःशासन का रक्तपान नहीं किया। वह तो मेरे होंठों से छुआ मात्र था। मेरे दाँतों से भी आगे नहीं गया।"

"और दुर्योधन को अन्याय से क्यों मारा?" गान्धारी का तेज भीम को संकुचित करता जा रहा था।

"मैं डर गया था। दुर्योधन मुझे मार देता तो?" भीम अपनी वीरता का बखान नहीं कर सका, "युद्ध में किसी के भी प्राण जा सकते हैं। इससे पहले कि वह मेरे प्राण ले लेता, मैंने ही उसके प्राण ले लिए।"

गान्धारी कह नहीं पायी कि अपने प्राणों का भय होते हुए भी उसे धर्म की रक्षा करनी चाहिए थी।...ऐसे समय में कौन देखता है कि धर्म क्या है और अधर्म क्या है...

"कहाँ है राजा युधिष्ठिर?" गान्धारी ने तेजस्वी स्वर में पूछा, "जिसने हम दो अन्धों के लिए एक लाठी भी नहीं छोड़ी।"

युधिष्ठिर आतंकित मन से कुछ आगे बढ़े। ये उनकी ताई थीं। जैसी भी थीं। अपने शैशव में युधिष्ठिर उनके आसपास खेले थे। उनको सम्मान योग्य माना था। मन का संस्कार ही ऐसा था कि आज भी वे ताई का मन नहीं दुखा सकते थे। अब

दैवयोग से युधिष्ठिर ने उनके पुत्रों को मारा और उचित ही किया...उनकी अपनी शालीनता ही उन्हें धिक्कारती जा रही थी।

युधिष्ठिर झुककर ताई के चरणों में गिर जाना चाहते थे। उनसे क्षमा माँगना चाहते थे। उनको विश्वास दिलाना चाहते थे कि दुर्योधन की अपेक्षा पाण्डव ही उनकी कहीं अधिक सेवा करेंगे।...किन्तु गान्धारी का वह उग्र रूप...युधिष्ठिर का मन कुछ कहने का साहस नहीं कर रहा था।...

अन्ततः कृष्ण ही बोले, "माता! मैं देख रहा हूँ कि आप अपने तेज से, अपने क्रोध से, अपने पुत्रों के विरुद्ध किए गये अपराधों के कलंक से महाराज युधिष्ठिर के यशःशरीर को पूर्णतः काला कर देना चाहती हैं। आप सिद्ध करना चाहती हैं कि धर्मराज पापी हैं; किन्तु यदि आप आँखों पर बँधी इस पट्टी के साथ भी कुछ देख सकती हों तो अपनी अन्धी आँखों से देखिए। आपका यह सारा दोषारोपण धर्मराज के यशःशरीर के पैरों की अंगुलियों भर को काला कर पाएगा। उससे अधिक कुछ नहीं। पाण्डवों का संकोच और भय उनकी अपनी सात्विकता के कारण है, आपकी निष्कलंकता के कारण नहीं।"

गान्धारी का मुख क्षोभ से लाल हो गया। वह अपना चेहरा इधर-उधर घुमा रही थी, जैसे किसी को खोज रही हो। अर्जुन को लगा कि भीम के पश्चात् अब उसकी ही बारी थी। कदाचित् ताई उसे ही खोज रही हैं।...अपने शैशव में जब कभी वह अपनी माता के साथ ताई से मिलने आया करता था, तो वह जैसे उसे दबोचकर अपनी गोद में बैठा लेती थीं। अर्जुन उससे बचने के लिए अपनी माँ के पीछे दुबक जाया करता था।...आज माँ नहीं थीं वहाँ। कहाँ छिपे वह।...अर्जुन बिना कुछ सोचे-समझे, अपने किसी अभ्यास के कारण कृष्ण के पीछे छिप गया।

"अर्जुन कहाँ है?" सहसा गान्धारी ने आक्रोशशून्य स्वर में कहा, "आज कुन्ती यहाँ नहीं है तो वह किसके पीछे खड़ा है, कृष्ण के?"

अर्जुन चकित रह गया।...ताई सब कुछ देख रही है क्या? ताई पट्टी के भीतर से भी देखती है। आज तक देख रही है तो सदा ही देखती रही होगी। फिर कैसे कहते हैं लोग कि ताई ने अपने पुत्रों का मुख तक नहीं देखा? यह पट्टी पाखण्ड मात्र है क्या?...

जो भी हो। गान्धारी अब रुष्ट नहीं लग रही थी। उसके मुख पर कोमल भाव आ गये थे। और फिर उसकी पट्टी में से अश्रु टपकने लगे, "मैं क्या जानती थी कि इन बालकों के शैशव की उस प्रतिद्वन्द्विता का इतना भयंकर परिणाम होगा।" उसने स्वयं को सँभाला, "कुन्ती से भेंट कर आये तुम लोग?"

"नहीं माता!" युधिष्ठिर बोले, "हम पहले आपसे मिल लेना चाहते थे। अपना अपराध क्षमा करा लेना चाहते थे। आपकी विह्वलता में कुछ सान्त्वना दे लेना चाहते थे, कुछ सान्त्वना पा लेना चाहते थे।"

इस बार गान्धारी का स्वर सचमुच विह्वल था, "जाओ पुत्रो! जाकर माँ से मिलो। बहुत कष्ट पाया है, तुम्हारी माँ ने; और बहुत लम्बी प्रतीक्षा की है।"

विदुर के घर के बाहर पहली बार द्रौपदी रथ से उतरी। वे लोग कुन्ती वाले प्रखण्ड की ओर चले तो कृष्ण आगे हो गये। उनके पीछे पाण्डव थे और उन सबके पीछे थी द्रौपदी।

कुन्ती ने अपने पुत्रों को आते देखा तो अपने स्थान पर बैठी की बैठी रह गयीं। डबडबायी आँखों से उनको देखा और उनके निकट आने की प्रतीक्षा करती रहीं। युधिष्ठिर ने आकर चरण स्पर्श कर प्रणाम किया तो उनके कण्ठ से न स्वर निकला और न ही उनका स्नेहिल हाथ आगे बढ़ा। उन्होंने अपने उत्तरीय को जैसे अपने मुख से लगा कर अपनी सिसकियों को रोका।

पाण्डवों ने अपनी साहसी माँ को इस प्रकार रोते तो कभी नहीं देखा था। उनके शैशव में एक बार जब मथुरा से अक्रूर आये थे, तो ही माँ विह्वल होकर रोयी थीं। पर उसमें पीड़ा नहीं थी। आनन्द की अनुभूति थी। आज...

पाण्डव अपनी माँ को घेर कर बैठ गये।...

कुन्ती ने अपने अश्रु पोंछे और उनका हाथ कृष्ण के शरीर पर फिरने लगा, "तुमने युद्ध में शस्त्र नहीं उठाया, फिर भी वैरियों ने तुम्हें नहीं छोड़ा। सारा शरीर रक्ताक्त हुआ पड़ा है।"

कृष्ण मुस्कराए, "शस्त्र नहीं उठाया था किन्तु न्याय का पक्ष तो ग्रहण किया ही था, तो फिर घाव कैसे न लगते।"

कुन्ती ने सहदेव को अपनी भुजाओं में भर लिया, "तू कैसा है पुत्र! कैसे-कैसे अस्त्र-शस्त्रों से घायल है तेरा शरीर।" कुन्ती जैसे उन घावों की पीड़ा को अपने हाथों से पी रही थीं। बारी-बारी उन्होंने सबके शरीरों पर हाथ फेरे और फिर दृष्टि उठाकर द्रौपदी की ओर देखा। आँखों में कैसा तो करुण निमन्त्रण भरकर उसको निकट आने का संकेत किया। द्रौपदी निकट आयी तो कुन्ती ने उसे अपनी बाँहों में भरकर जैसे अपनी गोद में समेट लिया।

"आर्ये! अभिमन्यु सहित आपके सारे पौत्र कहाँ चले गये।" द्रौपदी के कण्ठ से रुदन के मध्य कुछ अस्पष्ट शब्द भी फूटे, "उन बच्चों के बिना हमें हस्तिनापुर के राज्य का भी क्या करना है।..."

कुन्ती का स्वर जैसे कुछ सँभल गया, "तुम्हारा अपमान करने वालों को अपने पाप का उचित दण्ड मिला पुत्रि! शोक मत कर। नारीत्व का सम्मान किसी भी साम्राज्य से अधिक मूल्यवान है। जो न्याय के लिए मूल्य चुकाने से चूक जाता है, उसे न्याय कभी नहीं मिलता। मैंने ही तो युधिष्ठिर से कहा था कि जिस दिन के लिए क्षत्राणी पुत्र को जन्म देती है, वह दिन आ गया है।" कुन्ती का हाथ द्रौपदी

की पीठ को सहला रहा था, "तुम्हारा अपमान करने वालों को जब तक दण्डित नहीं किया गया था, तब तक तुम्हें भी लगता रहा होगा कि तुम्हारे पति और पुत्र तुम्हारा अपमान करने वालों को दण्डित करें। उनको ये आदर्श हमने ही तो दिए हैं। उठ पुत्रि! तू भूमि पर लोट कर विलाप करने वाली कोमल हृदया साधारण नारी नहीं है। तू यज्ञकुण्ड से उत्पन्न हुई तेजपुंज क्षत्राणी है। तू पाप का नाश करने इस पृथ्वी पर आयी है। अपने सखा कृष्ण से पूछ कि तेरे पुत्र कहाँ गये हैं, तो वह तुझे बताएगा कि वे केवल अदृश्य हो गये हैं। नश्वर तो केवल शरीर है। यहाँ मरता कोई नहीं, केवल पंचभूत मिलते और बिखरते हैं। उनका रूप परिवर्तित होता है, वे नष्ट नहीं होते। उठ बेटी। इस प्रकार रो कर अपने वीर पिता, भाइयों और पुत्रों का अपमान मत कर। उनकी वीरता के गौरव को अंगीकार कर। जब मूल्य चुकाया है, तो उसके गौरव को भी ग्रहण कर।"

द्रौपदी का रुदन रुक गया। उसने अपनी सास को देखा...कैसी धैर्यमयी हैं। और कैसी वीर माता। सच कहती हैं उसकी सास। कृष्ण की माता ने भी तो छह-छह पुत्रों को बलि चढ़ाकर ही कृष्ण को पाया है। त्याग के मूल्य को कम नहीं करना चाहिए। शौर्य और गौरव से जीने का सुख, राज्य के सुख से भी बड़ा है। राज्य का सुख तो कोई कीट-पतंग भी पा सकता है; किन्तु तप और त्याग महानता के लक्षण हैं। ठीक कहती हैं उसकी सास।...वे मूल्य चुकाने को प्रस्तुत थीं, तभी तो युद्ध के लिए भेजा था अपने पुत्रों को, अपने पतियों को...

कुन्ती उठकर खड़ी हो गयीं। उन्होंने सहारा देकर द्रौपदी को भी उठाया।

"चलो पुत्रि! हमें गान्धारी से मिलने भी जाना है। मैं तुम लोगों की प्रतीक्षा में ही उनके पास नहीं गयी।" कुन्ती ने कहा, "उनके पुत्रों की शत्रुता उनके साथ गयी। इस समय तो वे दोनों ही बहुत दुखी और पीड़ित हैं। हमारे मन में उनके प्रति सहानुभूति होनी चाहिए। दण्डित तो ईश्वर ने उन्हें कर ही दिया है।"

"माँ!" सहसा भीम ने कहा, "अपराधी की पीड़ा देखकर अधिक सहानुभूति जताने पर, अनेक बार दण्ड देने वाला न्यायी ही अपराधी दिखाई देने लगता है। इस समय उन दो नेत्रहीन वृद्धों की पीड़ा का वर्णन होगा तो उसमें हम ही आततायी दिखाई देने लग जाएँगे।"

"समझती हूँ पुत्र! उस सीमा तक सहानुभूति उचित नहीं है। सन्दर्भ से काट कर पीड़ा का वर्णन उचित नहीं है।" कुन्ती ने कहा, "किन्तु जिस बात का ध्यान रखना है, वह यह कि बाहर के पाप को नष्ट किया है तो भीतर के पाप को भी नष्ट करना है। बाहर महासमर किया है तो भीतर भी एक महासमर लड़ना है। हमें अपने मन की घृणा को भी तो जीतना होगा पुत्र! जिन्होंने जीवन भर हमारा अपराध किया है, हम उनसे भी घृणा न करें। उनको भी हम सहानुभूति दे सकें। उनकी भी सेवा कर सकें। क्यों कृष्ण?..."

"ठीक कहती हैं बुआ।" कृष्ण बोले, "नाश की घड़ी बीत गयी, अब कुछ निर्माण भी होना चाहिए।"

कृष्ण के मन में अपनी बूआ के प्रति गौरव जागा : कितनी उदार हैं बूआ। तभी तो वे ऐसे पुत्रों को जन्म दे सकीं। धृतराष्ट्र आज भी भीम को अपनी भुजाओं में जकड़कर मार डालना चाहता है। गान्धारी आज भी अपनी तपस्या के बदले में धर्म पर चलने वाले इन पाण्डवों को जला डालना चाहती है। यह नहीं समझती कि जो वारणावत में नहीं जलाए जा सके, उन्हें आज हस्तिनापुर में कैसे जलाया जा सकता है।...

वे लोग पुनः गान्धाारी के कक्ष में लौट आये।

दासियों ने सूचना पहले ही दे दी थी। उनकी आहट पाकर गान्धारी ने सिर उठाया। द्रौपदी तो उसके पास तेरह वर्षों बाद आयी थी। कुन्ती भी इधर एक लम्बे समय से उसके प्रासाद की ओर नहीं आयी थी।...आज इस शोक में भी शायद कुन्ती के लिए कहीं लेश भर ही सही किन्तु सुख निहित था...उसके पाँचों पुत्र जीवित थे।...

"आओ पुत्रि!" गान्धारी ने अपनी भुजाएँ बढ़ाकर द्रौपदी को बुलाया, "मेरे पास आओ।"

द्रौपदी जाकर गान्धारी के निकट बैठी। वह स्वयं ही समझ नहीं पायी कि जाने कैसे गान्धारी के प्रति उसके मन की दूरी कहीं विलीन हो गयी। उसका मस्तक गान्धारी के वक्ष से जा लगा। उसने अपना माथा वहीं टेक दिया और सिसक पड़ी।

"इस प्रकार शोक से व्याकुल मत होओ बेटी!" गान्धारी ने कहा, "आज जैसी मैं हूँ, वैसी ही तुम हो। हम दोनों को कौन धैर्य बँधाएगा। मैं अपने पुत्रों के वध के लिए तेरे पतियों को दोषी मान रही थी। पता नहीं, उसमें कितना सत्य है; किन्तु तेरे पुत्रों के वध के लिए निश्चित रूप से मेरा पुत्र दोषी है। मैं तेरे सामने कैसे सिर उठाऊँ।...फिर यह भी सोचती हूँ कि मेरे ही अपराध से इस श्रेष्ठ कुल का संहार हुआ। मेरे पुत्र तो उसी दिन काल के ग्रास बन गये थे, जिस दिन कृष्ण! तुम अपूर्णमनोरथ होकर उपप्लव्य लौट गये थे।"

जो गान्धारी अब तक इतनी सँभली हुई लग रही थी, वह सहसा ही अपना सारा नियन्त्रण छोड़कर पृथ्वी पर गिर पड़ी। चारों ओर से दासियाँ दौड़ पड़ीं। द्रौपदी और कुन्ती ने भी उसे सँभाला। जल के छींटे दिए गये। उसकी चेतना लौट आयी किन्तु इस बार जो गान्धारी उठी, वह उस गान्धारी से पर्याप्त भिन्न थी, जो इस वंश के संहार के लिए स्वयं अपने आपको दोषी मान रही थी। यह नयी गान्धारी अत्यन्त क्रुद्ध थी। शोक से जैसे उसका विवेक नष्ट हो गया था। उसकी इन्द्रियाँ व्याकुल थीं और वह अपने आपे में नहीं थी।

"जनार्दन!" उसने कृष्ण को सम्बोधित किया, "दोष मेरा भी था; किन्तु मैं किसी को रोकने में असमर्थ थी। दोष मेरे पति का भी है कि वे अपने मोह को मर्यादित नहीं कर पाये। दोष मेरे पुत्रों का भी है कि वे अपने लोभ को त्याग नहीं पाए।

हाथ में आए राज्य को इस प्रकार छोड़ना उनके लिए सम्भव नहीं था। वे सब दुर्बल मानव थे। किन्तु तुम तो दुर्बल नहीं हो। तुम तो समर्थ थे। पाण्डव और धार्तराष्ट्र परस्पर लड़कर नष्ट हो रहे थे। तुम उन्हें देख रहे थे। फिर भी तुमने उनकी उपेक्षा क्यों कर दी? कैसे कर दी? तुम शक्तिसम्पन्न थे। तुम्हारे पास सेना थी। तुम्हारे पास सेवक थे। तुममें सामर्थ्य था। तुम दोनों दलों को अपनी बात मानने के लिए बाध्य कर सकते थे।"

"मैं तो आया था महारानी!" कृष्ण बोले, "किन्तु आपके पुत्र ने ही तो मेरी बात नहीं मानी। पांडवों को पाँच ग्राम तो आप भी दे सकती थीं। इतनी भूमि तो आप जैसी महारानियाँ अपने पुरोहित को भी दान कर देती हैं। क्यों नहीं आपने पांडवों की बात मान ली। क्यों नहीं आपने अपने पुत्र को बाध्य किया। प्रजा राजा को बाध्य नहीं कर सकती, किन्तु माता-पिता तो अपने पुत्र को बाध्य भी कर सकते हैं।"

"वह हठी था, नहीं माना। मैं भी क्या जानती थी कि तुम क्या करने जा रहे हो।" गान्धारी का क्रोध बढ़ता ही जा रहा था, "तुम बल प्रयोग कर सकते थे। तब यह महासमर नहीं होता। इतना विनाश तो न होता।"

"बल कहाँ था मेरे पास?" कृष्ण मुस्कराए, "नारायणी सेना तो आपका पुत्र ले आया था और मेरे हाथ के शस्त्र, आपके पुत्र के गुरु मेरे भाई बलराम ने मुझसे रखवा लिए थे। वे तो मुझे ही बन्दी कर, मार डालना चाहते थे। ऐसे में मैं क्या कर सकता था?"

लगा, कृष्ण जानबूझकर गान्धारी को उत्तेजित करते जा रहे हैं।

"मैं तुम्हें असमर्थ नहीं मानती। तुमने स्वेच्छा से कुरुओं का नाश करवाया। तुम चाहते थे कि ऐसा हो। उनको उनके कर्मों का फल मिले। तुम सबको उनके कर्मों का फल देते हो तो तुम अपने कर्मों के फल से कैसे बच सकते हो। सबको अपने कर्मों का फल मिलता है तो तुम्हें भी मिलेगा।" गान्धारी जैसे कुछ और ही हो गयी थी, "मैंने अपने पति की सेवा से जो कुछ भी तप कमाया है, उस तपोबल से तुम्हें शाप देती हूँ कि तुम्हारे कुटुम्बी भी इसी प्रकार आपस में लड़कर मर जाएँ। तुम भी मेरे ही समान अपने बन्धु-बान्धवों, अपने पुत्रों से हीन, सर्वथा एकाकी होकर सागर की लहरों से अपना सिर फोड़ो। तुम भी जब अपने अन्त को प्राप्त करो तो तुम्हारे निकट कोई अपना न हो। कोई तुम्हें जानने वाला न हो, कोई पहचानने वाला न हो। तुम्हारे वंश की स्त्रियाँ भी कुरुकुल की स्त्रियों के समान अपने सगे-सम्बन्धियों के शवों पर पछाड़ खा-खाकर गिरें, अपनी छाती पीटें और कोई उनके अश्रु पोंछने वाला भी न हो।"

सहसा गान्धारी की ऊर्जा जैसे चुक गयी। उसने निष्प्राण-सी होकर अपना सिर झुका दिया। वह किसी उन्माद में से मुक्त होकर आयी लग रही थी।

"क्षत्राणी! आप अपना अपराध स्वीकार करके भी, अपने पुत्रों के पापों को जानते हुए भी, मुझे ही दोषी बताकर शाप दे रही हैं। इतना बड़ा दण्ड पाकर भी क्षमा नहीं सीखी आपने?" कृष्ण मुस्कराए, "तो ठीक है, आपका शाप स्वीकार करता हूँ मैं। मैं जानता हूँ कि ऐसा ही होने वाला है। आपके तपोबल से नहीं होगा, तो यादवों के अपने पापों से होगा। आप तो वही शाप दे रही हैं, जो नियति ने पहले से ही निश्चित कर रखा है। जो दूसरों से अवध्य हो जाता है, वह अपनों से लड़कर ही मरता है।" कृष्ण ने निकट आकर गान्धारी की भुजा पकड़कर उसे उठाया। उनका स्वर बदल गया था। उनका सम्बोधन बदल गया था। उनका व्यवहार बदल गया था।

"अब उठो महारानी!" कृष्ण बोले, "कौरवों का नाश तुम्हारे ही अपराधों से हुआ है। तुमने और तुम्हारे भाई ने कौरवों से प्रतिशोध चाहा था। तुमने यह नहीं सोचा था कि इस जीवन रूपी संघर्ष में दृश्य अथवा अदृश्य एक दूसरा पक्ष भी होता है। दूसरे को नष्ट करने गया मनुष्य स्वयं भी नष्ट हो सकता है। तुम ही समय-समय पर कभी क्रोध में, कभी मोह में और कभी लोभ में डूबी थीं। अपना दोष मुझ पर मत मढ़ो। अब भी समय है, अपने दोषों को पहचानो, उन्हें स्वीकार करो; और उनसे मुक्त होने का प्रयत्न करो। किसी से मुँह मोड़ लेना अथवा किसी को शाप दे देना किसी समस्या का समाधान नहीं है। समाधान तो एक ही है, अपने मन को निर्मल करो, देवत्व को पहचानो। तुम ही वह अंबुधि हो, जिसमें कामना का ज्वार उठता है और सहस्रों विश्व जन्म लेते हैं। कामना को जीत लो तो कहीं कोई संसार नहीं है, इसलिए कहीं कोई विनाश भी नहीं है। अपने मन के अधीन मत रहो, क्योंकि मन तुम्हारा नहीं है। यादव अपने पाप से नष्ट होंगे; किन्तु उनके विनाश से न तो कौरव जी उठेंगे, न तुम्हारे पापों का विगलन होगा। तुम केवल अपने लिए उत्तरदायी हो, यादव अपना किया स्वयं भोगेंगे।"

गान्धारी ने मौन रहकर, नतशिर, कृष्ण की बात सुनी और फिर धीरे से बोली, "आपका कथन ठीक है गोविन्द! तपस्या तो मुझे अपने लिए ही करनी है। युद्ध भी मुझे अपने आपसे ही करना है। बाहर का युद्ध समाप्त हो गया। भीतर का महासमर तो अभी भी चल ही रहा है। वह विनाश...।"

"भीतर का महासमर पहले लड़ लिया होता तो यह बाहर का महासमर होता ही क्यों।" कृष्ण मुस्करा रहे थे।

"अब छोड़ो भी यह सब।" दासियों के सहारे से चलते आये धृतराष्ट्र ने कमरे में प्रवेश किया, "युधिष्ठिर को अपने कार्य करने दो। परिवार के मुखिया और हस्तिनापुर के राजा के रूप में उसके करने योग्य, बहुत कुछ शेष पड़ा है।" धृतराष्ट्र ने अपना मुख फेरा, "मृतकों के दाह के विषय में क्या सोचा है धर्मराज?"

"हाँ! वह अत्यावश्यक है।" युधिष्ठिर ने कहा, "मैंने आदेश दे दिया है। वह सब धौम्य मुनि की देखरेख में होगा। विदुर काका, संजय, युयुत्सु और इन्द्रसेन

यह काम करवाएँगे। प्रत्येक सैनिक का ससम्मान दाह होगा। परिचित-अपरिचित, महत्त्वपूर्ण और महत्त्वहीन, किसी भी व्यक्ति की उपेक्षा नहीं की जाएगी।"

"आप ठीक कहते हैं पितामह!" युधिष्ठिर बोले, "किन्तु मेरे मन में अनेक शंकाएँ हैं। मैंने अपने लोभ में अपने भाई बन्धुओं को नष्ट करवा दिया। आप सोचिए, मैंने छल से आपका वध किया, अपने सहोदर महावीर कर्ण को भी मरवा दिया।..."

"कर्ण तुम्हारा सहोदर कैसे था?" भीष्म ने कुछ चौंककर पूछा।

"वे माता कुन्ती के ही कानीन पुत्र थे।" युधिष्ठिर ने धीरे से बताया।

"किन्तु कुन्ती ने तो यह कभी नहीं बताया।"

"माता सत्यवती ने भी तो कभी नहीं बताया था कि मैं उनका पुत्र हूँ।" वेदव्यास ने कहा।

"तुम्हें कैसे ज्ञात हुआ युधिष्ठिर?" भीष्म ने पूछा।

"माता ने ही बताया।" युधिष्ठिर बोले, "जब हम स्वजनों और आर्य वीरों को जलांजलि दे रहे थे तो माता कुन्ती शोक से कातर हो, रोती हुई मंद वाणी में बोलीं, 'पाण्डवो! कर्ण को भी जलांजलि दो। वह तुम्हारा बड़ा भाई है। वह सूर्य का अंश था और मेरी कन्यावस्था में मेरे ही गर्भ से उत्पन्न हुआ था।'" युधिष्ठिर रो पड़े, "द्यूतसभा में मैं कर्ण के पैरों की ओर देखता था तो उनके प्रति मेरा रोष शान्त हो जाता था। कर्ण के दोनों पैर एकदम माता कुन्ती के चरणों के सदृश्य थे। मैं प्रायः सोचता था कि माता के चरणों और कर्ण के पैरों में इतनी समानता क्यों है? मैं क्या जानता था कि वे माता की ही सन्तान हैं।..."

"यदि कुन्ती कहती है तो वह तुम्हारा सहोदर ही था; किन्तु तुम भूलते हो कि वह बाल्यावस्था से ही भीम का बल, अर्जुन की स्फूर्ति, तुम्हारी बुद्धि, नकुल और सहदेव की विनय, अर्जुन और कृष्ण की मैत्री और पाण्डवों के प्रति प्रजा का अनुराग देखकर ईर्ष्या से जल उठता था। इसीलिए उसने बाल्यावस्था में ही दुर्योधन के साथ मित्रता कर ली थी।..."

"तब वे नहीं जानते थे कि हम उनके भाई हैं।" युधिष्ठिर ने कहा।

"और मरते समय वह यह जानता था या नहीं?"

"जानते थे।"

"फिर भी वह तुम्हारा शत्रु बना रहा!" भीष्म बोले, "क्यों द्वेष करता रहा वह तुम लोगों से अन्त तक?"

"दैववश...।" युधिष्ठिर बोले।

"और स्वभाववश भी। वह अपने स्वभाव से बाध्य था।" भीष्म बोले, "तुमने कभी पूछा कुन्ती से कि अन्त तक उसने तुमसे यह रहस्य क्यों छुपाए रखा? माँ होकर भी अपने एक पुत्र को दूसरे पुत्र के हाथों मरने क्यों दिया?"

"पूछा था।" युधिष्ठिर बोले, "मैंने कहा था, 'यह क्या किया माँ! यदि कहीं तुमने पहले ही बता दिया होता तो यह युद्ध ही क्यों होता?' उन्होंने कहा, 'इसीलिए तो तुम्हें बताया नहीं पुत्र!' मैंने पूछा, आप चाहती थीं कि वे मारे जाएँ?"

"तो क्या कहा कुन्ती ने?" भीष्म ने पूछा।

"उन्होंने कहा, 'नहीं! पर मैं चाहती थी कि कौरव दण्डित हों। कर्ण को बचाने के प्रपंच में मुझे दुर्योधन बचता दिखाई देता था।' और माँ ने कहा कि पांचाली का अपमान कर कर्ण भी वध्य हो गया था। मेरा पुत्र था तो क्या। एक पापी पुत्र की रक्षा करना मेरा दायित्व था या न्याय और धर्म की स्थापना के लिए, उसे और उसके मित्रों को यमराज की भेंट करना?"

"तो पुत्र! अब इससे अधिक कोई और तुम्हें समझा भी क्या सकता है।" भीष्म मौन हो गये।

❑❑